Ueberreuter Großdruck

Sandra Brown

Betrogen

Aus dem Amerikanischen
von Eva L. Wahser

UEBERREUTER

ISBN 978-3-8000-9244-4

Titel der Originalausgabe: »The Switch«
Originalverlag: Warner Books, Inc., New York

Aus dem Amerikanischen von Eva L. Wahser

Umschlaggestaltung von Agentur C21 unter Verwendung eines Fotos von T. Kruesselmann/Photographer's Choice/Getty Images
Druck: Druckerei Theiss, A-9431 St. Stefan i. L.
Gedruckt auf Salzer EOS 1,3 x Vol., naturweiß, 70g
1 3 5 7 6 4 2

www.ueberreuter-grossdruck.com
www.ueberreuter.at

1

»Bussi, Bussi.« Melina Lloyd gab ihrer Zwillingsschwester in Wangenhöhe zwei Luftküsse. »Ich habe einen italienischen Weißwein bestellt. Trocken, leicht und überhaupt nicht süß; im Gegensatz zu dem Kellner, der ihn empfohlen hat. Wenn man vom Teufel spricht – Da kommt er schon.«

Gillian nahm ihr gegenüber Platz. Als der Kellner ihren Pinot Grigio servierte, schüttete er sich etwas davon über die Hand, weil sein rasierter Kopf zwischen den beiden nicht mehr zur Ruhe kam. »Du lieber Himmel!«

»Wir sind eineiig«, sagte Gillian und ersparte ihm damit jede weitere Frage.

»Ich bin sprachlos. Diese Ähnlichkeit macht einen ja völlig perplex.«

Melina lächelte ihn eisig an. »Meine Schwester würde gerne etwas zu trinken bestellen. Wenn's beliebt.«

Ihr Unterton, so trocken wie der Wein, ließ ihn aufhorchen. »Gewiss«, sagte er, wobei er fast die

Hacken zusammengeknallt hätte. »Verzeihung, Verzeihung. Madame?«

»Ein Wasser, bitte, mit viel Eis und einer Limettenscheibe.«

»Ich bin *prontamente* wieder da, mit Ihrem Getränk, und dann erzähle ich Ihnen auch, was es heute Besonderes gibt.«

»Ich kann's kaum erwarten«, stieß Melina zwischen den Zähnen hervor, während er davonschwebte.

Flüsternd beugte sich Gillian vor: »Ist *prontamente* ein echtes Wort?«

»Ist *perplex* eins?«

Beide mussten lachen. »Wie schön, dass ich dich lächeln sehe«, meinte Gillian. »Als ich hereinkam, hast du ein derart mürrisches Gesicht gezogen, als wolltest du gleich losfauchen.«

»Ich bin tatsächlich ein bisschen angesäuert«, gab Melina zu. »Ich musste heute Morgen einen Autor zum Flughafen fahren, damit er noch rechtzeitig seinen Flug um fünf Uhr achtundfünfzig erwischt. Fünf Uhr achtundfünfzig! Manche Presseabteilungen buchen solche Flüge zu nachtschlafender Zeit nur, um uns Medienbegleiter zu provozieren.«

»Und wer war dieser Frühaufsteher? Jemand Interessantes?«

»Hab ihren Namen vergessen. Ein Debüt. *Kinder sind wie Haustiere.* Untertitel: *Eine verblüffende Erziehungsmethode.*«

»Zweijährige, die auf Kommando Sitz machen und bellen?«

»Keine Ahnung. Ich hab's nicht gelesen. Im Gegensatz zu etlichen anderen. Steht zur Zeit auf Platz drei der *New York Times* Bestsellerliste.«

»Du machst Witze.«

»Heiliger Eid. Muss nur genug auffallen, dann verkauft es sich schon. Heutzutage könnte sogar ich ein Buch schreiben. Nur fällt mir kein interessantes Thema ein.« Sie dachte ein, zwei Sekunden darüber nach. »Vielleicht über die Berühmten und Berüchtigten, die ich getroffen habe und nur mit Mühe einen einzigen Tag ertragen konnte. Aber dann würde ich vermutlich verklagt.«

Der Kellner kam mit Gillians Wasser und einem winzigen silbernen Brotkörbchen zurück und leierte seinen Sermon herunter, in dem es mehr um blumige Worte als ums Essen ging. Als sie aus der regulären Speisekarte je eine halbe Avocado mit Shrimpssalat bestellten, trat er beleidigt den Rückzug an.

Melina reichte Gillian das Körbchen, die einen Daumennagel großen Cracker mit Pekannussstückchen zerbrach. »Wie wär's denn mit deinem

Leben als eineiiger Zwilling? Darüber könntest du doch schreiben.«

»Dazu gibt's schon viel zu viel. Man müsste das Thema eingrenzen.«

»Gleiche Kleidung: Ja oder Nein?«

»Vielleicht.«

»Der Kampf um die Elternliebe?«

»Schon besser. Wie wär's damit: Verständigung durch Telepathie?« Melina musterte Gillian über den Rand ihres Weinglases, während sie einen Schluck trank. »Was mich zu der Anmerkung veranlasst, dass meine Zwillingsschwester heute schrecklich nachdenklich wirkt. Was ist los?«

Vor ihrer Antwort verspeiste Gillian den restlichen Cracker und wischte sich den Mehlstaub von den Fingerspitzen. »Ich hab's getan.«

»›Es‹?«

»Du weißt schon.« Gehemmt senkte sie die Stimme. »Das, worüber ich die ganzen letzten Monate nachgedacht habe.«

Beinahe hätte sich Melina an der ausgezeichneten italienischen Importware verschluckt. Ihre Augen, rauchfarbene Spiegelbilder von Gillians eigenen, wanderten zu Gillians Schoß hinunter, der außer Sichtweite unter dem Tisch verschwand.

Gillian lachte. »Du siehst es mir nicht an, jedenfalls noch nicht. Ich komme soeben aus der Klinik.«

»Willst du damit sagen, heute? Gerade erst? Ich könnte schon während unserer Unterhaltung eine Tante in spe sein?«

Wieder lachte Gillian. »Vermutlich schon. Falls die kleinen Kerle tun, was sie sollen, und sich dorthin begeben, wohin sie sollen, nämlich stromaufwärts schwimmen.«

»Meine Güte, Gillian.« Rasch trank sie einen Schluck Wein. »Du hast es tatsächlich getan? Du hast's getan. Du benimmst dich so – normal. So entspannt.«

»Dann wäre der Gynäkologe zufrieden. Er hatte die Stirn, mir zu sagen, ich solle mich entspannen. Als ob ich das könnte. Erstens waren die Beinstützen eiskalt, was schwerlich die Entspannung fördert, und zweitens ging es um den Schlusspunkt einer monatelangen Debatte. Diese Entscheidung habe ich nicht leichtfertig getroffen.«

Künstliche Befruchtung mit Hilfe von Spendersamen. Gillian hatte jedes Für und Wider lange Zeit abgewägt. Obwohl Melina darauf vertraute, dass ihre Zwillingsschwester stundenlang Gewissenserforschung betrieben hatte, wollten einige Zweifel nicht weichen. »Gillian, hast du die Sache auch von allen Seiten betrachtet?«

»Ich denke schon. Hoffentlich. Trotzdem gibt es vermutlich Standpunkte, an die ich nicht gedacht habe.«

Diese nicht angedachten Blickwinkel waren es, die Melina zu schaffen machten. Trotzdem behielt sie ihre Bedenken für sich.

»Manchmal hatte ich solche Zweifel und wollte den ganzen Plan schon fallen lassen. Am liebsten hätte ich so getan, als wäre ich nie auf diese Idee gekommen, und hätte jeden Gedanken daran ausradiert. Aber ich wurde sie einfach nicht mehr los.«

»Das ist ein gutes Zeichen. Wenn uns einmal etwas so packt, geschieht das normalerweise aus gutem Grund.«

»Physisch gab es keine Probleme. Ich bin kerngesund. Ich habe alles über alternative Empfängnismethoden gelesen, was mir in die Hände fiel. Aber je mehr ich las, umso zwiespältiger wurde es. Ich habe wirklich versucht, mir die Sache aus dem Kopf zu schlagen.«

»Und?«

»Und war nicht im Stande, einen Grund zu finden, warum ich's nicht tun sollte.« Sie strahlte glücklich. »Also hab ich's getan.«

»Bist du in die Waters Klinik gegangen?«

Gillian nickte. »Sie hat eine hohe Erfolgsrate

und einen soliden Ruf. Der Arzt war mir sympathisch. Ein sehr einfühlsamer Mensch. Und geduldig. Hat mir alles bis ins Kleinste erklärt. Ich habe eine fundierte Entscheidung getroffen.«

Und ihre strahlende Miene ließ erkennen, dass sie davon begeistert war. »Ich kann's nicht glauben, dass du mir nichts gesagt hast. Wenn du gewollt hättest, wäre ich mitgekommen, hätte deine Hand gehalten und dich irgendwie unterstützt.«

»Melina, ich weiß doch, dass du mich unterstützt. Du und Jem, ihr seid die beiden Einzigen gewesen, mit denen ich darüber gesprochen habe. Entschuldige, dass ich dir meinen Entschluss nicht mitgeteilt habe, Melina, aber –« In ihren bittenden Augen schwammen Tränen. »Bitte, versteh es. Ich habe deine und Jems Argumente durch den Filter eurer jeweiligen Abneigungen betrachtet.«

»Ich –«

»Bitte, lass mich ausreden. Aber zu guter Letzt war ich diejenige, die sich nach Abgabe aller Stimmen künstlich befruchten lassen wollte. Wenn es geklappt hat, werde ich die Schwangerschaft austragen und das Kind bekommen. Also war es auch einzig und allein meine Entscheidung. Ich hätte es dir gerne gesagt, aber als die Entscheidung gefallen war, wollte ich sie nicht mehr –«

»Ändern.«

»Oder sogar in Frage stellen.«

»Das respektiere ich, wirklich.« Sie unterstrich diesen Satz, indem sie Gillians Hand ergriff und kurz drückte. »War Jem dabei?«

»Nein.«

»Ich kann's noch immer nicht glauben«, sagte Melina, wobei sie zum zweiten Mal auf ihren Bauch schielte. »Wie machen die das –? Wie läuft das eigentlich ab –?«

»Gestern habe ich einen Urintest zu Hause gemacht, der zeigte den Hormonanstieg an. Das hieß, dass es innerhalb der nächsten vierundzwanzig bis sechsunddreißig Stunden zu einem Eisprung käme. Ich habe in der Klinik angerufen und den Termin vereinbart. Es ist ein ziemlich technischer Vorgang, bei dem ein intrauteriner Katheter verwendet wird.«

Melina hörte wie gebannt zu, während Gillian ihr den Ablauf erläuterte. »Hat es wehgetan?«

»Kein bisschen.«

»Wo kam denn das Sperma her?«

»Was glaubst denn du?«

Melina grinste. »Ich meine rein geographisch.«

»Die Waters Klinik verfügt über eine eigene Samenbank. Allerdings verwendet man bei einer ortsansässigen Patientin lieber keine Probe aus der unmittelbaren Umgebung.«

»Klug gedacht.«

»Meine kam aus einer sehr renommierten Samenbank in Kalifornien. Heute Morgen traf die Probe im Trockeneispack ein. Anschließend wurde sie aufgetaut und gewaschen –«

»Wie bitte?«

»Das ist Fachjargon. Die Samenflüssigkeit wird mit einem Protein gemischt und in einer Zentrifuge ausgeschleudert, sodass im Katheter schließlich ein –«, sie lachte, »Spermakonzentrat landet. So könnte man es nennen.«

»Dabei fallen mir tausend Witze ein, von denen ich hier keinen erzählen werde.«

»Ich danke dir.«

»Fühlst du dich denn anders als vorher?«

»Kein bisschen. Anschließend bin ich sogar eingenickt. Ungefähr eine halbe Stunde musste ich noch liegen bleiben. Ich bin erst aufgewacht, als die Schwester wieder ins Untersuchungszimmer kam und ich mich anziehen konnte. Der Arzt hat mich begeistert über ihre Erfolgsquote informiert und meinte, ich solle mich nicht entmutigen lassen, falls es diesmal nicht klappt. Danach bin ich gegangen und sofort hierher gefahren.«

Melina gab sich mit Gillians Beteuerung zufrieden, lehnte sich in ihren Stuhl zurück und starrte in das Gesicht, das mit ihrem eigenen identisch war. »Tz, tz, da ist man ja wirklich perplex.« Nachdem beide erneut auf Kosten des Kellners gelacht hatten, meinte sie: »Scheint so, als bestünde der schwierigste Teil darin, auf diesen kleinen Papierstreifen zu pinkeln.«

»Das erfordert tatsächlich eine gewisse Kunstfertigkeit. Allmählich wurde ich darin richtig gut.«

»Allerdings, ganz offen gesagt –« Melina brach ab und wedelte mit den Händen vor sich herum, als wollte sie den unvollendeten Satz ausradieren. »Vergiss es. Ich sollte still sein.«

Trotzdem wusste Gillian längst, was ihre Schwester dachte. »Du wolltest sagen, dass du die altmodische Form der Befruchtung vorziehst.«

Melina feuerte eine imaginäre Pistole auf sie ab. »Du kennst mich gut.«

»Papa meinte immer, wir würden uns ein und dasselbe Gehirn teilen.«

»Kannst mich ruhig als liederlich bezeichnen«, sagte Melina unter betontem Schulterzucken, »aber ich ziehe Fleisch und Blut jedem Katheter samt Fußstütze vor. Kaltes Metall hat eben nicht dieselbe Anziehungskraft wie eine warme Brust und behaarte Beine, die sich unter der Bettdecke an meinen reiben. Ganz zu schweigen vom Geschlechtsapparat.«

»Bitte! Kein Wort über den Geschlechtsapparat.«

»Hast du denn nicht das schwere Atmen vermisst? Diese wunderbare Steigerung? Dieses Gefühl von ›Ach, lieber Gott, wie ist das Leben schön‹? Wenigstens ein kleines bisschen?«

»Hier geht es nicht um Sex. Ich habe es nicht wegen des Nervenkitzels getan, sondern um ein Kind zu zeugen.«

Melina wurde wieder nüchtern. »Wollte dich doch nur necken.« Während sie die Arme auf dem Tisch verschränkte, meinte sie: »Was zählt ist, dass du ein Kind haben möchtest, und das ist das Entscheidende.«

»Richtig, das ist das einzig Wichtige.«

»Schön für dich«, sagte sie, wobei sie Gillian liebevoll anlächelte. Nach kurzem Nachdenken setzte sie hinzu: »Wirklich schade, dass Jem nur mit Platzpatronen schießt. Dann hättest du alles auf einmal erledigen können, Sex und Kinder-Machen.«

Der Kellner kam mit ihrer Bestellung. Der Teller war mit frischen Stiefmütterchen garniert und fast zu hübsch zum Essen. Gillian nahm ihre Gabel und spielte mit der zierlichen Purpurblüte auf ihrer Portion Shrimpssalat herum. »Jem hat sich schon lange vor unserer Begegnung sterilisieren lassen.«

»Was ich als Glücksfall betrachte.« Melina hob ihr Weinglas zu einem stummen Toast. »Er ist ein Stockfisch.«

»Melina«, rief Gillian tadelnd.

»Tut mir Leid.« Doch Gillian wusste, dass die Entschuldigung nur gespielt war. »Aber er ist wirklich ein Blindgänger, Gillian. Er macht dich nicht glücklich.«

»Das stimmt nicht, ich bin glücklich.«

»Wirklich? Mir kommt es nicht so vor, als wärst du über alles verliebt. Aber vielleicht ist mir was entgangen. Ist es so?«

»Offensichtlich, denn ich liebe Jem.«

Melinas Augenbraue hob sich zu einem skeptischen Bogen.

»Tue ich«, beharrte Gillian. »Außerdem, welche Beziehung ist schon perfekt? Man kann nicht alles in einem einzigen hübsch geschnürten Päckchen bekommen. Es wäre zu viel verlangt, von einem einzigen Menschen die Erfüllung aller persönlichen Bedürfnisse und Wünsche zu erwarten.«

»In deinem Fall heißt das: ein Baby. Seit deinen eigenen Kindertagen hast du dir eines gewünscht. Du hast mit Puppen gespielt, während ich nur meine Rollschuhe kannte.«

»Möchtest du noch immer beim Rollschuh-Derby mitmachen?«

»Ja, und es ärgert mich tierisch, dass sie auf Inline-Skates umgestiegen sind, was viel schwerer ist.«

Gillian lachte. »Manchmal hat uns Mutter nur nach einem Blick auf unsere Knie unterscheiden können.«

»Meine hatten immer Blutkrusten.« Sie lachten über die gemeinsamen Erinnerungen, doch dann verschwand Melinas Lächeln allmählich. »Wenn Jems Sterilität eurer perfekten Beziehung im Weg steht, dann bitte ihn doch, die Sterilisierung rückgängig zu machen.«

»Dieses Thema habe ich ein einziges Mal angeschnitten. Er wollte kein Wort davon hören.«

»Wie hat er dann auf deine Entscheidung reagiert?«

»Überraschend gut. Er hat mich sogar zum Durchhalten ermutigt, wenn ich mal Zweifel laut werden ließ.«

»Hmm.« Melina war überrascht, das zu hören. »Nun ja, er ist eben ein komischer Kauz; ich sag's ja nicht zum ersten Mal.«

»Lass uns nicht über Jem reden. Immer, wenn das Gespräch auf ihn kommt, geraten wir ins Streiten. Und ich will nicht, dass mir irgendetwas diesen Tag verdirbt. Stellen wir einfach fest, dass wir über Jem eben unterschiedlicher Meinung sind. Okay?«

»Mir recht.«

Einen Moment aßen sie stumm vor sich hin, ehe Melina sagte: »Nur noch einen einzigen Punkt.« Trotz Gillians Stöhnen redete sie weiter. »Falls die Prozedur Erfolg hat und du tatsächlich schwanger wirst, wird das ein Härtetest für Jems Liebe.«

»Darüber habe ich auch schon nachgedacht.«

»Gillian, pass mal auf. Falls daraus ein Baby entsteht, könnte die Realität bei weitem nicht so rosig ausfallen wie in der Theorie. Strahle-Schnappschüsse gibt's weit weniger als dreckige Windeln. Möglicherweise verhält sich Jem dann nicht so positiv, wie er dich glauben lassen will. Aber ich will fair bleiben: Vermutlich glaubt er ja fest daran, dass er damit zurechtkommt.«

Sie hielt inne und trank einen Schluck Wein, ehe sie sich entschloss, ihre beunruhigenden Gedanken auszusprechen. Sie und Gillian waren immer offen miteinander umgegangen, bis zur Schmerzgrenze. »Ich mache mir ein bisschen Sorgen, dass sich seine Einstellung ändert, wenn das Baby erst mal da ist. Wäre es nicht für jeden Mann hart, ein Kind zu akzeptieren, das letztendlich nicht seins ist? Im besten Fall wird Jem ein paar Bedenken hegen. Möglicherweise auch leisen Groll.«

»Ich rechne mit Rückschlägen«, sagte Gillian, »und habe sie einkalkuliert. Trotzdem konnte ich meine Entscheidung nicht durch Eventualitäten und Spekulationen beeinträchtigen lassen. Ich musste aufhören, mich zu fragen, ›Was wäre wenn?‹. Sonst hätte ich's nie getan. Wenn ich es aber tun wollte, dann eher früher als später. Wir werden bald sechsunddreißig.«

»Erinnere mich nur nicht daran.«

»Ich wurde ständig daran erinnert, dass meine biologische Uhr tickt. Ich konnte sie nicht länger ignorieren.«

»Verstehe.«

Gillian legte ihre Gabel weg. »Wirklich, Melina? Kannst du das verstehen?«

Schon immer hatten sie gegenseitig Zustimmung gesucht. Melina schätzte Gillians Meinung über alles und vertraute ihr genauso, wie sie das umgekehrt auch von ihr wusste. »Ja«, antwortete Melina langsam, »ich verstehe es. Nur teilen kann ich es nicht. Ich hatte nie das Bedürfnis, ein Kind zu haben.« Mit reumütigem Lächeln fügte sie hinzu: »Ist doch gut, dass es so war, nicht? Mein Leben, meine Zukunft drehen sich einzig und allein um meinen Beruf.«

Sie streckte die Hand über den Tisch und umfasste Gillians. »Vielleicht ist der mütterliche Instinkt der einzige Unterschied zwischen uns beiden. Meiner Ansicht nach hast du beide Teile bekommen, meinen und deinen. Wenn er so stark ist, wäre es falsch gewesen, ihn zu ignorieren. Also war deine Entscheidung für dich auch genau richtig.«

»Ach Gott, hoffentlich.« Obwohl Melina genau wusste, wie viel dieses Experiment für Gillian bedeutete, überraschte sie die tiefe Emotion in der Stimme ihres Zwillings. »Ich wünsche mir so sehr ein Kind, aber was – was ist, wenn das Kind mich nicht will?«

»Entschuldige?«

»Was ist, wenn mein mütterlicher Instinkt falsch ist und ich keine gute Mutter bin?«

»Unmöglich.«

»Das sagst du doch nur, Melina, weil du weißt, dass ich genau das hören möchte.«

»Hast du je erlebt, dass ich ein Blatt vor den Mund nehme? Ich sage das, weil's wahr ist. Du wirst eine ideale Mutter.«

»Ich wäre es jedenfalls gerne.« Gillians Miene und ihr Tonfall unterstrichen, wie ernst es ihr war. Obwohl keine von beiden zu spontanen Tränenausbrüchen neigte, schien Gillian kurz davor zu stehen, was man diesem Hormon-Dingsbums zuschreiben oder es als weiteres Indiz dafür werten konnte, wie tief ihre Gefühle waren.

Sie sagte: »Diese Entscheidung bedeutet für

mich mehr als jede andere, die ich bisher in meinem Leben getroffen habe. Und von allen Entscheidungen, die ich in Zukunft treffen werde, bedeutet mir diese am meisten. Ich will einfach nicht bei etwas scheitern, das für mich so wichtig ist. Das geht einfach nicht.«

»Und du wirst es auch nicht«, behauptete Melina kategorisch.

»Ich möchte, dass mein Baby mit mir genauso glücklich ist, wie ich mit ihm oder ihr.«

»Es wird das glücklichste Kind auf Erden werden. Wenn ich mir bei allem anderen so sicher sein könnte wie dabei! Gillian, du wirst als Mutter rauschenden Erfolg haben. Deshalb schlag dir auch ein mögliches Scheitern aus dem Kopf. Verbann es, begrab es. Es wird nicht eintreten.«

Angesichts der unerschütterlichen Bestätigung durch ihre Zwillingsschwester musste Gillian erleichtert lächeln. Blinzelnd vertrieb sie ihre ungeweinten Tränen. »Okay, meine Zweifel sind hiermit offiziell gebannt und begraben.«

»Na, Gott sei Dank, das hätten wir erledigt.«

Wieder hob Melina ihr Weinglas. »Auf dich und die moderne Medizin. Hoffentlich benehmen sich diese Mini-Kaulquappen angemessen.«

Sie stießen miteinander an. Gillian sagte: »Die Erfolgsrate – auch wenn, wie in meinem Fall, sämtliche Knöpfe auf Grün stehen – beträgt nur fünfundzwanzig Prozent. Vielleicht ist es mit einmal nicht getan.«

»Da hat uns Mutter vor unserem ersten Rendezvous aber was ganz anderes erzählt.«

Beim Gedanken daran, wie schmerzlich gehemmt ihre Mutter gewesen war, wenn es darum ging, über Sex zu sprechen und ihre Töchter vor den potenziellen Gefahren zu warnen, mussten sie lachen.

»Erinnerst du dich noch an diesen Vortrag? Ich hatte keine Ahnung, dass es so viele Umschreibungen für Körperteile und Geschlechtsverkehr gibt!«, rief Melina. »Trotzdem, ihre Botschaft hat sie rübergebracht: Einmal genügt, um schwanger zu werden.«

»Wir werden ja sehen. Der Arzt hat mir versichert, es seien gute Schwimmer.«

»Er hat sie tatsächlich *Schwimmer* genannt?«

»Ich schwör's.«

Sie kicherten wie Teenager über einen Schmuddelwitz. Schließlich winkte Melina dem Kellner, er solle ihre Teller abräumen, und bestellte Kaffee. »Und wie steht's mit dem Spender?«

»Der ist nur eine Nummer, die du wie im Katalog auswählst. Von allen Kandidaten hat er meine Vorlieben am besten erfüllt.«

»Haarfarbe, Augenfarbe, Figur.«

»Genau, dazu noch Interessen, Umfeld und IQ.«

»Das heißt also, du hast lediglich eine Nummer aus einem Katalog bestellt?«, erkundigte sich Melina ironisch.

»Es war eine wissenschaftliche Prozedur.«

»Biologie pur. Menschliche Fortpflanzung zu ihrer sterilsten Variante kondensiert.«

»Ganz genau.«

»Aber –«

Gillian lächelte. Sie wusste, dass sie in der Falle saß. Die beiden konnten keinen Gedanken lange voreinander verbergen. »*Andererseits* bin ich ein menschliches Wesen und mein Körper ist kein Reagenzglas. Ich kann nicht gänzlich objektiv sein, obwohl ich's eigentlich sollte.« Sie starrte in die Luft und meinte leise: »Ich hoffe darauf, mit Hilfe einer namenlosen Person ein neues Individuum zu erschaffen. Ein Baby. Einen Charakter. Eine Seele. Das ist starker Tobak. Natürlich grüble ich über den Spender nach, wer er ist und wie er aussieht.«

»Wieso auch nicht? Natürlich beschäftigt dich das. Hast du denn wirklich keine Ahnung?«

»Nein. Wahrscheinlich ist es ein Medizinstudent, der ein bisschen Taschengeld brauchte.«

»Und der sich gerne einen runterholt. Aber das

tun sie doch alle, nicht wahr?« Melina zwinkerte dem Mann am Nachbartisch zu. Er lächelte zurück, ihr Flirten schmeichelte ihm.

Als Gillian den Blickwechsel bemerkte, wies sie Melina leise flüsternd zurecht. »Benimm dich.«

»Er hat doch keine Ahnung, was ich gesagt habe.«

Auch darin waren sie sich unähnlich. Während Melina dazu neigte, aus ihrem Herzen keine Mördergrube zu machen, verhielt sich Gillian wesentlich diskreter. Melina sagte und tat Dinge, an die Gillian zwar dachte, die sie wegen ihrer Hemmungen jedoch nicht äußerte. Ihre impulsiven Reaktionen waren gleich, aber nur Melina setzte sie auch um. Sie sprang im Hechtsprung vom höchsten Sprungbrett, während Gillian oben verharrte und sich mit den Zehen an der Kante festkrallte, ehe sie doch noch den Mut zum Sprung fand. Melina bewunderte die Umsicht ihrer Zwillingsschwester. Gillian behauptete, sie sei auf Melinas Mut neidisch.

Melina überließ den Herrn am Nebentisch seinen Träumereien und wollte von Gillian wissen, wie lange es dauern würde, bis der Erfolg der künstlichen Befruchtung feststünde.

»In einer Woche gehe ich wieder zu einem Bluttest hin.«

»Eine ganze Woche! Musst du dich irgendwie einschränken?«

»Nein, ich kann leben wie immer.«

»Arbeit?«

»Ich habe noch heute Nachmittag einen Termin.«

»Sex?«

»Nein, ohne jede Einschränkung. Der Arzt hat sogar gesagt, falls ich einen Partner hätte, der das Kind mit mir gemeinsam aufziehen möchte, würde er uns raten, sobald wie möglich miteinander zu schlafen. Das sei in psychologischer Hinsicht gut für unfruchtbare Paare, die als letzte Möglichkeit auf Spendersamen zurückgegriffen haben. Sollten sie am Tage der IUI miteinander schlafen, bestünde immer eine geringe Chance, dass –«

»Das Sperma des Partners das Ei befruchtet hat.«

»Genau.«

Melina presste ihre Zeigefinger gegen die Schläfen. »Himmel, das geht aber –«

»Weit. Ich weiß. Dieses Thema hat unendlich viele Facetten. Endlose Faktoren zu bedenken, ethische und religiöse Fragen müssen gestellt und hoffentlich geklärt werden. Und trotzdem bedaure ich nicht, dass ich's getan habe. Genauso wenig werde ich jetzt anfangen, nachdem ich gehandelt habe, die Entscheidung erneut zu hinterfragen. Eines steht fest: Sollte ich diesmal nicht schwanger werden, werde ich es definitiv wieder versuchen. Bis vor kurzem hatte ich von Mutterschaft völlig vage Vorstellungen. Das spielte sich alles in einer weit entfernten Zukunft ab. Inzwischen habe ich den nötigen Schritt für eine Schwangerschaft getan und nun nehmen auch diese Fantasien konkrete Formen an. Melina, ich will ein Baby, mit dreckigen Windeln und allem anderen. Ich wünsche es mir so sehr. Einen Sohn oder eine Tochter, für die ich sorgen kann. Jemanden, der meine Liebe braucht. Jemanden, der mich seinerseits liebt.«

Melina schluckte heftig. »Willst du mich unbedingt zum Heulen bringen?«

Gillian unterdrückte ihre eigenen Tränen und streichelte sachte ihren Bauch. Dann sagte sie: »Die Woche wird lang werden.«

Melina schniefte. Ihr eigenes sentimentales Verhalten machte sie ungeduldig. »Was du brauchst, ist Ablenkung«, konstatierte sie. »Etwas, das dich auf andere Gedanken bringt. Damit die Zeit schneller vergeht.«

»Und das wäre?«

»Bin schon dabei.« Sie tippte sich mit der Fingerspitze an die Lippen. Sekunden später schoss ihr ein brillanter Einfall durch den Kopf, aber schon folgte der Katzenjammer auf dem Fuß. »Verdammt!«, rief sie und schlug auf den Tisch. »Ich kann's nicht fassen, dass ich dir dieses Angebot mache.«

»Was denn?«

»Ach, zum Kuckuck!«, sagte sie. Plötzlich war der Entschluss gefallen. Sie beugte sich über den Tisch und sagte aufgeregt: »Geh heute Abend an meiner Stelle hin.«

»Was? Wohin?«

»Rate mal, wen ich heute Abend begleite.«

»Ist mir egal.«

»Glaube ich nicht. Christopher Hart.«

»Den Astronauten?«

»Aha! Schon bei seinem Namen hast du glänzende Augen bekommen.«

»Selbst wenn, was ich bezweifle, dann nur, weil ich beeindruckt bin, dass meine Schwester den Auftrag bekommen hat, so einen Promi zu begleiten. Hat er nicht eben erst eine Weltraumtour hinter sich?«

»Vor drei Monaten. Er hat eine Shuttle-Mission geleitet, durch die ein wichtiger Militärsatellit gerettet wurde. War entscheidend für den Weltfrieden oder so.«

»Und was macht er in Dallas?«

»Bekommt 'nen Preis der Ehemaligen-Vereinigung an der Southern Methodist University. Sie geben ihm irgendeinen renommierten XYZ-Preis im Adolphus, mit Festbankett und so.« Sie lächelte boshaft. »Möchtest du ihn kennen lernen?«

»Ich habe doch keine Ahnung von deinem Job!«, rief Gillian. »So wenig wie du vom Verkauf gewerblicher Immobilien.«

»Du hast einen schwierigen Job, bei dem es um Zinssätze, Grundstücke und ähnliches Zeug geht. Zu meinem braucht man keinen Funken Verstand. Was gibt's da also zu wissen?«

»Eine ganze Menge.«

»Nicht wirklich. Du sammelst ihn zu Beginn des Abends ein und lieferst ihn am Ende wieder ab.«

Natürlich war das eine grotesk vereinfachte Beschreibung ihres Jobs. Jahrelang hatte sie als Lehrling geschuftet, ehe sich ihr Brötchengeber in den Ruhestand verabschiedete und ihr sein Geschäft verkaufte, das unter ihrem Management expandiert war.

Im Grunde genommen ging es darum, dass sie oder einer ihrer drei sorgfältig überprüften und ausgebildeten Angestellten eine hochrangige Persönlichkeit – mit Ausnahme derer, die mit eigenem Gefolge anreisten – während ihres Besuchs in Dallas betreuten. Damit waren sie für diese Person solange verantwortlich, bis diese sich sicher auf dem Weg zu ihrem nächsten Ziel befand. Sie war Chauffeur und Beichtvater und erledigte Einkäufe, je nachdem, wozu der Kunde sie brauchte. Manchmal meckerte sie über ihre aberwitzigen Arbeitszeiten, doch im Grunde war jedes Jammern nur Schau, weil sie ihre Tätigkeit heiß und innig liebte. Und weil sie ihren Job sehr gut machte, hatte sich ihr Geschäft bestens entwickelt.

Trotzdem beunruhigte es sie nicht, wenn Gillian eine Nacht lang ihren Platz einnähme. Gillian hatte, genau wie sie, in ihrem Leben jede Menge Fremder getroffen. Auch in Gegenwart von Colonel Christopher Hart würde sie wohl kaum gehemmt verstummen. Sie hatte an weitaus wichtigere Männer als ihn Immobilien verkauft. Obendrein käme sie damit mal einen Abend von Jem Hennings weg – in Melinas Augen schon an und für sich ein Pluspunkt.

»Du weißt doch, wo das Adolphus ist, ja?«

»Melina, vergiss es«, sagte Gillian, wobei sie jedes einzelne Wort betonte.

»Er wohnt im Mansion. Dort holst du ihn ab und bringst ihn in die Innenstadt –«

»Du hörst gar nicht zu.«

»Lahme Ausreden überhöre ich grundsätzlich.

Du hast mir noch keinen einzigen guten Grund geliefert, warum du nicht gehen solltest.«

»Wie wär's dann damit? Wir sind keine Kinder mehr. Solche Spielchen spielen Erwachsene nicht.«

»Wir kommen immer noch mit einem Rollentausch durch.«

»Natürlich, trotzdem ist es Quatsch.«

»Warum?«

»Weil es verrückt ist.«

»Colonel Hart kennt mich doch nicht seit Adams Zeiten. Wem würde es also schaden?«

Gillian ging noch immer nicht auf ihre Argumente ein. »Ich muss mich um mein eigenes Geschäft kümmern! Ich bin kurz davor, eine brandneue Anzeigenfirma zur Unterschrift unter eine neue Adresse zu bringen, bei der es um schlappe drei Millionen geht. Ich treffe mich mit ihnen heute Nachmittag, um sämtliche strittigen Punkte mit dem Verkäufer festzunageln. Obendrein kommt Jem heute Abend. Deshalb, danke, dass du daran gedacht hast, aber trotzdem: nein.«

»Christopher Hart ist heiß, heiß und nochmal heiß«, lockte sie mit verführerischer Schmeichelstimme.

»Du kannst mir danach alles über ihn erzählen.«

»Letzte Chance. Eins, zwei –«

»Nein, Melina.«

»Vorbei.«

Unter Stirnrunzeln murmelte sie, was für ein fader Knochen Gillian sei, bat um die Rechnung und bestand darauf, zu zahlen. Draußen vor dem Szenelokal stellten Parkwächter ihre Wagen bereit. Einer der jungen Männer starrte die beiden so unverwandt an, dass er beinahe auf ein anderes Auto aufgefahren wäre.

Während sie sich voneinander verabschiedeten, startete Melina einen letzten Versuch. »Du wirst es noch bedauern, wenn du diese Gelegenheit verpasst.«

»Trotzdem, danke schön.«

»Gillian, er ist ein Volksheld! Du würdest den Abend mit ihm verbringen. Das könnte das beste Geschenk sein, das ich dir je gemacht habe, nach dem Wonder-Bra.«

»Ich weiß es zu schätzen.«

»Oh, ich kapiere. Du schmollst immer noch.«

»Schmollen?«

»Weil ich letzten Monat kein Rendezvous mit dir und Kevin Costner arrangieren konnte. Gillian, ich hab dir doch schon tausend Mal gesagt, dass er einen randvollen Terminkalender hatte. Es war einfach unmöglich.«

Lachend beugte sich Gillian vor und gab ihr

einen Kuss auf die Wange. »Ich schmolle nicht. Schwesterlein, ich liebe dich.«

»Ich dich auch.«

»Viel Spaß mit dem Astronauten.«

Sie winkte und meinte dann im breitesten Dialekt: »Darauf kannste wetten.«

»Ich will Details«, rief Gillian ihr zu, während sie einstieg. »Punktgenau.«

»Versprochen. Ich rufe dich an, sobald ich wieder daheim bin.«

Ein kräftiger Wind fegte über den Wüstenboden und rieb dem Berg den aufgewirbelten Sand ins Gesicht, ehe er ihn unter dem niedrigen Gestrüpp verteilte. Oben am Gipfel, wo die Luft dünner und kühler war, verwandelte derselbe Wind die safranfarbenen Espenblätter in Kastagnetten.

Mitten im Espenhain lag eine Siedlung, die so sehr mit der Landschaft verschmolz, dass sie von der Autobahn aus, die sich Kilometer weiter unten durch die Wüste schlängelte, fast unsichtbar war. Sämtliche Gebäude bestanden aus handverlesenem Granit, den man aus Schottland importiert hatte. Die farbigen Bänder, die sich über diesen grauen Untergrund zogen, korrespondierten perfekt mit den Sand-, Ocker- und Siena-Tönen der Umgebung.

Die beschattete Terrasse im dritten Stock des Hauptgebäudes diente dem momentan dort Betenden als Freilufttempel. Seine Knie ruhten auf einem kastanienbraunen reich verzierten Samtkissen, dessen Gold- und Silberfäden im Sonnenlicht glitzerten, das durch die Bäume fiel.

Das Kissen war ein Geschenk einer Bewunderin gewesen. Angeblich hatten es russische Emigranten um die Jahrhundertwende mitgebracht. Ein Familienerbstück. Der wertvollste Besitz der Schenkenden und damit ein Opfer höchsten Ranges, ein enormer Tribut an den Einen, dem sie es geschenkt hatte.

Er hielt den Kopf gesenkt. Seine dichten blonden Haare wirkten fast weiß und seidenweich wie bei einem Engel. Seine Augen waren geschlossen. Die Lippen formten sich zu einer stummen, demütigen Bitte. Er hatte die Hände unter dem Kinn gefaltet – ein wahrer Inbegriff von Frömmigkeit. Von Gott berührt. Von Gott gesegnet. Von Gott auserkoren.

Nein.

Unter der breiten Glastüre, die die Terrasse vom riesigen Innenraum trennte, tauchte ein Mann in einem streng geschnittenen dunklen Anzug auf. Geräuschlos näherte er sich dem Betenden und legte ein Blatt Papier neben die kniende Gestalt, wobei er eine Ecke unter das Samtkissen schob, damit sie der Wind nicht fortwehen konnte. Anschließend zog er sich genauso lautlos zurück, wie er gekommen war.

Der Betende unterbrach eine Weile sein himmelstürmendes Flehen, hob den Zettel auf und sah, dass er einen Stempel mit Tag und Uhrzeit trug. Heute. Vor weniger als einer Stunde.

Während er die gedruckte Nachricht las, breitete sich langsam ein Lächeln über sein hübsches Gesicht. Er presste die Nachricht mit seinen langen, gefalteten Händen gegen die Brust, als ob sie einen unschätzbaren Wert für ihn besäße. Wieder schloss er die Augen. Wie in Ekstase hob er sein Gesicht der Sonne entgegen.

Aber es war nicht Gottes Name, den er anrief. Stattdessen flüsterte er ehrfürchtig einen anderen: »Gillian Lloyd.«

2

Colonel Christopher Hart schaute so unauffällig wie möglich auf seine Armbanduhr, bedauerlicherweise jedoch nicht ganz so heimlich, wie er gedacht hatte. Denn George Abbott, einer der ihm gegenüber sitzenden Männer, beugte sich vor. »Noch etwas Kaffee? Oder diesmal vielleicht etwas Stärkeres?«

Lächelnd schüttelte Christopher, der bei seinen NASA-Truppen besser unter dem Spitznamen Chief – Häuptling – bekannt war, den Kopf. »Nein, danke. Vor dem Bankett heute Abend findet eine Pressekonferenz statt. Dafür muss ich einen klaren Kopf behalten.«

»Wir wollen Sie nicht länger aufhalten.«

Dieser Satz kam von Dexter Longtree, einem wortkargen Mann, der das Gespräch größtenteils seinem Partner überlassen hatte. Longtrees Stimme war kühl und glatt wie ein geschliffener Felsbrocken und schien mit ebensolcher Wucht auf ihnen zu landen. Sein gezwungenes Lächeln in dem strengen, sonnenverbrannten Gesicht wirkte fehl am Platz und stand in völligem Widerspruch zum Faltengespinst um seine tief liegenden Augen und den tiefen Furchen, die sich wie Klammern links und rechts seines Mundes eingegraben hatten. Nur seine Lippen waren in dieses Lächeln einbezogen, aber auch sie wirkten unnatürlich gedehnt.

Seit Beginn des Treffens vor fast einer Stunde hatte sich Longtree nur bewegt, um ein Tütchen Süßstoff in seinen Kaffee zu schütten und anschließend in regelmäßigen Abständen das zierliche Porzellantässchen zum Mund zu führen. Seine raue, dunkle Hand hätte Tasse und Untertasse ohne große Mühe zerquetschen können. Wenn er nicht trank, lagen seine Hände unbeweglich auf seinen Oberschenkeln.

Abbott dagegen zappelte ständig herum. Er hatte den Strohhalm aus seinem Glas Eistee gezogen, ihn über ein dutzend Mal verformt und zu guter Letzt verknotet. Er spielte mit der Streichholzschachtel in dem sauberen, leeren Aschenbecher und wechselte ständig seine Position, als ob er an akuten Hämorrhoiden litte. Er wackelte mit den Knien. Außerdem grinste er über beide Backen, ganz im Gegensatz zu Longtree.

Longtree wirkte bedrohlich, Abbott einschmeichelnd. Es stand fifty-fifty, wem von beiden Chief mehr misstraute.

Er wollte das Treffen unbedingt abschließen, deshalb sagte er: »Meine Herren, ich schätze Ihr Interesse. Sie haben mir eine Menge Stoff zum Nachdenken geliefert.«

Abbott räusperte sich nervös. »Colonel, eigentlich hatten wir gehofft, Sie könnten uns etwas mitgeben.«

»Heute?«, rief Chief. »Sie wollen jetzt eine Antwort?«

»Nichts Endgültiges«, beeilte sich Abbott zu versichern, »gewissermaßen eine Andeutung Ihrer eventuell endgültigen Entscheidung.«

»Das ist unrealistisch.« Chief musterte Dexter Longtree, der ihn weiterhin unerbittlich anstarrte. »Offiziell werde ich erst in einigen Monaten aus der NASA ausscheiden, und was ich anschließend tun werde, steht selbst für mich noch völlig offen.« Er lachte gezwungen. »Ich bin mir nicht einmal sicher, wo ich wohnen werde.«

»Nun, selbstverständlich würden wir es begrüßen, wenn Sie in unseren Heimatstaat New Mexico umzögen«, sagte Abbott mit einer Stimme, die für die gedämpfte Cocktailbar viel zu ausgelassen klang. »Sie sind in New Mexico aufgewachsen und noch immer einer von uns.«

»Danke«, meinte Chief kurz angebunden. Er hatte keine allzu glücklichen Erinnerungen an seine Kindheit.

»Wir werden unser Hauptquartier in Santa Fe aufschlagen. Es wäre praktisch, wenn Sie in der Nähe wären.«

»Praktisch, aber nicht unbedingt notwendig«, hob Longtree an.

»Nein, selbstverständlich nicht«, pflichtete Abbott bei. Er war ein Kriecher, der sich Longtree in jeder Hinsicht beugte. »Colonel, damit wollte Dexter nur sagen, dass Ihnen dieser Job jede Menge Freiraum für andere Dinge ließe. Sie könnten Ihren eigenen Interessen nachgehen – solange sie sich nicht mit unseren kreuzen, versteht sich. Damit wäre allen gedient. So einfach ist das.« Er klang wie ein routinierter Autohändler, darauf aus, einen Kauf unter Dach und Fach zu bringen, und sein Zähne fletschendes Grinsen unterstützte diesen Eindruck noch.

»Ich befürchte, Mr Abbott, es ist nicht ganz so einfach.«

Wieder meldete sich Longtree zu Wort, mit einer Stimme, die Chief an eine Schlange in stillem Gewässer erinnerte. »Colonel Hart, ich spüre bei Ihnen noch einige Vorbehalte.«

»Ja, die habe ich.«

»Bezüglich der Organisation?«

Chief ließ sich mit der Antwort Zeit. Er wollte sie nicht beleidigen, obwohl Häuptling Dexter Longtree einschüchternd wirkte. Der Jicarilla-Apache trug Zöpfe, die bis zur Taille reichten und wie zwei identische schwarze Seidenstränge auf den Revers seiner Anzugjacke lagen. Bis auf einen gelegentlichen Lidschlag hätte man ihn mit einer Bronzestatue in einem Kunstmuseum verwechseln können. Andererseits hatte Chief unter herrischen Militärbefehlshabern gedient, bei denen sich wahrscheinlich selbst Longtrees Zöpfe gekräuselt hätten.

Als Reaktion auf dessen Frage erwiderte Chief: »Meine Bedenken gelten nicht in erster Linie der von Ihnen vorgeschlagenen NAA.«

Native American Advocacy – Stimme der Ureinwohner Amerikas – hieß die Interessengruppe, die sie gründen wollten. Laut dem formellen Vorschlag, den man Chief im Vorfeld des Treffens zugeschickt hatte, sollte jeder Stamm bzw. jedes Reservat die Dienste der NAA in Anspruch nehmen können, wenn sämtliche anderen Hilfeleistungen bereits ausgeschöpft waren. Diese Dienste sollten die ganze Skala abdecken: von Prozesshilfe über Sponsoren bis zur Einflussnahme auf die Abstimmungsergebnisse von Gesetzesentwürfen, die eine direkte Auswirkung auf die amerikanische Urbevölkerung hätten.

Anwälte und sonstige Standesvertreter, die sich bereits positiv geäußert hatten, waren damit einverstanden gewesen, im Bedarfsfall unentgeltlich zur Verfügung zu stehen. NAA bot Chief einen jährlichen Vorschuss an, wenn er als ihr Aushängeschild fungierte, als offizielles Sprachrohr gegenüber den Medien und in Washington.

Abgesehen von pekuniären Überlegungen, hatte er in einer ersten Reaktion nicht nur mit einem schlichten »*Nein*« ablehnen wollen, sondern sogar mit einem definitiven »*Verdammt noch mal, nein*«.

So aber sagte er möglichst unverbindlich: »Ich habe Dinge gehört und gelesen, die in mir tiefe Verstörung auslösen.«

»Und die wären?«

»Zum Beispiel, dass einige Ureinwohner mit Schürfrechten, Spielcasinos und anderen profitablen Unternehmen in den Reservaten reich werden, während die Masse weiterhin unter der nationalen Armutsgrenze lebt. Der Reichtum wird nicht gleichmäßig verteilt – manchmal sogar überhaupt nicht. Das beunruhigt mich. Ziemlich stark.«

Genau hier hakte Abbott ein. »Umso mehr Grund für Sie, sich dessen anzunehmen. Sie könnten einen neuen Aspekt hineinbringen, die Dinge ändern. Was ja auch unser Ziel ist.«

Chief wandte sich dem hyperaktiven Mann zu. »Gibt es nicht längst andere Organisationen, die ähnliche Ziele verfolgen?«

»Ja, und sie sind gut. Trotzdem hoffen wir darauf, besser zu sein. Die Besten. Sie würden uns dabei helfen.«

»Warum gerade ich?«

»Weil Sie ein Volksheld sind, der erste indianisch-stämmige Astronaut. Sie sind im Weltraum spazieren gegangen!«

»Was mich nicht dazu qualifiziert, für alle anderen den Fürsprecher zu mimen.«

»Im Gegenteil, Colonel Hart. Wenn Sie reden, hören die Leute zu, besonders die Damenwelt«, fügte Abbott mit einem unverschämten Augenzwinkern hinzu.

Kopfschüttelnd musterte ihn Hart von oben bis unten. »Sie wären tatsächlich bereit, mich anzuheuern, noch ehe Sie überhaupt wissen, was ich vor einem bestimmten Forum sagen würde? Spielen meine politischen Neigungen in Ihrem Denken keinerlei Rolle? Sie haben mich ja noch nicht einmal zu meiner persönlichen Philosophie befragt.«

»Aber –«

Longtree stoppte Abbotts Gegenargument durch schlichtes Handheben. Sofort verstummte der andere. »George, wir sollten uns Mr Harts Überlegungen anhören.«

»Danke.« Er hatte längst einen Entschluss gefasst. Demnach waren weitere Diskussionen sinnlos. Und das konnten sie genauso gut auch schon jetzt wissen. »Ehe ich mich irgendeiner selbsternannten Gruppe oder Organisation für gemeinnützige Dienste anschließen würde, müsste ich zuallererst überzeugt sein, dass diese nicht ihre ureigensten Interessen verträten. Zweitens müsste ich sicher sein, dass diese Gruppe an mir als Mensch interessiert ist, und nicht als Indianer.«

Daraufhin herrschte lange Schweigen, das Longtree schließlich brach. »Verleugnen Sie Ihr Erbe?«

»Das wäre unmöglich, selbst wenn ich es wollte. Sogar mein Spitzname kommt daher. Allerdings habe ich mein indianisches Blut auch nie ausgenützt. Ich würde jede Position ablehnen, bei der meine Abstammung meine einzige Qualifikation darstellt.«

Wieder lachte Abbott nervös auf. »Für uns ist es ein unschätzbarer Vorteil, dass Sie ein Nachkomme von Quanah Parker sind.«

»Der halb Weißer war.«

Darauf wusste Abbott nichts zu erwidern. Nach

erneutem angespanntem Schweigen hielt Longtree offenbar einen vorzeitigen Rückzug für angebracht und stand auf. Plötzlich wurde Chief bewusst, wie klein er war. Durch sein Auftreten wirkte er weitaus größer.

Er sagte: »George, wir haben Colonel Hart genug Material zum Nachdenken für einen ganzen Nachmittag geliefert. Er nimmt heute Abend an einem wichtigen Bankett teil.«

Auch Chief stand auf. Abbott machte einen verwirrten Eindruck, als ob sich das Programm in letzter Minute geändert hätte, ohne dass er informiert worden war. Schließlich schloss auch er sich an und stand auf.

»Ich schätze das Vertrauen, das Sie in mich setzen«, sagte Chief, während er Longtree die Hand hinstreckte. »Ihr Angebot schmeichelt mir. Trotzdem bin ich noch zu keiner festen Zusage bereit.«

»Dann ist es unsere Aufgabe, Sie soweit zu bringen.« Nach einem raschen, festen Händedruck ließ er Chiefs Hand wieder los. »Wären Sie morgen Früh mit einem Treffen einverstanden? Dann könnten wir dieses Gespräch fortsetzen.«

»Eigentlich wollte ich zeitig wieder nach Houston zurück.«

»Wir sind Frühaufsteher. Sie bestimmen Zeit und Ort.«

Eigentlich gab es nichts mehr zu diskutieren. Chief hatte seine Antwort lange vor diesem Treffen gekannt, zu dem er sich aus reiner Höflichkeit bereit erklärt hatte. Ihr ganzes Reden hatte an seinem Standpunkt nichts geändert. Longtree wirkte wohlhabend und nicht wie ein Indianer, der mit Mühe in einem Reservat über die Runden kam. Er machte nicht den Eindruck, als zöge er für die Zukurzgekommenen in den Kampf und versuchte, das Unrecht wieder gutzumachen, das man an den Indianervölkern begangen hatte. Leider würde ihm dieser zugeknöpfte Mistkerl keinen eleganten Rückzieher aus einem Frühstückstermin gestatten.

»Punkt neun Uhr?«, fragte Chief militärisch knapp. »Zum Frühstück hier im Promenade?«

»Wir sehen uns dann«, erwiderte der Apache. Nach kurzem Händeschütteln trottete Abbott hinter Longtree her, der mit großen Schritten die Bar verließ.

Andere Happy-Hour-Gäste hatten sich umgedreht und starrten herüber. Trotz seiner markanten Erscheinung wollte Dexter Longtree nicht so ganz zur betuchten Klientel im Salon des Mansions passen. Besonders nicht mit dem perlenbestickten und mit Fransen besetzten Lendenschurz, den er über seiner Hose trug.

»Ist das ein Schauspieler oder was Ähnliches?«

Chief drehte sich zu der Bardame um, die sich an ihn herangepirscht hatte. »Nein, der ist echt.«

»Ehrlich? Irre.« Kaum waren Abbott und Longtree außer Sichtweite, strahlte sie Chief an. »Kann ich Ihnen sonst noch was Gutes tun, Mr Hart?«

»Momentan nicht, danke.«

»Dann werden Sie doch hoffentlich vor der Abreise nochmal hereinschauen?«

»Vielleicht auf einen Schlummertrunk.«

»Ich freue mich schon jetzt darauf.«

An Flirts war er gewöhnt. Er hatte schamlose Angebote per Post bekommen, manchmal sogar mit anzüglichen Fotos. Im ganzen Land hatte man ihm Zimmernummern auf Servietten aus den Hotelbars gekritzelt. Und einmal hatte ihm eine Dame während eines offiziellen Dinners im Weißen Haus beim Vorstellen sogar ihr Höschen in die Hand gedrückt.

Weibliches Interesse nahm er für mehr oder weniger selbstverständlich. Aber diese junge Frau war ausnehmend attraktiv. Sie hatte sich das strahlende Lächeln der Mädchen aus Dallas angewöhnt, jene unwiderstehliche Mischung aus scheuer Südstaatenschönheit und schamlosem Cowgirl. Chief spürte, wie er darauf ansprang.

Aber verdammt, sie war so jung! Vielleicht wurde er nur langsam alt. In seinen jüngeren, wilderen Tagen hätte er ihr Lächeln als das genommen, was sich dahinter verbarg: eine offene Einladung.

Aber er war nicht mehr jung und ganz so ungestüm. Jedenfalls gab er ihr ein großzügiges Trinkgeld und ging dann ohne weitere Zeitverschwendung auf sein Zimmer, direkt unter die Dusche. Das Hotelpersonal hatte sein Versprechen gehalten: Sein Smoking hing frisch gebügelt im Schrank. Die schwarzen Cowboystiefel, die er dazu trug, waren auf Hochglanz poliert.

Während des Anziehens gönnte er sich einen kleinen Bourbon. Anschließend putzte er sich gründlich die Zähne und gurgelte mit Mundwasser. Es ginge doch wohl nicht an, wenn ein Indianer mit Feuerwasseratem auf einer Pressekonferenz erschiene, oder? Dann streifte er das plissierte Hemd über und steckte die Onyxknöpfe durch die Knopflöcher. Unterdessen schalt er sich innerlich für seinen Komplex, den er allerdings meistens unter Kontrolle hatte. Doch sein Gespräch mit Abbott und Longtree hatte ihn wieder aufflammen lassen.

Was musste er denn beweisen? Warum verspürte er immer noch den Zwang, sich zu beweisen oder zu rechtfertigen? Es gab nichts, wofür er sich entschuldigen müsste. Alles, worin er sich je versucht hatte, hatte er hervorragend gemeistert: den Sport am College, die Ausbildung zum Luftwaffenpiloten, Kampfflugzeuge, den Krieg, das Weltraumprogramm.

Das alles hätte er auch trotz seiner Abstammung erreicht. Er war in einem Reservat aufgewachsen. Na und? Er hatte keine Vorzugsbehandlung genossen. Deswegen hatte man ihn nicht gehätschelt. Trotzdem war er sich bewusst, welch ein Glücksfall er für die Werbekampagne des Raumfahrtprogramms war. Rein rational betrachtet, wusste er genau, dass die NASA keinem Menschen ohne Führungsqualität drei Shuttle-Missionen samt Mannschaft anvertraut hätte. Und doch würde sich ein anderer Teil von ihm, der Indianer, immer fragen, ob man dem Räderwerk des Systems nicht nachgeholfen hatte, damit seine Universität, Air Force und NASA gut dastanden. *Drücken wir für den Indianerjungen doch mal ein Auge zu. So etwas macht sich gut in der Werbung.*

Seines Wissens hatte das wohl noch niemand je gedacht, geschweige denn gesagt. Trotzdem war ihm schon der Gedanke an die Möglichkeit verhasst. Es war, wie er es eben Longtree und Abbott erklärt hatte: Er hatte seine Abstammung nie benutzt, weder als Krücke noch als Sprungbrett.

Sollten gewisse Leute diese Tatsache so auslegen, als verleugnete er damit seine Herkunft, dann war das ihr Problem, und damit basta.

Er klopfte einen Hauch Rasierwasser ins Gesicht und strich sich mit den Fingern durch seine kerzengeraden schwarzen Haare. Kein Zweifel, bei ihm waren die Gene der amerikanischen Ureinwohner voll durchgeschlagen. Er hatte die Haare und die Wangenknochen eines Komantschen. Seine Mutter war zu fünfundneunzig Prozent Komantschin gewesen. Wenn es nicht seinen Ur-Urgroßvater gegeben hätte, würde er einem Indianer vielleicht noch mehr ähneln als jetzt.

So aber hatte sich auf einer Ranch im äußersten westlichen Zipfel Oklahomas, kurz nachdem aus dem Indianerterritorium ein Staat geworden war, ein schlaksiger Cowboy in Ur-Urgroßmutter verknallt. Von ihm hatte Christopher Hart die hoch aufgeschossene Figur und Augen geerbt, die seine erste Liebe mit »Paul-Newman-Blau« umschrieben hatte.

Seine Augen waren einer der Gründe gewesen, warum sich sein alter Herr verdrückt hatte. Leider floss auch ein gut Teil vom Blut seines Vaters in seinen Adern.

Unwirsch registrierte er, wohin seine Gedanken drifteten, band seine Armbanduhr um, schloss die Manschettenknöpfe und dann – war er fertig. Ehe er aus dem Zimmer ging, warf er noch rasch einen Blick auf den Reiseplan, den ihm sein Houstoner Büro gefaxt hatte, überprüfte den Namen seiner Kontaktperson und prägte ihn sich ein.

Eigentlich wäre er am liebsten selbst aus dem exklusiven Turtle Creek Viertel gefahren, wo sich das Mansion weitgehend ohne Einblicke in einen für jede Öffentlichkeit gesperrten Park schmiegte. Eine Adresse in Kombination mit seinem zuverlässigen Orientierungssinn hätten ihn das Hotel Adolphus mühelos finden lassen.

Aber die Gruppe, die den Preis verlieh, hatte auf einer Begleitung für ihn bestanden. »Sie ist mehr als nur ein Chauffeur. Sie ist medienerfahren und kennt sämtliche Lokalreporter«, hatte man ihm erklärt. »Sie werden noch froh sein, wenn Melina Lloyd Ihnen jede Störung vom Hals hält. Ohne sie würden Sie von der Menge erdrückt.«

Als er durch die Hoteltüren trat, kam eine Frau auf ihn zu. »Colonel Hart?«

Sie trug ein schlichtes, elegant geschnittenes schwarzes Cocktailkleid, das sehr teuer aussah. Das Sonnenlicht zeichnete irisierende Farbstreifen in ihre glatten Haare, die fast so dunkel wie seine eigenen waren. Sie trug einen Seitenscheitel, keinen Pony, aber eine Sonnenbrille.

»Sie müssen Ms Lloyd sein.«

Sie streckte ihre Hand aus. »Melina.«

»Nennen Sie mich Chief.«

Lächelnd schüttelten sie einander die Hand. Sie fragte: »Wie ist Ihr Zimmer? Hoffentlich zufriedenstellend?«

»Alles da, sogar ein Obstkorb und eine Flasche Champagner. Das Personal hat mich fürstlich behandelt.«

»Dafür ist es ja auch berühmt.«

Sie deutete mit dem Kinn auf einen brandneuen Lexus, der am Ende des überdachten Aufgangs wartete. Ein Türsteher hielt ihm bereits die Beifahrertüre auf. Melina gab dem jungen Mann ein großzügiges Trinkgeld. »Gute Fahrt, Ms Lloyd«, sagte er und winkte ihnen beim Abfahren nach.

»Sie müssen regelmäßig hier sein«, bemerkte Chief.

Sie lachte. »Ich nicht, aber ein paar meiner Kunden wohnen hier – die wirklich Berühmten«, fügte sie hinzu, wobei sie ihn verstohlen musterte. »Wenn ich mal richtig Geld ausgeben will, komme ich zum Lunch her. Hier kann man wunderbar Leute beobachten und außerdem kochen sie eine köstliche Tortillasuppe.«

»Das werde ich mir für später merken.«

»Stellen Sie sich die Klimaanlage so ein, wie Sie möchten.«

Als sie vor dem Einbiegen mit einer Kopfdrehung den Gegenverkehr prüfte, glitt ihre dunkle Haarmähne über die Schultern. Ein Hauch von Parfüm stieg ihm in die Nase.

»Danke, alles in bester Ordnung.«

»Wann sind Sie in Dallas angekommen?«

»Heute Nachmittag, gegen zwei.«

»Das ist gut. Dann hatten Sie ja ein bisschen Zeit zum Entspannen.«

»Ich bin in den Pool gestiegen.«

»War's nicht zu kühl?«

»Nicht für mich. Ich habe ein paar Runden gedreht und meine Bräune aufgefrischt.«

Gemächlich hielt sie vor einer roten Ampel und drehte den Kopf. »Ihre Bräune? Das ist ein Insiderwitz für Indianer, stimmt's?«

Er lachte erfreut, weil sie's kapiert hatte. Noch mehr freute es ihn, dass sie um eine Antwort nicht verlegen gewesen war. »Stimmt.« Sie lächelte zurück. Er wünschte, sie würde ihre Sonnenbrille ablegen, damit er erkennen konnte, ob ihre Augen hielten, was ihr übriges Gesicht versprach, besonders ihr Mund, bei dem er sündige Gedanken bekam.

Als sie den Fuß von der Bremse nahm und aufs Gaspedal trat, rutschte ihr Kleidersaum ein paar Zentimeter übers Knie. Aufreizend raschelte der

Stoff über ihre hauchdünnen Strümpfe. Klang hübsch. Das Knie war sogar noch hübscher.

»Was hätten Sie denn gerne?«

Sein Blick schoss von ihrem Oberschenkel zum Gesicht. »Pardon?«

»Hinter mir auf dem Boden stehen in der Kühlbox Wasser und Softdrinks.«

»Oh, äh, nichts, danke.«

»Man hat mir erklärt, ich solle Sie heute auf einen langen Abend vorbereiten. Sie wissen über die Pressekonferenz davor Bescheid?«

»Im Foyer im zweiten Stock.«

Sie nickte. »Nur Leute mit Spezialausweis haben Zutritt. Denken Sie daran, dass das Dinner offiziell um sieben Uhr dreißig beginnt, aber solange muss diese Pressekonferenz ja nicht dauern. Sie dürfen mir ruhig ein Zeichen geben, wenn Sie aufhören möchten, egal ob nach der fünften oder der fünfzigsten Frage. Daraufhin werde ich Sie entschuldigen und schnell Richtung Ballsaal zum Bankett bringen. Auf diese Weise bin dann ich der Buhmann.«

»Meiner Meinung nach würde das niemand glauben.«

»Dass ich der Buhmann bin?«

»Dass Sie irgendein männliches Wesen sind.«

Sie war nicht töricht und wusste ganz genau,

wann jemand mit ihr flirtete. Wieder warf sie ihm einen Blick über ihre Sonnenbrille zu. »Vielen Dank.«

»Gillian?«

»Hallo, Jem.«

»Liebling, ich habe gerade meinen Anrufbeantworter abgehört und bin begeistert. Du hast es tatsächlich getan.«

»Kurz vor dem Lunch.«

»Und?«

»In einer Woche bekomme ich das Ergebnis.«

»Wann hast du dich definitiv dazu entschlossen?«

»Gestern. Ich hatte zwar ein paar Mal kalte Füße und Schmetterlinge im Bauch, aber ich habe es durchgezogen.«

»Warum hast du mich nicht angerufen? Ich wäre doch mitgegangen. Ich wäre so gerne dabei gewesen.«

»Tut mir Leid, Jem, aber ich wollte das wirklich ganz alleine tun. Ich habe nicht eher angerufen, weil ich mich mit meiner Schwester zum Lunch getroffen habe. Und das zog sich viel zu lange hin. Beinahe hätte ich meinen Nachmittagstermin verpasst und konnte dir nur noch zu Hause eine Nachricht hinterlassen.«

»Hast du's Melina erzählt?« Noch ehe sie antworten konnte, sagte er: »Natürlich hast du das getan. Was hält sie davon?«

»Sie ist begeistert, weil ich begeistert bin.«

»Ich auch.«

»Da bin ich aber froh. Es liegt mir viel daran, dass du meinen Entschluss unterstützt.«

»Ich habe etwas für dich, eine Überraschung. Ich habe sie schon eine ganze Weile und wollte nur warten, bis du dich entschlossen hast. Ich würde sie dir gerne vorbeibringen.«

Aus seiner Stimme konnte sie heraushören, dass er lächelte, und sie wusste, dass er seine Überraschung unbedingt mit ihr teilen wollte. Trotzdem wollte sie allein sein. Sie versuchte, es ihm liebevoll beizubringen, und meinte: »Jem, ich weiß ja, dass wir uns eigentlich heute Abend sehen wollten, aber würdest du's auch auf ein andermal verschieben?«

»Stimmt etwas nicht? Fühlst du dich nicht gut?«

»Mir geht's gut. Bin nur sehr müde. Das ganze Erlebnis war emotional extrem belastend. Mehr, als ich gerechnet hatte. Erst danach habe ich gemerkt, wie sehr es mir auf die Seele geschlagen ist.«

»In welcher Hinsicht? Hast du dich aufgeregt? Geweint?«

»Nicht so direkt. Es ist schwer zu erklären.«

»Du hast mir ausdrücklich versichert, dass es sich um eine sterile klinische Prozedur handelt.«

»War es auch.«

»Dann verstehe ich nicht, wie es dir emotional – wie hast du gesagt? – so auf die Seele schlagen konnte.«

Jem neigte dazu, alles zu sehr zu analysieren. Und gerade heute Abend kam ihr seine Analyse nicht gelegen. Sie versuchte, jeden gereizten Ton zu vermeiden, als sie sagte: »Ich brauch nur ein bisschen Zeit für mich alleine. Um darüber nachzudenken. Über alles Mögliche. Können wir's denn nicht dabei belassen?«

»Sicher können wir's dabei belassen.« Sein Ton verriet ihr, dass er verletzt war. »Ich hätte gedacht, dass du in einer so entscheidenden Nacht eine liebevolle Stütze brauchen könntest. Offensichtlich habe ich mich geirrt.«

Sofort bedauerte sie, dass sie ihn ausgeschlossen hatte. Warum hatte sie nicht den klügeren Weg eingeschlagen und ihn herüberkommen und sein Geschenk überreichen lassen? Das hätte ihr wesentlich weniger Stress bereitet.

Aber noch ehe sie ihn doch noch einladen konnte, sagte er brüsk, »Gillian, ich rufe dich später an«, und legte auf.

3

»Ms Lloyd, ich habe Ihren Wagen gleich dort drüben geparkt, damit Sie sich nicht anstellen müssen.«

Kaum hatten Chief und Melina unmittelbar nach dem Bankett das Hotel verlassen, tauchte der Wagenmeister auf und deutete auf den mit laufendem Motor geparkten Lexus. Chief war dankbar, dass auch die Klimaanlage bereits lief. Offiziell war es schon Herbst, doch sein innerer Thermostat arbeitete nicht parallel dazu. Er verging vor Hitze in seiner Smokingjacke.

Das Bankett hatte sich lange hingezogen. Jeder Redner hatte seine ihm zugemessene Zeit am Mikrofon weit überzogen. Bis Chief mit seiner Dankesrede an die Reihe kam, langweilte er sich restlos. Nun war er froh, weg zu können, und dankbar, jedem weiteren Kontakt mit der Menschenmenge zu entgehen, die zu den Türen herausströmte.

Während er mit Melina zum Auto spazierte, erkundigte sich der Wagenmeister hingerissen:

»Colonel Hart, wie ist's denn so da draußen im All?«

Er fertigte den jungen Mann mit seiner nichts sagenden Standardphrase ab: »Überirdisch.«

»Muss ein echtes Erlebnis gewesen sein.«

»War es.«

Chief verdoppelte den Fünf-Dollar-Schein, den ihm Melina gegeben hatte. »Besten Dank, Sir. Alles Gute für Sie beide.«

Während sie sich angurteten, beglückwünschte ihn Melina zu seiner Rede. »Sie waren exzellent. Sollten Sie einmal aus dem Raumfahrtprogramm aussteigen, könnten Sie mit Vorträgen und Reden Karriere machen.«

»Das tun viele Ex-Astronauten.«

»Haben Sie diesbezüglich irgendwelche Pläne?«

»Ich bin gerade dabei, mehrere Möglichkeiten abzuwägen.«

»Und die wären?«

Er knöpfte seine Jacke auf. »Könnten wir über etwas anderes reden?«

Mit betretener Miene rief sie aus: »Tut mir Leid, ich wollte nicht neugierig sein.«

»Darum geht's ja gar nicht, es ist nur –«

»Wir müssen auch gar nichts reden. Sie können auch gerne den Kopf zurücklegen, die Augen schließen und sich erholen. Ich hätte merken müssen, dass Sie inzwischen fix und fertig sind. Nach Konversation ist Ihnen vermutlich am wenigsten zu Mute.«

»Melina.« Um den Entschuldigungen ein Ende zu bereiten, streckte Chief die Hand über den Sitz und legte sie auf ihren Arm. »Ich bin nicht fix und fertig. Eigentlich würde ich mich über ein Gespräch sogar freuen. Wenn's dabei nur nicht um mich geht, einverstanden? Ich bin es leid, über mich zu reden. Können wir das Thema wechseln?«

»Natürlich. Und was dann?«

»Sex?«

»In Ordnung«, antwortete sie stoisch. »Möchten Sie dazu meine Meinung hören?«

»Bitte.«

»Nun, erstens sollte meiner Ansicht nach jeder Sex haben.«

Er grinste. »Sie sind schlagfertig.«

»Angeblich ja. Manchmal zu meinem Nachteil.«

»Stört es Sie, wenn ich meine Jacke ausziehe?«

»Keineswegs.«

Er schob die Smokingjacke herunter und warf sie achtlos auf den Rücksitz, dann zog er seine Schleife auf und öffnete den Hemdkragen. »Ah! Schon viel besser.«

»Möchten Sie etwas trinken?«, bot sie an.

»Einen kräftigen Bourbon?«

»Ich hatte mehr an Diet Coke oder Evian gedacht.«

»Von beidem wäre mir ein Schuss recht.«

»Mit dem Bourbon«, sagten beide gleichzeitig. Sie mussten herzhaft lachen.

Als das Lachen verebbte, warf er ihr einen direkten und ernsthaften Blick zu. »Wartet zu Hause jemand auf Sie?«

Sie reagierte nicht sofort auf diese Frage. Erst als sie an eine Ampel kam, drehte sie den Kopf. Unverwandt schaute er in ein graues Augenpaar, das sich als ihr schönstes Attribut entpuppt hatte. Obwohl an ihr fast alles beinahe sensationell wirkte.

»Warum?«

»Weil ich Sie gerne auf einen Drink einladen möchte. Spricht etwas dagegen?«

Sie schüttelte den Kopf, dann wandte sie sich wieder der Straße zu und legte den Gang ein.

»Okay, also, würden Sie dann mit mir einen Drink nehmen?«

»Chief, Ihnen ist der Unterschied zwischen einer Medienbegleitung und der anderen, eher anzüglichen Sorte, schon klar, oder?«

Wenn ihre Frage nicht von einem neckischen Lächeln begleitet gewesen wäre, hätte er fast befürchtet, dass er seine Grenzen überschritten und sie beleidigt hatte. Er legte die Hand aufs Herz. »Damit wollte ich nicht andeuten, dass Sie kein Vollprofi sind.« Nach diesem Satz zuckte er zusammen und meinte: »Oh, Himmel, das klang nun auch wieder nicht richtig, stimmt's?«

»Nein, tat es nicht«, sagte sie lachend.

Erleichtert sagte er: »Erklären Sie mir Ihren Job.«

Zuerst gab sie ihm eine kurze Zusammenfassung, ehe sie dann doch weiter ging. »Die meiste Zeit verbringt man dabei im Auto, fährt quer durchs Großstadtgewühl und sorgt dafür, dass der Kunde pünktlich, entspannt und in positiver Stimmung zu sämtlichen Verabredungen und Medienterminen erscheint. Ich versuche, meine Kunden vor jedem möglichen Chaos zu schützen, das irgendwo unterwegs aufkeimen könnte.«

»Was zum Beispiel?«

»Verkehrsstau. Absagen und neue Termine in letzter Minute. Krankheit. Einfach alles, was Sie sich denken können. Manchmal ist der Zeitplan sehr eng und mir bleibt kaum Fahrzeit. Deshalb schleppe ich auch all die Sachen mit mir herum«, sagte sie, wobei sie mit dem Kopf zu den Vorräten auf dem Rücksitz deutete. »Ich habe sogar einen Erste-Hilfe-Kasten, Nähzeug und feuchte Tücher dabei.«

»Feuchte Tücher?«

»Einmal habe ich eine Fernsehdiva begleitet, die eine Phobie davor hatte, dem gemeinen Volk die Hände zu schütteln. Sie wusch sich nach jedem Körperkontakt.«

»Und wer war das?«

Ruckartig hob sie den Kopf und schaute ihn entgeistert an. »Möchten Sie, dass ich Ihre Geheimnisse unter meinen anderen Kunden verbreite?«

»Ich habe keine Geheimnisse.« Sein durchtriebenes Grinsen strafte seine Behauptung Lügen.

»Jaja«, meinte sie gedehnt. »Außerdem kann man mit feuchten Tüchern gut Bühnenschminke von dunklen Stoffen entfernen.«

»Im Ernst? Hm, man lernt wirklich nicht aus.«

»Ich habe durch Improvisieren gelernt. Ferner gehört es zu meinem Job, dafür zu sorgen, dass meine Kundschaft ihrem Status entsprechend behandelt wird und man für sie auf Schritt und Tritt den Roten Teppich ausrollt – ob sie's verdienen oder nicht.«

»Das kann ich bezeugen.«

Sie lächelte ihn an. »Dann bekomme ich für den heutigen Abend ein goldenes Abzeichen. Sie sollten sich um nichts kümmern müssen, mit einer Ausnahme: Ihre Rede.«

Weil er ihr mit Vergnügen zuhörte, fielen ihm

immer neue Fragen ein. Dabei erfuhr er, dass ihr Job nicht immer mit Chauffeurdiensten und sorgfältig organisierten Pressekonferenzen erledigt war.

»Mal angenommen, ein Kunde wünscht Begleitung, dann sorge ich dafür. Ich bin ein guter Zuhörer geworden. Ich bringe sie an jeden gewünschten Platz: Restaurant, Lunapark, Konzert, Kino. Ein häufiger Kunde – ein Autor, der jedes Frühjahr auf Lesereise geht – liebt Poolbillard über alles. Dabei entspannt er sich und bekommt wieder einen klaren Kopf. Wir spielen jedes Mal, wenn er in der Stadt ist.«

»Und vermutlich lassen Sie ihn immer gewinnen.«

»Den Teufel werde ich tun!«

Chief lachte. »Machen Ihnen diese kleinen Extras denn nichts aus?«

»Diese ›kleinen Extras‹, wie Sie es nennen, halten Dauerkunden bei der Stange und bringen mir neue. So etwas spricht sich herum, besonders unter Autoren, die regelmäßig reisen. Natürlich tauschen wir Begleitdienste uns auch untereinander über die Promis aus. Wer nett ist, wer spinnt und wer nur terrorisiert.«

Er musterte ihr Profil. Er konnte unmöglich der einzige Mann gewesen sein, dem auffiel, wie attraktiv sie war. Wer als Mann den ganzen Tag neben ihr in einem engen Wagen fahren musste, konnte schon in Versuchung geraten. »Irgendwo müssen Sie aber doch eine Grenze setzen. Bei diesen kleinen Extras, meine ich.«

»Animierlokale und Oben-Ohne-Bars kommen nicht in Frage. Auch für Prostituierte sorge ich nicht, weder männlich noch weiblich. Wem der Kopf danach steht, muss sich selbst darum kümmern. Auch alles, was mit verschreibungspflichtigem Stoff zu tun hat, ist tabu. Und –« Sie warf ihm einen Seitenblick zu. »Drücken wir's mal so aus: Ich habe mal einen Schauspieler begleitet, den auf der Rückfahrt ins Hotel ein gewisses Rühren überkam. Ich habe angehalten und den Kerl hinausbefördert. Dann konnte er sehen, wie er allein wieder zurückkam.«

»Gab's ein Nachspiel?«

»Bei wem hätte er sich beklagen sollen? Seine Frau managt ihn. Sie hatte mich auch gebucht. Außerdem hätte es ihm sein monströses Ego nie gestattet, eine Abfuhr einzugestehen.«

Chief stimmte in ihr Lachen mit ein. »Geben Sie mir einen Tipp.«

Nach kurzem Zögern sagte sie: »Ein Zuchthengst jenseits seiner besten Jahre.«

»Da fallen mir fünfzig ein. Bühne, Film oder Fernsehen?«

»Film.«

»Jetzt werden es schon weniger. Wie lauten seine Anfangsbuchstaben?«

Sie schüttelte den Kopf. »Das wäre zu einfach.«

»In welcher Hinsicht überkam ihn denn ein großes Rühren?«

Sie warf ihm einen zurückhaltenden Blick zu.

»Oberhalb der Taille oder darunter? Verraten Sie mir doch wenigstens noch so viel.«

»Chief!«

»Na gut, dann muss ich eben meiner Fantasie freien Lauf lassen.«

Wütend funkelte sie ihn an. Trotzdem war es immer noch ein scherzhaftes Geplänkel. »Oberhalb.«

»Hmmm. Könnte keinem Geschlechtsgenossen einen Versuch vorwerfen.«

»Ich schon. Ich würde alles tun, um die Bedürfnisse und Wünsche meiner Kunden zu befriedigen. Innerhalb gewisser Grenzen.«

»Autsch, Himmel.«

»Was ist?«

»Nun, ich wollte soeben eine Bitte vorbringen.« Als sie ihn anschaute, fügte er hinzu: »Hoffentlich denken Sie innerhalb gewisser Grenzen darüber nach.«

»Jem!«

»Sei nicht böse, weil ich nicht angerufen habe«, sagte er rasch. »Gillian, ich musste dich einfach sehen. Besonders nachdem unser Gespräch so sauer geendet hat.«

»Darüber war ich auch nicht glücklich.«

»Könnte ich dann, bitte, hereinkommen? Nur kurz. Ich werde nicht lange bleiben, versprochen.«

Sie war über seinen Anblick nicht allzu erfreut. Dieser unangemeldete Besuch ging ihr gegen den Strich. Er hatte die schlechte Gewohnheit, ohne Vorankündigung hereinzuschneien, was sie insgeheim als Verletzung ihrer Privatsphäre betrachtete. Aber er lächelte nett und flehentlich, und da die Wohnungstür nicht der ideale Platz für eine Diskussion über Charakterschwächen war, trat sie beiseite und bat ihn herein.

»Wie du siehst, habe ich keinen männlichen Besuch erwartet.«

»Du siehst hinreißend aus. Ich habe dich lieber ohne Make-up.«

»Dann solltest du mal deine Augen prüfen lassen.«

Mit leisem Lachen zog er sie an sich und küsste zart und zurückhaltend ihre Lippen. Angesichts ihrer Stimmung war er sensibel genug, nichts für einen tiefen Kuss zu riskieren. Als er sich wieder löste, wanderten seine Blicke zu dem Handtuch hinauf, das sie sich um den Kopf gewickelt hatte. »Sogar dieser Turban gefällt mir.«

»Ich mache gerade eine Haarkur.«

Obwohl es noch nicht einmal neun Uhr war, trug sie bereits einen Schlafanzug: eine kurze Baumwollhose mit passendem Oberteil. Bequem, aber nicht sonderlich aufreizend. Jems Äußeres versetzte ihrem Ego einen weiteren Schlag. Er sah aus, als wäre er gerade aus einem Katalog geklettert. Selbst in Khakihose und Polohemd war er eine gute Erscheinung, wie immer.

Er nahm sie bei der Hand, führte sie ins Wohnzimmer und zog sie neben sich aufs Sofa. »Gillian, ich musste heute Abend einfach kommen. Ich wollte nicht warten und dir morgen das Geschenk geben. Es musste noch heute sein, genau am Tag des Eingriffs.« Er schob die Hand in die Hosentasche und zog eine samtbezogene Schmuckschachtel heraus.

»Jem! Als du ›Überraschung‹ gesagt hast, dachte ich an Blumen oder Pralinen. Aber das? Solltest du nicht bis nach dem Bluttest warten, bis wir wissen, dass ich auch wirklich schwanger bin?«

»Du sollst wissen, dass ich jeden deiner Schritte mittrage, egal, ob du diesmal schwanger wirst oder es noch einmal versuchen musst. Ich möchte dieses Ereignis mit dir teilen. Ich möchte vom ersten Moment an am Leben des Babys teilnehmen.«

Verstohlen wanderte ihr Blick zur Schachtel. Einen Herzschlag lang fürchtete sie, er wolle um ihre Hand anhalten. Aber es war ein längliches Etui und kein kleiner Kubus wie bei einer Ringschachtel. Als er auf den Schnappverschluss drückte, stieß sie vor Erleichterung einen leisen Schrei aus, den er als Freudenschrei interpretierte.

»Gefällt's dir?«

»Jem, es ist wunderschön.«

An einer zierlichen, aber stabilen Goldkette hing ein kleines, mit Rubinen besetztes Herz. »Ich dachte, es würde zu deinem Teint passen.«

»Es ist wunderhübsch. Ehrlich.«

Er nahm den Anhänger aus der Schachtel, legte ihn um ihren Hals und schloss den winzigen Verschluss. Dann nahm er sie bei den Schultern und drehte sie mit dem Gesicht zu sich. Ihr Anblick stimmte ihn hochzufrieden. »Perfekt. Schau's dir mal an.«

Er führte sie zum Spiegel über dem Beistelltisch. Der Anhänger war wirklich wunderschön und schlug rubinrote Funken aus ihrer Haut. Mit der Pose eines Filmstars wandte sie sich wieder zu ihm. »Bin ich nicht hinreißend, oder was?«

»Du bist hinreißend. Und sexy, sogar mit einem Handtuch auf dem Kopf. Du wirst auch während der Schwangerschaft hinreißend sexy sein.«

»Auch wenn ich wie ein Fesselballon daherkomme?«

Er spreizte die Hand über ihren Unterbauch. Den anderen Arm legte er ihr um die Taille und zog sie an sich. »Selbst dann noch.« Während er sie in den Nacken küsste, murmelte er: »Gillian, ich möchte dich heute Nacht spüren. Bitte, lass mich bleiben.«

Als seine Hand zwischen ihre Schenkel glitt, stoppte sie ihn mit einem entschuldigenden Lächeln. »Tut mir leid, Jem.«

»Was ist los?«

»Bitte, frag mich nicht, ob du heute Nacht bleiben kannst. Ich möchte nicht nein sagen müssen.«

»Dann tu's doch nicht«, sagte er, wobei er erneut die Hand nach ihr ausstreckte.

Als er versuchte, sie an sich zu ziehen, blieb sie wie angewurzelt stehen, nahm aber sein Gesicht zwischen beide Hände. »Heute Abend kann ich einfach nicht mit dir zusammen sein. Das ist schwer zu erklären. Schon am Telefon konnte ich's dir nicht verständlich machen, und jetzt auch nicht.«

»Ich habe eine Erklärung«, sagte er barsch. »Du hast dich heute mit Melina zum Lunch getroffen.«

»Was hat denn Melina damit zu tun?«, fauchte sie nun ihrerseits.

»Das sagst gerade du. Nach jedem Treffen mit ihr verwandle ich mich wie zufällig in Gift.«

»Das ist nicht wahr.«

»Was ist dann nicht in Ordnung?«

»Ich kann's nicht ausdrücken.«

»Versuch es wenigstens.«

Sie ließ sich einen Augenblick Zeit, ehe sie sagte: »Ich käme mir komisch vor, wenn ich so kurz nach dieser Prozedur mit dir schliefe.«

»Ich habe gelesen, dass man Paare sogar dazu ermuntert.«

Überrascht registrierte sie seine Kenntnisse der Expertenempfehlungen. Offensichtlich hatte er sich eigenständig über das Thema informiert. »Das stimmt. Man empfiehlt Geschlechtsverkehr unmittelbar danach für Paare –«

»Wir sind ein Paar.«

»Keines, das sich schon seit Jahren vergeblich um eine Schwangerschaft bemüht.«

»Das heißt, wir reden nur um den heißen Brei herum.« Mit einem Lächeln legte er ihr wieder die Hände um die Taille.

»Jem, das hier ist etwas ganz Persönliches«, sagte

sie und entwand sich seiner Umarmung. »Ich wäre heute Abend nicht mit Herz und Kopf dabei. Und das wäre weder fair dir gegenüber, noch würde es uns beiden Spaß machen.« Als sie sah, dass er erneut Widerspruch einlegen wollte, legte sie ihm die Finger auf die Lippen. »Bitte! Ich brauche dein Verständnis. Sei nachsichtig. Gönne mir heute Abend einen Migräneanfall.«

Widerwillig küsste er zuerst ihre Fingerspitzen, dann ihre Nasenspitze. »In Ordnung. Andernfalls wäre ich ein Barbar. Ich werde heimgehen und kalt duschen. Vielleicht sogar zwei Mal. Vermutlich werde ich mich an diese hormonellen Widersprüche gewöhnen müssen, oder?«

»Ich denke, das wirst du schaffen«, erwiderte sie und lächelte zurück. »Wir können uns morgen treffen.«

»Zum Lunch?«

»Ruf mich vormittags an. Ich werde meine Termine für mittags überprüfen. Auf alle Fälle morgen, irgendwann.«

Sie begleitete ihn zur Türe, wo er sie wieder leicht auf die Lippen küsste. »Der Anhänger ist wirklich wunderschön«, bestätigte sie, während sie nach der Stelle tastete, wo er auf ihrem Ausschnitt lag.

»Du bist wunderschön. Ich liebe dich.«

»Ich dich auch.«

4

»*Tacos?*«

Mit Unschuldsmiene fragte Chief: »Melina, was hatten Sie denn gedacht, worum ich Sie bitten würde?«

Sie konnte genau erkennen, dass er sich redliche Mühe gab, ein verschmitztes Lächeln zu unterdrücken. »Jedenfalls nicht um Tacos.«

»Ich bin süchtig nach Fastfood. Außerdem bin ich dem Hungertod nah.«

»Hat Ihnen denn Ihr Essen nicht geschmeckt?«

»Dank all der Leute, die auf mich eingeredet haben, kam ich nicht zum Essen, und am Schluss musste ich auch noch Autogramme geben. Müssten wir dafür einen großen Umweg machen?«

»Tacos lassen sich leicht finden.«

»Können Sie denn zu so später Stunde noch ein offenes Lokal auftreiben?«

»Es ist noch nicht mal elf.«

»Sicher?« Zur Bestätigung schaute er auf seine

Armbanduhr. »Oho. Mir kam dieses Bankett endlos vor.«

Wenige Minuten später bogen sie auf den Parkplatz einer Fastfood-Kette ein. Obwohl die übliche Zeit zum Abendessen längst vorbei war, ging es dort hoch her. »Möchten Sie nur durchfahren oder hineingehen?«

Rings um das gesamte Gebäude zog sich eine lange Autoschlange und wartete auf einen Platz vor dem Fenster. Drinnen im Lokal schien es nicht ganz so voll zu sein. »Ich habe nichts zu verbergen. Sie etwa?«, meinte er.

Sie bog in einen freien Parkplatz ein. Beide stiegen aus. Während sie auf die Türe zugingen, bemerkte sie: »Ich habe nichts zu verbergen, aber ein bisschen aufgetakelt sind wir schon. Man wird uns sicher anstarren.«

»Zu zweit erträgt man das besser.«

Mit diesen Worten schob er ihr den Arm um die Taille und zog sie an sich, sodass sie nun Hüfte an Hüfte weitergingen. Herrgott, fühlte sich das gut an! Sie, die sich nie geziert und bei Männern die scheue Hilflose gemimt hatte, genoss jetzt das Gefühl, klein, zierlich und ausgesprochen weiblich zu sein. Von der ersten Sekunde an, als er durch die Hoteltür trat, hatte sie darüber spekuliert, wie es sich anfühlen würde, ihm so nahe zu sein. Ihre

Erwartungen wurden weit übertroffen. Er war so wunderbar männlich.

Er trieb den Scherz auf die Spitze und beschnupperte ihre Haare. »Den möchte ich sehen, der es wagt, sich mit uns beiden anzulegen.«

Inzwischen hatten sie fast den Eingang erreicht. Im selben Augenblick tauchte von drinnen ein Mann mit einer Tüte in der freien Hand auf. Er war als Erster an der Tür, hielt sie ihnen höflich auf und trat zu Seite. Chief schnupperte noch immer in ihren Haaren und stieß dabei im Scherz aggressive Knurrlaute aus. Geistesabwesend bedankte er sich bei dem Mann.

Als sie schon fast vorbei waren, platzte der Mann plötzlich heraus: »Ms Lloyd? Gillian Lloyd?« Sie blieb stehen und drehte sich zu ihm um.

Er trug eine schlabberige Khakihose, ein verwaschenes T-Shirt und Gummischlappen. Seine schütteren Haare waren blond und strähnig. Seine Brille war heruntergerutscht. Er schob sie sich wieder auf die Nase und meinte: »Ich dachte, Sie wären es.«

Chiefs Blicke wanderten von ihr zu dem Fremden. Seine Reaktion entsprach typisch männlichem Revierverhalten: Er zog sie noch fester an sich.

Unter hilflosem Lächeln stotterte sie: »Ich-ich- tut mir Leid, ich kenne Sie –«

Dass sie ihn nicht wiedererkannt hatte, machte den Mann plötzlich verlegen. Er musste heftig schlucken, wobei sein großer Adamsapfel noch stärker hervortrat. »Dale Gordon, ich arbeite bei Waters.«

»Oh, ja, natürlich. Hallo.«

Sein Blick wanderte von ihr zu Chief. Sekundenlang blieben seine kurzsichtigen Augen auf Chiefs Hand an ihrer Taille liegen, ehe sie erneut mit einem Ausdruck von Verletztheit und Erstaunen zu ihr wanderten.

Im Handumdrehen schien ihr die Situation unangenehm, obwohl sie keine Ahnung hatte, warum. Aufgekratzt sagte sie: »Anscheinend hat heute Abend jeder Appetit auf Tacos.«

»Häh?« Dale Gordon schien vergessen zu haben, wo er war. Sie deutete auf die Tüte in seiner Hand, die er einen Augenblick verwirrt musterte. Dann stotterte er: »Ähem, oh, tjaa. Ich wollte nur eine, äh, Kleinigkeit.«

»Na denn, einen guten.«

»Ihnen auch.«

Chief stupste sie leicht an. Sie gingen weiter ins Lokal und stellten sich in der Schlange an. »Ein Freund von Ihnen?«, fragte er. »Wie hat er Sie nochmal genannt?«

»Offensichtlich hat er mich mit meiner Schwester Gillian verwechselt. Das passiert ständig. In diesem Fall war es einfacher, so zu tun, als ob ich ihn kenne, statt zu erklären, dass ich nicht sie bin.«

»So ähnlich sehen Sie einander?«

»Eineiige Zwillinge.«

Seine Miene versteinerte. »Sie machen Witze.«

»Nein, ich bin ein eineiiger Zwilling.«

Prüfend tasteten seine Augen ihre Haare und ihr Gesicht ab und blieben einen Moment auf ihrem Mund liegen. Unter seiner offenen Bewunderung stieg Wärme in ihr hoch. Als sich ihre Blicke wieder trafen, murmelte er: »Wie ist es möglich, dass es zwei Frauen mit gleich grauen Augen gibt?«

Lächelnd sah sie zu ihm auf und fragte: »Ist das auch nur im Entferntesten als Kompliment gemeint?«

»Oh, jaja. Und damit meine Aussage ja nicht falsch verstanden wird, Ms Lloyd, möchte ich eines klarstellen: Sie sind eine überaus attraktive Frau.«

»Danke, Colonel Hart.«

»Es fällt mir nur schwer, zu glauben, dass – Gillian?« Sie nickte. »Dass sie genauso attraktiv ist wie Sie.«

Seine Augen ließen sie nicht mehr los. Beide versanken in lange, tiefe Blicke, die sich erst lösten, als die Angestellte am Tresen sie begrüßte. »Hallo, Leute, was soll's denn heute Nacht sein?«

Chief schien seine Trance förmlich abzuschütteln. Er räusperte sich. »Melina, was hätten Sie denn gerne?«

»Bin ich eingeladen?«

»Selbstverständlich.«

»Dann egal, ich mag alles.«

Während er bestellte, warf sie einen verstohlenen Blick zur Türe zurück, durch die sie hereingekommen waren. Der Mann, der sich als Dale Gordon vorgestellt hatte, war nicht mehr da. Trotzdem hatte er in ihr ein ungutes Gefühl hinterlassen, als ob sie durch ein Spinnennetz gelaufen wäre, als ob ihr jemand mit Drachenatem von hinten ins Genick hauchen würde.

Dennoch hatte sie den Vorfall vergessen, als Chief schließlich seine Suite im Mansion aufschloss und sie vorausgehen ließ. »Bin ich über Ihren Vorschlag froh; erst jetzt merke ich meinen eigenen Hunger. So viel habe ich auch nicht gegessen.« Sie machte es sich bequem und stieg aus ihren hochhackigen Schuhen. Dann spazierte sie durch den Wohnraum der Suite und schaltete alle Tischlampen ein. »Es riecht köstlich.«

Sie entschieden sich für ein Picknick auf dem Couchtisch. Während sie das Essen auswickelte und verteilte, schenkte er zwei Drinks aus der Bar ein, die man bereits vor seinem Besuch mit seiner Bourbonmarke aufgefüllt hatte. »Wasser?«

»Bitte, und Eis.«

Mit einem Glas in jeder Hand kam er auf sie zu, reichte ihr eines hinunter und setzte sich dann ihr gegenüber hinter dem niedrigen Tisch auf den Boden. Er hob sein Glas. »Auf fette Kalorien und hohen Cholesterinspiegel.«

Sie stieß mit ihm an und trank einen Schluck. »Hmm. Und auf einen guten Schluck Whiskey.«

Herzhaft griffen sie zu. Schon bald amüsierten sie sich angesichts ihrer Gier auf das Essen. Die knusprigen Taco-Schalen zerbröselten, bis sie schließlich Käse, Salat und scharfes Fleisch mit den Fingern essen mussten.

»Man könnte meinen, ich hätte einen Monat lang nichts bekommen«, bemerkte er. »Oder dass ich gerade von einem Raumflug gelandet bin. Kaum aus dem Shuttle, muss ich mich umgehend mit richtigem Essen voll stopfen.«

»Schmeckt die Weltraumküche denn nicht?«

»Geht so, aber – es – Sie wissen schon –«

Angespannt hatte sie jedes seiner Worte verfolgt. Erst als seine Stimme erstarb, wurde ihr bewusst, dass sie an ihrem Zeigefinger genuckelt und ihn mit der Zunge gründlich abgeleckt hatte. Und genau darauf konzentrierte sich nun sein Blick, nicht auf das Essen, das die Astronauten im Shuttle verzehrten.

Errötend ließ sie die Hand in den Schoß sinken. »Hab mich am Papier geschnitten«, meinte sie kurz. »An der Tüte. Wahrscheinlich ist – Salz oder sonst was hineingekommen –«

Dann brach auch sie ab. Weil er nicht hinhörte. Er sah zwar, wie sie die Lippen bewegte, aber ohne auf ihre Worte zu achten. Bei ihr war es, wie sie sich eingestehen musste, nicht anders. Als sie ihm zuschaute, wie er ihren Mund beobachtete, bekam sie trotz des Bergs Essen, den sie verschlungen hatte, ein schwereloses Gefühl im Bauch.

Schließlich nahmen seine Augen wieder Blickkontakt auf. »Worüber sprachen wir gerade?«

Auf dem Weg zu seinem Auto warf Dale Gordon die Essenstüte ungeöffnet in einen Abfalleimer. Zum Essen war er viel zu verstört.

Als er sich ins Auto setzte und auf dem Fahrersitz zusammensackte, kämpfte er mit heftiger Übelkeit. Er faltete die Hände übers Lenkrad, lehnte die feuchte Stirn dagegen und atmete hektisch durch den Mund ein, um den Brechreiz zu unterdrücken. Aus seinen Augen tropften Tränen auf die verkrampften Hände.

Kalter Schweiß brach ihm aus. Trotz der milden Nacht war es für einen derart heftigen Schweißausbruch nicht warm genug. Bis Gillian Lloyd und der große, gut aussehende Mann mit ihrer Bestellung aus dem Lokal kamen, war sein T-Shirt klatschnass. Plaudernd und lachend kletterten sie in einen Lexus, den sie steuerte.

Hastig fummelte Dale Gordon an seinem Zündschlüssel herum, um ihnen zu folgen. Es war nur ein kurzer Weg bis zu diesem Schickimicki-Hotel. Gehört hatte er schon davon, war aber noch nie dort gewesen. Die Baumstämme im Vorhof schmückten Lichterketten, obwohl noch gar nicht Weihnachten war. Funkelnd plätscherte das Wasser über den Kaskadenbrunnen.

Der Lexus glitt in die kreisrunde Auffahrt. Dale Gordon rauschte vorbei. Er fuhr bis zum Blockende, wo er in drei Zügen wendete und zurückkam. Er sah noch, wie sie mit Hilfe eines Parkassistenten aus dem Wagen stiegen und auf den diskreten Eingang unter dem weißen Vordach zusteuerten.

Gillian Lloyd ging mit einem Mann in ein Hotel. Ein Mann, der sie in aller Öffentlichkeit befummelt hatte, als sei sie sein Eigentum. Und sie hatte sich diese Behandlung gefallen lassen. Nein, anscheinend hatte es ihr auch noch Spaß gemacht.

Das zerschmetterte Dale Gordons Welt in tausend Stücke.

»Wie ist das eigentlich?« Chief hatte zu essen aufgehört und lehnte sich mit dem Rücken gegen das Sofa. Ein Bein hatte er aufgestellt, die Hand mit dem Whiskeyglas ruhte auf seinem Knie.

Versunken betrachtete sie seine Hand, deren kräftige Finger lässig den Rand des Glases umfingen. Tolle Hände. Sie riss sich zusammen und reagierte auf seine Frage. »Was ist wie?«

»Wenn man eine identische Zwillingsschwester hat.«

Sie sammelte das restliche Einwickelpapier und die Servietten ein und stopfte alles in die leere Tüte. »Sie wissen doch, wie Sie sich vorkommen, wenn man Sie fragt, wie's eigentlich im Weltraum ist?«

»Dass es keine Antwort gibt und man allmählich auch jeden Versuch satt hat?«

Sie lächelte. »So ähnlich.«

»Entschuldigung.«

»Diese Frage ist nichts Neues. Ich verzeihe Ihnen.«

»Gut, denn wenn Sie mich so anschauen, würde ich Ihnen fast alles verzeihen.«

Sie senkte die Stimme, um sich seinem intimen

Tonfall anzupassen. »Wie schaue ich Sie denn an?«

»So, wie Sie mich während meiner Rede angeschaut haben.«

»Ich habe aus Höflichkeit aufgepasst.«

»Sie haben sich ostentativ viel sagend verhalten.«

»Ich habe Sie in keinster Weise besonders angeschaut.«

»Oh doch, haben Sie schon.«

»Nicht, dass ich mich geschlagen geben möchte, Colonel, aber wie kommen Sie überhaupt auf die Idee, ich hätte Sie angeschaut?«

»Genauso, wie Sie haargenau wussten, dass ich mich beim Anblick Ihrer Beine nur noch mit Mühe auf meine Rede konzentrieren konnte.«

»Man hat mir nun mal diesen speziellen Platz an diesem speziellen Tisch zugewiesen«, gab sie zurück. »Ich habe ihn mir nicht ausgesucht, um direkt in Ihrem Blickfeld zu sitzen.«

»Und doch haben Sie es absolut ausgenutzt.«

Unverbindlich zuckte sie mit den Schultern. »Ich sitze immer mit gekreuzten Beinen.«

»In hochhackigen Schuhen?«

»Normalerweise schon.«

»In einem kurzen schwarzen Rock?«

»So kurz ist er nun auch wieder nicht.«

»Kurz genug, um meine Fantasie an ihren Lieblingsort wandern zu lassen.«

Sie tat, als nähme sie Anstoß. »Colonel Hart, ich bin eine Dame.«

»Mit jedem Zentimeter.«

»Unter Ihren Blicken fühle ich mich aber nicht sehr damenhaft.«

»Aha, nun sind also *meine* Blicke daran schuld.«

»Eine Retourkutsche ist nur fair.«

»O.k., wie sehe ich Sie denn an? Wie fühlen Sie sich denn unter meinen Blicken?«

»Wie eine Eiswaffel an einem heißen Sommerabend.«

Sekunden voll lastender sexueller Spannung vergingen, dann beugte er sich vor und stellte sein Glas auf den Couchtisch. »Melina?«

»Hmm?«

»Werden wir miteinander schlafen?«

Ein erregender Pfeil hatte mitten ins Schwarze getroffen. Sie hielt die Luft an. »Ich habe einen guten Ruf zu verteidigen.«

»Ich auch.«

Leise lachte sie. »Allerdings handelt es sich bei Ihnen um den eines Herzensbrechers.«

»Und Sie zeigen uns Männern immer die kalte Schulter.«

Nach nur einem Herzschlag Zögern antwortete sie: »Nein.« Dann stand sie langsam auf, ging um den Tisch herum und blieb direkt vor ihm stehen. »Fragen Sie wen Sie wollen über Melina Lloyd und man wird Ihnen sagen, dass sie impulsiv ist. Sie tut immer genau das, was ihr gerade richtig erscheint.«

Er blieb auf dem Boden sitzen. Nur seine Augen glitten an ihr hoch und tasteten gemächlich die Landschaft ihres Körpers ab. Dann fragte er mit belegter Stimme: »Und was erscheint Ihnen gerade richtig?«

In Dale Gordons Appartement war es kaum wärmer als draußen, aber als er an jenem Abend aufsperrte, erschien ihm das einsame Zimmer besonders dumpf und bedrückend.

Ein Jahrzehnt vor Pearl Harbour hatte man die allein stehende Einzelgarage in einen Wohnraum umgewandelt. Seit jenem Umbau war nicht mehr viel verändert worden. Das einzige Zugeständnis an moderne Verhältnisse stellte eine ins Fenster eingebaute Klimaanlage dar, die im Sommer feucht-kühle und winters feucht-warme Luft ausspuckte. Zu allem Unglück füllte sie das einzige Fenster des Wohnraums zur Gänze, was nicht nur eine sträfliche Verletzung der feuerpolizeilichen Vorschriften war, sondern auch ein Frischluftproblem zur Folge hatte. Deshalb pumpte Dale Gordon zur Zeit nur abgestandene, dicke, sauerstoffarme Luft hastig in seinen dünnen Körper.

Er schälte sich aus seinem T-Shirt und warf es auf das schmale, ungemachte Bett. Dann strich er mit den Händen über seine knochige, fast konkave Brust, um sich die Schweißperlen abzuwischen, die sich auf seiner blassen Haut über den vorstehenden Rippen gebildet hatten. Plötzlich fröstelte ihn. Seine Brustwarzen, um die ein paar einsame, lange blonde Haare standen, waren erregt und hochrot.

Mit beinahe verzweifelter Hast bewegte er sich durch den überfüllten Raum und zündete Kerzen an. Zittrig hielt er Streichhölzer an vom Ruß verklumpte Dochte, die schon allzu oft angezündet worden waren. Aus reiner Gewohnheit ließ er seine Kerzen bis auf den letzten Wachsrest herunterbrennen.

Die Hitze und der Rauch der vielen Kerzen machten den Raum noch stickiger, aber darauf achtete Dale Gordon nicht, als er seine Gummischlappen abstreifte und sich aus Hose und Unterwäsche schälte.

Nackt sank er vor einem primitiven Altar auf

die Knie. Als seine Kniescheiben auf den blanken Zementboden knallten, klang es, als würde man Walnüsse knacken. Dale Gordon war taub und unempfindlich gegen das Geräusch und den darauf folgenden Schmerz. Ihm erschien es, als wühlten sich in seinem Innersten alle Dämonen der Hölle mit Zähnen und Klauen durch seine Organe nach draußen.

Er hatte in seinem Auto gewartet, bis der Lexus wieder aus der Einfahrt des Mansion aufgetaucht war. Gillian Lloyd saß allein im Wagen. Sie fuhr nach Hause, nachdem sie Stunden lang mit diesem großen, dunklen Mann Unzucht getrieben hatte, der bis auf seine strahlend blauen Augen wie ein Indianer aussah.

Seine Person war Dale Gordon egal, er musste nicht einmal seinen Namen wissen. Es war unwichtig, wer er war. Entscheidend war nur, was Gillian mit ihm getrieben hatte. Dale verfügte über keine persönliche sexuelle Erfahrung. Trotzdem wusste er, was Männer und Frauen miteinander trieben, wenn sie allein waren. Er hatte Fotos gesehen. Und Filme.

Jedes Mal, wenn er sich Gillians lustvolles Vorspiel ausmalte und vor seinem inneren Auge sah, wie sie ihre wohlgeformten Gliedmaßen um den Körper jenes Mannes schlang, der sie wie ein Tier bestieg, schüttelte ihn ein neuer unkontrollierbarer Weinkrampf.

Laut schniefend betete er vor seinem Altar. Sein ausgemergelter Oberkörper bebte so heftig unter stoßweisem Schluchzen, dass beinahe die Knochen unter der Haut geklappert hätten. Er betete ernsthaft reumütig, weil dies nicht allein Gillians Verfehlung war, sondern auch seine. Er hatte versagt. Kläglich.

Aber Beichte und Gebete waren nicht genug. Zur Sühne für sein schändliches Versagen musste er bestraft werden.

Er hob das Fransentuch, das die Truhe bedeckte, die ihm als Altar diente, und zog eine der drei Schubladen auf. Drinnen lag eine Lederpeitsche mit mehreren breiten Streifen. Mit der Rechten umklammerte er den schweißgefleckten Griff, sprach rasch ein Gebet und ließ die Striemen auf den Rücken klatschen. Er peitschte sich solange, bis das Blut über sein scharf gezeichnetes Rückgrat floss und zu Boden tropfte.

Er wurde ohnmächtig.

Als er endlich wieder zu sich kam, fand er sich mit angezogenen Knien zitternd auf dem blutbespritzten Boden wieder. Steif rappelte er sich auf und taumelte ins Bad, das nur ein fadenscheiniger Vorhang vom restlichen Zimmer trennte. Nach einer kühlen Dusche ließ er die Haut an der Luft trocknen, nahm ein Handtuch mit zum Altar und versuchte, das Blut vom Boden aufzuwischen.

Es war ein einziger Schlamassel. Er hatte alles schlimm vermasselt, wirklich schlimm. Andererseits erinnerten ihn die roten Streifen, die er mit dem Handtuch verschmierte, an das Blut Jesu, das aus ihm geflossen war, als er am Kreuze hing. Obwohl er wusste, dass jeder Vergleich zwischen ihm und diesem allerhöchsten Propheten und Märtyrer dünkelhaft war, hatte er etwas Tröstliches für ihn.

Trotzdem war die Auspeitschung nur die erste Stufe seiner Strafe. Er musste Bruder Gabriel beichten, und sei es auch noch so demütigend. Er musste Bruder Gabriel erklären, dass er, Dale Gordon, sein Vertrauen verraten hatte und mit seiner Mission gescheitert war.

Tränen strömten aus seinen Augen, als er sich ans Telefon begab. Mit bleicher Hand umklammerte er den Hörer und dachte mit Schrecken an das, was er nun tun musste. Es war schon spät. Vielleicht sollte er bis morgen früh warten.

Nein, die Tageszeit spielte keine Rolle. Bruder Gabriels Werk kannte keinen Stundenplan. Er war unermüdlich. Die Telefonleitungen im Tempel waren jeden Tag der Woche vierundzwanzig Stunden lang besetzt. Außerdem hatte Bruder Gabriel den Auftrag erteilt, ihm alle guten Nachrichten sofort mitzuteilen. Dasselbe galt auch für schlechte.

Dale Gordon kannte die Telefonnummer auswendig. Er hatte sie erst heute Morgen gewählt. Dieser Anruf war ein Grund zu hoher Freude gewesen. In seinem Anruf hatte er berichtet, dass die Mission, die man ihm anvertraut hatte, abgeschlossen war. Ach, wie stolz war er gewesen!

Und jetzt – jetzt das.

Schmerzhaft klopfte sein Herz gegen den Brustkorb, während er dem hohlen Zischlaut im Hörer lauschte, der ihm verriet, dass der Anruf durchging. Nach fünfmaligem Läuten hob jemand in der Siedlung oben auf dem Berg ab, weit weg von Dale Gordons schäbigem Appartement.

»Friede und Liebe. Wie kann ich dir helfen?«

5

Der Tag versprach feucht und drückend zu werden. Trotz der kühlen Temperatur, die der Jahreszeit entsprach, herrschte hohe Luftfeuchtigkeit. Dale Gordon schwitzte schon wieder heftig. Obwohl die salzigen Tropfen einen stechenden Schmerz in den Schürfwunden auf seinem Rücken hervorriefen, waren ihm diese Beschwerden gleichgültig.

Unbeirrt wie ein Soldat marschierte er den Gehsteig entlang. Denn genau das war er: ein guter und gehorsamer Soldat, der sich ganz auf seine Mission konzentrierte und nicht auf eventuelle Hindernisse, die ihn von der Durchführung abhalten könnten. Ringsumher herrschte frühmorgendliche Stille. Das einzige Geräusch war sein stoßender Atem. Er hörte ihn nicht.

Nichts erhellte seinen Weg. Der Mond lag als schmale Silbersichel umgedreht knapp über dem westlichen Horizont. Noch eine Stunde bis Sonnenaufgang. Aber selbst in diesem Dämmerlicht tat Dale Gordon keinen falschen Schritt. Er kannte den Weg genau, obwohl er noch nie zuvor hier gewesen war.

Er schrieb seinen sicheren Tritt göttlicher Führung zu. Bruder Gabriel hatte ihm versichert, dass sein Pfad gerade und sicher sein würde, und wie in allen Dingen hatte Bruder Gabriel auch hier Recht gehabt. Sogar in Abwesenheit konnte er Wunder vollbringen, durch reine Geisteskraft. Er hatte selbst die Hunde in der Nachbarschaft zum Stillhalten gebracht. Kein einziger hatte warnend gebellt.

Dale Gordon hatte sich ihre Adresse nicht aufgeschrieben, sondern sie auswendig gelernt. Seine Augen blickten unverwandt geradeaus, bis er auf der Höhe ihres Hauses ankam. Dann wandte er sich mit soldatischer Geste der Vorderseite zu.

Es war ein einstöckiges Gebäude, im traditionellen Stil aus Ziegeln gemauert. Die Holzverkleidung war weiß, die Eingangstüre dunkel. Blau, möglicherweise auch grün, vielleicht sogar schwarz. In der Dunkelheit ließ sich das schlecht erkennen. Der Vorgarten war sehr gepflegt.

Zur Sicherheit hätte sie wirklich ein Verandalicht brennen lassen sollen, dachte Dale Gordon, während er zum Eingang ging. Er fürchtete nicht, von ihr oder ihren Nachbarn entdeckt zu werden. Man hatte ihm Unbesiegbarkeit zugesichert, und daran glaubte er.

Drei breite, flache Stufen führten zur Eingangstür hinauf, neben der links und rechts Töpfe mit blühenden Chrysanthemen standen. Er legte die Hände um die Augen und spähte durch das fächerförmige Fenster, das ins obere Drittel der Tür eingelassen war.

Lediglich aus dem hinteren Teil des Hauses drang ein einzelnes bläulich-weißes Licht zu ihm. Der Rest lag im Dunkeln. Er prüfte den Türriegel. Er war versperrt. Daraufhin stieg er von der Veranda und überprüfte nacheinander sämtliche Vorderfenster. Nach drei Versuchen fand er ein unversperrtes.

»Falls du eine Alarmanlage auslöst, musst du bereit sein, schnell zu handeln. Noch ehe Nachbarn oder Polizei eintreffen.«

Bruder Gabriel dachte an alles.

Dale Gordon wischte seine verschwitzten Hände an der Khakihose ab und holte rasch mehrmals Luft, wobei er seine Backen wie ein olympischer Gewichtheber aufblies, der soeben die Hantel stemmt.

Aber diese Vorsichtsmaßnahme war überflüssig. Kein Alarm schaltete sich ein, als er hastig das Fenster hochschob. Danach stand er eine halbe Minute reglos da und lauschte, ob sich drinnen im Haus etwas regte. Als er nichts hörte, stemmte er es ganz hoch und kletterte hindurch.

Seine Augen hatten sich schon an die Dunkelheit gewöhnt, sodass er seine Umgebung einigermaßen erkennen konnte. Er stand in ihrem Wohnzimmer. Es roch gut, nach Blumen und Gewürzen. Seine Nase führte ihn zu einem Beistelltisch, wo er eine hübsche Kristallschale mit getrockneten Blütenblättern und Zimtstangen fand. Er beugte sich hinunter und atmete den angenehmen Duft tief ein. Er hatte noch nie mit solchen Ziergegenständen gelebt und wäre gerne länger geblieben, aber laut seiner Anweisung musste er seine Mission noch vor Tagesanbruch erfüllen. Deshalb richtete er sich auf und schaute sich um.

Am liebsten hätte er ein Licht angeschaltet, um auch die anderen Sachen im Zimmer betrachten zu können. Er sehnte sich danach, zwischen all den persönlichen Dingen zu verweilen, die sie täglich berührte. Auf verschiedenen Tischchen lagen zwischen Bilderrahmen Bücher und Zeitschriften verstreut. Leider war es zu dunkel, um die Personen auf den Fotos erkennen zu können. Er geriet in Versuchung, eines als Andenken zu behalten, damit etwas aus ihrem Besitz ihm gehörte. Aber er widerstand. Das wäre Diebstahl, und ein Dieb war er nicht.

Er bewegte sich vorsichtig, um jeden Zusammenstoß mit Möbelstücken zu vermeiden. Trotz des Parkettbodens trat er so leicht auf, dass kein Brett knarzte. Er ging dem einsamen Licht, das er durch die Eingangstür gesehen hatte, Richtung Küche nach. In der Abzugshaube über dem Herd brannte eine Leuchte. Er wollte sie schon ausschalten, entschied sich dann aber doch dagegen. Es war egal, ob sie brannte.

Gerade als er die Küche wieder verlassen wollte, entdeckte er auf der Arbeitsplatte ein Trinkglas mit vielleicht zwei Schluck Flüssigkeit darin. Er streckte die Hand aus, dann zögerte er. Bruder Gabriel hatte ihm eingeschärft, nur das Allernötigste anzufassen.

Andererseits würde Bruder Gabriel es nie erfahren, oder?

Dale Gordon hob das Glas und trank die Flüssigkeit, die sich als Leitungswasser entpuppte. Trotzdem wurde ihm leicht schwindlig davon. Das Bewusstsein, dass er nach ihr trank, war berauschend, dass seine Lippen und Zunge einen Gegenstand berührten, den sie erst vor kurzem berührt hatte. Dieses Erlebnis hatte fast religiöse Bedeutung. Sein Herz raste genauso, wie wenn er Bändern mit Bruder Gabriels Predigten lauschte.

Außerdem war es für ihn ein sinnliches Erlebnis. Seine Zunge wanderte um den Glasrand, hinein, wieder hinaus. Sein Atem ging immer schneller, bis er buchstäblich keuchte. Er spürte, wie sich in seiner Unterwäsche etwas regte, das mit Sex zu tun hatte und deshalb falsch war.

Halt! Was tat er da? Er durfte sich nicht ablenken lassen, durfte sich von dieser verderbten Hure Gillian Lloyd nicht einwickeln lassen. Er stellte das Glas hin und drehte ihm den Rücken zu, und damit symbolisch auch der Versuchung. Mit raschen Schritten eilte er zur Haustür zurück, wo er innehielt, um sich zu beruhigen und neu zu orientieren.

Gegenüber von Esszimmer und Küche ging vom Wohnzimmer ein dunkler Gang mit drei Türen ab. Eines musste das Schlafzimmer sein, in dem sie schlief. Dale Gordon stellte sich vor, selbst auch nur ein Schatten zu sein, und schlich den Flur entlang.

Im ersten Zimmer standen ein Schreibtisch mit Computer, Aktenschränke und ein Faxgerät. An der Wand hing eine Korktafel mit handschriftlichen Notizen und Visitenkarten. Ihr privates Büro.

Die zweite Tür führte in ein kleines ordentlich aufgeräumtes Schlafzimmer. Auf dem Bett lag eine hübsche helle Tagesdecke und am Fußende zusammengefaltet ein altmodischer Quilt. Ein Sessel, ein runder Tisch mit einem zur Bettdecke passenden Tuch darüber. Offensichtlich ein Gästezimmer. Er ging wieder in den Flur.

Noch ehe Dale Gordon durch die Tür am Flurende trat, sagte ihm sein hervorragender Geruchssinn bereits, dass er sie dort fände. Er konnte ihr Shampoo riechen und schmeckte förmlich den Geruch ihrer schlafwarmen Haut.

Das Zimmer lag im Dunkeln. Aber inzwischen hatten sich seine Augen so ans Dunkel gewöhnt, dass er sie deutlich sehen konnte. Entweder dieser Umstand oder die göttliche Erleuchtung, die ihn bisher geleitet hatte, leisteten ihm nun gute Dienste und schenkten ihm eine differenzierte Nachtsicht.

Sein Herz pochte, aber nicht aus Angst oder Furcht. Vor Begeisterung. Vor Erregung, weil er ihr so nahe war. Eine der Auserwählten. Eine der Auserkorenen. Das war sie gewesen, bis –

Aber darüber würde er jetzt nicht grübeln, sonst würde er wütend. Schon beim bloßen Gedanken an den großen Mann und wie er mit Zähnen und Klauen über sie herfiel, sie schändete und entweihte, würde ihm vielleicht wieder übel. Bei der Vorstellung, wie sie sich an ihn klammerte und wollüstig aufstöhnte und sich bereitwillig schänden ließ, müsste er sich wahrscheinlich wirklich übergeben.

Sie schlief auf dem Bauch, den Kopf seitlich aufs Kissen gebettet. Eine Wange, ein Auge, ein zierliches Ohr boten sich seinen Blicken dar. Obwohl sie fast unmerklich atmete, konnte er ihren Atem riechen. Wie ein Fächer breiteten sich ihre dunklen Haare seidenglatt übers Kissen.

Neben dem Bett lagen zwei Kleidungsstücke auf dem Boden. Er bückte sich und hob sie auf. Ein Pyjama mit kurzer, ärmelloser Jacke, vorne zum Knöpfen. Er streichelte die weiche Baumwolle, die ihre Brüste bedeckt hatte, hob sie ans Gesicht und atmete tief ein. Beim Gedanken, wie sich ihre nackte Haut an diesem Stoff rieb und sich ihre Brüste darunter abzeichneten, wurde ihm schwindelig. Ganz deutlich hätte man ihre Brustwarzen unter dem weichen Stoff sehen können, Brustwarzen, an denen das Baby saugen würde.

Aber jetzt würde es kein Baby mehr geben.

Traurig legte er das Pyjama-Oberteil ans Fußende des Bettes. Nur die Shorts behielt er in der Hand und knetete sie sachte. Obwohl ihm klar war, dass sie in diesem kühlen Zimmer wohl kaum ihre Körperwärme hatten speichern können, bildete er sich ein, der Stoff sei immer noch warm. Warm und feucht von ihrer Weiblichkeit. Er wendete die Shorts, breitete sie über sein Glied und begann, sich daran zu reiben.

Durch die Stofflagen hindurch konnte er spüren, wie er steif wurde – ein für Dale Gordon einzigartiges Erlebnis. Seit jenem Vorfall im Sportunterricht an der Realschule, als ihm die anderen Jungs die Unterwäsche heruntergezogen und sich über seinen kleinen Penis lustig gemacht hatten, hatte er die Existenz dieses ekelhaften Dings zwischen seinen Beinen geleugnet. Jede Berührung war ihm verhasst, sogar beim Urinieren oder wenn er es hielt und solange abschrubbte, bis es sauber war.

Immer wenn er morgens aufwachte und feststellen musste, dass es ihn erneut im Schlaf betrogen hatte und seine Laken fleckig waren, wäre er am liebsten im Boden versunken. Auch damals war es so gewesen, als Mutter eines Morgens die schlimme Sache entdeckte, die er jede Nacht im Bett trieb. Sie hatte ihn sich selbst solange schlagen lassen, bis er blutete und von unreinen Gedanken und Taten geläutert war.

Bruder Gabriel hatte Mutter zugestimmt.

Wer das Fleisch befriedigt, ist auf dem Irrweg. Er musste rein bleiben, denn für spirituelle Menschen war die fleischliche Natur tabu. Das hatte ihm Bruder Gabriel erklärt, und diese Wahrheit begriff Dale Gordon jetzt wie nie zuvor. Wenn er nicht vorsichtig war, würde ihn das Vergnügen, das er gerade empfand, überwältigen, sein Urteilsvermögen trüben und seine Mission gefährden.

Und doch fühlte es sich so gut an, wenn er Gillian Lloyds Pyjamahose an sich rieb. Ja, so gut, dass er einfach nicht damit aufhören konnte. Er konnte auch nicht verhindern, dass er in einer Mischung aus animalischer Lust und heiliger Scham dumpf aufstöhnte.

Und genau dadurch wurde sie wach.

Zuerst schlug sie die Augen auf, ohne sich sofort zu regen. Es war, als versuchte sie, sich daran zu erinnern, wo sie sei, und wollte feststellen, was sie aufgeweckt hatte. Dann rollte sie sich hastig auf den Rücken, als hätte sie seine Anwesenheit gespürt.

Sie schrie.

Nicht besonders laut, eher leise, halbherzig. Als ob man ihr die Kehle zugedrückt hätte, noch ehe der Schrei ganz heraus konnte. Als ob der größte Teil noch immer in ihrer Kehle gefangen sei.

»Hallo, Gillian.«

»Was tun Sie hier?«, keuchte sie.

Sie erkannte ihn wieder! Jetzt kannte sie ihn also, kannte sein Gesicht.

Und eines stand fest: Dies war das letzte Gesicht, das sie je sehen würde. Und daran weidete er sich.

6

»Ms Melina Lloyd?«

Sie war aus tiefstem Schlaf aufgeschreckt, hatte die Bettdecke zurückgeworfen und einen Bademantel gepackt, war aus dem Schlafzimmer gestolpert und hatte rein mechanisch die Eingangstür angesteuert. Sie wollte nur eines: öffnen, damit dieses Dauerklingeln aufhörte.

In ihrem benommenen und verwirrten Zustand dauerte es mehrere Sekunden, ehe sie begriff, dass es sich nicht um die Fortsetzung eines Traumes handelte. Stattdessen sah sie sich tatsächlich, in wachem Zustand, mit zwei uniformierten Polizisten aus Dallas konfrontiert. Aus dem Augenwinkel erkannte sie verschwommen ihren Einsatzwagen in der Auffahrt.

»Ms Lloyd?«

Sie schob sich eine Haarsträhne aus dem Gesicht. »Ja. Tut mir Leid, aber ich – Was wollen Sie denn?«

»Ich bin Corporal Lewis und das ist Corporal Caltrane.«

»Stimmt etwas nicht?«

»Dürfen wir hereinkommen?«

Sie war schlagartig hellwach. Polizisten tauchten nicht am frühen Morgen an der Tür auf, um Karten für den Polizeiball zu verkaufen. Wenn das Haus in Flammen stünde oder ein durchgeknallter Heckenschütze das Viertel belagerte oder irgendein anderer Notfall eingetreten wäre, dann liefe das Blaulicht auf ihrem Wagen, während sie selbst hektisch Anweisungen herumbrüllen würden.

Nein, sie waren nicht gekommen, um sie vor einer drohenden Katastrophe zu warnen. Längst war etwas Entsetzliches geschehen. Eine Tragödie hatte sie hierher geführt, sonst bäten die beiden Corporals, Lewis und Caltrane, nicht darum, herein zu dürfen.

»Was ist passiert?« Sie hielt sich an der Türkante fest. »Reden Sie.«

Lewis streckte die Hand nach ihr aus, aber sie winkte ab und wich in die Diele zurück. Die beiden folgten ihr nach drinnen. Während Caltrane die Tür schloss, näherte sich ihr sein Partner zögernd. »Ms Lloyd, Sie sollten sich besser hinsetzen.«

»Ich will mich nicht hinsetzen. Ich will wissen, was los ist und weshalb Sie hier sind.«

Wütend musterte sie beide. Offensichtlich waren sie klug genug, ohne Umschweife auf den Punkt zu kommen. Lewis, der Sprecher, sagte: »Ihre Schwester – Es hat bei ihr zu Hause, äh, Schwierigkeiten gegeben. Entweder gestern spät nachts oder heute in den frühen Morgenstunden. Das wissen wir noch nicht sicher.«

»Geht's ihr gut?«

Caltrane starrte auf die Spitzen seiner praktischen Schuhe. Lewis räusperte sich hinter vorgehaltener Hand, ehe er dann doch so geistesgegenwärtig war, ihr direkt in die Augen zu sehen. »Nein, Ma'am, bedauerlicherweise nein. Sie wurde heute Morgen tot aufgefunden.«

Es war, als hätte ihr jemand einen Pflock in die Lunge gerammt. Ruckartig stieß sie die Luft aus. Ihre Knie knickten ein. Wieder streckte Lewis die Hand nach ihr aus. Diesmal ließ sie sich von ihm stützen, während sie in einen Sessel sank. Das Zimmer kippte weg, ihr Magen kam hoch, ihre Ohrläppchen schienen Feuer zu fangen. Von oben senkte sich schwarze Dunkelheit wie ein Vorhang über sie.

Irgendwie gelang es ihr, nicht ohnmächtig zu werden, obwohl sie nur abgehackt atmete. Lewis ließ ihr von Caltrane ein Glas Wasser holen, der mit offensichtlicher Erleichterung das Wohnzimmer verließ und sich auf die Suche nach der Küche machte.

Sie bedeckte den Mund mit der Hand. Ihre Handfläche war feucht, die eiskalten Finger zitterten. Ihre Augen füllten sich mit Tränen, aber nicht solche der Trauer, sondern vor Schock. Zum Trauern war es noch viel zu früh.

Sie empfand lediglich Unglauben. Das durfte nicht wahr sein. Konnte nicht. Es musste ein schlechter Traum sein, aus dem sie erwachen würde. Und das, bitte, bald. Dann würde sie erleichtert ein Stoßgebet sprechen, weil alles nur ein Traum gewesen war. Vielleicht würde sie sich im Laufe des Tages noch einmal mit Schaudern daran erinnern und dann etwas Albernes tun, etwas, das ihr dabei helfen würde, die grausige Reminiszenz abzuschütteln. Und bis morgen wäre dann alles vergessen.

Falls alles kein Alptraum war, handelte es sich sicher um eine schreckliche Verwechslung. Die Polizei hatte sich im Haus und in der Person geirrt. Ein schwerer Irrtum. Sie würde die Polizeibehörde von Dallas verklagen, weil man ihr so etwas zugemutet hatte.

Nein, nein, ganz anders. Sie würde jeder Abteilung einen Geschenkkorb mit Obst, Käse und Grillwürstchen schicken, weil sie überglücklich war, dass man sich tatsächlich geirrt hatte.

Aber als sie mit tränenverschleierten Augen zu dem Polizisten aufsah und fragte, ob er sicher sei, wurde ihr klar, dass ihre Hirngespinste über Alpträume und Verwechslungen nur eines waren: Hirngespinste.

»Eine Nachbarin weiß, dass Ihre Schwester eine Frühaufsteherin ist. Sie ist heute Morgen gegen halb acht hinüber, um sich ein wenig Kaffee zu borgen, und hat mehrmals geläutet. Da der Wagen von Ms Lloyd dastand, wusste die Nachbarin, dass sie zu Hause sein musste. Sie kannte auch das Versteck für den Ersatzschlüssel und hat aufgesperrt. Im Schlafzimmer hat sie sie dann gefunden.«

Caltrane kam mit einem Glas Leitungswasser wieder. Lewis nahm es ihm ab und reichte es ihr. Aber sie stellte es unberührt auf den Beistelltisch neben ihrem Sessel. Sie hatte Angst, sich übergeben zu müssen, falls sie auch nur einen Schluck zu trinken versuchte.

Lewis fuhr fort: »Die Nachbarin hat dem Leiter der Ermittlung Ihren Namen genannt. Er hat uns herübergeschickt, um Sie zu benachrichtigen.«

»Sie ist tot?« Sie schüttelte den Kopf, als handle es sich um ein Missverständnis. »Wieso?«

Beklommen warf Lewis seinem Kollegen einen verstohlenen Blick zu. Leider war keiner von beiden für eine Antwort tapfer genug.

»Antworten Sie mir –«, forderte sie. Ihre Stimme brach. »Sie sagten – Sie sagten, es hätte Schwierigkeiten gegeben. Welche? Mit dem Ofen? Ist sie erstickt? Hatte sie einen Herzanfall oder einen Allergieschock? Was denn?«

Lewis sagte: »Ähem, nein, Ma'am. Es sieht nach Mord aus.«

Wieder atmete sie so plötzlich aus, dass ihre Lungen pfiffen.

»Tut mir Leid, Ms Lloyd, aber einfühlsamer kann man das nicht ausdrücken. Ihre Schwester wurde ermordet. Ziemlich grausam.«

»Grausam?«, wiederholte sie mit dünner Stimme.

»Die Ermittler sind bereits am Tatort. Ein Team von der Spurensicherung ist unterwegs.«

Sie schoss hoch. »Ich fahre hin.«

»Das wäre nicht klug«, meinte Lewis mit beschwichtigender Geste. »Man wird den Leichnam Ihrer Schwester –«

»Ich fahre hin.«

Sie stürzte ins Schlafzimmer, riss sich Bademantel und Nachthemd vom Leib, zerrte Jeans und Hemd aus dem Schrank und zog sie an. Zuletzt schob sie die Füße in ein Paar Turnschuhe und packte Brieftasche und Wagenschlüssel. In weniger als zwei Minuten war sie wieder bei den Polizisten an der Haustüre.

Als Lewis die Wagenschlüssel in ihrer Hand sah, erbot er sich, sie hinüberzufahren.

»Ich werde selbst fahren«, sagte sie und schob ihn zur Seite.

»Ms Lloyd, in Ihrem momentanen Zustand darf ich Sie nicht ans Steuer lassen. Sie würden sich und andere gefährden. Vielleicht könnte eine Freundin vorbeikommen –«

»Ach, schon gut, ich werde mit Ihnen fahren. Aber, bitte, rasch.«

»Denken Sie daran, das Haus ist Schauplatz eines Verbrechens«, sagte er. »Möglicherweise lässt man Sie nicht hinein.«

»Den möchte ich sehen, der versucht, mich aufzuhalten.«

Die Fahrt von Melinas Haus zu Gillians dauerte genau elf Minuten. Das hatten sie gestoppt. Aber derzeit standen überall Schülerlotsen. Außerdem unterschritt der stumme Caltrane deutlich die erlaubte Geschwindigkeit, sodass die kurze Fahrt drei Mal solange dauerte wie sonst.

Lewis, der auf dem Beifahrersitz saß, erkundigte sich unterwegs mehrmals: »Ms Lloyd, alles in Ordnung?«

Sie gab keine Antwort. Natürlich war gar nichts in Ordnung, und das wusste er genau. Warum sollte sie ihm versichern, dass es ihr gut ginge, wenn es nicht der Fall war? Nur aus einem einzigen Grund trat sie nicht laut schreiend um sich: Für einen hysterischen Anfall fehlte ihr die Energie. Der Schock hatte sie so betäubt, dass sie nicht einmal weinen konnte. In diesem Zustand war sie nur noch zu einem fähig: Sie starrte geistesabwesend durchs Autofenster und versuchte, die Ereignisse in ihren Gedanken zu ordnen, die sie nicht fassen konnte, obwohl sie sie mit eigenen Ohren gehört hatte. Unmöglich. Das konnte nicht sein.

Für alle anderen war es ein ganz normaler Tag. Mütter verfrachteten ihre Kinder in die Schule. Ehepaare, die beide arbeiteten, stimmten hastig ihre Tagespläne ab, ehe sie sich mit einem Kuss verabschiedeten. Rentner lasen gemeinsam die Zeitung oder schauten im Fernsehen die Frühnachrichten.

Alle gingen unbeschadet und unbesorgt ihrer gewohnten Wege. Nur sie nicht. Sie hasste diese Leute, weil sie für ihre persönliche Tragödie weder Augen noch Ohren hatten. Soeben hatte ein unumkehrbares Ereignis ihr Leben in seinen Grundfesten erschüttert. Von diesem Punkt an würde nichts mehr so sein wie zuvor. Der Verlust ihrer Schwester, ihres Zwillings, war permanent. Für alle Ewigkeit. Begriff das denn niemand? Es schien grundfalsch zu sein, dass die übrige Welt keinen Moment angehalten hatte, um dieses tragische Geschehnis zur Kenntnis zu nehmen, das ein Leben für immer verändert hatte.

Und neben der Verachtung für alle, für die dies ein ganz normaler Tag war, war da noch etwas: Sie neidete ihnen ihre Unkenntnis. Sie wünschte sich sehnlichst, die Zeit bis zu einem Punkt zurückdrehen zu können, an dem ein vermasselter Termin, eine Laufmasche oder ein abgebrochener Fingernagel die Katastrophe des Tages gewesen war. Wenn es doch nur wieder gestern wäre oder gestern Abend oder noch vor einer Stunde, als sie friedlich geschlafen und noch nichts von der Tragödie geahnt hatte, in der sie nun gefangen war.

Schon wieder flüchtete sie sich in frommes Wunschdenken. Alles war leider nur allzu real. Den Beweis bekam sie, als sie um die Ecke in die Häuserzeile einbogen, in der ein Mord stattgefunden hatte. Auf der Straße parkten kreuz und quer mehrere Unfallwagen und Polizeifahrzeuge. Rings um das Haus mit den hübschen weißen Fensterläden und der schwarz glänzenden Tür war das Gelände mit gelbem Polizeiband abgesperrt. Männer und Frauen in Uniform gingen unterschiedlichen Arbeiten nach oder standen herum und versuchten, ein wichtiges Gesicht zu machen. Links und rechts auf den Gehwegen hatten sich kleine Gruppen von Nachbarn versammelt. Einige wurden bereits polizeilich verhört.

»Bisher kein Zeuge darunter«, teilte ihr Lewis mit, als er sah, wohin sie schaute.

Wegen der verstopften Straße kam der Einsatzwagen nur im Kriechtempo voran. Schließlich musste Caltrane gänzlich anhalten. »Können Sie denn nicht Ihre Sirene oder sonst etwas einschalten?«, fragte sie ungeduldig.

»Tut mir Leid, Ms Lloyd, aber der Schauplatz eines Verbrechens zieht immer eine Menge Leute an.«

Als direkt vor ihnen ein Kind auf einem Fahrrad herausschoss und sich aufs Hinterrad stellte, war ihre Geduld zu Ende. »Ach, um Himmels willen«, schrie sie, »lassen Sie mich hier raus.«

Lewis musste gespürt haben, dass sie die Kontrolle zu verlieren drohte, denn er wies Caltrane an, so dicht wie möglich an die Parkbucht heranzufahren. Kaum war er draußen und zog die hintere Türe auf, drückte sie sich auch schon an ihm vorbei und legte im Laufschritt die restlichen Meter zum Haus zurück, ohne auf die neugierigen Blicke der Gaffenden zu achten.

Als sie unter dem Absperrband verschwand, stürzten mehrere Beamte auf sie zu und forderten sie lautstark zum Stehenbleiben auf. Ohne Rücksicht schoss sie über den Rasen. Es gelang ihr tatsächlich, durch den Eingang bis zur Diele vorzudringen, wo sie drei Beamte packten und am weiteren Vordringen hinderten.

»Ich muss sie sehen – Lassen Sie mich los!«

Schnaufend kam Lewis hereingerannt. »Das ist die Schwester des Opfers.«

»Zwillingsschwester!«, korrigierte sie ihn mit einem Ausruf, der sogar in ihren eigenen Ohren wie der Aufschrei einer Irren klang. »Ich will sie sehen. Bitte, lassen Sie mich rein. Ich muss sie sehen.«

»Ehrlich gesagt, Ms Lloyd, das möchten Sie nicht wirklich. Jedenfalls nicht jetzt.« Ein Zivilbeamter trat dazu und zückte seine Dienstmarke. »Senior Corporal Lawson, Mordkommission.«

»Lassen Sie mich durch. Bitte.«

»Ms Lloyd, Sie möchten sich vergewissern, dass sie tot ist. Das verstehe ich ja. Wirklich. Glauben Sie mir.«

»Dann lassen Sie mich durch.«

Obwohl er entschieden den Kopf schüttelte, blieb sein Ton gelassen. »Die Experten sammeln gerade Beweismaterial. Je weniger Menschen dort drinnen sind«, sagte er, wobei er mit einer knappen Kopfbewegung auf das Schlafzimmer unten im Flur wies, »umso weniger wird der Schauplatz kontaminiert. Damit steigt auch unsere Chance, dass wir Hinweise finden, die uns zu einem Verdächtigen führen werden. Sie wollen wissen, wer Gillian umgebracht hat, nicht wahr? Und Sie wollen den Grund dafür wissen, richtig?«

Die Technik des Kommissars stand wortwörtlich in jedem gängigen Psychologiebuch. Offensichtlich hatte er Erfahrung im Umgang mit hysterischen Verwandten von Mordopfern. Jedenfalls wirkte sein gelassenes Verhalten auf sie beruhigend. Sie wehrte sich nicht mehr gegen die Beamten, die sie zurückhielten.

Lawsons Augen hielten sie mit der Kraft eines Hypnotiseurs fest. Zu keinem anderen Zeitpunkt hätte dieser Mann eine derartige Kontrolle über sie ausüben können, und doch machte sich in ihren ruhigeren Gehirnregionen durchaus der Wunsch breit, irgendjemand möge die Kontrolle übernehmen. Jemand sollte wenigstens annähernd wieder Ordnung in ein Leben bringen, das urplötzlich und ohne Vorwarnung in ein rabenschwarzes Chaos geschleudert worden war.

»Wir werden uns gemeinsam Antworten erarbeiten müssen, nicht wahr?«, fragte er.

Sie nickte heftig.

»Gut. Ich will, dass der Täter gefasst, angeklagt

und verurteilt wird, egal, wer es ist. Deshalb ist es am besten, wenn wir uns vom Schauplatz fern halten. Sonst vermasseln wir vielleicht noch etwas, und dann entkommt der Mörder Ihrer Schwester.«

»Ich möchte auf keinen Fall –« Sie brach ab und schluckte tief bewegt. »Ich möchte auf keinen Fall, dass er entkommt. Ich möchte, dass er geschnappt und bestraft wird.«

»Dann sind wir uns ja einig.« Nach einer brüsken Handbewegung ihres Vorgesetzten ließen die Beamten sie vorsichtig los und traten mehrere Schritte zurück.

Sie verschränkte bewusst fest die Hände, um sich buchstäblich wieder in den Griff zu bekommen. »Wissen Sie, was passiert ist?«

Er deutete Richtung Wohnzimmer. »Warum setzen wir uns nicht? Ich hätte ein paar Fragen an Sie.«

Ein Mitarbeiter der Spurensicherung staubte gerade den Türrahmen zum Abnehmen von Fingerabdrücken ein und versperrte ihr den Blick ins Schlafzimmer. Zweifel überkamen sie. Vielleicht hatte sie sich etwas vorgemacht mit ihrer Überzeugung, sie sei für den Anblick darin gewappnet. Doch Fernseh- und Filmszenen hatten sie nicht auf die nackte Wirklichkeit vorbereitet. In derartige Umstände verstrickt zu sein, war viel schlimmer, als sie es sich je ausmalen oder irgendein Film hätte schildern können. Jede Sinneswahrnehmung war schockierend hautnah. Zu den befremdlichen Eindrücken für Augen und Ohren gesellte sich ein unbekannter Geruch, von dem ihr übel wurde.

Kaum hatte sie auf dem Sofa Platz genommen, erkundigte sich Lawson, ob er ihr etwas holen könne. Sie schüttelte den Kopf.

»Nichts zu trinken?«

»Nein, danke.«

Der Kommissar machte es sich auf der Polsterbank vor dem Sofa bequem. »Sollen wir irgendjemanden verständigen?«

»Meine –« Plötzlich waren die Tränen da. In der einen Sekunde hatte sie noch trockene Augen. In der nächsten quollen die Tränen nur so heraus und über ihre Wangen. Ihre Nase begann zu laufen. Lawson ließ von einer Polizistin Taschentücher bringen. Sofort war die Schachtel zur Stelle.

Sie tupfte die Augen ab und schneuzte sich. »Gerade wollte ich sagen, Sie sollen meine Schwester anrufen. Verstehen Sie, wir stehen – standen – uns sehr nahe.«

Er nickte grimmig. »Ihre Eltern?«

»Schon verstorben.«

»Weitere Geschwister?«

»Nein«, sagte sie und räusperte sich, »nur wir beide.«

Zum Zeichen des Bedauerns runzelte der Kommissar die Stirn. »Ich weiß, Ms Lloyd, dass es hart ist, aber man wird Sie bitten, den Leichnam zu identifizieren.«

Unter heftigem Schlucken nickte sie zustimmend.

»Die Nachbarin, die sie gefunden hat, hat sie sofort wiedererkannt. Außerdem sehen Sie ihr erstaunlich ähnlich.«

»Herr Kommissar, was ist passiert?« Sie konnte sich nicht mehr an seinen offiziellen Titel erinnern. Er korrigierte sie nicht.

Beim ersten Anblick hatte Lawson einen quadratischen Eindruck auf sie gemacht. Er hatte seinen kastenförmigen Oberkörper in ein Sakko gezwängt, das mehrere Zentimeter zu kurz und eine Nummer zu klein war. Der Bürstenschnitt ließ seinen Kopf wie einen Kubus erscheinen. Sein Hals war dick und seine Augenbrauen buschig; sie liefen in einer Linie quer über die Stirn.

Vermutlich hatte er als junger Mann Sport getrieben, vielleicht Football oder Ringen. Sein untersetzter Körperbau ließ ihn fies wirken. In seinen Augen lag ein abgeklärter, leicht zynischer Blick.

Trotzdem benahm er sich freundlich und mitfühlend.

»Ms Lloyd, ich will nicht herumreden. Es war ein brutaler Überfall. Sie wurde mit einem scharfen Gegenstand getötet, wahrscheinlich ein Messer.«

»Wurde sie erstochen?«

»Mehrfach.«

Unabsichtlich stöhnte sie leise auf, verschränkte die Arme vor dem Bauch, beugte sich vor und schaukelte ein wenig vor und zurück. Sie kniff die Augen zusammen, was einen neuen Tränenschwall auslöste.

»Es tut mir Leid«, murmelte der Kommissar. »Wollen Sie wirklich niemanden bei sich haben?«

Mit einem heftigen Kopfschütteln negierte sie seinen Vorschlag. »Wurde sie vergewaltigt?«

»Der Gerichtsmediziner untersucht derzeit die Leiche. Sie wird fotografiert. Nach dem Transport in die Pathologie wird man eine komplette Autopsie –«

»Kommissar«, unterbrach sie ihn, »wurde sie vergewaltigt?«

»Das kann ich Ihnen ehrlicherweise nicht sagen. Rein äußerlich sieht es nicht nach einem Sexualverbrechen aus. Haben Sie, bitte, trotzdem

Verständnis dafür, dass wir zum gegenwärtigen Zeitpunkt diesbezüglich noch nichts Sicheres wissen.«

»Danke für Ihre Offenheit.«

Lawson verlagerte sein Gewicht auf der Polsterbank und zog Notizblock und Stift aus der Brusttasche. »Möchten Sie ein paar Fragen beantworten?«

»Selbstverständlich. Ich möchte helfen, so gut es geht, aber muss das unbedingt jetzt sein?«

»Je früher wir ein Motiv ermitteln können, umso eher wissen wir, wo wir mit der Suche nach einem Verdächtigen anfangen müssen.«

»Woher sollte ich wissen, welches Motiv der Mörder hatte?«

»Unser erstes Augenmerk gilt dem Alltagsleben Ihrer Schwester, ihren Freunden, Bekannten, Arbeitsgewohnheiten etc. Von hier aus werden wir uns weiter vorarbeiten.«

Sie nickte verständnisvoll, tupfte die Augen ab, putzte sich die Nase und bedeutete ihm mit einer kleinen Geste, weiterzumachen.

»Hatte sie, Ihres Wissens nach, irgendwelche Feinde?«

»Nein.«

»Einen eifersüchtigen Ex-Ehemann?«

»Sie war nie verheiratet.«

»Einen eifersüchtigen Ex-Geliebten oder Freund?«

»Nein.«

»Einen ehemaligen Angestellten, einen rachsüchtigen Kollegen?«

»Sie kam mit allen aus.«

»Soweit Sie wissen.«

»Mr Lawson, falls sie einen Feind gehabt hätte, hätte ich es gewusst.«

»Sie hat Ihnen alles erzählt?«

»Ja.«

»Sogar Einzelheiten aus ihrem persönlichen Leben?«

»Ich kann nicht sicher sein, ob sie mir alles erzählt hat, aber ein tiefes, dunkles Geheimnis hätte sie vor mir genauso wenig verbergen können wie ich umgekehrt vor ihr. Auch wenn nur ein Wort fiel, konnten wir daraus gegenseitig unsere Stimmung ablesen, sogar am Telefon. Wenn sie sich über etwas oder jemanden Sorgen gemacht hätte, hätte ich das gespürt. Wir hatten diese Art – Telepathie. Ich konnte buchstäblich ihre Gedanken lesen. Das gibt es bei Zwillingen häufig.«

»Davon habe ich schon gehört. Hat sie je einen aufdringlichen Verehrer erwähnt?«

Sie seufzte. Hörte er denn nicht zu? »Nein.«

»Irgendjemanden, der sie verunsicherte? Ihr unaufgefordert den Hof machte?«

»Nein.«

»Und Ihnen fällt wirklich niemand ein, der vielleicht nicht gut auf sie zu sprechen war?«

»Niemand.«

Er tippte mit dem Stift gegen den Block und kaute innen auf seiner Wange herum.

»Was ist?«, wollte sie wissen.

Er verlagerte sein Gewicht. »Nun, wir glauben nicht an einen zufälligen Überfall. Das war kein normaler Einbruch oder Raub. Anscheinend ist nichts in Unordnung oder fehlt. Trotzdem könnten Sie uns später helfen, das zu bestätigen, indem Sie aufmerksam alle Räume überprüfen. Obendrein haben wir auf dem Nachttisch einen Rubinanhänger gefunden, der ganz offen da liegt. So etwas würde ein Einbrecher nie übersehen.«

»Das war ein Geschenk von Jem. Er hat es erst gestern Abend vorbeigebracht.«

»Jem?«

Der Kommissar richtete fast die Ohren auf und wechselte mit den anderen Beamten, die in der Nähe standen und zuhörten, bedeutungsvolle Blicke.

»Jem Hennings.« Bestürzt schüttelte sie den Kopf. »Dumm von mir, dass ich ihn nicht schon früher erwähnt habe. Ich hatte ihn komplett vergessen. Ich hatte nicht gedacht –«

»Wer ist das?«

»Der Mann, mit dem sie sich traf.«

»Ihr Freund?«

»Ja.«

»Haben Sie eine Nummer, unter der man ihn erreichen kann?«

Sie warf der Polizistengruppe einen alarmierten Blick zu. »Ja, aber – aber Jem kann unmöglich etwas damit zu tun haben.«

»Trotzdem sollte man ihn verständigen. Richtig? Und wenn er gestern Abend hier war, müssen wir hundertprozentig mit ihm reden.«

Sie gab ihnen den Namen des Börsenmaklers, bei dem Jem Hennings angestellt war. »Er ist immer früh da, bevor die New Yorker Börse öffnet.«

»Dann sollte er inzwischen eingetroffen sein.« Lawson beauftragte Caltrane mit dem Anruf. »Sehen Sie zu, dass er herkommt. Sagen Sie nicht, was passiert ist.«

Ihre Blicken folgten dem uniformierten Polizisten, der sich mit dem Handy in der Hand zurückzog. Dann wandte sie sich erneut Lawson zu und sagte: »Das ist schrecklich grausam, nicht wahr?«

»Ms Lloyd, das, was mit Ihrer Schwester passiert

ist, ist schrecklich grausam. Ein weiterer Grund, warum ich nicht an einen Einbruch glaube. Wenn ein Einbrecher auf frischer Tat ertappt wird, gerät er vielleicht in Panik und geht sofort zum Angriff über. Bei einer derartigen Kurzschlussreaktion kann schon mal jemand umkommen. Ohne Vorsatz.«

Mit einem raschen Blick Richtung Schlafzimmer sagte sie ruhig: »Und hier war es anders? Sie denken an eine vorsätzliche Tat?«

Er nickte grimmig. »Ich glaube, dass man sich Ihre Schwester bewusst als – Zielscheibe ausgesucht hat. Und das ist mehr als nur ein Instinkt. Die Beweislage deutet darauf hin.«

»Welche Beweislage?«

Caltrane kam herein und machte zum ersten Mal den Mund auf: »Hennings ist unterwegs.«

Ohne sie auch nur eine Sekunde aus den Augen zu lassen, bestätigte Lawson mit einem Kopfnicken die Bemerkung des Beamten. »Wie eng war Ihre Schwester mit Mr Hennings befreundet?«

»Sie waren ein Paar.«

»Wie lange ging das schon?«

»Lassen Sie mich nachdenken –« Sie rechnete im Kopf nach. »Fast ein Jahr.«

»Und es handelte sich um eine intime Beziehung?«

»Wollen Sie wissen, ob sie miteinander geschlafen haben?«, fragte sie gereizt. Auf sein Nicken meinte sie: »Sie hatten eine sexuelle Beziehung, ja. Ist das relevant, Mr Lawson?«

»Möglicherweise. Was für ein Typ ist Hennings?«

»Was für ein Typ? Erfolgreich. Leistungsorientiert. Gut aussehend.«

»Rasse?«

Verblüfft musterte sie den Kommissar. »Weiß ich nicht genau. *Hennings* klingt Irisch oder Englisch, oder? Offen gestanden kann ich nicht erkennen, welche Bedeutung das haben soll«, sagte sie, eine Spur ungeduldig.

»Und Sie sind sicher, dass Hennings der einzige Mann war, mit dem Ihre Schwester zusammen war?«

»Worauf wollen Sie hinaus?«

»Halten Sie Hennings für einen eifersüchtigen Typ?«

»Weiß ich nicht. Vielleicht. Warum? Detective Lawson –«

Sie brach ab, als sie die Räder der Bahre quietschend über den Flur rollen hörte. Später sollte sie sich nicht mehr daran erinnern, dass sie aufstand und zögernd mehrere Schritte machte, ehe sie an einer Sessellehne Halt suchte. Man hatte den

Leichnam in einen Sack mit Reißverschluss gelegt und dann auf der Bahre festgebunden.

»Ich will sie sehen.«

Lawson schlug vor, sie solle die Pathologin die Leiche in die Stadt mitnehmen und für eine offizielle Identifikation vorbereiten lassen.

»Ich will sie sehen«, wiederholte sie.

Nach langem Überlegen erteilte Lawson widerwillig seine Zustimmung. Als sie auf die Bahre zutrat, die mittlerweile den Flur blockierte, stand er dicht neben ihr. Auf sein Kopfnicken zog die Ärztin den Sack lediglich soweit auf, dass das Gesicht zu sehen war.

Es war so still und blass, dass es sich auch um ein Wachsgesicht hätte handeln können. Bis auf die braunen Flecken auf der bleichen Haut hätte es auch ihr eigenes sein können. Einen Moment konnte sie diese Spritzer nicht richtig einordnen, doch dann begriff sie, dass es sich um getrocknetes Blut handelte.

Die Realität traf sie mit der Wucht einer Diesellok.

Sie spürte, wie ihre Knie nachgaben. »Mir wird schlecht.«

7

»Ms Lloyd?« Sachte klopfte eine Polizistin an die Toilettentür. »Alles in Ordnung?«

In Ordnung? Ob bei mir alles in Ordnung ist? Verdammt nochmal, nein, bei mir ist gar nichts in Ordnung! Sie sprach ihre sarkastischen Gedanken nicht aus. Die Frau meinte es ja gut. »Es geht«, rief sie, »ich bin gleich wieder da.«

Nach trockenen Würgeanfällen war die Übelkeit inzwischen abgeebbt und hatte einem Gefühl des Ausgehöhltseins Platz gemacht, seelisch wie körperlich. Sie badete Gesicht und Nacken in kaltem Wasser, spülte den Mund aus und wusch sich die Hände. Sie sah zum Fürchten aus. Trotzdem fiel ihr kein einziger Grund ein, warum das eine Rolle spielen sollte.

Als sie die Badezimmertür öffnete, lächelte die Polizistin sie mitfühlend an. »Kann ich Ihnen etwas bringen?«

»Ja, Kommissar Lawson.«

Die Beamtin begleitete sie ins Wohnzimmer zurück, wo der Kommissar vor einem Fenster kniete. Ein weiterer Polizist erklärte ihm, man habe draußen Fußspuren gefunden. »Wir werden sie einstauben. Abgüsse wurden bereits angefertigt. Außerdem nehmen wir noch Bodenproben.«

»Das Trinkglas in der Küche?«

»Schon eingetütet.«

Lawson nickte und stand vorsichtig auf. Anscheinend hatte er arthritische Knie. Die Polizistin räusperte sich: »Ms Lloyd hat darum gebeten, mit Ihnen zu sprechen.«

»Sicher.«

Während er hinzutrat, wappnete sie sich gegen den Einspruch, der garantiert käme. »Ich will das Schlafzimmer sehen.«

Er schüttelte den Kopf. »Das halte ich nicht für ratsam.«

»Sie haben Beweismaterial erwähnt, das darauf hindeutet, Gillian wäre gezielt ermordet worden. Wenn ich mit eigenen Augen sehe, wovon Sie reden, könnte ich vielleicht etwas Erhellendes beitragen.«

»Wir werden Fotos bekommen.«

»Warum solange warten?«

»Ist kein schöner Anblick.«

»Und ich bin keine Mimose. Ich weiß, dass es blutig ist. Ich habe Blutspritzer auf ihrem Gesicht gesehen. Außerdem haben Sie gesagt, sie hätte zahlreiche Stichwunden. Ich weiß, was mich erwartet.«

»Nicht ganz.« Er senkte einige Sekunden die Augen, ehe er ihr wieder entschuldigend ins Gesicht schaute. »Eins habe ich eben nicht erwähnt. Sie mussten schon genug verarbeiten.«

Was mochte er verschwiegen haben? Wie viel schlimmer konnte es noch werden? Sie fixierte ihn und wünschte sich dabei im Stillen, dass er endlich alles offen legte.

»An den Schlafzimmerwänden stehen Wörter.«

»Wörter?«

»Offensichtlich hat er – aufgrund der Größe der Fußabdrücke, die wir draußen vor dem Fenster fanden, handelt es sich bei unserem Verdächtigen um einen Mann. Es sieht so aus, als hätte er einen Waschlappen ins Blut Ihrer Schwester getaucht und einige – nun ja, einige obszöne Wörter an die Wände geschmiert.«

Ihr Magen hob und senkte sich wie eine Springflut. Trotzdem war sie fest entschlossen, auch das Schlimmste anzusehen. Wenn nicht, ginge ihre Fantasie noch nach Jahren mit ihr durch. Immer wieder würde sie sich den Tatort ausmalen. Sie wollte ihn sehen, wie er tatsächlich war, und kein Fantasiegebilde, das sich ihr Gehirn ausgemalt hatte. Das Ganze musste real für sie sein, und nicht abstrakt. Sie musste den Schauplatz sehen, um ihn zu bewältigen und hoffentlich irgendwann einmal in einem Winkel ihres Herzens und Unterbewusstseins für immer abzulegen. Wenn sie sich jetzt nicht dieser Sache stellte und sie aufarbeitete, könnte sie sie nie wegschließen. Dann würde das entsetzliche Unbekannte für immer bei ihr bleiben und sie in alle Ewigkeit verfolgen.

»Herr Kommissar, ich muss sehen, wo und wie meine Schwester starb.«

Die Spurensicherung hatte ihre Arbeit abgeschlossen, die Ausrüstung in einen Van gepackt und war fort. Damit überließ man den Schauplatz offiziell dem Mordkommissar. Nun stand es in Lawsons Ermessen, wer dieses Zimmer betrat und verließ.

Der erfahrene Ermittler schaute ihr tief in die Augen. Ihr unverwandter Blick deutete offensichtlich auf Entschlossenheit hin. Er seufzte wie jemand, der nachgab, wo er ohnehin verlieren würde.

Er winkte sie den Flur hinunter, blieb aber dann auf der Schlafzimmerschwelle stehen und wartete, bis sie ihn eingeholt hatte. Sie hatte sich auf das Schlimmste gefasst gemacht, ehe sie das Zimmer betrat.

Aber dann war es eigentlich fast leicht, den Tatort aus einer gewissen Distanz zu betrachten, weil es keinerlei Verbindung zu ihrem Leben vor diesem Augenblick gab. Sie hatte einfach keinen Vergleich. Das Blutbad war ihrer bisherigen Erfahrung so entsetzlich fremd, dass sie nicht den geringsten Bezug dazu fand.

Es wirkte auf ihren Körper so schockierend wie ein Sprung ins eiskalte Wasser. Seine betäubende Wirkung bot gleichzeitig auch Schutz. Da war kein Schmerz, weil jedwede Empfindung sofort erstarrte. Beim ersten Blick auf das Totenbett ihrer Schwester froren ihre Sinne ein. Nur so konnten ihre Emotionen diesem Anblick standhalten.

Nachdem man das Bettzeug im ursprünglichen Zustand fotografiert hatte, hatte man es abgezogen, eingepackt und zum Testen ins gerichtsmedizinische Labor geschickt. Trotzdem hatte sich mitten auf der Matratze ein Blutfleck gebildet, der noch nicht ganz getrocknet war.

Schreckensstarr schaute sie ihn an.

»Wir glauben, dass er ungefähr an der Stelle gestanden ist, wo Sie jetzt stehen«, erläuterte Lawson. »Auf dem Boden lag ein bisschen Dreck, den er von draußen mitgebracht haben muss. Vermutlich hat sie geschlafen.«

»Hoffentlich.« Ihre Bemerkung war kaum hörbar.

»Als man sie fand, lag sie auf dem Rücken. Nackt. War das normal? Schläft sie normalerweise so?«

»Ich denke schon. Nicht immer.«

»Auf dem Bett haben wir ein Pyjama-Oberteil gefunden. Nur die Hose ist nicht aufgetaucht.«

Rasch wich er ihrem fragenden Blick aus. »Weder Arme noch Hände wiesen Wunden auf, die auf Widerstand hindeuteten. Anscheinend ist es rasch gegangen. Falls Sie das irgendwie tröstet.«

Ihre Augen wanderten von der Matratze zum Nachttisch, den man für Fingerabdrücke eingestaubt hatte. Das Pulver hatte auf dem Rubinanhänger eine hässliche Schicht hinterlassen. Fragend schaute sie zu Lawson hinüber.

»Jaja, nur zu«, sagte er.

Sie hob den Anhänger auf und verschloss ihn in der Faust.

Die Wände schrien förmlich nach Beachtung. Sie hätte sie unmöglich negieren können. Es handelte sich um große, deutlich geschriebene Druckbuchstaben, mit Ausnahme derer, aus denen blutige Rinnsale getropft waren. Der Mörder hatte sich so sicher gefühlt, dass er sich Zeit für eine klare und deutliche Botschaft gelassen hatte.

HURE. DRECKSFOTZE. RASSENSAU.

Sie starrte die Wörter an. Ihr erster Gedanke galt dem kranken Individuum, das so etwas getan haben konnte. Fassungslos stand sie ungezügeltem Hass oder einer hoffnungslosen Psychose gegenüber, die einen Menschen in derart abgrundtiefe Verworfenheit hatten stürzen lassen.

Dann las sie ein zweites Mal, wobei sie sich auf die Bedeutung konzentrierte.

Binnen eines zerfetzenden Augenblicks war alles klar. Die Erkenntnis traf sie wie ein gleißendes Licht. Sie bedeckte die Augen und wich aufschreiend zurück: »Oh mein Gott, oh mein Gott.«

Sie fuhr herum und versuchte, aus dem Zimmer zu flüchten, prallte dabei aber mit voller Wucht gegen Lawson. »Ms Lloyd? Was ist los? Was haben Sie?«

»Oh mein Gott!«, brüllte sie. »Damit war ich gemeint! Das hätte ich sein sollen!«

Während sie auf den Flur taumelte, versuchte sie, gegen seinen Griff anzukämpfen, aber er war stärker und ließ nicht locker. Kaum waren sie draußen, lehnte er sie rücklings an die Wand. Sie schloss die Augen, aber die Tränen versiegten nicht. Sie biss sich auf die Unterlippe und versuchte so, die spitzen Schreie zu unterdrücken, die aus ihrer Kehle drangen.

Lawson hatte sie an der Schulter gepackt und

schüttelte sie leicht. »Reden Sie. Was ist mit diesen Wörtern? Was bedeuten sie?«

Gleichzeitig wurde es auch an der Haustüre laut. »Lassen Sie mich rein. Es hieß, ich sollte kommen. Was ist passiert? Was geht hier vor?« Jem Hennings versuchte, sich einen Weg durch eine menschliche Barrikade aus uniformierten Polizisten zu bahnen.

»Sind Sie Hennings?«, blaffte Kommissar Lawson.

»Zum Teufel, wer sind Sie?«

Die übrigen Beamten richteten sich nach Lawsons abrupter Handbewegung, traten zurück und ließen Jem Hennings herein. Mit wenigen Schritten war er bei Lawson, der ihm seine Dienstmarke zeigte. »Polizeibehörde Dallas.«

Völlig perplex griff Jem hinter den Kommissar und nahm sie bei der Hand. »Um Himmels willen, Gillian, du bist ja blass wie ein Gespenst. Ist alles in Ordnung? Zum Teufel, was ist hier eigentlich los?«

Noch ehe sie Gelegenheit zum Antworten hatte, sagte Lawson: »Gillian wurde in einem Krankenwagen abtransportiert.«

»In einem Kranken- Warum?« Jems Blicke kamen wieder zu ihr zurück. »Melina? Was ist los? Ist Gillian etwas zugestoßen?« Keiner sagte etwas.

Beim nächsten Wort klang seine Stimme schrill. »Würde mir, bitte, jemand sagen, was hier los ist, verdammt nochmal?«

»Mr Hennings, bedauerlicherweise muss ich Ihnen mitteilen«, Jem wandte sich dem Kommissar zu, »dass Gillian tot ist. Sie wurde heute Morgen in ihrem Bett ermordet aufgefunden.«

Er öffnete den Mund, aber kein Laut drang heraus. Er taumelte ein, zwei Schritte zurück und starrte sie ungläubig an, dann wandte er sich den anderen Polizisten zu, die noch immer alle in der Nähe der Eingangstüre standen, als wolle er sie zwingen, dieser Nachricht zu widersprechen.

Schließlich stieß er keuchend hervor: »Das ist unmöglich!«

Ihre bitteren Mienen mussten ihm Bestätigung genug gewesen sein, denn er legte die Hand mehrere Sekunden auf den Mund, ehe sie langsam Richtung Kinn hinunterglitt.

»Möchten Sie sich setzen, Mr Hennings?«

Er schüttelte den Kopf. »Sie behaupten, man hätte sie – *ermordet*?« Seine Blicke wanderten hinter sie. Noch ehe einer reagieren konnte, schoss er auch schon an ihnen vorbei.

»Halt!«

»Jem!«

Ihre Hände schnappten ins Leere. Keiner konnte ihn aufhalten. Aber kaum hatte er die Schlafzimmerschwelle erreicht, blieb er wie angewurzelt stehen. »Oh Gott«, stöhnte er. »Oh nein.« Er legte beide Hände auf den Mund.

»Jem, es tut mir so Leid.«

»Melina –? Was –?«

Sie trat hinter ihn und legte ihm die Hände auf die Schultern. »Komm hier weg, Jem. Setz dich zu mir. Ich brauche dich neben mir. Wir brauchen einander.«

Es tat weh, ihn schluchzen zu hören. Erst nach einigem Drängen gelang es ihr, ihn umzudrehen. Eng aneinander gelehnt taumelten sie ins Wohnzimmer, wo sie sich nebeneinander aufs Sofa setzten. Er tastete nach ihrer Hand, drückte sie, hob sie an die Lippen und küsste ihre Fingergelenke.

»Melina, es tut mir so Leid. Lieber Gott, wie Leid mir das tut. Hast du sie gefunden?«

»Eine Nachbarin kam in aller Frühe herüber und wollte sich Kaffee borgen.«

Gerührt sah sie, wie ihm Tränen in die Augen stiegen.

Dankenswerterweise ließ Lawson sie mehrere Minuten allein, um sich gegenseitig zu trösten, ehe er sich, wie zuvor, plump auf die Polsterbank setzte. Mit seinen hochgezogenen massigen Schultern erinnerte er an einen Frosch, der auf einem Seerosenblatt hockt.

Jem hatte sich wieder gefasst. Nachdem er sein Gesicht mit einem Taschentuch abgewischt hatte, wandte er sich an Lawson. »Was ist passiert?«

Er gab Jem eine kurze Zusammenfassung der bisher bekannten Fakten. »Sie erlitt zahlreiche Stichwunden, von denen mehrere tödlich gewesen sein können. Alles deutet auf einen Racheakt hin. Zumindest auf einen Wutanfall.«

»Wer hätte auf Gillian wütend sein sollen?«

»Genau das werden wir herausfinden. Alles, was Sie uns sagen können, könnte dabei helfen.« Als Jem andeutungsweise nickte, fuhr Lawson fort: »Wann haben Sie zuletzt mit ihr gesprochen?«

»Gestern Abend. Ich kam mit einem Geschenk vorbei. Ein Rubinanhänger.«

»Den haben wir auf dem Nachttisch gefunden.«

»Ich habe ihn, Jem.« Sie öffnete die Hand. Das Schmuckstück hatte auf ihrer Handfläche einen herzförmigen Abdruck hinterlassen.

Mit einem wehmütigen Lächeln nahm Jem es ihr aus der Hand. »Es sah wunderschön an ihr aus. Als ich ging, trug sie es.«

»Um wie viel Uhr war das?«, fragte Lawson.

»Äh, gegen neun, glaube ich«, antwortete er, während er einen Punkt an seiner Schläfe massierte. »Müssen wir das jetzt erledigen? Ich brauche ein bisschen Zeit.«

»Vielleicht hätten Sie die Güte, mir noch einige Fragen zu beantworten.« Widerwillig bedeutete Jem dem Kommissar fortzufahren. »Wie lange waren Sie hier?«

»Nicht lange. Als ich kam, wollte Gillian gerade zu Bett gehen. Ich gab ihr den Anhänger und ging.«

»Sie haben einfach das Geschenk abgeliefert und sind gegangen?«

»Im Prinzip ja.«

Lawson sagte einen Augenblick gar nichts, nützte aber die Zeit, um Jem einzuschätzen. »Mr Hennings, hier handelt es sich um ein wertvolles Schmuckstück. Gab es gestern Abend eine besondere Gelegenheit?«

»Ja.«

»Möchten Sie sich dazu äußern?«

»Es war etwas Privates.«

»Privat.«

»Richtig.«

Lawson zupfte an seiner Unterlippe herum, als würde er über einen Widerspruch nachbrüten. »Sie sind also nur gekommen und wieder gegangen. Gegen neun Uhr.«

»Ja.«

»Und Sie sagten, Ms Lloyd habe gerade zu Bett gehen wollen, als Sie kamen?«

»Sie war sehr müde. Sie hatte einen ereignisreichen Tag hinter sich. Sie war schon im Pyjama.«

»Im Pyjama.«

»Kommissar Lawson, drücke ich mich nicht deutlich genug aus? Oder stimmt etwas nicht mit Ihren Ohren?«, erkundigte sich Jem gereizt. »Warum wiederholen Sie meine Antworten? Heiliger Himmel! Meine Verlobte wurde ermordet aufgefunden –«

»Verlobte?«

»Verlobte?«

Sie und Lawson redeten gleichzeitig. Keiner konnte seine Überraschung verbergen.

»Sie waren verlobt?«, wollte der Kommissar wissen. Ohne sich um ihn zu kümmern, wandte sich Jem mit verärgerter Miene an sie: »Eigentlich sollte das eine fröhliche Neuigkeit sein, Melina. Es tut mir Leid, dass du es unter solchen Umständen erfahren musst.«

»Ihr wart verlobt?«, wiederholte sie.

»Ich weiß, dass ihr euch immer alles anvertraut habt. Aber Gillian und ich hatten uns in einem Liebesbund dazu verpflichtet, für kurze Zeit niemandem etwas davon zu erzählen.«

»Wann kam es dazu?«

»Vor ein paar Wochen.«

»Hattet ihr schon einen festen Hochzeitstermin?«

»Noch nicht. Wir wollten alles der Reihe nach erledigen.«

Er warf ihr einen bedeutsamen Blick zu, der ihr klar machte, dass er damit auf die künstliche Befruchtung anspielte. Offensichtlich wollte er vor Lawson nicht darüber sprechen. »Ich verstehe.«

»Es war hart, es geheim zu halten«, sagte er mit einem traurigen Lächeln. »Besonders vor dir.«

»Muss wohl so gewesen sein.«

»Sie trug keinen Verlobungsring«, merkte Lawson an. »Sind Sie sicher, dass es sich um eine offizielle Sache handelte und dass Ms Lloyd Ihnen tatsächlich die Ehe versprochen hatte?«

Jem fuhr herum. »Natürlich bin ich mir sicher. Was glauben Sie denn? Dass ich alles nur erfinde?«

Lawson zuckte mit der Schulter. »Tun Sie's denn?«

»Warum sollte ich?«

»Weil in einem Mordfall ein Ermittler möglicherweise eher einem Verlobten glaubt als einem Freund, der zur Schlafenszeit mit einem teuren Geschenk vorbeikommt, ohne die Nacht über zu bleiben. Waren Sie sauer, weil Gillian Sie gestern Abend wieder weggeschickt und nicht zum Übernachten eingeladen hat?«

Jem sprang auf. »Sie glauben, ich hätte das getan?«, brüllte er wütend, wobei er aufs Schlafzimmer deutete. »Ich habe sie geliebt. Sie sollte meine Frau werden.«

»Jem.«

»Beruhigen Sie sich, Hennings.« Lawson hatte sich von Jems Wutausbruch nicht einschüchtern lassen. »Niemand hat Sie irgendeiner Sache beschuldigt. Ich spiele nur mehrere Möglichkeiten durch.«

»Ihre Möglichkeiten stinken.«

»Ich möchte nur sicherstellen, dass ich Ihre Geschichte auch richtig verstanden habe.«

»Das ist keine Geschichte. Das ist die Wahrheit.«

»Schön, dann setzen Sie sich.«

Obwohl Jem schäumte und offensichtlich am liebsten handgreiflich geworden wäre, nahm er wieder Platz. »Melina, hat er dich auch so durch die Mangel gedreht?«

»Ja, ich musste auch Fragen beantworten.«

Lawson fuhr fort, als hätte Jem nie eine Szene gemacht. »Sie sagten, Ms Lloyd habe einen Pyjama getragen.«

»Ja«, zischte Jem, »kurze Hose mit passendem Oberteil.«

»Als man sie fand, hatte sie keines von beiden an.«

»Dann muss sie sie wohl vor dem Schlafengehen ausgezogen haben.«

»Das Oberteil haben wir gefunden. Ohne Hose.«

Jem versteinerte. »Ihre Andeutung ist eine Beleidigung für Gillian und mich.«

»Ich deute gar nichts an. Warum sind Sie so defensiv?« Jem schwieg weiter aufsässig. Lawson nahm sein Verhör wieder auf. »Sind Sie von hier aus direkt nach Hause gefahren?«

»Ja.«

»Kann das jemand bestätigen?«

»Der Wachmann in meinem Gebäude. Ich wohne in einem Hochhaus gleich hinter Oak Lawn. Mein Auto habe ich beim Garagenwart gelassen. Es blieb in der Garage, bis ich heute Morgen zur Arbeit fuhr. Das können Sie überprüfen.«

»Werde ich.«

»Das ist unnötig, Kommissar Lawson. Es wäre Zeitverschwendung.«

Jem riss den Kopf zu ihr herum. »Melina, was meinst du damit?«

Ihr ruhiger Ton und ihre Aussage hatten ihn und Lawson gleichermaßen verblüfft. Auch die anderen Polizisten im Raum unterbrachen ihre Arbeiten und lauschten aufmerksam. Die Polizistin, die sie so freundlich behandelt hatte, musterte sie erwartungsvoll.

Sie wandte sich an den Kommissar. »Sie müssen sich nicht die Mühe machen, beim Personal in Jems Gebäude nachzuhaken. Ich kann seine Aussage bestätigen.«

»Melina, was –«

Mit einem Kopfschütteln unterbrach sie Jems schockierten Protest. »Ich weiß, dass du gestern Abend um neun Uhr hier gewesen bist. Gegen neun Uhr fünfzehn bist du gegangen. Nachdem – nachdem du weg warst, habe ich mir die Pflegespülung aus den Haaren gewaschen.«

Mehrere Sekunden starrte er sie verständnislos an. Dann öffnete er vor Überraschung stumm die Lippen. »Das warst –«

»Ich«, sagte sie leise. »Ich war diejenige, mit der du gestern Abend hier gewesen bist.« Da er noch immer zu überrascht zum Reden war, wandte sie sich an den Kommissar, der sie mittlerweile mit einer Mischung aus Erstaunen und Argwohn musterte.

»Als Kinder haben meine Schwester und ich oft die Rollen getauscht«, erklärte sie. »Wir haben Babysitter, Lehrer, Freunde und sogar Verwandte genarrt. Für uns war das ein Kinderspiel, eine Herausforderung. Wir wollten sehen, ob wir damit durchkämen, ohne entdeckt zu werden. Wir haben es immer geschafft.« Wieder wandte sie sich an Jem, der sie weiterhin völlig ungläubig anschaute. »Vermutlich ist das immer noch so.«

Endlich fand er seine Stimme wieder und stotterte: »Aber – ich habe dich geküsst.«

»Und ich habe aufgehört, bevor es zu weit ging. Erinnerst du dich noch?«

Für ihn blieb es ein Rätsel. »Aber warum? Warum gestern Abend?«

Sie holte tief Luft. »Alles war meine Idee, eine alberne, frivole Schnapsidee. Gestern beim Mittagessen habe ich Gillian diesen Vorschlag gemacht. Sie lehnte ab, aus sehr gutem Grund. Sie meinte, wir seien keine Kinder mehr. Trotzdem habe ich sie später angerufen und weiter gebohrt. Ich habe ihr gesagt, ich fühlte mich nicht wohl, was so nicht ganz stimmte. Schließlich hatte ich sie so weich geklopft, dass sie mit dem Rollentausch gestern Abend einverstanden war. Ich war hier bei dir, Jem. Sie hat meinen Kunden begleitet.«

»Was meinen Sie mit ›begleitet‹?«, wollte Lawson wissen. Sie erklärte dem Kommissar ihre Tätigkeit. »Gestern Abend war ich dafür verantwortlich, Colonel Christopher Hart –«

»Den Astronauten?«, warf Jem ein.

Sie nickte. »Ich sollte ihn zu einem Bankett im Adolphus bringen, seine Pressekonferenz durchpeitschen usw.« Allmählich trübten Tränen ihren Blick. »Gillian ist an meiner Stelle gegangen. Deshalb habe ich so aufgewühlt auf die Schmierereien reagiert.«

Lawson setzte die Einzelteile zusammen und nickte langsam. »Rasse. Christopher Hart. Er ist ein Halbblut, richtig?«

»Sollte der Mord an meiner Schwester irgendetwas mit ihm zu tun haben, dann hätte er eigentlich mir gegolten.«

»Einen Moment mal.« Jem war erregt und wütend. »Na schön, die Anspielung auf Hart kapiere ich. Das liegt auf der Hand, aber der Rest? Diese – diese Schmiererei über Gillian. Was soll das denn bedeuten?«

Leicht schnüffelnd vertiefte sich Lawson in seinen Notizblock.

Jems Stimme rutschte eine Oktave höher. »Melina. Was bedeutet das?«

Die Frage war verständlich; er war dazu nur allzu berechtigt. Aber genau wie der Kommissar konnte auch sie Jem Hennings nicht ruhig in die Augen sehen.

8

»Ich habe Ihnen wirklich nichts Neues mitzuteilen.« Mit einem Kopfnicken bedankte sich Chief bei dem Kellner, der ihnen Kaffee nachschenkte. Den brauchte er dringend. Ihm war lausig zu Mute. Schon beim Aufwachen hatte er sich lausig gefühlt, und noch immer hatte sich seine Stimmung nicht gebessert. Dieses ungewollte Treffen mit Longtree und Abbott war reine Zeitverschwendung und verschlechterte seine üble Laune nur noch mehr.

»Nun, ich bin enttäuscht«, sagte Abbott, »und weiß, dass ich damit auch für Häuptling Longtree spreche.«

Obwohl Longtree kein Wort gesagt hatte, ruhten seine starren Blicke unverwandt auf Chiefs Gesicht. Er musste sich konzentrieren, um unter diesem unversöhnlichen Blick nicht unruhig hin und her zu rutschen. »Es ist ja nicht so, dass ich Ihr Interesse an mir nicht zu schätzen wüsste«, sagte er. »Im Gegenteil. Außerdem haben Sie sich für die NAA bewundernswerte Ziele gesetzt. Es handelt sich zweifelsohne um wichtige Fälle und Belange, die man zur Sprache bringen und der Öffentlichkeit bekannt machen sollte. Es ist nur so –«

Scheiße. Er hatte keine Ahnung, wie er seine Ablehnung formulieren sollte, ohne entweder eine Verpflichtung einzugehen oder die beiden zu beleidigen. Diese Situation, in der er gezwungenermaßen das eine oder das andere tun musste, ging ihm gegen den Strich. Obendrein verspürte er nicht die geringste Lust, gerade jetzt darüber nachzudenken. Das Einzige, woran er wirklich denken wollte, war die letzte Nacht.

»Ich bin noch zu keiner Entscheidung gekommen«, konstatierte er kurz angebunden. »Die Zukunft liegt – in der Zukunft. Punkt. Bis zu meinem offiziellen Ausscheiden aus der NASA sehe ich keinen Anlass für weitere Diskussionen.«

»Werden Sie im Rahmen Ihrer Zukunftsplanung trotzdem unser Angebot in Erwägung ziehen?«, drängte Abbott weiter. »Einverstanden, dass wir wenigstens noch einmal auf Sie zukommen? Sagen wir in sechzig Tagen?«

Wieder war Chief gezwungen auszuweichen. »Ich denke, ich ziehe es vor, unabhängig zu bleiben, egal welchen Kurs ich einschlagen oder zu welchem Schluss ich für mich kommen werde. Nichts für ungut, Mr Abbott, aber ich –«

»Sie wollen nicht mit Indianern über einen Kamm geschoren werden.«

Chief wandte sich Longtree zu. Seit ungefähr einer halben Stunde war dies sein erster Satz. »Das habe ich nicht behauptet.«

»Aber genau das haben Sie gemeint. Mit vielen Umschreibungen.«

Jetzt kann ich getrost alle Register ziehen, dachte Chief. Schließlich hatte er die beiden schon beleidigt. Longtree begriff, dass er nur um den heißen Brei herumgeredet hatte. Warum also nicht gleich Schluss mit politisch korrektem Benehmen machen? Warum nicht den ganzen Mist ad acta legen und die Sache beenden, hier und jetzt, und damit allen eine Menge Zeit sparen? Im Grunde genommen schuldete er ihnen nichts. Gar nichts. Nicht einmal Taktgefühl.

»Ja, Häuptling Longtree, genau das habe ich gemeint. Offen gestanden reizt es mich nicht, Ihrer neuen Hilfsorganisation beizutreten. Sollten Sie es ehrlich meinen, dann wäre das ehrenwert. Eine noble Aktion und eine großartige Idee. Aber es sind Jahre vergangen, seit ich auch nur in der Nähe eines Reservats war. Ich habe mich davon gelöst und hege nicht den geringsten Wunsch, dies rückgängig zu machen. Ich habe meinem Indianerblut weder meine Leistungen zu verdanken, noch habe ich es für meine Fehlschläge verantwortlich gemacht. Wenn ich mich zum Fürsprecher der amerikanischen Ureinwohner aufschwänge, würde ich wie ein Betrüger wirken, besonders auf diejenigen, die ich verträte. Außer einem Teil meiner DNS habe ich mit dem indianischen Volk nichts gemeinsam.«

»Mit anderen Worten: Die NAA braucht Sie, aber Sie brauchen sie nicht.«

»So grob würde ich es nicht formulieren.«

»Und doch ist dies die Quintessenz Ihrer Worte.«

Der Alte schien entschlossen, ihn anzupinkeln und wie ein Schwein aussehen zu lassen. Na schön, auch er war nicht in der Stimmung, mit Samtpfoten aufzutreten. »Richtig, Häuptling Longtree. Ich werde meinen Namen nicht ausbeuten lassen, weder von einer Einzelperson noch von irgendeiner Organisation, besonders wenn ich das Gefühl habe, dass deren Interesse an mir egoistisch und einseitig ist. Und genau das ist, ehrlich gesagt, meiner Ansicht nach hier der Fall. Wenn ich Ihr Angebot annähme, wäre dies kein Tausch auf Gegenseitigkeit. Wie haben Sie so unverblümt gesagt? Sie brauchen mich mehr als ich Sie.«

Gelassen zog Longtree die Serviette vom Schoß und legte sie gefaltet neben seinen Teller. Abbott schien weiterdiskutieren zu wollen, aber ein strenger Blick Longtrees ermahnte ihn, die Sache fallen zu lassen. »Danke, dass Sie sich mit uns getroffen haben«, sagte Longtree beim Aufstehen.

Auch Chief erhob sich. Beide Männer standen sich gegenüber. Obwohl er einen Kopf größer als der alte Häuptling war, fühlte er sich vor Longtree klein. Wieder nahm er es ihnen übel, dass sie sein »Nein, danke« ungnädig aufgenommen hatten. Sie hatten ihn gezwungen, sich wie ein Arschloch zu benehmen. Er hatte nicht die geringste Lust, mit diesen Kerlen intim zu werden, und doch hasste er es, sie mit einem negativen Eindruck von ihm weggehen zu sehen.

In einem Anflug von Versöhnlichkeit sagte er: »Häuptling Longtree, ich respektiere Ihre Position. Hoffentlich können Sie auch meine respektieren.«

Longtree lehnte es ab, diese Bitte zur Kenntnis zu nehmen. Stattdessen schaute er Chief bohrend in die Augen und umklammerte eisern seine Hand. Chief verspürte ein irrationales Bedürfnis, seine Hand dem Griff des Älteren zu entziehen.

Longtree sagte: »Es wird eine Zeit kommen – bald, prophezeie ich –, in der Sie uns brauchen werden, Colonel Hart.«

»Christopher Hart?«

Als sein Name fiel, drehte sich Chief um. Wenige Zentimeter vor seiner Nase zückte ein Mann, der an einen massigen Baumstumpf erinnerte, seine Dienstmarke. »Senior Corporal Lawson, Kriminalpolizei Dallas, Mordkommission.«

Longtree ließ Chiefs Hand los, der es kaum bemerkte. Beim Umdrehen hatte er einen Autogrammjäger erwartet, jemanden, der ihn beim Frühstück entdeckt und erkannt hatte. Die Morgenausgabe der *Dallas Morning News* hatte einen Artikel über das Bankett von gestern Abend gebracht, dazu ein Foto von ihm, das man während seiner Dankesrede aufgenommen hatte.

Aber der untersetzte Zivilbeamte machte nicht den Eindruck, als sei er ein Fan. Er lächelte nicht einmal. Genauso wenig wie die beiden Polizisten in Uniform, die ihn flankierten.

Der Oberkellner trat neben Chief. »Ich bedauere zutiefst, Colonel Hart. Ich hatte vorgeschlagen, er solle mich Sie aus dem Restaurant holen lassen, aber er –«

»Ist schon gut.« Chief hob die Hand, um die überschwängliche Entschuldigung zu bremsen. Zu dem Kommissar sagte er: »Kann ich Ihnen helfen?«

»Davon bin ich überzeugt.«

Ich hätte wirklich noch einen Schluck Kaffee

trinken sollen, dachte Chief. Er hätte einen weiteren Koffeinstoß dringend gebrauchen können. In seinem Kopf ging es immer noch drunter und drüber. Obwohl er am Abend vorher nur einen einzigen Bourbon getrunken hatte, fühlte er sich verkatert. Kam wahrscheinlich von zu wenig Schlaf und zu viel Sex. Na ja, richtig besehen war es nicht zu viel gewesen. Eher das Gegenteil.

»Entschuldigung, sagten Sie Mordkommission?«

»Ganz genau.«

»Sind Sie sicher, dass Sie den Richtigen vor sich haben?«

»Sind Sie der Astronaut?«

»Ja.«

»Dann habe ich den Richtigen. Ich brauche Ihre Antwort auf ein paar Fragen.«

»Sicher. Worum geht's denn?«

»Um den Mord an Gillian Lloyd.«

Unfreiwillig entfuhr Chief ein kurzes Lachen. Also das war's! Ein übler Streich. Diese Kerle!

Seine Blicke schweiften über die besetzten Tische des Restaurants. Alle anderen Gäste hatten zu essen aufgehört und starrten sie an, aber keines der Gesichter war ihm bekannt. Trotzdem würden die Verantwortlichen für diese Charade bald auftauchen, würden hinter Möbeln und Topfpalmen hervorspringen, sich schief lachen und dabei seinen dummen Gesichtsausdruck nachäffen.

Wie damals an diesem Sonntagnachmittag vor zwei Jahren: Er war allein zu Hause gewesen und hatte sich in aller Ruhe ein NFC-Meisterschaftsspiel zwischen Dallas und San Francisco angesehen. Steve Young hatte gerade im dritten Viertel einen fünfzig Yard Touchdown-Pass geworfen, da klingelte es an Chiefs Tür.

Auf seiner Schwelle stand eine hochschwangere Frau, die er noch nie gesehen hatte, in Begleitung eines Polizisten, der größer und fieser wirkte als alle Angreifer in dem Spiel, das gerade lief.

Die Frau fing zu kreischen an und bezichtigte ihn entsetzlicher Dinge. Mit einer Stimme, die Glas zum Platzen gebracht hätte, behauptete sie, Christopher Hart habe sie auf einer Party vor acht Monaten vergewaltigt. Er habe ihr ein Schlafpulver in den Drink gemischt, sie mit Gewalt genommen und dabei mit einer Geschlechtskrankheit angesteckt. Anschließend habe er sie schwanger und verstört sitzen lassen und gedroht, sie umzubringen, wenn sie ihn als das anzeigte, was er war: ein sexueller Wüstling.

Ihre Schmährede dauerte bereits geschlagene zwei Minuten, ehe Chief seine Stimme wiederfand und an das hässliche Monster appellierte, das mit einem noch hässlicheren Schlagstock herumfuchtelte. Er behauptete, er hätte diese Frau noch nie in seinem Leben gesehen und keine Ahnung, welchen Blödsinn sie redete.

Aber als sie ihn weiter mit üblen Anschuldigungen bombardierte, die mit äußerst intimen Kenntnissen seiner Person und seiner Physis gespickt waren, begann er allmählich, an seinen eigenen Unschuldsbeteuerungen zu zweifeln.

Schließlich riss sie zu seinem Entsetzen ihr Kleid von oben bis unten auf. Heraus fielen das Kissen, mit dem sie die Schwangere gemimt hatte, und zwei üppige Titten. Auf der einen war »Alles Gute« eintätowiert und auf der anderen »Zum Geburtstag«. Dann winkte sie fröhlich und rief: »Überraschung!«

Einige seiner Chaotenfreunde von der NASA stolperten aus ihren Verstecken im Hof und bogen sich vor Lachen. Sie hatten genügend Alkohol und Essen dabei, um auf der Stelle eine Party zu feiern. Der Polizist, den sie in den Streich eingeweiht hatten, wünschte ihnen beim Abschied noch viel Spaß und meinte nur, sie sollten nicht allzu laut werden. Das Mädchen, eine exotische Tänzerin, blieb, servierte dem Geburtstagskind eine erstklassige, aufreizende Tanzeinlage und unterhielt die restliche Meute solange, wie sie noch nüchtern genug war, um ihre Talente zu schätzen.

Das letzte Viertel des Spiels verpasste Chief; auch das Ergebnis erfuhr er erst am nächsten Tag.

Jetzt war sein erster Gedanke, es handle sich um einen ähnlichen Streich. Er und sein Freundeskreis versuchten ständig, einander auszustechen und sich Scherze auszudenken, bei denen die Zielscheibe des Spotts mindestens als Volltrottel dastand. Dieser Streich hier war verdammt gut. Das musste er den Scherzkeksen lassen. So etwas ließe sich nur schwer überbieten. Damit könnten sie es sogar ins *Guinness Buch* schaffen.

Leider war sein Geburtstag erst in sechs Monaten fällig.

Eine Überraschungsparty zur Pensionierung? Nicht, wenn bis dorthin noch Wochen vergingen. Außerdem würden sie wohl kaum eine Party außerhalb von Houston abhalten, wo die meisten seiner Freunde und Kollegen wohnten.

Und drittens sah der Polizist, dieser Lawson, nicht so aus, als hätte er auch nur einen Schimmer Humor.

Plötzlich hätte er sein spontanes Lachen am liebsten wieder zurückgenommen, denn mittlerweile war ihm klar, dass es völlig unpassend gewesen war. »Ich bin sofort bei Ihnen.«

Er drehte sich um, um sich bei Longtree und Abbott zu entschuldigen, aber sie waren schon weg, bereits am Ausgang. Bevor Longtree durch die Türe trat, warf er Chief einen harten Blick zu.

»Sieht so aus, als hätten Ihre Freunde Sie verlassen.«

Erneut fuhr Chief zu dem Kommissar herum, dessen heftiger Sarkasmus ihm genauso quer lief wie dieser mistige Morgen generell. Mit der Haltung eines hohen Militärs sagte er in brüskem Kasernenton: »Was soll das alles? Ich habe keine Ahnung von einem Mord.«

»Meine Herren, vielleicht möchten Sie sich an einen ungestörteren Ort zurückziehen?« Anstelle des Oberkellners war der Hotelmanager aufgetaucht, dem es in allererster Linie auf Diskretion und den guten Ruf des Hotels ankam. Er geleitete sie zum Ausgang.

Chief folgte ihm in ein Büro, wo man ihn mit Lawson allein ließ. Wozu standen diese Uniformierten draußen vor der Türe Wache? Falls er türmen wollte?

Er ging zum Angriff über. »Zum Kuckuck, würden Sie mir erklären, was das alles soll?«

»Es geht um den Mord an Gillian Lloyd.«

»Jaja, das sagten Sie bereits. Ich habe diesen Namen noch nie gehört. Und außerdem hasse ich es wie die Pest, wenn mich die Polizei unnötigerweise in aller Öffentlichkeit bloßstellt.«

»Sie haben nie von –?«

»Habe ich das nicht eben gesagt? Außerdem –« Er brach ab, denn plötzlich wurde ihm klar, wie unklug ein Gespräch mit einem Polizisten über einen Mord ohne Beisein eines Anwalts war. »Vielleicht sollte ich mein Büro anrufen.«

»Wozu?«

»Zur Information.«

»In rechtlicher Hinsicht? Colonel Hart, brauchen Sie vielleicht einen Anwalt? Haben Sie etwas zu verbergen?«

Chief biss die Zähne zusammen, sonst hätte er Lawson erklärt, er solle ihn am Arsch lecken. Aber eine derart aggressive Bemerkung war solange unklug, bis er den Fehler korrigieren konnte, der hier offensichtlich passiert war.

»Die NASA würde es nicht billigen, wenn man mich ohne Beisein eines Anwalts zu einer so ernsten Sache wie Mord befragt. Was nicht auf eine Schuld hindeutet, geschweige denn auf Kenntnis von diesem Verbrechen. So etwas ist einfach nur sinnvoll. Im Hinblick auf das öffentliche Image ihrer Astronauten ist die NASA sehr heikel.«

»Davon bin ich überzeugt«, meinte Lawson amüsiert. »Na denn, rufen Sie schon an.«

Chief überlegte es sich noch einmal. Vielleicht war seine Reaktion übertrieben. Er hatte diesen Tag schmollend begonnen, weil er alleine aufgewacht war. Und dann noch sein Frühstückstermin mit Longtree. Gott sei Dank war diese Sache beendet und Longtree und Abbott für immer aus seinem Leben verschwunden. Trotzdem hatte dieses letzte Treffen einen schalen Geschmack hinterlassen, ohne dass er einen genauen Grund dafür hätte nennen können. Anschließend hatte ihn so ein Polizist mit schlecht sitzendem Sakko überfallen und öffentlich blamiert. Kein Wunder, dass er gereizt war.

Mit Gewalt zwang er sich zu einer etwas lässigeren Haltung, lehnte sich mit der Hüfte gegen den Schreibtisch und schlug die Füße übereinander. »Na schön, Kommissar Lawson. Wer ist Juliet –«

»Gillian. Nachname: Lloyd. Ihre nackte Leiche wurde heute Morgen in ihrem Bett aufgefunden. Sie erlag zahlreichen Stichwunden, hauptsächlich im unteren Bauch- und Schambereich. Wir glauben – hoffen –, dass ihr die meisten erst nach dem Tod zugefügt wurden. Ein verdammtes Blutbad. Außerdem hinterließ der Mörder an ihrer Schlafzimmerwand obszöne Worte, die mit ihrem Blut geschrieben wurden.« Sein letzter Satz kam schneidend. »Hören Sie mir jetzt endlich zu, Colonel Hart?«

Was Chief voll und ganz tat. Mit einem Schlag war er völlig nüchtern und meinte bedrückt: »Es tut mir Leid, ehrlich. Das – das ist ja entsetzlich. Trotzdem verstehe ich noch immer nicht, warum Sie sich mit mir unterhalten. Ich kenne diese Dame nicht. Ich habe nie –«

Doch dann stockte ihm das Blut in den Adern. Ganz langsam stellte er die Füße wieder nebeneinander und richtete sich zu voller Größe auf. »Himmel«, flüsterte er, »erst jetzt wird mir alles klar. Lloyd. Melinas Schwester? Ihre Zwillingsschwester?«

Lawson nickte.

Chief atmete lange aus und massierte sich den Nacken. Einen Augenblick starrte er in die Luft, während er versuchte, die Nachricht und ihre Konsequenzen zu verdauen, besonders die für Melina. Erst vor wenigen Stunden hatte er mit ihr geschlafen. Jetzt war sie irgendwo in dieser Stadt und versuchte damit fertig zu werden, dass man ihre Zwillingsschwester brutal abgeschlachtet hatte.

Er blinzelte, um Lawson wieder scharf sehen zu können. »Geht es Melina gut?«

»Sie lebt.«

»Ich würde sie gerne anrufen.« Ihre Nummer

stand auf dem Terminplan. Er hatte heute Morgen schon zwei Mal angerufen, leider vergeblich, und hatte solange anrufen wollen, bis er sie selbst erreichte und nicht nur einen Anrufbeantworter. An einen Beileidsanruf hatte er dabei nicht gedacht.

»Keine gute Idee«, beschied ihm Lawson, als er sein Handy aus der Tasche seiner Lederjacke zog. »Sie hat schon mehr Ablenkung, als sie momentan verkraften kann.«

Hoffentlich betrachtete Melina einen Anruf von ihm nicht als weitere Ablenkung. Hoffentlich würde sie seine Stimme gerne hören. Aber mit diesem Kommissar würde er weder über Melina diskutieren noch über das, was gestern Nacht zwischen ihnen geschehen war. Er steckte sein Telefon wieder weg und nuschelte: »Vermutlich haben Sie Recht.«

»Was wissen Sie von ihr?«, fragte Lawson.

»Ich habe sie gestern zum ersten Mal getroffen. Sie hatte den Auftrag –«

»Jaja, sie hat mir ihren Job erklärt.«

»Darin ist sie sehr gut. Kompetent.« Lächelnd musste er an die Pressekonferenz denken und wie sie die Reporter, die ihr zu Füßen lagen, herumkommandiert hatte. Frauen wie Männer. »Sie ist sehr fähig.«

Dann fiel ihm ihr Lächeln ein, mit dem sie seiner Bitte nachgegeben hatte, noch zu bleiben. Ob sie sich inzwischen Vorwürfe machte? Wünschte sie sich, sie wäre gleich beim ersten Versuch gegangen und nicht mit ihm zusammen geblieben? Zerfleischte sie sich, weil sie ihre Schwester nicht beschützt hatte?

Natürlich waren das verrückte Gedanken, doch wenn ein geliebter Mensch unerwartet starb, neigten Menschen zu irrationalen Reaktionen. Aber Mord? Das musste die Schuldgefühle ins Unermessliche steigern.

Wieder lehnte er sich rücklings gegen die Schreibtischkante und sagte fast zu sich selbst: »Lieber Gott, sie muss sich schrecklich fühlen.« Er hob den Kopf und schaute Lawson wieder an. »Wissen Sie, wer der Täter ist?«

»Noch nicht.«

»Irgendwelche Spuren?«

»Ein paar. Zum Beispiel die Inschrift an der Wand. Sie war das Verbindungsglied zwischen diesem Verbrechen und Ihnen.«

»Zu mir?«

Bis jetzt war Chief kein Grund eingefallen, warum der Beamte gerade ihn aufgesucht hatte. Als er die bittere Nachricht erfuhr, hatte seine erste Sorge Melina und ihrem derzeitigen Zustand gegolten. Er hatte nicht zwei und zwei zusammengezählt. Erst bei Lawsons letzter Aussage hatte es klick gemacht und nun war er im Bilde. Leider hatte er keine Ahnung, um welches Bild es ging.

»Herr Kommissar, ich bin Gillian noch nie begegnet. Sollten diesbezüglich irgendwelche Zweifel bestehen, können Sie Melina fragen.«

»Eigentlich hat uns ja erst Melina auf Ihre Spur gebracht.«

Er schüttelte den Kopf. »Das verstehe ich nicht.«

»Das werden Sie schon noch. Wir werden alles erklären.«

»Wer wir?«

»Ich. Melina. Bei einem Termin in der Stadt. Heute, halb drei.«

Melina tat ihm Leid. Trotzdem hatte er nicht die leiseste Ahnung, warum man ihn in die Suche nach dem Mörder ihrer Schwester verwickelte. »Heute um halb drei plane ich, in meinem Wagen irgendwo auf der I-45 zwischen Dallas und Houston zu sitzen.«

»Das würde ich nicht empfehlen. Denn sonst holt man Sie wahrscheinlich mit Gewalt zurück.«

Chief warf ihm einen langen, schneidenden Blick zu. »Kommen Sie zum Punkt, Lawson. Wollen Sie damit andeuten, ich hätte etwas mit dem Tod dieser Frau zu tun?«

Lawson drehte ihm einfach den Rücken zu und begab sich zur Bürotür. »Halb drei, Polizeipräsidium Stadtmitte, dritter Stock. Fragen Sie nach mir.« Er öffnete die Tür. Wie vermutet standen die beiden Uniformierten genau davor. »Vielleicht möchten Sie vor diesem Termin doch noch einen dieser NASA-Anwälte anrufen.« Er wollte schon hinausgehen, da hielt er inne und drehte sich noch einmal um. »Colonel, Sie sind zu bekannt, um lange unterzutauchen. Nur für den Fall, dass Sie gerade daran gedacht haben sollten.«

»Du hast dich stark im Glauben und zutiefst loyal erwiesen, Bruder Dale. Weit über meine Erwartungen hinaus.«

Dale Gordon bebte vor Entzücken. Am anderen Ende der Leitung sprach Bruder Gabriel. Emotionen schnürten ihm die Kehle zu. »Danke.«

»Und du bist absolut sicher, dass Gillian Lloyd angemessen geopfert wurde?«

Bruder Gabriel konnte wirklich mit Worten umgehen. Die Reporter der Lokalsender von Dallas nannten seine Mission »einen Akt sinnloser Gewalt«. Gillian Lloyds Opferung war das Thema sämtlicher lokaler Mittagsnachrichten gewesen. Videos von ihrem Haus wurden gezeigt, wo Polizisten ein und aus gingen. Außerdem Bilder, wie die Bahre mit ihrem Leichnam über den Gehsteig zu einem Krankenwagen gebracht wurde. Als man sie zur Haustür hinausgerollt hatte, hatte sich im Gestänge eine leuchtend gelbe Chrysantheme von einer der Pflanzen neben dem Eingang verfangen.

Der Reporter, der auf Gillians Straße mit ihrem Haus im Hintergrund stand, hatte seine Mission als brutalen Mord bezeichnet. Aber dieser Reporter hatte eben nichts begriffen. Nur wenige würden begreifen, dass Gillian Lloyd notwendigerweise ermor- *geopfert* werden musste.

»Ja, Bruder Gabriel, sie wurde geopfert.«

»Musste sie leiden?«

»Nein. Gemäß Ihrer Anweisungen hatte ich eine rasche und sichere Hand, genau wie Sie es mir versprochen hatten, wenn die Zeit reif sei. Ich empfand die Kraft und das Sendungsbewusstsein, das Sie mir vorausgesagt haben.«

»Du hast gut getan, mein Sohn.«

Dale Gordon lief vor Stolz knallrot an. Niemand hatte ihn je zuvor Sohn genannt. Sein Vater hatte sich schon vor seiner Geburt aus dem Staub gemacht. Mutter hatte ihm viele Dinge an den Kopf geworfen, entsetzliche Dinge. Sohn war nie darunter gewesen.

»Erstatte mir Bericht, Bruder Dale. Ich möchte ihn hier im Tempel mit den Jüngern teilen.«

Der Tempel! Bruder Gabriel wollte ihn vor den Jüngern loben, die sich bereits das Recht verdient hatten, mit ihm im Tempel zu leben!

Die Worte strömten nur so aus ihm heraus. Noch nie hatte er so eloquent gesprochen. Er informierte Bruder Gabriel mit derselben Präzision, mit der er seine Mission durchgeführt hatte, und schmückte die entscheidenden Fakten mit kleinen Details aus, damit Bruder Gabriel klar wurde, wie intensiv er seinen Auftrag verfolgt hatte.

»Du hast keine Spuren hinterlassen? Nach bestem Wissen und Gewissen?«

»Nein, Bruder Gabriel.«

Dass er das Trinkglas in der Küche berührt hatte, erwähnte er nicht. Da ihm die Polizei noch nie Fingerabdrücke abgenommen hatte, spielte das sowieso keine Rolle. Mit ihm könnte man keine Spuren in Verbindung bringen, auch wenn man welche finden sollte.

Auch die Inschrift an den Wänden erwähnte er nicht. Das war ein Einfall in letzter Minute gewesen, einer, den er sich ganz allein ausgedacht hatte. Mutter hatte immer hässliche Wörter benutzt. Sie waren ein äußerst effektives Mittel, damit sich ein Mensch minderwertig und wertlos fühlte und eine harte Bestrafung als angemessen akzeptierte.

Seiner Meinung nach verdiente Gillian Lloyd,

dass man sie verletzte und ihr hässliche Wörter an den Kopf warf. Schließlich hatte sie ihn so in Versuchung geführt, dass er ihr nicht mehr widerstehen konnte. Es war ihre Schuld, dass er seiner Fleischeslust in einem sündigen Akt erlegen war. Wie sie so auf weichen Decken nackt vor ihm lag, konnte er sich nicht enthalten, sein widerliches Ding zu berühren und solange zu reiben, bis es steif war. Aber auch das erzählte er Bruder Gabriel nicht.

»Ausgezeichnet, ausgezeichnet.« Bruder Gabriels melodische Stimme glich einer sanften Hand, die seinen Kopf streichelte. »Und weil du dich so bewährt hast, werde ich dir einen weiteren Auftrag erteilen.«

Wenn Dale Gordon nicht schon längst mit dem Messer im Arm, an dem Gillian Lloyds Blut klebte, in seinem Bett gelegen hätte, wäre er vor ungläubiger Freude vermutlich zusammengebrochen. »Bruder Gabriel, für Sie und den Großen Plan tue ich alles.«

»Ich wünschte, alle Jünger hätten diesen Enthusiasmus.«

Dale Gordons bleicher Körper lief vor Begeisterung zartrosa an. »Was soll ich für Sie tun? Was ist Ihr Wunsch?«

»Nicht für mich«, sagte Bruder Gabriel mit

der für ihn typischen Demut. »Für den Großen Plan.«

»Gewiss.«

»Bruder Dale, ich ermahne dich, denke sorgfältig darüber nach, ehe du einwilligst. Diesmal handelt es sich um eine äußerst schwierige Mission. Ihre Durchführung ist weitaus härter als die Opferung von Gillian Lloyd.«

Ein seltenes Gefühl von Macht und Selbstvertrauen durchpulste Dale Gordon und er platzte heraus: »Ich kann es schaffen, Bruder Gabriel. Was auch immer es sei. Geben Sie mir eine Mission und ich werde sie erfüllen. Freudig!«

9

»Melina, kann ich dir irgendetwas bringen?«

»Nein, danke.«

Jem musterte sie intensiver. »Hast du es satt, dass dich das jeder fragt?«

»Ein bisschen«, gestand sie mit einem schmalen Lächeln. »Limonade ist kein Heilmittel. Trotzdem schätze ich deine Aufmerksamkeit und deine Sorge um mein Wohlbefinden.«

»Keiner weiß, was er sagen oder tun soll.«

»Das verstehe ich doch. Ich weiß es ja auch nicht. Ich bin wie betäubt.«

Da sie kurz vor der vereinbarten Zeit eingetroffen waren, hatte man ihnen erklärt, sie sollten in einem kleinen, überfüllten Raum warten, der neben dem Dezernat für Verletzung höchstpersönlicher Rechtsgüter – kurz DVPR genannt – lag. Obwohl hier gruppenweise Schreibtische herumstanden, stand keinem der Mitarbeiter ein eigenes Büro zu.

Lawson hatte dafür gesorgt, dass ihnen dieser Raum zur Verfügung stand. Trotz des unbequemen Mobiliars und der räumlichen Enge bot er wenigstens ein Mindestmaß an Privatsphäre. Denn inzwischen hatten sie die heimlichen Blicke der Leute satt, die sie wie jemanden musterten, der jeden Moment zusammenbrechen konnte.

Jem hatte vom Weinen rote Augen und zeigte weitere Anzeichen von Seelenqual. Normalerweise konnte nichts und niemand sein Ego und sein Selbstbewusstsein erschüttern. Sein überlegenes Gehabe wirkte auf andere oft abweisend. Aber heute Vormittag sah er eingefallen und unsicher aus. Mit Rücksicht auf die Situation hatte sein Dünkel eine Auszeit genommen.

Er nahm ihre Hand und rieb sie zwischen seinen. »Du hast kalte Hände, genau wie Gillian. Sie hatte nie warme Hände. Deswegen habe ich sie immer geneckt.«

Sie unterdrückte ein Schluchzen. Unter keinen Umständen wollte sie sich an einem so bedrückenden Ort gehen lassen. »Jem, ich kann mir ein Leben ohne sie nicht vorstellen.«

»Ich auch nicht.«

»Dabei gehörte sie erst seit einem Jahr zu deinem. Bei mir war sie schon seit der ersten Zellteilung. Sie war wie ein Teil von mir. Sie *war* ein Teil von mir.«

»Ich kann mir vorstellen, wie du dich fühlst.«

Obwohl er dies in Wahrheit nicht konnte, hatte sie keine Lust, ganz wettbewerbsmäßig festzustellen, wessen Kummer tiefer sei.

»Hast du ihr Büro benachrichtigt?«, fragte er.

»Leider hatten sie es dort schon aus den Nachrichten erfahren.«

»Himmel, das ist bitter.«

»Alle waren am Boden zerstört, wollten aber trotzdem unbedingt helfen. Einige waren sogar noch vor mir zu Hause.«

Bevor sich Lawson verabschiedet hatte, um Kontakt mit Christopher Hart aufzunehmen, hatte er Lewis und Caltrane gebeten, sie heimzufahren. Trotz Jems Angebot, das selbst zu tun und bei ihr zu bleiben, hatte sie unbedingt allein sein wollen und sich deshalb für eine Fahrt im Streifenwagen entschieden.

Zu ihrer großen Bestürzung sprach sich der Mord schnell herum. Es waren so viele Freunde, Nachbarn und Kollegen zum Kondolieren eingetroffen, dass Caltrane nur mit Mühe am Straßenrand einen Parkplatz fand.

Die Trauergemeinde ging hinter ihr ins Haus, wo sie sich im Wohnzimmer versammelte. Eine der Immobilienmaklerinnen meinte: »Melina, vielleicht weißt du ja nicht, dass Gillian gestern ihren größten Geschäftsabschluss unter Dach und Fach gebracht hat.«

»Doch, sie hat mir beim Mittagessen davon erzählt. Ging es dabei nicht um eine Werbefirma?«

Die junge Frau nickte. »Bevor sie gestern Nachmittag das Büro verließ, haben wir noch mit billigem Champagner darauf angestoßen. Sie wirkte so glücklich. Auf dem Gipfel angekommen, unbesiegbar. Wie hätte sie ahnen können –« Der Satz blieb unvollendet. Weinend brach sie zusammen und musste von einem Kollegen beruhigt werden.

Dieser Satz sollte sich ständig wiederholen. Gillian Lloyd war hoch angesehen und sehr beliebt, wenigstens soweit man das aus der Anzahl derjenigen schließen konnte, die entweder vorbeikamen oder am Telefon ihr Beileid aussprachen und sich nach dem Ablauf der Beerdigung erkundigten.

Die Beerdigung. Wie sollte sie dafür auch nur einen Gedanken finden?

Ihre Eltern waren so vorausschauend gewesen, diese Dinge in ihrem Testament zu regeln, was ihnen von Gillian und Melina eine Rüge eingetragen hatte, weil sie vom Tod wie besessen zu sein schienen. Eine solche Beschäftigung sei makaber, hatten sie geunkt. Doch als ihre Eltern innerhalb von drei Monaten nacheinander starben, erwies es sich als Segen, dass sie sich um jedes Detail gekümmert hatten. Nach dem Bauchspeicheldrüsenkrebs ihrer Mutter kam der Herzinfarkt ihres Vaters. Jedes Mal hatten die Zwillinge lediglich ein geringes Maß an unumgänglichem Papierkram erledigen müssen, ohne während der Trauerzeit kurzfristig unwiderrufliche Entscheidungen treffen zu müssen.

Schon der bloße Gedanke, jetzt die Beerdigung ihrer Schwester planen zu müssen, war entmutigend. »Bis die Gerichtsmedizin die – ihren Körper freigibt, kann ich keine endgültigen Pläne machen«, erklärte sie auf alle Nachfragen. »Wann es soweit sein wird, weiß ich nicht. Und ich sollte wohl auch Jem hinzuziehen.«

Als Gillians Freunde und Kollegen von der heimlichen Verlobung hörten, schienen sie genauso überrascht zu sein wie sie selbst, obwohl sich im Zusammenhang mit den Vorbereitungen für die Beerdigung natürlich jedes Gerede darüber verbot. Sie brachten zwar ihr Erstaunen durchaus zum Ausdruck, vermieden aber taktvoll jede weitere Nachfrage.

Hauptsächlich versuchte man, ihr klarzumachen, dass sie in ihrer Trauer nicht allein sei, obwohl sich ihre Trauer als Gillians Zwillingsschwester sicher mit keiner anderen vergleichen ließe. Sie hatte Menschen um sich, auf die sie sich stützen konnte.

»Ruf an, Melina, wenn du mich brauchst.«

»Melina, bitte ruf an, wenn du irgendetwas brauchst.«

»Ich bin für dich da. Du weißt ja, letztes Jahr habe ich bei einem Autounfall meine Schwester verloren. So ein Schicksalsschlag ist ungemein grausam. Bitte ruf an, wenn du jemanden zum Reden brauchst.«

Ihre Freunde meinten es wirklich gut, trotzdem konnte sie sich nicht vorstellen, wie es irgendjemandem gelingen könnte, sie aufzubauen. Sie hatte ihrerseits dafür gesorgt, dass es ihnen besser ging, indem sie ihnen kleine Aufgaben zuwies. Es gab ihnen das Gefühl, nützlich zu sein. Während einer Kaffee kochte und ein anderer den Telefondienst übernahm, entschuldigte sie sich, um zu duschen und sich umzuziehen. Als sie Richtung Schlafzimmer ging, hörte sie ein leises Gespräch darüber, wie gut sie alles verarbeitete und wie bewundernswert sie sich hielt.

Alles Blödsinn. Rein äußerlich mochte sie vielleicht wie ein unerschütterliches Bollwerk seelischer Stärke wirken, aber tief drinnen ging alles in die Brüche. Sie drehte die Dusche voll auf. Während der harte Wasserstrahl ihr gequältes Stöhnen übertönte, ließ sie sich gehen und schluchzte, bis ihre Kehle wund war. In der gefliesten Kabine, wo es keiner hören konnte, weinte sie bitterlich um das, was sie verloren hatte, und um den eigenen Anteil, den sie an dieser Tragödie hatte.

Nachdem sie sich vorübergehend ausgeweint hatte, verließ sie die Dusche und versuchte, sich wenigstens provisorisch zu schminken. Vergeblich. Sofort spülten die Tränen alles wieder weg. Mechanisch zog sie sich an. Noch ihre kleinste Bewegung erinnerte an eine Marionette. Sie schien den Anweisungen eines unsichtbaren Hypnotiseurs zu folgen und ganz automatisch alles zu tun, was ihr der Verstand nahe legte.

Es war ihr ein Rätsel, wie sie auch nur die einfachste Entscheidung treffen sollte, geschweige denn, ein Problem vernünftig angehen oder alltägliche Angelegenheiten regeln sollte. Wäre sie je wieder im Stande, den Kopf auf ein Kissen zu legen und einfach einzuschlafen? Oder aus Freude am Genuss etwas zu essen? Oder eine Party zu besuchen, Sport zu treiben oder zu lachen? Würde das Leben je wieder eine Freude für sie bereithalten?

Nicht, solange der Tod ihrer Zwillingsschwester ungerächt war.

Als sie jetzt in diesem voll gestopften Raum im Polizeipräsidium saß, wiederholte sie im Stillen den Schwur, den sie vor kurzem ihrem Spiegelbild im Bad laut zugerufen hatte: Der Tod ihrer Schwester würde gerächt werden, um jeden Preis, sogar, wenn es sein musste, bis zum letzten Atemzug.

Wie ein glühendes Kohlenstück schmorte der Hass auf den Mörder in ihrer Brust. Sie war nie ein rachsüchtiger Mensch gewesen und konnte aufrichtig sagen, dass sie noch nie jemanden gehasst hatte. Nicht gemocht, das schon, manchmal sogar sehr intensiv, aber auf diese Weise hatte sie noch nie einen anderen Menschen gehasst. Nie hatte sie den Wunsch gehegt, mit eigenen Augen zu sehen, wie ein anderer Mensch den letzten Atemzug tat. Sie war selbst entsetzt, wie sehr sie diesen gesichts- und namenlosen Mörder als Erzfeind empfand.

»Hattest du heute einen Kunden?«

Jems Frage riss sie aus ihren bösen Gedanken. »Zum Glück nicht.«

»Und hast du Leute, die für dich einspringen?«

»Gott sei Dank. Ich habe ihnen erklärt, dass ich vermutlich mehrere Wochen frei nehmen werde. Unser Terminkalender wird gerade überprüft und geändert. Es wird schon gehen. Das Geschäft wird nicht darunter leiden.«

Erregt tippte Jem die Fingerspitzen zusammen. »Melina, ich kann nicht glauben –«

»Was?«

»Ich kann nicht glauben, dass Gillian eine solche Nummer abgezogen hat. Dass sie in deine Rolle geschlüpft und gestern Abend an deiner Stelle hingegangen ist. Ein derart leichtsinniges und impulsives Verhalten passt nicht zu ihr. Das ist eher typisch –«

»Für mich«, sagte sie und beendete damit den Satz an seiner Stelle.

»Das war nicht als Kritik gemeint.«

»Ist schon gut. Ich mache mir selbst Vorwürfe. Wenn ich noch einmal die Chance hätte, würde ich diesen Vorschlag nie machen.«

»Hat Gillian so etwas schon mal gemacht?«

»Wie schon gesagt, früher.«

»Aber einen Kunden hat sie noch nie an deiner Stelle übernommen?«

»Nein, das war eine Premiere.«

»Und warum gerade gestern Abend?«

»Aus keinem besonderen Grund, Jem. Es war ein Jux, ein spontaner Einfall von mir beim Mittagessen.«

Trotzdem wollte er ihre Erklärung nicht für bare Münze nehmen. »Wollte sie diesen Typen treffen, diesen Christopher Hart? Wollte Gillian unbedingt einen VIP kennen lernen? Einen Astronauten? Wie?«

»Es ging nicht um ihn, sondern um –«

»Ist ja egal«, unterbrach er, »ich will gar nicht darüber reden.«

»Es war eine alberne, kindische Idee, für die ich die volle Verantwortung übernehme.«

»Die Idee kam vielleicht von dir, aber für ihr Handeln war einzig und allein Gillian verantwortlich. Sie hätte auch nein sagen können.«

Ihr riss der Geduldsfaden. »Sei doch nicht böse auf sie! Damals wirkte es wie ein harmloser Streich. Woher hätte sie wissen sollen, dass er sie umbringen würde?« Sie entriss ihm ihre Hand und stand auf. »Entschuldige mich.«

»Jetzt habe ich dich verärgert.«

»Ich bin nicht verärgert, sondern restlos sauer.«

»Melina –«

»Für mich ist ihr Tod noch zu neu, Jem, um mir Kritik über sie anzuhören.«

Ernüchtert fuhr er sich mit den Fingern durch die Haare. »Du hast ja Recht, du hast ja Recht. Es tut mir Leid. Ich weiß doch, dass du dir selbst Vorwürfe machst. An diesen wunden Punkt hätte ich nicht rühren sollen.«

»Ich muss hier raus.«

»Wohin gehst du? Du kannst nicht weg. Es hieß, wir sollten hier auf Lawson warten.«

»Ich verlasse das Gebäude nicht. Ich gehe nur auf die Toilette.«

»Ich komme mit.«

»Nein«, sagte sie und dirigierte ihn mit einer Handbewegung wieder auf seinen Stuhl. »Bleib hier. Falls Lawson kommt, sag ihm, dass ich sofort wieder da bin.«

»Bist du sicher, dass dir nichts fehlt?«

»Mir fehlt nichts.«

Natürlich war das genaue Gegenteil der Fall. In der Toilette beugte sie sich vornüber, stützte die Ellbogen auf den Waschbeckenrand und versuchte, die höllischen Kopfschmerzen, die sie nach dem Weinkrampf unter der Dusche bekommen hatte, durch eine Stirnmassage loszuwerden.

Mehrere Minuten später kam eine Polizistin herein. »Ms Lloyd?«

Sie richtete sich auf und drehte sich um.

»Tut mir Leid, Sie zu stören, aber Kommissar Lawson wollte Sie wissen lassen, dass er da ist. Sie warten, bis Sie fertig sind.«

»Bin schon unterwegs.«

»Alles in Ordnung?«

Sie nickte. »Danke.«

»Wenn nötig, lassen Sie sich noch ein paar Minuten Zeit.«

»Geht schon.« Ein paar Minuten mehr oder weniger machten keinen Unterschied. Mit einem matten gespielten Lächeln sammelte sie ihre Handtasche ein und ging. Am Trinkwasserspender blieb sie stehen, um zwei Schmerztabletten aus einem Döschen zu holen, das sie unten in ihrer Handtasche verstaut hatte. Anschließend beugte sie sich über den Spender und spülte sie hinunter.

Als sie sich umdrehte, sah sie sich Christopher Hart gegenüber, der nur wenige Schritte von ihr entfernt stand. »Hi.«

»Hallo.«

Sein halbherziges, mitfühlendes Lächeln war nur für sie bestimmt. Als er auf sie zutrat, hielt ihn mittendrin ein Mann mit einem Klippboard auf. »Colonel Hart? Corporal Crow.« Sie schüttelten sich die Hände. »Habe gehört, Sie würden heute hereinschauen. Bin auch zum Teil Indianer. Choctaw. Könnte ich, bitte, ein Autogramm für meinen Junior bekommen? Er ist neun und ganz verrückt auf Raumfahrt. Ich meine damit, dass er sich wirklich voll und ganz dafür interessiert.«

»Ich schaue später bei Ihnen vorbei, Corporal, in Ordnung? Bevor ich gehe. Momentan komme ich schon zu spät zu einem Termin mit Kommissar Lawson.«

»Oh, na klar. Entschuldigung, dass – Sie wissen schon, dass ich gestört habe.«

»Macht nichts. Nach unserem Termin gebe ich Ihnen gerne ein Autogramm für Ihren Sohn.«

Verlegen schlurfte der Mann davon.

Mit einem verdrießlichen Schulterzucken wandte sich Chief wieder zu ihr. »Tut mir wirklich Leid, aber manchmal suchen sich die Leute den falschen Zeitpunkt aus.«

Mit zwei großen Schritten war er bei ihr, und das so nahe, dass sie den Geruch nach frischer Herbstluft und Sonnenschein riechen konnte, der von seiner schwarzen Lederjacke aufstieg. Er hatte die Welt von draußen mitgebracht. Noch ehe sie begriff, was er vorhatte, strich er ihr mit dem Daumen übers Kinn.

Instinktiv riss sie den Kopf zurück.

»Du hast gekleckert«, sagte er, wobei er ihr den Wassertropfen auf seiner Daumenkuppe zeigte. »Melina, ich –« Mehrere Sekunden schaute er sie nicht an, dann wanderte sein Blick wieder zu ihr zurück. »Lieber Gott, ich weiß nicht, was ich zu dir sagen soll. Das mit deiner Schwester tut mir Leid.«

»Danke.« Sie hätte es dabei bewenden lassen, aber er fuhr mit tiefer, erregender Stimme fort:

»Hättest du dir nach der letzten Nacht je träumen lassen, dass unser zweites Rendezvous auf einer Polizeistation stattfinden würde?« Verblüfft schüttelte er den Kopf. »Ich kapiere nicht, was hier abläuft. Ich habe keine Ahnung, warum du diesen Kommissar auf meine Spur geschickt hast, was ich mit allem zu tun habe. Bis es soweit ist, bilde ich mir kein Urteil. Aber trotz allem möchte ich, dass du eines weißt: Das, was mit Gillian passiert ist, tut mir so unendlich Leid. Es ist entsetzlich.« Hilflos hob er die Hände. »Es tut mir so verdammt Leid. Das ist alles, was ich sagen kann.«

Obwohl sie sich alle Mühe gegeben hatte, nicht zu weinen, stiegen ihr Tränen in die Augen und liefen über ihr Gesicht.

»Gott, wie mir das Leid tut.« Er legte die Arme um sie, zog sie fest an sich und drückte seine Lippen in ihre Haare.

Der Kontakt mit seinem Körper löste in ihr eine unfreiwillige Reaktion aus: Sie hielt fast unhörbar die Luft an und verkrampfte sich gänzlich.

Aber anscheinend merkte er nichts davon, denn er küsste sie in einem Anflug von Intimität zärtlich auf die Schläfe. »Es muss schrecklich für dich sein. Wie ich das hasse, deinetwegen.«

»Wann immer Sie beide soweit sind.«

Sie fuhren auseinander und drehten sich um.

Da stand Lawson, quadratisch und zerknittert. Und neugierig.

Chief betrat hinter Melina den überfüllten Raum, in dem sich bereits Lawson, Alan Birchman, den die NASA zu seinem Rechtsbeistand gewählt hatte, und noch ein Mann befanden, der ihm als Jem Hennings vorgestellt wurde, Gillian Lloyds Verlobter.

Murmelnd sprach Chief sein Beileid aus, was Hennings mit einem kurzen Nicken kühl zur Kenntnis nahm. Wenn er nicht noch über Melinas distanziertes Benehmen nachgedacht hätte, hätte er sich vielleicht darüber gewundert.

Trotzdem war sie angesichts der Umstände dazu berechtigt, sich in jeder Hinsicht so zu benehmen, wie es ihr passte. Ein von ihr geliebter Mensch war einem blutigen Gewaltverbrechen zum Opfer gefallen. Selbst wenn sie mit den Fäusten gegen die Wände gedroschen und sich die Haare ausgerissen hätte, würde er ihr keinen Vorwurf machen. Die schockierende Nachricht, die sie heute Morgen erhalten hatte, rechtfertigte jedes Verhalten. Er konnte damit leben, wenn sie sich zurückzog und unnahbar blieb.

Andererseits wollte er sein Mitgefühl zum Ausdruck bringen und sie wissen lassen, dass er den

Vorfall ehrlich bedauerte. Aber sie schien entschlossen zu sein, ihm nicht in die Augen zu schauen; sie hatte es schon seit Betreten des Raumes vermieden.

Lawson informierte Birchman im Detail über die bisherigen Ermittlungsergebnisse. Der Anwalt, den Chief erst vor wenigen Minuten kennen gelernt hatte, war ein distinguierter Herr mit Silberbrille, einem Dreitausend-Dollar-Anzug und einem dunkelroten Feuermal auf der linken Gesichtshälfte, das sich bis zum Hals hinunterzog. Bevor sie im Erdgeschoss in den Lift gestiegen waren, war ihnen kaum Zeit geblieben, sich in der Halle die Hand zu schütteln und Visitenkarten auszutauschen.

Während der Fahrt nach oben hatte sich Chief bei ihm bedankt, dass er so rasch auf die Vorladung reagiert hatte. »Bin froh, dass ich frei war«, lautete die knappe Antwort. Kein Bockmist, kein Blabla, kein Small Talk. Birchman kam sofort zum Geschäft. »Die NASA hat mir eine Zusammenfassung geliefert. Wie lautet Ihre Version?«

Obwohl es ihm nicht passte, dass seine Version damit indirekt als Fantasiegespinst abgetan wurde, ließ er diesen Punkt fallen und passte sich dem scharfen Tempo an, das der Anwalt für ihr Gespräch vorgegeben hatte. »Ich bin Melina Lloyd gestern Abend zum ersten Mal begegnet. Sie war meine Medienbegleitung für das Bankett im Adolphus.«

»Und wie steht's mit dem Mordopfer?«

»Habe ich nie getroffen. Ich habe keinen Schimmer, weshalb man mich hinzugezogen hat, es sei denn, um Melinas Alibi oder Ähnliches zu bestätigen.«

»Lawson hätte sich schon bei Ihrem vorherigen Treffen Ihr Alibi von Ihnen bestätigen lassen können. Sind Sie sicher, dass es nichts mehr gibt, was ich wissen sollte, ehe wir uns zu diesem Termin begeben? Ich schätze es schon nicht, wenn die Gegenpartei blinde Kuh mit mir spielt. Aber bei meinem eigenen Mandanten sehe ich diesbezüglich absolut rot.«

Chief hatte seinen Ärger gebremst und steif gemeint: »Nach Ihnen.« Dann war er zur Seite getreten, um Birchman beim Verlassen des Aufzugs im dritten Stock den Vortritt zu lassen. In dem Moment hatte er Melina am Wasserspender entdeckt.

Auch jetzt kam Birchman wieder zielbewusst zur Sache. »Nachdem wir nun alle einander kennen, möchte ich als Erstes wissen, warum man Colonel Hart hierher gebeten hat. Sollte seine Aussage zur Aufklärung des Verbrechens beitragen können, hätte dies auch in meiner Kanzlei genügt.«

»Moment mal«, sagte Lawson.

Chief konnte es dem Kommissar nicht verdenken, dass er Birchman bremste. Das hier waren Lawsons Arena und sein Termin, dessen Verlauf er nach eigenem Gutdünken zu gestalten plante. Er würde sich von keinem noch so anmaßenden Rechtsanwalt einschüchtern lassen, der vermutlich an einem einzigen Fall mehr verdiente als der Kommissar in einem Jahr.

Lawson rollte mit den Schultern und dehnte seine Sakkosäume bis zum Platzen. »Fest steht, Mr Birchman, dass noch nicht alle vorgestellt wurden.«

»Wie bitte?«

Chief war genauso verwirrt wie sein Anwalt, womit auch seine widerwillige Bewunderung für Lawson schwand. »Sie belieben in Rätseln zu sprechen, Lawson, nicht wahr? Würden Sie oder irgendjemand«, fügte er mit einem raschen Blick auf Melina hinzu, »mir erklären, warum ich für die Ermittlung eine wesentliche Rolle spiele?«

»Ich denke, Sie beide sollten sich bekannt machen.« Ohne Chief aus den Augen zu lassen, deutete Lawson mit einer Kopfbewegung auf Melina.

Chiefs Blicke wanderten vom Kommissar zu ihr, was sie mit unnahbarer Miene erwiderte, ohne dabei auch nur einen Hauch ihrer Gedanken preiszugeben. Er hätte eine Million Kröten gegeben, um zu erfahren, was hinter diesen grauen Augen vorging.

Dann schaute er wieder den Kommissar an und sagte zunehmend verwirrt: »Melina und ich sind uns gestern Abend begegnet.«

»Nein, sind Sie nicht.« Chief öffnete protestierend den Mund, aber Lawson, der das Ganze offensichtlich diebisch genoss, kam ihm mit erhobener Hand zuvor. »Die Frau, die Sie gestern Abend getroffen haben, war Gillian.«

Mehrere Momente vergingen, ehe diese Worte eindrangen, und selbst dann konnte er sich noch keinen Reim darauf machen. »Gillian? Nein, Herr Kommissar. Ich war mit Melina zusammen.« Sein Blick suchte ihre Bestätigung. »Sag es ihm.«

Einen Augenblick hielt sie seinem unverwandten Blick stand, dann schüttelte sie langsam den Kopf.

Da begriff er. Endlich fügten sich sämtliche abfälligen Andeutungen Lawsons und Melinas unerklärlich zurückhaltendes Benehmen ihm gegenüber zu einem logischen Ganzen. Und er spürte, wie ihm der Unterkiefer herunterklappte. Er betrachtete ihr Gesicht, ihren Mund, ihre Haare, ihre Figur, schaute ihr tief in die Augen und war überzeugt, dass dies die Frau war, mit der er die

Nacht verbracht hatte. »Das warst du«, erklärte er mit heiserer Stimme. »Du warst das.«

»Es war Gillian«, sagte sie leise, als ob sie nur mit ihm redete.

Er glaubte es nicht. Das konnte einfach nicht wahr sein. Die Frau, die ihn jetzt ansah, war die Frau, die – die – Wie eine Flutwelle brach die Erinnerung über ihn herein. In einem einzigen Augenblick konnte er sich an jedes Lächeln erinnern, an jeden Seufzer, jede Miene und Nuance, an jede Berührung. Diese Frau konnte er mit keiner anderen verwechseln. Unmöglich.

Sie stand auf und kam mit ausgestreckter Hand auf ihn zu. »Colonel Hart, ich bin Melina Lloyd. Ich wurde gestern Abend aufgehalten und konnte Sie nicht begleiten. Stattdessen ist meine Schwester gekommen.«

Er starrte ihre Hand an, als wüsste er nicht, was er damit tun sollte. Endlich hatte er sich soweit gefasst, dass er ihr seinerseits die Hand hinhielt. Verdammt, sie fühlte sich völlig gleich an: dieselbe Haut, gleich groß und passte genau in seine. »Ich glaub's nicht«, sagte er, ohne zu merken, dass er laut gesprochen hatte. »Diese Ähnlichkeit ist unheimlich.«

Sie lächelte. »Das sagte man uns seit dem Tag unserer Geburt.«

»Aber Ihre Stimme, das –«

»Auch unsere Stimmen konnte niemand auseinander halten.«

Völlig perplex starrte er sie weiter an. Haare, Augen, Lippen, alles war gleich, nur dass sie gestern Abend geschminkt gewesen war. Oder besser gesagt, Gillian war es gewesen.

Gillian.

Die man heute Morgen ermordet aufgefunden hatte.

Er schnappte schmerzhaft nach Luft. »Sie ist tot?«

Ihre Kopie nickte traurig. »Ich kann's auch nicht glauben, aber so ist es.«

Plötzlich war alles klar. Jetzt begriff er, warum ihn Lawson befragen wollte. Er war einer der letzten Menschen, die Gillian Lloyd lebend gesehen hatten, vielleicht sogar der letzte. Mit Ausnahme ihres Mörders.

Als ihm bewusst wurde, dass er noch immer Melinas Hand hielt, ließ er los und sie nahm wieder neben Jem Hennings Platz. Hatte man ihn als Gillians Verlobten vorgestellt? Ihr Verlobter?

Chief betrachtete den Mann mit neuem Interesse, der seinerseits Chief wütend anfunkelte. Seine Abneigung waberte wie Hitzewellen herüber. Er hatte ein rotes Gesicht und schien irgendwo tief drinnen wie ein Wasserkessel zu vibrieren, der jeden Moment überkocht.

Diesem Mann war er eine Entschuldigung schuldig, auch wenn das nur Chief wusste. »Tut mir leid.« Dann fügte er hinzu: »Ihr Verlust.«

»Sie Drecksack«, fauchte Jem.

Dann stürzte er sich auf Chief.

10

Keiner hatte mit dieser Attacke gerechnet, obwohl Chief angesichts Hennings' unterdrückter Wut eigentlich auf der Hut hätte sein müssen. Er hatte nie zu denen gehört, die auf Streit aus waren, hatte aber auch nie gekniffen, wenn es einer darauf anlegte.

Melina und Birchman reagierten mit einem erstaunten Aufschrei, während Lawson Hennings an den Schultern packte und versuchte, ihn zurückzuzerren, aber der Mann hieb wie wild um sich. Die ersten Haken hatte Chief noch abwehren können, dann knallte ihm Hennings Faust schließlich doch noch aufs Jochbein. Das genügte. Er revanchierte sich mit einem gezielten Schwinger, aber Lawson riss Hennings gerade noch rechtzeitig aus der Bahn.

»Schluss damit! Jetzt aber! Zum Teufel, Hennings, was soll das?« Der Kommissar bemühte sich mit aller Kraft, ihn zu bändigen, was ihm schließlich mit roher Gewalt auch gelang. Er versetzte

Hennings einen harten Stoß, der ihn rücklings taumeln und das Gleichgewicht verlieren ließ, sodass er schmählich auf einem Stuhl landete. Lawson brüllte ihn an: »Wenn Sie diese Scheißnummer nochmal abziehen, können Sie Ihren Arsch in einer Ausnüchterungszelle abkühlen!« Um sich wieder unter Kontrolle zu bringen, nestelte er anschließend am Saum seines fürchterlichen Sakkos herum und strich sich mit der Hand über den flachen Schädel. »Entschuldigen Sie die Kraftausdrücke, Melina.«

»Ist entschuldigt. Ich war drauf und dran, weitaus kräftigere zu benützen.« Wütend ging sie auf Hennings los und meinte: »Jem, was glaubst du eigentlich, was du da machst? Was ist mit dir los?«

»Ich werd' dir mal sagen, was mit mir los ist. Wenn der da nicht wäre«, schrie er, wobei er mit dem Zeigefinger auf Chief wies, »wäre Gillian noch am Leben. Seinetwegen wurde sie ermordet.« Beim letzten Wort brach seine Stimme. Er vergrub das Gesicht in den Händen und schluchzte hemmungslos.

Nun fiel Chief über Lawson her. »Zum Kuckuck, was meint er damit?«, wollte er wissen. »Und warum haben Sie mir das alles nicht schon früher erklärt? Sie hätten mir sagen können, dass

Melina und Gillian die Rollen getauscht haben. Dann wäre ich darauf vorbereitet gewesen –«

»Und genau deshalb habe ich's Ihnen nicht gesagt. Ich musste Ihre Reaktion sehen und daraus ableiten, wie viel Sie wissen.«

Chief machte keinen Hehl daraus, wie sehr ihm Lawsons Taktik zuwider war. »Oder Sie wussten ganz genau, was für eine tolle Show wir abziehen würden. Hoffentlich hat's Spaß gemacht.«

Lawson ignorierte die Beleidigung. »Alles wird sich klären, aber vielleicht sollten wir damit warten, bis sich die Gemüter beruhigt haben.«

»Nein.«

Diesmal war es Melina, die den Vorschlag des Kommissars ablehnte. Chief sah die Tränen in ihren Augen, aber auch die eiserne Entschlossenheit dahinter. Sie hatte die Hände seitlich zu Fäusten geballt.

»Auch ich würde am liebsten das tun, was Jem tut«, sagte sie. »Am liebsten würde ich mir die Seele aus dem Leib weinen. Ich habe nicht die geringste Lust, hier zu sein, schon gar nicht aus dem Grund, weshalb wir hier sind. Dazu hat keiner von uns Lust. Sollte aber dieses Treffen wertvolle Spuren liefern, sollte es dazu beitragen, den Mörder meiner Schwester zu finden, dann werde ich mein Weinen auf später verschieben. Ich habe nur einen Wunsch: weitermachen, damit wir gehen können.«

»Verstanden«, antwortete der Kommissar. »Ich werde mich so kurz wie möglich fassen. Danke für Ihre Nachsicht.«

»Danken Sie mir dadurch, dass Sie die Person finden und verhaften, die uns das eingebrockt hat«, sagte sie barsch.

Unter Hennings' Hieb war die straffe Haut über Chiefs Jochbein aufgeplatzt. Er hatte die Blutung mit einem Taschentuch gestillt, das ihm Birchman gegeben hatte. Anfänglich hatte es nicht wehgetan. Die Verblüffung über Hennings' Attacke hatte jedes Gefühl betäubt, aber inzwischen war der Schock verflogen und sein Gehirn gewann sein Schmerzempfinden zurück. Die Gesichtshälfte pochte.

Im Laufe der letzten Minuten hatte ihn der Schmerz buchstäblich bombardiert, wobei jede neue Welle noch mehr stach als die letzte und ihm dazwischen keine Atempause gönnte. Mit der Wunde auf seiner Wange verhielt es sich genau wie mit der Nachricht, dass Gillian tot war: Der Schmerz setzte erst mit Verzögerung ein.

Zuerst war er nur kurz verstört gewesen. Der Rollentausch der Zwillinge, Gillians Ermordung – zu viel Information, um sie auf einmal zu bewältigen. Aber mittlerweile spürte er den Verlust mit voller Wucht, und das war viel schmerzhafter als die blutende Wunde in seinem Gesicht.

Sie *war* tot. Diese wunderschöne, aufregende Frau war nicht mehr, war für immer für ihn verloren. Eine einzige Nacht, nicht einmal eine einzige. Nur ein paar Stunden. Aber was für unglaubliche Stunden. Er wollte sie wiederhaben, die Stunden und die Frau.

Doch Tränen um diese Frau, die er kaum kannte, wären fast ein Sakrileg. Er hatte sich nicht das Recht verdient, wie Melina um sie zu trauern. Oder selbst wie Hennings. Deshalb befreite er sich auf dem einzigen Weg, der ihm blieb, von seinen aufgepeitschten Emotionen und hieb wütend um sich: »Zum Teufel, was hat er mit seiner Bemerkung gemeint, man habe Gillian umgebracht?« Er deutete mit dem Kinn zu Hennings hinüber.

»Brauchen Sie was für Ihr Gesicht?«, erkundigte sich Lawson aufreizend ruhig.

»Nein! Zum Kuckuck, nein. Genau wie Melina möchte ich diese Sache auch lieber gestern als heute hinter mich bringen. Wie wär's, wenn Sie mir für den Anfang mal erzählen, warum dieses Arschloch mir die Verantwortung für Gillians Ermordung unterschiebt.« Zu seiner eigenen Überraschung hörte er, wie seine Stimme brach. Vielleicht war er tiefer getroffen, als er es sich selbst eingestehen wollte.

Bei einem verstohlenen Blick auf Melina entdeckte er überrascht, dass sie ihn seinerseits so intensiv musterte, als versuche sie, seine Gedanken zu lesen.

»Colonel, warum setzen Sie sich nicht und erklären uns Ihren Abend mit Gillian?«

Lawson dirigierte ihn zu einem Stuhl, in den er sich dankbar fallen ließ. Erneut erkundigte sich der Kommissar, ob er etwas für sein Gesicht wolle, aber er schüttelte den Kopf. »Was möchten Sie wissen?«, fragte er matt.

»Zuvor hätte ich mich noch gerne mit meinem Mandanten besprochen«, meinte Birchman. »Wir hatten noch keine Gelegenheit zu einem Gespräch unter vier Augen. Darauf bestehe ich, bevor er irgendwelche Fragen beantwortet.«

Lawson wägte die Forderung des Anwalts ab, dann zuckte er mit den Achseln. »Klar. Wahrscheinlich könnten wir alle eine Pause brauchen. Zum Kopf auslüften. Hennings, Melina.« Er scheuchte sie zur Tür, durch die sie hintereinander den Raum verließen.

Birchman zog sich einen Stuhl dicht an Chief heran.

»Was macht die Backe?«

»Werd's überleben. Worüber möchten Sie sich unterhalten?«

Auf diesen Unterton reagierte der Anwalt sauer. »Colonel Hart, ich gebe Ihnen den guten Rat, mit mir keine Spielchen zu spielen. Auf Ihrem Gebiet mögen Sie ja ein As sein, aber auf meinem bin ich das. Sie haben Raketen ins All geflogen und waren der Goldschatz der NASA.« Sein Blick schweifte zu Chiefs rabenschwarzen Haaren. »Sozusagen.«

»Kommen Sie zur Sache.«

»Die Sache ist die: Es käme beim Astronautenbüro nicht gut an, wenn Sie was verbockt hätten.«

Die unverblümte Redeweise dieses Mannes überraschte Chief, obwohl er an derbe Sprache gewöhnt war. Kraftausdrücke gehörten bei den meisten Militärs dazu. Aber von einem eleganten Rechtsanwalt hätte er so etwas nicht erwartet. Vermutlich hatte ihn Birchman damit nur aus der Reserve locken wollen. Seine Strategie funktionierte.

»Ich höre.«

»Das Image eines NASA-Astronauten ist blitzblank. Schon immer. Klar gab's im Laufe der Raumfahrtprogramme ein paar Querköpfe, aber deren Faxen blieben schön unter der Decke.«

Chief gab keinen Kommentar ab, was offensichtlich auch nicht erwartet wurde.

»Bevor ich hierher kam, hatte ich noch Zeit, wenigstens minimale Erkundigungen über Sie einzuziehen«, fuhr Birchman fort. »Meines Wissens haben Sie einen makellosen Leumund. Sie sind bei der Bodenkontrolle und bei Ihrer Mannschaft beliebt, bei Männlein wie Weiblein. Sie sind zwar ein Hitzkopf, was sich aber im Fall des Falles rasch wieder gibt, und anschließend entschuldigen Sie sich genauso schnell und übernehmen die Verantwortung für Ihre Fehler.«

»Bitte, ich werde rot.«

Bei Chiefs schnippischer Bemerkung runzelte Birchman zwar die Stirn, fuhr aber ohne Pause fort: »Sie sind heterosexuell, waren nie verheiratet. Ihre Beziehungen zu Frauen – angeblich waren es viele – haben Sie immer als Privatsache betrachtet. Ihre längste Liebesbeziehung besteht zu den Medien, deren Lieblingskind Sie seit Urzeiten sind. Immer wenn Sie mit dem Aussehen eines Hollywoodstars, mit Ihrem angeborenen Charme und Ihrer geschliffenen Sprache im Fernsehen erscheinen, geht bei der NASA die Sonne auf. Bei denen sind Sie zur Zeit der Superstar. Dank Ihnen stehen die gut da, und das soll auch so bleiben. Sonst käme der Steuerzahler womöglich auf die Idee, seinem Kongressabgeordneten wegen des großen Brockens in den Ohren zu liegen, den das Raumfahrtprogramm – besonders seine kolossalen Fehlschläge – aus dem Haushalt verschlingt, Geld, das man auch für die soziale Eingliederung von Obdachlosen und zur Rettung der Wälder ausgeben könnte.«

»Alle Achtung, Mr Birchman, aber da ich in Bälde aus der NASA ausscheiden werde, steht das nicht zur Debatte.«

»Damit wären wir bei dem Punkt, für den Sie sich in erster Linie interessieren müssten – Ihre Zukunft. Egal, was Sie anstreben –«

»Ist noch nicht entschieden.«

»Das respektiere ich. Respektieren Sie im Gegenzug meinen Rat: Sie sollten jetzt keinen Fehler machen, der Ihr Image als Volksheld in Vergessenheit geraten ließe. Einfach so.« Damit schnippte er laut mit den Fingern. »Darf ich annehmen, dass Sie sämtliche Vergünstigungen, die mit diesem Unterschied einhergehen, sehr wohl zu genießen wissen?«

Chief nickte knapp.

»Colonel Hart, Sie sind ein begabter Mann. Intelligent. Eine wertvolle Ware auf dem freien Markt. Lassen Sie uns trotzdem offen sprechen: Ihre Karriere als Ex-Astronaut wird einen Großteil Ihrer Anziehungskraft auf dem Stellenmarkt ausmachen. Mehr als Ihr Talent, Ihr Charme etc.

Genau das werden Sie gegen Höchstgebot feilbieten. Scheiden Sie mit dem Segen der NASA, wird jeder Ihrer Zukunftswege abgesichert sein, egal, welchen Sie einschlagen. Sollten Sie aber mit dem Nimbus des Skandals aussscheiden, werden Sie Ihr restliches Leben teuer dafür bezahlen, jeden Tag.«

Birchman hielt inne und holte tief Luft, ehe er fortfuhr: »Also, ich habe keine Ahnung, was für ein Bäumchen-wechsle-dich-Spiel diese Zwillinge gestern Abend abgezogen haben. Auch den Grund für diesen Rollentausch kenne ich nicht. Was mich übrigens auch nicht interessiert. Ich will lediglich eines von Ihnen wissen, und zwar jetzt: Muss ich bei Lawson und seinem Fakten-Such-Kreuzzug nervös werden?«

»Nein.«

Einen langen Augenblick musterte er Chief intensiv, dann lehnte er sich offensichtlich erleichtert zurück. »Ausgezeichnet. Hier sind die Grundregeln: Geben Sie nichts freiwillig preis. Kein Sterbenswörtchen. Üben Sie sich verbal in Zurückhaltung. Schmücken Sie nichts aus. Sagen Sie denen nichts, was für den Mord an dieser Frau nicht relevant ist. Kapiert?«

»Kapiert.«

Birchman begab sich zur Tür, aber ehe er die anderen wieder hereinwinkte, hielt er nochmals inne.

»Nur zur Befriedigung meiner eigenen Neugierde: Als Sie hier hereinkamen, war Ihnen da klar, dass Sie Melina Lloyd noch nie getroffen hatten?«

Chief schüttelte den Kopf.

»Die Ähnlichkeit zwischen ihnen war so erstaunlich?«

»Sie können sich das nicht vorstellen.«

»Melina, warum nehmen Sie sich nicht diesen Extrastuhl?«

Lawson hielt ihn für sie frei, was sie mit einem Kopfnicken dankend annahm.

Kaum hatten alle ihre Plätze eingenommen, fing er mit Christopher Hart an. »Colonel, Sie sind nicht verdächtig.« Der Kommissar hielt inne, um Chief eine Gelegenheit zur Antwort zu geben. Als sich dieser weigerte, den Köder zu schlucken, fügte Lawson hinzu: »Ihr Fußabdruck ist viel größer als der, den wir draußen vor dem Haus des Opfers gefunden haben.«

Christopher Hart biss die Zähne zusammen. Sogar von ihrem Sitzplatz aus konnte sie erkennen, dass er über Lawsons Bemerkung erbost war, mit der er unterschwellig andeutete, Chief käme durchaus als Verdächtiger in Frage, wenn es diesen Schuhabdruck nicht gäbe. Trotzdem war er zu schlau, um sich von Lawson provozieren zu lassen.

Die aufmunternden Worte seines Anwalts hatten ihn verändert. Er wirkte ruhiger als vorher, gefasster. Und da war noch etwas: Er war distanziert. Zuvor hatte sich in seinen beunruhigend blauen Augen jeder Gefühlswechsel abgezeichnet. Jetzt blickten sie undurchdringlich, genauso intensiv, aber kühl.

»Colonel, was wir gerne von Ihnen hätten«, sagte Lawson, »ist ein Bericht über die letzten Stunden von Gillian Lloyd.«

Mit einer trägen Handbewegung forderte Chief Lawson zum Weitermachen auf. »Was wollen Sie wissen?«

»Wann haben Sie sie zum ersten Mal gesehen?«

Er erklärte, wie sie sich begegnet waren, und schilderte anschließend den Verlauf von Pressekonferenz und Bankett. »Ms Lloyd, ich hätte nie vermutet, dass Gillian keine Medienbegleiterin war.« Mit einem Blick zu ihr meinte er: »Sie hat sich wie ein Vollprofi verhalten.«

»Sie war sehr kompetent. Und nennen Sie mich, bitte, Melina.«

Er signalisierte Einverständnis, ehe er weiter über den Abend berichtete. »Nach Beendigung des Banketts brachte sie mich zu meinem Hotel zurück.«

»Unterwegs keine Zwischenstopps?«

»Einen. Ich bat sie, bei einem Tacolokal anzuhalten. Sie erfüllte meinen Wunsch und erklärte mir, es gehöre zu den Aufgaben einer Begleiterin, sich um die Bedürfnisse und Wünsche des Kunden zu kümmern. Stimmt's, Melina?«

»Richtig.«

Zum ersten Mal, seit alle wieder hereingekommen waren, meldete sich Jem Hennings zu Wort. »Heiliger Strohsack, können wir die Sache mit den Tacos nicht einfach übergehen? Ich möchte zu dem Teil kommen, der mit den Schmierereien an der Wand zu tun hat.«

»Schmierereien an der Wand?« Fragend wanderte Chiefs Blick zu Lawson.

Der Kommissar funkelte Jem wütend an. »Wenn Sie nichts dagegen haben, Mr Hennings.« Damit erinnerte er Jem daran, dass seine Warnung bezüglich einer Gefängniszelle noch immer galt. Anschließend wandte er sich wieder an Chief. »Sie bestellten etwas zum Mitnehmen?«

»Ja.«

»Und wohin haben Sie es mitgenommen?«

»In mein Zimmer im Mansion.«

»Gillian hat Sie auf Ihr Zimmer begleitet?«

»Ja«, erwiderte er stoisch. »Wir hatten genug für zwei gekauft. Sie gab zu, hungrig zu sein. Wir haben am Couchtisch in meiner Suite gegessen.«

»Im Tacolokal gab's keine freien Tische?«

Sichtlich verärgert meinte Chief: »Ich wollte etwas zu trinken. In der Bar gab es Alkoholisches. Einen Bourbon, falls Sie auch das wissen möchten. Ich trank einen.«

»Und Gillian?«

»Auch einen.«

»Wie lange blieb sie in Ihrer Suite?«

»Wir haben fertig gegessen. Ich weiß nicht mehr, wie viel Uhr es war, als sie ging.«

»Hat sie irgendjemand weggehen sehen?«

»Keine Ahnung. Ich habe sie nicht hinausbegleitet. Vielleicht hätte ich es tun sollen.«

Sie sah, wie ihm Birchman einen bedachtsamen Blick zuwarf, allerdings so subtil, dass es den Übrigen wahrscheinlich entgangen war.

Lawson sagte gerade: »Sie haben also gegessen. Sie hatten einen Bourbon. Was haben Sie sonst noch gemacht?«

»Geredet.«

»Geredet.« Lawson verzog das Gesicht, als versuche er, sich die Szene auszumalen. »Geredet, dort am Couchtisch?«

»Lawson, warum rücken Sie nicht gleich mit der Frage heraus, die Ihnen auf den Nägeln brennt?«

»Na schön. Haben Sie miteinander geschlafen?«

11

Seine Antwort fiel kurz und bündig aus. »Nein.«

»Nun, irgendjemand denkt aber doch.«

Lawson zog aus einem Umschlag mehrere Hochglanzfotos und reichte sie Chief, der auf den Anblick nicht vorbereitet war und ihm die Bilder gereizt aus der Hand riss. Doch sein Ärger währte nur kurz. Schon ein Blick auf das erste Foto genügte, und sein Gesicht erstarrte zu einer Grimasse. Stöhnend hob er die Hand an die Stirn. »Oh Himmel.«

»Darf ich?« Birchman griff nach dem Foto; Chief reichte es ihm wortlos.

Er blätterte alle durch, ehe er sie an seinen Anwalt weiterreichte. Nachdem er einen Augenblick in die Luft gestarrt hatte, konzentrierte sich sein Blick auf sie. »Melina, ich –« Da ihm die Worte fehlten, ließ er seine Miene für sich sprechen. In einer hilflosen Geste hielt er ihr die offenen Hände hin, ehe er sie apathisch sinken ließ.

»Nun?«

Nachdem er ihren unverwandten Blick einen Moment lang erwidert hatte, schaute er Jem an, der ihm die Frage ins Gesicht geschleudert hatte. »Was nun?«

»Haben Sie das getan, was diese Schmiererei behauptet? Haben Sie meine Verlobte gevögelt?«

»Jem!«

»Du bist beleidigt, Melina?«, brüllte er. »Reagier doch auf ihn beleidigt und nicht auf mich!«

»Vielleicht sollte man Mr Hennings entfernen.«

Ohne auf Birchmans Vorschlag einzugehen, wandte sich Lawson an Jem: »Hennings, letzte Verwarnung. Noch so eine ausfallende Bemerkung und Sie sind draußen.«

»Oh nein, ich bleibe«, sagte Jem und schüttelte heftig den Kopf. »Ich möchte hören, was dieser Raumkadett zu seiner Verteidigung zu sagen hat.«

»Alles, was ich zu sagen habe, ist allein für Gillians Schwester gedacht.« In Chiefs Stimme schwang ein einschüchternder Unterton mit. »Und nicht für Sie.«

»Jem, würdest du dich, bitte, beruhigen?«, bat sie müde.

»Ich werde mich beruhigen, denn ich möchte kein Wörtchen verpassen, das unser Herr Astronaut von sich gibt.«

Lawson nahm den Faden wieder auf und wollte wissen, warum jemand so etwas schreiben sollte. »Irgendetwas muss daran wahr sein, Hart.«

»Das fragen Sie mich –«

»Colonel.« Wie um Chief am Reden zu hindern, streckte Birchman die Hand aus. Chief wischte sie beiseite.

»Das ist Blut, stimmt's?«, sagte er, wobei er auf die Fotografien deutete, die wieder vor Lawson lagen. »Sie wollen von mir wissen, welchen Sinn das macht? Sie erwarten von mir eine Erklärung dafür, was irgend so ein krankes Scheusal an die Wand einer Frau geschrieben hat, nachdem er sie umgebracht hat?«

Er schnaubte verächtlich. »Ich bin kein Psychiater und auch kein gottverdammter Kommissar. Also, zum Kuckuck, woher soll ich dann wissen, warum er das geschrieben hat? Woher soll das irgendjemand wissen? Wer so etwas fertig bringt«, sagte er, wobei er wieder ruckartig auf die Fotos zeigte, »ist durchgeknallt. Verrückt. Zum Teufel nochmal, wieso erwarten Sie von mir, dass ich das erklären kann?«

»Ist ja schon gut, beruhigen Sie sich.«

»Den Teufel werd' ich tun.«

»Hatten Sie gestern Abend mit Gillian Lloyd sexuellen Kontakt?«

»Was habe ich Ihnen gesagt?«

»Sie haben nein gesagt.«

»Dann wissen Sie's doch. Sie hat mein Zimmer verlassen und –«

»Um wie viel Uhr?«

»Wie gesagt, ich weiß es nicht mehr.«

Lawson schwenkte den Kopf in ihre Richtung. »Melina, wann ist sie nach Hause gekommen?«

»Spät. Irgendwann nachts zwischen zwei und drei, glaube ich.«

Mit zynischer Miene wandte sich Lawson wieder an Chief. »Sie haben sich aber ganz schön lange unterhalten.«

Jem schien kaum noch an sich halten zu können.

Aber Chief zuckte nicht mit der Wimper, im Gegenteil. Er verhielt sich noch herausfordernder. »Ich weiß nicht mehr, wann sie gegangen ist. Ich habe keine Ahnung, warum sie ermordet wurde. Das ist alles. Mehr habe ich nicht zu sagen.«

Er stand auf, aber Lawson blaffte ihn an, er solle sich wieder hinsetzen. Als Birchman protestierte, kam es zwischen dem Anwalt und dem Kripobeamten zu einer heftigen Auseinandersetzung. Jem warf Chief einen durchbohrenden Blick zu, ehe er sich in eine Zimmerecke verzog und dem Raum den Rücken zukehrte.

Inzwischen ließ Christopher Hart sie nicht eine Sekunde aus den Augen. Wie Laserstrahlen bohrten sich seine Blicke in ihre. Tiefe Leidenschaft prägte seine Gefühle, egal, was es war: Empörung, Schuld, Verzweiflung.

»Nur noch ein paar Fragen, dann sind wir, meiner Ansicht nach, mit Colonel Hart fertig«, sagte Lawson gerade zu dem Anwalt.

Lawson wandte seine Aufmerksamkeit wieder Chief zu und fragte, ob er bemerkt hätte, dass ihm und Gillian gestern Abend irgendjemand gefolgt sei.

Er hatte die Arme über der Brust verschränkt. »Nein. Allerdings habe ich auch nicht darauf geachtet. Warum hätte ich auch?«

»Hat sie irgendjemanden angerufen?«

»Nicht, solange sie bei mir war.«

»Was für den Großteil des Abends galt.«

Chief zuckte mit der Schulter. »Ein paar Mal waren wir auch getrennt, also hätte sie vermutlich jemanden anrufen können. Ich habe sie nicht dabei gesehen.«

»Und sie wurde auch nicht angerufen?«

»Auch nicht.«

»Hat sie mit irgendeinem geredet?«

»Klar, mit allen. Türsteher, Parkwächter. Mit jedem Teilnehmer der Pressekonferenz. Mit den

Leuten, die während des Banketts neben ihr saßen.«

»Wirkte einer auffällig? Ungewöhnlich? Einer, der beim Empfang gestern Abend fehl am Platze schien?«

»Nein.«

»Hat sie vielleicht jemanden zufällig getroffen? Einen ehemaligen Schulkameraden? Einen alten Freund? Einen Nachbarn, oder einen Kollegen?«

Chief schüttelte den Kopf. »Nein, nein und nochmals nein.«

»Kam es im Verlauf des Abends zu irgendeinem Zeitpunkt zu einem unguten Wortwechsel zwischen Ihnen und jemand anderem? Oder bei ihr?«

»Nein. Melina«, sagte er plötzlich zu ihr gewandt, »ich weiß, Sie haben fest damit gerechnet, dass ich Hinweise geben kann. Tut mir Leid, aber ich kann es nicht.«

»Wenn es etwas gab, was Ihnen aufgefallen wäre, würden Sie sich wieder daran erinnern.« Sie lächelte traurig. »Aber selbst einen merkwürdigen Zwischenfall, worauf Mr Lawson anspielt, hätten Sie vermutlich gar nicht bemerkt. Das hätte sie geschickt abgebogen.«

»Nichts dergleichen –« Abrupt brach er ab. »Moment mal.«

Sie rutschte an die Stuhlkante. »Colonel?«

»Ich erinnere mich doch an etwas.« Während ihn alle erwartungsvoll musterten, dachte er noch ein paar Sekunden darüber nach, ehe er sich an Lawson wandte. »Da war so ein Kerl. Im Tacos-Lokal. Er kam gerade heraus, als wir hineingingen. Er hat sie angesprochen, sogar mit Namen. Gillian hat er sie genannt.«

Er schaute zu ihr hinüber. »Melina, sie hat Ihre Rolle verdammt gut gespielt. Obwohl dieser Kerl ihren richtigen Namen benutzt hat, wurde sie keine Sekunde nervös. Auf meine Frage, warum er sie Gillian genannt hat, meinte sie nur, er habe sie offensichtlich mit ihrer Schwester verwechselt.« Rasch tastete er ihre Gesichtszüge ab. »Ich kann verstehen, wie es dazu kommen kann. Jedenfalls hat sie mir bei dieser Gelegenheit von Ihnen erzählt, ihrer eineiigen Zwillingsschwester.«

»Wie hieß er denn?«, fragte Lawson.

»Hat er gesagt, aber –«

»Wie hieß er?«

»Verdammt, ich weiß es nicht. Ich hatte nur Augen für –« Sein Blick schweifte zu Jem hinüber, der von seinem Platz in der Zimmerecke aus zuhörte. Chief verwarf den ursprünglichen Satz und fuhr fort: »Auch nachdem er seinen Namen genannt hat, bin ich mir nicht sicher, dass Gillian ihn wiedererkannt hat. Es wurden lediglich Höflichkeiten ausgetauscht. Sie tat das Ganze als Verwechslung ab und ich verschwendete keinen Gedanken mehr daran. Aber wenn ich jetzt so daran zurückdenke –«

»Was?«

»Vielleicht irre ich mich, Melina, aber meiner Ansicht nach hat er sie beunruhigt.«

»In welcher Hinsicht?«, wollte Lawson wissen.

Chief schüttelte den Kopf. »Bin mir nicht sicher. Ich habe nur das Gefühl, dass er ihr irgendwie unter die Haut gegangen ist. Mir jedenfalls ist es so gegangen. Ein seltsamer Typ.«

»Wieso?« Lawson hatte seinen Notizblock gezückt und hielt den Kugelschreiber bereit.

»In erster Linie wegen seines Aussehens.«

»Beschreiben Sie ihn.«

»Groß. Blass. Sehr hager. Trug eine Brille. Die Gläser waren so dick, dass sie seine Augenform verzerrten. Außerdem war sie ihm auf die Nase gerutscht. Aber das Seltsame war nicht so sehr sein Äußeres, sondern sein Verhalten. So, wie er Gillian ansah.«

»Wie hat er sie angesehen?«

»Als ob –« Er rang um die richtigen Worte. »Als hätte ihn ihr Anblick an diesem Ort schockiert, vielleicht sogar ein wenig enttäuscht. Besonders in –« Er zögerte, beendete aber nach einem raschen Blick auf Jem den Satz. »Meiner Begleitung.«

Nachdenklich meinte Lawson: »Und Sie sind sicher, dass er sie für Gillian gehalten hat?«

»So hat er sie jedenfalls angesprochen«, erwiderte Chief. »Außerdem hat sie ihn nie korrigiert und sich ihm gegenüber als Melina ausgegeben.«

»Herr Kommissar, sollte dieser Mann den gemeinsamen Anblick von Gillian Lloyd und Colonel Hart aus irgendeinem Grund als Affront empfunden haben«, mutmaßte Birchman, »dann hätten Sie meiner Meinung nach einen Verdächtigen.«

»Aber warum sollte er vergrätzt sein, nur weil er sie mit mir sah?« Wieder schaute er zu Jem hinüber. »Es sei denn, er wäre ein Freund von Ihnen und hätte die falschen Schlüsse gezogen.«

»Sie sind ein echter Kotzbrocken«, höhnte Jem. »Ist denn keinem von euch klar, dass er das alles nur erfindet? Er hat einen Popanz herbeigezaubert, um sich selbst aus der Schusslinie zu bringen. Er lügt!«

In Windeseile fuhr Chief von seinem Stuhl hoch. »Sie Mistkerl.« Doch er erkannte, dass es klüger war, sich zu beherrschen und nachzugeben, und drehte sich abrupt zu Melina um. »Melina, ich habe den Kerl gesehen. Mit ihm gesprochen.«

Mehrere Sekunden hielt sie seinen Blicken

stand, dann schaute sie Lawson an. »Eine Überprüfung wäre nicht falsch, oder? Wenn dieser Mann so seltsam aussah, wie ihn Colonel Hart beschrieben hat, erinnert sich vielleicht sonst noch einer an ihn.«

»Hart, ist das alles, was Sie uns über ihn sagen können?«

Er raufte sich die Haare, als sei er aufs Äußerste erregt. Sein Ärger hatte noch keinen passenden Blitzableiter gefunden. »Jaa. Die ganze Begegnung hat vielleicht zwanzig oder dreißig Sekunden gedauert.«

»Haben Sie sein Auto gesehen?«

»Nein.«

»Fangen Sie nochmal von vorne an. Vielleicht fällt Ihnen noch etwas ein.«

Er schien die Notwendigkeit dieser Bitte bestreiten zu wollen, schaute dann aber doch zu ihr hinüber und sein Ärger verflog ein wenig. »Er hat uns beim Betreten des Lokals die Tür aufgehalten. Er hat Gillian angesprochen. Namentlich. Ich glaube nicht, dass sie ihn erkannt hat. Es war einer jener merkwürdigen Momente, in denen man von jemandem angesprochen wird, den man eigentlich kennen sollte, ohne dass man ihn einordnen oder sich an seinen Namen erinnern könnte.«

»Das haben wir alle schon erlebt«, sagte sie.

»Trotzdem hat er in ihrem Gedächtnis etwas ausgelöst.«

»Jaa«, antwortete Chief auf Lawsons Drängen. »Meiner Ansicht nach hat er seinen Namen genannt, aber selbst wenn Sie mir eine Kanone an den Kopf halten, könnte ich mich nicht daran erinnern.«

»Versuchen Sie's.«

»Herr Kommissar, er sagte, er könne sich nicht daran erinnern«, meinte Birchman gereizt.

»Birchman, das ist meine Vernehmung, verstanden?«

Sie hätten genauso gut schweigen können, denn Chief schien sich in sich selbst zurückgezogen zu haben. Sie beobachtete, wie er sich mit eisernem Willen zum Erinnern zwang. Die Anstrengung, sich an vergessene Details zu erinnern, verzerrte seine Gesichtszüge. Sein Gehirn war ein Computer, der mehr Informationen enthielt, als sich ein Durchschnittsmensch ausmalen konnte. Dort waren komplizierte technische, wissenschaftliche und raumfahrtbezogene Daten gespeichert, Daten, die die Ausführung seines Jobs verlangte. Um diese Informationen im Bedarfsfall aufzurufen, musste er sich lediglich konzentrieren, so, als ob er eine gespeicherte Datei auf einem Computer-Bildschirm aufriefe.

»Auch nachdem er seinen Namen genannt hat, hat es bei Gillian meiner Meinung nach erst klick gemacht, als er sagte –«

Die Diskussion zwischen Lawson und Birchman erstarb. Beide hielten inne und lauschten Chief.

»Verdammt, was hat er nur gesagt?« Er kniff die Augen zusammen und zwickte sich in den Nasenrücken. »Er sagte – von –« Er riss die Augen auf. »Waters. Waters. Das hat er gesagt.«

»Waters!«

Lawson warf ihr einen scharfen Blick zu. »Bedeutet das etwas, Melina?«

»Die Waters Klinik.«

»Was ist das?«

»Oh Gott«, stöhnte Jem und vergrub die Faust in der flachen Hand. »Ich wusste es, diese künstliche Befruchtung war keine gute Idee. Ich war die ganze Zeit dagegen.«

Sie warf ihm einen zornig-ungläubigen Blick zu, hatte aber keine Gelegenheit mehr, auf seine Bemerkung zu reagieren, denn Lawson sah ihre Erregung und bohrte nach.

»Die Waters Klinik«, erläuterte sie. »Ihr Spezialgebiet ist Unfruchtbarkeit. Gillian war gestern dort.«

»Während des Eisprungs«, stieß Jem hervor.

Lawson war verblüfft. »Gillian war eine Patientin?«

»Ja.«

»Wozu?«

»Herr Kommissar, meiner Ansicht nach ist hier nur relevant, dass sie dieser Fremde von dort wiedererkannt hat.«

Stirnrunzelnd signalisierte Lawson seine Zustimmung, dann stopfte er die hässlichen Fotos wieder in den Briefumschlag. »Es steht Ihnen allen frei, zu gehen.«

»Und was werden Sie jetzt tun?«, fragte sie.

»Ich werde diese Örtlichkeit überprüfen und sehen, ob dort irgendein komischer Kerl beschäftigt ist. Sobald ich etwas weiß, rufe ich an. Hart«, fuhr er fort, »ich hätte gerne, dass Sie in der Stadt bleiben, bis alles abgehakt ist.«

»Sie können doch nicht von meinem Mandanten erwarten, dass er seine gesamten Tätigkeiten unterbricht, während Sie einen Mordfall lösen«, protestierte Birchman. »Das könnte ja Monate dauern.«

Während Lawson zur Tür ging, blieb er stehen und wandte sich an den Astronauten. »Birchman hat Recht. Ich kann Sie nicht zum Bleiben zwingen, bilde mir aber ein, dass Sie es auch möchten. Nicht, weil es Ihre Bürgerpflicht ist, mitzuhelfen, einen Frauenmörder dingfest zu machen, und auch nicht, weil Sie bisher unsere beste Spur geliefert haben und ich Sie möglicherweise noch zur Identifizierung dieses geheimnisvollen Mannes brauche. Meiner bescheidenen Meinung nach möchten Sie als anständiger Mensch und Held aus Rücksicht auf die andere Ms Lloyd in der Nähe bleiben. Die lebende. Ja?«

Er walzte hinaus und hinterließ ein Vakuum in dem kleinen Raum. Birchman regte sich als Erster, nahm seine Aktentasche und gab Chief mit einem Kopfnicken zu verstehen, er solle gehen. »Nach Ihnen.«

Statt ihm zu folgen, wandte sich Chief an sie. »Melina, ich bedaure Ihren Verlust unendlich.«

»Danke. Tut mir Leid, wenn Ihnen dadurch Unannehmlichkeiten entstanden sind.«

»Im Vergleich ist das nichts.«

»Gestatten Sie«, meinte Jem rüde. »Das Ganze hat schon viel zu lange gedauert.« Er drängte sich von hinten an sie heran, als wolle er alle zusammen zur Tür hinausscheuchen.

Birchman und Chief bahnten sich im Hauptraum einen Weg durch das Schreibtischlabyrinth Richtung Flur und Aufzug. Sie folgte mit Jem. Gerade als Birchman auf den Knopf drückte, schlich sich derselbe Zivilbeamte, der schon vorher an Chief herangetreten war, erneut zu ihm, hielt ihm eine Schreibunterlage hin und bat nervös um sein Autogramm.

Der Aufzug kam. »Ich bleibe noch eine Minute da«, sagte Chief, schüttelte dem Anwalt rasch die Hand und versprach, ihn später in der Kanzlei anzurufen. Birchman betrat den Lift.

Jem dirigierte Melina hinterher.

In einem spontanen Entschluss sagte sie: »Jem, geh du schon mal voraus. Ich muss noch auf die Toilette.«

»Na gut«, sagte er, wobei er linkisch versuchte, zu verhindern, dass sich die automatischen Türen schlossen und ihn einquetschten. »Ich komme später vorbei.«

Die Aufzugtüren schlossen sich. Trotzdem machte sie keinerlei Anstalten, die Toilette aufzusuchen.

Verstohlen sah Chief hoch und musterte sie neugierig. Dann war er mit dem Autogramm für den Polizistensohn fertig. »Danke, Chief«, sagte der Mann und salutierte.

»Gern geschehen. Alles Gute für Ihren Todd.« Er schüttelte dem Polizisten die Hand, der stolz mit seinem Hauptgewinn davonmarschierte.

Chief drückte den Aufzugknopf. »Abwärts?«

»Bitte. Die Sache mit der Toilette war geschwindelt.«

»Verstehe«, sagte er, obwohl zweifelsohne das Gegenteil der Fall war.

Während des Wartens starrte jeder auf den Spalt zwischen den Türen. Das Schweigen dauerte solange, dass es auffiel und seltsam wirkte. Der Aufzug war zu ihrer Erleichterung leer. Er ließ sie vorangehen und folgte hinterdrein. Während der Fahrt wandte sie sich an ihn: »Ich entschuldige mich für Jem.«

»Ist doch nicht Ihre Schuld.«

»Ich schäme mich für ihn. Er hat sich wie ein Esel benommen.«

»Dazu sage ich jetzt besser nichts.« Er grinste schwach, aber sie ging nicht darauf ein.

»Außerdem wollte ich Sie unter vier Augen sprechen.«

Er machte eine Vierteldrehung auf sie zu. »In Ordnung.«

»Um Ihnen zu sagen, was für ein Feigling Sie sind.« Instinktiv riss er den Kopf nach hinten. »Pardon?«

»Colonel Hart, Sie sind ein großer Feigling.«

»Das habe ich schon beim ersten Mal kapiert«, meinte er barsch. »Hätten Sie die Güte, mir den Grund für Ihre Meinung mitzuteilen?«

»Ganz und gar nicht.« Obwohl sich die Türen im Erdgeschoss öffneten, blieb sie, wo sie war. »Es war falsch von Jem, auf Sie loszugehen. Trotzdem hatte er in einem Punkt Recht: Sie sind ein Lügner.« Noch ehe er widersprechen konnte, setzte sie nach: »Sie waren viel zu feige, um Lawsons Frage wahrheitsgemäß zu beantworten.«

»Welche Frage?«

»Ob Sie mit Gillian geschlafen haben. Sehen Sie, ich weiß, dass Sie es getan haben.«

12

Chief schlug die Tür zu seiner Suite im Mansion hinter sich zu, warf seine Jacke auf einen Sessel und steuerte schnurstracks die Bar an. Obwohl es ihn nach einem Bourbon gelüstete, entschied er sich für etwas Nichtalkoholisches. Er nahm das Getränk zum Sofa hinüber, wo er sich der Länge nach in die Kissen warf und auf einen Zug die halbe Dose leerte. Erst dann holte er Luft. Aber nicht zu tief. Sonst hätte er vielleicht Gillians Parfüm auf den Sofakissen gerochen – eine viel zu schmerzliche Erinnerung für ihn.

Noch ehe er es verhindern konnte, entrang sich ihm ein rauer, erstickter Laut. Er setzte sich auf und stellte das Getränk auf den Couchtisch, dann stützte er die Ellbogen auf die Knie, raufte sich mit allen zehn Fingern die Haare und hielt sich den Kopf. Verzweiflung legte sich wie ein Kettenpanzer um ihn. Er machte die Augen fest zu und atmete langsam aus.

Himmel, wie hatte ihm das passieren können? Warum? Welchen Gott hatte er erzürnt?

Er würde nicht weinen. Astronauten weinen nicht. Menschen weinen nicht, weil jemand stirbt, den sie nur ein paar Stunden kannten.

Aber auch ohne Tränen hatte er eine zugeschnürte Kehle, und als er die Augen öffnete, waren seine Wimpern verdächtig feucht.

Er griff nach der Dose und trank kleine Schlucke, wobei er über Melinas Abschiedsworte nachdachte. Mit aller Macht hatte er sich bemüht, wütend zu bleiben. Nachdem sie ihm den Fehdehandschuh hingeworfen hatte, war sie buchstäblich unter dem Banner rechtschaffener Empörung aus dem Aufzug gerauscht und hatte ihn sozusagen mit seinem Schwanz im Dreck sitzen gelassen. Beim Versuch, ihr zu folgen und sie seinerseits herauszufordern, war ihm jemand dazwischen gekommen, der an einem der Kassenschalter Schlange stand, den das Polizeipräsidium freundlicherweise zum Begleichen von Bußgeldern zur Verfügung stellte. Bis er dem Mann zum Dank für seine stürmische Begrüßung die Hand geschüttelt hatte, war Melina verschwunden.

Während der Rückfahrt ins Hotel hatte er versucht, die von ihr angefachte Wut weiter anzuheizen. Sie hatte ihn einen Lügner und Feigling genannt. Als Hennings das Gleiche getan hatte, hätte er ihn am liebsten erwürgt. Obwohl er jedes Recht hatte, stocksauer zu sein, war es ihm nicht gelungen, wütend zu bleiben. Das hatte sein Gewissen nicht zugelassen. Er wusste, dass er auf der falschen Seite stand.

Ärger war eine sichere Emotion. Mit Wutausbrüchen war er vertraut, die wusste er zu nehmen und zu kontrollieren. Aber das hier – was auch immer das hier war – war ihm gänzlich fremd. Wie sollte er eine Emotion, die ihn innerlich zerfetzte, in den Griff bekommen, wenn er sie nicht einmal identifizieren konnte?

Man hatte eine schöne Frau brutal ermordet, ohne Zweifel eine Tragödie. Trotzdem war sein Verhältnis zu Gillian so flüchtig gewesen, dass er nicht einmal mit Sicherheit sagen konnte, ob diese nagende Verzweiflung dafür gerechtfertigt war.

Dennoch konnte er nicht einfach den Staub von den Schuhen schütteln und die Sache vergessen. Es war nicht Lawsons Standpauke über Pflicht und anständiges Benehmen, die ihn hier hielt. Er hatte ein eisernes Verantwortungsgefühl, allerdings nicht unbedingt der Polizei von Dallas gegenüber. Die Bemerkung des Kommissars, er solle um Melinas willen bleiben, hatte gesessen, aber nicht einmal sie hätte genügt, um ihn daran zu hindern, seine Habseligkeiten in den Matchsack zu stopfen und nach Houston zurückzufahren.

Nein, da war noch etwas, was ihn zum Bleiben zwang, bis zum bitteren Ende. Etwas, das sich nicht benennen ließ. Etwas, woraus er noch nicht schlau geworden war.

Er trank aus und stellte die Dose auf den Couchtisch, ehe er sich wieder auf die Kissen legte. Da Emotionen seiner Erfahrung nach jede Situation verwirrten, schob er sie bewusst weg und beschloss, das Problem pragmatisch anzugehen, genau wie ein Problem im Space Shuttle. Mit jedem Element dieses Rätsels würde er sich separat auseinander setzen. Diese negative Auslese würde allmählich zur Quelle des Übels führen und damit zur Lösung.

Rein oberflächlich betrachtet, war sein Ärger in gewissem Maße gerechtfertigt. Aus ganz offensichtlichen Gründen war er über die Verwicklung in eine Mordsache nicht begeistert. Aber es gab noch einen weiteren Grund, der nicht auf der Hand lag: Damit hatte sich eine Vorherbestimmung erfüllt, die er zu umgehen gehofft hatte.

Sein ganzes Leben lang hatte er darauf gewartet, dass so etwas Schreckliches passierte. Er gehörte einer Minorität an und hatte sich, wie alle Jugendlichen aus solchen Gruppen, schon von klein auf mehr und intensiver anstrengen und besser sein müssen. Er musste mehr beweisen. Man beobachtete ihn kritischer, stets in der Erwartung, er werde bestimmt an irgendeinem Punkt versagen. Also war er in der ständigen Furcht vor seinem möglichen kolossalen Engelssturz aufgewachsen. Jetzt musste er ihn wenigstens nicht mehr fürchten. Der Sturz war eingetreten.

Dazu kam, dass Birchman mit seinen privaten Anmerkungen voll ins Schwarze getroffen hatte. Die NASA würde es nicht freundlich aufnehmen, wenn die Polizei plötzlich einen ihrer profiliertesten Jungs, der bisher einen makellosen Leumund gehabt hatte, wegen der unbarmherzigen Ermordung einer jungen Frau in die Mangel nähme, mit der er die letzten Stunden vor besagtem Mord verbracht hatte. Egal, was bei diesem Polizeiverhör herauskam, eine derartige Verwicklung war an und für sich schon schlechte PR. Ganz schlechte.

Trotzdem war es nicht seine Schuld, verdammt nochmal. Was hatte er denn getan? Er war doch nicht für die Reaktion irgendeines durchgeknallten Typen verantwortlich, nachdem der ihn mit Gillian Lloyd zusammen gesehen hatte.

»Haben Sie miteinander geschlafen?«

Ja. Hatten sie. Sie hatten miteinander gevögelt, na und?

Woher hatte Melina gewusst, dass er log? Hatte er schuldbewusst ausgesehen, als er Lawsons unverblümte Frage mit einem ebenso unverblümten Nein beantwortet hatte? Hatte sie seine Lüge mit Hilfe von Zwillingstelepathie erraten? Oder hatte Gillian es ihr erzählt?

Oder vielleicht – vielleicht hatte Melina nur geraten und dabei zufällig ins Schwarze getroffen. Vielleicht hatte Gillian nur deshalb mit Melina die Rolle getauscht, um einen Grund zum Angeben zu haben. Soweit er wusste, hatte sie Männer gesammelt wie andere Frauen Rabattmarken. Sie hatte unbedingt einen »Astronauten« auf ihrer Liste haben wollen.

Nein. Nein. Ihm wurde von seinen eigenen Gedanken schlecht. Es gab Frauen, die genau wie manche Männer Sexpunkte einheimsten. Für derartige Frauen wäre er schon eine Trophäe gewesen. Aber so eine war Gillian nicht. Er wusste es besser, um so etwas auch nur von ihr zu denken.

In Wahrheit war das Begehren beidseitig gewesen, und zwar nicht erst, seit sie ihre Tacos verspeist hatten und ihnen der Kopf vom Bourbon dröhnte. Alles hatte in dem Moment angefangen, als sie sich zum ersten Mal gesehen hatten. Seit jenem ersten Händeschütteln, jenem ersten Lächeln, war der gesamte Abend ein einziges Vorspiel gewesen, dessen Höhepunkt –

Verdammt, daran würde er nicht denken. Keinesfalls. Er weigerte sich.

Zur Ablenkung griff er nach seinem Handy und rief seine Anrufbeantworter im Büro und zu Hause ab. Die nächste Viertelstunde verbrachte er damit, nur die absolut notwendigen Anrufe zu beantworten.

Auf die Frage, wann er zurückkäme, erfand er eine lahme Entschuldigung. Den wahren Grund würde man früh genug erfahren. Es war eine reine Zeitfrage, ehe in den Printmedien sein Name im Zusammenhang mit einem Frauenmord in Dallas auftauchte. Wäre das nicht ein gefundenes Fressen für die Medien? Einer, der an einem Tag einen Universitätspreis erhält und am nächsten von der Polizei wegen eines Mordfalls verhört wird. Und dazwischen –

Hölle, Tod und Teufel, wenn alle seine Gedanken schließlich doch nur wieder bei der letzten Nacht landeten, konnte er genauso gut gezielt daran denken. Den ganzen Tag hatte er sich darum gedrückt und sich jede Vorstellung von ihrer gemeinsamen Nacht verboten, seit er beim Aufwachen realisiert hatte, dass sie weg war. Bis jetzt.

Die kann mich mal, hatte er gedacht, als er sich

übel gelaunt aus dem Bett wälzte. Er hatte auch so genug zu tun, konnte überall hin und kannte jede Menge Leute. Sie hatten miteinander gelacht und ein bisschen guten Sex gehabt. Er war gekränkt, weil sie nicht die Nacht über geblieben war, aber das würde er überleben.

Und doch hatte er sie nach all diesem Macho-Gehabe letztlich noch zweimal vor seinem Frühstückstermin angerufen und sich geärgert, als nur der Anrufbeantworter lief. Dann war am Ende des Frühstücks auch noch Lawson aufgetaucht. Und damit verboten sich alle anderen Gedanken, außer die an die unmittelbare Katastrophe.

Doch jetzt hatte er Zeit; warum also nicht? Vielleicht könnte er es sich dadurch aus dem Kopf schlagen. Vielleicht würde das sogar noch eine weitere Spur zu Tage fördern, ein wichtiges Detail, das man vorher außer Acht gelassen hatte und das nun Lawsons Ermittlung beschleunigen würde.

Heißt das, du hättest ganz ehrenwerte Gründe, dich daran zu erinnern?, fragte er sich insgeheim zynisch. Blödsinn. Er wollte darüber nachdenken, weil er darüber nachdenken wollte. Basta.

Als er sich mit geschlossenen Augen in die Kissen zurücklehnte, schien es, als stünde sie wieder vor ihm und er säße neben dem Couchtisch auf dem Boden.

»Was wäre denn richtig?«, hatte er in der Hoffnung gefragt, sie würde seine Ansicht über das teilen, was momentan für sie beide richtig war.

Mit einem unglaublichen Blick, der gleichzeitig verführerisch und damenhaft wirkte, hatte sie sich an den Nacken gefasst, das Häkchen ihres Reißverschlusses gelöst und ihn dann langsam aufgezogen. Zuerst schob sie die eine Seite des Kleides über die Schulter, dann die andere, ließ es bis zur Taille fallen und anschließend über die Hüften rutschen. Und schließlich stieg sie aus dem Stoffring.

In seiner Fantasie hörte er sich heiser flüstern: »Verdammt.«

»Soll ich das als Zustimmung deuten?«

Zur Antwort legte er seine Hände um ihre Taille, zog sie an sich und küsste sie knapp oberhalb des Bauchnabels, wobei er sachte an ihrer Haut nuckelte. Während sie langsam auf die Knie sank, tastete sich sein Mund ihren Körper hinauf. Als ihn ihr schwarzer halterloser Büstenhalter am weiteren Vordringen hinderte, griff er nach hinten und hakte ihn auf. Und dann schloss sich sein Mund schon um ihre Brustwarze und ihre Hände wühlten in seinen Haaren.

Nur verschwommen erinnerte er sich daran, wie sie von dort aufs Sofa gekommen waren. Er wusste noch, wie sie sich eng umschlungen zwischen den Kissen gewälzt hatten, wie seine Hände versucht hatten, in kürzester Zeit möglichst viel von ihr zu berühren, wie er jedes Mal, wenn ihr Busen in die Nähe seines Mundes kam, ihn zwischen die Lippen genommen hatte, und wie sie an seiner Kehle geflüstert hatte: »Einer von uns hat zu viel an.« Dabei hatten sich ihre Hände an den Steckknöpfen seines Smokinghemds zu schaffen gemacht.

Sie drückte ihn rücklings in die Kissen, kniete sich am Boden zwischen seine Beine und entfernte sorgfältig alle Knöpfe. Wenn er vor Ungeduld versuchte, ihr dabei zu helfen, schalt sie ihn aus und schob lachend seine Hände weg. Aber als seine rastlosen Hände auf ihren Brüsten zur Ruhe kamen und sich damit beschäftigten, mit den Daumen ihre Brustwarzen zu streicheln, bekam sie dunkle matte Augen.

Endlich waren alle Knöpfe weg. Sie schob sein Hemd auseinander und beugte sich vor, um seine Brust zu küssen. Wie ein Hauch strichen ihre Lippen über seine Haut. Gelegentlich spürte er die feuchte Spur ihrer Zunge und das zarte Kratzen ihrer Zähne, während sie sich zu seinem Nabel hinunter arbeitete.

Auch jetzt hielt er wieder den Atem an, genau wie gestern Abend, als sie seinen Kummerbund löste, den Reißverschluss seiner Hose aufzog und ihre Hand in seine Shorts schob. In ihrer Stimme hatte ein boshaftes Lächeln mitgeschwungen, als sie murmelte: »Kein Wunder, dass man dich Chief nennt.«

Dann atmete er mit einem tiefen Stöhnen aus und flocht seine Finger in ihre seidigen Haare, während ihn ihr noch weicherer Mund aufnahm. Er hatte sich buchstäblich aufgelöst.

Das Telefon schrillte und riss ihn aus seinem erotischen Tagtraum.

Er vergrub kurz das Gesicht in den Händen, ehe er fluchend nach seinem Handy griff. Aber es klingelte weiter. Erst jetzt begriff er, dass das Zimmertelefon läutete. Er streckte sich übers Sofa, um den Apparat auf dem Beistelltisch abzuheben.

»Was ist?«

»Colonel Hart?«

»Wer ist da?«

»Dexter Longtree.«

»Was wollen Sie?«

Das war grob, aber das war ihm längst egal. Schon heute Morgen hatte er dem alten Häuptling alles gesagt, was er zu sagen hatte. Er hatte jede Hoffnung vernichtet, dass es zwischen ihnen je eine funktionierende Beziehung geben könnte. Wenigstens dachte er, sich klar genug ausgedrückt zu haben. Seither war viel passiert, nichts Gutes und alles nur eine Tragödie. Wenn er nun schlechter Laune war, dann nur zu Recht.

»Ist alles in Ordnung?«

»Warum nicht?«

»Als ich Sie das letzte Mal sah, hatten Sie gerade Ärger mit der Polizei.«

»Keinen Ärger, nur –«

»Wenn Sie sich erinnern, habe ich prophezeit, dass Sie möglicherweise schon bald meiner Hilfe bedürfen.«

Chief stieß einen verächtlichen Laut aus. »Was, Longtree, hatten Sie eine Vision oder Ähnliches? Sind Sie ein Medizinmann?«

Nach einer winzigen Pause fragte der alte Häuptling: »Colonel Hart, verachten Sie Spiritualität so sehr?«

»Was ich verachte, sind Leute, die kein Nein als Antwort akzeptieren und sich nicht um ihren gottverdammten eigenen Kram kümmern.«

»Aber Sie sind mein Kram«, stellte er fest, ohne dass seine Stimme auch nur zuckte. »Sie und alles, was Sie tun, und alles, was Ihnen zustößt, sind für mich außerordentlich interessant und wichtig.«

Chief wurde zunehmend gereizter. »Dann ist das Ihr Problem. Ich habe Ihnen gestern und erneut heute Morgen gesagt, dass ich mich nicht an Ihrer Gruppierung beteiligen will, dass meine Interessen nicht mit denen der NAA kompatibel sind.«

»Dass wir Sie mehr brauchen als Sie uns.«

»Also haben Sie doch zugehört.«

»Ich habe zugehört, Colonel Hart. Und Sie haben sich sehr deutlich ausgedrückt.« Er schwieg solange, dass Chief gerade mit einer Entschuldigung auflegen wollte, als Longtree hinzufügte: »Ich hatte gehofft, Sie hätten Ihre Ansicht seit heute Morgen geändert. Dass Ihnen unglückliche Umstände das nahe gelegt hätten.«

Plötzlich lief es Chief kalt über den Rücken. Er hatte den Eindruck, als habe sich sein Leben nach seinem gestrigen Treffen mit Longtree und Abbott spiralförmig in den Orkus hinabbewegt. »Nun hör mir mal zu, du Mistkerl, wenn du –«

»Offensichtlich vertreten Sie noch immer dieselbe Ansicht. Ich werde Ihnen noch etwas Zeit zum Nachdenken geben. Tun Sie's sorgfältig. Auf Wiederhören, Colonel Hart.«

»Warten Sie«, brüllte Chief in den Hörer, aber Longtree hatte aufgelegt.

Chief warf den Hörer auf die Gabel und begann, durchs Zimmer zu tigern. Er versuchte es mit Logik. Gab es vielleicht eine Verbindung zwischen Longtree, seinem Kumpan Abbott und dem, was

Gillian zugestoßen war? Hatten sie möglicherweise eine unschuldige Frau geopfert, um einen Skandal vom Zaun zu brechen, aus dem sie ihn dann »erretten« würden? Denn damit stünde er todsicher in ihrer Schuld, nicht wahr?

Er fluchte mit einer Inbrunst, die nur jahrelanges Training ermöglicht.

Falls es so abgelaufen war, falls auch nur die geringste Möglichkeit einer Verbindung zwischen Longtree und dem Mord bestand, müsste er Lawson sofort Mitteilung machen. Aber was würde er ihm sagen? Er hege den leisen Verdacht, man habe ihn gelinkt?

Noch ehe er seinen nächsten Schritt entschieden hatte, klingelte das Telefon erneut. Der alte Junge mit den Zöpfen verschwendete aber auch keine Sekunde, was? Chief schnappte sich den Hörer. »Noch mehr Drohungen, Longtree?«

»Wer ist Longtree und womit droht er?«

Es war Lawson.

»Völlig egal«, nuschelte Chief.

»Wer –«

»Der Alte, mit dem ich gefrühstückt habe. Es geht – um Geschäftliches«, meinte er ungeduldig. »Ist kompliziert. Hat nichts mit dem Rest zu tun. Was wollen Sie?«

»Hart?«

Das war nicht Longtree. »Jaa?«

»Wir haben ihn gefunden.«

»Wen?«

»Den Irren aus Ihrer Beschreibung.«

Es dauerte ein, zwei Sekunden, bis sein Gehirn umgeschaltet hatte. Langsam setzte er sich auf die Sofalehne und verdaute die neue Information.

Lawson fuhr fort: »Er heißt Dale Gordon. Arbeitet in der Waters Klinik. Ich habe dem Personal Ihre Beschreibung gegeben und die haben ihn identifiziert.«

»Haben Sie ihn verhört? Was erzählt er?«

»Er war nicht da. Hat heute früh auf den Anrufbeantworter im Büro gesprochen und gesagt, er sei krank und käme nicht zur Arbeit. Ich bin inzwischen unterwegs zu seiner Wohnung.«

»Hoffentlich klappt's. Viel Glück.«

»Ich hätte Sie gerne dabei.«

»Mich? Warum?«

»Bevor ich irgendeinen verkorksten Unschuldsengel verhöre, möchte ich sicherstellen, dass es sich auch um den Typen handelt, der Sie und Gillian angesprochen hat.«

»Gibt es dafür nicht eine Gegenüberstellung?«

»Dazu wäre eine Verhaftung nötig. Der Kerl aus Ihrer Beschreibung wurde nicht beim Verlassen des Mordschauplatzes gesichtet. Momentan ist er kein Verdächtiger. Offiziell.«

»Mit anderen Worten: Sie wollen mich – *offiziell* – zu Ihrer eigenen Absicherung dabeihaben, falls Sie den falschen Typen erwischen.«

»Ich wusste doch, Sie würden verstehen. Wir biegen gerade in die Einfahrt vom Mansion ein. Sind Sie soweit?«

»Guten Tag, Waters Klinik«, sagte die angenehme Stimme.

»Hallo, mein Name ist Melina Lloyd. Ich muss unbedingt einen Kommissar Lawson vom Polizeipräsidium Dallas sprechen. Er soll bei Ihnen sein. Könnte ich, bitte, mit ihm sprechen?« Nach einem bedeutsamen Schweigen fügte sie hinzu: »Ich habe schon versucht, ihn per Handy zu erreichen, aber er hat es anscheinend ausgeschaltet. Es ist sehr wichtig, dass ich ihn erreiche.«

Nur äußerst widerwillig meinte die Empfangsdame: »Er war mit einem weiteren Polizisten hier.«

»War?«

»Sie sind vor ungefähr einer Viertelstunde weg.«

»Hat er Mr Gordon verhaftet?«

»Wie, sagten Sie, war Ihr Name?«

»Melina Lloyd.«

»Ms Lloyd, ich habe von dem allen nicht die geringste Ahnung.«

»Meine Schwester fiel einem Verbrechen zum Opfer, in dem der Kommissar ermittelt. Hat man Mr Gordon verhaftet oder nicht?«

Eines hatte sie heute gelernt: Kummer äußerte sich bei unterschiedlichen Leuten auf verschiedene Art und Weise. Jem war untröstlich und lief die meiste Zeit wie in einem mentalen und emotionalen Nebel herum, unterbrochen von labilen Anfällen wie seiner Attacke gegen Christopher Hart. Anscheinend begrüßte er den Trost durch Freunde, während sie sich regelrecht eingesperrt gefühlt hatte, als sie dauernd von Leuten umgeben war, die sie unbedingt umsorgen wollten. Um dem zu entgehen, hatte sie sich erneut mit der Entschuldigung, sie wolle sich hinlegen, ins Schlafzimmer zurückgezogen.

Sie lag auf dem Bett, aber leider ergebnislos. Ihre Augen schmerzten nach dem vielen Weinen selbst in geschlossenem Zustand wie Sandpapier. Schlaf stand nicht zur Debatte. Außerdem trieb sie ihr persönlicher Racheschwur zum Handeln an und nicht zum tatenlosen Herumliegen.

Was aber konnte sie tun? Da sie keine Lust gehabt hatte, sich zu den anderen im Wohnzimmer und in der Küche zu gesellen, wo sich ständig mehr Eintöpfe und schlaffe Salate türmten, war sie im Schlafzimmer auf und ab getigert, bis sie es nicht mehr ertragen konnte, dass sie über Lawsons eventuelle Fortschritte nicht Bescheid wusste. Vermutlich würde der Kommissar ihre Einmischung nicht begrüßen, das war ihr bewusst, aber mit dem Widerstand einer Empfangsdame der Waters Klinik hatte sie nicht gerechnet.

»Nun?«

»Man hat Dale – Mr Gordon – nicht verhaftet. Er war nicht da. Hat sich heute Morgen krank gemeldet. Ich glaube, dieser Kommissar wollte von hier aus zu ihm nach Hause fahren.« Dann fragte sie mit gedämpfter Stimme: »Was hat er denn angestellt?«

Ohne darauf einzugehen, erkundigte sie sich nach Dale Gordons Privatadresse. »Sie muss doch in seiner Personalakte stehen.«

»Tut mir Leid, diese Information kann ich nicht herausgeben.«

»Bitte.« Leider sprach sie bereits mit einer toten Leitung. »Verdammt.«

Sie setzte sich auf die Bettkante und senkte den Kopf soweit, dass ihr Kinn fast die Brust berührte. Mein Gott, war sie müde. Völlig erschöpft. Die Muskulatur zwischen ihren Schulterblättern brannte vor Anspannung und Müdigkeit.

Vielleicht sollte sie sich an den Rat ihrer Freunde halten und eine Schlaftablette nehmen. Zwei. Drei. So viele, wie sie eben brauchte, um in die Knie zu gehen. Völliges Vergessen – welch ein Segen.

Aber so kniff nur ein Feigling. Wäre wie lügen, dachte sie sauer. Wenigstens hatte sie Christopher Harts beschämte Miene ein bisschen getröstet, als er begriff, dass er sich in seinem eigenen Lügengespinst verfangen hatte.

Trotzdem war das kein Ansatz, den sie jetzt vertiefen wollte. Also wandte sie sich wieder dem Für und Wider einer Schlaftablette zu. Was würde das Sich-selbst-Betäuben lösen? Nichts. Die notwendige Auseinandersetzung mit dem Tod ihrer Schwester wäre damit nicht erledigt, sondern nur aufgeschoben. Außerdem hatte sie sich bislang noch kein Vergessen verdient. Dazu gab es noch zu viel für sie zu tun. Aber was konnte sie unternehmen?

Dann kam ihr eine Idee. Sie kniete sich vor den Nachttisch, zog die zweite Schublade auf, fand das Gesuchte und zog das große Buch auf ihren Schoß.

»Gordon?« Wieder klopfte Lawson an die Eingangstür. Als er auch nach der zweiten Aufforderung keine Antwort bekam, bat er den begleitenden Beamten, Gordons Nummer zu wählen.

Keating war neu bei der Mordkommission und sehr darauf bedacht, sich zu bewähren, besonders vor einem altgedienten Hasen wie Lawson. »Habe ich schon. Zwei Mal. Geht keiner ran.«

»Sein Auto steht hier«, bemerkte Lawson. »Was hat sie denn gesagt?«

Er deutete auf die ältere Frau, die in dem großen Haus wohnte, zu dem die Garagenwohnung gehörte. Gestützt auf einen Gehstock stand sie auf der rückwärtigen Veranda und beobachtete sie voll misstrauischer Neugierde, während ihr ein Zwergspitz um die Fersen kläffte.

»Sie ist seine Vermieterin«, berichtete Keating. »Hat ihn heute noch nicht gesehen. Sagt, er arbeitet normalerweise tagsüber und kommt nicht vor sechs heim. Sei sehr ungewöhnlich, dass er an einem Werktag zu Hause sei.«

»Lebt er allein?«

»Tja, außerdem keine Freunde. Sie hat ihn noch nie in Begleitung gesehen. Meint, er sei ruhig, zahle rechtzeitig seine Miete und beklage sich nur, wenn sich der Hund zu nahe bei seiner Wohnung herumtreibt.«

»An seiner Stelle hätte ich diesen gottverdammten Kläffer schon längst erschossen.«

Chief, der das Gespräch aus wenigen Schritten Entfernung verfolgt hatte, stimmte Lawson zu. Er liebte Tiere und plädierte wahrlich nicht für deren rücksichtslose Behandlung, aber das schrille Gekläffe des winzigen Hundes bohrte sich wie Nägel in sein Trommelfell.

Offensichtlich hatte Lawson einen Entschluss gefasst, denn er meinte: »Ich geh jetzt rein. Schaffen Sie sie nach drinnen.« Keating sprintete zu der alten Dame zurück und scheuchte sie, ohne Rücksicht auf ihre Proteste, zurück ins Haus. Dann packte er den Hund am Kragen und warf ihn ihr buchstäblich hinterher. »Hart, gehen Sie in Deckung. Vielleicht werden wir schon erwartet.«

Chief begab sich hinter den Zivilwagen, mit dem sie gekommen waren. Es war wie in einem Film: Die beiden Kommissare bezogen mit gezückter Waffe links und rechts neben der Tür Position. Wieder rief Lawson Gordons Namen; als niemand antwortete, versetzte er der dünnen Tür einen kräftigen Tritt.

Beide Kommissare stürzten hinein. Innerlich hatte sich Chief schon auf einen Kugelhagel eingestellt, hörte dann aber nur, wie sich die beiden ein »Luft rein« zubrüllten. Anschließend drang aus der Garagenwohnung mehrere Minuten nur noch

Stille. Drinnen im Haupthaus ertönte gedämpftes Gebell.

Schließlich tauchte Lawson in der offenen Türe auf. »Hart?« Er winkte Chief zu sich. Chief registrierte, dass Lawsons Neun-Millimeter-Pistole wieder im Halfter steckte.

»Hat sich selbst abserviert«, teilte ihm Lawson mit. »Ist kein hübscher Anblick. Trotzdem hätte ich gerne, dass Sie zur Identifizierung mal 'nen Blick drauf werfen. So wie's hier drinnen aussieht, war der Knabe echt krank.« Er drehte sich wieder ins Hausinnere und sagte über die Schulter: »Rühren Sie nichts an.« Dann hielt er inne und schaute Chief ins Gesicht. »Sie haben doch keinen schwachen Magen, oder?«

»Ich habe die Kotzkabine überlebt.«

»Tja, schon, aber im Vergleich hierzu war das wie ein Tag am Strand.« Dann fügte Lawson noch leise hinzu: »Für heute habe ich mehr als meine tägliche Ration Blut gesehen. Das steht so fest wie's Amen in der Kirche.«

Drinnen in der kleinen Ein-Zimmer-Wohnung war es drückend warm und roch wie in einem Schlachthaus. Der Grund dafür sprang Chief schnell ins Auge. Getreu Lawsons Warnung gab es jede Menge Blut.

Dale Gordon lag mit dem Gesicht nach oben

auf dem Boden vor einem Gebilde, das wie eine Art Altar wirkte. Sein Körper bildete ein Kreuz. Die Arme standen mit geöffneten Handflächen kerzengerade von den Schultern ab, die Füße waren überkreuzt. Er hatte sich die Pulsadern aufgeschnitten. Auf dem Boden neben dem Körper lag ein erkennbar scharfes Messer, zusammen mit seiner Brille. Es schien, als hätte er sie nachträglich abgelegt und erst dann seine Jesus-Position eingenommen. Er war nackt.

Lawson schaute zu Chief hinüber. »Ist er's?«

Chief nickte brüsk. Aus der Ferne hörte er eine Sirene.

»Lawson?« Hinter einer Vorhangabtrennung trat Keating mit Boxershorts in den behandschuhten Händen hervor. »Passen die zu dem Oberteil, das ihr im Schlafzimmer dieser Lloyd gefunden habt?«

Lawson seufzte angewidert. »Sein Souvenir.«

Keating hielt sie so, dass Lawson und Chief den eingetrockneten Belag auf dem Stoff sehen konnten.

Chiefs Magen verkrampfte sich. Fluchend presste er die Fingerspitzen in die Augenhöhlen und rieb kräftig, wie um dadurch das Bild des besudelten Kleidungsstückes auszulöschen.

Lawson wollte von Keating wissen, ob er sonst noch etwas gefunden habe.

»Bin noch dran.« Nachdem er die Pyjamahose als Beweisstück eingetütet hatte, machte er sich wieder an die Durchsuchung der restlichen Wohnung.

Zur Ablenkung fragte Chief: »Ist das das Messer, das er bei Gillian benutzt hat?«

»Man wird die Blutflecken darauf mit ihrem vergleichen. Und sobald ich den pathologischen Befund habe, weiß ich, ob die Wunden zu diesem Klingentyp passen. Ich wette darauf. Er ist unser Mann.«

Chief schaute ihn an. Er wusste, dass der andere noch mehr in petto hatte.

»Was ist?«

»Der Typ war wirklich gestört«, gestand der Kommissar stirnrunzelnd. »Bevor ich Sie hereinrief, haben wir einen ganzen Ordner mit Sachen über Gillian Lloyd gefunden, einschließlich Bildern von ihr. Dort drinnen.« Er deutete auf die Truhe, die Gordon als Altar gedient hatte.

»Bilder?«

»Aufreizende Schnappschüsse, von deren Existenz sie nichts wusste. Wurden aufgenommen, während sie im Untersuchungszimmer der Klinik war.«

»Himmel.«

»Tja, das auch noch«, meinte Lawson trocken.

»Lebte wohl in ’ner Art Religionswahn. Schauen Sie sich nur das ganze Zeug hier an. Mehr Kerzen als in einer Kirche. Eine blutbefleckte Peitsche. Wetten, dass es seines ist? Eine Sammlung apokalyptischer Bücher. Echter Gruselscheiß. Sieht mir ganz nach einem konfliktgetriebenen Psychopathen aus. Ein religiöser Fanatiker, der auf Gillian Lloyd stand. Damit wurde er nicht fertig.«

»Besonders, nachdem er sie in meiner Begleitung gesehen hat.«

»Vermutlich«, sinnierte Lawson. »Er hat sie in der Klinik gesehen. Wurde dann wie besessen von ihr. Hat sie zum Kern seiner sexuellen Fantasien aufgebaut. Dann hat er Sie gestern Abend mit ihr gesehen. Wurde eifersüchtig und ist ausgerastet. Hat das Problem, dass er sie nicht selbst haben konnte, gelöst, indem er sie umgebracht hat.«

Ein klagendes Stöhnen ließ beide herumfahren. Hinter ihnen stand Melina Lloyd. Aus ihrer Miene konnte Chief schließen, dass sie zumindest einen Teil von Lawsons Zusammenfassung gehört hatte.

Der Kommissar wollte wissen, was sie, zum Teufel, hier mache. Chief nahm sie an der Schulter und versuchte, sie rücklings zur Tür hinauszuschieben. Sie wehrte sich. »Ist er ihr Mörder? Warum? Warum?«

»Sie hätten nicht hierher kommen sollen«, sagte Lawson streng.

»Hinaus. Mit mir«, sagte Chief und packte ihren Arm.

»Nein!« Sie trat einen Schritt auf die Leiche zu, aber er stellte sich ihr in den Weg. »Ich will sein Gesicht sehen!«

»Wie sind Sie hierher gekommen?«, wollte Lawson wissen.

»Oh, das erforderte echte Detektivarbeit. Ich habe im Telefonbuch nachgeschlagen. Gehen Sie mir aus dem Weg!«, rief sie, als Chief sie erneut am Weitergehen hinderte. Mit aller Macht stemmte sie sich gegen seine Brust. »Ich will ihn sehen. Ich will ihren Mörder sehen. Ich will wissen, dass er tot ist.«

»Kommt nicht in Frage.« Chief bedeckte ihre Hände. »Melina, bitte.« Er kämpfte weiter mit ihr, bis ihr Widerstand brach. Beim ersten Anzeichen ihres Nachgebens beförderte er sie ins Freie, wo er sie an sich zog. Sie sackte gegen seine Brust. Trockenes Schluchzen schüttelte sie. Er nahm sie fest in die Arme und schützte sie so vor dem Chaos, das nun ausbrach.

Unter ersterbendem Sirenengeheul bog ein Krankenwagen in die Einfahrt, wo der Zwergspitz mit ohrenbetäubendem Kläffen wie eine lebendig gewordene Puderquaste auf und ab hüpfte. Mit verschreckten Augen behinderte die verwirrte alte Frau die Sanitäter, als sie eine Bahre an ihr vorbeischieben wollten. »Ist Mr Gordon etwas zugestoßen?«, rief sie hinter ihnen her.

Auf dem baumbeschatteten Gehsteig versammelten sich die Nachbarn. Die meisten waren im Rentenalter. Das echte Drama, das sich gerade abspielte, war weitaus unterhaltsamer als die nachmittäglichen Talkshows im Fernsehen. Allgemeine Erregung elektrisierte die Atmosphäre.

Chief strich Melina übers Haar. »Das war unnötig. Sie sollten gar nicht hier sein.«

Sie entwand sich ihm. »Und warum nicht? Er hat meine Schwester ermordet.«

»Sieht so aus.«

»Dann gehöre ich hierher.« Zornige Augen blitzten ihn an. »Aber Sie nicht. Mit Ihrer Lüge bezüglich Ihrer Beziehung zu Gillian haben Sie gezeigt, dass Sie sich distanzieren wollen. Von ihr und von allem hier. Also, was tun Sie hier noch?«

Er erklärte, er sei auf Lawsons Einladung hier. »Vielmehr bestand er darauf. Er wollte Gordon verhören und brauchte von mir eine definitive Identifizierung.«

»Und haben Sie es getan?«

»Ja. Irrtum ausgeschlossen. Das ist der Kerl.«

»Dann haben Sie ja Ihren Zweck erfüllt. Warum hängen Sie also immer noch hier herum?«

Ihre Zurückweisung schockierte und ärgerte ihn. Er war da, um zu helfen. Ihm fielen tausend Varianten ein, wie er einen milden Herbsttag lieber verbringen würde, als sich einen nackten Toten anzuschauen, der in einer geronnenen Blutlache lag.

Mit Gordons Selbstmord und den gesammelten Beweisstücken würde man den Fall abschließen. Er hatte sein Möglichstes getan. Lawson brauchte ihn nicht mehr. Wenn er es richtig betrachtete: Was *tat* er eigentlich hier?

»Keinen blassen Schimmer, warum ich hier herumhänge«, erwiderte er im selben vorwurfsvollen Ton wie sie. »Aber bevor ich gehe, möchte ich Ihnen noch eines klarmachen.«

»Und das wäre?«

»Dass ich hasse, was mit Gillian passiert ist, mehr, als Sie mir glauben wollen. Und außerdem hasse ich es wie die Pest, dass ich bei dieser Tragödie eine Rolle gespielt habe.« Er neigte sein Gesicht näher zu ihr hinunter und fügte hinzu: »Trotzdem bin ich froh, dass mich Gillian gestern Abend begleitet hat und nicht Sie.«

13

Lamesa war der kleinste Bezirk von ganz New Mexico, wirkte aber wegen seiner äußerst geringen Bevölkerungsdichte riesig.

Sheriff Max Ritchey mochte es so.

Schon möglich, dass die Landschaft hinter seiner Windschutzscheibe auf manche einen trostlosen Eindruck machte. Aber nicht auf ihn, auf ihn wirkte sie so gemütlich wie ein Kuschelkissen. Er war in Lamesa geboren und aufgewachsen und hatte mit Ausnahme von zwei College-Jahren in Las Cruces sein ganzes Leben hier verbracht. An diesen Zeitabschnitt dachte er nicht gerne zurück. Und dann war da noch seine Zeit bei der Luftwaffe gewesen. Er hatte sich mit dem frühzeitigen Ruhestand ohne nennenswerten Rang abgefunden, war wieder nach Lamesa gezogen, hatte ein Mädchen aus der Umgebung geheiratet und inzwischen drei Kinder mit ihr, einen Jungen und zwei Mädchen. Wahrscheinlich würde er hier sterben und begraben werden.

Seine berufliche Karriere vor seiner Sheriffzeit war so durchschnittlich gewesen wie seine Militärlaufbahn. Er hatte als Lagerist und Verkäufer in einem Haushaltswarengeschäft gearbeitet, aber nachdem man ihn zweimal bei der Besetzung einer kleinen Abteilungsleiterstelle überging, hatte er gekündigt und sein Glück als Vertreter für Gebrauchtwagen und Pick-ups versucht. Aber Verkaufsgespräche waren auch nicht seine Stärke. Jenes Jahr hatte seine Familie schwer belastet. Erst als ihm vor sieben Jahren ein Job als Hilfssheriff zugefallen war, hatten sie sich von diesem Druck völlig erholt.

Ganze drei Jahre hatte er in dieser Funktion gearbeitet, als man an ihn herantrat und ihn drängte, sich um das eigentliche Sheriffamt zu bewerben. Sein Opponent war kein ernsthafter Rivale gewesen; der Sieg war Ritchey praktisch sicher gewesen. In jenem Jahr war die Wahlbeteiligung auf ein Rekordtief gesunken. Als die Wahl zu seinen Gunsten ausging, war Ritchey trotzdem genauso überrascht gewesen wie alle anderen. Bei den beiden letzten Wahlen hatte es keinen Kampf um den Wahlkreis gegeben, was er als Zeichen dafür wertete, dass die Leutchen mit der Art und Weise, wie er seinen Job erledigte, zufrieden waren.

Er liebte es, Sheriff zu sein, mit allem, was dazugehörte: von der schicken braunen Uniform bis zu dem engen Büro, das er mit drei unenthusiastischen Hilfssheriffs teilte. Er genoss es, im Streifenwagen seine Runden zu drehen und sich respektvoll zuwinken zu lassen. Er genoss es, Waffen tragen zu dürfen. Er hatte schon als Kind den Umgang mit Schusswaffen aller Art gelernt. Seine Treffsicherheit hegte und pflegte er bestens während häufiger Ausflüge in die Wüste, wo er auf Büchsen und Flaschen schoss, von denen seine Frau annahm, er sammelte sie zum Recyclen.

Leider hatte er seine Schießkünste die ganzen sieben Jahre in seinem Job noch nie unter Beweis stellen können. In Lamesa gab es wenig Kriminalität. Im vorletzten Jahr hatte es eine Vergewaltigung gegeben. Ein Teenager aus der Gegend hatte auf der Autobahn einen Anhalter mitgenommen. Bis sie den Vorfall gemeldet hatte, war der Gammler längst über alle Berge. Zu seiner Identifizierung konnte sie nur wenig beitragen. Er wurde nie gefasst.

Im Reservat war es zu einem Mord gekommen. Ein Mann hatte seine Frau im Bett eines anderen überrascht und beide umgebracht. Den Hauptteil der Ermittlungsarbeit hatte die unabhängige Reservatspolizei durchgeführt, wenngleich es kein

Rätsel zu lösen gab. Ein klarer Doppelmord, Verbrechen aus Leidenschaft. Ritcheys Beteiligung hatte sich auf reinen Papierkram beschränkt, da er den Indianern grundsätzlich ihre eigenen Geschäfte überließ. Er hatte mit ihnen keine Probleme und sie schätzten seine lockere Politik und wünschten sich, jeder Regierungsvertreter würde sie sich zu Eigen machen.

Im vergangenen Herbst hatte man ein paar Jungs beim Einbruch in eine High School ertappt. Das Delikt bestand in der Rasur des Schulmaskottchens, eines Büffelkopfs. Eigentlich hatte der kahl geschorene Büffel ziemlich lustig ausgesehen. Die Jungs bekamen ein paar Tage Schulverbot und ihre Eltern kauften gezwungenermaßen einen Ersatzkopf.

Hin und wieder musste Ritchey einen Betrunkenen zum Ausnüchtern ins Gefängnis stecken oder einen Ehestreit schlichten. Aber das war dann auch die ganze Kriminalität in seinem Bezirk.

Deshalb hatte er auch heute Morgen mit großer Begeisterung den Anruf eines gewissen Senior Corporal Lawson entgegengenommen. »Polizeipräsidium Dallas«, hatte sich der Mann mit der Raspelstimme eines Ex- oder Noch-Rauchers gemeldet.

»Was kann ich für Sie tun?«

»Ich ermittle gerade in einem Mordfall. Das Opfer war eine fünfunddreißigjährige Weiße.«

Während sich Ritchey die Fakten des Falles anhörte, trank er weiter seinen Becher Kaffee. »Schmierereien an den Wänden? Widerlich.«

»Allerdings. Wir haben unseren Täter geschnappt. Leider etwas zu spät.« Lawson schilderte den bizarren Selbstmord. »Unheimlich bis zum Gehtnichtmehr«, meinte der Kommissar zum Schluss.

»Hört sich ganz so an. Außerdem scheint Ihr Fall damit ja gelaufen zu sein.«

»Müssen nur noch ein paar lose Fäden verknüpfen. Dieser Typ, Gordon hieß er, war der klassische Einzelgänger. Völlig durchgeknallt, aber überdurchschnittlich intelligent. War gut in seinem Job. Hat als Laborant in einer Klinik für künstliche Befruchtung gearbeitet.«

»Was Sie nicht sagen.«

»Hat sich einigermaßen mit den anderen Mitarbeitern vertragen, blieb aber meistens für sich. Kein Herumgeschmuse, kein Klatsch an der Kaffeemaschine. Sie verstehen, was ich meine? Und bis auf seine Obsession mit dem Opfer hatte er offensichtlich keine weiteren Interessen. Kein Bowlingclub, keine Computerspiele, keine Kirchenverbände. Und Letzteres ist das wirklich Merkwürdige daran.«

»In welcher Hinsicht?«

»Weil er tatsächlich religiös war. Kennen Sie einen gewissen Bruder Gabriel?«

Sheriff Ritchey lachte. »Wer nicht?«

»Nun, ich nicht. Ich meine, gehört hab ich schon von ihm. Aber bis ich Dale Gordons Leiche gefunden und nach und nach seine Sachen durchsucht habe, hatte ich weder eine seiner Fernsehsendungen gesehen noch eine von seinen Predigten gehört.«

»Was hat ein Mörder mit Bruder Gabriel zu tun?«

»Genau hier kommen Sie ins Spiel, Sheriff Ritchey.«

Wegen dieses Anrufs schlängelte sich Ritchey nun die schmale Bergstraße hinauf, die zur Gipfelsiedlung führte. Aus professioneller Höflichkeit hatte er sich auf Lawsons Bitte bereit erklärt, Bruder Gabriel bei einem Plauderstündchen zu fragen, warum Dale Gordon ihn allein in diesem Monat zehn Mal angerufen hatte.

»Warum rufen Sie ihn denn nicht selbst an?«, hatte er gefragt.

»Könnte ich, aber vermutlich würde man mich an der Nase herumführen. Am Telefon werden die Leute meistens eisig und nervös und misstrauisch und wollen einem dann gar nichts erzählen.

Sie kennt man. Vielleicht bekommen Sie mehr heraus. Außerdem handelt es sich ja nur um Hintergrundinformationen und nachträgliche Ermittlungen.«

Ritchey war schlau genug, bei der berühmtesten Persönlichkeit des ganzen Bezirks nicht einfach unangemeldet hereinzuplatzen. Der gesamte Berg, auf dem die ausgedehnte Siedlung lag, gehörte Bruder Gabriel. Nichts lag Sheriff Ritchey ferner, als den berühmten Prediger vor den Kopf zu stoßen, obwohl Bruder Gabriel seinen prominenten Status stets herunterspielte. Andere Fernsehprediger hatten dieser Tätigkeit ein negatives Image verliehen. Außerdem war er ganz anders und hatte etwas dagegen, mit dieser Phrase abgestempelt zu werden.

Sheriff Ritchey hatte vorab angerufen. Man erwartete ihn. Als er an der Einfahrt zum Tempel hielt, trat die Wache ans Fahrerfenster und sagte: »Friede und Liebe, Sheriff.«

»Friede und Liebe«, erwiderte er und kam sich dabei etwas töricht vor. Der Wächter musterte ihn von oben bis unten, prüfte den Rücksitz, begab sich dann wieder in seine Kabine und öffnete das elektronische Tor. Von hier aus waren es noch achthundert Meter (genau gesagt achthundertsechs) bis zum Zentrum der Siedlung.

Zusätzlich zum Hauptgebäude gab es mehrere Nebengebäude, darunter Wohnheime für die Leute, die hier lebten und arbeiteten. Ein Haus beherbergte eine ausgezeichnete Schule samt einem gut ausgestatteten Spielplatz. Das Gebäude mit der Satellitenschüssel auf dem Dach war natürlich das Fernsehstudio, von dem Bruder Gabriel seine verschiedenen Sendungen ausstrahlte.

Das fensterlose Haus barg die Kommandozentrale für das ausgefeilte Sicherheitssystem, mit dem sich eine weltbekannte Persönlichkeit wie Bruder Gabriel notwendigerweise schützen musste. Angeblich hatte er sein Wachpersonal aus Armeen und Geheimdiensten rund um den Globus rekrutiert und höchstpersönlich die crème de la crème der Soldaten und Söldner ausgewählt, die man zum Schutz von Staatsoberhäuptern ausgebildet hatte und die notfalls bereit waren, in Erfüllung dieser Aufgabe zu sterben.

Bruder Gabriel hatte ganze Heerscharen von Jüngern. Natürlich schuf sich ein Mann mit so viel Macht und Einfluss auf das spirituelle Leben von Männern und Frauen auch viele Kritiker. Er war nicht paranoid, nur vorsichtig.

Er lebte in einer, wie er es nannte, »fleischlichen« Welt, in der verlorene Seelen zu allem fähig waren, manchmal aus schierer Lust, manchmal um Aufmerksamkeit zu erregen und manchmal aus Gründen, die für immer in ihrer gestörten Psyche verborgen blieben. Deshalb gab es ein umfassendes erstklassiges Sicherheitssystem.

Ritchey war heute erst zum zweiten Mal in der Siedlung und ein wenig eingeschüchtert. Er wusste, dass strategisch platzierte Videokameras jede seiner Bewegungen aufzeichneten. Er spürte, wie ihn tief im Sicherheitsgebäude Augen beobachteten, als er aus seinem Dienstwagen stieg und die Granittreppe zum imposanten Eingang des Hauptgebäudes hinaufstieg.

Das Ganze erinnerte ihn an einen armen Sünder, der sich dem Himmelstor nähert. Er war sich ganz und gar nicht sicher, ob man ihn einließe. Als er auf den Knopf rechts neben der breiten Glastür drückte, hatte er vor Aufregung und Beklommenheit Herzklopfen.

Drinnen im Marmorfoyer konnte er den Wachmann hinter einem Empfangstisch sitzen sehen. »Sheriff Ritchey?« Die Stimme tönte durch einen Lautsprecher direkt über Ritcheys Kopf.

»Ja, Sir?«

»Könnten Sie, bitte, Ihren Hut abnehmen?«

»Oh, sicher.«

Er zog seinen breitkrempigen Hut und nahm

praktisch Hab-Acht-Stellung ein. »Kommen Sie rein«, sagte der Wachmann.

Er hörte das metallische Klicken, als der Sperrmechanismus gelöst wurde, zog den schweren Türflügel auf und betrat eine Oase aus pastellfarbenem Marmor. Leise Musik ertönte. Der Wachmann trug eine auf Hochglanz polierte Uniform, lächelte aber freundlich. »Sie werden oben schon erwartet. Nehmen Sie den Aufzug in den dritten Stock.«

»Vielen Dank.«

Auch an der Aufzugdecke waren Kameras. Ritchey versuchte, seine Befangenheit zu vertuschen, und konzentrierte sich darauf, nicht von einem Fuß auf den anderen zu wechseln oder sich zu räuspern.

Nach einer weichen, geräuschlosen Fahrt öffneten sich die Türen und er trat hinaus. Draußen erwartete ihn ein Herr, in dem er Bruder Gabriels rechte Hand wiedererkannte. Ein großer, makellos gepflegter Mann mit aufrechter Haltung und leiser Stimme und einer weißen Nelke im Knopfloch seines dunklen Jacketts.

»Hallo, Sheriff Ritchey. Nett, Sie wieder zu sehen. Ist schon eine Weile her.«

»Mr Hancock.« Ehrerbietig schüttelte er die manikürte Hand.

»Bruder Gabriel erwartet Sie schon.«

Ohne weiteres Aufheben wurde Ritchey in einen riesigen Raum geleitet, der ihn an die große Höhle in den Carlsbad Caverns erinnerte, eine, die man erst nach kilometerlangem Marsch durch das tiefe, dunkle Labyrinth erreichte. Doch hatte man sie erst erreicht, war es jeden Aufwand wert gewesen. So auch hier.

Überall Gold: Stuck, Möbel, Türgriffe, Türangeln. Alles, was möglich war, war golden. Wenn das Licht nicht so gedämpft gewesen wäre, hätte man von all dem strahlenden Glanz blind werden können.

Die Zimmerwände waren mit einem schimmernden königsblauen Stoff bespannt, vermutlich Seide. Die Decke war ein einziges Riesengemälde, wie die Kirchen in Europa, von denen er Bilder gesehen hatte. Er wollte nicht gaffen, riskierte aber dann doch einen raschen Blick, bei dem er jede Menge rosa Schäfchenwolken und geflügelte Putten sah.

Der Teppich wirkte größer als ein Basketballfeld, der Schreibtisch wuchtiger als ein Eisenbahnwagon und der Mann, der dahinter saß, überlebensgroß. Lächelnd winkte ihn Bruder Gabriel zu sich. »Sheriff Ritchey. Es ist immer ein Vergnügen, Sie zu sehen. Möchten Sie etwas zu trinken?«

»Äh, nein, nein, danke«, stotterte er, während er auf dem Sessel Platz nahm, den ihm Bruder Gabriel anbot. Mit der hohen, voluminös geschnitzten und vergoldeten Lehne erinnerte er ihn an einen Thron. Eigentlich nicht sehr bequem.

»Nun denn.« Bruder Gabriel verschränkte seine langen, schlanken Finger und legte die Hände auf den Schreibtisch. »Warum haben Sie um dieses Gespräch gebeten?«

Max Ritchey hatte in seinem ganzes Leben noch keine homosexuelle Neigung verspürt und für Derartiges auch nicht viel übrig. Trotzdem hätte er blind sein müssen, wenn ihm nicht aufgefallen wäre, dass Bruder Gabriel ein wirklich schöner Mann war. Breite Stirn, strahlend grüne Augen, eine schmale, gerade Nase, volle Lippen, die dank eines tiefen Kinngrübchens nicht feminin wirkten, und ein markantes Kinn. Und das alles von dichten weißblonden Haaren gekrönt. Er war überirdisch schön. So sähe der Engel Gabriel aus, wenn er auf die Erde käme. Vielleicht nicht einmal der. Außerdem wäre er vermutlich auch nicht so fein gekleidet.

Als sich Sheriff Ritchey dabei ertappte, wie er ihn fasziniert anstarrte, räusperte er sich und versuchte, eine bequemere Sitzposition zu finden. »Es ist mir sehr zuwider, Sie damit zu belästigen. Ich bin sicher, dass nichts dahinter steckt.«

Bruder Gabriel schaute ihn weiterhin milde fragend an.

»Zwischen den Gesetzeshütern gibt es eine Art Band«, erklärte Ritchey, »wie bei einer Bruderschaft. Wenn einer um einen Gefallen bittet, versucht man, ihn zu erfüllen.«

»›Selig sind die Friedfertigen‹«, zitierte Bruder Gabriel, »›denn sie werden Gottes Kinder heißen.‹«

Ritchey lächelte. »Nun, ich habe ziemlich viele gesehen, die sich nicht gerade wie Gottes Kinder benommen haben.«

Bruder Gabriel erwiderte sein Lächeln und präsentierte dabei zwei Reihen strahlend weißer Zähne. »Ich bewundere die Ordnungshüter. Wie kann ich helfen?«

»Ich habe heute Vormittag einen Anruf aus Texas bekommen, aus Dallas. Von einem Kommissar namens Lawson.« Er wiederholte die Geschichte, wie sie ihm Lawson erzählt hatte.

Erst als er fertig war, zeigte Bruder Gabriel eine Reaktion und erschauerte leicht. »Grässlich. Ich werde für beider Seelen beten, für die des Opfers und die des gestörten Wesens, das sie ermordet hat. Mr Hancock, bitte, setzen Sie sie auf die heutige Gebetsliste.«

Als Ritchey den Kopf drehte, sah er zu seiner

Überraschung Mr Hancock am entgegengesetzten Zimmerende auf einem Diwan sitzen. Ritchey hatte nicht bemerkt, dass er noch immer bei ihnen war, so still hatte er sich verhalten.

»Selbstverständlich, Bruder Gabriel.«

Der Prediger schaute wieder Ritchey an. »Ich tappe immer noch im Dunkeln, was das mit mir zu tun hat.«

»Nun.« Er rutschte unruhig herum, was zu gleichen Teilen auf den Fauteuil wie auf Bruder Gabriels durchdringenden grünen Blick zurückzuführen war. »Laut seiner Telefonrechnung hat dieser Dale Gordon mehrmals im Tempel angerufen. Zehn Mal, um genau zu sein. Lawson wollte wissen, ob Sie das irgendwie erhellen könnten.«

»Aber sein Fall ist doch gelöst, oder?«

»Er vefolgt nur noch ein paar lose Enden.«

»Lose Enden?«

»Das hat er gesagt.«

»Ich persönlich kann lose Enden nicht ausstehen.«

»Sicher handelt es sich um eine reine Formalität.«

Bruder Gabriel nickte zustimmend. »Mr Hancock, würden Sie, bitte, unsere Telefonliste überprüfen?«

»Gewiss.«

Hancock trat an einen Holzschrank, der die Größe eines aufgebockten Wohnwagens hatte. Hinter der breiten Doppeltüre befanden sich drei Computermonitore und jede Menge technische Geräte. Hancock setzte sich an den eingebauten PC und begann, auf einer der Tastaturen zu tippen.

»Sie und Ihre Kollegen aus Dallas haben Glück. Wir notieren alle eingehenden Anrufe«, erläuterte Bruder Gabriel.

»Ich möchte Ihnen keine Unannehmlichkeiten bereiten.«

»Ganz und gar nicht. Sie wollten vorher nichts trinken. Vielleicht könnte ich Sie doch noch dazu überreden, solange wir auf Mr Hancocks Aufzeichnungen warten.«

Max Ritchey entspannte sich. Da er seine offizielle Mission inzwischen ohne Missstimmigkeiten erledigt hatte, war ihm etwas Kaltes willkommen. »Wenn's keine Umstände macht.«

»Keine Umstände.« Bruder Gabriel drückte einen Knopf auf der Telefonanlage und eine weibliche Stimme antwortete. »Schick bitte einen Wagen mit kalten Getränken herein.«

Entweder hatte man den Wagen schon vorher hergerichtet oder er stand immer bereit, denn kaum hatte Bruder Gabriel seine Bitte ausgesprochen, hörte Ritchey, wie hinter ihm die Türe aufging.

»Ach, Mary, bring ihn herüber.«

Als Ritchey den Kopf drehte, musste er zweimal hinschauen. Mary war noch keine zwanzig. Ihr kleines, zierliches Gesicht war von einer dunkel glänzenden Lockenmähne umrahmt. Sie trug die königsblaue Uniform der Tempelschule, eine Farbe, die ihrem hellen Teint, den rosigen Wangen und dunklen Augen schmeichelte. Während sie den Wagen zu seinem Schreibtisch hinüberrollte, konzentrierte sie sich ganz auf Bruder Gabriel. Für den Sheriff hatte sie nur einen scheuen Seitenblick übrig.

»Sheriff, was hätten Sie denn gerne?«, fragte Bruder Gabriel.

»Äh, mir ist alles recht.«

Das Mädchen öffnete eine Dose und goss die sprudelnde Limonade in ein eisgefülltes Glas. Dann reichte sie es Ritchey, zusammen mit einer kleinen Leinenserviette. Während er es mit einem gemurmelten Dankeschön entgegennahm, bemühte er sich redlich, sie nicht anzustarren.

Bruder Gabriel klopfte auf den Platz neben sich. Bereitwillig gehorchte das Mädchen, ging um den Schreibtisch und stellte sich neben seinen massiven Sessel. Er legte ihr einen Arm um die Taille, zog sie an sich und ließ seine andere Hand auf ihrem Bauch ruhen, der sich von einer fortgeschrittenen Schwangerschaft wölbte.

»Mary ist für uns ein ganz besonderer Schatz, Sheriff Ritchey«, prahlte der Prediger. »Wie lange bist du schon bei uns, Mary?«

»Seit meinem zehnten Lebensjahr«, antwortete sie mit einer Piepsstimme.

»Ich habe sie Mary getauft, weil sie mich an die Madonnengemälde der Renaissance erinnert. Ist sie nicht wunderschön?«

Ritchey nickte stumm. Sein Getränk in der Hand blieb unangetastet.

»Sie hat sich außerordentlich bewährt«, sagte Bruder Gabriel, wobei er sie streichelte. »Sie war ein Vorbild für andere Kinder, eine gute Schülerin und die Freude ihrer Lehrer. Eigentlich hat sie in jedem Fach überragende Leistungen geboten. In jedem.« Spielerisch zupfte er an einer ihrer dichten Locken. Sie kicherte. Dann beugte er sich vor und küsste ihren vorstehenden Bauch. Mit leisem Lachen fügte er hinzu: »Wie Sie sehen können, Sheriff, haben wir einander außerordentlich lieb.«

Zutiefst verlegen erwiderte Sheriff Ritchey barsch: »Ja, das kann ich sehen.«

»Hoffentlich kann ich Mary noch lange, lange Zeit hier bei mir im Tempel behalten. Oh, Mr Hancock, danke schön.«

Der Assistent legte den Computerausdruck auf den Schreibtisch. Während ihn Bruder Gabriel überflog, streichelte er weiter Marys geschwollenen Bauch. Seine Hand wanderte auf eine Art und Weise zwischen den üppigen Brüsten und ihren Oberschenkeln hin und her, die auf intime Vertrautheit schließen ließ. Das Mädchen blickte den gesenkten Kopf des Predigers voller Vertrauen und tiefer Hingabe an.

Max Ritchey schlug das Herz bis zum Hals. Er hielt das Glas so fest, dass sich daran Schweißperlen bildeten. Er war entsetzt und kam doch nicht los, fühlte sich abgestoßen und gleichzeitig fasziniert. Er konnte seinen Blick nicht lösen.

»Oh ja. Mr Gordon«, murmelte Bruder Gabriel nach einiger Zeit. »Jetzt erinnere ich mich wieder. Wirklich, eine höchst traurige Geschichte.« Er nahm die Hand des Mädchens, legte sie auf seine Brust, tätschelte sie liebevoll und meinte dann zu seinem benommenen Gast: »Sheriff Ritchey, wenn Sie Lawson von der Polizei in Dallas die traurige Geschichte von Mr Gordon erzählen, wird er, ebenso wie einst ich, zu der Überzeugung gelangen, dass Dale Gordon ein armer, perverser Irrer war.«

14

Zwei Tage nach der Ermordung von Gillian Lloyd und dem Selbstmord von Dale Gordon schloss Lawson die Fallakte. Seine letzte offizielle Pflicht bestand darin, Melina Lloyd über den jüngsten Stand der Ermittlungen zu informieren. Er öffnete eine Dose Dr. Pepper, nahm einen kräftigen Schluck und telefonierte dann von seinem mit Papier übersäten Schreibtisch im Dezernat aus.

Nach einer gedämpften Begrüßung auf beiden Seiten sagte er: »Die Labortests haben unsere Vermutung bestätigt. Auf Gordons Messer befand sich Blut von Ihrer Schwester. Die einzigen Fingerabdrücke auf dem Griff stammten von ihm. Sie passten zu denen, die wir vom Fensterbrett und dem Glas in ihrer Küche abgenommen haben. Der Samen auf der Pyjamahose war seiner. An ihr gab es diesbezüglich keine Spuren.«

Die konzentrierte Menge Badeöl, die man auf ihrer Haut gefunden hatte, deutete darauf hin, dass sie kurz vorher gebadet hatte, vermutlich unmittelbar vor dem Zubettgehen. Sollte Hart gelogen und die beiden doch sexuellen Kontakt gehabt haben, wäre jeder Beweis weggespült worden. Jedenfalls hatte es keine Anzeichen für sexuelle Gewaltanwendung gegeben. Gordon hatte sie nicht vergewaltigt, was Lawson bei diesem Widerling wenigstens für ein kleines Glück hielt.

Melina sagte: »Kommissar Lawson, ich stelle die physischen Beweise nicht in Frage. Genau wie Sie bin auch ich überzeugt, dass Dale Gordon der Schuldige war. Meine einzige Frage gilt seinem Motiv. Warum hat er sie umgebracht?«

»Ich befürchte, die Antwort ist mit ihm gestorben. Ich hege einen begründeten Verdacht. Gordon war geistig gestört, eines jener anormalen Individuen, das durch die Maschen des Systems gerutscht ist. Es gab keine Polizeiakte über ihn. Er hatte nie Schwierigkeiten, hatte keine Streitigkeiten mit Nachbarn oder Kollegen. Er hatte einen guten Job und war in wissenschaftlicher Hinsicht sogar brillant. Er hat an der Technischen Universität Arlington einen Magister in Biologie gemacht.

Trotzdem war er in sozialer Hinsicht ein Außenseiter. Nach Aussagen von Personen, die wir bezüglich seiner Herkunft befragt haben – Lehrer und frühere Nachbarn –, hatte er in seiner Jugend kein männliches Vorbild. Seine Mutter war ein einziges Desaster, eine dominante religiöse Fanatikerin, die ihn emotional und aller Wahrscheinlichkeit nach auch physisch missbraucht hat. So oder so hat sie einen sexuell unterdrückten Einzelgänger erzeugt. Seit sie vor sieben Jahren starb, hat Gordon allein in dieser schäbigen Wohnung gehaust.

Aus irgendeinem Grund war er von Gillian besessen. Vielleicht ist sie einmal höflich zu ihm gewesen, was er als Einladung missverstanden hat. Wer weiß? Der Kerl hatte ja in mancher Hinsicht Wahnvorstellungen. Warum hätte er sonst vor dem Sterben die Pose des Gekreuzigten eingenommen? Jedenfalls hat es bei ihm klick gemacht, als er Ihre Schwester an jenem Abend mit Hart sah. Daraufhin kam es zum Kurzschluss.«

»Und er hat sie erstochen.«

»Zweiundzwanzig Mal. Diesbezüglich ist der Autopsiebefund mehr oder weniger präzise, aber die relevanten Informationen sind da. Die Wunden stimmen in Länge und Form mit der Messerklinge überein. Die tödliche Wunde war der Stich in die Kehle. Dabei wurde die Halsschlagader getroffen, was zu dem enormen Blutverlust geführt hat. Ein weiterer traf direkt ins Herz. Achtzehn Stiche wurden nach dem Tod zugefügt. Sie musste nicht lange leiden, wenn überhaupt.«

»Es hätte mich treffen sollen«, sagte sie leise.

»Melina, so dürfen Sie nicht denken.« Er wechselte den Telefonhörer ans andere Ohr und nahm rasch einen Schluck Dr. Pepper. Vermutlich würde sie diesen Schuldkomplex ihr ganzes restliches Leben mit sich herumschleppen. Das war weder richtig noch fair. Trotzdem war es verdammt dumm von erwachsenen Frauen, die Rollen zu tauschen.

»Wie ist er zu den Fotos von ihr gekommen?«, fragte sie.

Er hatte sie ihr zwar nicht gezeigt, aber davon erzählt. »Durch ein winziges Loch, das er in die Wand zwischen seinem Labor und einem der Untersuchungszimmer in der Klinik gebohrt hat. Denen war das äußerst peinlich.«

»Mit Recht.«

»Tja.«

Das Schweigen zwischen ihnen dehnte sich auf die Länge eines Güterzugs.

Er räusperte sich leicht. »Ich dachte, Sie wollten das sicher alles wissen, bevor ich den Fall abschließe«, erklärte er ihr.

»Mir scheint es aber nicht –«

Die Angehörigen des Opfers zögerten immer, den Fall zu den Akten zu legen. Selbst in einem glasklaren Fall wie diesem wollten sie einfach nicht akzeptieren, dass ihr geliebter Mensch nur aus einem einzigen Grund gestorben war: weil ihn jemand hatte umbringen wollen. Das Leben ihres Verwandten war einem Anfall von Eifersucht oder Habgier oder der Laune eines Irren zum Opfer gefallen. Er machte ihnen keinen Vorwurf, dass sie sich gegen die Herabsetzung eines Lebens wehrten, das ihnen kostbar gewesen war. Trotzdem wollte er diese altbekannten Sätze heute nicht mehr hören. Erstens war er todmüde und dann stapelten sich bereits wieder die nächsten drei Fälle auf seinem Schreibtisch und forderten seine Aufmerksamkeit.

Andererseits mochte er Melina Lloyd und hatte obendrein Respekt vor ihr. Sie hatte eine Menge Mut bewiesen und so viel Mumm bewunderte er. Deshalb ermunterte er sie wider besseres Wissen, ihre Gedanken auszusprechen. »Was scheint Ihnen nicht so?«

»Mir scheint ein derart tollkühnes Verbrechen für einen sozialen Außenseiter nicht typisch. Nichts deutet darauf hin, dass Dale Gordon den Mumm dazu hatte. Dazu war er, entschuldigen Sie den Ausdruck, nicht Manns genug. Deutet in seiner Vergangenheit irgendetwas auf latente Gewalt hin?«

»Nein, aber ich bin einigen Telefonaten nachgegangen, die er mit einem Fernsehprediger geführt hat.«

»Mit welchem?«

»Bruder Gabriel.«

»Blonde Haare, viele Zähne?«

»Genau der. Gordon war ein Fan von ihm, oder besser gesagt ein Jünger. Bruder Gabriels Hauptquartier liegt in New Mexico und nennt sich ›Der Tempel‹. Jedenfalls hat Gordon dort unzählige Male angerufen, besonders häufig letzten Monat. Ich habe die Sache durch den örtlichen Sheriff überprüfen lassen.«

»Und?«

»Der hat mit dem Prediger persönlich gesprochen; er hat sich an Dale Gordon erinnert. Also, diesen Mann rufen Tausende von Leuten an und doch wusste er ganz genau, von wem der Sheriff sprach. Anscheinend hat Gordon zu jeder Tages- und Nachtzeit angerufen. Seine Telefonrechnungen bestätigen das.«

»Und weshalb hat er angerufen?«

»Um zu beichten. Hauptsächlich wegen seiner Lust.«

»Sexueller Lust?«

»Ich erspare Ihnen die Details, die mir der Sheriff genauso berichtet hat, wie er sie von Bruder Gabriel erfahren hat. Ziemlich krankes Zeug. Jedenfalls hat Gordon am Tag von Gillians Ermordung in den frühen Morgenstunden angerufen und dem Prediger erklärt, er würde eine Sünde begehen. Bis dahin hat sich diese ›Sünde‹ immer auf Masturbation, gefolgt von Selbstgeißelung, bezogen.«

»Lieber Himmel.«

»Wie gesagt, die Mutter hat ihn voll zugerichtet. Für ihn waren sexuelles Begehren und Fantasien von Frauen, in diesem Falle Gillian, gleichbedeutend mit Sünde. In seinem Kopf war sie sein Untergang. Durch sie lebte er ständig in einem unreinen Zustand, was in direktem Konflikt zu seinem religiösen Eifer stand.«

»Deshalb steigerte er sich vom Masturbieren zum Mord.«

»Eine verdrehte Logik. Er war gleichzeitig von ihr abgestoßen und besessen. Als er sie mit Hart entdeckt hat, ist er ausgerastet. Bruder Gabriel bedauert die Nachricht über Gordons Selbstmord, gibt aber zu, dass es ihn nicht überrascht hat. Er hat Gordon in jener Nacht als Seelsorger betreut, war sich aber nicht sicher, ob seine Worte Nachhall gefunden haben. Er meinte, Gordon sei in dieser Nacht noch verrückter gewesen als sonst, deshalb habe er einen seiner Telefonseelsorger angewiesen, ihn einige Stunden später zurückzurufen. Gordon habe behauptet, es ginge ihm gut, er fühle sich viel besser als vorher und sein Gespräch mit Bruder Gabriel habe ihm neue Hoffnung gegeben.«

»Aber kurz danach hat er Selbstmord begangen.«

»Tja.«

»Ich bin froh darüber«, stellte sie kategorisch fest. »Wenn Dale Gordon nicht Selbstmord begangen hätte, hätte ich ihn umgebracht.«

Obwohl Lawson es nicht billigte, dass irgendjemand das Gesetz in die eigene Hand nahm und seine persönliche Form von Gerechtigkeit walten ließ, konnte er Melina ihre Reaktion ehrlicherweise nicht vorwerfen.

Er legte den Autopsiebericht zur Akte und stempelte in Gedanken ein ›Erledigt‹ darauf. »Ich denke, wir haben alles abgedeckt.«

»Danke, dass Sie mich informiert haben.«

»Meines Wissens haben Sie den Leichnam einäschern lassen.«

»Gestern, sobald ihn die Gerichtsmedizin freigegeben hat. Die notwendigen Papiere habe ich schon vorher erledigt. Morgen Nachmittag gibt es einen Gedenkgottesdienst.« Sie nannte Ort und Zeit.

Er versuchte, nie an der Beerdigung eines

Mordopfers teilzunehmen, in dessen Fall er ermittelte, es sei denn, seine Arbeit war noch nicht abgeschlossen und er suchte unter den Trauernden einen brauchbaren Verdächtigen.

»Melina, das alles tut mir schrecklich Leid. Ich möchte Ihnen mein persönliches Beileid aussprechen, auch im Namen des Dezernats.«

»Danke schön.«

Sie legten auf. Trotzdem gab er diese Akte fast bedauernd zu dem Stapel, der schon auf die Ablage wartete. Ein Ende dieses Falls bedeutete, dass er in Zukunft keine Veranlassung mehr hatte, mit Melina Lloyd Kontakt aufzunehmen. Wie gerne wäre er ihr unter anderen Umständen begegnet. In einem gesellschaftlichen Rahmen.

Natürlich hätte sie an einen kurz gewachsenen, untersetzten alten Sack wie ihn keinen zweiten Blick verschwendet. Sie stand mehrere Etagen über ihm. Sie führe eher auf einen Typen wie Christopher Hart ab. Wie offensichtlich Gillian.

Hart konnte zwar Raketen fliegen, aber Lügen war nicht seine Sache. Der Verlobte hatte sich vielleicht übertölpeln lassen, aber Lawson hatte keine Sekunde geglaubt, dass Gillian die Hotelsuite des Astronauten verlassen hatte, ohne vorher sein Bett ausprobiert zu haben. Ein Kerl wie Hart »unterhielt« sich nicht bis zwei oder drei Uhr früh mit einer Frau. Nicht mit einer, die wie Gillian Lloyd aussah. Oder wie Melina.

Während sich Lawson die nächste offene Fallakte schnappte, murmelte er: »Glücklicher Mistkerl.«

Bruder Gabriel ruhte auf seinem fürstlichen Bett. Er hatte die Hände über der Brust gefaltet und die Augen geschlossen.

Andernfalls hätte er das Deckenfresko über seinem Bett angesehen, das dem im Vorraum ähnelte. Beide stellten seine Vision vom Leben nach dem Tode dar. Seine Vorstellung vom Himmel war wesentlich lüsterner als die der konventionellen Religionen. Bis auf die Sonnenstrahlen, die durch eine Wolkenbank drangen, hätte das Gemälde über seinem Bett genauso gut eine antike Orgie darstellen können.

Alle Frauen, die in unverblümt erotischen Posen gemalt waren, hatten wunderschöne Gesichter und Figuren und trugen, wenn überhaupt, durchsichtige Gewänder. Im Gegensatz dazu gab es nur wenige Männer, die in körperlicher Hinsicht alle minderwertiger wirkten und mehr Ähnlichkeit mit Eunuchen als mit Gladiatoren hatten.

Die Christusgestalt in der Bildmitte ähnelte

verblüffend Bruder Gabriel alias Alvin Medford Conway.

Er war vor sechsundvierzig Jahren in Arkansas als jüngstes Kind eines Schrotthändlers und seiner Frau geboren worden, die bereits sieben weitere Kinder beherbergen, kleiden und füttern mussten. Der kleine Alvin erhielt nicht viel Aufmerksamkeit und konnte mehr oder weniger nach Belieben durch die Straßen der Kleinstadt streunen und sich die Zeit mit dummen Gedanken vertreiben.

Bei einem dieser ziellosen Ausflüge war es passiert: Er hatte die Kirche gefunden.

Das malerische evangelische Kirchlein lag am Stadtrand, wo die Hauptstraße auf die Autobahn traf. Ein kleiner Holzzaun trennte die schindelgedeckte Kapelle von dem hübschen Friedhof. Den schlanken schwarzen Kirchturm krönte ein winziges Kreuz. Sein stolzestes Merkmal waren sechs hohe, schmale Buntglasfenster, von denen je drei zu beiden Seiten des Altarraums lagen. Ein Mittelgang, durch den ein verlotterter roter Läufer zum Altar führte, trennte zwölf Reihen harter Holzbänke.

Hinter dem Kommuniongitter erhob sich die Kanzel, auf der jeden Sonntag der Pastor in seiner Robe über der Gemeinde stand. Während seine Schäfchen matt mit den Papierfächern wedelten, die ein Bestattungsunternehmen kostenlos zur Verfügung stellte, gab ihnen der Prediger Anweisungen für das tägliche Leben. Er sagte ihnen, dass sie den Zehnten von ihrem Lohn abgeben, bei der Erziehung ihrer Kinder nicht mit der Rute sparen und mildtätig gegenüber denjenigen sein sollten, die weniger vom Glück begünstigt waren als sie. Weder fluchen noch trinken und zocken und tanzen sollten sie. Sie sollten sich endlich ein Beispiel nehmen und weder ihres Nachbarn Esel noch seines Ochsen oder seines Weibes begehren.

Falls es einen Ochsen in ihrem Städtchen gab, so wusste der junge Alvin Conway davon nichts. Er war nicht einmal sicher, was ein Ochse war, aber dieser Punkt der Frohen Botschaft war auch nicht wichtig, ganz im Gegensatz zur restlichen Predigt über das Begehren. Sie war von überragender Bedeutung und veränderte den Lebenslauf des jungen Alvin Conway.

Trotzdem hatte den Elfjährigen zuerst das bunte Glasfenster an dieser Kirche fasziniert, damals, an jenem Julitag, als es draußen so heiß war, dass der Himmel ganz weiß aussah und Alvin die Zeit bis zum Abendessen totschlug. Ganz zufällig war er damals auf diese Kirche gestoßen, die er schon früher gesehen hatte, ohne ihr je viel Aufmerksamkeit zu schenken. An jenem stickigen Tag trieb ihn die Langeweile dazu, stehen zu bleiben und näher hinzuschauen.

Also hatte er gegenüber der Kirche auf der anderen Straßenseite mit seinen schmutzigen Füßen in einem staubigen Unkrautbüschel gestanden und sich träge an einem Striemen gekratzt, den er sich tags zuvor an einer Brennnessel geholt hatte, und überlegte, was wohl passieren würde, wenn er einen Stein durch eines dieser hübsch funkelnden Fenster würfe.

Das gäbe ein Zeter und Mordio! Man würde ihm die Hölle heiß machen und vermutlich bekäme er von seinem alten Herrn den Riemen zu spüren. Seine Mutter würde plärren und ein Theater machen und klagen, er sei ein Tunichtgut und werde, genau wie sein ältester Bruder, noch vor der Volljährigkeit im Kittchen landen.

Trotzdem wäre die Sache jede Abreibung wert. Wenigstens würden seine Leute dadurch von ihrem ständigen Streit um das knappe Geld abgelenkt und was sie mit seinem Schwesterherz machen sollten, die sich von ihrem Freund, der inzwischen über alle Berge war, einen Braten in die Röhre hatte schieben lassen. Wenn die Polente Alvin nach Hause schleppte, müssten sie zur Abwechslung mal ihn zur Kenntnis nehmen.

Während er noch immer das Für und Wider

dieser mutwilligen Zerstörung abwog, hörte er Orgelklänge aus der Kirche dringen. Tapfer überquerte er die Straße, ohne sich recht der heißen Teerblasen bewusst zu sein, die unter seinen Fußsohlen aufplatzten, schlich die Treppenstufen hinauf und öffnete die Tür, aber nur einen Spalt. Kühlere Luft strömte über sein rot erhitztes Gesicht.

Drinnen saß eine hübsche Dame an der Orgel, ganz in ihr Spiel versunken. Alvin sah, wie ein Mann durch eine Seitentür den Altarraum betrat. Er ging durch den Mittelgang und verteilte Bücher auf den Bänken. Später erfuhr Alvin, dass diese Bücher Gesangbücher hießen und darin die Noten und Liedertexte gedruckt waren.

»Sie spielen heute Nachmittag aber sehr hübsch, Miss Jones«, bemerkte der Mann.

»Danke schön, Herr Pastor.«

Der Pastor bemerkte, wie Alvin durch die Tür lugte, jagte ihn aber nicht fort, sondern sprach ihn freundlich an, winkte ihn herein, nannte ihn »Söhnchen«, gab ihm einen Klaps auf die Schulter und lud ihn ein, am Sonntag zum Gottesdienst zu kommen. »Ich werde dich erwarten.«

Seit jenem ersten Besuch war Alvin regelmäßig dabei. Er liebte es, der Dame an der Orgel zuzuschauen, während sie für eine Sängergruppe spielte, die man Chor nannte. Ihre Hände und Füße bewegten sich gleichzeitig. Er konnte sich nicht vorstellen, wie sie den Überblick behielt.

Die Chorleiterin war die Frau des Pastors, eine untersetzte Dame mit Sommersprossen, die manchmal solo sang. Sie sang so laut und hoch, dass ihr Doppelkinn zu wackeln begann, aber wenn sie mit dem Singen aufhörte, riefen alle Männer: »Amen!«

Doch meistens sang die ganze Gemeinde. Obwohl Alvin die Lieder nicht kannte, stand er wie alle anderen auf, bewegte die Lippen und tat so, als sänge er mit. Manche brauchten nicht einmal das Gesangbuch, sie kannten den ganzen Text auswendig. Wenn der Opferteller herumging, legten sie Geld darauf. Da Geld bei Alvin daheim am schwierigsten zu bekommen war, war das vielleicht die größte Überraschung in der Kirche.

Seine Familie nannte ihn spöttisch ihren kleinen »Bibelfresser«. Trotzdem versäumte Alvin keinen einzigen Sonntagsgottesdienst, weder in jenem Sommer noch danach, als die Fächer des Bestattungsunternehmens mit dem Gesicht von Jesus – nicht der, auf den man fluchte, sondern ein anderer, der mit Gott und dem Heiligen Geist im Himmel lebte – gegen Heizgeräte ausgetauscht wurden, um der Kälte im Altarraum Herr zu werden.

Aber die wahre Hitzequelle waren die Predigten des Pastors. Sie erwärmten alle Zuhörer, egal zu welcher Jahreszeit, ob heiß oder kalt. Allein seine Stimme verordnete Aufmerksamkeit. Wenn er sprach, schienen die Leute in den Bänken nicht zu merken, wie hart sie saßen oder wie laut ihnen der Magen knurrte, wenn die Mittagszeit immer näher rückte. Sie lauschten jedem Wort seiner Predigt und liebten ihn, auch wenn er sie manchmal wegen ihres sündigen Benehmens und ihrer verderbten Gelüste tadelte, und kamen jeden Sonntag wieder, um noch mehr zu hören.

Eines schönen Sonntags, kurz nachdem Alvin durch die Taufe ein Mitglied der Gläubigen geworden war, schleuderte ihnen der Prediger jenen donnernden Sermon über das Begehren entgegen. Alvin erfuhr, dass mit Begehren der Wunsch nach Dingen gemeint war, die man nicht haben konnte. Er dachte dabei eher an einen Boxhandschuh oder an ein Fahrrad oder an das Jagdgewehr, das vor kurzem mysteriöserweise bei seinem älteren Bruder aufgetaucht war.

Aber noch beim Zuhören begriff er, dass sich das Begehren auf eine Menge Dinge erstreckte, sogar auf Frauen. Der Prediger ereiferte sich mächtig über einen Kerl namens König David und eine Dame, der er beim Baden zugeschaut hatte. Obwohl Alvin nicht jedes Detail verstand, kapierte er das Wesentliche: Du sollst deinen Pimmel nicht in ’ne Muschi stecken, die dir nicht gehört.

Einige Dinge konnten seine Brüder viel einfacher ausdrücken als der Prediger.

In der darauf folgenden Woche wurde Alvin Medford Conway am letzten Mai zwölf. Am ersten Juni war der letzte Schultag. Zur Feier des Beginns der Sommerferien ging er fischen. Als er zu seinem Lieblingsplatz am Bach kam, sah er zu seiner Enttäuschung ganz in der Nähe ein Auto im Schatten einer großen Ulme parken. Irgendeiner wilderte an seinem Lieblingsangelplatz.

Aber dann erkannte er in dem Wagen den des Pastors wieder, mit dem er Kranke, Bedürftige und Abtrünnige besuchte. Wenn er schon seinen Angelplatz gezwungenermaßen mit irgendjemandem teilen musste, dann noch am ehesten mit dem Pastor, den er wegen seiner Macht bewunderte, die er über Menschen hatte.

Alvin wollte gerade laut Hallo rufen, da hörte er Geräusche, die, weiß Gott, nichts mit Angeln zu tun hatten.

15

Mit leisen Schritten näherte sich Alvin, bis er das Pärchen sehen konnte, das auf einem Quilt im Gras lag und sich die Seele aus dem Leib vögelte. Diesbezüglich wusste Alvin bestens Bescheid. Mit sieben hatte er eines Abends bemerkt, wie seine Brüder miteinander tuschelten. Er wusste gleich, dass sie etwas im Schilde führten. Als sie nach dem Abendessen aus dem Haus marschierten, war er ihnen bis zur Wohnung eines stadtbekannten Mädchens gefolgt, wo er durchs offene Fenster zugesehen hatte, wie einer nach dem anderen sie bestieg.

Einer seiner Brüder entdeckte den kleinen Voyeur, zerrte ihn hinein und gab ihm für sein Spionieren eine schallende Ohrfeige. Aber die anderen hatten ihn geneckt und lachend gefragt, ob er denn wisse, wobei er sie beobachtet habe. Und Alvin hatte grinsend gemeint, für ihn sähe das ganz in Ordnung aus. Da hatten sie noch mehr gelacht und ihm zusammen mit dem Mädchen ein handfestes Beispiel geliefert. Seither wusste er übers Vögeln bestens Bescheid.

Trotzdem hätte er sich nie träumen lassen, dass der Pastor so etwas zum Vergnügen machte, jedenfalls nicht am helllichten Nachmittag in aller Öffentlichkeit. Er hatte gedacht, er würde es mit seiner Frau im Dunkeln unter der Bettdecke treiben, nachdem sie zuerst gebetet hatten. Aber der Herr Pastor vögelte fast genauso wie seine Brüder. Zuerst fand es Alvin komisch, wie sein weißer Hintern auf und ab wippte.

Doch dann fielen ihm die wohlgeformten Beine auf, die sich um diesen weißen Hintern schlangen. Er hätte nie gedacht, dass eine so untersetzte Dame, wie die Frau Pastor, derart hübsche, schlanke Beine haben könnte. Schließlich bemerkte er, dass die Arme, die um den Hals des Pastors lagen, keine Sommersprossen hatten.

Das heftige Wippen galt gar nicht der Frau Pastor, sondern Miss Jones, der Organistin.

Diese Entdeckung empörte Alvin so sehr, dass er weder an diesem noch am nächsten Tag angeln ging. Zuflucht fand er in einem Autowrack, das verlassen und vergessen im hintersten Winkel auf dem Schrottplatz seines alten Herrn stand. Durch die Rostlöcher im Boden wuchs Wilde Mohrenhirse. Trotz des kratzigen und heißen, verschossenen Wollpolsters saß Alvin anderthalb Tage mit einer Stinkwut im Bauch im Inneren des alten Wagens und fühlte sich betrogen.

Der Pastor war ein stinkender Heuchler. Er machte genau das, wogegen er Gift und Galle gespuckt hatte. Der Pastor war um kein Haar besser als Alvins gottverlassene Brüder, die tranken und rauchten und fluchten und zockten und tanzten und herumhurten und sich keinen Deut darum scherten, ob sie in die Hölle kamen oder nicht.

Alvin dachte ernsthaft daran, am nächsten Sonntagmorgen in der Kirche aufzustehen und vor allen Gläubigen die Geschichte vom Herrn Pastor und Miss Jones zu erzählen und bei was er die beiden unten am Bach beobachtet hatte.

Aber allmählich machte sein anfängliches Gefühl des Betrogenseins einer stärkeren Empfindung Platz: der Bewunderung.

Der Pastor machte alle glauben, er hätte einen direkten Draht zum Allmächtigen. Er predigte über Feuer und Schwefel für die Verderbten dieser Erde, hatte aber ohne allzu große Höllenangst Miss Jones unten am Bach im hellen Tageslicht gefickt. Der Pastor hatte die besten Teile beider Welten. Er hatte auf die richtige Karte gesetzt, er hatte den Schlüssel. Er hatte die Antwort für ein glückliches Leben gefunden.

Unwissentlich bestimmte dieser gefallene Diener der Kirche den Lebenslauf von Alvin Medford Conway.

Ganz instinktiv hatte er immer geglaubt, dass er zu Großem bestimmt war, aber leider bisher keine Ahnung gehabt, wie er das erreichen sollte. Jetzt kannte er den Weg dorthin. Er rief sich all die Menschen ins Gedächtnis, die Sonntag für Sonntag wiederkamen und sich für ihr sündiges Verhalten und ihren mangelnden Glauben tadeln ließen. Er musste daran denken, wie sie den Mann auf der Kanzel nicht aus den Augen ließen, wie seine Leidenschaft sie in die harten Bänke bannte, wie sie ihn danach auf den Kirchenstufen umarmten und ihm sagten, wie wichtig er für ihr Leben sei. Zum Zeichen ihrer Wertschätzung brachten sie ihm kleine Gaben und vertrauten ihm ihre Seelen an.

Der Pastor ergriff lächelnd ihre Hände und nahm ihre Geschenke und ihr Vertrauen ganz selbstverständlich an. Der Pastor hatte die richtige Idee, Bruderherz. Hallelujah und Amen.

Im nächsten August verließ Miss Jones plötzlich die Stadt. Man munkelte, sie sei »in Schwierigkeiten« und zu Verwandten nach Oklahoma gezogen. Der Pastor wurde mit seiner dicken Frau, die mit ihrem vierten Kind schwanger war, an eine andere Kirche in einer anderen Stadt versetzt. Die Gemeinde war untröstlich. An seinem letzten Sonntag weinten alle und spendeten ihm ein großzügiges Liebesopfer.

Sein Nachfolger war älter und hässlicher und seine Predigten staubtrocken. Alvin bezweifelte, ob er irgendeine ins Bett bekäme, selbst seine klapperdürre Frau, deren Gesicht an eine Dörrpflaume erinnerte und deren Temperament auf chronische Verstopfung schließen ließ.

Alvin stellte den Kirchgang ein. Stattdessen übte er sich vor seinem Spiegel und am Angelplatz im Predigen. Er arbeitete daran, seinen Dialekt zu beseitigen, und trainierte seine Stimme, bis er wie die Männer im Fernsehen klang. Er übte Handbewegungen, komponierte aufwühlende Gebete und lernte wichtige Bibelstellen auswendig.

Mit vierzehn bekam er eine Chance, seine neu erworbenen Fertigkeiten öffentlich vorzutragen. Ein Mädchen aus der zehnten Klasse lud ihn zu einem Erweckungsgottesdienst in ihre Kirche ein. Als man die Gemeindemitglieder aufforderte, aus dem Stegreif ein Glaubensbekenntnis abzulegen, stand er auf und lieferte eines, bei dem kein Auge in der Menge trocken blieb.

Als sie an jenem Abend nach Hause fuhren, behauptete Alvin, der Geist sei über ihn gekommen und habe ihm befohlen, gleich hier anzuhalten und zu beten. Also bog das Mädchen von der Straße in ein Wäldchen ein. Sie kletterten auf die Pritsche des Pick-ups, den ihr Vater ihr für diesen Abend geborgt hatte, und fingen spontan zu beten an.

Sie hatten noch nicht lange gebetet, da kam der Geist erneut über Alvin, er möge am Altar ihres Körpers Dienst tun. Dazu gehörte auch, dass er sein Gesicht zwischen ihre Schenkel steckte, während sie anschließend ihrerseits ähnliche Dienste an seinem Körper verrichtete. Gott zeigt sich ganz gewiss auf geheimnisvolle Weise, dachte sie auf dem Heimweg, während Alvin in dem Bewusstsein nach Hause ging, dass er auf dem Weg zu etwas wirklich Großem war.

Zweiunddreißig Jahre später lag er in einem Bett mit einem goldenen Kopfteil und musste lächelnd an den dürren Jungen denken, der er gewesen war, an dessen schmutzigen Füßen schwarze Teerbrocken klebten und der mit seinen Geschwistern um das letzte Stückchen Brathuhn raufte.

Jetzt bereiteten persönliche Küchenchefs seine Mahlzeiten zu. Er hatte einen Trainer, der darauf achtete, dass sich das reichliche Essen nicht in Fett verwandelte, und einen Schneider, der eine Garderobe zauberte, die seinen perfekten Körperbau betonte.

Er liebte seinen Körper, liebte die versteckte Kraft unter dieser straffen Haut. Haare mit goldenen Spitzen bedeckten seine breite Brust. Träge glitten seine Finger darüber. Wie jung und männlich sich das anfühlte. Hinreißend.

Genüsslich streckte er seine langen, muskulösen Glieder, wobei er sie abwechselnd anspannte und wieder entspannte. Er hob seine Hände zum Himmel und betrachtete sie eingehend. Sie sahen so stark aus, als könnten sie Stahl biegen, und doch so zärtlich, um ein Neugeborenes sanft zu bergen.

Höchst passend, dachte er mit einem trägen Lächeln, wobei seine Hände zu seinem Glied hinunterglitten. Seine Hoden waren so fest wie damals, als er das vom Geist des Herrn erfüllte Mädchen auf der Pritsche des väterlichen Pick-ups genommen hatte. Er streichelte seinen Penis und spürte, wie er anschwoll und länger und härter wurde.

Die Frau an seiner Seite regte sich, wurde wach, setzte sich auf und lächelte zu ihm herunter. Sie hatte schon ein Kind gehabt. Ihre Brustwarzen waren groß und braun. Er mochte lieber kleinere, rosige, jungfräuliche, aber schließlich musste man ja Opfer bringen.

Sie ging auf die Knie und wollte sich schon auf ihn setzen, da bremste er sie. »Diesmal nur mit dem Mund. Ganz langsam.«

Er schloss die Augen und ließ sich treiben und wieder brachten ihn die Gedanken zu Alvin zurück. Er kam ins Grübeln. Welcher Sprung in den Conway'schen Genen hatte ihn zu einem so gut aussehenden Mann gemacht? Er konnte sich zwar kaum mehr an das Aussehen irgendeines Familienmitglieds erinnern, aber besonders hübsch war wohl die ganze Brut nicht gewesen.

Kurz nach dem High-School-Abschluss war er von zu Hause fortgegangen und hatte nie wieder einen Blick zurückgeworfen. Keinem hatte er ein Wort davon gesagt. Eine Zeit lang hatte er sich den Kopf zerbrochen, was seine Leute wohl dachten, als sie eines Morgens nach dem Aufstehen feststellen mussten, dass er weg war. Hatten sie es überhaupt bemerkt? Wahrscheinlich ein, zwei Tage nicht und dann hatten sie sein Verschwinden vermutlich unter Ertrinken oder Ähnlichem abgeschrieben. Ein Mund weniger zu stopfen.

Seine Eltern waren inzwischen vermutlich tot, aber von seinen Geschwistern lebten sicher noch welche. Hatte ihn irgendeiner am Bildschirm wiedererkannt? Nein, denn andernfalls wären sie längst gekommen und hätten ihn angebettelt.

Von dem ganzen Wurf hatte er definitiv am besten ausgesehen, obwohl er sich noch gut daran erinnern konnte, wie sie ihn ständig wegen seines Blondschopfs geneckt hatten. Damals hatte er seine Haare gehasst, aber inzwischen war er froh, dass sie mit zunehmenden Jahren nicht nachgedunkelt waren. Die weißgoldene Haarfarbe war sein Markenzeichen geworden, die zu angenehmen Vergleichen mit dem Erzengel Michael oder dem Verkündigungsengel Gabriel führte, seinem Namenspatron.

Aber dazu war es erst später gekommen, lange Zeit, nachdem er sich durch College und Priesterseminar gearbeitet hatte, wo er sich ursprünglich nur einschrieb, um sich Grundwissen anzueignen. Doch dann genoss er das Studium mehr, als er sich je hätte träumen lassen. Er strengte sich an und verwandte gleich viel Zeit auf die Beschäftigung mit dem Credo der Ungläubigen wie auf die Theologie. Seine Mission würde einer Seite gelten. Wenn er gewinnen wollte, musste er die Stärken seiner Gegner kennen.

Unmittelbar nach dem Priesterseminar nahm er eine Pastorenstelle in einer Kirche an, aber schon bald wurde klar, dass er seine Talente bei einer langweiligen kleinen Gemeinde verschwendete. Er wurde es müde, sich Kümmernisse anzuhören, Kinder zu taufen, Kranke zu besuchen und die Toten zu begraben. Es war köstlich einfach, die Menschen so zu manipulieren, dass sie ihn sonntags zum Essen einluden und ihm Liebesgaben anboten. Auch das Entjungfern ihrer Töchter bot nur wenig mehr Herausforderung. Er war zu Größerem und Besserem bestimmt. Warum sollte er sich also auf Kleinkram beschränken?

Er zog in eine größere Stadt, an eine größere Kirche, aber der einzige Unterschied bestand in der Qualität des Sonntagsessens und großzügigeren Gaben. Die Töchter waren überall mehr oder weniger gleich. Natürlich trieben es alle liebend gerne mit ihm, aber nur eins machte sie wirklich an: Sie kannten das Geheimnis des Sündenfalls ihres Pastors, sie waren die einzige Frau, die ihn zur Buße gezwungen und fast zur Aufgabe seines Priestertums getrieben hatte. Sie spielten ja so gerne Isebel und Delila. Je verruchter sie sich selbst wähnten, umso vergnüglicher war die Sache.

Seine dritte Pfarrkirche verfügte über einen so großen Geldsäckel, dass man den Sonntagsgottesdienst über einen Lokalsender ausstrahlen konnte. Schon bald hatten sie die höchsten Einschaltquoten und wurden regional übertragen. Und zwar mit so viel Erfolg, dass er seine Kanzel aufgab und sich voll und ganz der Verkündigung des Evangeliums im Fernsehen widmete. Warum sollte er sich auf einen Staat beschränken? Warum nicht gleich landesweit ausstrahlen? Oder gar global?

Und der Rest, liebe Leute, ist Geschichte.

Am liebsten hätte er laut aufgelacht, was aber schwierig war, wenn man gerade verdammt gut gelutscht wurde.

Heute war Bruder Gabriels Priestertum ein Multi-Millionen-Dollar-Unternehmen. Alvin Medford Conway hatte auf der ganzen Welt Trabanten, die ihm willig jeden Wunsch erfüllten. Er kontrollierte die Gehirne ganzer Heerscharen von Jüngern und übte so viel Einfluss auf das Denken von Menschen aus wie jedes Staatsoberhaupt, vielleicht sogar mehr.

Im letzten Jahr war er zusammen mit dem Papst bei einer internationalen Religionskonferenz in Belgien aufgetreten. Als man den alten Herrn vorgestellt hatte, hatte er bei weitem nicht so viel Jubel ausgelöst wie Bruder Gabriel. Der Papst und alle anderen religiösen Führer repräsentierten die Vergangenheit. Bruder Gabriel war die Zukunft, die Hoffnung des neuen Jahrtausends. Seine Macht schien keine Grenzen zu kennen. Aber eines war noch wichtiger: Er hatte einen meisterhaften Plan, um seine Macht weiter auszubauen.

»Bruder Gabriel?«

Als Mr Hancocks Stimme über das unsichtbare Lautsprechersystem ertönte, schlug er die Augen auf. »Ja?«

»Ich entschuldige mich für die Störung, aber der von Ihnen erwartete Anruf ist soeben eingegangen. Möchten Sie ihn entgegen nehmen?«

»Geben Sie mir fünf Minuten.«

»Gewiss.«

»Soll ich weitermachen, Bruder Gabriel?«

Er grinste die Frau an und dirigierte ihren Kopf wieder nach unten. »Gewiss.«

»Werden Sie sammeln?«

»Heute Abend nicht.«

Eine egoistische Verschwendung, aber auch die Mächtigen können nicht immer Zeit arbeiten.

Nachdem er die Frau gesegnet und liebevoll auf die Wange geküsst hatte, schickte er sie wieder ins Wohnheim, wo sie mit ihrem Kind ein Zimmer teilte. Nach dem Duschen wickelte er sich in einen dicken weißen Frotteebademantel. So trat er aus seinem Schlafzimmer und begab sich an seinen Schreibtisch. Exakt fünf Minuten nach dem Eingang des Anrufs drückte er den blinkenden Knopf am Telefon.

»Hier ist Bruder Gabriel.«

Sogar an einem Telefon mit Lautsprecher fürchtete er nicht, abgehört zu werden. Der Raum war schalldicht und wurde dreimal täglich nach Wanzen durchsucht. Auch seine Computer- und Telefonsysteme verfügten über Überwachungsprogramme, die ständig auf den jüngsten Stand der Technik gebracht und ihrerseits ständig überwacht wurden, um jeden Verrat innerhalb der Siedlung auszuschließen.

Nach einem kurzen Austausch von Höflichkeiten sagte der Anrufer: »Bruder Gabriel, ich habe gute Neuigkeiten und sogar noch bessere.«

Mr Hancock stellte ihm einen Cognacschwenker hin, wofür er sich mit einem Nicken bedankte. »Ich höre.«

»Der Fall Dale Gordon wurde offiziell abgeschlossen. Damit ist der Mord an Gillian Lloyd geklärt, soweit er das Polizeipräsidium von Dallas betrifft.«

»Das sind gute Neuigkeiten.«

»Dale Gordon hat seinen Zweck erfüllt.«

»Und das gut. Er war gehorsam bis zum Ende. Trotzdem lässt er sich leicht ersetzen. Ich arbeite bereits daran. Allerdings schmerzt mich der unumgängliche Verlust von Gillian Lloyd. Sie schien eine perfekte Kandidatin zu sein.«

»Das bringt mich zu den noch besseren Neuigkeiten.« Bruder Gabriel gestattete ihm eine dramatische Pause. »Eine Tatsache in Gillian Lloyds Dossier scheinen Sie vergessen zu haben. Sie hat eine Zwillingsschwester.«

»Eine Zwillingsschwester?« Trotz seiner entspannten Haltung bekam Bruder Gabriel Herzklopfen. Das hatte er *tatsächlich* vergessen. Als er damals diese Information gelesen hatte, schien sie irrelevant zu sein. Aber nun!

»Eine eineiige. Melina heißt sie.«

»Melina.« Der Klang dieses Namens gefiel ihm, er hörte sich fast biblisch an. »Das sollte man weiter verfolgen. Welchen Hindernissen stehen wir gegenüber?«

»Meiner Ansicht nach nur wenigen.«

»Ist sie verheiratet?«

»Nein, und derzeit gibt's auch sonst keine engere Bindung. Die Zwillinge standen sich sehr nahe, deshalb bedrückt sie Gillians Tod. Sie braucht dringend jemanden, der sich zärtlich und liebevoll um sie kümmert.«

Bruder Gabriel lachte in sich hinein. »Wie ideal für Sie.«

»Das habe ich mir auch schon gedacht. Es gibt nur einen Haken.«

In eintausendsechshundert Kilometern Entfernung hob Bruder Gabriel stirnrunzelnd den Schwenker an die Lippen und atmete tief sein Bukett ein, ehe er einen kleinen Schluck nahm. »Einen Haken?«

»Christopher Hart.«

Die Falten auf Bruder Gabriels Stirn verstärkten sich. »Was ist mit ihm?«

»Sie könnte sich zu ihm hingezogen fühlen.«

Mit zornbebender Stimme sagte er: »Dieser Mann hat bereits eine unserer besten Kandidatinnen entweiht. Von ihm lasse ich mir nicht noch eine nehmen.«

»Vielleicht irre ich mich, hoffentlich, aber ich habe da so ein paar Untertöne aufgeschnappt. Ich dachte, Sie sollten wissen, dass er zum Hindernis werden könnte. Möglicherweise unser einziges.«

Wieder trank Bruder Gabriel einen Schluck Cognac und behielt ihn lange im Mund, ehe er schluckte und dann leise sagte: »Dann sollte man etwas dagegen unternehmen.«

»Ich werde mich darum kümmern.«

»Ausgezeichnet. Das haben Sie gut gemacht, Mr Hennings. Man wird Sie dafür belohnen.«

»Danke schön, Bruder Gabriel.«

»Friede und Liebe.«

Nachdem Bruder Gabriel aufgelegt hatte, bat er Mr Hancock, ihm die Akte Gillian Lloyd zu bringen. »Ist alles auf einer Diskette, Bruder Gabriel.«

»Dann laden Sie sie, bitte, für mich.«

Er begab sich zum Computerschrank und nippte genüsslich seinen Cognac, während Mr Hancock die codierte Datei aufrief. Als auf seinem

Monitor ihre Fotografie erschien, äußerte sich Mr Hancock darüber, wie ungerecht ihr Verlust sei. »Glauben Sie, dass ihre Schwester genauso begehrenswert sein wird?«

»Sie haben ja Mr Hennings gehört, und der sollte es eigentlich wissen.«

Da er mit ihr allein sein wollte, winkte er Mr Hancock hinaus. Er setzte sich vor den Monitor und las die Daten, die sie den Akten der Waters Klinik entnommen hatten. Nachdem er sein Gedächtnis mit den wichtigsten Fakten über Gillian aufgefrischt hatte, war ihm richtig warm zu Mute, was erstens dem teuren Cognac und dann der erfreulichen Tatsache zu verdanken war, dass sie eine eineiige Zwillingsschwester hatte.

Beim Berühren des Monitors bildete er sich ein, ihre Wange unter seinen Fingerspitzen zu spüren. »Melina«, flüsterte er verführerisch, als ob er zu einer Geliebten spräche, »du wirst mir gut tun.«

16

»Dieser Andrang überrascht mich.«

Die Kapelle war bis auf den letzten Platz gefüllt, nur weit hinten gab es noch Stehplätze. Verstohlen beobachtete Jem Hennings die ständig wachsende Menschenmenge in seinem Rücken. »Ich weiß nicht, warum dich das überrascht, Melina. Gillian hatte eine Menge Freunde, die du unmöglich alle kennen konntest.«

»Ich habe damit doch nur gemeint, dass sie über die Anzahl der Leute, die gekommen sind, hoch erfreut wäre.«

»Ich habe noch nie so viele Blumen gesehen.«

»Nicht wahr, sie sind wunderschön? Ich lasse sie nach dem Gottesdienst in ein Pflegeheim schicken. Zu Hause ist kein Platz mehr dafür und zum Wegwerfen sind sie zu schade.«

»Was mich überrascht, ist der religiöse Charakter dieses Gottesdienstes«, sagte er mit einem Blick auf das gedruckte Programm.

Erstaunt schaute sie ihn an. »Du warst Gillians Verlobter und weißt nicht, dass sie tief gläubig war?«

»In die Kirche ist sie nicht gegangen.«

»Trotzdem war ihr der Glaube wichtig. Ich hätte gedacht, das wüsstest du. Sie –«

Sie brach mitten im Satz ab. Neugierig folgte Jem ihren Blicken.

»Was tut denn der hier?«, fragte er verächtlich.

»Vermutlich ihr die letzte Ehre erweisen.«

Christopher Hart stand mit den anderen hinten in der Kapelle. Sein Anblick schockierte sie, besonders nach ihrem Wortwechsel am Schauplatz von Dale Gordons Selbstmord. Sie hatte scharf reagiert, was er ihr mit gleicher Münze heimgezahlt hatte. Eigentlich hatte sie erwartet, ihn nie wieder zu sehen.

Es kam zu einem flüchtigen Blickkontakt, dann schaute sie wieder nach vorne in die Kapelle.

»Wenn dich seine Anwesenheit aufregt, Melina, kann ich ihn ohne weiteres bitten zu gehen.«

Schon die Vorstellung, Jem könnte hier, beim Gedenkgottesdienst ihrer Schwester, eine Szene machen, entsetzte sie. Flüsternd rief sie: »Wag es ja nicht!«

»Ich versuche doch nur, dich zu beschützen.«

»Nun, dann lass es sein. Ich brauche keinen Schutz.«

»Nicht vor dem Astronauten, sondern vor seelischer Verletzung. Es wäre ganz im Sinne Gillians, wenn ich mich um dich kümmere.«

Sie hatte ein schlechtes Gewissen, weil sie ihn angeschnauzt hatte, und griff nach seiner Hand. »Danke, Jem. Mit deiner sensiblen Art warst du mir eine große Stütze. Das schätze ich mehr, als du weißt.«

Er legte ihr den Arm um die Schultern und drückte sie kurz. »Falls du dir die Sache mit dem Raketenmann doch noch anders überlegen solltest, eskortiere ich ihn nur allzu gerne hinaus.«

Ihre Unterhaltung erstarb. Trotzdem grübelte sie weiter darüber nach, warum Christopher Hart noch immer hier war, nicht nur beim Gottesdienst, sondern ganz allgemein in Dallas. Lawson hatte ihn doch sicher von jeder weiteren Beteiligung entbunden. Eigentlich sollte er mittlerweile wieder in Houston sein, wo seine berufliche Verantwortung und ein voller privater Terminkalender dafür sorgen würden, die Erinnerung an seinen Abend mit Gillian samt seinem schrecklichen Nachspiel verblassen zu lassen.

Dass er auch nur einen Augenblick länger als nötig in Dallas geblieben war, war an und für sich schon überraschend. Vermutlich trieben ihn Schuldgefühle dazu, einer Frau die letzte Ehre zu erweisen, mit der er in der Nacht vor ihrer Ermordung geschlafen hatte.

Eines musste man ihm zugute halten: Nach außen wirkte er gebührend ehrerbietig. Er tat nichts, um die Aufmerksamkeit auf sich zu lenken. Eigentlich schien er sich so unsichtbar wie möglich zu machen. Obwohl dieser Versuch auf Grund seiner Popularität vergeblich war, bewunderte sie ihn dafür.

Der Pfarrer, den sie um die Messe gebeten hatte, kam auf sie zu und fragte, ob sie bereit sei. Dann könnte der Gottesdienst beginnen. Auch wenn es schwierig würde, während der Lesungen und Hymnen die Tränen zurückzuhalten, hoffte sie, ihre Fassung bewahren zu können.

Einen von Gillians Arbeitskollegen hatte man um die Trauerrede gebeten. Es waren beredte Worte: »Eine quicklebendige junge Frau wurde grausam aus unserer Mitte gerissen. Das zu begreifen fällt uns noch immer schwer. Ich glaube, es wäre Gillians Wunsch, wenn wir diese Tragödie dazu nutzen würden, uns täglich in Erinnerung zu rufen, wie wertvoll und wunderbar das Leben ist. Das ist, für mich, ihr Vermächtnis, das sie uns hinterlässt.«

»Schön gesprochen. Und außerdem hat er Recht, Melina«, flüsterte ihr Jem zu, wobei er ihre Hand drückte.

Nach dem Segen stand sie draußen unter einem regenschweren Himmel, schüttelte unzählige Hände, wurde oft umarmt und hörte sich Geschichten über Gillian an, die ihr die Leute erzählten. Endlich machten sich auch die Nachzügler auf den Weg zum Parkplatz, in der Hoffnung, dem Regen zuvorzukommen.

»Ms Lloyd?« Zu guter Letzt trat eine Mittfünfzigerin auf sie zu. Sie hatte eine untersetzte und doch kompakte Figur und ein freundliches Gesicht; sie wirkte zupackend. »Ich heiße Linda Croft und arbeite in der Waters Klinik. Ihre Schwester war ein reizender Mensch. Da ich ihr nur ein paar Mal begegnet bin, halten Sie es hoffentlich nicht für vermessen, dass ich zu ihrer Messe gekommen bin.«

»Ganz und gar nicht, Ms Croft. Ich schätze Ihr Kommen sehr.«

»Ich kann nicht glauben, dass sie tot ist. Ich habe sie noch Anfang dieser Woche gesehen.«

»Sie war ja noch am Tag vor ihrer Ermordung in der Klinik, nicht?«

»Dann wussten Sie also, dass sie unsere Patientin war?«

»Ich wusste, dass sie sich künstlich hat befruchten lassen. Damit geben Sie keine vertraulichen Informationen preis. Zwischen meiner Zwillingsschwester und mir gab es keine Geheimnisse.«

»Die Ähnlichkeit zwischen Ihnen ist verblüffend«, bemerkte die Frau. »Bei Ihrem Anblick in der Kapelle stockte mir der Atem. So, als wäre die Nachricht von ihrer Ermordung ein schreckliches Versehen gewesen.«

»Wenn's nur so wäre.«

Linda Croft streckte die Hand aus und berührte ihren Arm. »Es tut mir sehr Leid für Sie. Ein schrecklicher Verlust.«

»Ja, das ist es.« Aus dem Augenwinkel entdeckte sie Jem, der ungeduldig auf dem Parkplatz wartete und sie zum Wagen winkte. Es hatte zu nieseln begonnen. Er spannte einen Schirm auf, einen knallroten. Nie wieder würde sie diese Farbe sehen, ohne an die mit Blut geschriebenen Worte zu denken. Plötzlich fröstelte sie. Sie wehrte sich dagegen und meinte: »Nochmals vielen Dank, Ms Croft, dass Sie gekommen sind.«

»Und ich dachte, wir hätten in der Waters Klinik schon genug Tragödien gehabt. Nach allem, was mit dem Anderson-Baby passiert ist. Ach, meine Liebe, hoffentlich habe ich Sie jetzt nicht zu sehr mit Beschlag belegt.« Zur Erklärung für ihren abrupten Themenwechsel deutete Linda Croft mit dem Kinn auf eine große Gestalt, die sich allmählich entfernte. »Tut mir Leid, ich fürchte, ich habe ihn von einem Gespräch mit Ihnen abgehalten.

Er hat die ganze Zeit gezögert und darauf gewartet, dass ich fertig werde. Ich hätte nicht einfach so weiterplappern sollen.«

Auf dem Gehweg lief Christopher Hart, ohne sich um den leichten Regen zu kümmern, ja, er schien ihn nicht einmal zu bemerken. Offensichtlich wollte er nur weg von hier. Ohne Jem im Vorübergehen auch nur eines Blickes zu würdigen, hielt er erst an, als er die Fahrertür eines flotten, schnittigen Zweisitzers erreicht hatte. Er öffnete ihn mit der Fernbedienung an seinem Schlüsselbund und rutschte geschmeidig in den tief liegenden Sitz. Dröhnend erwachte der Motor zum Leben. Er fuhr los.

»– wurde vor ein paar Monaten entführt. Ms Lloyd?«

»Pardon?« Ihr Blick konzentrierte sich wieder auf die Frau. Christopher Hart hatte darauf gewartet, mit ihr zu reden? Was hätte er gesagt?

»Das Neugeborene ist aus dem Krankenhaus verschwunden?« Nachdem Linda Croft sie auf Christopher Hart aufmerksam gemacht hatte, nahm sie den Faden wieder auf. »Die Andersons waren auch Patienten. Damit plaudere ich nichts aus. Es stand in den Nachrichten. Das Paar hat jahrelang versucht, Nachwuchs zu bekommen, und als letzten Ausweg eine künstliche Befruchtung gewählt.

Unsere hervorragenden Ärzte hatten schon beim zweiten Versuch Erfolg. Nie habe ich zwei glücklichere Menschen gesehen. Dann wurde ihr Baby einen Tag nach seiner Geburt entführt.«

»Jetzt fällt es mir wieder ein. Hat man das Kind je gefunden?«

»Soweit ich weiß, nicht.« Mit bekümmerter Miene sagte Linda Croft: »Das hätte ich nicht zur Sprache bringen sollen. Sie haben schon genug Kummer in Ihrem Leben. Gott schütze Sie, Ms Lloyd.«

»Wer war das?«, wollte Jem wissen, während er ihr in seinen Wagen half. »Ich dachte schon, die lässt dich nie mehr gehen.«

»Sie heißt Linda Croft.«

»Eine Freundin?«

»Ich bin ihr noch nie begegnet. Sie arbeitet in der Waters Klinik. Sie meinte, Sie habe Gillian sehr geschätzt, und wollte mir sagen, wie sehr sie meinen Verlust bedauert.«

Jem nickte geistesabwesend. »Hast du ihn gesehen?«

»Ihn? Meinst du damit Chief?«

Er warf ihr einen scharfen Blick zu. »Also sind wir inzwischen bei ›Chief‹?«

Müde rotierte sie den Kopf auf den Schultern

und versuchte, ihre verkrampften Muskeln zu entspannen. »Jem, alle nennen ihn Chief, sogar die Medien. Ich habe nicht mit ihm gesprochen.«

»Er ist hier herumgeschlichen.«

»Hat dann aber aufgegeben und ist weggefahren, was vermutlich das Beste war. Wir haben uns nichts mehr zu sagen. So, wie er vom Parkplatz gerauscht ist, ist er mittlerweile schon halb in Houston.«

Leider. Denn eigentlich war sie zutiefst enttäuscht gewesen, weil sie vor seiner Abfahrt nicht mehr mit ihm hatte reden können. Sie hätte sich gerne entschuldigt, für – nun ja, für alles, angefangen vom Rollentausch bis zu ihrem biestigen Benehmen bei ihrer letzten Begegnung.

Allerdings war eine Entschuldigung nur ein Grund, warum sie gerne noch ein wenig Zeit mit ihm verbracht hätte, auch wenn sie sich die anderen nie und nimmer eingestehen würde. Deshalb meinte sie zu Jem: »Nein, es war *definitiv* das Beste, dass er ohne ein Wort abgefahren ist.«

Während der Fahrt unterbrach nur das rhythmische Geräusch der Scheibenwischer ihr Schweigen. Schließlich sagte er: »Lawson hat mich angerufen. Dich vermutlich auch.« Er wartete, bis sie nickte, ehe er fortfuhr: »Hat er dir auch erzählt, dass er den Fall abgeschlossen hat?«

»Er scheint zufrieden zu sein.«

»*Er*, du nicht?«

Sie hatte keine Lust, jetzt darüber zu reden. Eigentlich war sie zu gar keinem Gespräch aufgelegt, aber da Jem sie ansah, als warte er auf eine Erklärung, sagte sie mit einem Seufzer: »Schätzungsweise kann ich den Mord an meiner Schwester nicht so objektiv sehen wie ein altgedienter Kommissar. Für ihn war sie bloß ein Aktenzeichen. Sie stand für einen Berg Papierkram, den er möglichst rasch hinter sich bringen wollte, um sich mit seinen Kumpeln auf ein Bier treffen oder ein Fußballspiel anschauen oder mit seiner Frau schlafen zu können.«

»Lawson ist verheiratet? Auf mich wirkt er wie ein Junggeselle.«

»Du weißt doch, was ich meine«, sagte sie verdrossen. »Er wahrt eine berufsbedingte Distanz, um die ich ihn fast beneide.«

»Und warum das?«

»Weil ich diesen Mord gerne genauso rational betrachten würde. Könnte ich doch nur sämtliche Emotionen aus dieser Debatte heraushalten und sie so analysieren, wie es Lawson getan hat.«

»Und zu welchem Zweck, Melina?«

Um meine Zweifel zu zerstreuen. Um überzeugt zu sein, dass es tatsächlich genauso abgelaufen ist, wie Lawson gesagt hat. Um mich damit zufrieden zu geben, dass Dale Gordon kein weiteres Motiv hatte. Um sicher zu sein, dass man nichts Wichtiges übersehen hat.

Aber diese beunruhigenden Gedanken teilte sie Jem nicht mit. »Wahrscheinlich zu keinem bestimmten. Der Fall ist abgeschlossen.«

»Was mich betrifft, ich bin froh, dass dieser Kerl, der Gillian getötet hat, Selbstmord begangen hat.«

»Ich habe anfangs genauso reagiert.«

»Dadurch, dass er sich die Pulsadern aufgeschnitten hat, hat er dem Steuerzahler die Kosten für Gerichtsverhandlung und Gefängnis erspart und uns den emotionalen Stress, das Ganze noch einmal durchmachen zu müssen. Mir tut nur eines Leid: Dass ich nicht Gordons Nemesis sein konnte.«

Sie hatte gegenüber Lawson gestern etwas Ähnliches konstatiert. Trotzdem wünschte sie sich jetzt, sie hätte Gelegenheit zu einem Gespräch mit Dale Gordon gehabt und ihn nach dem Grund für seine Tat fragen können. *Warum?* War es tatsächlich nur eine fehlgeleitete sexuelle Obsession gewesen, die Tat eines zutiefst gestörten Einzelnen?

Dale Gordon war tot, ohne dass man ihn zur

Verantwortung hatte ziehen können. Und genau darin lag der Auslöser für ihre Unzufriedenheit. Gordons Motive blieben reine Spekulation. Deshalb hatte Lawsons Zusammenfassung für sie keinen Schlussstrich gesetzt. Ihr war alles viel zu glatt und schnell gegangen. Es waren noch Fragen unbeantwortet, und sie würde erst Ruhe geben, wenn alle beantwortet wären.

Jem schien ihre Gedanken lesen zu können: »Melina, du solltest froh sein, dass alles vorbei ist.«

»Bin ich.« Sie lächelte matt. »Ich bin nur sehr müde.«

»Ich wüsste da ein Mittel.«

»Ich auch – eine Schlaftablette.«

»Wenn gar nichts anderes hilft, ja«, pflichtete er bei, »aber zuerst ein warmes Essen. Ich koche, aber nicht aus den Essensresten, die man in dein Haus geschleppt hat. Und nach einem guten Abendessen ein langes, heißes Bad. Anschließend gibt's dann meine berühmte Hals- und Rückenmassage. Sicher hat dir Gillian von meiner Spezialität erzählt. Und zum Schluss die Schlaftablette.«

»Wärest du sehr beleidigt, wenn ich auf den ganzen Rest verzichte und direkt zur Schlaftablette greife?«

»Ja, weil mich Gillians Geist für ewig verfolgen würde, wenn ich mich nicht um dich kümmere.«

»Jem –«

»Ein Nein kommt nicht in Frage.«

Chief hatte keine Ahnung, was ihn getrieben hatte, an Gillians Gedenkgottesdienst teilzunehmen, und war darüber ein wenig verstört. Sicher hatte er sich damit anständig verhalten. Er hatte ja sogar Melina persönlich kondolieren wollen, aber angesichts ihrer letzten Unterhaltung war es vermutlich besser, dass er es sich anders überlegt hatte und gegangen war, ehe er eine Gelegenheit zu einem Gespräch mir ihr fand.

Aber nun war er immer noch hier. Und das konnte er nicht begreifen. Er hatte zu Lawsons Ermittlungsarbeit beigetragen, ja sogar die Spur geliefert, die Dale Gordon ans Messer geliefert hatte. Er war bei der Messe gewesen. Melina hatte ihn dort gesehen. Er hatte seine moralische und mitmenschliche Pflicht getan. Damit hätte es nun gut sein müssen. Damit sollte es nun auch gut sein. Mit diesem Entschluss betrat er die Bar.

»Bourbon und Wasser.«

Der Barkeeper goss seinen Drink ein. »Sagen Sie, sind Sie nicht –«

»Nein, bin ich nicht. Aber das bekomme ich oft zu hören.«

Es handelte sich um eine In-Bar in einem In-

Viertel, wo Sportstars, Neureiche und die Schönen und Erfolgreichen der Stadt ein und aus gingen. Der Barkeeper war an VIPs gewöhnt und respektierte ihre Privatsphäre, wenn sie ihn darum baten. Verständnisvoll nickte er Chief zu. »Der nächste geht aufs Haus.«

»Danke, aber mir reicht einer.«

Es sollte sich herausstellen, dass Chief doch noch ein Glas trank. Wenn ihn der Alkohol nur mehr betäuben wollte. Gerne wäre er mit dem Taxi zurück ins Mansion gefahren und hätte seinen Wagen später abgeholt. Wenn er nur ein ganz kleines bisschen betrunken werden und einen so benebelten Zustand erreichen könnte, in dem es ihm völlig egal war, was Melina Lloyd von ihm dachte.

Aber der Bourbon hatte nur einen Effekt: Er fühlte sich noch mehr wie ein Drecksschwein als davor.

Melinas Vorwürfe draußen vor Gordons Wohnung hatten ins Schwarze getroffen. Er hatte sich *tatsächlich* von den Ermittlungen distanzieren wollen. Er *hatte* gelogen und mit Gillian geschlafen. Melina hatte den Nagel auf den Kopf getroffen: Er hatte versucht, sich nicht allzu sehr in die Sache hineinziehen zu lassen. Und nicht nur in diesem Fall, auch sonst, besonders bei Menschen. Vermutlich wäre es ein Fest für Psychologen, zu analysieren, warum er Menschen regelmäßig auf Distanz hielt, warum seine Reviergrenze weiter draußen lag als bei den meisten.

Obwohl er nun wirklich kein Einsiedler war. Eigentlich war er sogar gerne mit Menschen zusammen, war gesellig und fühlte sich in der Menge wohl. Er bekam keine weichen Knie, wenn er vor Publikum sprechen musste, und war auch nicht kamerascheu.

Trotzdem war er nur bis zu einem gewissen Maße zugänglich. Die öffentliche Person war das eine, der Privatmensch etwas ganz anderes. Sobald jemand Chief zu nahe kam und an Christophers Oberfläche zu kratzen begann, trat er auf die Bremse.

Beruflich brachte ihm sein distanziertes Verhalten Vorteile. Er hatte mit kühlem, klarem Kopf Kampfjets geflogen und sich nie einen Gedanken an die potenzielle Zerstörung gestattet, die sie anrichten konnten. Wenn es darum ging, eine Shuttle-Mannschaft zu führen und harte Maßnahmen zu treffen, die zwischen Erfolg und Scheitern, ja sogar zwischen Leben und Tod entscheiden konnten, war ein gewisses Maß an Neutralität unerlässlich.

In seinem Privatleben jedoch hatte diese Neutralität zu Problemen geführt. Deshalb hatte es nie eine dauerhafte, tiefer gehende Beziehung zu einer Frau gegeben, deshalb hatte er nie geheiratet. Eine intakte Ehe erforderte eine Bereitschaft für Gefühle, die er nicht aufbringen wollte. Als er Longtree und Abbott erklärt hatte, er ziehe auch in Zukunft seine Unabhängigkeit vor, war das brutal ehrlich gemeint gewesen. Alles andere als diese Unabhängigkeit war zu kostspielig.

Er akzeptierte diesen Charakterzug, den manche als Fehler bezeichnen mochten. Und trotzdem: Noch mieser als jetzt konnte er sich nicht fühlen, was mit dem Schicksal von Gillian zusammenhing. Denn dazu war es nur gekommen, weil man sie mit ihm zusammen gesehen hatte. Was dachte Melina nur? Dass er aus Stein sei? Er empfand tiefes Mitgefühl. Sogar Alan Birchman hatte ihn angewidert, der auf Lawsons Entwarnung mit Erleichterung reagiert hatte.

»Mr Hart, Sie sind aus dem Schneider«, hatte ihm der Anwalt aufgekratzt erzählt. »Sie dürfen fröhlich Ihrer Wege gehen. Ihre Nacht mit Gillian Lloyd hätte Sie richtig was kosten können, aber dank Mr Gordon können Sie sie als Gratisgeschenk betrachten.«

Er hatte Birchmans Worte als geschmacklos empfunden. Schließlich drehte sich das Gespräch um zwei Todesfälle, einen unschuldigen, einen erbärmlichen, aber beide tragisch. Obwohl er froh war, nicht mehr durch polizeiliche Ermittlungen und alles, was damit zusammenhing, belastet zu sein, teilte er die blasierte Haltung des Anwalts nicht.

Außerdem, eines wusste weder der Anwalt noch sonst jemand: Für diese Nacht mit Gillian hatte er *tatsächlich* einen hohen Preis bezahlt. Er würde sie nicht vergessen, noch lange nicht. Sie hatte die letzten Stunden ihres Lebens mit ihm verbracht und das verlieh ihrer gemeinsamen Zeit eine ganz besondere Bedeutung.

Darüber hinaus – *na schön, Chief, spuck's doch endlich aus. Keiner kann deine Gedanken lesen, also sei mal, um Himmels willen, dir selbst gegenüber ehrlich* – war diese Nacht schon vorher bedeutsam gewesen, und das nicht nur in körperlicher Hinsicht. Er hatte schon früher herrlichen Sex gehabt, aber noch nie hatte er eine Frau, die gehen wollte, zu bleiben gebeten.

Er hatte noch gut in Erinnerung, wie er aufgewacht war, als sie versuchte, sich seiner Umarmung zu entziehen. »Ich störe dich ja nur ungern.« Er war mit dem Kopf unter ihrer Achsel und der Wange an ihrer Brust eingeschlafen. »Ich muss gehen«, hatte sie geflüstert und war ihm mit den Fingern noch einmal durch die Haare gefahren, ehe sie versuchte, seinen Kopf zu heben.

Er hatte im Schlaf murmelnd protestiert und seinen Kopf noch tiefer an sie gekuschelt.

Sie hatte leise gelacht. »Chief, ich muss gehen.«

Jetzt war er doch aufgewacht und hatte den Kopf gehoben. »Wieso?«

»Es ist spät.«

»Oder früh. Kommt alles nur auf den Standpunkt an.« Sein Blick wanderte zu ihrem Busen, der weich und entspannt auf ihrer Brust ruhte. Sachte blies er gegen ihre Brustwarze, die sofort darauf reagierte. Sie seufzte seinen Namen. Einer weiteren Aufforderung bedurfte es nicht. Er legte sich der Länge nach auf ihren unglaublich schönen Körper, sodass sie einander vom Schlüsselbein bis zu den Zehen berührten. »Ich will nicht, dass du gehst. Bleib da.«

»Wär's dir in ein paar Stunden nicht lieber, wenn ich weg bin?«

Er schaukelte sich leicht nach vorne, damit sie spürte, wie er zwischen ihren Körpern hart wurde. Wieder nahmen ihre Augen jene rauchgraue Farbe an, die innerhalb von Stunden seine Lieblingsfarbe geworden war. Flüsternd beugte er den Kopf. »Bleib da.« Dann senkten sich seine Lippen um ihre erigierte Brustwarze. Seine Zunge liebkoste sie.

Aus ihrer Kehle stieg ein tiefes, erregendes Stöhnen. »Chief, du spielst nicht fair.«

»Ich betrüge wie verrückt.« Instinktiv wölbte sich ihr Körper nach oben, um den Druck auf seine Erektion noch zu verstärken. Leise knurrte er: »Du aber auch.«

»Weil ich dich gewinnen lassen möchte.«

Mit einem breiten Grinsen strich er mit den flachen Händen an der Innenseite ihrer Arme entlang, bis sie gestreckt über ihrem Kopf lagen. Unter ihm entspannten sich ihre Schenkel und öffneten sich. Er ergriff ihre Hände und drang in sie ein.

»Hmmm, vermutlich werde ich so schnell nirgendwohin gehen.«

Er drang noch tiefer ein. »Wirst du denn dann wenigstens irgendwohin kommen?«

Ihre Hüften hoben sich seinen langsamen Stößen entgegen. »Zweifelsohne. Ich werde ganz bestimmt kommen.«

»Sir?«

Chief rappelte sich auf. Er wusste nicht, wie oft ihn der Barkeeper schon angesprochen hatte. »Pardon?«

»Noch einen?«

»Haben Sie Kaffee?«

»Ist schon drei Stunden alt.«

»Perfekt.«

Der Kaffee kam und schmeckte entsetzlich. Trotzdem hatte er schon schlimmeren getrunken. Während er in die ölige Brühe starrte, konnte er Gillians Lächeln sehen und ihre Stimme hören, konnte sie spüren und fühlen. Er wusste alles noch ganz genau. Jede Kleinigkeit.

Nein, eben nicht alles, rief er sich selbst wütend zur Ordnung. Da gab es etwas, was ihm immer wieder entfiel, etwas Wichtiges, das sich nicht zeigte, obwohl es ständig an ihm nagte und bohrte. Zum Kuckuck, was war es nur? Woran klammerte sich sein Unterbewusstsein so sehr, dass es nicht loslassen wollte?

Zum ersten Mal war es während Lawsons Termin mit den anderen aufgetreten. Irgendeine Bemerkung von jemandem hatte einen lästigen Gedanken ausgelöst, der sich beinahe auf der Stelle wieder verflüchtigte, allerdings nicht, ohne vorher noch einen Schatten in seinem Gehirn zu hinterlassen, den er immer noch spürte.

Aber was war das gewesen? Und wer hatte es gesagt? Lawson? Hennings? Melina?

Egal, was es war, jedenfalls konnte er deshalb Dallas nicht verlassen. Es hatte ihn dazu gebracht, selbst nach dem Trauergottesdienst noch zu bleiben. Es war der Grund, warum er dieser Episode seines Lebens nicht den Rücken zukehren konnte. Es war die Ursache dafür, dass sich ein schlichter Unglücksfall zu einer Episode ausgeweitet hatte. Es war eine Bedrohung für sein Prinzip des Nicht-Einlassens, und das allein war schon verdammt bedeutsam. Und obendrein kam er einfach nicht darauf, was es war, verdammt und zugenäht!

Inzwischen füllte sich die Bar zusehends. Der Lärmpegel stieg. Chief nahm von all dem nichts wahr. Er konzentrierte sich auf die Szene in dem voll gestopften Zimmer des Polizeipräsidiums. Wie ein Theaterbesucher verfolgte er jede Bewegung und achtete genau auf den Dialog. Dank seines fast perfekten Erinnerungsvermögens ließ er alles noch einmal ablaufen. Und dann noch einmal.

Bei der dritten Vorstellung hatte er ihn: jenen Satz mit seiner ungeheuren Auswirkung.

Er schlug wie eine Bombe ein und hätte ihn fast vom Barhocker geworfen. Ziellos starrte er hinter der Bar die vielen Reihen mit den Getränkeflaschen in unzähligen Formen, Größen und Farben an. Er hörte nicht die Frau auf dem Hocker neben ihm lachen. Die Wucht des Gedankens, den sein Gedächtnis bis jetzt als Geheimnis bewahrt hatte,

hatte ihn betäubt. Das Gedränge und die Witze ringsherum ließen ihn kalt.

Er vergrub den Kopf in den Händen und stieß erbittert ein »Dreckskerl« hervor.

»Chief? He, Kumpel, alles in Ordnung?«

Langsam hob Chief den Kopf und starrte den jungen Mann verständnislos an, dann lächelte er ihn reumütig und selbstironisch an. »Ich war heute auf einer Beerdigung. Bei einer Frau.«

»He, Mensch, tut mir Leid.«

Chief bedankte sich mit einem Nicken. »Bezahlen.«

Endlich hatte er herausgefunden, warum er sich an diese Tragödie gefesselt fühlte. Welche Erleichterung.

Wenn er nur wüsste, was er damit anfangen könnte. Verdammt nochmal!

17

Die Wände des fensterlosen Raumes hatten die grünlich-weiße Farbe von Kartoffelpüree, das schon ein paar Tage im Kühlschrank stand. Die PVC-Fliesen auf dem Boden lösten sich ab. Von den schalldämmenden, verfleckten Deckenplatten hingen einige durch.

Aber der Computer war neu. Nur die Tastatur wies intensive Gebrauchsspuren auf. Lucy Myrick hatte sich geweigert, sich davon zu trennen, als man die veralteten Geräte gegen eine neuere Generation austauschte. Diese spezielle Tastatur hatte sie schon solange benutzt, dass die Buchstaben und Symbole abgewetzt waren. Wer die Tasten nicht kannte, wäre verloren, aber das stand sowieso nicht zur Debatte, denn eher würde sie ihre Zahnbürste verleihen, als jemanden an ihren Rechner lassen.

Lucy Myrick entsprach nicht dem typischen Bild einer FBI-Agentin. Ihre karottenroten Haare standen exponentiell zur Luftfeuchtigkeit vom Kopf ab und stellten seit jeher den Fluch ihres Lebens dar. Kalorien schienen für Lucy nicht das Geringste übrig zu haben, denn nicht eine wollte sich an ihr festsetzen, auch wenn sie täglich zigtausende in sich hineinschlang. Sie war »dürr wie eine Bohnenstange«, wie ihre Großmutter immer gesagt hatte. Zusammen mit ihrer überdurchschnittlichen Körpergröße von einem Meter achtzig und ihrem feuerroten Schopf lag der grausame Vergleich mit einem brennenden Streichholz einfach zu nah.

Trotzdem hatte sich Lucy durch ihr ungewöhnliches Aussehen nicht daran hindern lassen, ihren Traum zu verfolgen. Auf Witze reagierte sie gutmütig, Niederlagen steckte sie robust weg. Ihre entschlossene Art, gepaart mit einem scharfen Verstand, hatten ihr beim FBI Anerkennung verschafft. Sie hatte die Polizeiakademie absolviert und besaß eine Waffenlizenz, doch ihre Lieblingswaffe war der Computer.

Außendienst war für sie nie in Frage gekommen. Wegen ihres Äußeren hätten sie weder Kollegen noch Ganoven je ernst genommen. Auch verdeckte Ermittlung stand nicht zur Debatte. Sie fiele in jeder Umgebung unweigerlich auf. Aber beides hätte sie ohnehin nicht interessiert. Ihr Interesse galt der Geheimdienstarbeit. Mit einer Kombination aus Computerwissen und Kriminologie hatte sie eine Position als Geheimdienstanalytikerin erworben.

Im Grunde genommen betrieb sie Forschungsarbeit. Sie unterzog Polizeiberichte aus allen Regionen einer erneuten Prüfung, verglich Verbrechen miteinander, suchte nach Parallelen und ähnlichen Tathergängen und hielt Ausschau nach Zufällen, die keine waren, und nach verbindenden Elementen, die äußerlich nicht zusammenzupassen schienen. Ihr Job bestand darin, Serienverbrecher oder kriminelle Gruppen aufzuspüren, die sonst nie der Gerechtigkeit anheim gefallen wären. Lucy bevorzugte dafür den Begriff »Schiffe versenken«.

Ihr Arbeitstag war schon fast zu Ende. Gähnend streckte sie sich und warf einen Blick auf die Wanduhr. Sie hatte zwei Möglichkeiten: Entweder ging sie rechtzeitig und plagte sich mit dem Washingtoner Stoßverkehr herum oder sie überzog ihre Arbeitszeit und ließ den Verkehr ausdünnen. So oder so wäre sie ungefähr zur selben Zeit zu Hause. Trotzdem wollte sie nicht zu spät heimkommen und ihre Fernsehsendung versäumen, die um acht begann. Heute Abend stand ihre Lieblingssendung auf dem Programm. Heute Abend –

Plötzlich beugte sie sich vor und konzentrierte sich ganz auf die Information, die soeben auf ihrem Bildschirm erschien. Sie las sie dreimal und ihr Herz klopfte dabei jedes Mal ein wenig mehr. Genau auf so etwas sollte sie im Auftrag von Tobias unbedingt achten. Und für Tobias tat sie alles, weil er – nun ja, weil er eben Tobias war und sie sich heftig in ihn verguckt hatte.

Zehn Minuten später sprintete Lucy Myrick die Treppe hinauf, anstatt auf den Aufzug zu warten. Sie hätte auch bei Tobias im Büro anrufen und ihm sagen können, er solle nicht Schluss machen, ehe sie bei ihm gewesen sei, aber irgendwie gefiel ihr die Vorstellung besser, ein wenig atemlos mit vor Aufregung geröteten Wangen und bebender Brust hereinzuplatzen. Auch wenn es da nicht allzu viel zu beben gab.

Und genau das tat sie jetzt, als er gerade seinen Regenmantel vom Kleiderständer zog. »Bin ich froh, dass ich Sie noch erwischt habe«, keuchte sie. Er drehte sich zu ihr um und sie spürte Schmetterlinge im Bauch.

»Was ist denn los, Ms Myrick?«

Ms Myrick, und nicht nur Myrick, wie die übrigen Kollegen sie nannten. Und nie Lucy. Sie hatte keine Ahnung, ob diese Formalität ein gutes oder ein schlechtes Zeichen war. Vielleicht kannte er ihren Vornamen gar nicht. Dieser Gedanke gefiel ihr am besten.

Hank Tobias war nicht nur der bestaussehende

Schwarze, den sie je gesehen hatte, sondern der bestaussehende Mann überhaupt. Punktum. Am College hatte er Football gespielt, als Verteidiger. Laut den Stammtisch-Quarterbacks im Büro in Profiqualität. Das mochte sie glauben, bei dem Körperbau.

Stattdessen hatte er sich für eine Karriere im Polizeidienst entschieden. Er war klug, kleidete sich traumhaft und war überdies noch Single. Sein Liebesleben gab zu ständigen Spekulationen Anlass, obwohl man sich allgemein einig war, dass Hank Tobias keine Zeit für eine tiefer gehende Beziehung hatte, da er sich voll und ganz seiner Arbeit widmete. Mit dieser Erklärung konnte Lucy leben.

»Soll ich meinen Regenmantel anziehen oder nicht?« Sie hatte Ausdrucke mitgebracht, bei deren Anblick er sofort wissen wollte, wie wichtig sie seien und wie viel länger er ungefähr noch bleiben müsste.

»Lassen Sie ihn aus.«

»Genau das habe ich befürchtet.« Er hängte den Regenmantel wieder auf und nahm hinter seinem Schreibtisch Platz. »Was haben Sie denn da?«

»Kliniken für künstliche Befruchtung.« Sie trat einen Schritt weiter in sein Büro. »Sie haben mir doch gesagt, ich solle darauf achten, ob es irgendwelche Bezüge zwischen den Inseminationen und Entführungen gibt.«

»Haben Sie etwas gefunden?«

»Nur bei Entführungen? Was ist mit anderen Schwerverbrechen?«

»Zum Beispiel?«

»Mord.«

Er griff nach dem Ausdruck.

»Dallas«, erklärte sie ihm, während er sich daran machte, die Blätter zu überfliegen. »Gillian Lloyd. Eine Weiße, fünfunddreißig Jahre. Wurde vor drei Tagen erstochen in ihrem Bett aufgefunden. Laut der Polizei in Dallas handelt es sich bei dem Mörder um einen gewissen Dale Gordon, Angestellter einer –«

»Lassen Sie mich raten.«

»Bingo. Bei der Waters Klinik, um genau zu sein, wo Gillian Lloyd Patientin war.«

Tobias schaute von seiner Lektüre auf. »Patientin weshalb?«

»Diesbezüglich keine Information, aber man darf mit Sicherheit vermuten –«

»Vermutungen gibt es nicht.«

»Ja, Sir.« Sie lief so rot an, dass ihre Sommersprossen darunter verschwanden. »Ich werde mich nach dem Anlass für Gillian Lloyds Besuche in der Klinik erkundigen.«

»Verheiratet?«

»Single.« Er stand auf und ging zu einem Aktenschrank. Während er nach einer anderen Fallakte suchte, fasste Lucy mit einem sehnsüchtigen Blick auf seine Kehrseite die restlichen Informationen zusammen.

Als er den gesuchten Ordner gefunden hatte, hielt er ihn hoch. »Die Entführung des Anderson-Babys. Ebenfalls in Dallas.« Rasch blätterte er das Material durch. »Was sagt man dazu? Wieder die Waters Klinik. Ein Paar; sie ist nach künstlicher Befruchtung schwanger geworden. Geburt eines normalen Jungen, der zwei Tage später aus dem Krankenhaus entführt wird.«

»Wie letztes Jahr bei dem Paar in Kansas City. Der Fall in Dallas ist jüngeren Datums, stimmt's?«

»Dieser Februar.«

»Aber meines Wissens«, meinte Lucy, »gehörte die Klinik in Kansas City nicht zur Waters Kette.«

»Nein, aber das Vorgehen dort war ähnlich. Man bot unfruchtbaren Paaren die ganze Bandbreite der Möglichkeiten.«

»Beziehungsweise Singles, die ein Kind wollten.« Daran hatte sie selbst schon gedacht. Bisher war der Richtige noch nicht aufgetaucht, eigentlich noch nicht einmal ein annähernd Richtiger. Sollte sie unbedingt ein Kind haben wollen, läge das auch ohne Partner durchaus im Bereich des Möglichen.

Tobias klappte den Ordner mit einer entschiedenen Geste zu. »Benachrichtigen Sie die Dienststelle in Dallas, dass ich noch heute Abend runterfliege. Ich möchte den Kommissar sprechen, der im Mordfall Lloyd ermittelt hat.«

»Lawson heißt er.«

»Lawson. Ich wünsche, Dale Gordon in enger Zusammenarbeit mit ihm zu verhören.«

»Oh, Mr Tobias, tut mir Leid, aber soweit war ich noch nicht.«

Er war nicht erfreut, hören zu müssen, dass Gordon Selbstmord begangen hatte. »Verdammt.«

»Er hat sich nur wenige Stunden nach dem Mord umgebracht. In seiner Wohnung wurden reale Beweise gefunden: Blutspuren des Opfers auf dem Messer, das als Mordwaffe identifiziert wurde; seine Fingerabdrücke am Schauplatz; sein Samen auf ihrer Pyjamahose.«

»Wie praktisch«, sagte er leise, ehe er in tiefes Nachdenken versank. Lucy genoss diesen Moment, um seine vor Konzentration gerunzelte Stirn zu bewundern. »Ist schon fast zu glatt, nicht wahr? Erinnert Sie das an irgendetwas, Ms Myrick?«

Gott sei Dank tat es das. »Der Fall in Oakland, Kalifornien. Ende 1998, glaube ich. Kathleen Asher, Single, Anfang Dreißig, wurde innerhalb weniger Tage nach einer künstlichen Befruchtung ermordet. Nur wenige Stunden später fand man ihren Mörder, der sich mit einem Gewehr erschossen hatte.«

»Sehr gut. Zeichnet sich, Ihrer Meinung nach, hier allmählich ein Muster ab?«

»Ich würde gerne noch mehr recherchieren, noch weiter bohren. Vielleicht habe ich ähnliche Fälle übersehen. Da wir jetzt das gesuchte Bindeglied kennen, ginge ich gerne weiter zurück, um ein größeres Netz auszulegen.«

»Gut. Lassen Sie alles andere liegen und konzentrieren Sie sich darauf. Halten Sie mich auf dem Laufenden. Sollten Sie irgendetwas entdecken, was auch nur den leisesten Bezug zu diesen Fällen haben könnte, informieren Sie mich.«

»Falls ich was entdecke, werden Sie's sofort erfahren, und wenn es noch soweit hergeholt zu sein scheint.«

Ohne sich Lucys bewundernder Blicke bewusst zu sein, überflog er erneut ihre Daten über den Mord in Dallas. »Heute war der Trauergottesdienst. Nächste Anverwandte: Melina Lloyd, ihre Schwester. Ein Gespräch mit ihr könnte nützlich sein.«

»Möchten Sie, dass ich eine Telefonverbindung mit ihr herstelle?«

»Ja, aber jetzt kann ich nicht mir ihr sprechen. Bitten Sie sie morgen Früh um einen Termin. Betonen Sie, dass es dringend ist, ohne sich konkret zu den Gründen zu äußern.«

»Gewiss.« Sie versuchte, sich ihre Enttäuschung nicht anhören zu lassen, und meinte: »Also fahren Sie hin? Könnte denn nicht das Büro in Dallas dieses Gespräch übernehmen?«

»Könnten sie sicher, aber da ich vorher noch die dortigen Agenten instruieren müsste, spart es mir Zeit, wenn ich's gleich selbst erledige. Außerdem möchte ich gerne persönlich mit ihr sprechen und ein Gefühl dafür bekommen, wie Gillian Lloyd war.«

»Arme Frau«, meinte Lucy kopfschüttelnd. »Hoffentlich ist sie dazu in der Lage. Sie musste in dieser Woche schon einen Schock verarbeiten.«

»Wie mag sie wohl reagieren, wenn sie erfährt, dass die Ermordung ihrer Schwester vielleicht Teil einer Verschwörung ist?« Er hatte schon zum Telefon gegriffen und arrangierte seine Dallasreise.

»Welche Verschwörung?«, fragte Lucy.

Während er in der Warteschleife hing, erwiderte er grimmig: »Das herauszufinden, ist unsere Aufgabe.«

»Melina?« Jem klopfte an die Badezimmertür und wiederholte ihren Namen. »Alles in Ordnung?«

Sie schluckte ein Schluchzen und zwang sich zu einer normalen, unbeschwerten Stimme. »Mir geht's gut.«

»Kann ich dir irgendetwas bringen? Noch ein Glas Wein?«

»Danke, nichts.« Wenn er merkte, dass sie weinte, würde er vielleicht darauf bestehen, sie zu trösten, obwohl sie eigentlich nur einen Wunsch hatte: allein gelassen zu werden.

»Ruf mich, wenn du mich brauchst«, sagte er durch die Tür.

Sie hielt weiter krampfhaft an sich, bis sie davon ausgehen konnte, dass er fort war. Dann tat sie wieder das, was sie in der letzten Viertelstunde gemacht hatte: Sie weinte sich die Seele aus dem Leib. Tränen strömten aus ihren Augen, liefen ihr in schmalen Rinnsalen über die Wangen und tropften in das brusthohe Badewasser. Ihr ganzer Körper bebte so vor Schluchzen, dass sich an der Wasseroberfläche heftige Wellen bildeten.

Das Verlustgefühl hatte alles gepackt: Verstand, Körper, Seele. Sie spürte es wie ein Messer in jeder Faser ihres Seins. Und doch kam ihr manchmal der Tod ihrer Schwester unwirklich vor, wie etwas, das sich trotz des Gottesdienstes an diesem Nachmittag unmöglich akzeptieren ließ. Aber es war Wirklichkeit. Sie hatte den Leichnam gesehen.

Bei einem Blick in die Zukunft sah sie nur Wochen und Monate der Trauer vor sich, deren Durchleben-Müssen sie zutiefst scheute. Schon der bloße Gedanke daran war entmutigend und niederschmetternd. Der Verlust war Wirklichkeit, und deshalb hatte sie nur noch einen Wunsch: ein bis zwei Jahre lang nur schlafen zu können und erst aufzuwachen, wenn die schlimmste Qual hinter ihr lag.

Allmählich versiegten ihre Tränen und die Wellen im Badewasser wurden kleiner. Erschöpft legte sie den Kopf auf den Badewannenrand und schloss die Augen.

Das Telefon weckte sie aus einem leichten Schlummer. Zuerst wollte sie es klingeln lassen, doch letztlich war es besser, den Anruf jetzt entgegenzunehmen, als später jemanden zurückrufen zu müssen. Sie griff nach dem schnurlosen Hörer, den sie mit ins Bad genommen hatte. »Hallo?«

Gleichzeitig antwortete Jem am anderen Anschluss. »Hallo?«

»Ich würde gerne Ms Melina Lloyd sprechen.«

»Am Apparat. Jem, ich hab's schon.« Sie wartete, bis er aufgelegt hatte, und antwortete dann: »Ich bin Melina Lloyd.«

»Ms Lloyd, entschuldigen Sie bitte die Störung. Soweit ich weiß, hat heute der Trauergottesdienst für Ihre Schwester Gillian stattgefunden, nicht wahr?«

»Wer sind Sie?«

»Mein Name ist Lucy Myrick, ich arbeite für das FBI.«

Alles in ihr erstarrte. Die letzten Tränen trockneten sofort. Sie hielt ganz still, so still, dass das Badewasser keinerlei Wellen mehr warf. Sie konnte hören, wie ringsherum im duftenden Schaum winzige Luftbläschen platzten. Am liebsten hätte sie den Schaumberg wie einen Umhang dichter herangezogen. Plötzlich fühlte sich das Wasser kalt an, obwohl sie nur Augenblicke vorher noch in seiner entspannenden Hitze versunken war.

Aber nicht der Schock ließ sie erstarren. Seltsamerweise hatte sie diesen Anruf oder etwas Ähnliches erwartet. Irgendwie hatte sie gewusst, dass sich dieser Mord nicht so einfach erklären ließ. Auch als Lawson die Fallakte schloss, ahnte sie im Innersten, dass es hier um mehr ging, dass die Ermittlungen des Kommissars nicht vollständig waren, dass er nur das Augenscheinliche entdeckt hatte, dass die Ermordung ihrer Schwester noch immer ein Geheimnis barg.

Sie schluckte trocken. »Was kann ich für Sie tun. Ms – Entschuldigen Sie.«

»Myrick. Ich rufe im Auftrag von Sonderagent Hank Tobias an. Er würde Sie gerne morgen sprechen, so früh wie möglich.«

»Weshalb?«

»Um wie viel Uhr wäre Ihnen denn recht?«

»Das muss mit der Ermordung meiner Schwester zusammenhängen.«

»Warum sagen Sie das?«

»Weil meine Steuern bezahlt sind und ich keine Krawalle angestiftet habe. Also«, fauchte sie, »spielen Sie mit mir, bitte, nicht Versteck, Ms Myrick. Die Ermordung meiner Schwester ist das einzige Verbrechen, mit dem ich in dieser Woche in Berührung gekommen bin. Warum sollte mich das FBI denn sonst anrufen?«

»Verzeihen Sie, dass ich Sie verärgert habe. Ehrlich. Ja, Mr Tobias möchte Sie wegen der Ermordung Ihrer Schwester sehen.«

»Detective Lawson von der Polizei in Dallas wurde diesem Fall als Ermittler zugeteilt. Er sollte mehr Informationen haben als ich, besonders bezüglich der technischen Aspekte.«

»Eigentlich möchte sich Mr Tobias mehr über persönliche Dinge mit Ihnen unterhalten.«

»Gibt es etwas Persönlicheres, als mit einem Küchenmesser erstochen zu werden?«

Ohne auf ihren Sarkasmus weiter einzugehen, fuhr Myrick ruhig fort: »Ihre Schwester war Patientin der Waters Klinik. Ist das richtig?«

»Damit beschäftigt sich das FBI? Seit wann denn das?«

»Welche Uhrzeit würde Ihnen morgen passen, Ms Lloyd?«

Sie wollte erneut losfauchen, bremste sich dann aber doch. Lucy Myrick war nur ein Sprachrohr. Auch wenn sie über die Einzelheiten des Gesprächs, um das Tobias gebeten hatte, Bescheid wüsste, würde sie sie nicht verraten. »Um neun Uhr? Hier bei mir zu Hause?« Sie nannte ihre Adresse.

»Er wird da sein, in Begleitung von Agent Patterson vom Büro in Dallas.«

»Woher kommt Mr Tobias denn?«

»Aus Washington.«

»D.C.?«

»Richtig. Mr Tobias wird morgen um neun Uhr bei Ihnen sein, Ms Lloyd. Gute Nacht.«

Nachdenklich schaltete sie den Akku aus, dann tippte sie sich mit dem Telefon gegen die Stirn. Das FBI? Den ganzen weiten Weg von Washington? Neugierig auf die Waters Klinik? »Was, zum Teufel –«

»Melina?« Jem klopfte an die Badezimmertür.

»Bin in einer Sekunde draußen.«

So viel zum Entspannungsbad, dachte sie beim Abduschen und stieg aus der Wanne. Von allen Vorschlägen, die Jem gemacht hatte, war ihr nur das Bad verlockend erschienen. Heute Abend wäre sie viel lieber allein gewesen, aber er hatte es sich nun mal in den Kopf gesetzt, sie zu verwöhnen.

Wie versprochen hatte er sie bei einem Glas Wein und leiser Musik sitzen lassen, während er das Abendessen kochte. Der Wein und die Musik und dazu das hypnotisierende Geräusch des Regens, der draußen fiel, hatten sie eingelullt. Eigentlich hatte sie nicht geglaubt, hungrig zu sein, aber die Spaghettini, die Jem auftrug, schmeckten köstlich. Nach dem Essen hatte sie sich zum Abwasch bereit erklärt, doch er wollte nichts davon hören und bestand darauf, dass sie ein Schaumbad nahm.

Leider hatte sich der Teil des Abends, der sie am meisten entspannen sollte, dank Lucy Myricks Anruf als reiner Stress erwiesen.

Als sie in einem bequemen Bademantel das Bad verließ, erwartete sie Jem im angrenzenden Schlafzimmer. Ihre innere Unruhe wegen des Anrufes verbarg sie hinter einem Lächeln. »Du hattest Recht, das war genau das, was ich brauchte.«

»Wer war das?«

»Wer?«, fragte sie mit gespielter Unschuld. Warum brannten die Lampen nicht? Er hatte sie ausgemacht und im ganzen Zimmer Kerzen angezündet. Sie schaltete die Nachttischlampe ein.

»Am Telefon.«

»Ach, kannte ich nicht. Eine Kundin von Gillian. Sie war nicht in der Stadt und hat die Geschichte erst heute Nachmittag nach ihrer Rückkehr erfahren.«

Sie hatte sich bewusst zum Lügen entschlossen, da gab es nichts zu entscheiden. Bis sie nicht selbst den wahren Grund für das Interesse des FBI an Gillians Ermordung wüsste, würde sie keiner Menschenseele davon erzählen, nicht einmal Jem.

»Ich hätte schneller abheben sollen, dann wärst du nicht gestört worden.«

»Ich wäre sowieso bald verschrumpelt. War höchste Zeit, dass ich herausgekommen bin.«

»Jetzt kommt das große Finale.«

»Du warst aber fleißig«, meinte sie mit einem Blick auf die Kerzen und das aufgedeckte Bett.

»Wenn ich schon mal da bin«, meinte er beiläufig. »Manche Sträuße fingen schon zu riechen an. Ich habe sie alle in die Küche getragen und hätte sie auch hinausgebracht, wenn es nicht geregnet hätte.«

»Danke. Ich werde sie morgen in die Biotonne stecken.« *Nach dem Besuch von Spezialagent Tobias, FBI.*

Er setzte sich auf die Bettkante und klopfte auf den Platz neben sich.

Sie zögerte. »Jem, du musst dich nicht unbedingt haarklein an dein Versprechen halten. Es ist schon spät.«

»So spät auch nicht.«

»Aber du musst doch genauso fertig sein wie ich.«

»Melina, ich werde jetzt nicht mit dir diskutieren. Ich habe gesagt, ich würde dir Nacken und Rücken massieren, und genau das werde ich jetzt tun.«

Statt sich auf eine Diskussion einzulassen, die nur Unfrieden gestiftet und ihr die letzten Energiereserven geraubt hätte, setzte sie sich neben ihn auf die Bettkante und drehte ihm den Rücken zu. »Fünf Minuten, dann heißt es für dich Tschüss und ich marschiere ab ins Bettchen.«

»In fünf Minuten möchtest du unbedingt mehr.«

So recht wohl fühlte sie sich in dieser Situation nicht. Eigentlich war ihr dabei ganz und gar nicht wohl zu Mute. Irgendetwas stimmte nicht. Trotz seiner lockeren Plauderei schob er den Mantelkragen über ihre Schulter, um besser an ihren Nacken heranzukommen. Als er ihr die Hände auf die Haut legte, spürte sie das Öl darauf.

»Aha, du trägst ja noch immer den Anhänger.«

Er hatte darauf bestanden, dass sie ihn annahm. »Gillian hätte es so gewollt«, hatte er gesagt.

Nach anfänglichem Ablehnen hatte sie dann doch nachgegeben und war inzwischen froh darüber. Dieses Schmuckstück würde sie immer an ihren Racheschwur erinnern. Sollte ihr Entschluss je ins Wanken geraten, müsste sie nur über die roten Steine fahren und sofort würde sie sich wieder an die Unflätigkeiten erinnern, die Gordon mit Blut auf die Schlafzimmerwände geschmiert hatte. Schon beim Gedanken daran verkrampften sich jetzt ihre Muskeln. Jem spürte es.

»Du brauchst das. Deine Muskeln sind förmlich verknotet.«

Sie beugte den Kopf von seinen Lippen weg, die ungemütlich nahe an ihrem Ohr lagen. »Eigentlich ja kein Wunder, wenn man's richtig bedenkt.«

»Stimmt, du hast höllisch viel durchgemacht.« Nach einer winzigen Pause fügte er hinzu: »Aber Gillian ist tot, Melina. Wir müssen lernen, damit fertig zu werden. Entspann dich.«

Seine Daumen vergruben sich tief in ihren Nackenansatz. Das tat gut und sie sagte es ihm auch.

Er lachte in sich hinein. »Hab dir doch gesagt, dass ich gut bin.«

»Stimmt auch.«

»Gillian hat meine Nackenmassagen geliebt.«

»Kann ich verstehen.«

»Das war oft der Auftakt.«

Ihrer Ansicht nach eine völlig unpassende Bemerkung, aber anstatt davon viel Aufhebens zu machen, witzelte sie nur darüber. »So genau wollte ich's gar nicht wissen, Jem.«

Er lachte mit. Die kreisenden Bewegungen wanderten weiter über ihre Schultern hinunter. »Weißt du, Melina, das ist wirklich komisch.«

»Was?«

»Dass sogar ich auf diesen Rollentausch hereingefallen bin, den ihr beide abgezogen habt. Man sollte meinen, dass ich, ihr Verlobter, euch unterscheiden können müsste.«

»Du hast also nie vermutet, dass ich es war, die mit dem Handtuch um den Kopf an die Tür gekommen ist?«

»Keine Sekunde. Nicht einmal, als ich dich geküsst habe.«

»Als du mich ernsthaft küssen wolltest, habe ich

dich daran gehindert. Das wollte ich dann doch nicht.«

»Es hat trotzdem genügt.« Seine Hände hörten zu massieren auf und legten sich auf ihre Schultern. »So sehr, dass es mich erregt hat.«

Sie schoss vom Bett hoch, wirbelte zu ihm herum und hielt sich dabei den Bademantel bis zum Hals zu. »Das ist eine widerwärtige Bemerkung.«

Er lachte. »War doch nur Spaß.« Beschwichtigend streckte er die Hand nach ihr aus. »Melina, bitte, du glaubst doch nicht, dass ich das ernst gemeint habe, oder?«

»Ich glaube nur eines: Dass es für dich Zeit zum Gehen ist. Höchste Zeit.«

»Melina, na, komm schon, es war nur ein Witz.«

»Das war nicht komisch.«

Er ließ den Kopf hängen. »Nein, war's wohl nicht.« Als er zu ihr aufsah, versuchte er, den reumütigen kleinen Jungen zu mimen, doch auf sie wirkte das nur gekünstelt und abstoßend. »Tut mir Leid.«

»Entschuldigung angenommen. Jetzt sag, bitte, Gute Nacht, damit ich ins Bett kann.«

Sie drehte sich um und ging aus dem Schlafzimmer. Ihre entschlossenen Schritte und ihre Haltung ließen ihm keine andere Wahl, als sich anzuschließen. Er blieb nur noch stehen, um sein Jackett von der Sofalehne zu holen. Sie hielt ihm die Wohnungstür auf. »Nochmals danke für dein Essen«, sagte sie steif.

»Warum werde ich das Gefühl nicht los, dass wir diesen traurigen Tag mit einem sauren Unterton beenden?«

»Das ist ein trauriger Tag, Jem, sogar ein ganz trauriger. Ich möchte den Rest davon allein verbringen und mich in meiner Traurigkeit baden. Seit diese Polizisten auf meiner Türschwelle erschienen sind, hatte ich keinen Augenblick mehr für mich allein. Ich muss einfach trauern.«

Er nickte. »Einige Dinge sind zu persönlich, um sie zu teilen.«

»Danke für dein Verständnis.«

Als er neben ihr in der Tür stand, hielt er inne. »Ich komme morgen vorbei, um nach dir zu sehen.«

»Ich gehe morgen Früh ins Fitness-Studio.«

»Bist du sicher, dass dir schon der Sinn nach Training steht?«

»Die Bewegung wird mir gut tun.«

»Dann erreiche ich dich eben später.«

»Ruf vorher an.« Sie hatte immer mehr Mühe, ihn zu ertragen, und wollte ihn eigentlich nur noch los sein. Auf der Stelle.

Er beugte sich vor und küsste sie auf die Wange. Es fiel ihr sehr schwer, nicht zurückzuzucken. »Gute Nacht.«

Er trat in den Regen hinaus und trabte zu seinem Auto. Sie schloss die Tür, verriegelte sie, lehnte sich dann dagegen und holte mehrmals tief Luft. Es genügte noch nicht. Hastig ging sie wieder ins Badezimmer und wusch sich unter einem heftigen Duschstrahl mit dem Öl auch seine Fingerabdrücke ab. Sie schrubbte solange, bis auf ihrer Haut keine Spuren mehr zu finden waren.

»Die berühmte Nackenmassage, mein lieber Schwan«, stieß sie hervor, während sie sich Körperpuder auf die Schulter stäubte.

Plötzlich erstarrte sie reglos. Entweder spielten ihr ihre Ohren einen Streich oder sie hatte ein Geräusch gehört, das aus dem entgegengesetzten Teil des Hauses kam. Angestrengt lauschte sie. Als das kratzende Geräusch sich wiederholte, folgte sie ihm ins Schlafzimmer, wo sie feststellte, dass es sich bei dem seltsamen Laut lediglich um einen Ast handelte, der im regenschweren Wind an der Fensterscheibe scharrte.

Dank des FBI hatte sie einen Riesenbammel. Und das mit Recht. Sie hatte in den letzten Tagen mehr Blut gesehen als in ihrem ganzen vorherigen Leben zusammen. Zuerst das Blut ihrer Schwester am Mordschauplatz und dann in Dale Gordons gespenstisch verwahrloster Wohnung.

Sie ging durchs Schlafzimmer und blies die Kerzen aus, die Jem angezündet hatte. Sie erinnerten sie an jenen schauderhaften Ort mit seinem schrecklichen Altar, dem zerschlissenen Vorhang vor dem Bad und dem kranken Menschen, der dort gehaust hatte.

Er hatte Fotos besessen, hatte Lawson gesagt. Gordon hatte Gillian in einem zutiefst verletzbaren Zustand in der Waters Klinik fotografiert. Schon beim Gedanken daran wurde ihr speiübel. Sie bekam eine Gänsehaut und rieb sich durch den Bademantel die Arme.

Wenn sie sich nicht beruhigte, käme der lang ersehnte Schlaf, der sich hartnäckig verweigerte, auch heute Nacht nicht. Nur durch eine mentale Blockade könnte sie endlich schlafen. Im Gegensatz zu dem, was sie Jem erzählt hatte, hatte sie nicht die Absicht, eine Schlaftablette zu nehmen. Sie wollte sich nicht zudröhnen, besonders nicht, weil morgen Früh um neun Tobias vor der Türe stünde. Und bei diesem Treffen wollte sie unbedingt hellwach sein. Er kam, um Antworten auf Fragen zu bekommen. Dass sie ihre eigenen Fragen hatte, wusste er noch nicht.

Wein, dachte sie. Vielleicht wäre sie danach so

entspannt, dass sie einschlief, ohne am Morgen benommen aufzuwachen. Sie hatten die Flasche, die Jem zum Abendessen serviert hatte, nicht ausgetrunken.

Ohne das Licht einzuschalten, ging sie in die Küche und holte die Weinflasche aus dem Kühlschrank. Als sie die Tür mit der Hüfte zudrückte und dabei mit der freien Hand nach einem Weinglas griff, brach ihre Hintertür mit einem Knall auf.

Das Einzige, was sie zuerst sah, war Blut.

Noch mehr Blut.

18

Sie schloss den Kühlschrank, um das Licht zu löschen, und zerschlug gleichzeitig die Weinflasche auf der Arbeitsplatte, sodass sie und der Boden mit kalifornischem Chardonnay und Glassplittern übersät waren.

Dann hielt sie der blutbedeckten Gestalt, die im Türrahmen zusammengesackt war, den schartigen Flaschenhals unter die Nase. »Hau ab oder ich richte dich übel zu. Ich hol die Polizei.«

Er taumelte herein. Aus einem hässlichen Schnitt auf der Wange und einem anderen über dem Auge tropfte Blut. Das Auge war verschwollen und schillerte in allen Farben. »Das Polizistenwunder Lawson würde ich nicht empfehlen.«

»Chief!«

Sie ließ die zerbrochene Flasche fallen und stürzte ohne Rücksicht auf die Glasscherben am Boden zu ihm hinüber. Sie schloss die Tür gegen den Regen, dann brachte sie ihn zu einem Stuhl am Küchentisch. »Was ist mit Ihnen passiert? Hatten Sie einen Unfall?«

»Lassen Sie es aus«, sagte er, als sie die Hand nach dem Lichtschalter ausstreckte.

»Warum?«

»Weil ich nicht mit Sicherheit sagen kann, ob man mir nicht hierher gefolgt ist, und –«

»Sie sind gefahren?« Er konnte sich kaum aufrecht halten.

»Nein, Augenzeugen haben mich in ein Taxi verfrachtet. Ich habe mich vom Fahrer gleich um die Ecke absetzen lassen und bin den restlichen Weg zu Fuß gegangen.«

»Wieso Augenzeugen? Wovon?«

»Später. Kein Licht. Wenn sie hinter mir her sind, dann höchstwahrscheinlich auch hinter Ihnen. Und bei eingeschaltetem Licht geben wir eine prima Zielscheibe ab.«

»Zielscheibe? Für wen? Wer sind ›sie‹? Um Himmels willen, wovon reden Sie?«

Während dieses wirren Wortwechsels hatte sie nach einem Geschirrtuch gesucht, denn vor Aufregung konnte sie sie nicht mehr finden. Schließlich erwischte sie doch die richtige Schublade und nahm welche heraus. Obwohl sich ein Glassplitter in ihre nackte Ferse gebohrt hatte, kümmerte sie sich nicht weiter darum, sondern presste das Geschirrtuch gegen Christopher Harts blutendes Jochbein.

Unter dem Druck zuckte er zusammen. »Durch diesen Scheißkerl ist die Wunde wieder aufgeplatzt, die ich Hennings zu verdanken habe.«

»Welcher Scheißkerl? Fangen Sie von vorne an und klären Sie mich auf. Wer hat Ihnen das angetan?«

»Man hat mich vor einem Club in der Greenville Avenue überfallen.«

»Überfallen? Wie bei einem Straßenraub? Haben Sie's der Polizei gemeldet?«

»Nein.«

»Warum nicht?«

»Haben Sie eine Schmerztablette?«

»Äh –«

»Irgendetwas?«

»Warten Sie hier.« Sie eilte aus der Küche, wobei sie die Ferse mit dem Glassplitter schonte.

Im Bad durchsuchte sie fieberhaft das kleine Arzneischränkchen, wobei sie mehrere rezeptfreie Medikamente und abgelaufene Arzneimittel ins Waschbecken stieß. Endlich fand sie das Gesuchte.

Als sie sich mit dem Fläschchen in der Hand umdrehte, stand Chief in der offenen Badezimmertür, stützte sich mit der einen blutigen Hand am Türrahmen ab und hielt mit der anderen das Geschirrtuch an sein Jochbein.

Sie schüttelte eine Tablette in die Hand. »Wurzelbehandlung. Letztes Jahr.«

»Was ist es?« Als sie es ihm sagte, nickte er und hob die Pille mit zwei Fingern auf. »Habe ich auch schon mal genommen. Auch bei Zahnschmerzen.«

»Es ist nicht besonders stark. Allerdings weiß ich nicht, ob dieses Mittel nicht mit der Zeit seine Wirkung verliert.« Sie füllte das Zahnputzglas mit Wasser und reichte es ihm.

Er schluckte die Tablette und gab ihr das Glas zurück. »Danke.«

»Ziehen Sie Ihre Jacke aus und setzen Sie sich hier hin.« Sie klappte den Toilettendeckel zu. Er schüttelte seine Lederjacke ab und deutete auf das grelle Deckenlicht. »Dieser Raum hat keine Fenster«, erklärte sie. »Niemand kann das Licht sehen. Aber ich muss Ihr Gesicht sehen können.«

Er setzte sich und lehnte den Kopf zurück. Die klaffende Wunde war nicht lang, dafür aber tief. »Das muss genäht werden.«

»Haben Sie ein Pflaster?«

»Ich denke schon.«

»Das genügt auch. Gießen Sie zuerst noch etwas Desinfizierendes drauf.«

»Sind Sie sicher? Es könnte eine Narbe geben. Meiner Ansicht nach müsste man es wirklich –«

»Nur –« Er deutete auf den offenen Medizinschrank. »Wird schon werden.«

Im Schränkchen stand eine Flasche Desinfektionsmittel, von dem sie etwas in die offene Wunde goss. Er fluchte fürchterlich. »Lernt man diese Ausdrücke in der Astronautenschule?«, wollte sie wissen.

»Gehört zu den Pflichtfächern.«

»Darin müssen Sie eine Eins gehabt haben.«

»Jeden Test siegreich bestanden.«

Nach dem Reinigen der Wunde gab sie ihm ein mit Desinfektionsmittel getränktes Gazestück. »Für den Schnitt über dem Auge. Sieht zwar nicht so schlimm aus, muss aber trotzdem gereinigt werden.«

Sie hatte entschieden, dass ein normaler Pflasterverband für die Wange nicht ausreichen würde, und machte sich deshalb daran, auf der Frisierkommode einen speziellen Verband zu basteln.

»Melina, haben Sie eine Schusswaffe?«

Diese erstaunliche Frage fiel, als sie gerade einen Leukoplast-Streifen von der Rolle schnitt. Die Metallspule fiel ihr aus der Hand, wobei ein weißes Pflasterstück auf ihrer Fingerkuppe kleben blieb. Die Spule schwang wie ein Pendel hin und her. »Eine Schusswaffe? Etwa eine Pistole?«

»Haben Sie eine?«

»Warum?«

»Haben Sie eine?«

»Nein.«

»Beeilen Sie sich. Wir müssen reden.«

Rasch betupfte sie beide Wunden mit einer antibiotischen Salbe. Dann legte sie ein Gazekissen auf seine Wange und befestigte die eine Seite mit Leukoplast. »Vermutlich wird es schnell durchbluten. Dann werde ich es wieder wechseln.«

Sie kam gar nicht auf die Idee, ihn zu fragen, ob er dann noch da wäre. Auch nicht, warum er nach einem Überfall ausgerechnet zu ihr kam. Von vorneherein schien festzustehen, dass sie und Chief in diese Sache gemeinsam verwickelt waren – egal, was dahinter stecken mochte – und dass er eine Weile bleiben würde. Beides löste in ihr widersprüchliche Empfindungen aus: einerseits tröstliche, andererseits war sie ziemlich verwirrt.

Tröstliche, weil sie nur allzu gerne einen Bundesgenossen hatte, einen intelligenten Menschen, der sich unter Kontrolle hatte. Einen, der nicht einmal im verletzten Zustand in Panik geriet, sondern einen kühlen Kopf behielt. Einen, der wie sie über diesen Mord empört war und vielleicht sogar ihre Schuldgefühle teilte.

Verwirrt, weil es sich dabei um Chief Hart handelte, dessen bloße Anwesenheit bereits genügte, um in ihr ein prickelndes Gefühl auszulösen. Wenn er, wie momentan, in ihrer Nähe war, reagierte ihr Körper auf eine Art und Weise, die sie verlegen machte. Zum Beispiel bekam sie zittrige Finger und konnte erst nach zwei gescheiterten Versuchen einen weiteren Leukoplast-Streifen über den Verband kleben.

So hautnah war sie ihm noch nie gewesen. Ihr wurde nur allzu sehr bewusst, dass sie zwischen seinen Schenkeln stand, so nah zu seinem Gesicht gebeugt, dass sie ihn fast berührte und sich sogar danach sehnte.

Als das Pflaster klebte, zog sie hastig ihre Hand weg und trat einen Schritt zurück. Nur mit Mühe konnte sie den Impuls unterdrücken, ihre feuchten Hände am Bademantel abzuwischen oder sich an den Hals zu fassen oder sonst eine nervöse Bewegung zu machen, die ihm möglicherweise signalisiert hätte, dass sie wie ein alberner Teenager auf ihn reagierte.

»Versuchen Sie, noch ein wenig dagegenzudrücken«, sagte sie.

Er stand auf und musterte das Ergebnis ihrer Bemühung im Spiegel, wobei er vorsichtig den Verband berührte. »Danke.«

»Was machen wir mit Ihrem Auge?«

»Vielleicht ein bisschen Eis darauf.«

»Bin gleich wieder da.«

Wieder humpelte sie in die Küche. Vorsichtig lief sie auf Zehenspitzen um die größeren Glasscherben herum und hoffte, nicht auf die kleineren zu treten, die sie im Dunkeln nicht sehen konnte. Seit seiner Bemerkung über sie beide als Zielscheibe hatte sie Wahnvorstellungen. Deshalb ließ sie die Deckenleuchte aus, füllte aus dem Spender am Kühlschrank Eisstückchen in einen verschließbaren Plastikbeutel und wickelte ihn in eines der wenigen Geschirrtücher, das noch keine Blutflecken hatte.

Kaum kam sie wieder ins Schlafzimmer, rief er: »Hier.« Er lag in einem Sessel in einer dunklen Zimmerecke. Ein Bein hatte er auf den passenden Schemel gelegt, das andere stand noch auf dem Boden. Seine Jacke hing über seinem Knie. Er sah völlig erschöpft aus.

»Sie fühlen sich beschissen, stimmt's?«

Mit einem ironischen Grinsen griff er nach dem behelfsmäßigen Eisbeutel und legte ihn sich aufs Auge. »Um mich beschissen zu fühlen, muss es mir erst mal besser gehen.«

Sie hob die Jacke von seinem Knie, schüttelte die Regentropfen ab und hängte sie an den Türgriff. Anschließend wandte sie sich wieder ihm zu und fragte: »Möchten Sie ein Handtuch für Ihre Haare?«

»Die trocknen schon wieder.«

»Noch mehr Verletzungen, die man nicht sieht? Geprellte oder gebrochene Rippen? Eine Beule am Kopf? Gehirnerschütterung? Innere Blutungen?«

Er schüttelte den Kopf. »Nur das, was man sieht.«

»Sollten Sie zur Sicherheit nicht in die Notaufnahme?«

»Sie machen Blutspuren auf Ihrem Teppich.«

Jetzt sah sie die Flecken, die sie im Schlafzimmer gemacht hatte. »Ich bin in eine Scherbe getreten.«

»Die Strafe dafür, dass Sie mich mit dieser zerbrochenen Flasche bedroht haben.«

»Ich hatte doch keine Ahnung, dass Sie es waren. Normalerweise läuten meine Besucher an der Haustür und brechen nicht durch die Hintertür ein.«

»Was ist mit Ihrem Fuß?«

»Das Glas steckt noch in der Ferse.«

»Sie sollten sich mal darum kümmern.«

»Aber ich will hören –«

Er hörte gar nicht zu. Ihm waren die Augen zugefallen. Vielleicht wirkte die Schmerztablette doch stärker, als sie gedacht hatten. Vielleicht war er aber auch einfach nur erschöpft.

Im Badezimmer setzte sie sich auf den Toilettendeckel und legte das Bein übers Knie, um die Ferse zu untersuchen. Der Glassplitter war so groß, dass sie ihn sehen und mit einer Pinzette herausziehen konnte. Der Fairness halber wusch sie die blutende Wunde mit demselben Desinfektionsmittel aus, das sie auch bei Chief benutzt hatte. Es brannte wie verrückt. Sie klebte ein Heftpflaster darüber.

Sie humpelte wieder ins Schlafzimmer. Er schnarchte leise. Ruhig setzte sie sich auf die Bettkante, ganz nahe bei der Stelle, wo sie vor weniger als einer Stunde mit Jem Hennings gesessen hatte. Seitdem war viel passiert.

Seit sie Jem Gute Nacht gesagt hatte, war so viel Überraschendes über sie hereingebrochen: Christopher Harts plötzliches Auftauchen, der Überfall auf ihn, seine Verletzungen, seine Frage, ob sie eine Schusswaffe habe. Aber am unglaublichsten war die Tatsache, dass er mitten in dieser Krise einschlafen und friedlich vor sich hin schnarchen konnte.

Zehn Minuten lang regte sie sich nicht, sondern saß nur stumm da und schaute ihm beim Schlafen zu. Dann schlug er die Augen auf, als hätte man ihn exakt auf einen Sechshundert-Sekunden-Schlaf programmiert. Bei ihrem Anblick flüsterte er lächelnd: »Hey.«

»Hey.«

Er streckte die Hand nach ihr aus und meinte schleppend: »Was machst du denn soweit weg?«

»Ich –« In dem Moment begriff sie, dass er sie verwechselt hatte. Mit einem entschuldigenden Lächeln erinnerte sie ihn daran: »Ich bin Melina.«

Verdrossen ließ er die Hand sinken und änderte seine Sitzposition. Er setzte sich aufrechter hin, fuhr sich mit den Fingern durch die Haare und meinte gereizt: »War mir schon klar.«

»Kam mir aber eine Sekunde nicht so vor.«

Statt einer direkten Antwort fragte er: »Bin ich eingenickt?«

»Nein, Sie sind einfach umgekippt.«

»Entschuldigung.«

»Sie sollten versuchen, noch ungefähr acht Stunden in diesem Zustand zu verbringen. Es sei denn, Sie hätten doch eine Gehirnerschütterung. Dann sollten Sie wach bleiben.«

»Ich habe Ihnen doch schon gesagt, dass ich keine habe.«

»Okay.« Nach kurzem Schweigen fragte sie: »Woher wussten Sie meine Adresse?«

»Hat mir Lawson gegeben. Ich habe Blumen geschickt.«

»Oh, ich habe noch nicht alle Karten gelesen. Danke schön.«

»Gern geschehen.«

Er starrte auf seine Stiefelspitze. Die Säume seiner Jeans waren nass, fiel ihr auf, aber dank der Stiefel waren Beine und Füße trocken geblieben. Offensichtlich machte es ihm nichts aus, dass das Leder Blutflecken abbekommen hatte.

Schließlich schaute er zu ihr hinüber. »Woher wissen Sie das?«

»Was?«

»Das von mir und Gillian?«

»Dass Sie miteinander geschlafen haben?«

Er nickte kurz.

»Sie hat's mir erzählt. Als sie nach Hause kam.«

Wieder konzentrierte er sich voll und ganz auf seine Stiefelspitze. »Als ich zu Lawson sagte, ich wüsste nicht, wann sie gegangen sei, war das keine Lüge. Sie hat sich nicht verabschiedet.« Nach einem kurzen Seitenblick auf sie vertiefte er sich wieder in seinen Stiefel. »Sie hat sich davongestohlen, während ich schlief.«

»Sie hielt einen klaren Schnitt für besser. Dachte, es würde vielleicht peinlich, wenn sie bis morgens blieb.« Er schaute sie an, als erwarte er eine vollständigere Erklärung. »Manche Männer gehen ›dem Morgen danach‹ lieber aus dem Weg. Gillian dachte, Sie wachen vielleicht lieber allein auf.«

»Da hat sie falsch gedacht.«

»Oh. Na ja.« Mehrere Herzschläge lang herrschte Pause. »Das hat sie nicht wissen können. So vertraut war sie mit dem Protokoll für Eine-Nacht-Affären nicht.« Blaue Augen bohrten sich in ihre. »Das ist wahr«, beharrte sie, »diesbezüglich waren wir verschieden.«

»Hat sie auch gesagt.«

»Tatsächlich?«

»Während sie Ihre Rolle spielte, beschrieb sie sich als impulsiv. Sie meinte, Melina Lloyd täte immer das, was ihr momentan richtig erscheine.«

Sie lächelte traurig. »Das trifft zwar auf mich ziemlich genau zu, aber nicht auf Gillian. Sie war viel umsichtiger. Chief, Sie sollten sich geschmeichelt fühlen. Um mit Ihnen zu schlafen, ist sie von ihrem üblichen Standard Meilen weit abgewichen. Sie müssen für sie etwas ganz Besonderes gewesen sein.«

»Warum hat sie dann –« Zornig ließ er die Frage in der Luft hängen.

»Ich habe Ihnen doch schon erklärt, warum sie ohne Abschied gegangen ist.«

»Tjaja«, stieß er hervor. »Sie sagen, sie sei zwischen zwei und drei hier gewesen?«

»Sie hat sich entschuldigt, weil es schon so spät war, aber ich hab sowieso auf sie gewartet.«

»Um zu hören, wie der Abend verlaufen war?«

»Ja.«

»Und?«, fragte er.

Sie zuckte mit den Schultern. »Was wollen Sie? Eine Note? Zwischen Eins und Sechs? Oder auf einer Skala von Eins bis Zehn? Oder genügt auch ein schlichtes Bestanden oder Nicht-Bestanden? Ist das nicht ein bisschen kindisch?«

»Und der Rollentausch von Zwillingen ist das nicht?«, fragte er nachdrücklich.

Sie fuchtelte mit den Händen vor ihrem Gesicht herum und stand auf. »Wir sind vom Thema abgekommen.« Hart setzte sie die Ferse auf und verzog sofort schmerzhaft das Gesicht.

»Tut Ihr Fuß weh?«

»Chief, warum sind Sie hergekommen? Was ist heute Abend passiert? Warum haben Sie anschließend meine Tür gestürmt?«

»Ich bin in diesem Club in der –«

»Greenville. Soweit waren wir schon.«

»Ich war auf dem Weg zu meinem Wagen, da haben mich zwei Kerle angefallen.«

»Und Sie windelweich geschlagen.«

»Sie haben's versucht. Sie wollten mich in einen Lieferwagen zerren und versprachen, mich umzubringen. Meiner Ansicht nach hätten sie ihr Versprechen gehalten, wenn nicht ein Wagen in den

Parkplatz eingebogen wäre. Darauf verschwanden sie in ihrem Lieferwagen und sind abgehauen.«

»Als die Leute in dem anderen Wagen gemerkt haben, dass ich verletzt war, wollten sie mir helfen und die Polizei rufen. Ich habe ihnen erklärt, es handle sich um eine familiäre Auseinandersetzung, die man am besten privat regelt. Wenn sie mich, bitte, nur in ein Taxi setzen könnten – Und den Rest kennen Sie ja.«

»Können Sie die Männer beschreiben?«

»Sie trugen Skimasken.«

»Masken? Lieber Gott. Konnten Sie das Kennzeichen sehen?«

Er schüttelte den Kopf. »War zu dunkel. Habe nicht mal den Bundesstaat erkannt. Der Lieferwagen hatte irgendeine dunkle Farbe. Mehr weiß ich nicht.«

»Wollten sie etwas stehlen?«, fragte sie mit einem Blick auf seine Fliegeruhr.

»Melina, das waren keine Diebe. Die sagten rundheraus, sie würden mich töten. Und das habe ich ihnen geglaubt. Die machten keine Mätzchen. Ich bin kein Feigling –« Dabei fiel ihm ein, dass sie ihn genau das genannt hatte, und er fügte trocken hinzu: »Ganz im Gegensatz zu Ihrer Ansicht. Na, egal, jedenfalls haben mich diese Kerle überzeugt. Die hätten sich an ihre Worte gehalten.«

Chief gehörte nicht zu den Männern, die aus einer Rauferei einen Kampf auf Leben und Tod machten. Er brauchte keine dramatischen Effekte, um Aufmerksamkeit zu erzielen. Er wurde schon beachtet, wenn er nur reglos dastand und gar nichts tat. Er musste keine Geschichten von Feuer speienden Drachen erfinden, um wie ein Märchenprinz zu wirken.

»Warum haben die ausgerechnet Sie ausgesucht?«

»Melina, man hat mich nicht unter vielen ausgesucht«, sagte er, zusehends ungeduldiger. »Die haben mir aufgelauert. Mir, und nicht irgendeinem.«

»Haben Sie Ihren Namen genannt?«

»Hören Sie eigentlich zu?«

»Schon gut, schon gut. Die haben Sie gekannt. Das macht die Sache sehr ernst. Warum haben Sie nicht auf der Stelle die Polizei verständigt?«

Einen Augenblick kaute er auf seinem Mundwinkel herum, dann fuhr er mit leisem Nachdruck fort: »Denken Sie mal nach. Vor drei Tagen wurde Gillian in ihrem Bett ermordet. Ganz gezielt. Die Worte an ihren Wänden waren eine drastische Anspielung auf mich und auf die Tatsache, dass wir miteinander geschlafen hatten. Da war jemand ganz schön sauer.«

»Dale Gordon.«

Er schnaubte verächtlich. »Mich hat heute Abend kein doofer Geist angefallen. Vielleicht glauben Sie ja an Zufälle, ich nicht. Zumindest bin ich skeptisch. Ich glaube an Ursache und Wirkung. Wenn eine Glocke läutet, sucht man nach dem Grund, warum sie läutet. Während meiner Ausbildung hat man mir eingebläut, ich müsse Warnsignale beachten und sofort darauf reagieren.«

»Zugegeben, manchmal kann man die Zeichen auch falsch deuten. Manchmal ist es nur falscher Alarm. Aber das muss man erst überprüfen. Warnsignale haben einen bestimmten Zweck, und zwar den, dich vor Gefahr zu warnen. Einen Mord, einen Selbstmord und einen Mordversuch werte ich als Zeichen dafür, dass in dieser Chose etwas völlig daneben ist.«

»Sie meinen, es gibt einen Zusammenhang zwischen Gillians Ermordung und diesem Überfall auf Sie heute Abend?«

»Ja. Und Sie doch auch.« Er musterte sie unverwandt. Seine Augen reflektierten das Licht aus dem offenen Badezimmer wie zwei blau getönte Spiegel. »Wenn mich nicht alles täuscht, ging Ihnen Lawsons Zusammenfassung der Dinge einen Hauch zu glatt. Sie sind nicht ganz damit einverstanden, dass alles so abgelaufen ist, wie er sagt. Sie sind nicht überzeugt, dass Dale Gordon auf eigene Faust gehandelt hat. Oder?«

Sie starrten einander durch das stille Halbdunkel an. Ihr war so beklommen zu Mute, dass sie nur mühsam atmen konnte. Schließlich sagte sie: »Möchten Sie einen Tee?«

19

»Tee?«

»Trinke ich manchmal zur Entspannung«, erklärte Melina.

»Schon mal Bourbon probiert?«

»Zusammen mit einer Schmerztablette?«

»Noch besser.«

»Werd mal sehen, was ich habe.« Sie ging aus dem Zimmer. Während sie draußen war, musterte Chief seine Umgebung. Der Raum war gemütlich eingerichtet, weiblich, aber nicht verspielt. Ordentlich, aber nicht übertrieben. Auf dem Nachttisch stand ein gerahmter Schnappschuss der Zwillinge. Er drückte sich aus dem Sessel und nahm das Foto. Dann wanderte sein Blick zwischen den beiden lachenden Gesichtern hin und her.

»Können Sie sagen, wer wer ist?« Melina hatte zwei Whiskygläser mitgebracht.

»Nein. Danke.«

Zögernd reichte sie ihm einen der Drinks. »Nein, danke?«

Er griff danach. »Nein, ich kann Sie beide nicht auseinander halten. Und danke für den Drink.«

»Bitte.«

»Offensichtlich haben Sie meinen Vorschlag aufgegriffen.«

»Das ging schneller als Teekochen.« Sie nickte zu dem Bild hinunter. »Ich bin die auf der rechten Seite.«

Wieder betrachtete er kopfschüttelnd den Schnappschuss und stieß dann ein »Verdammt« hervor. Nachdem er den Rahmen auf den Nachttisch gestellt hatte, nahm er wieder im Sessel Platz. Melina setzte sich aufs Bett und lehnte sich rücklings gegen das Kopfteil, ohne die Fotografie aus den Augen zu lassen. »Ich habe noch nicht um sie getrauert.«

»Dazu hatten Sie noch keine Zeit.«

»Vermutlich.«

»Das wird ganz plötzlich über Sie kommen, völlig unerwartet. Wie wenn einem eine Ladung Ziegelsteine auf den Kopf fällt. Dann werden Sie begreifen, dass sie tatsächlich von Ihnen gegangen ist. Und dann werden Sie auch trauern.«

»Sprechen Sie aus Erfahrung, Chief? Haben Sie einen nahe stehenden Menschen verloren?«

»Meine Mutter. Vor sieben Jahren. War hart.«

»Als unsere Eltern kurz nacheinander starben,

haben Gillian und ich uns gegenseitig geholfen, damit fertig zu werden.«

»Dann gab es also nur Sie beide? Keine anderen Schwestern oder Brüder?«

»Nur uns beide. Und jetzt nur noch mich.« Nachdenklich strich sie mit dem Finger über den Glasrand. Als sie zu ihm aufblickte, fragte sie: »Und was ist mit Ihrem Vater?«

»Lebt noch.« Das war alles, was er zu diesem Thema zu sagen hatte. Sie musste es intuitiv erfasst haben, denn sie hakte nicht weiter nach. Nach längerem Schweigen wechselte er das Thema und meinte: »Was für eine merkwürdige Situation, Melina.«

»Wieso? Ich stimme Ihnen zu, aber was finden Sie daran so merkwürdig?«

»Wenn ich das Glück habe, mich mit einem Drink und einer schönen Frau in einem Schlafzimmer zu befinden, reden wir normalerweise nicht über Tod und Sterben und ungelöste Rätsel.«

Sie lächelte ohne einen Funken Humor. »Für mich ist auch nichts normal. Gillians Ermordung hat alles verändert.«

»Dann werden Sie ja nachfühlen können, wenn ich sage, dass mein Leben seit meiner Begegnung mit Gillian, seit Ihrem Rollentausch, restlos in die Brüche gegangen ist.«

Wie der Blitz schoss sie aus dem Bett. Dabei blitzte ein nacktes Bein auf und enthob ihn weiterer Spekulationen darüber, ob sie unter ihrem Bademantel etwas trug. Sie stellte ihr Getränk nicht gerade sachte auf dem Nachttisch ab und fuhr ihn wütend an. »Wissen Sie, was mir soeben eingefallen ist? Ohne Sie wäre das alles nicht passiert.«

»Sie haben Recht.« Seine ruhige Feststellung traf sie völlig überraschend. Sie hatte Widerspruch erwartet. Als nichts dergleichen kam, wusste sie nichts mehr zu sagen. »Ist der Wutanfall vorbei? Können Sie wieder zuhören?«

Beleidigt nahm sie wieder auf dem Bett Platz und verschränkte die Arme vor der Brust. Auf seine höfliche Frage, ob er ihr noch etwas zu trinken einschenken könne, schüttelte sie den Kopf. »Na schön«, hob er an, »dann wollen wir mal alle Karten auf den Tisch legen und schauen, ob sich daraus ein Sinn ergibt. Einverstanden?«

»Warum tun Sie das?«, wollte sie wissen. »Damals im Polizeipräsidium haben Sie doch klar zum Ausdruck gebracht, dass Ihnen jede Verwicklung in diese Sache gegen den Strich geht, dass Sie ein unbeteiligter Zuschauer sind und sich lieber gestern als heute zurückziehen möchten.«

»Anfänglich habe ich so gedacht. Ich wollte

mich nicht in ein Schlamassel hineinzerren lassen, an dem ich nicht schuld war. Sie haben voll und ganz Recht: Das war egoistisch von mir. Mittlerweile denke ich anders darüber.«

»Warum dieser plötzliche Sinneswandel? Weil Ihr eigenes Leben in Gefahr ist? Gewissensbisse?«

»Na schön, Melina, geben Sie's mir ruhig ordentlich, ich hab's verdient. Ich habe mich wie ein Arschloch benommen.«

»Sie weichen aus.«

Er zögerte, ehe er leise sagte: »Über den Grund für mein Hiersein möchte ich nicht reden.«

»Hat es etwas mit Gillian zu tun?«

»Teilweise. Größtenteils.« Weiter erklärte er nichts, aber Gott sei Dank akzeptierte sie seine Kurzversion.

»Was sonst noch?«

»Meiner Ansicht nach hat Gillians Mörder heute Abend auch mich umzubringen versucht. Egal, wer es war.« Jetzt hatte er ihre Aufmerksamkeit. Sie hörte zu. Die feindseligen Schwingungen, die sie aussandte, waren deutlich schwächer geworden. »Zumindest hat man mich soweit gebracht, dass ich mit einem neuen Mordversuch rechne. Vielleicht ist das aber auch nur eine Einschüchterungstaktik.«

»Also geben Sie zu, Angst zu haben.«

»In erster Linie bin ich stinksauer. Vielleicht geht da nur mein Injun-Blut mit mir durch, aber wer mich im Dunkeln überfällt und versucht, mich zu entführen, und mir sagt, ich müsse sterben, der muss mit einer ordentlichen Abreibung rechnen.«

Nach kurzem Nachdenken hob sie hilflos die Hände. »Aber Gillians Mörder ist tot, Chief.«

»Geben Sie sich damit zufrieden, dass Dale Gordon auf eigene Faust gehandelt hat?«

»Es klingt vernünftig.«

»Und warum waren Sie dann gestern Abend bei seiner Wohnung?«

Vor Erstaunen öffnete sie stumm die Lippen.

»Ich bin selbst dort vorbeigefahren«, gestand er. »Es war noch immer alles abgesperrt. Trotzdem bin ich in der Hoffnung dort gewesen, anschließend wäre ich überzeugt, allein dieser kranke Wichser sei für Gillians Ermordung verantwortlich.

Ich habe Sie in Ihrem Auto sitzen sehen. Sie waren so in den Anblick dieses gespenstischen Ortes versunken, dass Sie mich im Vorüberfahren nicht einmal bemerkt haben. Sie da zu sehen gab meinem Gefühl Auftrieb, dass Lawson irgendetwas übersehen hat. Dahinter steckt mehr als nur dieser einzelne klägliche Irre.«

»In derselben Hoffnung bin ich auch hingefahren«, gestand sie. »Auf einen Geistesblitz, ein Gefühl, dass jetzt endgültig Schluss ist. Irgend so etwas.«

»Und wie ist es ausgegangen?«

»Wie bei Ihnen, Chief. Da muss mehr dahinter stecken. Meiner Meinung nach hat dieses armselige Wesen nicht aus freien Stücken gehandelt. Wenn ja, dann hat man ihn dahingehend manipuliert.«

»Sie glauben also, irgendjemand wusste, dass er von Gillian besessen war, und hat dieses Wissen benutzt, um ihn zum Mord anzustiften?«

»So etwas Ähnliches.« Frustriert drosch sie mit den Fäusten auf die Matratze. »Aber wer? Warum? Gillian hatte keine Feinde.«

Er trank den letzten Schluck. Weder der Alkohol noch die Schmerztablette hatten das dumpfe Pochen in seiner Gesichtshälfte auch nur einen Deut verringert. Er konnte spüren, wie sein Auge trotz des Eisbeutels anschwoll. Da er nichts half, legte er ihn beiseite.

»Da wären diese Männer, die sich mit mir getroffen haben – Indianer.« Er erzählte ihr von den beiden Treffen mit Dexter Longtree und George Abbott. Kommentarlos hörte Melina zu.

»Abbott ist ein Ja-Sager, aber Longtree ist ein Häuptling und sieht auch so aus. Er hat einen Sitz in einem landesweiten Stammesrat und verfügt offensichtlich über jede Menge Einfluss und Geld. Sie wollten mich zum Beitritt zu einer Interessengruppe überreden, die gerade gegründet wird.« Er beschrieb die Native American Advocacy und ihre Ziele. »Sie wollen mich als ihren offiziellen Sprecher.«

»Das klingt großartig.«

»Wie der Teufel.«

»Etwa nicht?«

»Ich habe mich nie um Indianerangelegenheiten gekümmert. Außerdem habe ich noch nie für irgendjemand den Lautsprecher oder die Marionette gespielt.«

»Wollten die das denn?«

Ihr Zweifel ärgerte ihn. »Ich … Ja! Sie haben versucht, mich unter Druck zu setzen. Ich sollte mich auf der Stelle zum Mitmachen bereit erklären. Ich habe ihnen gesagt, sie sollen sich verpissen. Jedenfalls so was Ähnliches. Dann ruft mich Longtree ganz kurz, nachdem mich Lawson verhört hatte, an und schwafelt etwas Obskures von ›unglücklichen Umständen‹ und ›Problemen mit der Polizei‹, auf Grund derer ich seiner Ansicht nach vielleicht meine Meinung geändert hätte.«

Mehr musste er ihr nicht erzählen. Ihr war klar, worauf er hinauswollte. Mit gerunzelten Augenbrauen und leicht geschürzten Lippen war sie ganz Aug und Ohr. »Sie meinen, Longtree könnte die Männer geschickt haben, die Sie angegriffen haben.«

»Der Gedanke ist mir gekommen.«

»Waren es denn Indianer?«

»Konnte ich nicht erkennen. Sie wissen doch: Masken.«

»Trotzdem würde das keinen Sinn machen, Chief. Die wollen Sie doch nicht tot, sondern als ihren Fürsprecher haben.«

»Wie gesagt, vielleicht haben sie mir eine nachdrückliche Mahnung geschickt.« Dann fügte er hinzu, ohne sie aus den Augen zu lassen: »Weil ich die erste nicht beachtet habe.«

»Die erste?« Sie suchte seine Augen und rief dann leise: »Gillians Ermordung?«

Er ging zum Bett und setzte sich vor sie. »Wäre es möglich, dass man sie als Werkzeug benutzt hat?«

»Meinen Sie damit, ob es ein abgekartetes Spiel war, dass sie mit Ihnen geschlafen hat?«

»So was Ähnliches.«

Sie lachte kurz. »Haben Sie den Verstand verloren? Erstens wäre sie nie und nimmer einverstanden gewesen, für irgendjemand die Hure zu spielen.«

»Damit wollte ich nicht unterstellen –«

»Und zweitens war der Rollentausch an diesem Abend nicht ihre Idee, sondern meine. Das habe ich Lawson schon erklärt, aber damals haben Sie sich ja nicht am Gespräch beteiligt. Der Vorschlag, Gillian solle sich mit Ihnen treffen, stammte von mir. Sie hat diese Idee abgelehnt, anfänglich. Aber ich habe sie dann später angerufen und unter Druck gesetzt.«

»Warum hat sie letztlich nachgegeben?«

»Vermutlich wollte sie Sie kennen lernen. Oder –«

»Was?«

»Nichts.« Sie wandte den Blick ab. »Keine Ahnung, warum sie ihre Meinung geändert hat.«

»Blödsinn«, sagte er wütend. »Sie beide hatten keine Geheimnisse voreinander. Das haben Sie schon mehrmals gesagt.«

»Wir haben aber auch unser gegenseitiges Vertrauen nicht missbraucht.«

»Das ist doch jetzt egal. Sie ist tot.«

Wut stieg in ihr auf. »Daran müssen gerade Sie mich nicht erinnern, vielen herzlichen Dank. Offen gestanden, möchte ich, dass Sie gehen. Auf der Stelle.«

Es schmerzte ihn, die Tränen in ihren Augen zu sehen. Er hatte sie unter Druck gesetzt, aber nur zu ihrem eigenen Schutz, und zu seinem. Ohne eigenes Verschulden waren sie in etwas Rätselhaftes und höchst Gefährliches verwickelt worden. Und er musste unbedingt ergründen, was dahinter steckte. Er musste dafür sorgen, dass diese Gefahr verschwand, selbst wenn er dazu vorübergehend diese Frau verletzen musste, die der Tod ihrer Schwester schon so tief getroffen hatte.

Er packte sie bei den Schultern. »Melina, wäre es möglich, dass Longtree oder sonst jemand mit Gillian zwischen dem Mittagessen und dem Zeitpunkt Kontakt aufgenommen hat, als sie ihren Entschluss, mich zu begleiten, geändert hat?«

»Kontakt aufgenommen?«

»Vielleicht hat man sie bedroht.«

»Das hätte sie mir erzählt. Sie hätte die Polizei gerufen.«

»Dass man sie mit Geld gelockt hat?«

»Sie werden immer beleidigender.«

Chief blieb hart. »Wäre es möglich, dass man an ihr soziales Gewissen appelliert und ihr eingeredet hat, sie würde einer Minorität einen Dienst erweisen?«

»Nein. Gillian hatte ihre karitativen Lieblingsprojekte. Sie hat zahllose Fälle unterstützt, ohne eine Vorliebe für die amerikanischen Ureinwohner zu zeigen.«

»Jedenfalls nicht, bis sie mit mir ins Bett gegangen ist.«

»Sie Drecksschwein.« Sie versuchte, sich loszureißen, aber er ließ nicht locker.

»Melina, warum hat Gillian ihre Ansicht geändert?«

»Ich weiß es nicht!«

»Doch«, beharrte er. »Warum ist sie an diesem Abend mit mir ausgegangen?«

»Ich habe es Ihnen schon gesagt.«

»Aber Sie lügen. Warum hat sie ihre Ansicht geändert?«

»Wegen der KF!«

Nach ihrem Ausbruch entstand ein Vakuum, in dem nur sein heftiges Atmen zu hören war. »Zum Teufel, was ist das?«

»Künstliche Fertilisation. Gillian war am selben Tag künstlich befruchtet worden. Würden Sie, bitte, meine Schultern loslassen?«

Das tat er auf der Stelle und fuhr sich mit der Hand über den Mund bis zum Kinn hinunter. »Tja, davon habe ich schon gehört. Als wir auf der Polizeiwache waren.«

»Das ist ein ganz schöner Unterschied zu Ihrer Häuptling-Longtree-Verschwörung, nicht wahr?«

»Warum hat sie mit Hennings eine Klinik für künstliche Befruchtung aufgesucht?«

»Nicht mit Jem. Ein Kind zu bekommen, war einzig und allein Gillians Entscheidung. Sie wurde mit einem Spendersamen befruchtet.«

»Sie wollte ein Kind, aber nicht unbedingt von Hennings?«

»Genau das hat sie mir an jenem Tag beim Mittagessen erzählt.«

Er stand auf und begann, hin und her zu laufen. Er hoffte, durch die Bewegung besser Ordnung in seine Gedanken bringen zu können. »Ich begreife immer noch nicht, was das mit mir zu tun hat.«

Sie zog die Unterlippe durch die Zähne, als wolle sie abwägen, ob es ratsam sei, dieses Thema weiter zu verfolgen.

»Was, Melina?«

»Ich kann nur raten. Und mehr ist das auch nicht«, betonte sie. »Verstanden?«

»Verstanden.«

Sie holte tief Luft. »Paare, die Zuflucht zu alternativen Empfängnismethoden nehmen –« Mit einem Nicken beschwor er sie, fortzufahren. »– sollen auf Expertenempfehlung noch am selben Tag miteinander Geschlechtsverkehr haben.«

Er schaute sie aufmerksam an und wartete. Als sie abbrach, füllte er selbst die Lücke. »Gut, das kann ich verstehen. Das wäre vom Psychologischen her gesund, für beide Partner, besonders aber für den Mann.«

»Richtig.«

»Warum blieb Gillian dann nicht zu Hause und hat mit Hennings geschlafen?«

»Er ist steril. Vasektomie.«

Die Bedeutung ihrer Worte machte ihm weiche Knie. Vorsichtig setzte er sich auf den Schemel.

Etwas sanfter sagte sie: »Gillian hat Sie gewiss nicht in der Absicht begleitet, mit Ihnen zu schlafen. So hätte sie nie jemanden benutzt, besonders nicht ohne dessen Wissen und Billigung. Aber als sie nach Hause kam, hat sie mir erzählt, wie sehr Sie beide sich zueinander hingezogen gefühlt haben. Wenigstens hatte sie den Eindruck, es sei so gewesen.«

Er nickte.

»Vielleicht hatte sie im Hinterkopf – und dabei erinnere ich Sie nochmals daran, dass ich lediglich Vermutungen anstelle und mich vollkommen irren kann. Aber vielleicht hat Gillian Sie im tiefsten Unterbewusstsein für einen attraktiven Samenspender gehalten.« Erst nach ein oder zwei Sekunden meinte sie: »Wenn Sie allerdings etwas verwendet hätten –«

Er schaute zu ihr auf, hatte aber Mühe, ihrem Blick standzuhalten.

»Haben Sie denn?«, fragte sie.

»Natürlich.«

»Ich verstehe.«

»Hat sie Ihnen das nicht gesagt?«

»Nein.«

»Ich habe ein Kondom benutzt.«

»Oh.«

Er wandte den Blick ab. Eine Zeit lang sagte keiner ein Wort. Ihr verlegenes Schweigen wirkte betäubend. Er hatte zwar seit der Schulzeit mit Jungs über die Gummis geredet, aber nie mit einer Frau, jedenfalls nicht außerhalb des Bettes.

Zu seiner großen Erleichterung drängte Melina weiter. »Chief, Gillian ist nicht mit Hintergedanken mit Ihnen ausgegangen«, versicherte sie ihm leise. »Der Eingriff war für sie eine hochemotionale Erfahrung. Um den Druck dieses Tages abzubauen, ist sie aus reinem Spaß mit Ihnen ausgegangen. Das war auch mein Beweggrund gewesen, deshalb habe ich sie dazu gedrängt. Damit sie die Befruchtung und den ganzen mühsamen Entscheidungsprozess aus dem Sinn bekam. Sie ging, sie hat Sie getroffen, Sie fühlten sich beide körperlich zueinander hingezogen. Und haben sich so verhalten.«

»Eine ziemlich gute Zusammenfassung.«

»Sie war kein Teil einer großen Verschwörung.

Sie handelte weder auf Anweisung von Longtree noch von sonst jemand.«

»Sie haben Recht.« Seufzend erhob er sich und ließ sich schwerfällig wieder in den Sessel fallen. »Ich weiß, dass Sie Recht haben. Ich hatte nie den Eindruck, sie versuche, mich hereinzulegen. Ich habe nur im blinden Nebel herumgestochert.« Geistesabwesend zog er sein Hemd aus dem Hosenbund und begann, sich den Bauch zu reiben. »Und was machen wir jetzt?«

»Haben Sie Hunger?«

»Was?« Erst jetzt merkte er, dass sie seine unbewusste Geste wahrgenommen hatte, und meinte: »Nein, Hunger habe ich keinen, nur blaue Flecken.« Er knöpfte sein Hemd auf. Bei genauerem Hinsehen zeigten sich auf seinem Oberkörper über den Rippen und darunter einige dunkle Stellen.

Als er den Kopf hob, ertappte er sie dabei, wie sie ihn aufmerksam musterte. »Sie haben Prellungen.«

»Ist nicht so schlimm.«

»Gillian hat mir erzählt, Sie seien schön.«

Er schluckte heftig. »Was?«

»›Schön‹ hat sie gesagt. Genau diesen Ausdruck hat sie verwendet.«

Darauf wusste er nun wirklich nichts mehr zu sagen. Nichts. Kein einziges Wort.

Ihre Augen blieben ungefähr auf der Höhe seiner Gürtelschnalle hängen, was ihn ungewöhnlich verlegen machte. Das Bewusstsein, dass sich Gillian mit ihr über die Begegnung mit ihm unterhalten hatte, verursachte ihm Unbehagen. Wenn er doch nur wüsste, was ihr Gillian erzählt hatte und wie detailliert ihr Gespräch gewesen war. Wenn es um Vertraulichkeiten aus dem eigenen Liebesleben ging, gab es doch sicher auch zwischen Schwestern Grenzen, sogar bei identischen Zwillingen.

Melina hatte ihn wegen seiner Neugierde als kindisch bezeichnet. Trotzdem hätte er viel für das Wissen gegeben, wie er bei Gillian bestanden hatte. Toll? Schlecht? Oder – das Todesurteil, wenn es um Noten im Bett ging – ganz nett?

Nach einer halben Ewigkeit hob sie den Blick von seiner Taille und schaute ihm direkt in die Augen. Er spürte, wie sein Gesicht warm wurde. *Das* hatte ihr Gillian doch sicher nicht erzählt? Er konnte sich einfach nicht vorstellen, wie sie sagte: »Ich habe ihm einen geblasen.«

Sein Gehirn fühlte sich von dieser erotischen Erinnerung magisch angezogen, der ersten von vielen, zu denen es in jener Nacht gekommen war. Da war sie wieder an den Rändern seines Bewusstseins, flirtete mit ihm, quälte ihn und erregte ihn gegen seinen Willen.

Aber Melina hatte ihn etwas gefragt und er wusste, dass er antworten musste.

»Lawson?« Was hatte sie über den Kommissar gesagt?

»Sie haben sich vorher ironisch über seine Begriffsstutzigkeit geäußert.«

»War auch so gemeint«, sagte er, dankbar für die Ablenkung. »Vermutlich ist er ganz in Ordnung und ein einigermaßen guter Ermittler. Meiner Meinung nach ist er an diesen Fall mit guter Absicht herangegangen. Aber er hat viel um die Ohren, ist überlastet und unterbezahlt. Je schneller er einen Fall abschließen kann, umso besser. Er hat den Nominalwert des Beweismaterials akzeptiert.«

»Beweise, die ein bisschen zu sehr passten.«

»Genau das denke ich auch. Für einen, der eben erst seine totale psychische Kernschmelze erlebt und eiskalt einen Mord begangen hat, war Dale Gordon auffallend gut organisiert. Es sieht so aus, als hätte er sämtliches Beweismaterial so arrangiert, dass selbst ein Volltrottel ihn für den Mörder halten musste.«

Das Eis im Beutel hatte sich in einen Brei verwandelt, bot aber bei erneutem Auflegen noch immer ein gewisses Maß an Kühlung. Doch dann versetzte ihm Melina einen verbalen Aufwärtshaken.

»Na ja, vielleicht wird ja das FBI ein wenig Licht in dieses Rätsel bringen.«

Er ließ den Eisbeutel fallen. »Sie haben beim FBI angerufen?«

»Nein, die bei mir. Sie werden um neun Uhr hier sein.« Rasch warf sie einen Blick auf die Nachttischuhr. »Sie können gerne bleiben.«

20

»Sie hat mich angelogen.«

Als Bruder Gabriel diesen aufgeregten Satz über den Lautsprecher hörte, runzelte er die Stirn. Prinzipiell konnte er Anrufe zu nachtschlafender Zeit nicht ausstehen, es sei denn angekündigte. Normalerweise schlief er wie ein Baby und Telefonate zu später Stunde störten diesen friedlichen Schlummer. Außerdem kündigten sie schlechte Nachrichten an. Dafür war erst jüngst Dale Gordons Anruf ein perfektes Beispiel gewesen.

Gordon war beinahe hysterisch gewesen und hatte von Gillians Rendezvous mit dem Astronauten berichtet. Was für eine lange, schlaflose Nacht war das gewesen. Zu guter Letzt hatte sich alles eingerenkt und auch die daraus resultierende polizeiliche Ermittlung war zufrieden stellend abgelaufen.

Was war also nun wieder los?

Mr Hancock hatte versucht, die bevorstehende schlechte Nachricht abzumildern, indem er ihm eine Tasse heiße Schokolade servierte. Er trank einen Schluck. Genauso mochte er sie: knallheiß und mit einem Schuss Pfefferminzschnaps. Während ihm warm um den Bauch wurde, sagte er: »Ich nehme an, damit ist Melina Lloyd gemeint.«

»Ja«, antwortete Jem Hennings. »Sie hat mich belogen.«

»Und welcher Art war ihre Lüge?«

»Das FBI hat sich mit ihr in Verbindung gesetzt.«

Bruder Gabriel stellte die Tasse so ab, dass es klirrte. Sein leiser Verdruss schlug in Alarm um. »Woher weißt du das?«

»Ich war dort und habe den zweiten Telefonhörer abgenommen. Sie dachte, ich hätte aufgelegt, aber ich habe gelauscht. Eine Frau rief an, im Auftrag von Spezialagent Hank Tobias.«

»Aus dem Büro in Dallas?«

»Washington.«

Die Nachrichten wurde immer schlechter. »Diese Teufel«, zischte Bruder Gabriel.

»Wohl wahr. Sie sind sicher die Brutstätte des künftigen Antichristen.«

»Unsinn«, fauchte Bruder Gabriel, »so viel Macht haben die nicht. Sind auch nicht so schlau.«

Eine lästige Brut war das, weiter nichts. Und doch konnten die Lügen dieser Brut den Gläubigen ins Wanken bringen. Furcht hatte er keine vor dieser Regierungsbehörde, er glaubte an seine eigenen Fähigkeiten und daran, dass seine eigene manipulative Kraft größer war als ihre. Trotzdem hatte er einen gesunden Respekt vor dem Knüppel, mit dem sie nach Belieben das gut geölte Räderwerk seiner Mission stören konnten.

Gerade als er Pastor in seiner ersten Kirche gewesen war, hatte der Massenselbstmord von Jonestown stattgefunden. Die Geschichte hatte ihn fasziniert. In den Medien hatte Jim Jones Verleumdungen geerntet, von den Regierungen Schmähreden und vom Mann auf der Straße Vorwürfe. Sogar Pastor Alvin Conway hatte am Sonntagmorgen seine Schäfchen zum Gebet für jene Seelen aufgerufen, die sich soweit verirrt hatten. Und doch hatte er den Sektenführer insgeheim zutiefst bewundert, weil er solchen Einfluss ausgeübt und so viele Menschen dazu hatte bringen können, das Undenkbare zu tun.

Seit Jonestown beobachteten die obersten Polizeibehörden sämtliche religiösen Führer und ihre zahlreichen Jünger schärfstens. Das Desaster der Davidianer in Waco, Texas, hatte sie noch mehr erbost. Weder FBI noch ATF wollten einen zweiten David Koresh, der ihre Jungs auf CNN vor der ganzen Welt zu Idioten abstempelte. Diese Regierungsbehörden schienen einen Groll gegen jeden spirituellen Führer zu hegen, der direkten Zugang zu den Gedanken und Herzen der Menschen hatte.

Er hatte ergebene Jünger in diese verschiedenen Behörden eingeschleust. Sie würden ihn vor jeder verdeckten Ermittlung gegen seine Kirche warnen. Trotzdem war es am besten, von vorneherein jede Neugierde und jedes besondere Interesse zu vermeiden.

»Tobias hat morgen Früh um neun eine Verabredung mit Melina«, erklärte ihm Hennings.

»Und diesbezüglich hat sie gelogen?«

»Auf meine Frage, wer angerufen habe, hat sie mir einen Bären aufgebunden. Sie wollte nicht, dass ich von ihrem Treffen mit Agent Tobias weiß.«

Bruder Gabriels Augen verengten sich ein wenig. »Warum vermutest du das?«

»Sie meinen, dass sie gelogen hat? Ich weiß es nicht.«

»Hast du ihr irgendeinen Grund zum Misstrauen geliefert?«

»Seit Gillians Verrat habe ich sie nur liebevoll und freundlich behandelt.«

Am Tag nach Gillians erstem Besuch in der Waters Klinik hatte man Jem Hennings nach Dallas versetzt. Sie hatte sich lediglich über das Vorgehen bei einer künstlichen Befruchtung mit Hilfe von Spendersamen beraten lassen. Kaum hatte Dale Gordon sie erblickt, hatte er dem Tempel begeistert berichtet, er hätte eine neue ideale Kandidatin für den Großen Plan gefunden.

Man hatte Hennings unverzüglich auf seine neue Mission in Dallas vorbereitet, wo er sich in ihr Leben schlich, indem er sich mit einer ihrer Kolleginnen anfreundete. Durch geschicktes Taktieren war es ihm schließlich gelungen, ihr vorgestellt zu werden. Für diese Aufgabe war Hennings bestens geeignet, darin hatte er bereits Erfahrungen gesammelt. Binnen kurzem baute er eine enge Beziehung zu Gillian auf.

Er selbst brachte das Thema gemeinsamer Kinder nie zur Sprache, aber als sie dies tat und ihn fragte, was er davon halte, wenn Single-Frauen durch künstliche Befruchtung schwanger werden, ermutigte er sie dazu ohne allzu großen Überschwang.

Natürlich stand von Anfang an außer Frage, dass er der Vater ihres Kindes sein könnte. Zwangssterilisierung war eine der Grundvoraussetzungen für Hennings Stellung innerhalb der Gemeinschaft. (Bisher hatte Bruder Gabriel noch keine Möglichkeit gefunden, jeden sexuellen Kontakt zwischen

Soldaten wie Hennings und den handverlesenen Kandidatinnen für den Großen Plan auszuschalten, aber wenn es erst einmal soweit wäre, würde er auch diese Regel einführen.)

Gillian Lloyd war Hennings dritte Kandidatin bei dieser Prozedur gewesen. Die beiden anderen hatten Kinder geboren. Eine ausgezeichnete Erfolgsrate. Man hatte auf Gillian große Hoffnungen gesetzt. Doch dann hatte sie den Großen Plan verraten, indem sie sich diesem Astronauten hingab. Wenigstens musste man das vermuten. Und im Großen Plan war nicht einmal für eine derartige Vermutung Platz.

Ihr Verlust war eine enorme Enttäuschung gewesen, aber dann stand die Hoffnung in ihrer Zwillingsschwester Melina wieder auf.

Hennings redete noch immer. »Tobias will Melina Fragen zur Waters Klinik stellen.«

Ohne seine Stimme zu heben, sagte Bruder Gabriel mit eiserner Entschlossenheit: »Zu diesem Treffen darf es unter keinen Umständen kommen. Darüber bist du dir doch selbstverständlich im Klaren.«

»Selbstverständlich.«

»Kann ich mich darauf verlassen, dass du das erledigst?«

»Das kann ich erledigen.«

»Das ist nicht deine Spezialität. Ich könnte jemanden schicken –«

»Ich kann das erledigen«, wiederholte Hennings hartnäckig und fügte dann in geschmeidigerem Ton hinzu: »Bei allem Respekt.«

Grinsend trank Bruder Gabriel genüsslich noch einen Schluck Schokolade. Nichts motivierte so nachdrücklich wie ein bisschen Konkurrenz. Hennings würde sich nun doppelt anstrengen, damit man garantiert keinen weiteren Soldaten zur Beseitigung seines Scherbenhaufens ins Feld schicken musste. »Und wie steht's mit unserem anderen Problem in Dallas?«

Nach kurzem Zögern erwiderte Hennings: »Bedauerlicherweise bleibt es ein Problem.«

Bruder Gabriel warf einen Blick zu Mr Hancock hinüber, der beredt die Augenbrauen hob. »Soweit ich informiert bin, sollte das heute Nacht erledigt werden.«

»Das hatte ich auch gedacht, Sir«, sagte Hennings. »Einen Versuch gab es. Es kam zu Verletzungen.«

»An Verletzungen hatte ich eigentlich nicht gedacht.«

»Ich auch nicht. Ich teile Ihren Wunsch nach Eliminierung.«

Entdeckte er da einen Hauch von Eifersucht in

Jem Hennings Stimme? Offensichtlich hielt sich Hennings nicht strikt an seine Befehle, wenn es darum ging, mit Christopher Hart fertig zu werden. Er war wegen der Nacht eifersüchtig, die Gillian mit dem berühmten Astronauten verbracht hatte, und das war seine Antriebsfeder.

Er beschloss, dies auszunützen. »Schon der Gedanke, dass diese beiden zusammen waren, macht mich krank. Ich habe Fotografien von ihr gesehen. Was für eine Haut. Ein sehr sinnliches Gesicht. Ich hasse die Vorstellung, dass er es gestreichelt hat, sich in ihr bewegt hat. Du warst der Einzige, den ich zu diesem ganz besonderen Vergnügen berechtigt hatte.«

»Ja, Sir«, sagte Hennings mit verkrampfter Stimme.

»Ein Junggeselle mit dem Ruf eines Colonel Hart muss mit vielen Frauen zusammen gewesen sein. Er wird also wissen, wie man Vergnügen bereitet.«

»Vermutlich ja.«

Bruder Gabriel lächelte insgeheim über seine brillante Begabung, Menschen zu manipulieren. Es war fast zu einfach. »Jedenfalls«, fuhr er fort, »betrübt es mich, dass der Mann, der unsere Gillian entweiht hat, seiner Strafe entgangen ist.«

»Nicht mehr lange, Bruder Gabriel.«

»Er war ein Werkzeug Satans. Das ist dir doch klar, oder?«

»Ja.«

»Dann stell meinen Glauben an dich wieder her, Jem.«

Jem Hennings bat um einen Segen, den Bruder Gabriel gewährte. Noch beim Auflegen wandte er sich an Mr Hancock, der die schlechte Laune seines Herrn und Meisters mühelos erkannte. »Unangenehme Dinge, höchst unangenehm.«

Bruder Gabriel trank seine Tasse aus und schob sie dann wütend weg. »Ich wünsche, dass man diese Situation in Dallas unter Kontrolle bringt.«

»Darauf vertraue ich.«

»Wie steht's mit Gordons Ersatz?«

»Die Klinik hatte fünf Bewerber für diesen Job. Zwei davon sind unsere Leute.«

»Sorgen Sie dafür, dass einer die Stelle bekommt. Es handelt sich um eine viel versprechende Klinik. Ich wünsche, jemanden vor Ort zu haben.«

»Selbstverständlich.«

Geistesabwesend spielte er mit einem gläsernen Briefbeschwerer auf seinem Schreibtisch, wobei seine Gedanken zu Melina Lloyd zurückkehrten. Christopher Hart hatte ihn einen wertvollen Aktivposten gekostet. Er war nicht gewillt, einen weiteren zu verlieren. Und doch hatte Hennings gesagt, er habe schon einen gewissen »Draht« zwischen den beiden bemerkt.

Allmählich machte sich Bruder Gabriel darüber Gedanken, ob Hennings der Aufgabe gewachsen sei, Melina einzuwickeln. Vielleicht war sie scharfsinniger als ihre ehemalige Zwillingsschwester. In diesem Fall durfte sich Hennings keinen einzigen Fehltritt leisten.

»Kann ich Ihnen noch etwas bringen, Bruder Gabriel?«

Mr Hancock wusste immer ganz genau, wann er die enorme Last seiner Verantwortung spürte. »Was würden Sie denn empfehlen, Mr Hancock?«

»Leslie«, konstatierte Hancock rundheraus. Offensichtlich hatte er bereits darüber nachgedacht. »Hübsches Mädchen. Blond. Kam letztes Jahr aus Iowa zu uns.«

»Ah, ja.« Vor seinem geistigen Auge entstand das Bild eines großen, kräftigen Bauernmädchens mit Sommersprossen auf der Nase.

»Wir haben kürzlich einen Brief abgefangen, den sie an ihre Eltern geschrieben hat«, berichtete ihm Mr Hancock. »Unglücklicherweise hat Leslie Heimweh.«

Er explodierte. »Sie lebt wie eine Prinzessin in einem Palast. Wie kann sie da Heimweh nach Iowa haben?« Nichts hasste er mehr als Undankbarkeit.

»Laut ihrem Brief fühlt sie sich einsam, unbeachtet und ungeliebt.«

Bruder Gabriel verließ den Schreibtisch und stürmte Richtung Schlafzimmer. »Rufen Sie Leslie, Mr Hancock. Heute Nacht fühle ich mich selbst ein wenig einsam, unbeachtet und ungeliebt.«

»Melina?«

Sie murmelte etwas Unverständliches in ihr Kopfkissen.

Chief rüttelte sie an der Schulter. »Na los, hoch mit dem Po. Sie sind da.«

Sie wälzte sich herum und blinzelte, bis sie ihn klar erkennen konnte. »Was? Wer?«

»Die Kerle vom FBI.«

Mit einem Ruck warf sie die Decke zurück, kletterte aus dem Bett und stürzte ans Fenster, wo sie eine Lamelle hob und durch die Jalousie lugte. In der Parkbucht stand eine marineblaue Limousine, aus der gerade zwei Männer in Anzügen stiegen, ein Schwarzer und ein Weißer. Bevor sie zum Eingang gingen, blieben sie stehen und schauten den Häuserblock hinauf und hinunter, als wollten sie sich einen Eindruck von der Gegend verschaffen.

Sie drehte sich wieder ins Zimmer und schaute

auf die Nachttischuhr. Der Wecker war auf acht Uhr dreißig eingestellt. Es war acht Uhr fünfundzwanzig. »Sie sind früh dran.«

Chief hatte ihr Angebot zum Übernachten angenommen und im Gästezimmer geschlafen, aber offensichtlich keine ruhige Nacht verbracht. Sein verletztes Auge war fast zugeschwollen und in der Mitte des Verbands, den sie auf seinem Jochbein angebracht hatte, zeichnete sich ein dunkler Blutfleck ab. Er trug zwar seine Jeans, aber weder Socken noch Hemd.

»Ziehen Sie sich rasch an.« Er warf ihr eine Hose und ein T-Shirt zu, die er blindlings aus dem Schrank gezogen hatte. »Meiner Ansicht nach sollten die nicht wissen, dass ich hier bin.«

Obwohl es ihr nicht passte, dass er in ihrem Schrank wühlte und sie herumkommandierte, hatte er Recht. Sie konnte das FBI wohl kaum im Nachthemd begrüßen. Dass man sie ungeschminkt und vor der ersten Koffeindosis erwischte, war schon schlimm genug.

Offensichtlich funktionierte auch Chief noch nicht mit klarem Kopf, denn er starrte wie benebelt auf ihre Kniekehlen. »Chief?« Verdutzt hob er den Kopf. »Ich muss mich anziehen«, sagte sie mit einem Wink auf die Kleidungsstücke, die er ihr rüde zugeworfen hatte.

»Äh, tja, ich bin dann mal im Gästezimmer.« Damit drehte er sich rasch um und verschwand auf dem Flur.

»Chief?«

Er steckte den Kopf wieder herein. »Was ist?«

»Warum möchten Sie sie nicht wissen lassen, dass Sie hier sind?«

Er deutete auf sein Gesicht. »Das würde förmlich nach einer Erklärung schreien. Und bisher haben wir noch keine. Beeilen Sie sich.«

In Windeseile war er wieder draußen. Sie ließ ihr kurzes Nachthemd fallen, zog sich in Rekordzeit an und wollte gerade die Füße in ein Paar Turnschuhe stecken, als es klingelte. Im Vorübergehen fiel ihr auf, dass die Tür zum Gästezimmer einen Spalt offen stand. Während sie durchs Wohnzimmer lief, fuhr sie sich mit den Fingern durch die Haare. Gerade als sie die Hand an den Riegel legte, klingelte es zum zweiten Mal.

»Entschuldigung«, sagte sie außer Atem, während sie die Tür öffnete.

»Ms Lloyd?«

Der Blick des Regierungsbeamten fiel auf die Tweety-Figur auf ihrem T-Shirt. Verlegen strich sie mit der Hand darüber. »Sie sind eine halbe Stunde zu früh dran.«

»Wir bitten um Verzeihung, aber der Verkehr

war weniger dicht, als wir dachten. Ich bin Spezialagent Hank Tobias und das ist Agent Patterson.« Gleichzeitig zückten sie ihre Dienstausweise.

Sie trat zur Seite und bat sie herein. »Nehmen Sie Platz.«

Tobias setzte sich auf den zugewiesenen Platz. Ihre spärliche Bekleidung war ihm nicht entgangen. »Haben wir Sie geweckt?«

»Ich muss gestehen, ja. Ich bin erst nach drei eingeschlafen. Seit der Ermordung meiner Schwester sind meine Nächte nicht sonderlich erholsam gewesen.«

»Kann ich verstehen«, meinte Patterson mitfühlend. »Mein Beileid.«

»Danke schön.«

»Übernachten denn keine Freunde oder Angehörigen bei Ihnen?«

Sie dachte an Chief, der sich im Gästezimmer versteckte. Da es sich bei ihm weder um einen Freund noch um einen Angehörigen handelte, log sie nicht direkt, als sie sagte: »Meine Freunde haben sich angeboten, bei mir zu übernachten, aber mir geht meine Privatsphäre über alles.«

»Vermutlich eine weise Entscheidung.« Trotz seines Lächelns machte Tobias auf sie nicht den Eindruck, als lächelte er öfter. »Trauer ist etwas ganz Privates.«

»Möchten Sie einen Kaffee? Ich für meine Person könnte einen gebrauchen.«

»Klingt gut. Mr Patterson?«

»Mit Vergnügen. Danke für Ihr Angebot.«

»Es dauert keine Minute. Dann kommen wir gleich zur Sache. Ich möchte unbedingt hören, was Sie mir zu berichten haben.«

»Geht uns auch so«, sagte Tobias.

Sie ließ sie im Wohnzimmer sitzen und ging in die Küche. Bis jetzt hatte sie das Durcheinander völlig vergessen. Das ganze Zimmer hätte gut und gerne als Katastrophengebiet durchgehen können. Noch immer war der Fußboden mit Glassplittern, Weinpfützen und Blutflecken übersät, letztere von ihr und von Chief. Auf dem Esstisch lagen blutgetränkte Geschirrtücher.

Jeder Schritt war ein Sicherheitsrisiko, sogar mit Schuhen. Glas knirschte unter den Gummisohlen ihrer Turnschuhe. Sie holte Besen und Schaufel aus dem Schrank und wollte sich gerade einen Weg frei räumen, da spazierten Tobias und Patterson herein.

»Was ist denn hier passiert?«, fragte Tobias.

Sie konnte nicht die Wahrheit sagen, ohne sie auf Chief aufmerksam zu machen. »Ich, äh, hatte gestern Abend einen kleinen Unfall.«

Tobias schaute sie weiter unverwandt an. Offensichtlich war er daran gewöhnt, ungefragt sämtliche Fakten geliefert zu bekommen.

»Während des Gewitters ist der Strom ausgefallen«, meinte sie aufs Geratewohl. »Plötzlich war es dunkel. Ich habe mich erschreckt, eine Weinflasche fallen lassen und bin in die Glasscherben getreten.« Abschließend zuckte sie geringschätzig mit der Schulter. »Gestern Abend war ich zu müde zum Aufräumen.«

Tobias starrte die Blutflecken am Boden und die besudelten Küchentücher an. »Sie haben sich am Fuß geschnitten?«

»Bin mit der Ferse in einen Glassplitter getreten.«

»Waren Sie im Krankenhaus?«

»Im Krankenhaus? Nein, nein, so schlimm war es nicht. Nur ein Splitter, wirklich.«

»Und der hat so stark geblutet?«

Ihre Blicke wanderten von ihm zu Patterson und wieder zu Tobias zurück. Mit einem nervösen Lachen antwortete sie: »Sie wissen doch, wie das manchmal mit kleinen Schnitten ist. Ich dachte schon, das würde nie mehr aufhören zu bluten.«

»Sie sollten besser aufpassen, Melina.«

»Richtig, einverstanden. Ich sollte definitiv besser aufpassen.« Damit drehte sie sich rasch zur Arbeitsplatte um und holte die Kaffeemaschine aus dem Schrankfach. »Haben Sie heute auf Ihrem Flug von D.C. ein Frühstück bekommen, Agent Patterson?«

»Saft, Kaffee und einen Muffin, falls Sie so etwas als Frühstück bezeichnen möchten.«

Sie warf ihnen ein entwaffnendes Lächeln über die Schulter zu.

Deshalb war auch keiner auf das vorbereitet, was kam.

Der Blumenstrauß auf der Platte, den Jem am Abend zum Wegwerfen in die Küche gebracht hatte, hatte seine beste Zeit hinter sich. Die Blüten waren verwelkt, dunkel und trocken. Das Wasser in der Vase war giftgrün und roch ziemlich unangenehm.

Danach griff sie jetzt, drehte sich um und warf Tobias die schwere Glasvase mit den Blumen, an denen noch immer die Beileidskarte an einem dünnen rosa Band hing, an den Kopf. Er wurde an der Schläfe getroffen. Beim Aufprall platzte die Haut.

»Verdammte Scheiße!« Brüllend vor Schmerz taumelte er nach hinten gegen den Küchentisch, wobei er eine hölzerne Obstschale zu Boden stieß. Orangen und Äpfel hüpften zwischen den Scherben herum, unter die sich nun auch noch faulige Blumen und abgestandenes Wasser mischten.

Während Tobias mühsam versuchte, sein Gleichgewicht wieder zu finden, ging Patterson auf sie los. Sie duckte sich und versuchte, mit einem Sprung über Tobias zur Tür hinauszufliehen, da schoss dessen Hand hervor und erwischte sie am Knöchel. Im Fallen knallte sie mit dem Schlüsselbein gegen den Türpfosten. Sie schrie auf.

Plötzlich tauchte Chief mit einem Golf-Putter in der Hand auf und schob sie beiseite, während er die Küche stürmte. Beide reagierten völlig verblüfft auf seinen Anblick, was er zu seinem Vorteil ausnutzte. Gezielt holte er zu einem klassischen Golfschwung aus und drosch Patterson den Schläger mit voller Wucht in die Rippen. Er sackte zusammen. Noch einmal schlug Chief zu, diesmal traf er den Hinterkopf. Grunzend fiel Patterson in Ohnmacht.

Leider diente sein eigener Rücken Tobias als Trampolin, der sich nun seinerseits auf Chief stürzte.

»Melina, raus!«

Kaum war diese Warnung über seine Lippen, packte ihn Tobias und schleuderte ihn buchstäblich mit dem Gesicht voraus gegen die Wand. Chief ließ den Golfschläger fallen. Eigentlich hätte er k.o. gehen müssen, aber wie durch ein Wunder besaß er immer noch genug Kampfgeist, um

Tobias seinen Ellbogen in den Adamsapfel zu stoßen. Der andere taumelte zurück, dann senkte er den Kopf und rammte Chief mit voller Wucht, sodass er durch die Tür in den Flur hinaustorkelte und sich überschlug. Tobias warf die Tür zu, dann wirbelte er herum und packte sie mit der einen Hand, während er mit der anderen eine Pistole aus einem versteckten Halfter riss.

Er war schnell gewesen, aber doch nicht schnell genug. Melina hatte reagieren können und sich den Putter geschnappt. Noch ehe er seine Hand wieder aus der Jacke gezogen hatte, versetzte sie ihm einen knochenbrecherischen Hieb aufs Handgelenk.

In diesem Moment donnerte Chief wieder zur Tür herein und verpasste Tobias einen Karateschlag ins Genick. Seine gelähmte Hand ließ die Pistole fallen, er verdrehte die Augen, die Knie knickten ein und er ging wie ein nasser Zementsack zu Boden.

Patterson war noch immer bewusstlos.

Chief stützte die Hände auf die Knie und ließ den Kopf zwischen die Schultern fallen. Er atmete mühsam, in Stößen. Hustend wischte er sich seine blutige Nase mit dem Handrücken ab. »Hoffentlich hatten Sie dazu wirklich Grund.«

»Die waren nicht vom FBI.«

»Wissen Sie das mit einiger Sicherheit?«

»Er hat mich Melina genannt.«

»Er hat Sie Melina genannt.«

»Ist das nicht etwas untypisch für einen hart gesottenen, zugeknöpften FBI-Agenten?«

»Vielleicht. Trotzdem würde ich das nicht als wirklich guten Grund für einen tätlichen Angriff auf einen Regierungsbeamten bezeichnen, *Melina*.«

»Das ist nicht alles. Man hat mir gestern Abend gesagt, Patterson käme vom Büro in Dallas. Auf meine Frage nach seinem Flug heute Morgen von D.C. –«

»Hab's gehört.«

»Warum sollte ein FBI-Agent lügen?«

»Kacke«, sagte er, was seine gesamte Meinung zu dieser Situation wiederzugeben schien, besonders zu seiner Nase, aus der ständig Blut tropfte. »Ich geb's auf. Warum?«

»Keine Ahnung.«

Kaum war der Kampf vorbei und ihr Überlebensinstinkt verebbt, machte sich wieder gesunder Menschenverstand breit. Vielleicht lief ihre Fantasie auf Hochtouren. Angesichts der Ereignisse in dieser Woche hatte sie vielleicht überreagiert und so intensiv nach Buhmännern gesucht, dass sie die Guten nicht erkannt hatte. Jetzt bekäme nicht nur sie Probleme, sie hatte auch noch Chief mit hineingezerrt.

»Möglicherweise irre ich mich«, sagte sie ängstlich.

Er hielt das nicht für ausgeschlossen. Dann kniete er sich neben Tobias, fischte die kleine schwarze Hülle aus seiner Tasche, musterte sie und warf sie Melina zu. »Wirkt echt.«

Der Dienstausweis mit dem Foto schien echt zu sein. Sie legte die Hand über den Mund und flüsterte: »Oh, Scheiße.«

Chief kam wieder hoch. Einen langen Augenblick starrten sie einander unverwandt an.

Schließlich sagte er: »Ich glaub's trotzdem nicht.«

»Ich auch nicht«, schloss sie sich ihm an, wobei sie leise ausatmete.

Er deutete mit dem Kopf Richtung Schlafräume. »Holen Sie Ihre Schlüssel.«

21

»Heiliger …!«

Der unvollendete Ausruf entfuhr FBI-Agent Patterson, als er in Melina Lloyds Küche zu Spezialagent Hank Tobias stieß.

Eine Zeit lang musterten beide Männer stumm die Verwüstung, ehe sich Patterson dann doch an den Agenten vom Washingtoner Büro wandte und den erfahreneren Kollegen nach seiner Meinung fragte. »Schon eine Idee?«

Tobias stupste mit seiner Schuhspitze gegen ein abgestorbenes Blumenblatt. »Nicht den leisesten Schimmer, außer dass es hier ganz offensichtlich eine Auseinandersetzung gegeben hat.«

Als Melina Lloyd nicht auf ihr Klingeln reagiert hatte, hatte es Tobias an der Hintertür versucht und diese unversperrt vorgefunden. Er hatte geöffnet und laut ihren Namen gerufen. Die hohle Stille eines leeren Hauses schluckte seine Stimme.

Hatte sie ihn absichtlich versetzt? Womöglich hatte sie etwas zu verbergen. Wer sich nur ungern befragen ließ, war erfahrungsgemäß bis zu einem gewissen Grad in das Verbrechen verstrickt. Sollte sie aber andererseits ihr Haus notgedrungen unbewacht und unversperrt verlassen haben, konnte das alle möglichen Gründe haben. Allerdings war unter denen, die ihm einfielen, kein einziger guter. Oder – und diese Möglichkeit erfüllte ihn mit Schrecken – ein ähnliches Schicksal wie das ihrer Schwester hatte sie ereilt und sie war nicht mehr in der Lage zu antworten.

Stumm trat er mit Patterson ein. Sie verständigten sich nur über Handzeichen und teilten sich auf. Während Tobias jenen Hausteil übernahm, zu dem Wohnzimmer, Esszimmer und Küche gehörten, schlich Patterson den Flur hinunter. Schon bald riefen sie einander zu, dass das Haus leer sei. Tobias hatte seine Pistole wieder in das Schulterhalfter gesteckt und stand direkt vor der Küchentür. Als Patterson zu ihm stieß, deutete er mit dem Kinn auf die andere Haushälfte. »Wie sieht's da hinten aus?«

»Zwei Schlafzimmer. Beide benutzt. Ein Bad mit einem blutigen Küchentuch. Verbandszeug. Getrocknete Blutflecken auf dem Teppichboden und auf dem Kopfkissenüberzug im mutmaßlichen Gästezimmer. Ein Plastikbeutel mit Wasser.«

»Wasser?«

»Könnte ein provisorischer Eisbeutel sein.«

»Macht Sinn. Wenn jemand mit dieser Vase einen Hieb auf den Schädel bekommt.«

Patterson nickte. »Das wär's dann auch. Die Schranktür stand offen, aber drinnen war nichts durcheinander, auch nicht in der Kommode. Die Schmuckschatulle ist voll. Weder Anzeichen für einen Diebstahl noch für einen Kampf. Mit Ausnahme von hier drinnen.«

Während Tobias in Gedanken die Fakten von Pattersons mündlichem Bericht durchging, strich er mit der Hand unbewusst über seine teure Krawatte, deren Silberton perfekt zu seinem Hemd passte, das wiederum genau den hellgrauen Streifen in seinem dunkelblauen Anzug entsprach. Bis auf tägliche Besuche im Fitness-Studio hatte er kein Hobby. Seine Urlaube verbrachte er nicht an aufregenden Plätzen, er besaß weder ein Boot noch Ski, noch Golfschläger. Er fuhr einen Dienstwagen, und das war auch sein einziges Fahrzeug. Er lebte allein in einer kleinen Wohnung, in der er das zweite Schlafzimmer als begehbaren Schrank nutzte. Seine einzige Schwäche war Kleidung, und die trug er wie ein Model.

»Also ist es nur hier richtig zur Sache gegangen«, sinnierte er laut vor sich hin.

»Es sei denn, ich hätte etwas übersehen.«

»Ich werde mich mal umschauen«, meinte Tobias.

»Nur zu.«

Aber statt sich Richtung Schlafzimmer zu bewegen, ging Tobias vorsichtig auf die andere Seite der Küche, immer am Rand entlang, um nichts zu verändern, was möglicherweise später als Beweisstück dienen könnte. Für welches Verbrechen, wusste er noch nicht. Er legte ein Taschentuch auf den Griff der Hintertüre und öffnete.

»Die Garage ist leer. Wo ist ihr Wagen?«, fragte er rein rhetorisch.

»Soll ich im Präsidium anrufen?«

»Würde ich mal sagen.«

»Und was soll ich berichten?«

»Wenn ich das nur wüsste. Keinerlei Anzeichen für Diebstahl und Einbruch. Keine Leiche.«

»Entführung?«

»Möglich«, pflichtete Tobias geistesabwesend bei.

Patterson rief an.

Der ranghöhere Agent verließ die Küche, ging durch das wohl geordnete Wohnzimmer und anschließend den Flur hinunter. Zuerst kam er zum Gästezimmer, wo er eingehend das Bett musterte, in dem erst vor kurzem jemand geschlafen hatte. Wie Patterson bemerkt hatte, war auf dem Kopfkissenbezug ein verschmierter Blutfleck. Und da war noch etwas. Tobias beugte sich vor, um genauer hinzusehen. Nachdem er das Objekt identifiziert hatte, vermerkte er es bei seinen anderen Befunden, ließ es aber unberührt liegen. Das sollte später die Polizei von Dallas einsammeln und katalogisieren.

Von dort aus ging er ins eigentliche Schlafzimmer, wo er neben dem Bett der Frau stehen blieb. Das Nachthemd erweckte nicht den Eindruck, als wäre es bei einem heftigen Kampf heruntergerissen worden. Irgendjemand hatte es gedankenlos ausgezogen. Nur ein Kopfkissen im Bett hatte eine Delle. Sie hatte allein geschlafen.

Dann entdeckte er den gerahmten Schnappschuss auf dem Nachttisch. Als er ihn näher betrachtete, stieß Patterson zu ihm. »Sind schon unterwegs.« Als er merkte, wofür sich Tobias interessierte, sagte er noch: »Habe ich auch gesehen. Erstaunlich, nicht?«

Tobias wusste bereits, dass die Geschwister Lloyd Zwillinge waren. Das hatte ihm Lawson bei ihrem Treffen am frühen Morgen erzählt. »Nach allem, was man hört, waren die beiden wirklich austauschbar«, hatte der Kommissar gesagt. »Ich hätte sie nicht unterscheiden können. Mit einer Ausnahme: Gillian war tot.«

Auf Tobias' Bitte hatte ihnen Lawson auch einige Hintergrundinformationen geliefert: »Beide hatten erfolgreiche Karrieren. Beide waren Single. Keine je verheiratet. Nur Gillian war verlobt.«

»Und wie steht's mit diesem Herrn?«

»Ein Arschloch«, meinte Lawson lakonisch. »Ganz unter uns gesagt.«

»Könnten Sie sich etwas deutlicher ausdrücken?«

»Ein Ober-Arschloch.«

Wenn alles, was ihnen Lawson anschließend über Jem Hennings berichtet hatte, wahr war, passte diese Beschreibung. Tobias hatte gesagt: »Gewiss haben Sie sein Alibi überprüft.«

»Er war unschuldig. Außerdem hatte er, soweit wir erkennen konnten, kein Motiv. Wirkte ehrlich erschüttert.«

»Und Melina?«, bohrte Tobias weiter.

»In welcher Hinsicht?«

»Hatte sie ein Motiv?«

Der Kommissar schüttelte entschieden den Kopf. »Nicht einmal eine Lebensversicherung. Die Zwillinge hatten übereinstimmend ihre karitative Lieblingsorganisation zum jeweiligen Nutznießer eingesetzt. Nach Abzug der Beerdigungskosten und noch offener Rechnungen geht Gillians gesamtes Vermögen dorthin.«

»Und dagegen schien Melina nichts zu haben?«

»Ich habe nie danach gefragt, hatte aber auch nicht den Eindruck, es sei nötig. Die beiden haben vor ein paar Jahren das Erbe ihrer Eltern gespendet. War zwar kein großer Betrag, aber doch ein nettes Taschengeld. Keine hat auch nur einen Cent davon angerührt.«

Am Ende des Gesprächs hatte Lawson gesagt: »Falls Ihnen meine Meinung irgendwie wichtig sein sollte: Melina ist astrein.«

»War sie nicht die Letzte, die Gillian lebend gesehen hat?«, fragte Patterson.

»Richtig«, sagte der Kommissar. »Außer dem Mörder. Und das war nicht sie. Sollten Sie nach einer Verschwörung suchen, würde ich mein linkes Ei verwetten, dass sie nichts damit zu tun hat.«

Nach diesem Termin hatte Tobias einen klaren Eindruck von Melina Lloyd und ihrer verstorbenen Schwester. Offensichtlich waren beiden dieselben Werte wichtig gewesen; ihre physische Ähnlichkeit hatte beinahe etwas Gespenstisches, wie diese Fotografie bestätigte. »Lawson hat nicht übertrieben«, bemerkte er, während er in der Jackentasche nach seinem Handy griff.

»Rufen Sie ihn an?«

»Sein Fall ist zwar abgeschlossen, aber aus Höflichkeit –« Er wählte. »Während ich mit ihm rede, sollten Sie bei der Zulassungsstelle anrufen und sich ihr Autokennzeichen geben lassen. Mal sehen, ob wir's irgendwo finden können. Vielleicht steht es ja hier vor einem Supermarkt, wo sie gerade Teppichreiniger kauft.«

»Meinen Sie wirklich?«, wollte Patterson wissen. »Dass sie über ihre Unordnung ihren Termin mit uns vergessen hat?«

Tobias dachte an die Fälle von Mord und Kindesentführung, die ihn zur Suche nach einem Grundmuster veranlasst hatten. Frauen waren ohne eindeutiges Motiv von Fremden brutal abgeschlachtet worden und die Mörder hatten ihrerseits noch vor jedem Verhör Selbstmord begangen. Babys waren spurlos verschwunden. Der gemeinsame Nenner: Kliniken für künstliche Befruchtung, in denen rein routinemäßig alternative Empfängnismethoden praktiziert wurden. Erschreckende Vernetzungen.

Mit ernster Miene beantwortete Tobias Pattersons Frage. »Nein, daran glaube ich nicht wirklich.«

Zutiefst irritiert klopfte Jem Hennings mit seinem Stift fortgesetzt auf seine Schreibtischunterlage. Der Markt war eröffnet, der Handel lief flott und was tat er? Verschwendete seine kostbare einkommensrelevante Zeit für Schadensbegrenzung.

Während der letzten Tage waren schlechte Nachrichten wie haushohe Ozeanwellen über ihn hereingebrochen. Seit dem Auffinden von Gillians Leiche fühlte er sich, als hielte er ständig die Luft an. Allmählich wurde es immer mühsamer, zum Atmen aufzutauchen. Inzwischen drohten seine Lungen jeden Moment zu platzen.

»Na schön, was ist schief gelaufen?«, fragte er in sein Handy.

»Er war dort.«

»Wer?«

»Der Astronaut.«

Jems Stift hielt in seinem rasenden Tanz inne. »Christopher Hart war bei Melina? In ihrem Haus?«

Gestern Nacht war Hart diesen primitiven Affen entwischt, nachdem sie es vermasselt hatten, ihn kalt zu stellen. Eigentlich hätte alles wie ein Anschlag grüner Spontis aussehen sollen, die etwas dagegen hatten, dass das Raumfahrtprogramm Gelder bekam, die man besser für die Erhaltung des Planeten Erde verwenden sollte. Jem hatte den Brief entworfen, den man bei Hart hätte finden sollen, wenn er mit einer Kugel im Schädel im Trinity trieb.

Aber Hart hatte Glück gehabt. Als zufällig Passanten Augenzeugen des Geschehens wurden, waren die »grünen Spontis« in Skimasken getürmt. Als sie später in einem anderen Fahrzeug und ohne ihre Masken wiederkamen, war Hart nirgendwo zu finden.

Jem hatte ihn in ganz Dallas suchen lassen, vom Parkplatz der Bar, wo er seinen Wagen über Nacht hatte stehen lassen, bis zum Mansion und an sämtlichen Stellen dazwischen. Nachdem er Bruder Gabriel all diese schlechten Neuigkeiten berichtet hatte, hatte er eine schlaflose Nacht verbracht.

In der Zwischenzeit hatte es sich Hart bei Melina gemütlich gemacht.

Tief in ihm brannte eine lodernde Wut auf Hart. Ihn hatte Melina gestern Abend aus dem Haus gescheucht, indem sie die Erschöpfte spielte und den Wunsch äußerte, allein zu sein. *Offensichtlich hat sich ihre Abneigung gegen Gesellschaft nicht auf Christopher Hart erstreckt*, dachte Jem bitter. Schon das allein war Grund genug, ihn zu hassen.

Aber Jems Hass ging über Eifersucht hinaus. Hart ließ ihn in Bruder Gabriels Augen schlecht aussehen. Wegen Hart lief er Gefahr, das Vertrauen und den Respekt Bruder Gabriels zu verlieren. Und das allein genügte, ihn umzubringen.

Er ließ den Aktienmarkt samt einem möglichen Gewinn für seine Kunden und sich selbst links liegen, ignorierte die Telefonnotizen, die ihm eine hartnäckige Sekretärin immer wieder unter die Nase hielt, und tat so, als sähe er den blinkenden Ikon auf seinem Monitor nicht, der ihn an seine E-Mails erinnerte. Stattdessen knurrte er in den Telefonhörer: »Dann fang mal ganz von vorne an und erzähl mir, was passiert ist.«

Es war schlimmer, als er befürchtet hatte. »Melina hat euch durchschaut?«

»Entweder das oder sie interessiert sich nicht fürs FBI.«

Bruder Gabriel höchstpersönlich hatte diesen Schlägertypen für seine Dienste angeworben, getauft, in seine Elitearmee aufgenommen und nach dem alttestamentarischen Krieger Joshua benannt. Seinen wahren Namen kannte Jem nicht. Den wusste niemand. Der Mann hatte schon unter so vielen Pseudonymen agiert, dass er vermutlich selbst seinen echten Namen vergessen hatte.

Joshua hatte sich in Haiti ausgezeichnet, wo er für Duvalier die Drecksarbeit erledigte. Blutvergießen scheute er nicht, ja, er hatte sogar eine gewisse Vorliebe dafür. Seine zweite Vorliebe galt Bruder Gabriel, den er anbetete. Bruder Gabriel hatte sich Joshuas unverbrüchliche Liebe und

Treue erworben, als er seinen Bruder, einen weiteren Söldner, aus einem malayischen Gefängnis befreite. Für Bruder Gabriel ginge Joshua durchs Feuer.

Jem hatte Verständnis für seine Loyalität, bewunderte die tödliche Meisterschaft dieses Mannes und war froh, dass er in ihrem Team mitmachte. Trotzdem hätte er ihn jetzt erwürgen können.

Als Beweis für Melinas Abneigung gegenüber dem FBI habe er eine Beule an der Schläfe, klagte Joshua. »Außerdem glaube ich fast, dass mein Handgelenk gebrochen ist. Keine Ahnung, was sie auf unsere Spur gebracht hat.«

»Ihr musstet ja auch die Dienstausweise über Nacht besorgen.«

»Aber es sind die besten, die man für Geld bekommt«, widersprach Joshua. »Der echte Tobias hätte sie nur mit Mühe als Fälschung identifizieren können.«

»Dann muss es eine Bemerkung von euch gewesen sein.« Jem hatte sich von Joshua den Ablauf Schritt für Schritt und Wort für Wort berichten lassen. »Das ist es, du Knallkopf«, zischte er, als Joshua zu der Stelle mit Pattersons Flug von D.C. kam. »Er sollte doch aus dem Büro in Dallas kommen.«

»Das hast du mir nicht gesagt.«

»Natürlich habe ich das.«

»Hast du nicht«, beharrte Joshua kühl.

»Damit habt ihr ihr jedenfalls den Tipp gegeben.«

Joshua beschrieb den Kampf. »Kaum waren wir wieder bei Besinnung, sind wir verduftet.«

»Und von Melina oder Hart war nichts zu sehen?«

»Die sind abgehauen. Ihr Auto war weg.«

Joshua hatte versagt und Hart nicht neutralisiert. Er hatte Melina verschwinden lassen. Vielleicht hatte ein Übermaß an spiritueller Indoktrination bei ihm zu Gehirnerweichung geführt. Welche Erklärung gäbe es sonst, dass er seine beiden letzten Missionen verpfuscht hatte, und das ordentlich?

Genau dieses Risiko geht man ein, wenn man formbare Leute verwendet. Wer sich leicht manipulieren lässt, ist meistens kein Geistesriese, wie z.B. Dale Gordon. In wissenschaftlichen Dingen war er genial und dem Großen Plan unerschütterlich ergeben. Aber nachdem er seinen Zweck erfüllt hatte, wurde er überflüssig. Unglücklicherweise hatte der Dummkopf in seiner Wohnung nicht sämtliche Fotos und Daten über Gillian vernichtet. Damit war die Klinik in die Ermittlungen geraten.

Einen solchen Fehler hätte Jem Hennings nicht gemacht, den es noch immer wurmte, dass Bruder Gabriel ohne Rücksprache mit ihm Gillians Ermordung und Gordons Selbstmord befohlen hatte. Der Anblick ihrer Leiche in ihrem Haus hatte ihn ehrlich schockiert. Die Schrift an der Wand hatte ihm den ersten Hinweis geliefert, dass ihre Eignung für den Großen Plan fraglich geworden war. Aber erst, als er während des Termins mit Lawson hörte, wie Christopher Hart Dale Gordon beschrieb, war ihm klar geworden, was passiert war und warum.

Bruder Gabriel traf kein Vorwurf, er war perfekt. Die Schuld lag allein bei Gordon, der seinen Auftrag nicht ausreichend durchdacht hatte und sorgfältiger hätte vorgehen müssen. *Gordon, du verdammter Idiot*, dachte er nun. Wenn ihm dieses Versehen nicht unterlaufen wäre, müsste sich Jem nun nicht mit einem zweiten Unfähigen herumschlagen.

»Joshua, du hast mich enttäuscht«, sagte Jem im Tonfall eines Richters kurz vor dem Todesurteil.

»Warum konnten wir den Kerl nicht einfach erschießen? Warum das Mädchen nicht einfach an der offenen Haustür packen? Das wäre einfacher gewesen. Diese ganze Schauspielerei ist doch Bockmist«, fauchte er.

Jem ignorierte die Kritik an seiner Strategie. »Ich muss Bruder Gabriel euer Versagen melden, mir bleibt keine andere Wahl.«

Allein der Name rief Furcht und Respekt hervor. Da Bruder Gabriel das erwählte Sprachrohr Gottes war, der einzige Mensch auf Erden, dem Gott die Zukunft der Welt anvertraut hatte, genügte schon die Androhung seiner Missbilligung, und selbst die stärksten Männer kamen sich winzig vor. Wer sich gegen Bruder Gabriel stellte, konnte genauso gut die Faust gegen Gott erheben.

»Wir haben nicht versagt«, konterte Joshua. Es klang nicht so zerknirscht, wie es sich Jem gewünscht hätte. »Wir haben uns doch abgesichert. Weißt du noch?«

Und plötzlich fiel Jem alles wieder ein. Er hatte sich über ihr Versagen so aufgeregt, dass er beinahe den doppelten Boden ihres Plans vergessen hätte! Sein Kopf durchbrach die Oberfläche, gierig schnappte er nach Luft. »Bist du sicher, dass es funktioniert?«

»Es funktioniert. Die können nicht verschwinden. Was sollen wir mit ihr und diesem Kerl machen?«

Das war eine ausgezeichnete Frage. Wie viel hatte Melina erraten, wie viel ahnte sie? Wer konnte, außer ihm, noch wissen, dass das FBI heute Morgen zu ihr nach Hause kommen sollte? Was würde er erklären, wenn man ihn damit konfrontierte? Was wäre, wenn sie die Polizei oder das FBI benachrichtigte?

Er brauchte Zeit zum Nachdenken, musste die Situation klären und Ausweichpläne entwickeln. »Wenn ihr sie geortet habt, unternehmt nichts, bevor ihr mich benachrichtigt habt«, wies er Joshua an.

Dieser Befehl passte dem Söldner und seinem Kumpan nicht in den Kram. Sie waren Männer der Tat, die Christopher Hart inzwischen doppelt grollten. Diese Abneigung konnte Jem noch schüren.

»Christopher Hart ist ein Feind des Großen Plans. Er hat Gillian Lloyd entweiht. Möglicherweise hat er inzwischen auch Melina entweiht.«

»Er muss vernichtet werden.«

»Dafür hat man uns gerufen.« In Jems Stimme schwang die Inbrunst der Gerechten wieder. Hoffentlich konnte er dadurch auch die spirituellen Untertöne vermitteln, die den Vergeltungszug gegen Hart verbrämen sollten. Insgeheim hoffte er jedoch, dass die Jungs diesen Mistkerl in seine Atome zerlegten und in seinen Cowboy-Stiefeln verbluten ließen. »Bleibt so dicht wie möglich dran, ohne dass sie euch bemerken. Inzwischen kennen sie eure Gesichter. Wenn ihr euch blicken lasst, seid ihr hinüber.«

Joshua reagierte beleidigt. »Ich bin doch kein Idiot.«

»Alles deutet aufs Gegenteil hin«, murmelte Jem vor sich hin. »Haltet mich auf dem Laufenden.«

Kaum hatte er aufgelegt, stand auch schon die Sekretärin da und wedelte ihm ein weiteres Memo vor die Nase. »Kann das nicht warten?«

»Ich glaube nicht«, flötete sie beinahe. Dann drehte sie sich um und stakste davon.

»Mr Hennings?«

Jem wirbelte seinen Stuhl herum. Zwei Männer waren an seinem Arbeitsplatz aufgetaucht. Einer war groß, schwarz, makellos gekleidet und sachlich. Er zog Jems Blicke derart herrisch auf sich, dass er den anderen nur am Rande wahrnahm. Seine Anwesenheit schien bedeutungslos.

Plötzlich sackte Jem das Herz in die Hose. Trotzdem gelang es ihm, sich mit einem freundlichen, aber fragenden Lächeln auf dem Gesicht zu erheben. »Ich bin Jem Hennings. Was kann ich für Sie tun?«

Der Mann klappte eine kleine Lederhülle auf. »Spezialagent Tobias, FBI.«

22

»Eine persönliche Modeberaterin?«, stellte Chief amüsiert fest, während sie ihren Anruf auf dem Handy beendete.

»Was ist daran falsch?«

»Nichts. Ich bin sogar tief beeindruckt, Melina.« Sie warf ihm einen giftigen Blick zu, worauf er den Ängstlichen mimte. »Sie werden mir doch keine Vase an den Kopf werfen, oder?«

Ohne auf seine Bemerkung einzugehen, stand sie auf. Zwischen den beiden Betten war nur so wenig Platz, dass er die Knie zur Seite biegen musste, um sie vorbei zu lassen. »Heute bin ich froh, dass sie meine Einkäufe erledigt. Ich habe ihr erklärt, was ich brauche. Sie wird alles besorgen und mit einem Taxi vorbeischicken.«

»Das sind aber nicht Ihre normalen Klamotten. Wollte sie denn keine Erklärung haben?«

»Wahrscheinlich denkt sie, ich hätte eine Affäre. Zu ihren Kunden gehören die Reichen und Berühmten. Die hätte sie nicht lange, wenn sie neugierig wäre und Geheimnisse ausplauderte. Das Schlüsselwort ist: Diskretion.«

»Genau wie in Ihrem Beruf. Gillian hat mir erklärt, Sie würden keinem Kunden die Geheimnisse eines anderen ausplaudern.«

»Wäre schlecht fürs Geschäft.«

»Trotzdem verstehe ich noch immer nicht, wozu Sie unbedingt Haute Couture brauchen.«

»Jeder, der nach uns sucht, wird auf Einkäufe mit der Kreditkarte achten, aber dabei denken sie vielleicht nicht an Neiman's. Mir fiel nichts Besseres ein, um an ein paar neue Klamotten zu kommen. Sie haben gesagt, ich solle mir meine Schlüssel schnappen. Weiß Gott, wann ich wieder nach Hause komme. Und das hier sieht etwas zu auffallend aus«, meinte sie zu ihrem Tweety-Shirt.

Sie blickte sich in dem schäbigen, unpersönlichen Zimmer um. Nach einem Zwischenstopp am Geldautomaten, wo sie sich genug Bargeld für mehrere Tage geholt hatten, hatten sie sich in einem Autobahnmotel eingemietet, dessen Parkplatz voller Achtzehn-Tonner stand. Das Zimmer war absoluter Durchschnitt.

Schließlich wanderte ihr deprimierter Blick wieder zu ihm zurück. »Chief, hören Sie zu. Vielleicht wird das hier eine Zeit lang mein Zuhause, aber das muss es nicht auch für Sie sein.«

»Wie geht's dem Schlüsselbein?«, fragte er, wodurch ihr erst auffiel, dass sie es massiert hatte.

Sie ließ die Hand sinken. »In Ordnung. Ich hätte Ihnen nicht verraten sollen, dass ich von Ihrer Nacht mit Gillian weiß. Wenn ich Sie nicht als Lügner und Feigling bezeichnet hätte, hätten Sie sich nach diesem Treffen mit Lawson frei und unbeschwert verabschiedet.«

»Könnte es gebrochen sein?«

»Mein Schlüsselbein? Nein.«

»Angeknackst?«

»Nein«, sagte sie mit ungeduldigem Kopfschütteln. »Wahrscheinlich bekomme ich einen blauen Fleck, aber das ist auch schon alles.« Händeringend meinte sie: »Ich mache mir solche Vorwürfe, dass ich Sie in diesen Schlamassel hineingezogen habe.«

Er seufzte resigniert. »Sie wollen also unbedingt darüber reden, was? Na schön, dann reden wir eben darüber. Melina, Sie haben mich nicht an den Haaren hineingezerrt. Ich war von Anfang an dabei, vielleicht unwissentlich, aber ich war dabei. Gillian wurde getötet, weil sie eine gewisse Zeit mit mir verbracht hat. Jetzt sieht es so aus, als sei ich an der Reihe. In beiden Fällen will ich wissen, warum.«

»Die NASA würde Sie schützen. Ihre unbekannten Angreifer von letzter Nacht wären nicht so tapfer, wenn die NASA drohend hinter Ihnen stünde.« Sie beschwor ihn, das FBI anzurufen.

»Und was soll ich denen erzählen?«

»Dass Sie heute Morgen dachten, ich würde von Einbrechern überfallen.«

»Einbrecher!«, rief er und lachte kurz auf.

»Sie wollten mich verteidigen. Als Sie Ihren Fehler erkannten, waren Sie entsetzt. Ich bin geflohen, ehe Sie es verhindern konnten.«

»Und Sie denken wirklich, das kaufen die uns ab?«, erkundigte er sich spöttisch. »Ganz sicher nicht. Außerdem weigere ich mich, mich hinter der NASA zu verstecken.« Dann deutete er auf sein zerschundenes Gesicht. »Das ist ein persönlicher Kampf.«

»Wie fühlen Sie sich denn?«

»Das möchten Sie lieber nicht wissen.«

Endlich hatte seine Nase zu bluten aufgehört. Kaum waren sie im Hotel, hatte er sich gewaschen, damit sie den Verband auf der Wange erneuern konnte. Er kühlte das Auge mit einer Plastiktüte voller Eis und die Schwellung ging deutlich zurück. Trotzdem sah er noch immer wie ein abgetakelter Berufsboxer aus, der eine Runde zu viel absolviert hatte.

»Tut mir Leid, Chief.«

»Nun, wenigstens habe ich diesmal den anderen Knaben auch eine verpasst.«

Trotz seiner Witze und der hartnäckigen Behauptung, er sei von Anfang an beteiligt gewesen, fühlte sie sich noch immer verantwortlich. »Und was ist mit Ihrem Wagen?«

»Der hockt da wie ein Köder. Ich kann ihn mir nicht holen.«

»Nach meinem wird man mittlerweile suchen. Was können wir tun?«

»Denke gerade darüber nach«, meinte er, wobei er sich an die Schläfe tippte.

»Wir sind ja ein reizendes Gaunerpärchen.« Mit einem freudlosen Lachen setzte sie sich wieder ihm gegenüber. »Nicht in einer Million Jahre hätte ich mir träumen lassen, dass ich mal ein solches Gespräch führen würde.«

Er lächelte. »Ich auch nicht.«

»Ich habe keine Ahnung, wie man sich unsichtbar macht.«

»Vermutlich lernen wir das unterwegs.«

»Hoffentlich.«

Er kramte sein Handy aus der Jackentasche, rief im Mansion an und erklärte dem Empfangschef, er habe unerwartet abreisen müssen und wünsche, dass man seine Sachen packen und sie ihm per Taxi an seinen momentanen Aufenthaltsort schicken sollte. Er nannte ihnen die Adresse des Motels, aber nicht den genauen Namen. »Bitte, so rasch wie möglich.« Nachdem er aufgelegt hatte, meinte er: »Ich vermisse das Zeug schon jetzt.«

Ohne richtig hinzuhören, klopfte sie sich mit ihrem Handy ans Kinn. »Ich glaube es nicht.«

»Was?«

»Dass Tobias und Patterson Regierungsagenten waren. Ich weiß, ich weiß, die Dienstausweise sahen echt aus. Aber Kriminelle wissen, wie man sich gute Fälschungen besorgt.«

»Es gibt einen Weg, das herauszufinden. Ein Anruf beim FBI.«

»Ein Anruf beim FBI.« Beide hatten gleichzeitig dasselbe gesagt. »Genauso ist es bei Gillian und mir auch immer gewesen«, erklärte sie ihm, während sie die Auskunft wählte.

Ihre Blicke trafen sich. Jedes Mal, wenn Gillians Name fiel, wurde ihr Lächeln deutlich schmaler. Das war auch jetzt nicht anders.

»Vorübergehend kann ich's vergessen«, sagte er leise, »aber dann holt es mich blitzartig wieder ein.«

»Mich auch.«

Die automatische Weiterleitung forderte sie zum Eingeben einer Nummer auf. Sie tat es und sagte dann still zu Chief: »Gillian hatte eine sehr gute Zeit.«

Noch ehe er ihr eine nähere Erklärung abringen konnte, kam ihr Anruf durch. »Ja, ich versuche Spezialagent Hank Tobias zu erreichen. Haben Sie seine Nummer?«

»Ich kann Sie direkt mit seinem Büro verbinden.«

Sie legte die Hand übers Mikrofon. »Oh Gott, es gibt ihn wirklich.«

»Also sitzen wir in der Patsche.«

Der Anruf wurde knapp und geschäftsmäßig beantwortet. Auf ihre Bitte, ob sie Tobias sprechen könne, teilte man ihr mit, er sei nicht erreichbar. »Kann Ihnen sonst jemand helfen?«

»Ms –« Krampfhaft bemühte sie ihr Gedächtnis. Wie ein Wunder fiel ihr wieder der Name ein. »Myrick.«

»Bitte, bleiben Sie dran.«

Mit einem Blick zu Chief schüttelte sie reumütig den Kopf. »Ich übernehme die volle Verantwortung. Es war mein Fehler, Chief. Ich werde dafür sorgen, dass sie verstehen –«

Eine ihr bekannte Stimme unterbrach sie. »Hier ist Lucy.«

»Ich habe Melina gestern Abend gesehen«, beantwortete Jem Hennings Tobias' Frage. »Warum? Worum geht's eigentlich? Ist ihr etwas zugestoßen? Oh Himmel, erzählen Sie mir nicht, dass jetzt ihr etwas passiert ist.«

»Wir ziehen keine voreiligen Schlüsse«, erklärte ihm Tobias gelassen. »Ich hatte heute Morgen eine Verabredung mit ihr, die sie leider nicht eingehalten hat. Ich versuche nur, sie ausfindig zu machen.«

»Sie hatten mit Melina eine Verabredung? Weswegen? Was hat sie gemacht?«

Tobias umging diese Frage und stellte seinerseits eine: »Wissen Sie eventuell, wohin sie heute Morgen gegangen ist? Wir haben ihr Büro überprüft. Dort hat sie sich nicht gemeldet.«

»Ins Fitness-Studio. Sie wollte sich heute Morgen ausarbeiten.«

»In welches Studio?«

»Tut mir Leid, aber ich weiß nicht, wo sie Mitglied ist.«

Nachdem Tobias Patterson angewiesen hatte, jemanden auf diese Spur zu setzen, wandte er sich wieder an Jem Hennings. »Wann haben Sie sie gestern Abend zum letzten Mal gesehen?«

Hennings' verwirrter Blick wanderte rasch zwischen ihm und Patterson hin und her, der leise in sein Handy sprach. »Äh, mal sehen, so gegen zehn, halb elf. Wir haben bei ihr daheim gegessen und uns ein bisschen entspannt. Sie war fertig. Nach der Woche. Sie wissen, was mit meiner Verlobten Gillian passiert ist, oder? Melinas Schwester?«

»Wir hatten heute Morgen schon ein längeres Gespräch mit Senior Corporal Lawson.«

»Oh, dann wissen Sie ja Bescheid. Ermitteln Sie denn in Gillians Fall?«

»Wir wollten Ms Lloyd lediglich ein paar Fragen stellen.«

»Worüber?«

»Sie haben seit gestern Abend nichts mehr von ihr gehört?«

»Nein. Ich habe ihr gesagt, ich würde heute irgendwann bei ihr vorbeischauen, aber nichts Konkretes vereinbart.«

»War sie allein, als Sie gingen?«

»Gegen mein Anraten. Sie hat lange gebadet und wollte sofort ins Bett. Deshalb hat sie mich auch fast hinauskomplimentiert. Meiner Ansicht nach hätte jemand bei ihr bleiben sollen, wenigstens die nächsten Tage. Aber sie ist sehr unabhängig. Wollte nichts davon wissen.«

Tobias verzog keine Miene. Patterson beendete seinen Anruf und berichtete, eine von Melinas Angestellten habe sich erboten, in dem Fitness-Studio anzurufen, in das sie häufig ging.

»Normalerweise lässt sie keine Verabredungen platzen«, fuhr Hennings fort. »Sie ist ein echter

Profi. Termine einzuhalten gehört zu ihrem Geschäft. Aber vielleicht ist sie nach allem, was sie durchgemacht hat, nicht ganz auf der Höhe.«

»In welcher Hinsicht?«

»Geistesabwesend. Zerstreut. Wenn sie merkt, dass sie die Verabredung mit Ihnen vergessen hat, wird sie in den Boden versinken. Vielleicht versuchen Sie's mal mit einem Anruf auf ihrem Handy«, meinte Hennings, der unbedingt den Hilfreichen spielen wollte. »Ich habe die Nummer.«

»Ich auch.« Tobias hatte schon mehrmals angerufen, war aber immer nur bei ihrer Mailbox gelandet.

»Haben Sie auch nur ihre Mailbox bekommen?«, fragte Hennings. »Gillian hat sich schon immer geärgert, weil Melina nie abgenommen hat. Sie lässt ihr Telefon ausgeschaltet, um ihre Kunden nicht zu stören.«

»Sie scheinen sie ja fast so gut zu kennen wie Ihre Verlobte.«

»Die beiden standen einander sehr nah. Wer die eine kannte, kannte fast auch schon die andere. Obwohl ich mich in Gillian verliebt habe, ist Melina für mich inzwischen fast wie eine Schwester. Deshalb möchte ich auch helfen, so gut es geht«, sagte Hennings ernst. »Worum geht's eigentlich? Steckt sie in Schwierigkeiten?«

Tobias zog eine Visitenkarte aus seiner Sakkotasche und gab sie dem Börsenmakler. »Sie können helfen, indem Sie mich sofort anrufen, falls Sie von ihr hören.«

»Das ist alles?«

»Zur Zeit, ja.«

»Ich wüsste gerne, was los ist.«

»Wir möchten nur mit ihr sprechen.«

»Sie bleiben mit mir in Verbindung?«, fragte Hennings besorgt.

»Worauf Sie sich verlassen können.«

Draußen im Flur meinte Patterson auf dem Weg zum Aufzug: »Lawson hat nicht übertrieben. Er ist ein Ober-Arschloch.«

»Der vor Hilfsbereitschaft über die eigenen Füße stolpert.«

»Halten Sie es für eine Lüge, dass er gestern Abend ihr Haus verlassen hat? War er heute Morgen dort?«

»Das weiß ich nicht, aber jedenfalls hat er nicht im Gästezimmer geschlafen.«

»Woher wissen Sie das?«

»Er hat blonde wellige Haare.«

»Pardon?«

Tobias' Handy klingelte. »Ja?«

»Sie werden mich küssen.«

»Und warum das, Ms Myrick?«

»Ich habe soeben mit Melina Lloyd gesprochen.«

»Schwarz, einsachtundachtzig groß, supertoll gekleidet. Ihre Worte. Sieht hinreißend aus. Ebenfalls ein Zitat von ihr. Ein Typ wie Denzel Washington.« Melina beschrieb Chief das Äußere von Hank Tobias, wie es ihr Lucy Myrick geschildert hatte. »Patterson kennt sie nicht, weil er aus dem Büro in Dallas ist.«

»Und Ihr Patterson hat gelogen, als Sie sich nach seinem Flug von heute Morgen erkundigt haben.«

»Also muss ich vielleicht doch nicht ins Zuchthaus.«

»Ich denke nicht«, bestätigte Chief, »denn unser Tobias war nicht so groß und ein Denzel Washington war er garantiert nicht.«

»Ein Anzug von der Stange, billige Schuhe. Nicht gerade das, was ich als ›supertoll gekleidet‹ bezeichnen würde.«

»Was jemand mit einer persönlichen Modeberaterin beurteilen kann.«

»Würden Sie, bitte, damit aufhören?«

»Ihre Modeberaterin versteht ihr Geschäft.« Seine Augen hingen an ihrem Po. »Passt perfekt.«

Vor einer halben Stunde waren die neuen Sachen geliefert worden. Sie hatte sportliche Kleidung angegeben und so hatte die Verkäuferin von Neiman's zwei Hosen und einen Rock mit den jeweils passenden Pullovern geschickt, dazu eine leichte Wolljacke, dreimal Unterwäsche, zwei Paar Schuhe und ein Nachthemd. In einer kleineren Tasche lagen Kosmetika und Toilettenartikel und dazu eine kesse Karte der Modeberaterin, auf der stand: »Viel Spaß!« Sie hatte schnell geduscht, eine von den neuen Hosen angezogen und ihr Tweety-Shirt gegen einen Pullover aus Seide und Cashmere vertauscht.

Ohne auf Chiefs Kompliment einzugehen, erzählte sie ihm, Ms Myrick habe versprochen, umgehend mit Tobias Kontakt aufzunehmen. »Sie hat mir fest versprochen, dass er anrufen wird, also lasse ich mein Handy an.«

»Was werden Sie ihm sagen?«

»Keine Ahnung. Vermutlich, was mir gerade einfällt.«

»Wer wusste von Ihrer Verabredung mit ihm?«

»Keiner.«

»Einer schon.«

»Lucy Myrick rief gestern Abend an, als ich in der Badewanne lag. Jem und ich sind ans Telefon gegangen –«

Ihre Blicke klebten wie zwei Magnete aneinander. »Hennings war da, als der Anruf kam?«

»Später hat er mich gefragt, wer angerufen hat.«

»Haben Sie's ihm gesagt?«

»Ich habe etwas erfunden.«

Chiefs Blicke sprachen Bände. Leider hatten sie keine Gelegenheit, das Gespräch fortzusetzen, weil ihr Handy klingelte.

Sie überprüfte die Nummer des Anrufs, die ihr nicht bekannt vorkam. Wenigstens war es nicht Jem. Momentan hätte sie wirklich nicht gewusst, was sie zu ihm sagen sollte. Beim vierten Klingeln ging sie ran. »Hallo?«

»Ms Lloyd? Hier ist Spezialagent Tobias.«

»Entschuldigen Sie, dass ich unsere Verabredung versäumt habe.«

»Ich bin um neun Uhr da gewesen.«

»Zu spät, wie sich herausgestellt hat.«

»Geht's Ihnen gut?«

»Es ging mir schon besser.«

»Was ist heute Morgen passiert? Ich war in Ihrem Haus und habe das Durcheinander und die Blutflecken gesehen. Sind Sie verletzt?«

»Nein.«

»Und Colonel Hart? Ist er verwundet?«

Ihr Blick schoss zu Chief hinüber, der ihren Teil des Gesprächs verfolgte. Fragend hob er die Augenbrauen. Sie schüttelte leicht den Kopf.

Als sie eine Antwort auf diese Fangfrage verweigerte, meinte Tobias: »Ich würde mich sehr gerne mit Ihnen unterhalten. Sagen Sie mir, wo Sie sind.«

»Noch nicht. Erst wenn Sie mir erzählen, warum Sie sich für den Mord an Gillian interessieren.«

»Weil sie Patientin in der Waters Klinik war.«

»Die Klinik hat viele Patienten. Die einzige, die diese Woche erstochen wurde, war meine Schwester. Wie kam sie zu dieser Ehre, Mr Tobias?«

»Genau das versuche ich herauszufinden.«

»Sie müssen doch einen Verdacht haben.«

»Nicht zu diesem Zeitpunkt.«

»Irgendetwas hat Sie auf Gillians Ermordung aufmerksam gemacht.«

Er zögerte, ehe er sagte: »Eine Reihe anderer Verbrechen.«

»Glauben Sie, Dale Gordon war ein Serienkiller?«

»Nein, das haben wir überprüft«, antwortete er ruhig. »Er steht nur mit dem Mord an Ihrer Schwester in Verbindung.«

»Dann ist der rote Faden der, dass alle Opfer Patientinnen einer Waters Klinik waren? Liegt dort Ihre Antwort, ja?«

»Schon möglich, aber es handelt sich nicht nur

um Filialen von Waters«, erklärte er. »Eine war Patientin bei einem Privatarzt. Eine ging zu einer anderen Lizenzklinik mit einem ähnlich soliden Ruf wie die Waters-Gruppe. Der Fall Ihrer Zwillingsschwester und ein anderer in Oakland ähneln sich verblüffend: Beide Frauen wurden wenige Tage vor ihrer Ermordung künstlich befruchtet und die jeweils Verdächtigen nahmen sich das Leben, noch ehe sie die Polizei verhören konnte.«

»Mein Gott«, sagte sie mit bebender Stimme, »von wie vielen derartigen Verbrechen reden wir überhaupt?«

Er vermied eine Antwort. Eine Weile sagte keiner ein Wort. Chiefs laserblaue Augen morsten Fragen.

Schließlich meinte Tobias: »Das ist alles, was ich Ihnen jetzt sagen kann, Ms Lloyd. Treffen Sie sich mit mir und Agent Patterson. Lassen Sie uns –«

»Das habe ich schon einmal versucht, leider ohne Erfolg.«

»Wer ist heute Morgen in Ihr Haus gekommen?«

»Ich weiß es nicht. Sie etwa? Haben Sie die Typen gefragt?«

»Sie gefragt?«

»Als Sie dort waren.«

»Das Haus war leer, Ms Lloyd.«

»Die waren weg?«, rief sie.

Chief setzte sich gerader hin. *Weg?*, formulierte er stumm.

Tobias fragte gerade, ob die Betrüger noch da gewesen seien, als sie das Haus verließ.

»Bewusstlos. Auf dem Küchenboden«, erklärte sie ihm.

Nachdem er mehrere Sekunden darüber nachgegrübelt hatte, bat er sie um eine Beschreibung der beiden. Sie nannte die wesentlichen Dinge, wobei sie Chief bezüglich Größe und Gewicht stumm zu Rate zog. Sein Nicken bestätigte ihre Angaben.

»Ich habe mich täuschen lassen. Anfänglich.«

»Und dann?«

»Und dann nicht mehr. Wenigstens war ich so misstrauisch, dass ich mich schützen und verschwinden konnte.«

»Wir haben in der Küche ein höllisches Chaos und auf dem Schlafzimmerteppich Blutspuren gefunden.«

Sie erklärte, wie sie sich am Abend vorher in die Ferse geschnitten hatte.

»Legen Sie zum Schlafen die Füße aufs Kopfkissen statt des Kopfes?«, wollte er wissen.

»Wie bitte?«

»Auf dem Kissen im Gästezimmer war Blut. Und außerdem ein kerzengerades schwarzes Haar. Ich nehme an, beides gehört zu Colonel Hart.«

Sie äußerte sich nicht zu seiner Vermutung, weder so noch so.

»Ms Lloyd, ich habe Lawsons Fallakte gelesen. Ich weiß, dass Hart den Abend vor Gillians Ermordung mit ihr verbracht hat. Sind sich die beiden davor schon mal begegnet?«

»Sie haben Lawsons Fallakte? Ich dachte, er hätte ihn offiziell geschlossen.«

»Ich habe ihn offiziell wieder eröffnet.«

»Verstehe.«

»Was ist los? Haben Sie damit ein Problem?«

»Ich melde mich wieder.« Sie legte auf und schleuderte das Handy weg, als hätte sie sich die Hand verbrannt.

»Was ist los?« Chief wirkte so angespannt wie eine Sprungfeder.

»Sie wollen es nicht dabei bewenden lassen«, sagte sie erregter, als vielleicht nötig war. »Gott sei Dank habe ich ihren Körper verbrennen lassen, sonst würden sie sie womöglich exhumieren. Oh, übrigens wissen die, dass Sie bei mir sind.«

»Wen rufen Sie denn jetzt an?«

Sie hatte ihr Telefon wieder geholt und wählte rasch eine Nummer. »AutoScout.«

»AutoScout?«

23

»Ich habe ihren neuen Aufenthaltsort ermittelt«, berichtete Jem an Mr Hancock. »Noch während unseres Gesprächs spüren meine Männer sie auf. Bitte, sagen Sie Bruder Gabriel, dass ich alles wieder unter Kontrolle habe.« Jem war ein wenig sauer, weil man ihn nicht direkt zu Bruder Gabriel durchgestellt hatte und er mit Hancock als Vermittler vorlieb nehmen musste.

»Wenn sein Termin beendet ist, werde ich ihn sofort informieren, obwohl es ihn kaum überraschen dürfte, dass alles wieder im Lot ist. Er hat vollstes Vertrauen in Sie, Mr Hennings.«

»Das ist die gute Nachricht.« Jem hoffte, Bruder Gabriels Vertrauter würde auf seinen traurigen Ton anspringen, was er auch tat.

»Gibt es denn eine schlechte?«

»Meiner Meinung nach handelt es sich dabei um etwas, das Bruder Gabriel unbedingt wissen und vor dem nächsten Schritt sehr gewissenhaft in seine Überlegungen einbeziehen sollte.«

»Fahren Sie fort.«

»Christopher Hart ist immer noch bei ihr.« Erst nachdem er diesen Satz hatte einsinken lassen, fügte er hinzu: »Sie teilen sich derzeit ein Zimmer in einem billigen Fernfahrer-Motel. Sicher wird Bruder Gabriel zur selben Schlussfolgerung kommen wie ich: dass Melina für den Großen Plan ungeeignet ist.«

Mr Hancock versicherte ihm mit gebührend niedergeschlagener Stimme, er werde die Information weiterleiten.

»Nicht, dass ich Bruder Gabriels Urteilsvermögen in Frage stellen möchte«, sagte Jem, womit er genau dies tat, »aber ich bin mir nicht sicher, ob dieser konservative Weg der richtige ist.« Zuvor hatte er Joshuas zweites Fiasko beichten müssen. Außerdem musste er die unglückselige Nachricht überbringen, dass der Astronaut die Nacht in Melinas Haus verbracht und sich als ihr Beschützer mit Joshua geprügelt hatte. Mittlerweile hatte Joshua die Anweisung, sie zwar genau im Auge zu behalten, aber sonst nur auf Anweisung weitere Schritte zu unternehmen. Da sich inzwischen das FBI dafür interessierte, vertrat Bruder Gabriel die Meinung, man sollte auf Nummer Sicher gehen.

Jem hatte Verständnis für Bruder Gabriels Wunsch, keinen Verdacht aufkeimen zu lassen.

Insgeheim war er allerdings ganz versessen darauf, Hart bestraft zu sehen, weil er mit seiner Verlobten geschlafen hatte. Außerdem wartete er schon ungeduldig darauf, Melina die Quittung dafür zu verabreichen, dass sie ihn gestern Abend verschmäht hatte.

Mr Hancock reagierte mit einer typisch unverbindlichen Aussage auf seinen Vorschlag. »Sobald Bruder Gabriel eine Entscheidung trifft, wie bei der Lösung dieses Problems am besten vorzugehen ist, werden Sie benachrichtigt, Mr Hennings.«

»Ich werde mich bereithalten.«

Jem legte in dem Gefühl auf, es stünde unentschieden. Es war zwar kein totaler Sieg, aber man hatte seine Empfehlung auch nicht völlig verworfen. Hart würde seine Abreibung bekommen, nur vielleicht nicht so schnell, wie es sich Jem wünschte. Außerdem hatte er Zweifel an Melina gesät. Vielleicht wären damit die Pläne für ihre Teilnahme am Großen Plan durchkreuzt.

Rein körperlich betrachtet, war sie ideal. Eine ganz andere Frage war ihre moralische Qualität. Sie war sexuell immer aktiver gewesen als Gillian. Ihren Andeutungen zufolge hatte sie viele Liebhaber gehabt, sogar unter ihren VIP-Kunden. Wenn sie nicht schon mit Hart geschlafen hatte, dann käme es höchstwahrscheinlich bald dazu.

Schon der Gedanke an Melina und Hart machte Jem rasend, besonders weil ihn Melina, im Gegensatz zu Gillian, nicht attraktiv fand. Wahrscheinlich hatte sie ihn verscheucht, weil sie Hart erwartete. Schön. Jem Hennings würde sicher auch ohne sie überleben, sogar bestens.

Trotzdem war es seine heilige Pflicht, Bruder Gabriel auf ihren unwürdigen Charakter aufmerksam zu machen.

Bruder Gabriels Strafe für moralische Verderbtheit erfolgte rasch und hundertprozentig. Selbstverständlich, denn dahinter standen Geist und Arm des Allmächtigen. Zu guter Letzt würde auch Hart und Melina ihr gebührendes Schicksal ereilen.

Bis dorthin konnten sie nicht entkommen.

Chief kniff hinter seiner Sonnenbrille die Augen zusammen. »Woher wissen Sie, dass sie herauskommen wird?«

»Weiß ich nicht, aber die Klinik schließt täglich zwischen eins und halb drei. Ich denke, die Angestellten nehmen sich dann zum Mittagessen frei.«

Er saß mit Melina auf einer eisernen Bank unter einem mächtigen Baum, der in den schönsten Herbstfarben prangte. Seine Blätter waren leuchtend rot. Zwischen grünen Rasenflächen und

Chrysanthemen-Rabatten bildeten gepflasterte Wege geometrische Muster innerhalb des absolut quadratischen Parks, der mitten in einem Gebäudekomplex mit medizinischen Firmen lag. Ringsherum standen auf allen vier Seiten die gleichen dreistöckigen Gebäude. Die Waters Klinik belegte eine zweite Etage davon.

Ein Taxifahrer hatte sein Gepäck beim Motel abgeliefert und sich dabei eine bissige Bemerkung nicht verkneifen können, angesichts der drastischen Verschlechterung seiner Unterkunft. »Biste pleite, he?« Als er dann noch die Schnitte und blauen Flecken in seinem Gesicht bemerkte, hatte er gefragt: »Oder ham'se dir verdroschen?«

»Hab noch genug, um dich zu bezahlen.«

»Zweiundzwanzig Mäuse.«

»Fünfunddreißig und du hast mich nie gesehen.«

»Vierzig und ich vergess meine eigene Mutter.«

Nach einer heißen Dusche und frischer Kleidung fühlte er sich etwas wohler, obwohl ihn sein pochendes Jochbein hin und wieder eines Besseren belehrte. Trotz Melinas Einwänden hatte sich der Schnitt seiner Meinung nach soweit geschlossen, dass ein neuer Verband unnötig war. Dennoch bot die klaffende Wunde keinen schönen Anblick, sondern sah so übel aus, wie sie war. Sogar hinter getönten Gläsern reagierte sein geschwollenes Auge empfindlich auf Sonnenlicht.

Sein unbehaglicher Zustand rechtfertigte schlechte Laune. Was aber in Melina gefahren war, hätte er nicht sagen können. Seit ihrem Gespräch mit Tobias schien sie jeden Moment aus der Haut fahren zu wollen. Sie war fest entschlossen, ihre Spuren zu verwischen. Das Motelzimmer hatten sie schon beim Einchecken bar bezahlt. Da sie beim Aufbruch nicht die Absicht hatten zurückzukommen, ließen sie ihren Wagen einfach dort stehen.

»Falls Sie mit einer Verfolgungsjagd rechnen, werden wir Probleme bekommen«, hatte Chief sie gewarnt, während er ihre Habseligkeiten auf der Rückbank des neu erworbenen fahrbaren Untersatzes verstaute.

Der AutoScout, den sie angerufen hatte, war ein preiswerter Autoverleiher, dessen Wagen sämtlich vor Beginn der letzten Dekade zusammengeschweißt worden waren. Eine Garantie, dass mechanisch und auch sonst alles in Ordnung war, gab es trotzdem. »Der Besitzer von AutoScout ist mit Gillian und mir auf die High School gegangen«, erklärte ihm Melina. »Wir sind in Verbindung geblieben und er schuldet mir einen Gefallen.«

»Was haben Sie ihm denn Gutes getan?«

»Erinnern Sie sich noch an das Playmate vom letzten Jahr?«

»Lebhaft.«

»Ich habe sie und ihre Gefolgschaft begleitet, als sie durch Dallas kamen. Dabei habe ich ihm ein Exemplar mit persönlicher Widmung besorgt.«

»Das kann ja nicht schwer zu beschaffen gewesen sein. Sie muss doch tausende signiert haben.«

»Nicht dort, wo er das Autogramm haben wollte, zusammen mit dem Satz: ›Du bist hier.‹«

»Aha.«

Als ihr Freund das Auto vorbeibrachte, wollte sie es für mehrere Tage im Voraus bezahlen, aber er lehnte mit der Bemerkung ab: »Lass gut sein, Melina, das klären wir später.« Niemand erführe, dass sie heute miteinander Geschäfte gemacht hatten, versicherte er ihr.

Beim Verlassen des Motels nahm ihr Chief die Autoschlüssel ab. »Diesen Schrotthaufen sollten Sie besser mich fahren lassen.«

»Ich fahre immer und weiß, wo ich hin muss.«

»Ich fahre besser und schneller. Sie können mir ja sagen, wo's lang geht.« Er kletterte hinters Steuer, womit die Debatte ein für alle Mal beendet war.

Obwohl jeder Polizeibeamte, der nach ihrem

Nummernschild suchte, den Lexus hinter dem Motel zwischen zwei Wohnwagen fände, hielt sie vorsichtig durch das schlierige Heckfenster Ausschau. Auch jetzt musterte sie argwöhnisch jeden, der durch den Park ging.

Ihre Nervosität war ansteckend. »Tun wir eigentlich irgendetwas Illegales?«, fragte er. »Nur für den Fall, dass ich in nächster Zeit mal vor Gericht muss.«

»Ich weiß nicht recht. Ist es ein Verbrechen, wenn man dem FBI aus dem Weg geht?«

»Wenn man flieht, um eine Aussage zu verweigern?«

»Das ist ein Verbrechen?«

»Justizbehinderung ist eines.«

»Und das machen wir gerade?«

»Sie tragen die gleiche Unterwäsche.«

Ihr Kopf fuhr herum. »Was?«

Wenn er doch nur ihre Augen hinter der Sonnenbrille lesen könnte. Genau wie bei Gillian. Er wusste noch, wie sehr er sich gewünscht hatte, Gillian würde die Brille ablegen, damit er ihre Augenfarbe erkennen konnte. Obwohl er Melinas Augenfarbe kannte, hätte er doch gerne ihren Ausdruck gesehen.

»Das fiel mir auf, als ich zum Duschen ins Bad ging. Sie haben Ihre Dessous ausgewaschen und zum Trocknen über die Duschstange gehängt. Genau die gleichen hat Gillian auch getragen.«

»Sie hatte dieselbe Modeberaterin.«

»Dachte ich mir schon.«

Das Gespräch erstarb, wenigstens nahm er das an, doch einen Augenblick später meinte sie: »Um Himmels willen, warum erwähnen Sie so etwas, während wir um unser Leben rennen?«

»War nur eine Beobachtung. Reiner Zeitvertreib während des Wartens.«

»Sie haben sich zum Zeitvertreib mit meiner Unterwäsche beschäftigt?«

»Ist mir eben durch den Kopf gegangen. Schließlich habe ich noch nie Dessous von der Duschstange nehmen müssen.«

»Sie haben nie mit einer Frau zusammengelebt?«

»Nein.«

»Hätte ich nicht gedacht.«

Er schüttelte den Kopf. »Haben Sie je mit einem Mann gelebt?«

»Nein.«

»Dann verspreche ich eines, solange wir ein Zimmer teilen: Ich versuche, daran zu denken, den Toilettendeckel zu schließen.«

Sie lachte. »Danke, das werde ich zu schätzen wissen.«

Wie sie lachte und dabei den Kopf neigte, ihr geschwungener Hals, das Lächeln – Schon beim Ansehen verkrampfte sich sein Herz und er konnte sich nur mit Mühe beherrschen, sie nicht zu berühren. Wie schön, dass sie Gillian ähnelte, denn an Gillian hatte ihm alles gefallen: Gesicht, Figur, Haare, Hautfarbe, Lächeln – alles hatte ihn berührt. Vom ersten Augenblick an hätte er sie am liebsten mit Haut und Haar verschlungen.

Allerdings mochte er auch Melina, und gerade weil er sie so sehr mochte, wäre es ihm lieber gewesen, wenn sie Gillian nicht aufs Haar geglichen hätte. Wenn man für zwei Frauen viel empfand und sie einander derart ähnelten, dass sie ein und dieselbe sein könnten, dann war das, gelinde gesagt, beunruhigend und befremdlich.

Er musste sich ständig zur Ordnung rufen, weil Melina nicht Gillian war. Die Frau an seiner Seite war Melina, nicht ihre Schwester, die sich im Bett warm und befriedigt an ihn gekuschelt und mit süßer, schlaftrunkener Stimme geflüstert hatte: »Chief?«

»Hmm?«

»Das hätte ich nicht um alles in der Welt versäumen wollen.«

Er hatte sie noch dichter an sich gezogen und auf die Schulter geküsst, ohne die geringste Ahnung, dass es die letzten Worte waren, die er je von ihr hören sollte. Anschließend waren sie eingeschlafen. Am Morgen war er zwar alleine aufgewacht, aber mit dem Entschluss, diese Stimme wieder zu hören und dieses Gesicht erneut auf seinem Kopfkissen zu sehen. Noch viele Male. So oft wie möglich.

Jetzt schaute er es wieder an, aber dies war nicht Gillians Gesicht, sondern Melinas. Allmählich wurde es für ihn immer schwieriger, die beiden auseinander zu halten.

»Da ist sie«, sagte Melina.

Durch die Drehtür des Gebäudes strömte eine Gruppe Menschen in unterschiedlicher Klinikkleidung. »Die grauhaarige Dame, oder? Ich habe gesehen, wie sie sich nach dem Gottesdienst mit Ihnen unterhalten hat. Jetzt fällt es mir wieder ein.«

Unter ihren Blicken entfernte sich Linda Croft aus dem Pulk und ging auf jene Ecke des Quadrats zu, die als mehrstöckiges Parkhaus diente. Wie der Blitz schoss Melina von der Bank hoch. »Gehen wir.«

Parkhäuser waren ihr per se unheimlich und Hollywood hatte ihren üblen Ruf noch verstärkt, indem es sie zum Schauplatz für jedes nur erdenkliche Verbrechen gemacht hatte. Bis auf Linda

Croft war das orangefarbene Stockwerk leer. Sie sperrte gerade ihre Wagentür auf, als er mit Melina bedrohlich näher kam. Chief wunderte es nicht, dass die Frau zusammenzuckte.

»Ms Croft, ich bin Melina Lloyd. Erinnern Sie sich noch?«

Sie presste eine plumpe Hand an den Busen, als wolle sie ihr klopfendes Herz beruhigen. »Natürlich, Ms Lloyd.«

Melina nahm ihre Sonnenbrille ab. »Entschuldigung, dass wir Sie erschreckt haben.«

»Ich bin ja nur froh, dass Sie's sind und kein Messerstecher.« Ihre Blicke wanderten zu ihm.

»Das ist Christopher Hart«, sagte Melina. »Colonel Hart, Linda Croft.«

»Ich habe Sie bei der Messe gesehen und aus den Nachrichten wiedererkannt«, meinte sie. »Freut mich, Sie kennen zu lernen, Colonel Hart.«

»Ganz meinerseits.«

»Was ist denn mit Ihrem Gesicht passiert? Bitte, entschuldigen Sie meine Frage.«

»Ich wurde gestern Abend überfallen.«

»Wie schrecklich! Hat man Ihnen etwas gestohlen?«

»Einen Teil meines Stolzes.« Sie erwiderte sein Lächeln. »Halten wir Sie von etwas ab?«

»Ich fahre zum Mittagessen heim. So kann ich meine Lieblingssendung sehen und auch noch meine Katzen füttern.«

»Wir möchten Sie nicht lange aufhalten«, versicherte ihr Melina. »Ich müsste Sie nur etwas fragen, bezüglich einer Bemerkung, die Sie mir gegenüber gemacht haben.« Fragend neigte Linda Croft den Kopf. Melina kam zum Punkt. »Sie haben gesagt, wie traurig es sei, dass zwei Patientinnen der Klinik Opfer eines Verbrechens geworden sind. Gillian wurde ermordet und das Kind eines Paares gekidnappt.«

»Von den Andersons.«

»Colonel Hart und ich finden diese Übereinstimmung sehr interessant.«

Linda Crofts Blicke wechselten hektisch zwischen ihnen hin und her. »Was meinen Sie mit interessant?«

Allmählich wurde sie misstrauisch. Wenn Melina ihren Befürchtungen nicht Rechnung trug, würden sie schnell in einer Sackgasse landen. Sie änderte sofort ihre Taktik.

»Die Andersons müssen am Boden zerstört gewesen sein. Ich möchte Kontakt mit ihnen aufnehmen und ihnen mein Beileid zu dem tragischen Erlebnis aussprechen. Erst jetzt kann ich wirklich nachfühlen, wie untröstlich sie nach der Entführung ihres Babys gewesen sein müssen. Ich kann ihren Verlust verstehen.«

»Oh, na ja –«

»Deshalb habe ich mich gefragt, ob Sie mir nicht sagen können, wo ich sie erreichen kann.«

»Meinen Sie ihre Adresse?«

»Oder die Telefonnummer. Ich würde selbst nachschlagen, kann mich aber an Mr Andersons Vornamen nicht mehr erinnern.«

Chief legte Melina den Arm um die Schulter und zog sie an sich. »Melina, meiner Ansicht nach haben wir Ms Croft unabsichtlich in eine Zwickmühle gebracht.«

Sie griff sein Stichwort auf und meinte: »Oh, lieber Gott, so hatte ich's ja gar nicht betrachtet. Bitten wir Sie da um etwas Unerlaubtes?«

»Leider ja«, antwortete die Frau sichtlich bekümmert, weil sie nicht helfen konnte. »Wir dürfen über unsere Patienten weder sprechen noch irgendwelche Informationen herausgeben. Jede Verletzung ihrer Privatsphäre wäre ein Verstoß gegen unser Berufsethos. Da unsere Dienste ganz persönlicher Natur sind, können Sie sicher verstehen, wie unabdingbar Vertraulichkeit ist.«

»Selbstverständlich.« Chief ließ Melinas Körper ein wenig gegen seinen sacken, als hätte sie soeben eine größere Enttäuschung erlebt. »Da die Entführung des Anderson-Babys so sehr im Blickpunkt der Medien gestanden hat, habe ich angenommen, es handle sich um allgemein bekannte Dinge.«

»Nein, die Andersons haben sowohl ihre Adresse wie ihre Vornamen strikt aus den Nachrichten herausgehalten.«

»Unter diesen Umständen kann ich das verstehen. Ich wünschte, man hätte nicht so ausführlich über Gillians Ermordung berichtet.« Sie lächelte traurig. »Leider begreifen nur wenige meinen doppelten Verlust: Gillian und das Kind, das sie vielleicht bekommen hätte. Mit ihrem Tod starb auch meine Hoffnung auf eine Nichte oder einen Neffen. Ich dachte, jemand, der Gleiches erleiden musste, würde –«

Sie tat so, als wäre sie außer Atem, und hielt inne, um tief Luft zu holen. »Tut mir Leid, Ms Croft, dass ich Sie belästigt habe. Verzeihen Sie, ich wollte Sie nicht in eine Zwickmühle bringen. Es war äußerst liebenswürdig von Ihnen, zu Gillians Gedenkgottesdienst zu kommen. Wir möchten Sie nicht länger aufhalten. Es wäre mir peinlich, wenn Sie Ihre Sendung verpassen würden. Vielen Dank.«

»Auf Wiedersehen, Ms Croft«, sagte Chief, wobei er kurz die Hand der Frau streifte. »War mir ein Vergnügen, Sie kennen gelernt zu haben.«

Gerade als er Melina herumdrehte, platzte Linda Croft heraus: »Ich schicke ihnen regelmäßig Karten.«

Langsam wandten sie sich um.

Ehe sie fortfuhr, befeuchtete sich Linda Croft nervös die Lippen. »Kleine, aufmunternde Karten. Sie wissen schon: *Ich denke an Sie. Nur Mut. Das Glück wartet um die Ecke.* Solche Sachen. Da sich die Andersons liebenswürdigerweise dafür bedanken, wohnen sie immer noch unter der Adresse, die ich habe. Sie steht daheim in meinem Adressbuch. Sie könnten hinter mir herfahren.«

Ihr Haus lag in einem Viertel von Dallas, das »M-Viertel« genannt wurde, weil hier alle Straßennamen mit diesem Buchstaben anfingen. Es handelte sich um eine ältere Wohngegend, die in den letzten Jahren wieder begehrt geworden war. Kaum verkauften Pensionäre oder starben weg, erwarben berufstätige Singles und junge Familien die alten Häuser und renovierten sie. Linda Crofts Häuschen lag zwischen zwei frisch renovierten Gebäuden und erinnerte an eine Witwe, die ihre besten Tage längst hinter sich hat und trotzdem versucht, einen würdevollen Eindruck zu machen.

»Das Haus von Schneewittchen«, bemerkte Melina zerstreut, als er in der Parkbucht anhielt. Linda Croft winkte ihnen von der kleinen Veranda zu, ehe sie die Rundbogentür aufsperrte, die von zwei Sprossenfenstern gerahmt wurde. »Gehen Sie, Sie können mit ihr besser umgehen als ich.«

»Das liegt an dieser Mann-Frau-Kiste«, meinte er.

»Das ist Ihre persönliche Mann-Frau-Kiste. Diese Chemie funktioniert nicht bei allen so gut.«

Er stieg aus und trabte den Weg hinauf. Linda Croft war bereits drinnen verschwunden, wo sie ihren Katzen zurief, dass Mama wieder daheim sei. »Kommen Sie herein, Colonel Hart.«

Er stand direkt im Wohnzimmer, angefüllt mit Familienfotos und Gobelinkissen, in dem es nach Katzenkörbchen roch. Während er wartete, strich ihm mindestens ein Dutzend Katzen um die Füße und kringelte die Schwänze um seine Beine. Aus den hinteren Räumen tauchte Linda Croft wieder auf und streckte ihm einen linierten Zettel hin, auf dem in purpurner Tinte eine Adresse stand.

»Das ist zwar gegen die Regeln, aber Ms Lloyd bricht der Tod ihrer Schwester das Herz. Meiner Ansicht nach sind Menschen wichtiger als Regeln. Vielleicht hilft ihr ein Gespräch mit Leuten, die Ähnliches mitgemacht haben.«

»Melina weiß das zu schätzen, und ich auch. Vielen Dank.«

Er schüttelte ihr die Hand. Sie hielt seine vielleicht ein, zwei Sekunden länger fest, als es aus reiner Höflichkeit nötig war. »Sie erinnern mich an meinen verstorbenen Mann.«

»Er war ein Glückspilz.«

Sie errötete passend. »Er sah sehr gut aus. Hatte auch etwas Indianerblut, ein, zwei Tropfen Irokese«, fügte sie lächelnd hinzu. »Nie hätte ich mir träumen lassen, dass einmal so eine Berühmtheit bei mir zu Gast wäre.«

»Ich fühle mich geehrt.«

Er verabschiedete sich endgültig. Während er durch den Vorgarten ging, rief sie ihm nach: »Passen Sie auf den Schnitt auf, damit es keine Narbe gibt.«

Er stieg ins Auto, gab Melina den Zettel und saß dann eine Weile nur da und starrte durch die Windschutzscheibe auf die matte, eingedellte Motorhaube. »Was ist?«, fragte sie.

»Ich fühle mich beschissen.«

»Brauchen Sie wieder ein Aspirin?«

»Nicht körperlich. Ich komme mir mies vor, weil wir sie so manipuliert haben.«

»Ich weiß, was Sie meinen«, seufzte sie, »als ob wir Dornröschens gute Fee aufgemischt hätten.«

»Oh, danke, jetzt fühl' ich mich deutlich besser.«

Er scherte aus der Parkbucht aus. Der Club, vor dem er gezwungenermaßen seinen Wagen hatte stehen lassen müssen, lag nur wenige Häuserblocks entfernt. Sein Sportwagen war ein Auto und diese Schrottlaube auch, aber damit endeten auch schon die Gemeinsamkeiten. Er sehnte sich nach seinem wendigen, schnellen Wagen und wäre liebend gerne an dem Parkplatz vorbeigefahren, um zu schauen, ob er noch immer heil dort stand. Obwohl er bezweifelte, dass sie irgendjemand, der ihnen auflauerte, in diesem Wagen erkennen würde, konnte er das Risiko nicht eingehen. Und so widerstand er der Versuchung, umrundete einen Block und steuerte Richtung Stadtautobahn.

»Betrachten Sie's doch mal so«, sagte Melina, der offensichtlich noch immer Linda Croft und das Thema Manipulation durch den Kopf gingen. »Dadurch können wir vielleicht verhindern, dass noch eine Frau getötet oder ein Kind entführt wird.«

»Deshalb spielen Sie also höchstpersönlich Detektivin? Um ein Verbrechen zu verhindern?«

»Ist das nicht Motivation genug?«

»Sehr nobel.« Verstohlen warf er ihr einen Blick

zu. »Sind Sie trotzdem überzeugt, dass da nicht irgendwo noch Rache im Spiel ist?«

In ihrer rauen Stimme schwang eiserne Entschlossenheit mit, als sie sagte: »Auch das, ganz sicher.«

»Was ist das denn für ein Müll?« Angewidert runzelte Tobias die Stirn. Er hatte schon früher Bruchbuden durchsiebt, von denen viele wesentlich verfallener und dreckiger gewesen waren als Dale Gordons Zimmer. Aber nur wenige hatten ihm solche Gänsehaut bereitet.

»Apokalyptischer Bockmist«, erklärte Kommissar Lawson, während Tobias flüchtig das billige Taschenbüchlein durchblätterte, dessen schlichte Zeichnungen den Schrecken der Letzten Erdentage schilderten: Enthauptungen, Kastrationen, auf Schwertern gepfählte Babys. »Gordon ist ganz versessen auf die Apokalypse gewesen. Ich habe Ihnen doch schon von seinen Anrufen bei diesem komischen Bruder Gabriel erzählt.«

Nach dem Besuch bei Hennings' Investmentfirma hatten sich Tobias und Patterson mit dem Kommissar in Melina Lloyds Haus getroffen und ihm ihre Geschichte von den zwei Betrügern erzählt. Zu seinem Leidwesen hatte Lawson eingestanden, dass der Fall, obwohl Dale Gordon der

Mörder von Gillian Lloyd gewesen war, wohl doch nicht so eindeutig lag, wie er ursprünglich angenommen hatte. Auf seinen Vorschlag schauten sich die beiden FBI-Agenten Gordons Zimmer an. Er hoffte, sie fänden inmitten des Schrotts eine Spur für ihre weiteren Ermittlungen. Damit überließen sie anderen Beamten das Sammeln von Beweismaterial und fuhren zu dritt zu Gordons Wohnung.

Als der Name des Fernsehpredigers fiel, evozierte Tobias vor seinem geistigen Auge ein Bild. »Bruder Gabriel macht einige Oberhäupter traditioneller Religionen nervös. Sie behaupten, seine Kirche sei eine Sekte.«

»Schon möglich«, mutmaßte Lawson. »Vielleicht sind die etablierten Kirchen aber auch nur neidisch auf seine Anhängerschar. In Europa, in Asien, in Afrika. Er ist nicht nur hier, sondern überall.«

»Sie haben diesbezüglich recherchiert.« Tobias war von Lawsons Hintergrundarbeit beeindruckt. Obwohl er wie ein abgehalfterter Ganove wirkte, war er offensichtlich wesentlich schlauer, als man auf Grund seines Äußeren vermutet hätte.

»Ich bin Gordons Faszination für Bruder Gabriel nachgegangen«, erklärte er. »Telefonseelsorger draußen im Tempel in New Mexico haben mir erzählt, Gordon habe so oft angerufen, dass er ihnen schon gehörig auf die Nerven ging, auch wenn das wesentlich taktvoller formuliert wurde. Die stecken viel zu tief im Frieden-und-Liebe-Gesäusel, um über einen Jünger Schlechtes zu erzählen, besonders über einen toten. Jedenfalls hieß es, Gordon habe nur ein Thema gekannt: Armageddon.«

»Ich bin kein Sektenexperte, aber dafür haben wir Spezialisten«, berichtete Tobias, »deren Berichte ich regelmäßig lese. Dale Gordon entspricht einem typischen Sektenmitglied: geringe Selbstachtung, soziale Randfigur. Bruder Gabriel wäre Vaterfigur und Retter in einem, jemand, der ihn mit all seinen Fehlern geliebt und akzeptiert hat.«

»Bei seinem Eintritt wurde er mit Haut und Haaren Teil einer großen Familie von Gläubigen.«

»Wodurch Gordon auf der Stelle eine Identität erhielt, die er bislang vermisst hat. Sein Leben war ab diesem Zeitpunkt Bruder Gabriel geweiht, neben dem nichts sonst existierte.«

»Nicht ganz«, meinte Patterson auf der anderen Seite des dämmrigen Raumes.

Der jüngere FBI-Agent kam mit einem Stapel Fotos herüber, offensichtlich Schnappschüsse. »Das habe ich unter dem Bett unter ein paar losen

Brettern gefunden. Muss Ihren Jungs wohl entgangen sein«, sagte er zu Lawson.

Lawson räusperte sich. Die Zahl der Jahre, die er mit Ermittlungsarbeit zugebracht hatte, entsprach fast Pattersons Alter. Typisch, dass örtliche Kriminalbeamte etwas dagegen hatten, wenn das FBI hereinplatzte und ihre Fälle übernahm – besonders, wenn es sich um bereits abgeschlossene handelte. Tobias brachte ein wenig Diplomatie ins Spiel und hoffte, damit das Ressentiment auf erträglichem Niveau zu halten: »In so einer Müllkippe kann man leicht etwas übersehen. Was haben Sie denn entdeckt?«

Er griff nach den Fotos. Auch Patterson ließ klugerweise ein wenig Diplomatie walten und teilte den Bilderstapel zwischen ihm und Lawson auf. »Damen. Nackte Damen.«

Noch beim Durchsehen wuchs Tobias' Wut auf den Toten. »Ist nicht gerade Durchschnittspornographie, oder?« Die Frauen hatten eindeutig keine Ahnung, fotografiert worden zu sein. Einige trugen kurze Kittel, wie man sie für medizinische Untersuchungen bekam, andere waren völlig nackt. Alle waren jung und offensichtlich gesund.

»Die hat er in der Klinik aufgenommen.« Lawson berichtete ihnen von dem Guckloch, das sie entdeckt hatten. »Das müssen andere Patientinnen gewesen sein. Wir haben ein paar ähnliche Schnappschüsse von Gillian Lloyd gefunden«, meinte Lawson, »auf dem Altar dort drüben.«

»Altar, meine Güte«, sagte Patterson. »Hoffentlich war Gott nicht allzu gnädig aufgelegt, als dieser Wichser starb.«

Bei diesem drastischen Kommentar des jüngeren Agenten runzelte Tobias zwar die Stirn, wies ihn aber nicht zurecht. »Heißt das, Gordon war nicht nur von Gillian Lloyd besessen?«

Lawson zuckte seine massigen Schultern.

»Welchen Job hatte Gordon in der Klinik?«, wollte Patterson wissen.

»Ade, du schönes Abendessen.« Damit warnte sie Lawson vor, denn Gordons Berufsbeschreibung konnte einem durchaus im Magen liegen.

»Gordon war Androloge, ein Wort, das ich noch nie gehört hatte. Musste erst mal nachschlagen. Das sind Laborspezialisten, die in Samenbanken und Kliniken für künstliche Befruchtung mit Samenproben arbeiten und sämtliche Verfahren durchführen: Lagerung, Einfrieren, Waschen. Alles, was zur Vorbereitung für jedwede Art künstlicher Insemination nötig ist, ob intrauterin oder in vitro.« Er seufzte, womit er ihnen Gelegenheit gab, sich selbst ein Bild davon auszumalen. »Bei dem, was ich über ihn weiß, wird mir schon beim

Gedanken daran schlecht, dass er – damit hantiert hat. Verstehen Sie?«

»Tja, ich weiß.« Nach kurzem Nachdenken meinte Tobias: »Wissen Sie, was ich sonst noch weiß?«

»Wir müssen diese Klinik auf den Kopf stellen.«

Er schaute zu Patterson hinüber. »Marsch aufs Streberbänkchen.«

24

Während George Abbott unruhig auf und ab lief, attackierte er brutal einen Fingernagel, der längst schon restlos abgekaut war. »Ich verstehe nicht, warum.«

»Habe ich doch schon erklärt.« Dexter Longtree vermaß gerade die Breite des leeren Büros, wobei er seine Stiefel als Maßeinheit benutzte. Spitze-Absatz, Absatz-Spitze, so berechnete er die Meter.

»Also verzeih, Dexter«, meinte Abbott mit nervösem Lachen, »vielleicht komme ich meinem spirituellen Ich nicht so nah wie du. Ich glaube nicht an Träume und Visionen, das überlasse ich den Stammesältesten.«

Longtree hob den Kopf und warf Abbott einen scharfen Blick zu.

»Sollte keine Beleidigung sein«, murmelte er.

»Hab ich auch nicht so aufgefasst.« Longtree nahm weiter schrittweise Maß, bis er die gegenüberliegende Wand erreicht hatte, wo er aus der Brusttasche seines Hemds Bleistift und Papier holte und die Maße aufschrieb. Obwohl es sich nur um einen Näherungswert handelte, ließe sich damit die Einrichtung der ersten NAA-Zentrale planen.

»Ich meine damit doch nur«, fuhr Abbott fort, »dass wir ihn ein bisschen mehr drängen müssten.«

»Das ist nicht nötig.«

»Er hat uns noch gut in Erinnerung. Wenn zu viel Zeit verstreicht, wird er vergessen, dass er jemals etwas von der NAA gehört hat. Wir müssen jetzt nachhaken und etwas Druck machen.«

»Wir haben alles Notwendige gesagt.«

»An einen Kerl wie Hart machen sich die Leute von links und rechts heran, bitten um einen Gefallen, wollen dies und jenes. Schreib ein Buch. Halt 'ne Rede. Besuch eine Schule. Gib Autogramme. Alles kann er nicht machen, also lautet seine Standardantwort auf jede Bitte, nein.« Abbott klatschte den Handrücken in die flache Hand. »Eines sage ich dir, Dexter, bei dem kommen nur die Hartnäckigen ans Ziel.«

Longtree war gerade mit dem Zählen der Steckdosen fertig geworden und schrieb etwas auf seinen Zettel. »Hart will nicht umschmeichelt werden.«

»Zum Kuckuck, jeder will doch umschmeichelt werden«, widersprach Abbott, wobei er sich über einen neuen Fingernagel hermachte. »Wir könnten nach Houston gehen. Morgen, oder spätestens übermorgen. Leider müssen wir fahren, für Tickets reicht unser Budget nicht. Vielleicht übernachten wir unterwegs. Wir werden ihn zum Mittagessen einladen, in ein schönes Lokal mit weißen Tischdecken, Weißwein und allem Brimborium. Damit überzeugen wir ihn, dass wir keine Wilden sind. Und dann tragen wir unsere Bitte vor.« Dann meinte er mit einem schiefen Blick auf Longtree: »Könntest du dir vorstellen, die Haare zu schneiden?«

Longtree hatte Georges Plan sichtlich amüsiert gelauscht. »George, diese Fahrt können wir uns sparen. Christopher Hart wird zu uns kommen.«

Abbott fiel die Hand aus dem Mund. »Zu uns kommen? Zu uns kommen? Reden wir über denselben Kerl?« Seine Stimme wurde schrill. »Der konnte uns doch gar nicht schnell genug loswerden.«

Longtree konnte Abbotts Gedanken lesen. In diesem Moment dachte er, dass die Leute mit ihrer Ansicht über Dexter Longtree wahrscheinlich Recht hätten, dass hinter dem Gerede ein Körnchen Wahrheit steckte. Meistens war Häuptling Longtree ein nicht zu unterschätzender Machtfaktor. Stark. Leidenschaftlich. Entschlossen. Furcht einflößend.

Aber gelegentlich wurde er ein bisschen seltsam im Kopf. Dann hatte er eine Feder weniger am Kopfputz und plötzlich fehlte ein Pfeil im Köcher. In solchen Fällen tippten sie sich an die Schläfe und schüttelten sorgenvoll den Kopf.

»Das liegt an dieser Tragödie«, erklärten die Veteranen. »Die macht ihm manchmal immer noch zu schaffen.«

Obwohl Abbott damals noch die Grundschule besucht hatte, hatte er die Geschichte gehört, wie Longtree verrückt geworden war. Nur mühsam und schrittweise hatte er sich davon erholt und neigte immer noch zu Rückfällen. Und zweifelsohne glaubte Abbott, jetzt sei es wieder einmal soweit.

Das war schon in Ordnung. Sollte er denken, was er mochte. »George, keines unserer Argumente wird Christopher Hart dazu bewegen, sich uns anzuschließen. Diese Entscheidung wird er treffen, wenn er soweit ist. Aus freien Stücken. Das wird aus seinem Innersten kommen.«

Aber Abbott hörte gar nicht zu, sondern verfolgte schon eine neue Idee. »Wir könnten den Einsatz erhöhen, ihm mehr Vorschuss geben.«

»Unser Angebot war vernünftig und fair.«

»Vielleicht sollten wir ihm ein Handgeld geben, wie bei einem Profisportler, auch wenn ich keine Ahnung habe, woher das Geld kommen soll. Mit der Kaution für diese Räume steht unser Konto fast bei Null. Vielleicht sollten wir mit dem Mieten noch abwarten.«

»Bei Hart geht's nicht um Geld.«

»Nein, bei Hart geht's darum, dass er kein Indianer sein will.« Abbott spuckte ein Stückchen Fingernagel von der Zungenspitze. »Rein äußerlich sieht er vielleicht wie einer aus, aber drinnen ist er so weiß, wie's nur geht. Weißt du, was ich zu diesem selbstgefälligen Mistkerl am liebsten sagen würde? Er soll mich am Arsch lecken.«

Longtree zeigte einen Hauch Lächeln. »Gute Idee, George, absolut überzeugend. Damit würden wir ihn sicher herumkriegen.«

Gereizt trat Abbott gegen eine leere Getränkedose, die ein früherer Mieter hinterlassen hatte. Sie klapperte über den nackten Boden. »Du hast Recht, wir brauchen diesen Lackaffen. Und damit wäre ich wieder bei meinem Ausgangspunkt: Wir müssen Druck ausüben, und zwar harten. Müssen sein Gewissen bearbeiten.«

»Christopher Hart ist ein gewissenhafter Mensch.«

Wieder beachtete Abbott keines seiner Worte.

»Wie wär's damit? Wir werden einen finanziellen Anreiz einbauen, der uns erst später Bares kostet. Eine Wohnungszulage oder ein Auto. Das ist es! Ein Auto. Vielleicht können wir Fred Eagle zu einer Neuwagenspende aus seinem Autohaus überreden.«

»Möchtest du, dass jemand als unser Sprecher arbeitet, den man bestechen musste?« Eines der Themen, dem sich die Sprechergruppe widmen wollte, war die Korruption in den Reservaten, wenn es um Lizenzen für Glücksspiel und Bauverträge ging. »Außerdem könnte man Hart nicht bestechen.«

Frustriert warf Abbott die Hände hoch. »Was schlägst du dann vor?«

»Ich schlage vor, dass wir von hier aus direkt ins Maklerbüro gehen und die Kaution für diese Räume hinterlegen, ehe sie uns ein anderer wegschnappt.«

»Ohne Harts Engagement? Du bist bereit, ohne ihn weiterzumachen?«

»George, er ist uns sicher.«

»Woher weißt du das?«

»Ich weiß es eben.«

»Eine von deinen Visionen?«

Longtree begab sich zum Ausgang, ohne auf diese höhnische Bemerkung einzugehen. »Ich weiß es. Der Einzige, der das noch nicht weiß, ist Colonel Hart. Aber das kommt noch. Bald.«

Jem Hennings stieg aus seinem Wagen, ohne den Parkwächter eines Blickes zu würdigen. Der uniformierte Türsteher trat vor, um ihm den Schlag aufzuhalten. Jem bedankte sich mit einem knappen Kopfnicken, dann musste er zweimal hinschauen. »Wer sind Sie? Sind Sie neu?«

»Mein erster Tag, Sir. Harry Clemmet.«

»Jem Hennings von Siebzehn D.«

»Ja Sir, Mr Hennings. Wenn ich etwas für Sie tun kann, lassen Sie's mich bitte wissen.«

Der geht mir schon jetzt für ein ordentliches Weihnachtsgeld um den Bart, dachte Jem, während er weiter durchs Foyer ging. Er war schon halb am Aufzug, als ihm Harry hinterher rief: »Sie haben ein Mordsglück, Mr Hennings.«

Jem fühlte sich heute nicht besonders glücklich. Eigentlich war sein Tag alles andere als angenehm gewesen. Er war in Gedanken vertieft und verspürte keine Lust auf einen Plausch mit Bediensteten. Da man aber nie wissen konnte, wann man seinerseits um einen Gefallen bitten musste, drehte er sich um. Der Türsteher grinste ihn dämlich an. »Glücklich?«

»Ja, Sir. Ich habe Ihre Verlobte getroffen.«

Hatte ihm nicht dieser Dämlack von Harry gerade erst erklärt, dies sei sein erster Arbeitstag? Langsam ging Jem auf demselben Weg wieder durch die Halle. »Wie können Sie sie getroffen haben? Wann sind Sie ihr begegnet, Harry?«

Der neue Türsteher spürte, dass etwas nicht stimmte, und stotterte: »H-heute N-Nachmittag. Als sie vorbeikam, um ein paar Sachen für Sie abzuholen.«

Unmittelbar nach dem Verlassen von Jems Hochhaus verkündete Chief, sie müssten zu einem Konsens kommen.

»Worüber?«, wollte sie wissen.

»Bezüglich der Unterkunft. Von billigen Absteigen habe ich die Nase voll, Melina.«

»Sie waren doch nur in einer.«

»Das war schon eine zu viel.«

»Außerdem war es dort sauber.«

»Was ich noch nicht als Komfort betrachte.«

Er buchte ein Apartment-Hotel, das mehrere Stufen über dem Autobahn-Motel stand, obwohl es im Vergleich zu Chiefs Standard immer noch bescheiden anmutete. »Sie haben doch keine Kreditkarte benutzt, oder?«, fragte sie, als er aus der Hotelhalle wieder zum Wagen kam.

»Bargeld. Der Portier wollte das Nummernschild vom Auto wissen.«

»Das wussten Sie?«

»Nein, ich habe eine Nummer erfunden, was er aber nicht überprüft hat. Er hat mir nur augenzwinkernd einen angenehmen Aufenthalt gewünscht. Der denkt, wir seien für ein nachmittägliches Vergnügen hier. 'ne schnelle Nummer.«

Offensichtlich. Der Portier hatte ihnen ein Zimmer mit einem großen Doppelbett gegeben, worüber keiner eine Bemerkung fallen ließ. Da alles vom Verlauf des Abends abhing, waren sie vielleicht gar nicht lange genug hier, um auch die Nacht zu verbringen. Und wenn doch, gab es immer noch das Klappsofa im Wohnzimmer. Dort würde sie schlafen. Eine Nacht mit Chief im selben Zimmer würde sie aus mehreren Gründen irritieren. Die meisten davon bereiteten ihr schon beim Gedanken daran Unbehagen. Unter den gegebenen Umständen schien ihr auch der leiseste Hauch von Intimität mit ihm unangebracht. Ironischerweise waren gerade diese Umstände an ihrem Beisammensein schuld.

Wer könnte seine Ausstrahlung leugnen? Selbst die matronenhafte Linda Croft hatte auf seinen natürlichen Charme reagiert. Jede Frau, die sich über längere Zeit mit ihm in einem Raum – zumal einem kleinen, intimen Raum – aufhielt, würde romantische Gefühle entwickeln, selbst wenn die Chance auf Realisierung gegen Null tendierte.

Selbstverständlich stand jede Intimität zwischen ihr und Chief außer Frage. Zu diesem Zeitpunkt. In dieser Situation. Und angesichts der Tatsache, wer sie waren.

»Ich werde mich mal frisch machen.« Sie ging ins Bad.

Als sie mehrere Minuten später wieder herauskam, saß Chief am Fußende des Bettes und sah fern. Er winkte sie zu sich und stellte lauter. »Ist das nicht der Kerl?«

Sie setzte sich neben ihn. »Das ist er.«

Bruder Gabriels Antlitz füllte den Bildschirm. Man präsentierte ihn buchstäblich von seiner Schokoladenseite. In seinem cremefarbenen Anzug und dem pastellblauen Hemd mit passender Krawatte wirkte er wie ein Symbol für die Reinheit von Körper und Seele. Seine peridot-farbenen Augen schienen von innen heraus zu strahlen.

»Sieht gut aus, nicht wahr?«

»Vermutlich, wenn man auf diesen englischblonden Typ steht.«

Sie warf ihm einen spöttisch-kritischen Blick zu und konzentrierte sich wieder auf Bruder Gabriels Worte. »Du fühlst dich verloren und einsam, sogar unter Menschen, die behaupten, dich zu lieben. Ich verstehe dieses Gefühl der Entfremdung. Deine Eltern sind nie mit dir zufrieden. Dein Chef stellt unsinnige Forderungen an dich. Deine Kinder erweisen dir keinen Respekt. Menschen, die sich Freunde nennen, schmähen und betrügen dich. Vielleicht macht dich sogar dein Ehepartner lächerlich und gibt dir das Gefühl, unwichtig zu sein.«

»Hör mir zu«, sagte er, wobei er seine weiche Stimme auf einen noch tieferen, vertraulicheren Tonfall schraubte. »Hörst du zu, mein Kind? Wenn dich der Klang meiner Stimme erreicht, hörst du die Stimme dessen, dem du *wirklich* wichtig bist. Höre, was ich sage, denn davon hängt in alle Ewigkeit deine Zukunft ab.«

Seine Pause hatte einen dramatischen Effekt. Anschließend betonte er mit Nachdruck: »Für mich bist du nicht unwichtig. Ich liebe dich. Ich will dich vor der Missachtung schützen, die dir andere angedeihen lassen: Eltern, Vorgesetzte, Lehrer, Freunde, Ehefrauen, Ehemänner – alle, deren Liebesbeteuerungen falsch sind. Falsch«, betonte er.

»Ich will deine Zuflucht sein und dich in meine Familie aufnehmen, die groß ist, ja. Sie hat schon Millionen Mitglieder. Und doch habe ich darin einen Platz für dich reserviert. Nur für dich. Wenn du diesen ganz besonderen Platz nicht einnimmst, wird er leer bleiben.«

»Ich weiß, was du denkst. Woher kann Bruder Gabriel mich kennen? Hör mich an. Diese Zweifel erweckt der Teufel. Nähre sie nicht. Leugne sie. Tochter, Sohn, geliebter Mensch«, sagte er leise, »ich kenne dich. Ich will dich bei mir in der neuen Weltordnung haben.«

»Neue Weltordnung? Was soll das heißen?«, fragte Chief.

»Psst.« Mit einer Handbewegung forderte sie Ruhe.

Sie hörten sich die Sendung bis zum Ende an, zu dem Bruder Gabriel ein blumiges Segensgebet offerierte. Über einer Fotografie des Tempels vor einem strahlenden Sonnenuntergang wurden Postanschrift und E-Mail-Adresse eingeblendet. Die Zuschauer wurden nachdrücklich zum Anfordern von Literatur animiert.

»In der sicher die Antwort auf alle Lebensprobleme steht.«

»Tja, wo er die nur alle her hat?«, fügte Chief hinzu, während er den Ton abdrehte.

»Er appelliert an alle Dale Gordons dieser Welt.«

»Und noch an viele andere, Melina. Sogar im

Raumfahrtzentrum gibt es welche, die behaupten, er habe ihr Leben von Grund auf verändert.«

»Sie machen Witze!«

»Eine meiner Kolleginnen hat ihre Tochter an seiner Schule eingeschrieben.«

»Wie können intelligente Menschen auf die Idee hereinfallen, dass ein Mann alle Antworten kennt?«

»Ganz einfach«, meinte er achselzuckend. »Er erzählt ihnen, was sie hören wollen. Er spricht ihre schlimmsten Ängste an – Zurückweisung und Nicht-Akzeptiert-Werden. Er allein kann ihren Wert erkennen. Er schätzt sie, auch wenn es sonst niemand tut. Wer sich ihm anschließt, wird Teil einer Elite.«

»Unglaublich. Entsetzlich.«

»Unglaublich nicht ganz, aber definitiv entsetzlich. Eine Menge Leute dachte, Hitler hätte die richtige Idee gehabt. Er ist das Musterbeispiel, welche Macht ein Einzelner über die Gehirne vieler haben kann. Aber denken Sie doch nur an all die weniger bedeutenden Sektenführer, die seither berühmt geworden sind.«

Sie rieb sich die Arme, und das nicht, weil Chief den Thermostat der Klimaanlage soweit wie möglich heruntergedreht hatte. »Dieser Kerl betrachtet sich nicht als Prophet oder Priester. *Er selbst* ist die Gottheit seines Dogmas. Er kennt das Geheimnis des Lebens und wer ihm nachfolgt, der läuft auf der Innenbahn.« Bei diesem Vergleich stieß sie ein verächtliches Lachen aus. »Gott hat er irgendwo auf der Strecke zurückgelassen.«

»Melina, sind Sie ein gläubiger Mensch?«

Der ruhige Klang seiner Stimme verblüffte sie. »Ja. Sie nicht?«, antwortete sie ernst.

»Ich glaube an die Wissenschaft.«

Nach kurzem Nachdenken wollte sie wissen, ob er schon immer Astronaut habe werden wollen, selbst als junger Mann.

»Der Weltraum hat mich immer fasziniert. Ich wollte alles über Planeten, den Mond und die Sternbilder lernen. Als ich alt genug war, habe ich mich nachts heimlich aus dem Haus geschlichen und bin mit dem Fahrrad an den Stadtrand gefahren, wo der Himmel dunkel war. Dort habe ich stundenlang in die Sterne geschaut und gehofft, einen Meteoriten, Wetterballon oder Satelliten zu entdecken. Die ersten Astronauten waren meine Helden. Tja, demnach könnte man vermutlich sagen, dass ich im Hinterkopf schon immer einer werden wollte. Trotzdem erschien mir das Ganze hoffnungslos.«

»Warum?«

»Bis zum Abschluss der High School habe ich in einem Reservat gelebt.«

»Und?«

»Und damit sind die Möglichkeiten begrenzt.«

»Und warum unternehmen Sie dann nichts dagegen?«

Er musterte sie scharf. »Was zum Beispiel?«

»Schließen Sie sich dieser Interessengruppe an.«
Er runzelte die Stirn. »Nun, was hält Sie davon ab? Dieser Longbush?«

»Longtree.«

»Zweifeln Sie an seiner Integrität?«

»Teilweise.« Er rotierte die Schultern, als wolle er ihre Frage abschütteln. »Ich weiß es nicht.«

»In diesem Fall sollten Sie's vielleicht herausfinden.«

»Es geht nicht nur um ihn.«

»Worum dann? Weil nicht genug Geld da ist?«

»Nein. Es hieß, ich könnte weiter andere Dinge tun, solange meine restlichen Interessen nicht ihren politischen Tendenzen widersprächen.«

»Für mich klingt das wie ein Geschäft, von dem beide Seiten profitieren.«

»Warum unterhalten wir uns gerade darüber?«, fragte er missmutig. »Ich habe mich entschieden und sie abgewiesen.«

»Trotzdem sind Sie mit Ihrer Entscheidung nicht zufrieden.«

»Wie kommen Sie darauf?«

»Weil Sie mir fast den Kopf abbeißen. Warum so gereizt, Chief? Wenn Sie sich entschieden haben und damit im Reinen sind, warum knurren Sie mich dann an, nur weil wir darüber reden?« Ihr unverwandter Blick war eine einzige Herausforderung. Er schaute als Erster weg. »Haben Sie Angst, enttäuscht zu werden?« Dann setzte sie mit weicherer Stimme hinzu: »Oder befürchten Sie, Sie könnten deren Erwartungen in Sie nicht gerecht werden?«

Er zog die Augenbrauen hoch und pfiff leise. »Aua. Sie schießen mit gemeinen Pfeilen, Melina.«

»Ha-ha. Ein echter Indianerwitz.« Lange Zeit musterte sie ihn intensiv. »Das ist es, nicht wahr?«

»Was ist was?«

»Sie sind ein Erfolgsmensch, der Fehlschläge verachtet. Chief«, meinte sie mit leichtem Tadel, »Sie müssen sich selbst ein paar kleinere Fehlschläge gestatten und die Fähigkeit entwickeln, sich einen Fehler zu verzeihen.«

Er beugte sich vor, bis sich ihre Gesichter fast berührten. »Haben *Sie* das denn?«

»Was?«

»Sich selbst verziehen.«

Sie schnappte nach Luft. »Weil wir die Rollen getauscht haben?«

»Haben Sie?«

Nach einer Weile meinte sie: »Daran arbeite ich noch, auch wenn's schwierig ist. Bislang siegt das Schuldgefühl.«

»Ich bewundere Ihre Ehrlichkeit.«

»Vielen Dank.«

»Die verdient eine Belohnung.«

»Nur zu.«

Er neigte sich etwas zurück. »Auf meiner letzten Mission da oben habe ich gebetet.« Sie verhielt sich ganz still, hörte zu, gab ihm Zeit. Verlegen zuckte er die Schultern. »War sicher kein grandioses Gebet. Nichts im Vergleich zu ihm«, meinte er und deutete mit dem Kinn zum Fernseher hinüber. »Nichts, was man in der Kirche so hört.

Die restliche Mannschaft schlief. Ich habe einfach hinausgeschaut, wissen Sie, habe mir alles angesehen. Diese unendliche Weite, so –« Er brach ab. Für einen Augenblick fehlten ihm die Worte, um das Ausmaß des Universums zu beschreiben. »Melina, es ist so wunderschön. Im Vergleich dazu kam ich mir überflüssig vor, absolut klein und unbedeutend.

Und doch auch wieder – zugehörig. Ein Teil von etwas, das größer ist als die Summe des Ganzen, ein Teil von etwas, das mehr Ehrfurcht gebietet als selbst der Weltraum. Vermutlich so etwas wie Gott. Und da habe ich, äh, einfach vor mich hin gedacht, wissen Sie, ein kleines Dankgebet, dass es da war und dass man mich ausgewählt hatte, einen einzigartigen, exklusiven Blick darauf zu werfen.« Nach einem Moment schaute er sie direkt an. »Das ist alles.«

»Das ist genug.« Blinzelnd vertrieb sie die Tränen, die aus ihren Augen zu fließen drohten, und schluckte den Klumpen in der Kehle hinunter. Sie wollte ihn keinesfalls in Verlegenheit bringen, nachdem er vor ihr seine Seele entblößt hatte. Gerne hätte sie ihm gesagt, wie geehrt sie sich fühlte, weil er ihr einen derart intimen Moment anvertraut hatte, tat es aber nicht. Gerne hätte sie seine harte Wange berührt und ihm gesagt, er solle sich nicht für diesen Augenblick der Transzendenz schämen. Aber auch das sagte sie nicht. Und jede Berührung wäre aus mehreren Gründen riskant.

Stattdessen sagte sie leise: »Chief, Sie können an die Wissenschaft und gleichzeitig an mehr glauben. Das schließt sich nicht aus.«

»Tja, vermutlich.«

Er räusperte sich, stand auf und trat seitlich ans

Bett, wo er sich aufs Kopfteil fallen ließ und sich in voller Kleidung mit den Stiefeln auf die Bettdecke legte. Dann rief er von seinem Handy aus sein Büro und verschiedene Mailboxen in Houston an, ohne auf eine seiner Nachrichten zu reagieren.

Ein weiterer Anruf ging ans Mansion, wo er sich erkundigte, ob dort irgendwelche Nachrichten für ihn eingegangen seien. Er hörte sie ab. Als sie seinen Blick spürte, warf sie ihm rasch einen Blick über die Schulter zu.

Er schaltete das Telefon aus. »Tobias.«

»Hat bei Ihnen angerufen?«

»Lawson muss ihm meinen Aufenthaltsort genannt haben. Er hat mir eine Nachricht hinterlassen, ich solle ihn so schnell wie möglich anrufen. Meinte, es sei dringend.«

»Werden Sie's tun?«

Er schüttelte verneinend den Kopf. »Dann wäre ich offiziell in eine FBI-Ermittlung verwickelt. Davon würden die Medien früher oder später Wind bekommen. Ich ziehe eine inoffizielle Beteiligung vor. Aber vielleicht sollten wir uns die Nummer notieren, die er hinterlassen hat. Nur für alle Fälle.«

Als er ihr die Nummer wiederholte, meinte sie: »Das ist sein Handy.«

»Sie erinnern sich noch an die Nummer?«

»Dafür habe ich ein Talent. Dabei fällt mir ein, dass bei Jem unter der Zielwahl mehrere Nummern einprogrammiert waren, einige mit Vermerk, andere ohne. Die habe ich notiert, falls mich mein Gedächtnis doch im Stich lässt. Wir können sie später überprüfen. Vielleicht liefert eine davon einen Hinweis, warum er mir diese Schlägertypen auf den Hals gehetzt hat.«

»Also nehmen Sie an, Hennings hat Ihr Gespräch belauscht, als Sie sich mit Tobias verabredet haben?«

»Sonst kommt niemand dafür in Frage. Es muss Jem gewesen sein.«

»Außer, man hätte Ihr Telefon angezapft.«

Ein alarmierender Gedanke. »Wer? Warum?«

»Ich behaupte ja nicht, dass es so war. Ich spiele nur den Advocatus diaboli, der ein paar Möglichkeiten in die Diskussion wirft.«

Nach kurzem Nachdenken schüttelte sie störrisch den Kopf. »Jem hat damit zu tun. Ich weiß es. Ich spüre das.«

»Weibliche Intuition?«

»Vielleicht nur das, aber jedenfalls ist dieses Gefühl sehr stark. Seit dem Morgen, an dem ihre Leiche entdeckt wurde, hat er sich äußerst merkwürdig benommen. Wissen Sie noch, wie er in Lawsons Büro behauptet hat, er sei schon immer gegen eine künstliche Befruchtung gewesen? Gillian hat mir genau das Gegenteil erzählt. Sie sagte, Jem habe sogar auf ein Kind gedrängt. Also hat er entweder uns angelogen oder sie.« Sie starrte Löcher in die Luft, bis Chief nachhakte, damit sie alles aussprach, was ihr durch den Kopf ging.

Ihre Augen bohrten sich in seine. »Er lügt, was die Verlobung betrifft. Gillian hätte es mir erzählt, wenn sie sich zum Heiraten entschlossen hätten. Dessen bin ich mir absolut sicher. Jem hat mir zwar ein paar windige Ausreden dafür geliefert, warum sie sich gegenseitig Stillschweigen geschworen hätten, aber das war gelogen.«

»Wenn er schon wegen einer Verlobung lügt, worüber hat er dann sonst noch gelogen?«

»Genau das bereitet mir Kopfzerbrechen.«

»Wäre es sogar denkbar, dass er in irgendeiner Weise für ihre Ermordung verantwortlich ist?«

»Diese Idee ist mir auch schon gekommen«, gestand sie, »obwohl es mich schon beim bloßen Gedanken daran schüttelt.«

Plötzlich veränderte sich Chiefs Miene und sie war froh, nicht sein Feind zu sein. Hoffentlich würde es nie soweit kommen. Ganz straff lag die Haut über seinem Schädel. Dadurch traten die Verletzungen und blauen Flecken noch deutlicher hervor. »Tut Ihr Gesicht weh?«

»Mir geht's gut.«

»Sind Sie sicher?«

»Ja.« Er warf ihr einen bewundernden Blick zu. »Vielleicht haben Sie Ihren Beruf verfehlt.«

»Krankenschwester.«

»Detektivin. Soll ich Tobias auf Ihre Fähigkeiten hinweisen?«

»Mir egal.« Sie legte sich auf die andere Hälfte des Betts und schob das Kissen unter den Kopf. »Himmel, bin ich müde.«

»Herumspionieren macht müde.«

In Jems Wohnung war sie nervös wie eine Katze gewesen und hatte jede Sekunde mit seinem Auftauchen oder dem der Polizei gerechnet. Für dieses unerlaubte Eindringen, das sich hinterher als Zeit-, Mühe- und Nervenverschwendung entpuppt hatte, hatte sie eine Verhaftung riskiert.

»Wenn ich doch nur mehr Beweismaterial hätte. Falls Jem Hennings eine dunkle Seite hat, versteckt er sie gut. In seiner Wohnung befindet sich jedenfalls mit Sicherheit nichts, was auf eine Verbindung zu Killern hindeutet oder was immer diese Kerle sein mögen, die heute Morgen bei mir aufgetaucht sind.«

»Lesestoff?«

»*Forbes, Money, Robb Report,* Zeitschriften, deren Lektüre man von einem Börsenmakler erwartet. Weder Kalender noch Terminliste, weder Adressverzeichnis noch Telefonbuch. Keine Belege, keine Notizen. In der ganzen Wohnung kein Fitzelchen Papier, nicht einmal im Abfalleimer. Alles war pieksauber.«

»Passt zu ihm. Eine Junggesellenbude sollte auch wie 'ne Junggesellenbude aussehen.«

»Einmal bin ich mit Gillian zum Abendessen dort gewesen. Jem hat gekocht. Schon damals fiel mir auf, dass die Wohnung makellos war. Seine Küche glich einem Labor. Ich dachte, das hinge mit unserem Besuch zusammen, aber offensichtlich lebt er immer so.«

Sie hielt inne und schüttelte reumütig den Kopf. »Ich habe ihn immer für einen analfixierten Klemmi gehalten. Nun erfahre ich mehr über ihn und kann mir nicht mehr vorstellen, was Gillian je auch nur im Geringsten an ihm gefunden hat.«

»War sie denn in ihn verliebt?«

Sie ließ sich die Antwort durch den Kopf gehen und wählte ihre Worte mit Bedacht. »Meiner Ansicht nach hat sie sich das eingeredet.«

»Warum?«

»Offen gestanden, Chief, ist mir nicht ganz wohl dabei, wenn ich Gillians Liebesleben mit Ihnen diskutiere.«

»Habe ich denn kein Recht dazu? Sie hat die Nacht mit mir verbracht. Das zwischen uns war keine schmutzige Affäre. In meinen Augen war das kein Betrug.«

»Kein schlechtes Gewissen?«

»Wegen Hennings? Nein. Nur, wenn Gillian tatsächlich in ihn verliebt gewesen wäre. Aber das war sie meiner Ansicht nach nicht, also nein«, sagte er entschieden.

»Betrachten wir's mal ehrlich: Die große Vier mit der Null rückte bei ihr immer näher, was eine Frau ziemlich aufrüttelt. Zeit, Inventur zu machen. Meiner Meinung nach hatte Gillian Angst, Jem könnte vielleicht ihre letzte Chance für eine richtige Beziehung sein.«

»Trotzdem kein guter Grund, eine anzufangen.«

»Eigentlich sogar ein ganz schlechter.«

»Haben Sie ihr Ihre Vorbehalte bezüglich Hennings mitgeteilt?«, wollte er wissen.

»Häufig, auch an jenem besagten Tag beim Mittagessen.«

»Ich wüsste zu gerne, was in jener Nacht in ihr vorgegangen ist«, sagte er ruhig. »Hat sie sich denn beim Heimkommen irgendwie bedauernd geäußert?«

Sie drehte ihm den Kopf zu. Seine blauen Augen bohrten sich in ihre. »Chief, ich kann Ihnen nicht ihre Geheimnisse verraten.«

»Das wären keine Geheimnisse. Schließlich war ich dabei.«

»Dann –«

»Trotzdem möchte ich hören, was sie erzählt hat. Vor kurzem haben Sie gesagt, sie hätte eine tolle Zeit mit mir verbracht. Hat sie Ihnen erzählt, dass wir gemeinsam geduscht haben?«

»Nein. Offen gestanden wollte sie sofort unter die Dusche, als sie heimkam.«

»Wir haben auch nicht zusammen geduscht.«

Sie warf ihm einen wütenden, enttäuschten Blick zu. »Oh, ich verstehe, das war eine Falle. Um zu sehen, wie viel ich tatsächlich weiß.«

»Ich entschuldige mich.«

»Rutschen Sie mir den Buckel runter.« Sie wollte aufstehen, da packte er ihre Hand und hielt sie auf dem Bett fest.

»Bitte, Melina, sprechen Sie mit mir. Erzählen Sie mir, was sie gedacht hat. Bitte.«

Er wollte wissen, wie Gillian ihre Nacht empfunden hatte, doch dahinter steckte mehr als bloße Neugier; es war ihm ein tiefes Bedürfnis. Vielleicht hatte das etwas mit seinem Entschluss zu tun, hier auszuharren, obwohl er irgendwann ohne weiteres türmen und ihr die Suche nach den

Hintergründen für diesen Mord allein hätte überlassen können. Schon deshalb hatte er es vermutlich verdient, einen Teil von Gillians Gedanken zu kennen.

Aber eines konnte sie nicht gleichzeitig: mit ihm darüber reden und ihn ansehen. Deshalb entzog sie ihm ihre Hand, legte den Kopf wieder aufs Kissen und schaute unverwandt zur Decke. »Sie hat mir erzählt, sie sei nicht verführt worden, sondern habe den ersten Schritt getan. Ist das auch in Ihrer Erinnerung so?« Sie fühlte, wie er nickte. »Sie hatte Angst, dadurch hätte sie es sich möglicherweise mit Ihnen verdorben. Sie würden sie deshalb vielleicht geringer schätzen.«

Sie spürte, wie er den Kopf schüttelte, ehe er ein raues »Wohl kaum« ausstieß.

»Dann ist's ja gut.«

Er wartete auf mehr. Da sie offensichtlich nichts mehr sagen wollte, bohrte er weiter. »Was sonst noch, Melina?«

»Chief.«

»Bitte.«

Sie holte tief Luft und atmete dann ruckartig aus. »Männer … würden vielleicht …«

»Weiter. Männer würden vielleicht –«

»Angeben.«

»Weswegen?«

Sie lachte leise. »Wegen allem.«

»Und konkret?«

»Sie wissen schon.« Heimlich warf sie ihm einen Blick zu, ehe sie sich wieder auf die Zimmerdecke konzentrierte. »Wie oft einer…«

»Oh.« Dann, nach kurzer Pause: »Hat Gillian Ihnen erzählt, wie oft?«

»Nicht genau.«

»Mehrmals.«

»Hatte ich vermutet.«

»Wie kann sie da in Hennings verliebt gewesen sein?« Rasch schaute sie zu ihm hinüber. »Ich meine, Melina, einmal kann man sich ja vielleicht vergessen und in der Hitze des Augenblicks etwas tun, was man sofort bedauert. Dann denkt man: *Oh mein Gott, was habe ich getan?* Und man verschwindet reumütig. Aber so war es nicht. Hat Ihnen Gillian erzählt, wie –«

»Chief, bitte, hören Sie damit auf.«

»– intensiv das war? Wie ich nicht genug von ihr bekommen konnte?«

Glühende Augen blickten sie über das extrabreite Doppelbett an und plötzlich war es ihr nicht mehr breit genug.

Nervös setzte sie sich auf, stellte die Füße auf den Boden und drehte ihm den Rücken zu. Prüfend schaute sie auf ihre Armbanduhr. »Vermutlich ist er inzwischen zu Hause. Wir sollten gehen.« Sie stand auf und begann, ihre Sachen zu sammeln. »Holen Sie Ihre Sachen. Möglicherweise kommen wir nicht wieder zurück, je nachdem, was die nächsten Stunden bringen.«

Während sie Kleidungsstücke und andere Utensilien einsammelten, brodelte das Schweigen zwischen ihnen von den heiklen Themen, die sie diskutiert hatten, und wegen der vielen Dinge, die unausgesprochen geblieben waren.

Als sie alles beisammen hatte, sah sie sich rasch um und vergewisserte sich, nichts vergessen zu haben. Dann ging sie voll bepackt zur Tür.

»Ich nehme das.« Chief kam näher. Noch näher. Dann packte er an ihr vorbei den Türknauf, ohne ihn umzudrehen. »Melina?«

Sein Atem fuhr durch ihre Haare, am Rücken spürte sie seine Körperwärme.

»Sie haben Gillian besser gekannt als alle anderen.«

Sie nickte verhalten.

»Wäre es möglich, dass sie mit mir geschlafen hat und gleichzeitig in Hennings verliebt war?«

Erst nach langer Zeit fand sie ihre Stimme wieder und selbst dann klang sie dünn. »Nein. An diesem Abend ging es nicht um Jem oder die Befruchtung oder um ein mögliches Kind. Es ging an diesem Abend nur um eines: um Sie. Einzig und allein um Sie.«

Unmerklich lehnte er sich vor, bis sie mehr als nur seine Körperwärme im Rücken spürte. Das – war er. »Das musste ich von Ihnen hören.«

»Nicht, Chief«, flehte sie mit heiserem Flüstern.

»Was?«

»Vergessen Sie nicht, dass ich Melina bin. Nicht Gillian.«

25

Tony und Candace Anderson lebten in einem vornehmen Viertel im Norden von Dallas, wo der Rasen gut gepflegt war und in jeder Garage mindestens zwei Fahrzeuge standen, darunter ein Minivan oder ein Geländewagen. Die Anwohner konnten sich für ihre Kids Privatschulen, Skiurlaub in Vail und eine Mitgliedschaft im nahe gelegenen Country Club leisten.

»Nette Gegend«, bemerkte Chief.

»Hmm.« Melina hatte anscheinend gar nicht darauf geachtet. Sie fragte sich, wie die öffentlichkeitsscheuen Andersons sie wohl empfangen würden. Sie hatten bis zum späten Abend gewartet. Dann träfen sie beide wahrscheinlich zu Hause an.

Das moderne Haus lag am Ende einer kurzen Sackgasse. Über den Fußweg erreichten Chief und Melina eine Eingangstür, die hauptsächlich aus facettierten Glasscheiben bestand. Deshalb konnten sie Tony Anderson schon näher kommen sehen, bevor er die Tür geöffnet hatte. Drinnen im Haus bellte ein Mal ein Hund, was aber halbherzig und nicht bedrohlich klang.

»Mr Anderson?«, erkundigte sich Melina.

»Richtig.« Er war durchschnittlich groß und sah überdurchschnittlich gut aus. Seine Bräune ließ darauf schließen, dass er viel Zeit im Freien verbrachte, wobei sein muskulöser Körperbau eher auf Tennis als auf Golf deutete. Freundlich-zurückhaltend musterte er die beiden fragend.

»Ich bin Melina Lloyd. Und das ist Christopher Hart.«

Anderson schaute Chief an. In seiner Miene spiegelten sich Verblüffung, Erkennen und Neugier über dessen zerschundenes Gesicht. »Der Astronaut?«

»Tony?«

Candace Anderson hätte gut und gern Cheerleader bei den Dallas Cowboys gewesen sein können. Ihre Figur und ihr Gesicht mit der blonden, sonnengebleichten Mähne und den großen Rehaugen hätten dazu gepasst. Sie trug alte Jeans mit zerschlissenen Knien und ein Stricktop, das nur bis zur schmalen Taille reichte. Trotz ihrer Schönheit war ihr Gesicht von Trauer geprägt und in ihren großen Augen lag ein verletzter Ausdruck.

Vorsichtig trat sie neben ihren Mann und drängte sich so dicht an ihn, als wolle sie Schutz und Hilfe suchen.

»Sie kamen mir gleich bekannt vor«, sagte Anderson zu ihm.

»Nett, Sie kennen zu lernen.«

Mit einem erfreuten und zugleich verdutzten Gesichtsausdruck schüttelte ihm Tony die Hand. »Äh, das ist meine Frau Candace. Candace, Christopher Hart. Und Miss … Entschuldigung.«

»Lloyd. Melina Lloyd. Würden Sie uns ein paar Minuten Zeit schenken? Es ist schrecklich, dass wir hier aufkreuzen, ohne vorher angerufen zu haben, aber ich hatte Angst, Sie würden uns vielleicht nicht sprechen wollen, deshalb sind wir einfach gekommen.«

»Sprechen? Weswegen?« In Tony Andersons Stimme schlich sich eine gewisse Schärfe, als ob er längst wüsste, weswegen sie ihn sprechen wollten. Schützend legte er einen Arm um Candace.

»Wegen der Entführung Ihres Sohnes«, sagte Melina.

Candace vergrub das Kinn fast in der Brust. Tonys Verhalten hatte jede Spur von Freundlichkeit verloren. Er wurde feindselig. »Sind Sie Reporterin, Miss Lloyd?«

»Nein, ein Opfer bzw. meine verstorbene

Schwester war eines. Sie wurde erst vor wenigen Tagen ermordet.«

»Ich habe in der Zeitung darüber gelesen.« Candace hob den Kopf und schaute Melina an. »Sie war Ihre Zwillingsschwester.«

»Ja. Meiner Meinung nach gibt es eine Verbindung zwischen der Entführung Ihres Sohnes und diesem Mord.« Candace musterte sie fragend. »Auch Gillian war Patientin der Waters Klinik.«

»Das ist alles? Das ist die Verbindung?«, meinte Tony barsch und streckte die Hand nach dem Türgriff aus. »Das glaube ich nicht.«

Da trat Chief vor. »Könnten wir, bitte, hereinkommen?«

Berühmtheit hatte ihr Gutes. Er nutzte seinen Ruhm nur selten aus, doch diese Situation rechtfertigte es. »Bitte. Es ist für Melina sehr wichtig. Und eventuell auch für Sie.«

»Wir bleiben nicht lange«, fügte sie hinzu.

Das Ehepaar bat sie in ein Zimmer neben der Küche, wo sie offensichtlich eben erst zu Abend gegessen hatten, denn auf dem Esstisch standen noch die Teller. Es handelte sich um ein kleines Wohnzimmer mit einem Breitwand-Fernseher, randvollen Bücherregalen und einem Golden Retriever, der zusammengerollt vor dem Kamin lag. Der Hund warf Melina und Chief einen trägen

Blick zu, ehe er weiterschlief. Während sie Platz nahmen, stellte Tony höflich den Fernseher leiser.

Dann setzte er sich neben seine Frau aufs Sofa und nahm ihre Hand. Vertrauensvoll schob sie ihre Schulter unter seine. Beide gingen offensichtlich ganz ineinander auf.

Mit Ausnahme ihres großen Verlusts, der deutlich sichtbar war, beneidete Chief sie. Er mochte dieses gemütliche Zimmer, den Hund und die körperliche und emotionale Nähe, die die Andersons offensichtlich zueinander empfanden. Auf jede ihrer Bewegungen reagierte er mit einer harmonischen Gegenbewegung. Ihre Körper schienen gewohnt zu sein, es sich gegenseitig gemütlich zu machen. Sie konnten sich mit einem Blick verständigen und jede Berührung sprach Bände. Wirklich eine beneidenswerte Beziehung.

Und außerdem aufwändig, rief sich Chief ins Gedächtnis. Um mit einem anderen Menschen so innig zu verschmelzen, musste man alle Schutzwälle einreißen.

Tony sprach als Erster: »Wir reden wirklich nur ungern mit Fremden über Anthonys Entführung. Nur, wenn jemand Informationen besitzt, die uns möglicherweise helfen, ihn wieder zu finden.«

»Leider hat mein Kommen mehr mit der Suche

nach Informationen als mit neuen Hinweisen zu tun«, gestand Melina.

»Ich weiß nicht, wie wir Ihnen helfen können.«

»Meine Schwester Gillian wurde weniger als vierundzwanzig Stunden vor ihrer Ermordung in der Waters Klinik künstlich befruchtet. Colonel Hart und ich sind der Meinung, dass es einen Zusammenhang zwischen ihrer Ermordung und der Klinik gibt.«

Tony wandte sich an ihn. »Und was haben Sie damit zu tun?«

»Berechtigte Frage. Ich habe fast die ganze Nacht mit Gillian verbracht. Sie hat mein Hotelzimmer in den frühen Morgenstunden verlassen und wurde kurz vor Tagesanbruch umgebracht.«

Tony schämte sich seiner Frage, aber Candace stellte sie doch: »Sind Sie ihr Samenspender gewesen, Colonel Hart?«

»Sagen Sie Chief zu mir. Außerdem: Nein, war ich nicht.«

»Meine Schwester hatte einen anonymen Spender«, erklärte Melina. »Verzeihen Sie meine Direktheit, aber ich muss Sie einfach fragen: Hat man Ihr Sperma bei der Empfängnis von Anthony benützt?«

»Ihre Frage stört mich nicht«, erwiderte Tony.

»Ich habe schon vor langer Zeit jedes Schamgefühl aufgegeben. Wenn ein Paar diese Art Spezialklinik betritt, sollte es noch am Eingang Stolz und Schamgefühl abgeben, denn auf lange Sicht stumpft man ab. Das liegt an den Techniken, die zur Befruchtung eingesetzt werden, an den Tests, denen man sich unterziehen muss, und an den Antworten, die man auf die intimsten Fragen nach dem persönlichen Geschlechtsleben und privaten Gewohnheiten geben muss.

Um Ihre Frage zu beantworten: Nein, ich bin steril. Angeblich auf Grund von Medikamenten, die ich als Kind bekommen habe. Jedenfalls liegt bei mir eine irrelevant geringe Samendichte vor. Gegen Spendersamen hatte ich nichts einzuwenden. Eigentlich war dieser Vorschlag sogar von mir gekommen, als unsere anderen Möglichkeiten erschöpft waren.

Die körperlichen Eigenschaften und geistigen Interessen des Spenders wurden meinen so gut wie möglich angeglichen, obwohl das Candace und mir zu diesem Zeitpunkt schon ziemlich egal war. Wir wollten nur eines: ein gesundes Baby. Und mit Ausnahme dieser einen, rein biologischen Formsache war Anthony mein Kind, mein Sohn.«

Chief und Melina überhörten geflissentlich die emotionalen Brüche in seiner Stimme, was ihnen angesichts Candaces Tränen schwer fiel. »Es tut mir unendlich Leid, dass ich Ihnen das zumuten muss«, sagte Melina ernst. »Ich würde es nie tun, wenn es nicht so furchtbar wichtig wäre.«

»Ist schon gut«, meinte Candace. »Nach dem Verschwinden von Anthony haben auch wir Antworten gesucht. Ich verstehe, dass Sie unbedingt wissen müssen und wollen, was genau mit Ihrer Zwillingsschwester passiert ist.«

Anschließend erzählte sie ihnen all das, was sie längst wussten. Das kerngesunde, wohl gebaute, dreieinhalb Kilo schwere Baby war an seinem zweiten Lebenstag aus dem Krankenhaus entführt worden.

»Wir lagen in einem privaten Entbindungszimmer«, erklärte sie. »Tony war weggegangen, um eine Kleinigkeit zu Mittag zu essen. Anthony schlief neben mir in einem Bettchen. Da es fast schon wieder Zeit zum Stillen war, beschloss ich, zur Toilette zu gehen, bevor er aufwachte. Ich kann höchstens zwei oder drei Minuten drinnen gewesen sein. Als ich herauskam, war das Bettchen leer.«

Die letzten vier Worte waren kaum hörbar. Sie hielt sich nur noch mit letzter Kraft aufrecht. Chief bemerkte, dass auch Melina größte Mühe hatte, ihre Emotionen zu unterdrücken. Innerlich wurde sie von stummen Weinkrämpfen geschüttelt. Außerdem hatte sie die Finger gegen die Lippen gepresst, als wolle sie verhindern, dass sie zitterten.

Tony nahm den Faden wieder auf. »Laut den Aufzeichnungen der Überwachungskameras war eine Putzfrau ins Zimmer gegangen und mit einem Bündel schmutziger Wäsche wieder herausgekommen. Vermutlich hat sie Anthony in diese Tücher gewickelt. Sie war so schlau, ihr Gesicht nicht in die Kameras zu halten, als ob sie gewusst hat, wo sie positioniert waren. Eines konnte man trotzdem noch erkennen: Sie gehörte nicht zum Klinikpersonal.

Das FBI ließ ihre Fotos durch alle Datenbanken laufen und erstellte Computeranalysen zur Bestimmung von Rasse, ungefährem Alter usw. Leider ergebnislos. Sie glich keiner anderen Verdächtigen in einem Entführungsfall.«

»Außerdem hätte eine derart schlaue und dreiste Person ohne weiteres ihr Aussehen verändern können«, warf Candace dazwischen.

»Kein Auto, das an jenem Tag auf den Klinikparkplätzen stand, ergab irgendeine Spur. Die Ermittler von Orts- und Bundespolizei haben jede einzelne verfolgt. Daraus schloss man, irgendjemand habe nur wenige Schritte von der Klinik entfernt auf sie gewartet und sie und Anthony mitgenommen. Da alles ganz normal gewirkt hätte, hätte auch niemand darauf geachtet. Jedenfalls gab es keine Augenzeugen, die im Klinikbereich irgendetwas Ungewöhnliches bemerkt haben.«

»Ist man denn nie mit einer Lösegeldforderung an Sie herangetreten?«, wollte Melina wissen.

»Wer ihn mitgenommen hat, wollte das Baby, kein Geld.«

Chief beugte sich vor und erkundigte sich freundlich: »Wie kommen Sie darauf, Candace?«

»Weil ich weiß, dass er lebt. Ich weiß es.«

»Man hat intensiv nach seiner – seiner Leiche gesucht«, sagte Tony mühsam. »Sie dachten, vielleicht hätte jemand ein Hühnchen mit mir zu rupfen oder eine radikale Gruppe, die gegen künstliche Befruchtung ist, stünde dahinter. Aber es gab keine Spur, nie. Keine Klinikdecke, keine Windel, kein Identifikationsbändchen, nichts. Candace und ich werden das Gefühl nicht los, dass man ihn nur deshalb entführt hat, um ein Baby zu bekommen. Irgendjemand hat unser Baby.«

Wieder brach seine Stimme, aber diesmal tröstete ihn Candace. Sie löste ihre Hand aus seiner, legte ihm einen schmalen Arm um die Schulter und drückte ihn an sich, wobei sie ihn zärtlich beruhigte.

Chief sah, dass Melina ihren Kampf gegen die Tränen aufgegeben hatte, die ihr inzwischen ungehindert über die Wangen liefen. Gerade jetzt wirkte sie besonders verletzlich, wie sie so stumm und herzzerreißend vor sich hin weinte, nicht nur wegen der Andersons, sondern vielleicht auch wegen ihrer selbst.

In der kurzen Zeit, die er sie kannte, hatte sie sich ungewöhnlich tapfer, entschlossen und selbstbeherrscht gezeigt. Eine Frau mit viel Courage. Eine derart starke Frau zu bewundern, fiel leicht. Aber noch leichter war die Bewunderung für eine Frau, die aus reinem Mitgefühl weinen konnte, ohne einen Hauch von Selbstdarstellung.

Eine Weile sagte keiner ein Wort. Der Hund stand auf, wackelte zu dem Ehepaar hinüber und legte Tony jaulend den großen Schädel auf den Schenkel, als sei er an diese Gefühlsausbrüche gewöhnt. Ganz automatisch streichelte ihm Tony den Kopf und kraulte ihn hinter den Ohren. Anschließend begab er sich wieder zum Kamin, legte seinen Kopf auf die Vorderpfoten und beobachtete trübselig seine Besitzer.

Traurig wanderten Chiefs Blicke von dem loyalen Tier zum flackernden Bildschirm. Ein Hausbrand mit drei Todesopfern war der Aufmacher der stummen Nachrichtensendung.

Schließlich wischte sich Melina die Tränen ab und brach das betretene Schweigen: »Der Mann, der meine Schwester getötet hat, hieß Dale Gordon, ein Angestellter der Waters Klinik.«

»Das habe ich gelesen«, sagte Candace, »obwohl ich mich nicht erinnern kann, dass so jemand dort gearbeitet hat.«

»Ein großer, dürrer Kerl«, warf Chief ein, der noch allzu gut wusste, wie Gordon ausgesehen hatte, als er mit Gillian das Taco-Lokal betreten hatte. »Schüttere blonde Haare, dicke Brillengläser. Etwas schlaksig.«

»Oh.«

Mit diesem Ausruf zog Candace alle Blicke auf sich. Zum ersten Mal seit ihrer Ankunft wirkte ihr Gesicht lebhafter. »Der! An den erinnere ich mich. Bei jedem meiner Kliniktermine hat er besonderen Wert auf eine Unterhaltung mit mir gelegt.« Dann meinte sie zu ihrem Mann gewandt: »Weißt du noch, Schatz? Er hat diesen Teddybären in die Klinik gebracht.«

Plötzlich fiel es Tony wieder ein. »Dieser Kerl?«

Rasch wechselte Chief mit Melina einen vielsagenden Blick. »Gordon ist mit einem Geschenk für das Baby in die Klinik gekommen? Er war bei Ihnen im Zimmer?«

»Ja. Er war ganz reizend, hat mich mit Anthony auf dem Arm fotografiert. Schon vom ersten Moment an schien er sich ehrlich für mich zu –« Candace Anderson wurde kreidebleich. Nur mit letzter Kraft beendete sie ihren Satz. »Schien er sich ehrlich für mich zu interessieren.«

»Bei Gillian war es genauso«, sagte Chief, als er merkte, dass Melina zu keiner Äußerung fähig war. Sie hatte die Arme um sich gelegt, als sei ihr eiskalt. Er erzählte den Andersons, wie er und Gillian Gordon begegnet waren und wie seltsam dieser sich verhalten hatte. »Offensichtlich hat ihn unser gemeinsames Erscheinen aus der Fassung gebracht, was letztlich dazu führte, dass er sie umbrachte. Er fühlte sich von ihr anscheinend betrogen. Irgendwie hat er sich einen Anspruch auf sie zurechtgelegt.«

»Denselben Eindruck hatte ich auch«, sagte Candace. »Allerdings schien er hocherfreut zu sein, als die künstliche Befruchtung positiv verlief und ich schwanger wurde.«

»Beim ersten Anblick von Anthony reagierte er tief bewegt«, meinte Tony, »als müsste er jeden Moment weinen. Das war uns sehr peinlich.«

»Mir hat er Leid getan«, fuhr Candace fort. »Ich hielt ihn einfach für einen einsamen Mann, der aus persönlichen Gründen an den Erfolgen der Klinik Anteil nahm, weil er keine eigene Familie hatte.«

Tony kam auf den springenden Punkt: »Glauben Sie, dass er irgendetwas mit Anthonys Entführung zu tun hatte?«

»Schon möglich, oder?«, erwiderte Melina.

»Aber er hat doch Selbstmord begangen, stimmt's?« In wachsender Verzweiflung ergriff Candace die Hand ihres Mannes. »Falls er gewusst hat, wo Anthony ist, ist dieses Wissen mit ihm gestorben.«

»Nicht unbedingt«, meinte Chief finster. »Der Schlüssel zu diesem Rätsel liegt in der Klinik.«

»Was soll das heißen?«

»Woher wissen Sie das?«

Verblüfft schaute Melina ihn an.

»Tony«, sagte Chief, »bitte stellen Sie den Ton am Fernseher wieder an. Das müssen wir unbedingt hören.«

Anderson griff nach der Fernbedienung. Mitten im Satz ertönte eine Stimme aus dem Off: »… Leiche wurde heute Abend gefunden, als sie nicht zum wöchentlichen Bridge mit ihren Freundinnen erschien.« Tränenüberströmt plapperte eine Frau etwas in ein Mikrofon, das man ihr unter die Nase hielt: »Sie war immer dabei. Als sie heute Abend nicht aufgetaucht ist, wussten wir, dass etwas nicht stimmt. Wir sind hinüber und haben sie gefunden.«

Die Reporterin wandte sich wieder zur Kamera und berichtete, dass es bisher noch kein Mordmotiv gäbe. »Die Ermittler der Mordkommission haben gesagt, das Opfer sei erschlagen worden, vermutlich mit dem ganz normalen Hammer, den man neben ihrer Leiche gefunden hat.«

Die Kamera blendete die Nahaufnahme vom Gesicht der Reporterin aus und zog stattdessen auf, sodass man die Vorgänge im Hintergrund erkennen konnte. Gerade wurde eine Bahre, auf der ein Leichensack lag, zu einem Krankenwagen gerollt. »Die Polizei ermittelt noch und verhört die Nachbarn. Leider will niemand etwas gesehen haben …«

Plötzlich schnappte Melina nach Luft. Nun sah auch sie, was Chief auf diese Story aufmerksam gemacht hatte – ein Haus wie bei Schneewittchen. Linda Crofts Häuschen mit den Sprossenfenstern und der Rundbogentür.

Auf Melinas Gesicht wechselten Entsetzen und Nicht-Glauben-Wollen einander ab, als sie sich ihm zuwandte. Die Tränen, die in ihren Augen glänzten, waren Tränen der Empörung gewichen. »Diese Monster!«

Er sprang auf, ergriff ihre Hand, zog sie hoch und sagte zu den Andersons: »Sie kennen uns nicht. Vielleicht halten Sie uns für zwei Wirrköpfe, aber das sind wir nicht, ich versichere es Ihnen.

Dieses Mordopfer –«, sagte er, wobei er auf den Bildschirm deutete. »Wir haben sie heute besucht. Sie hat in der Waters Klinik gearbeitet. Sie hat mit ihrem Berufsethos gebrochen und uns gesagt, wo wir Sie finden. Irgendjemand wollte nicht, dass wir zusammenkommen und unser Wissen austauschen.«

Candace presste die Finger auf ihre blutleeren Lippen. »Das heißt, Dale Gordon ist erst der Anfang.«

Chief nickte entschieden. »Der eigentliche Drahtzieher hinter allem ist mächtiger als dieser jämmerliche Perverse. Ich empfehle Ihnen, noch heute Abend zu verschwinden. Nehmen Sie Ihren Hund und gehen Sie fort.«

»Und was ist mit der Polizei?«, wollte Candace wissen. »Sollten wir nicht dort anrufen? Und auch das FBI verständigen?«

»Gute Idee, aber ich würde es von einer anderen Stelle aus tun. Agent Tobias kommt –«

»Der aus Washington? Wir kennen ihn«, meinte Tony. »Er hat uns einmal befragt.«

»Dann würden Sie ihn also wiedererkennen?«

»Sicher. Ein gut aussehender Mann.«

»Gut.« Er lieferte ihnen eine Zusammenfassung dessen, was am Morgen in Melinas Haus passiert war.

»Tony?« Ängstlich umklammerte Candace den Arm ihres Mannes.

Aber der war längst überzeugt. Er begab sich zu einem Schreibtisch auf der anderen Zimmerseite, kritzelte etwas auf einen gelben Zettel, riss ihn vom Block und reichte ihn dann Chief. »Meine Handynummer, die sonst nur noch Candace kennt. Wir werden es überall hin mitnehmen. Halten Sie uns auf dem Laufenden.«

Er ergriff Chiefs Hand und schüttelte sie, aber seine Augen ruhten auf Melina, als er sagte: »Sollten Sie irgendetwas über unseren Sohn in Erfahrung bringen, egal was und wie schlimm es ist, möchten wir es unbedingt wissen.«

»Das verspreche ich Ihnen.«

Kaum waren sie wieder im Auto unterwegs, sagte Chief: »Gott sei Dank haben sie uns soweit vertraut, dass sie Fersengeld geben. Mir haben die beiden gefallen.«

»Mir auch, sogar sehr. Aber ich habe auch Linda Croft gemocht. Warum haben wir sie nicht vor einer möglichen Gefahr gewarnt?« Schluchzend legte sie das Gesicht in die Hände. »Oh Gott, Chief, wir haben sie umgebracht.«

»Das haben wir nicht, Melina, weder ich noch Sie.« Er streckte eine Hand über den Vordersitz und legte sie auf ihr Knie. »Mir tut das genauso weh wie Ihnen und trotzdem haben wir sie so wenig getötet wie Gillian. Irgendjemand ist in ihr Haus eingedrungen und hat sie mit einem Hammer erschlagen.«

»Unsere falschen FBI-Agenten?«

»Die sind meine erste Wahl.«

Bei dem Gedanken, wie hilflos und verzweifelt sich Linda Croft angesichts dieser beiden Männer gefühlt haben musste, verlor sie die Fassung und fing zu klagen an: »Sie war so lieb und ahnungslos. Das macht alles so irrsinnig«, rief sie frustriert. »Unschuldige Frauen und Kinder fallen diesen Verbrechen zum Opfer. Meine Schwester, im Schlaf abgeschlachtet, als sie sich am wenigsten wehren konnte. Der kleine Junge der Andersons wurde eingesackt wie ein – ein Apfel am Wochenmarkt. Wer bringt so etwas fertig? Welches Monster kann absichtlich so viel Leid auslösen?« Sie ballte die Hände zu Fäusten und drosch auf ihre Oberschenkel ein.

»Melina –«

»Diese armen Leute. Diese armen, schönen, jungen, gesunden Leute müssen so viel erdulden! Und nicht einmal als Strafe für ein schreckliches Vergehen, nein. Ihre einzige Sünde war der Wunsch nach einem Kind«, rief sie mit brechender Stimme.

»Melina, Schluss damit!«

»Ich kann nicht, ich kann nicht«, schluchzte sie.

»Doch, können Sie schon. Das können Sie.«

Vielleicht lag es an seinem strengen und doch ruhigen Ton oder auch an dem fast schmerzhaften Druck, den er auf ihr Knie ausübte. Jedenfalls kam sie allmählich wieder zur Besinnung. Hysterie und blinde Wut verebbten, und nachdem sie mehrmals tief Luft geholt hatte, schaute sie zu ihm hinüber und nickte zum Zeichen, dass sie sich wieder unter Kontrolle hatte.

»Alles in Ordnung jetzt?«, fragte er.

»Entschuldigung.«

»Nicht nötig«, meinte er mit einem schiefen Lächeln. »Ich würde auch am liebsten ausrasten, falls Sie das irgendwie tröstet.«

Aber im Gegensatz zu ihm hatte sie es auch getan. Und das war vielleicht der Grund, weshalb er Raketen flog, während sie nicht den geringsten Wunsch nach so viel Verantwortung verspürte. Candace Andersons Geschichte hatte ihre Emotionen durchbrechen lassen und die Nachricht von Linda Crofts Ermordung hatte sie noch weiter angeheizt. Noch nie war sie einer derart widersprüchlichen Flut aus Wut und Verzweiflung ausgeliefert gewesen, die sich wegen ihrer eigenen Hilflosigkeit noch verstärkte. Sie hatte nur einen Wunsch:

ein Ziel für diesen ausufernden Zorn, egal, wen oder was.

Sie rieb sich mit den Händen übers Gesicht und versuchte damit, alle Spuren dieses Gefühlsausbruchs zu tilgen, der so ganz und gar untypisch für sie war. Dann meinte sie völlig gefasst: »Chief, ich muss den Grund für Gillians Ermordung wissen. Ich muss wissen, warum das Anderson-Baby entführt wurde. Ich muss wissen, wer dahinter steckt.«

»Die Klinik.«

»Wozu? Sie ist ein Dienstleistungsbetrieb, der Frauen helfen und Babys in die Welt bringen will. Außerdem hat mir Tobias erklärt, dass nicht alle Kliniken, die mit diesen Verbrechen in Verbindung stehen, zur Waters-Kette gehören.«

»Das Bindeglied heißt künstliche Befruchtung.«

»Wie bei Gillian.«

»Wie bei Gillian.«

Wie ein Vorhang fiel der Name zwischen ihnen herunter. Hatte Gillians Name etwas damit zu tun, dass er plötzlich seine Hand von ihrem Knie nahm? Doch sie konnte darüber nicht nachdenken, es gab Wichtigeres.

Sie nahm ihr Handy und rief an. Schon beim zweiten Klingelton kam die Antwort: »Tobias?«

»Melina Lloyd.«

26

Kurz vor Dienstschluss hatte man der Waters Klinik den Durchsuchungsbefehl zugestellt und das Personal zu bleiben gebeten. Jeder wurde einzeln von der Polizei – Tobias und Patterson – befragt. Es schien sich ausnahmslos um beruflich integere, gesetzestreue Bürger zu handeln, einschließlich der Dienst habenden vier Ärzte und der Andrologin, die man erst gestern als Ersatz für Dale Gordon eingestellt hatte.

Der Hauptsitz dieser landesweit operierenden Klinikkette war Atlanta. Das Top-Management wollte noch am selben Abend in Dallas einfliegen. Eine Durchsuchung der Geschäftsräume durch die Polizei bedeutete für jede Firma ein PR-Problem. Wenn sich diese Firma aber mit der Erschaffung menschlichen Lebens beschäftigte, stand dramatisch viel auf dem Spiel.

Tobias beaufsichtigte gerade die Untersuchung, als ihn Melinas Anruf erreichte. Er wollte unbedingt wissen, wo sie war.

»Ist Kommissar Lawson bei Ihnen?«, fragte sie.

»Warum?«

»Ist er?«

»Ja.«

»Sagen Sie ihm, er soll sich den Mord in der McCommas Straße näher ansehen.«

»Welchen Mord?«

»Er wird's schon wissen, oder irgendeiner aus seiner Abteilung. Es kam bereits in den Nachrichten. Der Name des Opfers lautet Linda Croft. Sie war in der Waters Klinik angestellt. Ich habe heute mit ihr gesprochen.«

»Himmel«, stieß Tobias hervor. »Bleiben Sie dran, legen Sie nicht auf.« Er legte die Hand übers Mikrofon und rief nach Lawson, der aus einem anderen Klinikzimmer kam. »Wissen Sie irgendwas über einen Mord in der McCommas Straße?«

»Hab davon gehört.«

»Das Opfer war hier beschäftigt. Melina Lloyd hat heute mit ihr gesprochen.«

Mehr musste er dem Kommissar nicht erzählen. »Ich werde mich darum kümmern«, sagte er, verzog das Gesicht und ging aus dem Zimmer.

Tobias widmete sich wieder seinem Anruf. »Lawson ist bereits dran. Wo stecken Sie, Ms Lloyd? Befindet sich Colonel Hart noch immer bei Ihnen?«

»Notieren Sie sich diese Adresse.« Hastig leierte sie eine Hausnummer herunter.«

»Moment mal, was ist das?«

»Die Privatadresse von Tony und Candace Anderson. Erinnern Sie sich noch an sie? Sie umgekehrt schon.«

»Das Ehepaar, dessen Baby gekidnappt wurde. Ich habe sie verhört.«

»Leider haben Sie sie nicht gefragt, ob sie im Krankenhaus ungewöhnlichen Besuch hatten.«

»Ungewöhnlich?«

»Außer den üblichen Familienmitgliedern und engen Freunden. Raten Sie mal, wer sie mit Geschenken im Entbindungszimmer besucht und Fotos von Mutter und Kind gemacht hat? Dale Gordon.«

Tobias fuhr sich mit der Hand über die kurzen Haare. Er wusste nicht mehr, ob er das verzweifelte Ehepaar speziell nach seinen Besuchern gefragt hatte. Nach Fremden schon. Haben Sie gesehen, ob sich jemand auf dem Flur herumgetrieben hat? Oder direkt vor Ihrem Zimmer? Wurden Sie in jüngster Zeit von jemandem bedroht?

Zum damaligen Zeitpunkt hatte er weder auf Gordon noch auf sonst jemanden geachtet, der mit der Klinik in Verbindung stand. Er hatte versucht, ein Muster hinter diesem plötzlichen Aufflammen von Kindesentführungen bei Neugeborenen zu entdecken, und die Schuldigen dabei einem Ring von Babyhändlern zugeordnet.

»Die Andersons werden nicht zu Hause sein«, teilte ihm Melina Lloyd mit. »Sie tauchen unter, genau wie ich. Und dasselbe hätte ich auch Linda Croft raten sollen, weil die Behörden offensichtlich nicht im Stande sind, die Guten vor den Bösen zu schützen.«

Diese Bemerkung ließ er ihr durchgehen.

»Sollten Sie trotzdem«, fuhr sie fort, »jemanden zu den Andersons schicken, könnten Sie vielleicht die Männer schnappen, die heute Morgen bei mir daheim waren und höchstwahrscheinlich auch Linda Croft getötet haben. Ist natürlich nur ein Vorschlag. Ich würde mir ja nie anmaßen, Agent Tobias, Ihnen zu sagen, wie Sie Ihren Job machen sollen. Aber gestern Abend bekam ich einen Anruf aus Ihrem Büro und seit heute Morgen renne ich um mein Leben. Ich habe mit Linda Croft gesprochen und man hat sie binnen weniger Stunden erschlagen. Sollte sich diese Reihe fortsetzen, werden Tony und Candace Anderson als nächste Opfer auf Ihrer Liste stehen.«

Tobias ließ sich nicht von seinem Stolz in die Quere kommen. Hastig notierte er die Adresse, verglich sie nochmals mit ihr und gab sie dann einem Polizeibeamten mit der Anweisung, eine Funkstreife hinzuschicken, aber plötzlich.

»Tobias, wo sind Sie?«, wollte Melina Lloyd wissen.

Er sagte es ihr. »Wir durchsuchen alles, bis auf die ärztlichen Befunde. Dafür brauchen wir eine gerichtliche Verfügung, und das kann eine Weile dauern. Hoffentlich schon morgen.«

»Wonach suchen Sie denn genau?«

»Gerade durchsuchen wir das Labor.«

»Gordons Bereich.«

»Richtig.«

»Was hat er dort eigentlich gemacht? Außer seinen heimlichen Fotografien durch ein Loch in der Wand.«

Erst nach einigem Zögern gab er ihr widerwillig Antwort: »Er hat die gefrorenen Samenproben aufbereitet.«

»Für die Befruchtung.«

»Auch für In-Vitro-Behandlungen. Ich habe die Ärzte gebeten, alle Befruchtungen auszusetzen, bei denen gefrorenes Sperma verwendet wird, bis wir noch gründlicher ermitteln können.«

»Und wie sieht eine solche gründlichere Ermittlung aus?«

»Diese spezielle Waters-Klinik bietet alle Möglichkeiten. Sie erhält nicht nur Proben von anderen Samenbanken, sondern verfügt auch über eine eigene. Ich will jeden Spender verhören.«

»Mit anderen Worten: Sie müssen jede Probe testen, um herauszufinden, ob das Sperma mit der Aufschrift ›Spender XYZ‹ auch tatsächlich vom Spender XYZ stammt und nicht von Spender ABC.«

Sie war schlauer, als ihr gut tat. Ganz sicher aber schlauer, als ihm gut tat, denn sie hatte schon beim ersten Versuch den Nagel auf den Kopf getroffen. Bezüglich Dale Gordon hatte er von Anfang an ein schlechtes Gefühl gehabt, besonders nach dem Anblick der versteckten Fotos in der Wohnung dieses Mannes. Seit wann interessierte sich ein Labortechniker so persönlich für Patientinnen? Handelte es sich nur um einen Perversen, der heimlich Bilder von nackten Frauen schoss? Oder steckte mehr dahinter?

Tobias befürchtete Letzteres. Jedenfalls beabsichtigte er, solange auf dieser Basis zu operieren, bis sie sich als falsch herausstellte. Sollte tatsächlich Spendersperma zum Zeitpunkt einer künstlichen Befruchtung ausgetauscht oder ersetzt worden sein, dann hätte dies unvorstellbar weitreichende Auswirkungen zur Folge. Die Möglichkeit, dass eine nichtsahnende Frau oder ein Ehepaar einer derartigen Gräueltat anheim fiel, ließ ihn schaudern.

Als ob sie seine Gedanken läse, sagte Melina Lloyd: »Sie nehmen an, das Sperma wurde vertauscht, nicht wahr?«

Da er keine öffentliche Panik auslösen wollte, sagte er: »Ich weiß es nicht.«

»Aber möglich ist es.«

»So etwas kam schon früher vor«, gestand er widerwillig. »Vor einigen Jahren hat ein Gynäkologe –«

»Einen ganzen Landstrich mit seinen Nachkommen bevölkert. Statt Partner- bzw. Spendersamen hat er seinen eigenen eingesetzt. Ich erinnere mich noch gut. Und Sie fürchten, Dale Gordon hätte dasselbe getan?«

»Seines werden wir zuerst testen.«

»Aus den Flecken auf dem Pyjama.«

»Ja. Wir werden es mit den hier gelagerten Proben vergleichen.«

»Auf Grund seiner Position hätte er diesen Austausch vornehmen können«, stellte sie ruhig fest. »Ohne dass es jemand wusste oder ahnen konnte.«

»Bitte, Ms Lloyd, ziehen Sie keine voreiligen Schlüsse. Darf ich Sie darauf hinweisen, dass Gordon nicht ins Profil eines Egomanen passt, der so etwas tun würde. Ganz im Gegenteil. Seine Kollegen behaupten, er sei ein exakter Wissenschaftler gewesen, der peinlich genau Protokoll geführt und jede Störung missbilligt hat, die ihn von seiner Arbeit ablenkte.

Die Andrologin, die man als Ersatz für ihn eingestellt hat, behauptet, sie habe noch nie ein Labor gesehen, das so gut in Schuss ist. Nach übereinstimmenden Aussagen aller scheint er ein engagierter Wissenschaftler gewesen zu sein, der stolz auf seine Arbeit war und sich aufgrund seiner Leben spendenden Dienste als Baumeister der Menschheit fühlte.«

»Das tat Dr. Frankenstein auch.«

»Es handelt sich ja nur um eine Theorie, mit der ich spiele«, betonte Tobias. »Möglich, dass ich haushoch danebenliege. Ich habe mich auch früher schon mal geirrt.«

»Meiner Ansicht nach nicht. Dieser Musterwissenschaftler und Gesellschaftsarchitekt hat meine Schwester umgebracht und ich werde den Grund dafür herausfinden.«

Bei dieser Aussage wurde ihm äußerst mulmig zu Mute. »Ms Lloyd, wo sind Sie? Sie sind für mehrere Straftaten eine wichtige Zeugin. Sollten Sie uns Informationen verweigern, die möglicherweise zur Aufklärung dieser Verbrechen beitragen, könnte man Sie wegen Justizbehinderung belangen.«

»Ja, das hat mir schon mal jemand erklärt.«

»Dann werden Sie – Scheiße!«, fluchte er. Er sprach in ein totes Telefon.

Melina wiederholte für Chief die Hälfte des Gesprächs, die er nicht mitgehört hatte, und erzählte ihm mit bebender Stimme die Sache mit Gordon. »Himmel, er hat Sperma vertauscht?«

»Tobias vertritt mehrere Hypothesen zu diesem Thema, aber letztlich läuft es wohl darauf hinaus.«

»Heißt das, Gillian könnte … Könnte sie …«

Stöhnend vergrub Melina ihre Gesicht in die Hände. »Oh Gott!«

»Alles in Ordnung?«

Sie schüttelte heftig den Kopf und bedeutete ihm anzuhalten. Der Wagen stand kaum, da stieß sie schon die Türe auf und taumelte hinaus. Bis er auf der Fahrerseite ausgestiegen und um den Wagen herumgelaufen war, würgte sie bereits heftig.

Er legte ihr eine Hand in den Nacken und stützte mit der anderen ihre Stirn. Sie versuchte, ihn loszuwerden, aber er ließ sich nicht abwimmeln. Es folgten noch mehrere Koliken. Als sie nicht mehr würgen musste, half er ihr hoch und lehnte sie zusätzlich mit dem Rücken gegen den Kotflügel.

»Besser?« Sachte strich er ihr eine Haarsträhne von der feuchten Wange.

Sie schaute weg. »Mir ist das peinlich«, erwiderte sie.

»So oft, wie ich im Simulator gekotzt habe? So oft, wie man mich im Simulator angekotzt hat? Seien Sie nicht albern.« Er zog ein Taschentuch aus seiner Gesäßtasche und tupfte ihre Lippen ab.

»Danke. Ich denke, das war eine Premiere. Noch nie habe ich mich vor einem Mann übergeben.«

»Sie hatten guten Grund dazu.«

Als sie zu ihm aufschaute, sah er Tränen in ihren Augen schimmern, in denen sich die Scheinwerferlichter der entgegenkommenden Autos spiegelten, die auf der Straße vorbeiflitzten. »Gillian war so aufgeregt und hat so sehr auf einen Erfolg gehofft«, sagte sie. »Sie wollte unbedingt ein Baby. War das denn so falsch? Womit hat sie das bloß verdient?«

»Melina.« Er umarmte sie und drückte sie an sich. »Sie wissen genau, dass es so nicht funktioniert.«

»Wie konnte es dann geschehen, dass etwas so Wunderbares und Schönes vergiftet wurde und sich in etwas so Widerwärtiges verwandelt hat?«

»Sie können doch nicht mit Sicherheit behaupten, dass Gillian –«

»Nein, kann ich nicht.« Sie schüttelte sich. »Ich kann nicht einmal den Gedanken ertragen, dass Gordon seinen eigenen Samen eingesetzt hat. Allein davon wird mir schon übel.«

Er hielt sie weiter fest und streichelte ihre Haare, bis er sie schließlich losließ und ihr wieder in den Wagen half. »Und wohin nun?«, fragte er, während er sich wieder in den Verkehr einreihte.

»Nach Hause.« Verblüfft schaute er sie an. Sie lächelte ironisch. »Genau dahin möchte ich jetzt. In meine Badewanne. In mein Bett. Auf mein Kopfkissen.«

»Und doch haben Sie Angst.«

»Hätte ich doch nur Linda Croft davor gewarnt. Vielleicht hätte sie dann Vorkehrungen getroffen.«

Er begann, ziellos herumzufahren. »Lawson oder Tobias würden Sie sicher schützen lassen.«

»Kommt nicht in Frage«, sagte sie wie aus der Pistole geschossen. »Wenn die mich hinter Schloss und Riegel stecken, wäre ich manövrierunfähig. Sie würden mir nur das erzählen, was ich ihrer Ansicht nach wissen sollte. Dann wäre ich machtlos und könnte nicht als Erste zuschlagen, wenn es –«

Als sie abbrach, fragte er: »Wenn was?«

»Nichts.«

»Wenn es demjenigen an den Kragen geht, der den Mord an Gillian befohlen hat?« Als sie ihn direkt ansah, erübrigten sich alle Worte. Er konnte die Antwort in ihren Augen lesen.

»Chief, Sie müssen nicht mitmachen«, sagte sie leise. »Ich habe Tobias gegenüber Ihren Namen nicht erwähnt. Er vermutet zwar, dass Sie bei mir sind, aber bestätigt habe ich es nicht.«

»Dafür bedanke ich mich.«

»Sie sind ein Außenstehender.«

»Was reden Sie denn da?« Seine Frage klang verärgert. »Ich stecke bis zu den Augenbrauen in dieser Geschichte drin und hätte nichts dagegen, wenn ich als Erster den Verantwortlichen aufmischen könnte.«

»Die Sache könnte nach hinten losgehen.«

»Diese Möglichkeit nehme ich willig in Kauf.«

»Daraus könnte sich eine große Story entwickeln, die vielleicht Ihre Zukunft beeinflusst und Ihre gesamte NASA-Karriere auf Null reduziert.«

»Genau das hat mir auch dieser Anwalt erzählt. Trotzdem konnte er mich nicht davon abhalten, genauso wenig wie Sie. Sollte das ein Riesenthema werden, dann muss ich damit eben fertig werden, oder?«

»Fertig werden«, murmelte sie. »Genau das hat

Jem gestern Abend zu mir gesagt: ›Gillian ist tot, Melina. Und damit müssen wir einfach fertig werden.‹«

»Wissen Sie, je mehr ich von diesem Arsch höre, umso mehr hasse ich ihn.«

Sie fischte einen Zettel aus ihrer Handtasche und nahm ihr Handy. »Mal sehen, wen Jem regelmäßig anruft.«

»Während Sie das erledigen, muss ich etwas zwischen die Zähne bekommen.« Er bog in einen Burger King ein und stellte sich in die Autoschlange.

»Für mich, bitte, nur eine Cola.«

»Mit Zucker und Koffein?«

»Hundertprozentig.«

Er bestellte einen Cheeseburger, Pommes und zwei große Getränke. Bis er das Essen am Fenster abholen konnte, hatte Melina schon zwei von Hennings' Zielwahlnummern angerufen. Beide waren Mail-Boxen: eine von Hennings' Büro, die andere eine private. Nachdem sie die dritte Zahlenreihe getippt hatte, unterbrach sie hastig und drückte das Telefon an die Brust.

Er biss in seinen Burger. »Was ist?«

»Gillians Nummer. Ich hatte ihren Anrufbeantworter am Apparat.«

Am liebsten hätte er Melina gebeten, noch einmal zu wählen, um ihre Stimme hören zu können, ließ es dann aber doch sein. Es hätte ihn genauso aufgeregt wie sie. Lange Zeit starrte sie Löcher in die Luft, ehe sie hartnäckig die nächste Nummer auf der Liste eintippte. Während sie auf das Freizeichen wartete, trank sie einen Schluck von ihrer kalten Cola.

Als der Anruf entgegengenommen wurde, bemerkte Chief, wie sie die Cola mit Gewalt hinunterschluckte. »Pardon?«, sagte sie.

Dann hielt sie das Telefon rasch über den Sitz und drückte es ihm ans Ohr, damit er hören konnte, wie am anderen Ende der Leitung eine weibliche Stimme wiederholte: »Sie haben den Tempel gewählt. Friede und Liebe.«

Resolut unterbrach Melina das Gespräch.

Chief sagte: »So heißt doch der Verein dieses Predigers –«

»Bruder Gabriel.«

»Sein Verein in New Mexico.«

»Diese Nummer ist bei Jem unter Zielwahl eingespeichert. Also ruft er häufig dort an.«

Chief drehte den Zündschlüssel herum. Knatternd erwachte der Wagen zum Leben. Er legte den Rückwärtsgang ein und das Auto schoss aus der Parkbucht. Quietschend kam er mit qualmenden Reifen vor einem Abfalleimer zum Stehen, aber nur lange genug, um seine Essensreste hineinzubefördern. Dann trieb er den Wagen mit Vollgas in den hektischen Verkehr.

»Zeigt Hennings eine religiöse Ader?«, wollte er wissen, während er in die Auffahrt zur Mautstraße einbog.

»Ganz im Gegenteil. Er hat sich sogar überrascht über den kirchlichen Anstrich von Gillians Trauergottesdienst geäußert.«

»Vielleicht interessieren sich beide, er und Dale Gordon, nur rein zufällig für Bruder Gabriels Kirche.«

»Das glaube ich nicht. Wenn das reiner Zufall wäre, hätte Jem es erwähnt.«

»Ich glaub's ja auch nicht. Ich denke ja nur laut.«

»Die Einprogrammierung unter seinen Zielwahlnummern deutet darauf hin, dass es sich um mehr als nur flüchtiges Interesse handelt. Das spricht für eine enge Beziehung.«

»Was wissen Sie über Hennings?«, fragte er. »Familie?«

»Seine Eltern sind tot, keine Geschwister. Irgendwelche entfernten Cousins leben in London.«

»Könnten bequeme Lügen für jemanden sein, der seine Spuren verwischen möchte. Woher stammt er denn ursprünglich?«

»Er behauptet, aus Oregon.«

»Aber Sie sind nicht überzeugt davon?«

»Ich bin von gar nichts überzeugt. Man kann mit Menschen eng zusammen sein und sie überhaupt nicht kennen. Ist doch schrecklich, oder?«

»Er wäre Ihr Schwager geworden.«

»Nie und nimmer. Früher oder später wäre Gillian zur Besinnung gekommen.«

Bis sie die Ausfahrt erreicht und zum Bezahlen der Maut abgebremst hatten, waren sie zu dem Schluss gekommen, dass Jem bis zu einem gewissen Grad überall beteiligt war: am Mord, am Überfall auf Chief, an den Männern in Melinas Haus, an Linda Croft.

»Er ist mehr als nur eine Randfigur«, meinte Chief. »Meiner Meinung nach spielt dieser Mistkerl eine Schlüsselrolle.«

»Aber worin? Wie passt das alles zusammen?«, fragte Melina konsterniert. »Jem ist steril.«

»Hat er wenigstens behauptet.«

»Welcher Mann würde das behaupten, wenn's anders wäre? Und wie passt das alles zu Bruder Gabriel?«

Sie hatten viel mehr Fragen als Antworten und hofften, einige davon aus Jem herausquetschen zu können.

»Melina, als Beifahrerin sind Sie ein echter

Angsthase«, stellte Chief fest, als ihn eine rote Ampel zum Halten zwang.

»Und Sie verhalten sich hinter dem Steuer wie ein Irrer.«

»Sie sagten, ich solle mich beeilen. Also habe ich mich beeilt. Wenn ich doch nur mein eigenes Auto hätte.«

»Auch das noch. Wenigstens eins, das für diese Schrottkarre spricht.«

Im Grunde war sie froh, dass Chief fuhr. Sie war eine gute Fahrerin, die mit Schleichern auf der Straße wenig Geduld hatte. Trotzdem hätte sie nie so viel riskiert wie er. Er fuhr gut, aber viel zu schnell und so tollkühn, dass ihr schon mehr als einmal das Herz in die Kniekehle gesackt war. Wenn er aber mit seinem Fahrstil ein paar Minuten herausschinden konnte, dann umso besser. Sie fieberte der Auseinandersetzung mit Jem förmlich entgegen.

»Inzwischen sind sie auf dem Weg hierher.« Erleichtert konnte Jem dies an Mr Hancock berichten. Seine vorherigen Meldungen waren nicht so positiv gewesen.

»Sind Sie sicher?«

»Sie haben den direkten Weg aus dem Norden von Dallas genommen. Natürlich könnten sie auch anderswohin fahren, aber es sieht so aus, als seien sie auf dem Weg zu mir.«

Melinas und Chiefs Besuch bei den Andersons erwähnte er bewusst nicht. Als Joshua mit seinem Freund endlich in dem Vorort ankam, waren die Andersons längst auf und davon und vor dem Haus parkte ein Streifenwagen. Ein unglücklicher Rückschlag, aber keine Katastrophe. Irgendwann würde das Ehepaar schon wieder auftauchen.

Außerdem: Wer hätte etwas davon, wenn man auch noch Bruder Gabriel darauf aufmerksam machen würde? Damit gäbe man ihm nur einen weiteren Grund zur Sorge.

Auch die Sache mit Linda Croft hatte er nicht weitergegeben. Diesen Befehl hatte er selbstständig erteilt. Kaum hatte ihm Joshua berichtet, was Melina außer dem Einbruch in seine Wohnung noch alles verbrochen hatte, wies er Joshua an, die Krankenschwester für immer verstummen zu lassen. Obwohl es zweifelhaft war, dass sie Dinge wusste, die Schaden anrichten konnten, zog er es vor, bereits die Möglichkeit dazu ein für allemal auszuschließen.

Was für ein anstrengender und ereignisreicher Tag! Dank Melina und ihrem Indianerfreund musste sich Bruder Gabriel mit allen möglichen unangenehmen Dingen belasten. Warum sollte er diese Situation noch verschlimmern, indem er ihm von Linda Croft und den Andersons erzählte? Er ersparte das Bruder Gabriel und erwies ihm damit einen Gefallen.

»Es kann sich nur noch um Minuten handeln«, erklärte er nun Hancock. »Nach dem letzten Bericht waren sie schon an der Straßenkreuzung. Sie werden gleich – Ah, jetzt läutet's bei mir. Bitte, bleiben Sie dran, Mr Hancock.«

Er ging zur Sprechanlage neben seiner Tür und hob den Hörer ab. »Ja?«

»Mr Hennings, Sie haben Besuch.«

»Oh, wer denn?«

»Die junge Dame, die sich heute schon mal als Ihre Verlobte ausgegeben hat.« Er hatte dem neuen Wachmann eine kräftige Lektion erteilt, weil er seine Verlobte in seine Wohnung gelassen hatte, obwohl seine Verlobte schon seit vier Tagen tot war. Mittlerweile bequemte sich dieser Mensch eines gebührend untertänigen Tons. »Sie ist in Begleitung eines Herrn.«

»Schicken Sie sie bitte hoch.«

»Jawohl Sir, Mr Hennings.«

»Außerdem, Harry, werden in Kürze zwei weitere Herren kommen. Wenn es soweit ist, schicken Sie sie gleichermaßen hoch. Dafür brauchen Sie vorher nicht bei mir zu läuten.«

»Klare Sache, Sir.«

»Und kein Wort zu Miss Lloyd über den späteren Besuch.«

»Nein, Sir.«

Jem wandte sich wieder seinem Telefonat mit Hancock zu. »Sie sind da, schon auf dem Weg nach oben. Joshua wird ihnen dicht auf den Fersen sein.«

»Mr Hennings, der Frau darf kein Haar gekrümmt werden.«

»Haben Sie mir doch schon erklärt.«

»Bruder Gabriel hat sich diesbezüglich sehr genau geäußert. Er wünscht, dass sie nicht verletzt wird, jedenfalls nicht ernsthaft.«

»Ich verstehe«, sagte er, obwohl das Gegenteil der Fall war. Warum zog Bruder Gabriel nicht einfach einen Schlussstrich? Warum Melina schonen? Der Große Plan war auf sie nicht angewiesen. Es gab auf der Welt tausende anderer Frauen, die ihren Zweck genauso gut erfüllen würden wie sie und dabei weitaus weniger Schwierigkeiten bereiteten.

Vermutlich konnte Bruder Gabriel sie nicht einfach wie jeder andere gewöhnliche Mensch als »die Frau, die entwischt ist« betrachten. Er war kein gewöhnlicher Mensch. Für Bruder Gabriel war Melina ein Stolperstein auf dem Weg zu einer von Gott inspirierten Mission. Und als solche bedurfte sie spiritueller Führung, Unterweisung und Disziplin. Wie bewundernswert, dass er sie erlösen wollte und ihren Trotz nicht persönlich nahm.

Jem war nicht so hoch gesinnt. Vergeben fiel ihm immer schwerer. Er konnte ihre wiederholten Beleidigungen nicht als Unzulänglichkeiten betrachten. Diese unverhohlenen persönlichen Angriffe konnte er unmöglich übergehen und verzeihen.

»Keine Angst, Mr Hancock«, meinte er aalglatt. »Diese Männer sind Profis. Joshua ist sich über die delikate Situation im Klaren, er weiß, was er tut.«

»Ja, dessen bin ich mir sicher.«

Hancock legte als Erster auf. Daraufhin beschloss Jem, bei seinem nächsten Lagebericht auf einem direkten Gespräch mit Bruder Gabriel zu bestehen und nicht nur darum zu bitten. Er konnte es nicht leiden, dass seine Gespräche von Hancock gefiltert wurden, in seinen Augen lediglich ein hochgejubelter Sekretär.

Da aber Melina und Christopher Hart bereits unterwegs waren, machten seine Gedanken an den arroganten Mr Hancock wichtigeren Dingen Platz.

27

Bei ihrem Eintritt hatte sie der Wachmann mit sauertöpfischer Miene begrüßt, die sich auch nach seinem Gespräch mit Jem nicht besserte. »Er meint, Sie können hinauf, Ms Lloyd.«

»Danke schön.«

»Sie haben mir bei Mr Hennings ganz schön Schwierigkeiten gemacht. Warum haben Sie mich angelogen und gesagt, Sie seien seine Verlobte?«

»Also – weiß Mr Hennings, dass ich vorher in seiner Wohnung gewesen bin?«

»Ja, Ma'am.«

»Toll«, stieß Chief hervor. Auf dem Weg zum Aufzug warf er einen nervösen Blick über die Schulter, genau wie sie. Da sahen sie, wie der Parkwächter soeben mit dem alten Karren in den Untiefen der Garage verschwand. Ihr wäre es lieber gewesen, wenn er ihn draußen stehen gelassen hätte. Hätten sie doch nur rechtzeitig daran gedacht und ihn darum gebeten.

Chiefs Verfolgungswahn stand dem ihren in

nichts nach. Beim Betreten des Aufzugs drückte er auf jedes Stockwerk. Fragend schaute sie ihn an.

»Erzählen Sie mir einen Witz.«

»Glauben Sie, dass wir verfolgt werden?«

»Ich bin mir nicht sicher. Mir ist zwar nichts aufgefallen, aber –« Nach kurzer Pause meinte er: »Ich kann's nicht erklären, aber ich werde das Gefühl nicht los, dass wir nie wirklich allein sind.«

»So geht's mir auch.«

»Falls uns jemand beschattet, möchte ich es ihm so schwer wie möglich machen«, sagte er, wobei er auf die beleuchteten Aufzugknöpfe deutete.

»Treffen Sie ruhig alle Vorsichtsmaßnahmen. Eigentlich sollte Jem doch wütend sein, weil ich seine Wohnung durchschnüffelt habe, aber er hat nicht einmal angerufen und gefragt, wie ich dazu käme.«

»Nicht gut«, konstatierte Chief, während sich der Aufzug nach oben bewegte.

Bei jedem Halt warteten sie beklommen, denn bei geöffneten Türen fühlten sie sich höchst gefährdet. Da es noch zwei weitere Aufzüge gab, mussten sie nicht fürchten, den übrigen Bewohnern des teuren Gebäudes Unannehmlichkeiten zu bereiten. Jedenfalls erwartete sie niemand, auf keinem Stockwerk.

Als sie im fünfzehnten hielten, stupste Chief sie an.

»Jems Wohnung liegt im siebzehnten.«

»Ich weiß.«

Ohne Widerrede trat sie vor ihm hinaus. Er winkte sie zu dem matt leuchtenden Ausgang-Zeichen am Gangende. Als sie dort waren, zog Chief die Türe zum Treppenhaus auf. Noch ehe sie wieder zufiel, warf er rasch noch einen Blick zurück. Der Gang hinter ihnen war leer.

Im Flur herrschte eine raffinierte indirekte Beleuchtung, die nicht nur ihre vordringliche Funktion erfüllte und ausreichend Licht lieferte, sondern auch als dekoratives Element diente. Dagegen hatte die Beleuchtung im Treppenhaus rein funktionale Bedeutung. Unter dem bläulich-weißen Neonlicht kamen sich beide wie angestrahlt vor und hätten gegen ein paar dezente Schatten nichts einzuwenden gehabt.

Chief bat mit erhobener Hand um Ruhe. Sie konnte lediglich ihren leise keuchenden Atem hören. Nachdem mindestens sechzig Sekunden verstrichen waren, sah Melina Chief fragend an. Kopfschüttelnd bedeutete er ihr, noch eine Weile länger still zu sein. Zum Zeitvertreib starrte sie in seinen offenen Hemdkragen, wo sie in der Halsgrube sein Herz schlagen sah.

Endlich deutete er mit dem Kinn nach oben. Vorsichtig stiegen sie die beiden Treppen in den siebzehnten Stock hinauf, wo Chief an der Türe anhielt und zu ihr hinunter sah. *Alles in Ordnung?*, fragte er stumm. Schon wollte sie unentschlossen mit der Schulter zucken, besann sich dann aber eines anderen und nickte nachdrücklich.

Chief öffnete die Tür. Bis auf gedämpfte Fernsehgeräusche, die aus einer der Wohnungen drangen, lag der Flur leer da. Während sie noch zögerten, ging am Flurende eine Tür auf. Jem Hennings trat heraus und musterte irritiert und erwartungsvoll zugleich den Aufzug. Dann überprüfte er seine Armbanduhr.

Gerade als er wieder in seine Wohnung zurückwollte, fiel sein Blick zufällig den Flur entlang. Bei ihrem Anblick fuhr er herum. »Was macht ihr denn im Treppenhaus?«

»Sport treiben.«

Vorsichtig gingen sie und Chief nebeneinander durch den Flur auf ihn zu.

»Ich habe mich schon gewundert, wo ihr solange bleibt. Der Wachmann hat mich schon vor fünf Minuten angerufen. Solange brauchen die Aufzüge normalerweise nicht.« Sein Blick wanderte von ihr zu Chief. »Wie das sprichwörtliche Schusterpech.«

»Freut mich, Sie wieder zu sehen, Hennings. Möchten Sie uns hereinbitten oder sollen wir uns vor den Ohren Ihrer Nachbarn hier draußen im Flur darüber unterhalten, wie Sie Melina heute Morgen umbringen lassen wollten?«

»Umbringen?«, wiederholte er auflachend. »Das beweist, wie viel Sie wissen.« Mit ausladender Geste wies er sie in seine Wohnung. Sie wollte schon vorangehen, da legte ihr Chief vorsichtig die Hand auf den Arm. »Nach Ihnen, Hennings.«

Wieder lachte Jem, als hätte Chief einen Witz gemacht, ging aber trotzdem vor ihnen hinein. Ihr fiel auf, dass Chief zwar die Tür zuzog, aber nicht ganz einrasten ließ. Vermutlich wollte er sich einen Fluchtweg offen halten, obwohl Jem bei einer körperlichen Auseinandersetzung mit ihm garantiert den Kürzeren gezogen hätte.

»Kann ich euch etwas zu trinken anbieten?«, fragte Jem jovial.

»Das ist kein Freundschaftsbesuch.«

»Nein, Kemo Sabe«, meinte er mit einem amüsierten Grinsen zu Chief, »das habe ich auch nicht angenommen. Ihr beide habt ja den ganzen Tag heftig herumgeschnüffelt, nicht wahr?« Als er sich ihr zuwandte, verschwanden Lächeln und falsche Herzlichkeit. »Melina, du hast beim Einbruch in meine Wohnung deine Spuren nicht gut verwischt.«

»Das war mir auch herzlich egal. Ich habe gefunden, weshalb ich gekommen war.«

»Und das wäre?«

»Eine Spur. Ich weiß nur nicht, wie ich sie interpretieren soll.«

Jem ließ sich in sein Sofa sinken und legte beide Arme hoch, als wolle er sagen, er stünde ganz zu ihrer Verfügung.

»Dale Gordon, Jem«, sagte sie ohne Umschweife.

»Was ist mit ihm?«

»Du kanntest ihn.«

»Ja.«

Sie spürte, dass Chief von so viel Offenheit genauso überrascht war wie sie. Damit hatten sie nicht gerechnet. Chief hatte sogar den Wunsch geäußert, Jem Hennings grün und blau zu schlagen, falls er ihre Fragen ausweichend beantwortete.

Jems unverblümte Art ließ sie zusehends misstrauischer werden. Nur unter einer einzigen Bedingung würde er zugeben, dass er den Mörder seiner Verlobten kannte: Wenn er sicher wüsste, dass ihn irgendjemand deckte und die Polizei nie und nimmer Wind bekäme.

»Jem, in welchem Zusammenhang kanntest du ihn denn? Ich weiß, dass du nicht mit ihm befreundet gewesen bist.«

»Das hätte gerade noch gefehlt.« Er erschauerte gespielt. »Bei ihm bekam ich, offen gestanden, eine Gänsehaut. Unsere Beziehung war rein beruflicher Art. Gordon und ich arbeiten für dieselbe Firma.«

»Für die Waters-Klinik?«, wollte Chief wissen.

»Nein, Chief.« Sie war ihm einen Schritt voraus. »Sie arbeiten für Bruder Gabriel.«

»Weißt du, Melina«, meinte Jem, wobei er gemütlich Arme und Beine verschränkte, »ich habe dich schon immer für die Gescheitere von euch beiden gehalten. Kratzbürstiger und weniger formbar und zutraulich. Dafür einen Hauch intelligenter.«

Sie würde sich nicht von seinen Provokationen ablenken lassen. »Was tust du für Bruder Gabriel?«

»Das hast du noch nicht herausgefunden?« Er schnalzte mit der Zunge. »Ich hätte gedacht, du hast dieses Rätsel gelöst, nachdem du dich ja mittlerweile als Nancy Drew betätigst. Insbesondere seit deinem Gespräch mit dieser Croft und den Andersons. Die einzelnen Puzzleteile hast du ja schon, nun fehlt dir nur noch das große Bild.«

Obwohl sie überzeugt war, dass Chief genauso gern gewusst hätte, woher Jem über ihr Treffen mit Linda Croft und den Andersons Bescheid wusste, ließ sie sich auch diesmal nicht vom eigentlichen Thema ablenken. »Hat Gordon sein eigenes Sperma untergeschoben –«

»Sein Sperma? Mein Gott, nein! Was für ein entsetzlicher Gedanke.«

»Deines vielleicht?«

Er lachte. »Ich bin steril. Weißt du das nicht mehr?«

»Also das entspricht der Wahrheit?«

»Ja, Melina, das entspricht der Wahrheit. Ich hatte schon vor Jahren eine Vasektomie. Das ist obligatorisch«, konstatierte er nüchtern. »Als Voraussetzung für diesen Job wurde ich sterilisiert.«

Blitzschnell packte Chief Jem am Hemdkragen und schüttelte ihn genauso heftig wie damals in Lawsons Büro. »Jetzt habe ich aber von diesem Herumeiern genug. Welchen Job haben Sie, Hennings?«

»Ich bin ein Wächter. Ich halte über die Auserwählten Wache.«

»Die Auserwählten?«

»Zum Beispiel Gillian. Oder wie schon bald Melina.« Er wandte sich um und schenkte ihr ein Lächeln, bei dem sich die Härchen auf ihren Armen hochstellten. »Ich werde meine Erläuterung solange unterbrechen, bis mich dieser Wilde loslässt.«

Sie nickte Chief brüsk zu, der Jem nur unter äußerster Selbstbeherrschung losließ. Jeden Moment drohte sein Temperament wieder mit ihm durchzugehen.

Jem blieb völlig ungerührt, strich mit entnervender Ruhe sein Hemd glatt, legte den Kragen wieder um und knöpfte die Ärmel zu. Erst dann fuhr er fort: »Wenn die Frau verheiratet ist bzw. in einer monogamen Beziehung lebt, dient ein Nachbar oder ein Arbeitskollege als Wächter, irgendjemand, der sie aus nächster Nähe im Auge behalten kann. So war es bei Candace Anderson. Ihr Wächter war die Putzfrau, die dreimal wöchentlich zu ihr nach Hause kam. Aber bei Singlefrauen wie Gillian werden Männer wie ich als Partner ins Spiel gebracht.«

»Sie wurde dir zugewiesen?«

»Seit ihrem ersten Beratungstermin in der Klinik.«

»Also seid ihr euch gezielt begegnet?«

»Jawohl, Melina«, erwiderte er geduldig und herablassend. »Ich wurde zu ihr gesandt wie ein Schutzengel. Da sie unschlüssig war, ob sie sich künstlich befruchten lassen sollte oder nicht, habe ich sie ermutigt und ihr versichert, dies sei ein vernünftiger Entschluss, bei dem ich sie, als ihr Partner, hundertprozentig unterstützen würde.«

»Vom Tage ihrer Befruchtung an hätte ich sie mit Zuneigung überschüttet. Leider hatte ich dazu keine Gelegenheit, nicht wahr? Wie sich herausgestellt hat, habe ich stattdessen meine Zuneigung in jener Nacht, als ich das Ereignis mit ihr feiern wollte, an dich vergeudet.«

»Jem, warum wurde Gillian getötet?«

Statt einer direkten Antwort fuhr er auf seine Weise mit der Erklärung fort: »Wenn Gillian nicht beim ersten Versuch schwanger geworden wäre, hätte ich sie zu einem erneuten Versuch gedrängt. Hätte es aber gleich beim ersten Mal geklappt, nun, dann hätte ich sie während der gesamten Schwangerschaft gehegt und gepflegt und wie eine Prinzessin behandelt. Denn sie war ja tatsächlich zu Höherem auserwählt.

Man hätte Gillian erhöht und verehrt. Ich hätte dafür gesorgt, dass man ihr jeden Wunsch und jedes Bedürfnis erfüllt hätte. Ich hätte sie überwacht und sichergestellt, dass sie nichts täte, was dem Kind, das sie unter dem Herzen trug, hätte schaden können, und dass sie nicht vom rechten Wege abgewichen wäre.« An dieser Stelle funkelte er Chief böse an. »Aber genau das hat sie natürlich getan. Mit Ihnen. Sie haben sie befleckt. Sie haben sie für den Großen Plan wertlos gemacht.«

Chief ballte die Fäuste. »Also ist es wahr. Sie haben Gillian töten lassen, weil sie die Nacht mit mir verbracht hat?«

Drohend machte er einen Schritt auf Jem zu, was sie mit ausgestrecktem Arm verhinderte. »Nein, Chief, ich will das hören, auch wenn es noch so schwer fällt. Ich will das hören.«

»Danke schön, Melina.« Nach einem verächtlichen Blick auf Chief wandte sich Jem wieder an sie. »Die Auserwählten dürfen nur mit ihren Partnern oder Wächtern intimen Kontakt haben, sonst mit niemandem.«

»Weil die steril sind«, sagte sie.

»Aha!«, rief er. »Ich denke, das war soeben dein Durchbruch.«

Langsam nickte sie, während sich in ihrem Kopf allmählich alles zusammenfügte. »Die Frauen sind die Erwählten. Gillian. Candace Anderson. Gesunde junge Frauen.«

Jem lächelte. »In jeder Hinsicht überlegen.«

In Chiefs Augen glomm ein Licht auf. »Sie erzeugen Retorten-Babys.«

»Nicht wahr, Candace Anderson ist eine wunderschöne Frau?« Jems Frage war rein rhetorisch gemeint. »In körperlicher Hinsicht ein Musterexemplar. Und außerdem extrem intelligent und musikalisch begabt. Hoffentlich können wir sie nochmal einsetzen. Genauso wie wir dich einsetzen werden, Melina. Jetzt, da uns Gillian geraubt wurde. Da sie ein Opfer ihrer eigenen Lust wurde, hat man dich erwählt, um ihren Platz einzunehmen.«

Seine Stimme bekam einen unheimlichen, hypnotisierenden Klang. »Gillian wäre perfekt gewesen, was Dale Gordon sofort erkannt hat. Weißt du, das war seine Aufgabe. Er musste zukünftige Kandidatinnen erkennen und anschließend überprüfen, was für ihn ein Leichtes war, da er über ihre medizinische Vorgeschichte verfügte. Gillian war in körperlicher Hinsicht ideal und mental überragend. Außerdem war sie nicht durch eine Beziehung vorbelastet, was mitunter mühsam sein kann.

Kurz und gut, sie war eine Kandidatin für den Großen Plan, wie man sie sich besser nicht wünschen kann. Der Große Plan brauchte sie. Und jetzt braucht er dich, Melina.« Er ergriff ihre Hände, hielt sie zwischen seinen heißen, feuchten Handflächen fest und sagte dann mit verzücktem Lächeln: »Ich bin ja so froh für dich.«

In dem Moment explodierte sein Schädel.

28

Mit einem Hechtsprung schleuderte Chief Melina zu Boden, dass ihr die Luft stockte, und blieb auf ihr liegen. Nur wenige Zentimeter entfernt lag Jem Hennings, von dem oberhalb der Schultern nicht mehr viel übrig war. Das große Fenster mit Blick auf die Skyline von Dallas war zerborsten.

Dies alles hatte Chief binnen einer Nanosekunde registriert.

Er rollte von Melina herunter, packte das Kabel der Tischlampe und riss es aus der Steckdose. Die Wohnung war dunkel.

»Wer … Wo …«

»Vermutlich vom Hausdach auf der anderen Straßenseite«, lautete seine Antwort auf Melinas Stottern. Eines musste er ihr zu Gute halten: Jede andere mit Blut und Hirnfetzen bespritzte Frau wäre vermutlich längst hysterisch über ihn hergefallen. Entweder war sie verdammt tapfer oder sie stand unter Schock. Letzteres würde bedeuten, dass sie jeden Moment zusammenbrechen konnte.

»Ist alles in Ordnung?«

Sprachlos starrte sie ihn an, bis er die Frage wiederholte und sie scharf beim Namen rief. »Ja. Ja.«

»Nicht bewegen.«

»Chief –«

»Stillhalten.«

Auf allen vieren kroch er in die Küche und kam mit einer Rolle Küchenpapier zurück. »Putzen Sie Ihr Gesicht ab. Schnell.« Sie tat, wie befohlen, und fuhr sich hastig übers Gesicht. Er spuckte auf ein Papiertuch und wischte die Flecken weg, die sie übersehen hatte. »Ziehen Sie Ihre Jacke aus.« Auch das tat sie ohne Widerrede. Zum Glück war ihr Pullover darunter sauber.

»Habe ich was abbekommen?«

Sie musterte ihn näher. »Ich kann nicht … kann nicht … Ich glaube nicht.«

Wie viel Zeit war vergangen? Zwanzig Sekunden? Dreißig? Vierzig? »Wir müssen hier raus.«

»Sind wir als Nächste dran?«

»Sie nicht. Sie werden für den Großen Plan gebraucht«, erwiderte er sarkastisch.

»Dann sterbe ich lieber.«

»Ich ziehe das Leben vor. Also los.«

Er half ihr hoch. Geduckt liefen sie zur Tür, wo er den Hörer der Sprechanlage herunterriss. »Wie heißt dieser Wachmann?«

»Äh, Henry. Harry«, korrigierte sie sich gerade noch rechtzeitig, als der Mann antwortete.

»Hilfe! Die sind durchgeknallt!«, brüllte Chief in den Hörer. »Hier oben brennt's! Harry, können Sie mich hören? Hilfe! Feuer! Feuer!«

Dann ließ er den Hörer fallen und gegen die Wand knallen. Mit Melina an der Hand schoss er in den Gang hinaus. Noch ehe sie die Fluchttür am Gangende erreicht hatten, schrillte der Feueralarm ohrenbetäubend los. Hinter ihnen gingen Türen auf.

Angesichts der Bequemlichkeit der menschlichen Natur befürchtete er, die Leute würden erst dann ihre gemütlichen Wohnungen verlassen und ihren Feierabend unterbrechen, wenn sich der Alarm bestätigt hatte. Außerdem baute er darauf, dass die moderne Gesellschaft nur sehr zögerlich näheren Kontakt zu ihrer Nachbarschaft aufnahm. Vermutlich würde ihn jeder für einen Mitbewohner halten.

Deshalb brüllte er unter wildem Gefuchtel: »Schnell, alles nach unten. In Wohnung D brennt's, das Feuer breitet sich rasch aus.«

Ein Bewohner aus einem tieferen Stockwerk hatte sich als Reaktion auf den Alarm ins Treppenhaus gewagt und rief herauf: »Brennt's denn wirklich?«

»In Siebzehn D«, rief Melina zurück. »Holen Sie alle aus Ihrem Stockwerk!«

Kaum waren sie mehrere Treppen hinuntergehastet, steckten sie bereits in einem Menschenstrom, der sich ins Treppenhaus ergoss. Genau darauf hatte Chief mit dem Auslösen des Alarms gehofft.

»Was machen wir, wenn wir unten sind?«, erkundigte sich Melina atemlos.

»Wenn ich das nur wüsste. Hoffentlich herrscht ein solches Durcheinander, dass wir entkommen können. Lassen Sie jedenfalls nicht meine Hand los, egal, was passiert.« Als Antwort spürte er einen leichten Händedruck, obwohl sie gleichzeitig einer Frau im Sari half, zwei verschlafene Kinder die Treppe hinunterzuscheuchen.

Noch ehe sie die Eingangshalle erreicht hatten, konnte Chief Sirenengeheul hören. Als sie ins Erdgeschoss kamen und die Eingangshalle betraten, schoben Sicherheitskräfte vom Gebäudewachdienst die Leute seitlich durch einen Notausgang. Zwei Einsatzwagen standen schon bereit, aus denen Feuerwehrleute in voller Montur sprangen und auf den Eingang zurasten, wo Harry wirres Zeug plapperte. Chief war froh, dass der Wachmann beschäftigt war und Melina und ihn in der Menge nicht sah, die sich geschlossen auf den schmalen Notausgang zuwälzte.

»Ziehen Sie den Kopf ein«, wies er sie an, während sie sich durch die Tür zwängten. Mit gesenkten Augen gingen sie weiter. Kaum hatten sie die Türe hinter sich, zerrte er sie an den Rand der Menge, hielt sich dabei aber stets im Schatten, während sie das Sicherheitspersonal über die Straße auf den Parkplatz des Hauses winkte, von dem aus mutmaßlich geschossen worden war.

Beim Anblick von zwei bekannten Gesichtern in der Menge hielt er unversehens an. Beide Männer suchten wie wild herum, aber nicht aus Angst vor dem Feuer. Prüfend musterten sie jedes Gesicht, das das Gebäude verließ.

Chief wirbelte Melina herum und schlug die entgegengesetzte Richtung ein. »Nicht umsehen. Bei sechzig Grad: Unsere falschen FBI-Beamten. Ich wette meinen Kopf, dass sie geschossen haben.«

»Aber warum sollten sie Jem erschießen? Sie unterstanden ihm doch, oder?«

»Dachte er wohl.«

Ängstlich zog sie die Unterlippe zwischen die Zähne. »Und was machen wir jetzt?«

»Nun, wir könnten versuchen, mit den Kerlen vernünftig zu reden.«

»Wunderbar«, meinte sie bissig.

»Oder wir könnten Tobias anrufen oder Lawson. Beide würden uns helfen.«

»Und uns gleichzeitig einsperren.«

Insgeheim gestand sich Chief ein, wie töricht es war, sich nicht des Schutzes zu bedienen, den ihnen FBI und die Ortspolizei bieten konnten. Ihrer beider Leben war in Gefahr – zumindest seines. Nachdem Hennings erledigt war, stand vermutlich sein Name auf dem nächsten Dum-Dum-Geschoss. Schon zweimal war ein Versuch gescheitert, ihn zu bestrafen, weil er Gillian »befleckt« und für den Großen Plan entweiht hatte. Außerdem gefiel es ihm gar nicht, dass man Melina bereits als Ersatz bestimmt hatte.

Natürlich konnte es sich bei Hennings' Geschichte nur um das Geschwätz eines Irren handeln. Schon möglich, dass er und sein Busenfreund Gordon, dieser perverse Lustmolch, lediglich Fanatiker gewesen waren, die Bruder Gabriels wohlgemeinte Botschaft zur Rechtfertigung ihres eigenen anomalen Programms verdreht hatten.

Vielleicht verhielt es sich aber auch ganz anders, und diese Aussicht war entsetzlich. Falls Bruder Gabriel der Urheber dieses genetischen Retortenplans war, glichen die Folgen einem Horrorszenario, das in eine weltweite Katastrophe münden konnte. In diesem Fall gab es keinen Zweifel: Keine Verstärkung zu holen, war Wahnsinn.

Andererseits hatte er noch nicht alle Fakten beisammen. Derzeit handelte es sich noch immer um einen persönlichen Kampf. Und er war kein Weichei, das andere für sich kämpfen ließ. Vielleicht war dieser unangebrachte Stolz, den man auch als glatte Sturheit bezeichnen konnte, ein Erbe seiner Vorfahren, das sich erst jetzt wirklich zeigte. Vielleicht hatte er mehr Indianer in sich, als er bisher akzeptieren wollte.

Sei's drum, er beschloss, sich auf seinen Instinkt zu verlassen.

»Ich denke, wir sollten alles riskieren, Melina, aber das ist Ihre Entscheidung«, sagte er so leise, dass man es durch den Lärm ringsherum kaum hören konnte. »Gillian war Ihre Schwester.«

»Sie war meine *Zwillingsschwester*. Das hier ist etwas ganz Persönliches.«

»Für mich auch.«

»Dann haben Sie ja Ihre Antwort.«

»Okay.«

Die Entscheidung war gefallen. Damit steckten sie mitten in einer äußerst kritischen Situation. In der Hoffnung, sie ungesehen aus dem Gebäude schaffen zu können, hatte er ein Chaos angestiftet. Leider hatte seine Strategie ein paar schwere Haken. Erstens waren sie nun nicht mehr motorisiert, denn inzwischen blockierten Rettungsfahrzeuge die Parkgarage. Somit gab es keine Möglichkeit, die Schrottkarre herauszuholen. Außerdem würde man in Bälde entdecken, dass der Feueralarm nur eine Tarnung für den Mord an Jem Hennings gewesen war.

Melina, der Ähnliches durch den Kopf ging, sagte: »Wir müssen hier raus.«

»Ganz schnell. Sobald sie Hennings' Leiche finden, wird jeder Polizist hinter uns her sein und uns verhören wollen. Harry wird uns sicher nicht vergessen, besonders Sie nicht.« Rasch warf er einen Blick auf ihre flachen Schuhe. »Können Sie rennen, wenn's sein muss?«

»Kann ich. Mache ich dreimal pro Woche.«

»Wo ist die nächste Einkaufszone? Mit viel Verkehr und Leuten.«

»Oak Lawn. Dort drüben«, sagte sie mit einer verstohlenen Kopfbewegung.

»Ich bleibe dicht hinter Ihnen. Gehen Sie mit langsamen Schritten weg. Versuchen Sie, keine Aufmerksamkeit zu erregen.«

Er legte ihr locker die Hände um die Taille. So schoben sie sich durch die Menschen. Mittlerweile äußerten sich einige schon skeptisch über das Feuer und schimpften auf die unzuverlässige

Technik, die offenbar häufiger zu Fehlalarm führte.

Fast hatten sie den Rand der Menge erreicht, als Chief prüfend den Kopf drehte, um zu sehen, ob ihnen jemand folgte. Sein Blick fiel auf den Schwarzen, der sich als Tobias ausgegeben hatte. Er stand knapp zwanzig Meter entfernt und musterte mit gerecktem Hals nach allen Seiten die vielen Männer, Frauen und Kinder, die das Hochhaus geräumt hatten.

Plötzlich drehte er sich ohne Vorwarnung um. Diesmal konnte Chief nicht rechtzeitig wegschauen. Ihre Blicke trafen sich.

»Lauf!«, befahl er Melina und versetzte ihr einen leichten Stoß, als sich hinter ihm plötzlich Geschrei erhob.

Ohne zu zögern oder Fragen zu stellen, spurtete sie los, quer über den Parkplatz. Als sie zu einer Reihe Sträucher kamen, setzte sie wie ein olympischer Hürdenläufer ohne Pause darüber und rannte im vollen Tempo weiter. Die Straße war frei. Sie fegten hinüber. Als er hinter ihnen Reifen quietschen hörte, drehte er kurz den Kopf und sah, dass ihre Verfolger nur knapp einem Minivan ausgewichen waren.

Dieser Beinahe-Unfall lenkte sie gerade solange ab, dass Melina durch eine hohe, dichte Hecke am Rande eines freien Parkplatzes brechen konnte. Jetzt waren sie außerhalb der Straßenlampen. Es war dunkel und der Boden uneben. Beinahe wäre Chief gegen ein Metallschild für Immobilien geprallt, das auf dem Boden stand. Gott sei Dank streifte er es nur mit der Kniescheibe.

»Hier durch«, keuchte Melina, als sie die andere Parkplatzseite erreicht hatten, und führte ihn über den Autoschalter eines Bankgebäudes auf einen weiteren dunklen Parkplatz, in dessen Mitte ein leeres Gebäude stand. Kaum waren sie herum, packte er ihre Hand und hielt sie an. Sie pressten sich gegen die alte, verschimmelte Holzverkleidung, die nach Tierurin stank.

»Alles in Ordnung?«, schnaufte er und rang nach Luft.

»Sind die immer noch hinter uns her?«

»Ich möchte nichts riskieren. Wie weit ist es noch?«

»Zwei, drei Blocks. Sehen Sie die Lichter?«

Über Dächer und Baumwipfel sah er Neonwerbung aufleuchten. »Abflug.«

Im Einkaufsviertel hatte man viele ältere Häuser in Geschäfte umgewandelt, die zu dieser Stunde geschlossen waren: Antiquitätenläden, Friseursalons, Kanzleien. Sie hielten sich im Schatten und nutzten Bäume, Zäune und Büsche zur Deckung.

Sie fragte nach hinten: »Und wenn wir dort sind …?«

»Halten Sie das erstbeste Taxi an.«

In einer Stadt wie Dallas, wo die Anzahl der Autos die Einwohnerzahl überstieg, waren Taxis eine Rarität. Seiner Vermutung nach fänden sie am ehesten eines in der Nähe von Restaurants und Clubs, wo die Leute Alkohol tranken und sich für die Heimfahrt hoffentlich lieber für ein Taxi entschieden, statt eine Strafe zu riskieren.

Sie bahnten sich einen Weg durch einen überfüllten Parkplatz, den mehrere Restaurants nutzten. Leute, die entweder vom Essen kamen oder noch dorthin gingen, warfen ihnen neugierige Blicke zu, wogegen Chief nichts einzuwenden hatte. Beim Anblick der mit Passanten bevölkerten Gehwege und der verstopften Straßen atmete er auf.

»Versuchen Sie, sich anzupassen«, sagte er, wobei er Melina unterhakte. Nur ihre schweißüberströmten Gesichter unterschieden sie von allen anderen Pärchen beim Abendbummel. »Da«, sagte er beim Anblick eines Taxis, das gerade vor einem Restauranteingang anhielt.

Sie trabten über die Straße, wobei sie dem kriechenden Verkehr auswichen, und kletterten auf die Rückbank. Im selben Augenblick tauchte ein japanisches Touristentrio auf. »Wohin?«, rief der Fahrer nach hinten.

»Über die Autobahn Nr. 45 südlich zur Stadt hinaus. Ich sage Ihnen dann während der Fahrt die Richtung.«

Chief zog Melina gegen den Sitz. Dass sie den Kopf unten halten sollte, musste man ihr nicht mehr sagen. »Da«, flüsterte sie, »unter dem R in dem Schild.«

Mitten unter der Yuppie-Menge wirkten der falsche Tobias und sein Kumpan fehl am Platz. Frustriert schwitzten sie und rangen nach Luft. Chief ließ das Duo erst aus den Augen, als das Taxi ein gutes Stück entfernt war.

»Die haben uns nie gesehen«, berichtete er, während er erschöpft in den Sitz sackte. Eine Weile konzentrierte er sich mit geschlossenen Augen aufs Einatmen. Schließlich fragte er: »Wie geht's Ihnen denn?«

Sie hatte das Gesicht in ihrem hochgezogenen Pulloversaum vergraben und benutzte ihn als Handtuch. Erst jetzt merkte er, dass ihre Schultern bebten. »Melina?«

Er legte ihr den Arm um die Schultern und zog sie näher an sich.

»Macht ihr bei 'nem Wettlauf mit?«, wollte der Fahrer wissen.

»Ja,ja, so 'n Scheiß-Marathon. Aber jetzt kümmere dich um deinen Mist und fahr zu.«

»Joi, reiß mir doch gleich den Kopf runter, nö wa?«

Ohne sich weiter um den neugierigen Fahrer zu kümmern, strich Chief durch Melinas schweißverklebte Haare. »Ist ja schon gut. Wein doch nicht. Du bist in Sicherheit.«

Als sie den Kopf hob, sah er zu seinem Erstaunen, dass sie überhaupt nicht weinte, sondern lachte. »Keine Ahnung, was mit mir los ist!«, rief sie flüsternd. »Erst sehe ich, wie der Kopf eines Menschen in Fetzen davonfliegt. Wir geben falschen Alarm. Ich werde von zwei bösen Buben gejagt, die einem von uns an den Kragen wollen, oder beiden. Ich gehe dem FBI aus dem Weg. Und ich *lache* noch?«

Kaum hatte sie das gesagt, verzerrten sich ihre Gesichtszüge. Tränen schossen aus ihren Augen.

Chief umfing ihren Hinterkopf mit seiner Hand und drückten ihn an seine Brust. Während sie heftig in sein Hemd schluchzte, massierte er weiter ihre Kopfhaut.

Er konnte es nicht ausstehen, auch nur in der Nähe einer weinenden Frau zu sein. Tränen standen für Emotionen, denen man am besten aus dem Weg ging: Angst, Frustration, Kummer, Enttäuschung, Wut. Wenn eine Frau zu weinen begann, hatte er nur einen Wunsch: irgendwo zu sein, nur nicht dort, besonders wenn man an ihren Tränen schuld war.

Aber Melinas Weinen machte ihm nichts aus. Wenn jemandem ein Heulkrampf zustand, dann ihr. Bis jetzt hatte sie sich hervorragend gehalten. Er würde sie jederzeit in seine Mannschaft aufnehmen. Sie hatte bewiesen, dass sie in einer Krisensituation garantiert nicht in die Knie ging.

Jetzt war diese Krise Vergangenheit. Trotzdem hatte sie, seiner Ansicht nach, das Recht auf einen Nervenzusammenbruch. War doch nur allzu menschlich.

Er drückte sie an sich. Sein Kinn lag auf ihrem Scheitel, eine Hand streichelte ihren Rücken, die andere hielt noch immer ihren Hinterkopf. Er ließ sie weinen, bis keine Träne mehr kam, und bewegte sich erst, als er sicher sein konnte, dass sie fertig war. Dann legte er ihr seine Finger unters Kinn und hob ihr Gesicht hoch. »Besser?«

»Zuerst übergebe ich mich und dann heule ich los. Ein feiner Verbündeter.«

»Habe ich mich auch nur mit einem Wort beklagt?« Er lächelte und sie lächelte zurück.

Ihr Nacken ruhte in seiner Armbeuge, ihr Gesicht war nach hinten geneigt, ihr Hals entblößt.

Nachdem er mit der Daumenkuppe eine Träne weggewischt hatte, ließ er eine Hand auf ihrer Wange liegen, während die andere zu dem nackten Stück Haut zwischen ihrem hochgeschobenen Oberteil und dem Hosenbund wanderte.

Ihre Lippen teilten sich, sie atmete rasch ein.

Er hätte seine Augen auch dann nicht von ihr gelassen, wenn ihm einer erzählt hätte, die Sonne sei ausgebrannt. Ohne hinzusehen, spürte er ihre Hand, die sich noch vor wenigen Augenblicken in sein Hemd gekrallt hatte. Jetzt lag sie irgendwo unterhalb seiner Gürtelschnalle und verströmte Hitze.

Trotz seines engen Halses gelang es ihm, ihren Namen zu flüstern. »Melina …?«

»Sag mal, äh, aber reg dich bloß nicht gleich wieder auf«, tönte es vom Fahrersitz. »Aber ich muss wissen, wie weit wir nach Süden sollen, bevor ich von der I-45 abfahre.«

Sie regte sich als Erste. Leider. Sie setzte sich auf und schaffte etwas Abstand zwischen ihnen, zog ihren Pullover herunter, wischte sich mit dem Handrücken über die tränenverschmierten Wangen und schob ihre Haare hinter die Ohren.

Chief erklärte dem Fahrer, welche Ausfahrt er nehmen solle. »Richtung Osten.«

Noch immer ließ er Melina nicht aus den Augen, die vergeblich so tat, als hätte es diesen Moment, von dem er nicht recht wusste, wie er ihn sonst nennen sollte, nicht gegeben. Ohne die Störung hätte er wahrscheinlich doch noch seinen Mund auf ihr Halsgrübchen gedrückt, wo ein Rubinanhänger ruhte.

Nervös rutschte sie hin und her. Offensichtlich wusste sie nicht, wohin mit ihren Blicken. Als schließlich sämtliche Verlegenheitsgesten erschöpft waren, schaute sie ihn doch an: »Wohin fahren wir?«

»Du hast doch keine Angst vorm Fliegen, oder?«

29

Bruder Gabriel war im Gebet.

Üblicherweise betete er dreimal am Tag: vor dem Frühstück, vor dem Abendessen und vor dem Schlafengehen. Heute Abend betete er überschwänglich, weil der Tag produktiv gewesen war. An diesem Nachmittag hatte er für seine Fernsehsendung eine außergewöhnlich inspirierte Predigt aufgezeichnet.

Es ging um das Thema Leid, nicht das allumfassende Leid, wie es in der Offenbarung des Johannes beschrieben wurde, sondern die kleineren Kümmernisse, die uns jeden Tag ereilen. Er hatte seinen Jüngern die Lösung mitgeteilt, wie mit dieser nagenden Plage umzugehen war.

»Gebt sie mir«, beschwor er sie mit aufrichtigster Stimme. »Legt sie auf meine Schultern.« Dann fuhr er mit der Erklärung fort, dass diese Übertragung nur bei jemandem möglich sei, der tief an ihn und seine Fähigkeit glaubte, die Lebensqualität anderer zu verbessern.

Eigentlich fiel es ihm nicht schwer, diese Idee zu verkaufen. Er war selbst davon überzeugt.

Er konnte Lebensumstände verbessern. Darin hatte er eine Perfektion bewiesen, die seine Jünger anstreben sollten. Den Ungeliebten schenkte er Liebe. Sein Versprechen einer neuen Weltordnung gab den Hoffnungslosen Hoffnung. Er war die Güte in Person.

Die Güte in Person. Hmm. Eine einprägsame Phrase, die er sich merken musste.

Im Hof unter seinem Balkon spielten die Kinder. Jeden Abend durften sie nach dem Essen eine halbe Stunde lang tun, was sie wollten. Nur nicht fernsehen.

In seiner Siedlung war kein Fernsehprogramm erlaubt, mit Ausnahme seiner eigenen Sendungen. Ebenso gab es nur von ihm persönlich gebilligte Zeitungen, Radiosendungen und Bücher. Er wünschte, dass nichts den Sinn derjenigen vergiftete, die würdig genug zum Leben im Tempel und zur direkten Mitarbeit an seiner Kirche waren.

An klaren, milden Abenden wie diesem durften die Kinder im Innenhof spielen, was ihnen eine ideale Gelegenheit bot, ihn beim Gebet zu sehen. Nie durfte in ihren Köpfen auch nur ein Funken Zweifel an seiner Hingabe Raum finden. Dadurch hoffte er, in jedem und jeder den Wunsch zu wecken, diesen Zustand selbst zu erreichen.

Obwohl die Kinder von ihren Müttern oder Ersatzmüttern beaufsichtigt wurden, bestand er darauf, dass sich jedes Kind aus freien Stücken für das Spiel entscheiden durfte, das es interessierte. Wie sonst sollte er herausfinden, worin die Stärken und Talente jedes einzelnen Kindes lagen? War dieser Junge ein Wissenschaftler? War das Mädchen eine Heilerin? Joel war von Natur aus Sportler, Margaret eine Intellektuelle. Wie ein Magnet Metallspäne anzieht, so hatte William eine Begabung, loyale Freunde anzuziehen. Sarah war eine Komikerin, die sich aber im Streitfall auch diplomatisch verhielt. Entdeckte er in David etwa unternehmerische Fähigkeiten? Besaß Jennifer herausragende Managerqualitäten?

Natürlich interessierten ihn die Jungen mehr als die Mädchen. Aus den Mädchen würden Frauen, deren Hauptaufgabe im Vorhinein feststand. Trotzdem war Bruder Gabriel Realist. Frauen hatten sich einen Weg in die Industrie, die Politik, die Wirtschaft und alle anderen Sparten erschlichen, besonders in Nordamerika und Westeuropa. Bis zur Umkehr dieses Trends musste er damit leben. Die Mädchen mussten auf alle Bereiche der Gesellschaft vorbereitet werden, genau wie die Jungen. Im Grunde genommen gab es sogar Gebiete, die sie vermutlich leichter durchdringen konnten als ihre männlichen Antipoden.

Er studierte sie alle, beobachtete ihre Verhaltensmuster und hielt nach Schwächen Ausschau, die sie für den Großen Plan ungeeignet machen könnten. Nur wenige Kinder entsprachen nicht seinem Standard, was für den von ihm entwickelten Auswahlprozess sprach.

Kniend und mit betend gesenktem Haupt nützte er allabendlich seine Zeit, um für jedes Kind eine Zukunft zu planen. Dabei bedachte er sämtliche irrwitzigen Veränderungen, die sie beim Eintritt in die Welt dort draußen vorfinden würden. Schon beim Gedanken daran wurde ihm schwindelig.

»Amen.«

Er erhob sich und nahm das russische Betkissen. Unten merkte jemand, dass er seine Gebete beendet hatte, und rief einen Gruß hinauf. Er winkte. Bald waren alle Augen im Hof auf ihn gerichtet. Sie buhlten um seine Aufmerksamkeit.

»Bruder Gabriel, schau her.«

Schwungvoll warf Joel einen Basketball in den Korb. Ein zukünftiger NBA-Star? Wenn ja, wie viele junge Männer würden ihn als ihr Vorbild bewundern? Allein die Vorstellung, wie viele Leben er beeinflussen und zu Bekehrten machen könnte. Er nahm sich vor, einen Trainer zu engagieren, um Joels natürliche Begabung zu fördern.

Er applaudierte begeistert. »Gut gemacht«, rief er dem Jungen zu.

Leslie, die Bauerntochter aus Iowa, strahlte ihn mit offener Hingabe an. Seit ihrem Besuch bei ihm hatte sich ihr Verhalten auffallend gebessert. Es hieß, sie wirke nun nicht mehr einsam und habe kein Heimweh mehr. Sie widmete sich mit frischer Energie ihren Studien und Aufgaben.

Als er ihr zuwinkte, errötete sie entzückend. Was sie auch sollte. Im Bett war sie von einer irdischen Sinnlichkeit, die ihre ländliche Herkunft verriet. Sie war unglaublich gut zu vögeln.

Trotzdem war es zu früh, sie erneut holen zu lassen. Dann würden die anderen eifersüchtig.

Mary, das Mädchen mit dem wunderschönen dunklen Lockenschopf, umfing mit beiden Händen ihren schwangeren Bauch. Sie erinnerte an eine köstliche überreife Frucht, die jeden Moment zu platzen drohte. Unter ihrem Gewand zeichneten sich daumendicke Brustwarzen ab, bereit, das Kind zu stillen.

Sofort wurde Bruder Gabriel steif vor Begierde. Für einen Beischlaf war ihre Schwangerschaft schon zu weit fortgeschritten, aber es gab ja noch andere lustvolle Befriedigungen. Er beschloss, später nach ihr zu schicken.

Er winkte zum letzten Mal und begab sich nach innen.

Die Güte in Person. Wieder schossen ihm diese Worte durch den Kopf. Dieses Motto nähme sich gut in goldenen Lettern auf einer Inschrift unter einem Bild von ihm aus, das ihn mit ausgebreiteten Armen in einer Geste allumfassender Liebe darstellte.

Mr Hancock erwartete ihn mit einem Aperitif, genau wie er ihn mochte. Nachdem Hancock das Gebetskissen gegen den Drink eingetauscht hatte, sagte er: »Sie haben einen Anruf aus Dallas.«

Bruder Gabriel warf seinem Assistenten einen bedeutsamen Blick zu, worauf Mr Hancock subtil nickte. »Ja, Joshua?«

»Ihr Problem wurde beseitigt.«

»Ich höre.«

Wegen des heiklen Themas hatte er den Lautsprecher nicht eingeschaltet. Er würde auch keine Fragen stellen oder irgendwelche Aussagen machen, die man später gegen ihn verwenden könnte. Obwohl er seinen unterschiedlichen Sicherheitsmaßnahmen und deren Back-ups voll und ganz vertraute, bestand immer eine winzige Chance, dass sie nicht so narrensicher waren, wie sie es sein sollten. Auf Technik konnte man sich nicht völlig verlassen. Auf Menschen mit Sicherheit noch weniger.

Joshua sagte: »Er dachte, wir erhielten Befehle von ihm. Ist ihm nie in den Sinn gekommen, dass wir seit jenem Nachmittag unsere Befehle direkt von Ihnen bekommen. Eitler kleiner Fatzke.«

Bruder Gabriel wusste aus Erfahrung, dass ihm die Menschen unbedingt gefallen wollten. Je weniger er sie lobte, umso mehr versuchten sie, seine Gunst zu gewinnen. Wenn er wollte, dass eine Frau im Bett ihr Bestes gab, spielte er den Gelangweilten und Geistesabwesenden. Dann taten sie alles, um seine Leidenschaft zu entflammen. Das Gleiche galt auch für Männer. Zeigte er sich unbeeindruckt, prahlten sie mit ihren Heldentaten. So erfuhr er alles Wissenswerte, ohne ihnen jedes Wort einzeln aus der Nase ziehen zu müssen.

Deshalb fuhr auch Joshua nach kurzem Schweigen wie geplant fort: »Das war ein Hammer. Keine Chance auf Wiederbelebung.«

Bruder Gabriel bedauerte den Verlust von Jem Hennings, der die letzten Jahre ein echter Gewinn gewesen war. Plötzlich hatte er sich jedoch als Belastung entpuppt. Die Ermittlungen im Mordfall Gillian Lloyd waren ihm gefährlich nahe gekommen. Dale Gordon hatte man leicht als Psychopathen ausgeben können, aber Hennings' Rolle hätte die Polizei gründlicher untersucht, was sie möglicherweise vor die Tore des Tempels geführt hätte.

Obendrein hatte Hennings die Sache mit Linda Croft in die eigenen Hände genommen und Befehle ohne vorherige Abstimmung erteilt. Natürlich war er mit Hennings' Maßnahme einverstanden. Er hätte genauso gehandelt. Aber wie konnte ein einfacher Jünger es wagen, derart anmaßend zu agieren und aus freien Stücken eine solch weit reichende Entscheidung zu treffen?

Hennings hatte seine Aufgabe gut erfüllt, unersetzlich war er jedoch nicht. Es gab noch andere, die für seine Arbeit ausgebildet waren und gierig einen Auftrag erwarteten. Jeder weitere Gedanke an Jem Hennings wäre Verschwendung. Bruder Gabriel strich ihn aus seinem Gehirn.

»Und wie steht es mit dieser anderen Sache?«

Joshuas zögernde Antwort sprach Bände. Bruder Gabriel versuchte, seinen Zorn zu mäßigen, und trank einen Schluck.

Schließlich knurrte Joshua: »Es steht unentschieden, kann man wohl sagen.«

Also war Christopher Hart noch immer am Leben und Melina Lloyd lief frei herum. Bitterer Zorn stieg in ihm auf. »Und warum das?«

»Wissen Sie, wir haben es nicht mit Trotteln zu tun.«

»Das weiß ich«, herrschte ihn Bruder Gabriel an. »Wie schwer kann das denn sein?« Er packte das Longdrink-Glas so fest, dass es zu zerspringen drohte. »Du willst mich doch nicht enttäuschen«, sagte er, wobei er jedes einzelne Wort finster betonte. »Der Herr von heute Abend …?«

»Ja, Sir.«

»Er hat mich enttäuscht. Das möchtest du doch nicht auch.«

Joshuas Intelligenz hielt sich in Grenzen, doch den Hinweis auf Jem Hennings verstand er sofort. »Nein, Sir.«

»Dann schlage ich vor, dass du mir morgen Früh bessere Nachrichten bringst.« Abrupt beendete er den Anruf und kippte den restlichen Drink wütend auf einmal hinunter.

»Noch einen?«, fragte Hancock.

»Ja. Und dann wünsche ich, dass man mir Mary schickt.«

»Die –«

»Mary, Mary«, wiederholte er ungeduldig. »Sie wissen schon, wen ich meine.«

»Aber, Bruder Gabriel, sie ist im neunten Monat.«

»Ich weiß, wie weit sie ist!«, brüllte er. »Warum widerspricht mir heute Abend jeder?«

Er spürte, wie unter seiner Haut die Adern an Kopf und Nacken anschwollen. Nur selten verlor er die Beherrschung, noch seltener in Anwesenheit von Mr Hancock. Er wandte sich ab, um nicht die verletzte Miene seines Assistenten sehen zu müssen. Außerdem wollte er Mr Hancock nicht zu erkennen geben, dass seine Wut mit ihm durchgegangen war. Jeder Verlust der Selbstkontrolle war ein Zeichen menschlicher Schwäche. Und Bruder Gabriel verachtete jede Form von Schwäche.

Das liegt an dieser Frau, dachte er verbittert. Daran war Gillian Lloyd schuld. Sie und ihre Nacht mit diesem Astronauten waren der Grund für seinen Wutausbruch und alle Missgeschicke, die sich in den letzten Tagen ereignet hatten. Mittlerweile entpuppte sich ihre Zwillingsschwester als ähnliches Problem.

»Mr Hancock«, sagte er abrupt.

»Ja, Sir?«

»Haben Sie Ihre Nachforschungen über Melina Lloyd bereits abgeschlossen?«

»Ich arbeite immer noch daran, Sir. Ich wollte Ihnen den Bericht erst dann vortragen, wenn ich sicher bin, dass er vollständig ist.«

»Ich schätze Ihre Umsicht«, sagte er, womit er Hancock einen beschwichtigenden Knochen zuwarf. »Aber sobald Sie überzeugt sind, dass alles beisammen ist, möchte ich ihn sofort sehen. Über diese Frau möchte ich einfach alles wissen, vom Tag ihrer Geburt an.«

»Absolut, Sir, verstanden. Ich lasse Mary holen und beschäftige mich dann sofort wieder damit. Wünschen Sie Ihr Abendessen jetzt oder später?«

»Wenn ich Hunger habe, werde ich läuten.«

»Jawohl, Sir.«

Er ging in sein Schlafzimmer und schloss hinter sich die Tür. Während er auf das Mädchen wartete, lief er unruhig auf und ab, aber seine Gedanken waren nicht bei ihr, sondern bei Melina. Wahrscheinlich war sie genauso durch und durch verhurt wie Gillian, dachte er verächtlich.

Keine Frau, auch nicht die begehrenswerteste, war all den Ärger wert, den sie verursacht hatte. Im grandiosen Lauf der Zeiten war sie nur ein Wimpernschlag, so unbedeutend wie eine Mücke an einem Sommerabend. Ohne die Teilnahme von Melina Lloyd könnte der Große Plan leiden – welch ein lächerlicher Gedanke. Dieser Plan war größer als sie, größer als alle Frauen zusammen. Eine einzelne Frau konnte seine Erfüllung nicht verhindern, geschweige denn auch nur verzögern.

Trotzdem ließ es sein Stolz nicht zu, sie einfach abzuschreiben und zu vergessen. Die Sache zwischen ihnen hatte sich zu einem Willenskampf entwickelt, zu einem versteckten Krieg. Was bedeutete es, wenn er aufgäbe? Welches Beispiel gäbe er damit den einfachen Soldaten auf dem Schlachtfeld, die in der Erfüllung ihrer Mission tagtäglich mit Hindernissen konfrontiert wurden? Wenn sich herumspräche, dass ihn ein Weib geschlagen hatte, verlören sie jeden Glauben an ihn. Staatsmänner aus der ganzen Welt wandten sich an ihn um Rat und Unterstützung. Ein Mann mit seiner Machtfülle konnte nicht von sich sagen lassen, eine Frau habe ihn matt gesetzt. Eine solche Niederlage hätte monströse negative Auswirkungen. So etwas durfte einfach nicht sein.

Melina Lloyd hatte sich geweigert, das Schicksal ihrer Schwester so zu akzeptieren, wie es sich diese selbst zuzuschreiben hatte, und sich mit dem FBI verbündet. Sie hatte ihn Jem Hennings gekostet, ein wertvolles Glied seiner Kirche. Sie hatte sich an denselben Mann gehängt, der Gillian befleckt hatte. Für diese Sünden musste man sie vor sein Angesicht bringen, damit sie die nötige Strafe erfuhr.

Erst als demütige und reumütige Sünderin würde er ihr verzeihen, sie segnen und umarmen und zu einem Mitglied seiner Familie machen. Zu guter Letzt würde sie die Gnade seiner Güte empfangen. Selbstverständlich würde sie das. Wer wollte nicht zu seinen Auserwählten zählen?

Er würde die Welt regieren.

»Was ist denn das?«

Chief bezahlte den Taxifahrer, der sie scheinbar am Ende der Welt abgesetzt hatte. In weiter Ferne zeichnete sich die Skyline von Dallas als mattes Leuchten ab.

Die Gegend lag so abseits, dass der Taxifahrer nervös wurde und möglichst rasch wieder weg wollte. Er brauste mit Vollgas davon und ließ den Kies aufspritzen, als er das Lenkrad herumriss. An der Stelle, wo sie mit Chief stand, endete die Straße, auf die sie von der Autobahn eingebogen waren, im Nichts.

Er nahm sie bei der Hand und zerrte sie zu einer verrosteten Blechhütte. »Überlass das Reden mir.«

»In Ordnung. Mir fällt sowieso nichts ein.«

Das Gebäude erinnerte an eine der Länge nach halbierte Blechbüchse, die man mit der Schnittfläche nach unten hingelegt hatte. Vom höchsten Punkt beschien ein einsames Flutlicht das mehrere Meter breite Vorfeld vor dem Gebäude.

Dann bemerkte sie, links von ihnen, eine Landebahn.

Hinter ihnen herrschte völlige Dunkelheit.

Vor ihnen stand ein zähnefletschender Schäferhund.

»Chief!« Sie riss an seiner Hand, damit er stehen blieb.

In dem Moment trat ein Mann aus der schmalen Tür, die in das Blech geschnitten war, wischte seine Hände an einem ausgeblichenen roten Arbeitshandtuch ab und kniff wegen des grellen Flutlichts über ihm die Augen zusammen. Offensichtlich wirkten sie nicht sonderlich bedrohlich, denn er befahl dem Hund: »Platz.« Dann: »Kann ich euch helfen, Leute?«

»Hier ist Christopher Hart.«

Die fettigen Hände mit dem Lumpen erstarrten. Das Stoppelkinn sackte herunter. Chief trat in den Lichtkegel, damit ihn der Mann besser sehen konnte. »Na, jetzt bin ich aber platt.«

»Ich hatte keine Ahnung, ob ihr noch immer da seid, du und dein Geschäft.«

»Da ja, aber es gibt nicht viel Geschäft. Was ist mit deinem Gesicht passiert?«

Chief lieferte keine Erklärung, nicht einmal eine Lüge. Die beiden Männer starrten einander noch mehrere Sekunden an, ehe Chief sie vorstellte. »Melina, das ist Pax Royston. Pax, Melina.«

Der Mann nickte ihr flüchtig zu. »Ma'am.«

»Sehr angenehm.« Angesichts der Umstände klang diese höfliche Phrase lächerlich. Das hier war gewiss keine Einladung zum Tee und außerdem herrschte zwischen den beiden Männern aus unerklärlichen Gründen ein gespanntes Verhältnis.

Sein Blick wanderte hinter sie. Offensichtlich suchte er nach dem Transportmittel, das sie hergebracht hatte. »Seid ihr per Fallschirm gekommen?«

»Mit dem Taxi.«

»Mit dem Taxi«, wiederholte er, als stamme schon das Wort von einem anderen Stern. »Aus Dallas?«

»Bist du allein hier?«

»Nur ich und Bandit.« Neugierig wanderte sein Blick zwischen ihnen hin und her. »Wollt ihr reinkommen?«

Im Gegensatz zum grellen Flutlicht herrschte drinnen Dämmerlicht. Es dauerte einen Moment, bis sich ihre Augen darauf eingestellt hatten. Auf einem Zweihundert-Liter-Ölfass stand ein Schwarz-Weiß-Fernseher, in dem gerade ein Eishockey-Spiel übertragen wurde. Pax stellte den Ton leiser, ließ aber das verschneite Bild weiterlaufen. Neugierig beschnüffelte Bandit ihre Hand. Offensichtlich war er mit ihr einverstanden, denn danach trottete er zu einer Wasserschüssel und begann, geräuschvoll zu schlabbern.

Pax meinte: »Die Leute haben ’ne Mordsangst vor ihm, dabei ist er in Wahrheit ein müder Abklatsch von ’nem Wachhund.«

»Glück für uns.« Sie lächelte Pax zu und der lächelte zurück.

»Wollt ihr ’nen Kaffee?«

»’nen Flieger«, sagte Chief, womit die freundliche Unterhaltung abrupt beendet war. »Ich brauche ein Flugzeug.«

Die Flugzeuge im Hangar waren ausnahmslos Maschinen in desolatem Zustand. An einem hatte Pax bei ihrer Ankunft offensichtlich gearbeitet, denn direkt über einem ausgebauten Motor, dessen Einzelteile auf einem ausgefransten Teppichrest verteilt lagen, baumelte eine Glühbirne in einem Metallkorb.

»Einmotorig«, fuhr Chief fort, »nichts Tolles.«

»Wohin wollt ihr?«

»Hast du eine oder nicht?«, fragte er, ohne auf Paxs neugierige Frage einzugehen.

»Tja, eine hab ich. Draußen im Hinterhof.«

»Flugtauglich?«

»Bist du ’n Pilot?«

Chief warf ihm einen vernichtenden Blick zu.

Pax zuckte mit den Schultern. »Dann ist sie flugtauglich.«

Noch immer fehlte ihr jede Erklärung für die Animosität zwischen den beiden, die sie so deutlich spürte, dass man sie greifen konnte. Chief wollte von Pax die Schlüssel zum Flugzeug haben. »Ich will es checken.« Pax schlenderte zu einem verglasten Büro. Chief wandte sich an sie: »Vielleicht hat er was zu knabbern da, was er dir verkauft. Auch Getränkedosen. Alles, was du vielleicht brauchen kannst. Geh kurz vorher noch auf die Toilette. Wir werden zwar zum Nachtanken landen müssen, aber dazwischen wird's lang.«

»Wir fliegen nach New Mexico, stimmt's?«

Pax kam mit dem Schlüssel und einem Zettel mit der aufgedruckten Flugzeugnummer zurück. »Zur Hintertür raus und dann gleich rechts. Ist 'n nettes Maschinchen. Frisch überholt.«

»Danke.«

Sie und Pax schauten Chief nach, der sich einen Weg durch den Hangar bahnte, vorbei an Flugzeugen, Öllachen und Schmierflecken. Mit einem Knall fiel die Hintertür hinter ihm zu. Jetzt wandte sich Pax an sie: »Wie wär's denn nun mit 'nem Kaffee?«

»Nein, vielen Dank. Aber ich könnte ein paar

Sachen für den Flug gebrauchen, Knabbereien und Getränke. Falls Sie so was haben.«

Er brachte sie zu zwei uralten Automaten. »Die Getränke sind kalt, aber ob das Zeug da noch frisch ist, kann ich nicht garantieren«, sagte er, wobei er auf die Zellophantüten deutete, die an Haken im Automaten hingen. »Keinen Schimmer, wann der Verkäufer letztes Mal nachgefüllt hat.«

Sie begann, in ihrer Handtasche nach Münzen zu graben.

»Lassen Sie mal.« Mit einem Schlüssel öffnete Pax die beiden Geräte. »Bedienen Sie sich.«

Während sie auswählte, meinte sie: »Ich bin noch nie mit Chief geflogen.«

»Da brauchen Sie garantiert keine Angst zu haben. Der ist ein ausgezeichneter Pilot. Hat die beste Nase von allen, die ich erlebt habe.«

»Waren Sie zusammen beim Militär?«

»Könnte man sagen.«

»Haben Sie auch für die NASA gearbeitet, bevor Sie sich selbstständig gemacht haben?«

Diese Bemerkung quittierte er mit einem verächtlichen Schnauben. »Nein, Ma'am, ich doch nicht.«

»Aber Sie beide kennen sich schon lange?«

»Bis wir uns zerstritten haben.« Er deutete in

den Automaten. »Diese kleinen Pecankuchen schmecken recht gut.«

»Das genügt«, erklärte sie ihm. Zu ihrer Enttäuschung hatte er sich nicht näher zu seinem »Streit« mit Chief geäußert. Was war der Grund gewesen? Eine Frau? Ein Flugzeug? Hatte es zwischen den beiden einen Wettstreit gegeben, wer der bessere Pilot war? Vielleicht hatte Pax eine Absage von der NASA bekommen und war eifersüchtig, weil man Chief angenommen hatte.

Rücksichtsvoll wühlte Pax nach einer Tüte herum, bis er endlich eine im Abfalleimer entdeckte. »War gestern Einkaufen«, erklärte er, während er die Knabbereien und Getränke in die Plastiktüte verfrachtete. »Hauptsächlich Hundefutter. Der verdammte Hund frisst wie 'n Gaul.«

Sie hörten, wie die Hintertür aufging und Chiefs Stiefelabsätze auf den Zementboden knallten, als er sich einen Rückweg durch die Hangarhöhle bahnte. »Sieht gut aus«, meinte er zu Pax.

»Hab's dir doch gesagt.«

Dann wandte sich Chief an sie und wollte wissen, ob sie schon auf der Toilette gewesen sei. Sie schüttelte den Kopf. »Geh. Ich muss noch ein paar Anrufe tätigen, dann sind wir weg.«

»Hier durch.« Pax deutete auf eine Tür. »Aber

ich muss Sie warnen: Ist nicht gerade ein Luxusklo.«

War's auch nicht, weit gefehlt. Waschbecken und Toilettenschüssel hatten Wasserränder, eine schmierige Schicht bedeckte den Boden. Auf dem Poster, mit Reißnägeln an der Wand befestigt, präsentierte sich nicht nur eine nackte Frau, sondern eine ganze Truppe, alle in derselben rüden Pose. Noch rüder war der Spruch auf dem Aufkleber, der den Spender für Papierhandtücher zierte.

Sie ging auf die Toilette und wusch sich anschließend Gesicht und Hände mit dem farblosen Seifestückchen. Bei einem unabsichtlichen Blick in den zerbrochenen Spiegel schnappte sie nach Luft. Gesicht und Hals waren mit dunklen Flecken gesprenkelt. Sie beugte sich näher, um besser sehen zu können. Blut, Jems Blut. Selbst in ihren Haaren entdeckte sie Spuren davon.

Um einen Panikanfall zu unterdrücken, holte sie tief Luft und steckte den Kopf unter den Wasserhahn. Trotz des eiskalten Wassers hielt sie den Kopf solange unter den spritzenden Strahl, bis nur noch klares Wasser kam, ohne einen rosa Schimmer.

Mit Papierhandtüchern drückte sie das Wasser aus den Haaren und kämmte es danach so gut wie möglich mit den Fingern. Zum Feinmachen war keine Zeit. Jeder Versuch, ihr Aussehen zu verbessern, wäre sinnlos. Dazu müsste sie ganz vorne anfangen. Dusche und Haarwäsche im Fernfahrermotel heute Morgen schienen Jahrzehnte her zu sein. Außerdem besaß sie nichts Persönliches mehr. Ihre Reisetaschen lagen in der Rostlaube unter Jems Hochhaus.

Als sie herauskam, hing Chief noch immer am Handy. Er bemerkte ihre nassen Haare, ahnte aber vermutlich, warum sie sie gewaschen hatte. Sie wagte sich in das überfüllte Büro, wo Pax auf einem Schreibtischstuhl mit Rollen saß. Neben ihm stand Bandit, den Kopf auf seinen Schenkeln. Pax streichelte ihn.

»Wahrscheinlich ist er deshalb nicht mannscharf«, bemerkte er mit einem Lächeln, das verriet, wie sehr er den Schäferhund mochte. »Ich habe ihn total verzogen. Hab ihn zum Waschlappen gemacht.«

»Das Ergebnis ist offensichtlich eine Partnerschaft, von der beide etwas haben.«

Er deutete auf ihre nassen Haare. »Wahrscheinlich könnte ich hier irgendwo ein Handtuch auftreiben.«

»Ist im Handumdrehen trocken.«

Ihre Blicke schweiften durchs Büro, bis sie an einem Foto mit Pax und einer Frau hängen blieben, hinter denen sich die Neonreklame des Golden Nugget Casino erhob. »Ist das Mrs Royston?«

»'ne Freundin.«

»Fahren Sie oft nach Las Vegas?«

»Louisiana liegt näher«, meinte er, womit die Casinos in Bossier City gemeint waren. »Wir fahren rüber, so oft's geht. Ich würfle, sie mag die Automaten.« Während der gesamten Unterhaltung beobachtete er Chief durch den trüben Glaskubus um sein Büro. »Seid ihr …?«

Sie dachte seinen Gedanken zu Ende und schüttelte den Kopf. »Er hatte was mit meiner Schwester.«

Verblüfft schluckte er. »Stimmt das?«

»Hmm.«

»Ich hätte gedacht –«

»Nein.«

Pax' einziger Kommentar bestand in einem Grunzen. Sein skeptischer Blick war schwer zu ertragen, deshalb wandte sie sich ab, auch auf die Gefahr hin, sich damit zu verraten. Seine Frage hatte Erinnerungen an den Kuss wachgerufen, zu dem es beinahe im Taxi gekommen wäre. Ein hochgefährlicher, grundfalscher und absolut törichter Beinahe-Kuss, nach dem sie sich so sehr gesehnt hatte.

Mit diesem unbehaglichen Wortwechsel endete ihre Unterhaltung. Sie tat so, als studiere sie eine Landkarte von Texas an der Wand, während er weiterhin Bandit kraulte.

Mehrere Minuten später war Chief mit seinen Telefonaten fertig und kam ins Büro, aber nur bis zur Türschwelle. Er grub in seiner Jeanstasche, förderte drei Einhundert-Dollar-Noten zu Tage und warf sie auf Pax' Schreibtisch. »Das ist das einzige Bargeld, das ich erübrigen kann. Ich möchte diese Ausgaben nicht über eine Kreditkarte laufen lassen.«

Pax wunderte sich darüber und warf ihr verstohlen einen Blick zu, aber sie verweigerte jede Erklärung. Sie hielt sich an Chiefs Bitte und überließ das Reden ihm. Irgendetwas war hier nicht im Lot. Sie wusste zwar nicht, was, aber aus Angst, das Falsche zu sagen und eine heikle Balance zu stören, hielt sie es für das Beste, zu schweigen.

»Du weißt genau, dass ich für den Rest gerade stehe«, erklärte Chief dem Mechaniker. »Ich werde dich bezahlen, wenn ich das Flugzeug zurückbringe.«

»Ich traue dir.«

»Hoffentlich, denn was ich jetzt sage, ist wichtig.« Er hielt inne, um sicherzustellen, dass ihm

Pax auch wirklich aufmerksam zuhörte. »Nimm deinen Hund und deine Freundin und verlass noch heute Nacht die Stadt. Geh nach Bossier City. Nach Vegas. Geh irgendwohin. Nur, verschwinde.«

Zu ihrer Überraschung hatte Chief während seiner Telefonate ihr Gespräch belauscht.

Missmutig runzelte Pax die Stirn. »Willst du mir vielleicht verraten, was hier abläuft?«

»Nein«, erwiderte Chief gelassen. »Du hast gesagt, du traust mir. Hoffentlich tust du's. Stell keine Fragen, tu's einfach. Hau ab. Sofort. Die Chancen stehen gut, dass hier in Kürze zwei Kerle aufkreuzen, und wenn es soweit ist, solltest du längst über alle Berge sein.«

Pax musterte ihn einen Augenblick, dann sagte er: »Jahrelang habe ich dich nicht gesehen und keinen Ton von dir gehört. Und dann tauchst du mitten in der Nacht aus dem Nichts auf. Mit einem Gesicht, das nach hochgradiger Körperverletzung aussieht, mit einer schönen Frau im Schlepptau, die ein bisschen mitgenommen aussieht – entschuldige, Melina, dass mir das aufgefallen ist. Und trampelst bei mir herum wie Gott persönlich. Und dann mietest du einen Flieger, den du nicht bezahlen kannst. Zu guter Letzt erklärst du mir, ich soll meinen Laden stehen und liegen lassen und mich verziehen. Und ich darf nicht mal kleinlaut fragen: ›Wieso?‹«

»Nein, darfst du nicht.«

»Na, ist ja ein schöner Bockmist. Verrat mir mal, warum ich mich auch nur nach einem verdammten Wort richten soll, das du mir an den Kopf wirfst.«

Chief rang um Antwort. Schließlich sagte er scharf: »Weil du mein Vater bist und ich nicht schuld sein möchte, wenn dir was Schlimmes zustößt.«

30

Tobias starrte auf die Leiche von Jem Hennings und gestattete sich an diesem Abend den zweiten Fluch nach seinem Ausbruch, als Melina Lloyd einfach aufgelegt hatte.

Lawson meinte: »Ich brauche einen Drink.«

Der FBI-Agent lächelte grimmig. »Geht auf meine Rechnung. Sobald wir ein paar Antworten haben.«

Wenn sie noch mehr Zeit gemeinsam verbringen müssten, würde das vermutlich in einer gehörigen wechselseitigen Antipathie enden. Lawson war der miesest gekleidete Kerl, den er je erlebt hatte. Lawson hielt Tobias für einen eitlen Pfau. Tobias war ein Gesundheitsfanatiker, der Zucker und Fett aus seiner Ernährung gestrichen hatte, während Lawson von Fastfood lebte, je fetter, desto besser. Tobias verehrte die Schönen Künste und abonnierte in jeder Saison sämtliche Ballett-, Orchester- und Opernpremieren. Lawson war in seinem ganzen Leben bei einem einzigen Live-

Konzert gewesen, Willie Nelson, Open Air. Als er heimkam, hatten ihn Sandflöhe von Kopf bis Fuß mit Stichen bedeckt.

Sie hatten erst einen einzigen Tag gemeinsam verbracht, aber was für einen! Doch während dieser Zeit hatten sie einander, trotz aller Unterschiede, widerwillig zu respektieren gelernt.

Sie überließen die Leiche den Pathologen und traten aus der Wohnung in den Flur hinaus, wo Lawson wieder an das Gespräch anknüpfte: »Ein paar Antworten hätte ich für Sie. Der Wachmann hat Melina Lloyd und Christopher Hart bis aufs I-Tüpfelchen beschrieben. Höchstens eine Viertelstunde vor dem falschen Feueralarm haben sie Hennings einen Besuch abgestattet.« Er konsultierte sein Notizbuch. »Das war um acht Minuten nach neun. Die Todeszeit lag vermutlich zwischen neun Uhr und viertel nach neun.«

»Damit wollen Sie doch nicht etwa andeuten –«

»Alles. Ich erzähle Ihnen nur, wie's ist.«

»Tut mir Leid, dass ich Sie unterbrochen habe. Fahren Sie fort.«

»Auf diesem Stockwerk wohnen Leute, die sich an ein Pärchen erinnern – raten Sie mal, zu wem dessen Beschreibung passt? –, das zu ihnen vom Treppenhaus heraufgeschrien hat, in Wohnung D würde es brennen.«

»Damit haben sie für Ablenkung gesorgt.«

»Würde ich auch vermuten«, sagte Lawson. »Wir werden einen Experten zur Bestimmung der Flugbahn der Kugeln kommen lassen. Allerdings muss der Schütze vom Gebäude auf der anderen Straßenseite geschossen haben, sonst hätte er Flügel haben müssen. Ich habe Leute hinübergeschickt, die das Dach und sämtliche Räume mit Fenstern in diese Richtung nach Beweismaterial durchkämmen. Trotzdem möchte ich wetten, dass nichts dabei herauskommt.«

»Professionelle Heckenschützen?«

»Nun, ein normales Eifersuchtsdrama war's jedenfalls nicht. So kann nur ein Dum-Dum einen Schädel zerstören«, sagte er und bezeichnete damit den Geschosstyp, der beim Aufprall explodierte. »Davon wurden zwei rasch hintereinander abgefeuert. Einer der Nachbarn meinte, er habe einen Knall gehört. Vielleicht auch zwei. Die seien allerdings so dicht aufeinander gefolgt, dass es wie ein Schuss geklungen habe.«

»Das erste hat das Fenster zerfetzt. Wir haben es gefunden. Es ist derart verformt, dass es sich höchstwahrscheinlich keiner Waffe zuordnen lässt, auch wenn wir sie finden sollten, woran ich ernsthaft zweifle. Das andere Projektil steckt noch immer in dem Brei, der mal für Hennings gedacht hat.

Den hat ein Kenner erledigt, egal, wer's war. Der wusste genau, was er tat, und hatte den Mumm dazu. Tollkühn und keine Angst, erwischt zu werden.«

Müde rieb sich Tobias die Augen. »Das wird ja immer toller, was? Ob Melina Lloyd und Christopher Hart den Schützen gesehen haben?«

»Wieder fraglich. Allerdings waren sie da, als Hennings abgemurkst wurde. Die Tischlampe war ausgesteckt«, erklärte der Kommissar. »In der Wohnung gibt es keine Deckenleuchte. Wenn die Wohnung im Dunkeln gelegen hätte, hätte selbst ein erfahrener Schütze mit einem Nachtsichtgerät Mühe gehabt, einen derart präzisen Schuss zu setzen, ganz zu schweigen von einem zweiten, nachdem das Glas gesplittert war. Außerdem ist es unwahrscheinlich, dass sie – Melina, Hart und Hennings – sich im Dunkeln getroffen haben. Also hat irgendeiner den Lampenstecker gezogen, und das war garantiert nicht Hennings. Außerdem hat der sich auch nicht mit Papiertüchern abgeputzt.«

Tobias grübelte einen Moment darüber nach. »Das Fenster zerbirst, Hennings wird erschossen, einer von ihnen löscht das Licht, dann sorgen sie für Ablenkung, damit sie heil aus dem Gebäude kommen.«

Lawson sagte: »Sieht so aus. Ein paar Leute erinnern sich noch, sie draußen gesehen zu haben, aber danach – Zero. Wie vom Erdboden verschluckt.«

»Keiner geht an sein Handy.«

»Sie haben hier in der Garage ein Auto stehen lassen. Im Kofferraum lagen zwei Reisetaschen. Eine davon gehört offensichtlich Hart, die andere ihr. Mit nagelneuer Kleidung. Die Etiketten hingen noch dran.« Er erklärte Tobias, sie hätten bei Neiman's eine persönliche Modeberaterin ermittelt, die gestand, Melina Lloyd diese Kleidungsstücke am frühen Vormittag geliefert zu haben. »Ich habe ihr die Jacke beschrieben, die wir neben Hennings' Leiche gefunden haben. Genau die hatte sie geschickt. Mittlerweile sieht sie nicht mehr so nagelneu aus.«

»Sie reisen mit leichtem Gepäck.«

»Inzwischen noch leichter als vorher. Wir sind dem Wagen auf der Spur, mit dem sie hier ankamen. Er gehört nicht ihr. Den von Hart hat die Stadt vom Parkplatz eines Nachtclubs abschleppen lassen.«

Tobias fuhr sich mit der Hand übers Gesicht. Ihre erste Durchsuchung der Waters-Klinik hatte nichts Wesentliches über Dale Gordon ergeben. Lediglich, dass er das Wissen und die Gelegenheit gehabt hätte, an Spermaproben herumzubasteln, aber keinen Beweis, dass er es tatsächlich getan hatte. Tobias hatte Patterson beauftragt, die Samenspender zusammenzutrommeln.

Bei dieser Aufgabe verzog Patterson das Gesicht. »Ich muss doch nicht auch noch zuschauen, wenn die sich einen runterholen, oder?«

Tobias seufzte. »Die Proben werden in der Klinik unter medizinischer Beobachtung gesammelt. Sie müssen nur Kontakt mit den Spendern aufnehmen und sie dorthin bringen. In Ordnung?«

»Jawohl, Sir«, hatte der junge Agent sichtlich erleichtert gesagt.

»Hatte er irgendwas bei sich?«, wollte Tobias nun wissen, wobei er auf die Bahre mit Hennings' Leichnam wies, die gerade in den Aufzug gerollt wurde.

»Nichts, nicht einmal einen Parkschein. Zuletzt hat er mit seiner Kreditkarte den Anhänger gekauft, den er Gillian – alias Melina – in der Nacht vor dem Mord gegeben hat.«

»He, Lawson.« Einer der übrigen Ermittler steckte den Kopf durch die Tür und winkte ihn in die Wohnung.

Tobias wäre gefolgt, doch sein Handy klingelte.

Lucy Myrick kam sich vor, als wäre sie in diesem fensterlosen Raum mit den hässlichen Wänden geboren worden. Mittlerweile hatte die normale Kotzfarbe einen rosa Schimmer, was aber nur an den blutunterlaufenen Augen lag, mit denen sie sie betrachtete.

Sie hatte sich nur von Fast Food ernährt. Ohne ihre gewohnte Tagesdosis Ballaststoffe war sie inzwischen ganz aufgebläht. Von innen kratzte das Koffein an ihrer Haut, während ihr Kopf sich wegen Schlafmangels beduselt anfühlte. Sie brauchte dringend eine Dusche.

»Und doch bedaure ich nicht, was ich aus Liebe tat, was ich aus Liebe tat«, trällerte sie.

Aus Liebe zu ihrer Arbeit und zu Tobias hatte sie zwei Tage lang ohne Pause geschuftet, immer auf der Suche nach dem Bindeglied zwischen den Lloyd-Zwillingen, Dale Gordon und den Andersons. Erst vor kurzem hatte Tobias einen weiteren Namen in diese Mixtur geworfen: Jem Hennings, weiß, männlich, geboren am 10. Februar 1960. So stand es wenigstens auf seinem Führerschein, der erst vor elf Monaten in Texas ausgestellt worden war. Einen Meter achtzig groß, 85 Kilo schwer.

Soweit, so gut.

Allerdings war er bei der Sozialversicherung nicht unter der Nummer aufgeführt, die er der Firma angegeben hatte, bei der er derzeit – bis heute Abend – beschäftigt war. Auch auf einer Steuererklärung war diese Versicherungsnummer nie aufgetaucht.

»Etwas ist faul im Staate Dänemark«, sinnierte

Lucy laut, dann war es aber doch nicht Dänemark, sondern Dakota.

Erst nach dreimaligem Lesen rief sie Tobias an. »Hier ist Lucy.«

»In Washington ist es ein Uhr nachts.«

»Sie schulden mir eine Menge Überstunden und ein Wochenende am Chesapeake. Das Ganze könnten Sie noch mit ein, zwei guten Flaschen Wein abrunden.«

»Sie haben etwas gefunden.«

»South Dakota. Vor sieben Jahren. Eine gewisse Janine Hennings, fünfzehn Jahre. Schlechte Schulnoten, mieser Umgang, zu Hause aufsässig. Dreht häufig durch. Wird von einer Schulschwester namens Dorothy Pugh unter die Fittiche genommen. Innerhalb weniger Monate schreibt Janine Einser. Wird religiös, betet die ganze Zeit. Friede und Liebe, die ganze Leier.

Das Ende des Schuljahres naht. Dorothy Pugh gibt ihre Stelle auf, um nach New Mexico umzuziehen. Janine ist untröstlich und läuft von zu Hause weg, zu ihr. Die Eltern drehen durch, aber Janine ist schon zu weit über den Jordan. Ihre Tochter ist bis heute für sie verloren. Sie vermuten in Dorothy Pugh ein Mitglied einer religiösen Sekte. Sie bitten einen Sektenjäger um Hilfe –«

»Einen was?«

»Der Ausdruck stammt von mir«, sagte Lucy stolz. »Ein Seelenklempner, der einen nach der Gehirnwäsche wieder umpolt.«

»Kapiert. Weiter.«

»Mr und Mrs Hennings verlassen South Dakota zusammen mit dem Sektenjäger, um Janine zu befreien.«

»Und?«

»Sie sind nie dort angekommen. Das Wohnmobil, das sie für die Fahrt gemietet haben, wurde auf einem Campingplatz in Colorado gefunden, völlig unversehrt. Nur die Leute daraus waren verschwunden.«

»Gewaltsamer Tod?«

»Zweifelsohne. Allerdings keine einzige Spur. Keine Leichen, kein Blut, keine Anzeichen für einen Kampf. Rein gar nichts. Daneben hat eine andere Familie gecampt, aber die war zum Abendessen in der Stadt. Am nächsten Morgen sind sie ganz früh aufgebrochen, ohne zu merken, dass sich in dem anderen Wohnmobil nichts gerührt hat. In der Tatnacht hat es geregnet. Damit war jede Chance auf Identifizierung irgendwelcher Reifenspuren zunichte. Die Ermittler hatten keinerlei Anhaltspunkte. Es war, als hätten Außerirdische die drei Leute hochgebeamt. Es wurde nie irgendeine Spur gefunden.«

»Wer hat denn Vermisstenanzeige erstattet?«

»Dachte schon, Sie würden nie danach fragen. Jameson, alias Jem, Hennings, der Sohn und ältere Bruder. Als sich seine Leute nicht, wie versprochen, allabendlich am Telefon meldeten, machte er sich Sorgen.«

»Wurde er im Zusammenhang mit dem Verschwinden verdächtigt?«

»Todsicheres Alibi. Hat während beider Tage, an denen seine Eltern fort waren, gearbeitet und sich abends mit Freunden zum Essen getroffen. Eine Rundreise nach Colorado war da nicht drin. Aber nach dieser Tragödie verkauft er sämtlichen Besitz, zieht um und fängt an, eine falsche Versicherungsnummer zu benutzen.«

»Das riecht nach Verschwörung.«

»Nur ein einziger Freund hat nach seinem Wegzug von South Dakota noch einmal etwas von ihm gehört«, fuhr Lucy aufgeregt fort. »Raten Sie mal, woher er schrieb. Bitte, einen Tusch. Aus Oakland, in Kalifornien.«

»Kathleen Asher.«

»Bisher keinerlei Verbindung, aber ich verwette mein Wochenende am Chesapeake, dass ich noch eine finde. Inzwischen bleibt das Verschwinden von Mr und Mrs Hennings samt Sektenjäger ein ungeklärter Fall in Colorado. Nachdem es passiert war, trauerte Hennings in aller Öffentlichkeit und jammerte den Reportern die Ohren voll: ›Weh mir, meine Eltern sind verschwunden. Meine kleine Schwester ist zu einer Religionsgemeinschaft übergelaufen.‹ Tada, tada. Achtung: Er hat diese religiöse Organisation nie als Sekte bezeichnet.«

»Meine Frage erübrigt sich, oder?«

»Der Tempel von Bruder Gabriel.«

»Lucy?«

»Was?«

»Willst du mich heiraten?« Noch ehe sie sich wieder gefasst hatte und sprechen konnte, hatte er schon aufgelegt. »Lawson!«

Der Kommissar kam aufgeregter durch die Wohnungstür gewalzt, als ihn Tobias je erlebt hatte. »Sie werden Bauklötze staunen, wenn Sie hören, wer auf Hennings' Zielwahl steht.«

Tobias grinste. »Alles kalter Kaffee.«

»Das hättest du mir wirklich sagen können.«

Seit dem Start hatte Chief Melinas anklagende Blicke ertragen müssen. Um Love Field und den Flughafen Dallas-Fort Worth hatte er einen weiten Bogen gemacht, war tief nach Osten geflogen und erst ein ganzes Stück nördlich des großstädtischen Einzugsgebietes nach Westen abgebogen.

Erst nach einer halben Stunde Flugzeit hatten sie die glitzernde Vorortmasse hinter sich gelassen. Inzwischen zeichneten sich Kleinstädte als Lichtflecken auf einem schwarzen Tuch ab. Die Nacht war sternenklar. Die kaum sichtbare, schmale Mondsichel gab praktisch kein Licht, sodass die Sterne umso heller strahlten.

Während er mit der Navigation beschäftigt war, konnte er leicht so tun, als bemerkte er ihren Blick nicht. Ein offener Vorwurf ließ sich nicht einfach ignorieren. »Was hätte ich dir sagen können?«

»Chief, spiel nicht den Dummen.«

»Das war unwichtig.«

»Unwichtig vielleicht, aber doch interessant.«

»Nenn mir einen vernünftigen Grund dafür.«

»Erstens, weil dein Vater ein Weißer ist.«

»Du wusstest, dass ich ein Halbblut bin. Selbst Dale Gordon wusste das. Hast du schon mal einen echten Indianer mit blauen Augen gesehen?«

»Warum bist du so verdammt empfindlich?«

»Warum bist du so verdammt neugierig?«

»Warum magst du ihn nicht?«

»Himmel, du lässt aber auch nie locker.«

»Nimm dir was.«

»Häh?«

»Kartoffelchips.« Sie riss eine Tüte auf und bot sie ihm an. Auf seinen verblüfften Blick hin lächelte sie matt. »Ich höre auf.«

Er steckte die Hand in die Tüte und stopfte sich Chips in den Mund. Seit seinen paar Bissen Cheeseburger hatte er eine Menge Energie verbraucht.

Melina mampfte abwechselnd Kartoffelchips und eine Schachtel Hundekuchen. »Interessante Kombination«, bemerkte er.

»Ich habe Hunger.«

»Schön. Solltest du allerdings wieder spucken müssen, dann denk daran, dass ich diesmal nicht anhalten kann.«

»Keine Spucktüten?«

»Auf diesem Flug gibt's keine Kinkerlitzchen.« Sie lächelten einander an. Er deutete auf ihren Mund. »Du hast da einen Krümel.« Vorsichtig tupfte sie mit der Zunge in einem Mundwinkel herum. »Andere Seite.« Ihre Zungenspitze fand den Chipskrümel, eine Geste, die ungeheuer erotisierend auf ihn wirkte.

Er schaute weg, überprüfte die Instrumente und musterte den Himmel, immer auf der Suche nach etwas, das ihn von ihrer Gegenwart ablenken könnte, derer er sich verwirrend bewusst war. »Was hat die Küche denn sonst noch zu bieten?«

»Mal sehen. Popcorn mit Schnittlauch-Quark-Geschmack.«

»Gute Güte.«

»Willst du nicht?«

»Dann esse ich lieber Raumschiffkost.«

»Die ist gerade ausgegangen.« Sie wühlte weiter in der Plastiktüte. »Cheetos. Erdnüsse mit Schokoüberzug. Würde ich aber nicht empfehlen. Sind schon ein bisschen grau. Lorna Doones. Und Tacos mit Barbecue-Geschmack. Glaub mir, das war schon das Beste.«

»Ich glaube dir. Ich nehme ein paar von deinen Hundekuchen.«

Sie reichte ihm die Schachtel. Als er sich bedankte, trafen sich ihre Blick erneut. »Was hat Pax getan, dass du ihn nicht magst?«

»Stimmt nicht, dass ich ihn nicht mag.«

»Aha, dann habe ich mir eure feindselige Haltung also nur eingebildet.«

»Er mochte uns nicht.«

Melina wartete ab und stellte keine neue Frage, sondern lauschte aufmerksam. Unwillkürlich konnte er sich dieser Haltung nicht entziehen. »Pax war bei der Luftwaffe in Holloman stationiert. Meine Mutter arbeitete als Zivilangestellte auf dem Stützpunkt. Sie war hübsch und zierlich. Vermutlich war sie etwas Neues für ihn, ein hübsches Indianermädchen. Jedenfalls waren sie schon wenige Monate später verheiratet und vor ihrem ersten Hochzeitstag kam ich auf die Welt. Eine Weile waren wir eine glückliche Familie.«

»Meine erste Erinnerung ist eine Flugschau auf dem Stützpunkt. Ich weiß noch, wie mich mein Vater stolz seinen Freunden präsentiert hat. Einer schenkte mir einen Kaugummi, vermutlich war's mein erster. Kennst du diese mit Zuckerguss überzogenen Kugeln, die man aus Automaten zieht? Ich durfte meine Lieblingsfarbe aussuchen. Dann brachte mich mein Pa zu allen Flugzeugen und erklärte mir Flughöhe und Reichweite. Ich weiß noch genau, was ich dachte: Wenn mein Pa das alles weiß, muss er der klügste Mensch auf der ganzen Welt sein.

Er hat mich auf seinen Schultern reiten lassen, damit ich über die Köpfe der Leute schauen konnte. Zuerst habe ich mich gefürchtet, aber er hat mir zur Sicherheit die Hände auf die Knie gelegt und gesagt, ich solle mich an seinen Haaren festhalten. Und er hat sich nicht beklagt, egal, wie fest ich auch zupackte. Ich wusste, er würde mich nicht fallen lassen. Ich dachte, er würde mich lieben. Und sie auch.«

Ehe er sich völlig zum Narren machen konnte, brach er im letzten Moment ab. Ausflüge in die Vergangenheit waren ihm unheimlich, besonders in diese Richtung. Melina zwang ihn, Erinnerungen wachzurufen, die er gezielt weit hinter sich gelassen hatte.

Dank seines Berufs war es leicht gewesen, alles Sentimentale knallhart von sich zu weisen. Jahrelang hatte er eine mechanische Reaktion auf schwierige Situationen trainiert, eine Technik, die er offenbar auf sein Privatleben übertragen hatte. Er war ausschließlich von rationalen Impulsen bestimmt, ohne sein Urteil von irgendwelchen emotionalen Störfeldern trüben zu lassen.

Sich vom Verstand lenken zu lassen, war einfach. Schwierig wurde es nur, wenn das Herz ins Spiel kam. Die Bewältigung emotionaler Probleme war nichts für Memmen. »Ist da noch was zu trinken drin?«, fragte er verärgert.

Sie öffnete eine Dose Quellwasser und reichte sie ihm. »Warum hast du deine Meinung geändert? Was ist passiert?«

»Und ich dachte, du wärst anders.«

»In welcher Beziehung?«

»Als andere Frauen. Frauen lieben Gespräche. Sie überprüfen, analysieren, hinterfragen. Ihre Lieblingsbeschäftigung ist es, herauszufinden, was in anderen Menschen vorgeht – besonders in Männern.«

»Weil ihr so faszinierend seid.«

»Also wirklich, Ma'am, vielen Dank«, meinte er im breitesten texanischen Dialekt.

»Immer mit der Ruhe, Cowboy. Damit warst

nicht nur du allein gemeint. Wie ihr Männer denkt, wie ihr auf Dinge reagiert, das ist interessant. Vermutlich deshalb, weil Frauen normalerweise gänzlich anders reagieren. Und dieser Unterschied fasziniert mich.«

»Also magst du uns?«

»Sogar sehr.«

»Jaa?« Er drehte sich zu ihr. »Wann gehst du am liebsten ins Bett?«

»Wenn ich in Stimmung bin.«

»Eeehrlich?«

Statt einer Antwort musterte sie ihn spöttisch.

»Na schön«, meinte er, »reden wir über Politik. Was hältst du von der Kuwait-Stellung?«

»Der Witz hat ’nen Bart, Chief.«

»Den kennst du?«

»Ich mag sie, aber mein Partner meint, dabei bekäme er wunde Ellbogen«, sagte sie und zitierte die Pointe.

»Ich dachte, den Witz kennt man nur beim Militär.«

»Hat sich herumgesprochen.«

»Und welche ist dann wirklich deine Lieblingsstellung?«

Sie ließ sich nichts anmerken. Obwohl er mit den Augenbrauen wackelte und alles tat, um ihr ein Lächeln zu entlocken, ließ sie sich nicht erweichen. Sie würde weder auf Kommando erröten noch sich durch einen Flirt ablenken lassen.

Resigniert seufzte er. »Wie war die letzte Frage?«

»Weshalb dachtest du, Pax hätte aufgehört, dich zu lieben?«

»Wahrscheinlich war der Reiz des Neuen verflogen. Er war Flugzeugmechaniker. Wegen eines Mittelohrproblems konnte er selbst nicht fliegen, arbeitete aber an Bombern, die draußen in der Wüste getestet wurden. Sein Job erforderte lange Abwesenheiten. Alles streng geheim und vertraulich. Wenigstens war das seine Entschuldigung, wenn man ihn die meiste Zeit nicht erreichen konnte.

Bei einem seiner flüchtigen Aufenthalte hörte ich eines Abends meine Mutter weinen. Sie warf ihm vor, er habe eine Freundin. Keine Ahnung, ob er damals eine hatte oder nicht, jedenfalls haben die beiden danach nie mehr im selben Zimmer geschlafen. Also war's vermutlich doch so.

Die Ehe verschlechterte sich immer mehr. Dann begann er, Anspielungen auf meine Augen zu machen, vermutlich um sein eigenes Gewissen zu beruhigen. Vielleicht hast du gemerkt, dass er braune Augen hat. Wie könnten zwei Elternteile mit braunen Augen ein blauäugiges Kind haben, und das trotz des ganzen Indianerbluts?

Obwohl diese versteckten Beschuldigungen, sie

habe Ehebruch begangen, völlig grundlos waren, haben sie meine Mutter zerstört und völlig demoralisiert. Sicher mit Absicht. Jedenfalls kam es zur Scheidung. Als sein Job beendet war, zog er wieder nach Texas, wo er herstammte. Wenn möglich, kam er immer wieder zu mir nach New Mexico auf Besuch.

Aber als ich volljährig wurde, fanden seine Besuche auffallend selten statt. Er versuchte, seine private Charterfirma buchstäblich in die Höhe zu bringen, und sagte, er könne nur schwer weg, und sei's auch nur ein paar Tage. Natürlich fand er immer Zeit, nach Las Vegas zu fahren.

Einmal schlug meine Mutter vor, ich solle während der Sommerferien nach Dallas fahren und ein paar Wochen bei ihm verbringen. Wahrscheinlich musste sie ihm dafür die Pistole auf die Brust setzen, denn er lud mich tatsächlich ein und ich fuhr hin.

Mittlerweile hatte er reihenweise Freundinnen, aber die aktuelle wohnte bei ihm. Natürlich hegte ich insgeheim den Traum aller Kinder aus zerbrochenen Ehen und wartete auf ein Wunder, das meine Eltern wieder zusammenbringen würde. Die Neue – wie immer sie hieß, Betsy, Becky oder Betty – war mir zutiefst zuwider.

Zu ihrer Verteidigung muss ich sagen, dass

ich mich wie ein Scheusal benommen habe. Ich war ungefähr dreizehn und sehr von mir eingenommen. Arrogant, sarkastisch. Eines nachmittags wurde sie sauer, weil ich meine Füße auf den Couchtisch gelegt hatte, obwohl sie mich schon mehrmals gebeten hatte, das zu lassen. Als Pax heimkam, schimpfte und meckerte sie und sagte: ›Schön, seine Mutter ist Indianerin, trotzdem hätte sie ihm, um Himmels willen, wenigstens ein paar Manieren beibringen können.

Da hab ich rot gesehen. ›Halt's Maul!‹, habe ich gebrüllt und Pax dabei Hilfe suchend angeschaut. ›Sag du's ihr. Sag ihr, sie soll sich nicht über meine Mutter das Maul zerreißen.‹ Aber er meinte lediglich schulterzuckend: ›Na ja, Chris, sie ist Indianerin.‹

Und da begriff ich, dass Schluss war mit dem stolzen Präsentieren vor seinen Freunden. Ich wurde nicht mehr vorgeführt wie vor all den Jahren während der Flugschau. In der Schule war ich ein Sportstar, stand auf der Ehrentafel, war Klassensprecher und Pfadfinder, aber in seinem Haus gab es kein einziges Foto von mir. Offensichtlich wollte er nicht an die Existenz seiner Frau und seines Sohnes erinnert werden.

Also habe ich ihnen erklärt, sie könnten mich mal, habe meine Sachen gepackt und bin noch am selben Abend abgehauen. Stundenlang habe ich mich im Busbahnhof herumgetrieben, bis ich einen fand, der nach Westen fuhr. Die ganzen elfhundert Kilometer habe ich mir geschworen, ihn genauso zu verleugnen, wie er mich verleugnet hat. Sogar meinen Namen ließ ich offiziell in den Mädchennamen meiner Mutter umwandeln. Mit ihm wollte ich nichts zu tun haben. Und will's noch immer nicht. Heute Nacht war ich verzweifelt, sonst hätte ich ihn nie und nimmer um einen Gefallen gebeten.«

Melina hatte still zugehört, ohne Kommentare oder lahme Platitüden, was er nur missbilligt hätte. Um ihre Reaktion auf die Geschichte abzuschätzen, schaute er zu ihr hinüber. Während seines Monologs hatte sie keine Miene verzogen und sich nicht bewegt. Jetzt holte sie stockend Luft, atmete aus, schluckte.

»Und damals hast du ihn das letzte Mal gesehen?«, fragte sie weich. »Damals, als du sein Haus verlassen hast?«

Er nickte. »Er hat später noch mehrmals versucht, mich anzurufen, aber ich wollte nicht mit ihm sprechen. Ein paar Jahre lang hat er Weihnachtsgeschenke geschickt, aber als sie ungeöffnet zurückkamen, gab er's auf. Zum Abschluss der High School bekam ich hundert Dollar. Die behielt ich, weil ich das Geld fürs College brauchte. Aber seither gab es keinerlei persönlichen Kontakt zwischen uns.«

»Deine Mutter hat nie mehr geheiratet?«

Er lachte kurz auf. »Als sie starb, liebte sie ihn noch immer. Kannst du dir das vorstellen? Vermutlich hat sie ihm bis zu ihrem Tod heimlich über mich berichtet.«

»Er hat dich sofort wieder erkannt.«

»Er hat einen Fernseher.«

»Er hat deine Karriere verfolgt.«

»Vermutlich.«

»Ich weiß es.«

Er warf ihr einen scharfen Blick zu.

»Mitten auf seinem Schreibtisch lag ein Zeitungsausschnitt über deinen letzten Flug«, erzählte sie ihm mit ruhiger Stimme. »Ich fand es rührend, dass ein Ex-Kumpel so stolz auf seinen inzwischen berühmten Freund ist, dass er einen Zeitungsartikel ausgeschnitten hat. Ich habe dazu nichts gesagt, weil ich ihn nicht verlegen machen wollte. Jetzt gibt das Wissen, dass Pax dein Vater ist, diesem Andenken noch mehr Sinn.«

»Werd nicht gefühlsduselig, Melina. Schließlich ist es nur ein Zeitungsausschnitt.«

»Hmm, vielleicht, aber so, wie er über deine Pilotenkünste gesprochen hat …«

Ihre Pause war beabsichtigt, damit wollte sie ihn ködern. Trotz dieser Erkenntnis konnte er nicht widerstehen, sie anzuschauen und insgeheim zum Weiterreden zu beschwören.

»Er versicherte mir, ich könnte unbesorgt mit dir fliegen, weil du ein ausgezeichneter Pilot seist. Du hättest die beste Nase von allen, die er je gesehen hat.«

»Er hat mich nie fliegen gesehen.«

»Deinem Wissen nach nicht.«

»Na ja, ist ja auch egal, weil –« Plötzlich brach er ab, beugte sich vor und starrte angestrengt durch die Windschutzscheibe.

»Was ist?«, fragte Melina ängstlich. »Was siehst du denn?«

Erst nach kurzem Nachdenken stieß er hervor: »Dreckskerle.«

»Chief, *was ist?*«

»Soeben habe ich herausgefunden, wie die auf unserer Spur bleiben.«

31

»Unsere zwei falschen FBI-Agenten?«, wollte Melina wissen.

»Ja. Weißt du noch, als ich sagte, wir seien nie allein? Nun, waren wir auch nicht. Die haben uns mit den Methoden des einundzwanzigsten Jahrhunderts verfolgt. Schau mal da hinauf. Wo der Zeiger auf zehn Uhr steht. Siehst du's?«

Unmittelbar danach entdeckte sie den hellen beweglichen Punkt. »Das ist ein Satellit.«

»Genau. Ein Sender schickt Daten, die man ständig überwachen kann. Über einen –«

»Satellit. Damit weiß man jederzeit, wo man sich aufhält. Nennt man das nicht PGA oder so ähnlich?«

Er lächelte. »GPS. Global Positioning Satellite.«

»Die Polizei verwendet so etwas. Ich hab schon was im Fernsehen darüber gesehen. Aber jetzt kann das jeder kaufen. Gillian wollte einen. Einer der anderen Makler in ihrer Firma hat so etwas dauernd zum Suchen von Adressen benutzt.«

»Nun, diese Jungs haben ihre eigene Verwendung dafür«, stieß er hervor. »Wenn die dir einen versteckten Sender verpasst haben, können sie dich überall auf der Welt orten.«

»Sind diese Sender denn nicht massive Dinger, die man am Hand- oder Fußgelenk trägt?«

»Darüber ist die Technik schon weit hinaus. Inzwischen sind sie viel kleiner.«

»Chief, wenn mir jemand so etwas angehängt hätte, wüsste ich das.«

»Hennings?«

Nach kurzem Abwägen schüttelte sie den Kopf. »Nein. Er hat mir zwar zum Trost die Hand gehalten oder auf die Schulter geklopft, aber sonst hat er mich nur ein einziges Mal berührt. Gestern Abend, bei einer Nackenmassage.«

»Er hat deinen Nacken massiert?«

»Kurz bevor du bei mir hereingeplatzt bist. Aber das ist eine andere Geschichte«, sagte sie abwesend, wobei sie zur Konzentration auf ihrer Unterlippe herumkaute. »In meiner Kleidung konnte er es nicht verstecken. Ich habe nur einen Bademantel getragen. Außerdem habe ich heute Morgen ohne alles das Haus verlassen. Das weißt du.« Plötzlich schoss ihre Hand an die Kehle. »Der Anhänger.«

Ohne dieses Schmuckstück hatte er sie nie gesehen. Sie hatte es schon bei ihrer ersten Begegnung getragen, an jenem Morgen in Lawsons Büro. »Den hat dir Hennings gegeben?«

»In der Nacht vor dem Mord. Er dachte, ich sei Gillian. Darüber haben wir mit Lawson am Schauplatz gesprochen, aber da warst du ja nicht dabei. Es war ein Geschenk zur Erinnerung an die Befruchtung. Jem bestand darauf, dass ich es behalte.«

»Hennings war Gillians ... Welchen Ausdruck hat er verwendet? Wächter?«

»Wohl eher ein *Spion*«, sagte sie verächtlich. Dann griff sie hinter sich, löste eilends die dünne Goldkette und betrachtete das Rubinherz.

»Lässt es sich öffnen?«, fragte er.

»Nein. Es hat hinten keinen Deckel. Sonst könnte das Licht nicht durch die Steine scheinen.«

»Von Edelsteinen habe ich keine Ahnung.«

Sie betrachtete eingehend die ziselierte Fassung, die die Steine festhielt, und seufzte dann enttäuscht. »Nichts.«

»Verdammt.« Er war mit seinem Latein am Ende. Das Collier wäre so passend gewesen.

»Prüf mal deine Handtasche.«

»Die hätte Jem unzählige Male öffnen können.«

Sie schüttete den gesamten Inhalt in ihren Schoß und begann, alles einzeln durchzugehen: eine Brieftasche mit Kreditkarten, ein paar Münzen und die Scheine, die sie heute Morgen aus dem Geldautomaten geholt hatte. Sie überprüfte jedes Seitenfach und strich mit dem Finger am Rand des Futters entlang.

»Nichts. Außerdem hätte ich ja meine Handtaschen wechseln können. Also kein gutes Versteck, wenn er eine totale Überwachung im Sinn hatte.«

»Was hast du immer bei dir? Etwas, das du in jede Handtasche stecken würdest.«

»Mein Handy.«

»Wir werden es wegwerfen, nur zur Sicherheit. Was sonst?«

Ihr kleines Adressbuch hatte keine Seitenfächer und auch sonst nichts, worin man etwas verstecken konnte. In ihrem Brillenetui lag lediglich eine Sonnebrille. Sie prüfte sogar die Scharniere, mit denen die Bügel am Rahmen befestigt waren. »Jem war zwar raffiniert, aber ein James Bond war er nicht.«

Chief blieb hartnäckig. »Es ist da.«

Sie hielt ein silbernes Tablettendöschen hoch, das ihrer Mutter gehört hatte. »Davon trenne ich mich nie. Aber das ist massiv und ungefüttert und enthält lediglich zwei Aspirin.« Zum Beweis schüttelte sie diese heraus.

»Zerdrück sie.« Sie tat es, womit zwei einwandfreie Schmerzmittel vergeudet waren. »Wie steht's mit der Puderdose?«, wollte er wissen.

Sie öffnete und drückte das runde Schwämmchen, um sich zu überzeugen, dass zwischen den Lagen nichts Festes eingenäht war. »Hier ist nichts, außer es steckt hinter dem Spiegel.«

Nach einem bedeutungsvollen Blick von Chief und kurzem Zögern zermalmte sie den Spiegel unter dem Absatz und schüttete die Glassplitter auf den Flugzeugboden. »Du schuldest mir eine neue Puderdose.«

»Kann man sie nachfüllen?«

Sie brach den Kompaktpuder heraus. »Hier ist auch nichts.«

»Schlüsselbund?«

»Steckt in meinem Wagen. Weißt du noch?«

»Oh, richtig, richtig. Haarspange?«

»Benutze ich nie.«

»Tampons?«

»Zu Hause.«

»Lippenstifte.«

Sie hatte zwei dabei. Sie drehte sie heraus, aber beide waren makellos glatt. Sie überprüfte die leeren Kappen. »Nüschte.«

»Kugelschreiber?«

»Nic. Bin bekannt dafür, dass ich nie welche dabei habe und immer einen borgen muss.«

Nach weiterem Grübeln meinte er: »Befindet sich in deiner Handtasche irgendetwas Unersetzliches, außer der Tablettendose?«

»Nein, meine Adressen und Telefonnummern lassen sich wieder herstellen. Die stehen auch in meinem Computer.«

»Wenn wir landen –«

»Werde ich alles wegwerfen, auch das Telefon.«

Er nickte. »Sollten sie uns dann immer noch verfolgen können, wissen wir, dass wir es mit etwas zu tun haben, das unser beider Fähigkeiten übersteigt.«

»Und das wäre?«

Sein nächster Satz beseitigte ihren Argwohn in keinster Weise. »Ich wage keine Vermutung.«

»Melina?«

»Hmm?« Irgendetwas drückte auf ihren Oberschenkel und dieses Etwas fühlte sich so gut und warm an, dass sie die Hand ausstreckte, um den Druck zu verstärken.

»Wir sind fast da. Wach auf.«

Widerwillig öffnete sie die Augen. Der Druck,

den sie gespürt hatte, kam von Chiefs rechter Hand, deren Rücken sie gerade massierte. Rasch zog sie ihre zurück, damit er seine entfernen konnte, setzte sich gerade hin und blinzelte solange, bis sie wieder klar sah.

In irgendeinem Winkel von Texas landeten sie, jedoch nur um aufzutanken und die Toilette aufzusuchen. Ein eisiger Wind blies. Während sie sich über ein trostloses Rollfeld einem Schuppen näherten, im Vergleich zu dem Pax' Hangar wie ein Schloss gewirkt hatte, bestand Chief darauf, dass sie seine Lederjacke anzog. Ihr Handy blieb mit der vollen Handtasche in einem Abfalleimer zurück.

An die Zeit nach dem Start konnte sie sich kaum erinnern. Jetzt gähnte sie hinter vorgehaltener Hand und wollte wissen: »Wie lange habe ich geschlafen?«

»Ungefähr eine Stunde.«

Sie stöhnte. »Ich kann mich nicht erinnern, wann ich zuletzt eine ganze Nacht geschlafen habe.«

Jedenfalls nicht seit dem Moment, als sie die beiden Polizisten aus Dallas mit der Nachricht geweckt hatten, man habe die Leiche ihrer Schwester gefunden. Ihr früheres Leben, das Leben, das sie bis zu jenem Morgen vor wenigen Tagen geführt hatte, hatte nur wenige Unebenheiten gekannt. Ein paar Überraschungen hatte es gegeben, gute und schlechte, aber im Grunde war alles wohl geordnet gewesen. Bei jedem Sonnenaufgang hatte sie mehr oder weniger gewusst, was sie erwartete.

Die Vorstellung, mitten in der Nacht nach New Mexico zu fliegen, in einem zweisitzigen Flugzeug, das dringend eine Generalüberholung brauchte, wäre ihr verrückt erschienen. Damit aber all dieser Irrsinn einen Sinn ergab, musste sie sich lediglich an eins erinnern: Ihre Zwillingsschwester war ermordet worden.

Auf wessen Anweisung war Gillian getötet worden? Auf Bruder Gabriels? Stand dieser so genannte Mann Gottes hinter dem Plan, wie Jem behauptet hatte? Handelte es sich um ein genetisches Retortennetzwerk? Wurden arglose Frauen tatsächlich als Gebärmaschinen und menschliche Brutkästen benutzt?

Allein der Gedanke verkörperte das Böse in Person und doch kannte die Fantasie keine Grenzen, oder? Wie viele Frauen und ihre Babys waren diesem »Plan« geopfert worden? Das Baby der Andersons? Wahrscheinlich. Jem hatte gesagt: »Wir würden sie gerne wieder benutzen.« Damit war Candace Anderson gemeint.

Jedes Mal, wenn sie daran dachte, wie Jem mit

einem eiskalten und selbstgefälligen Lächeln zu ihr gesagt hatte, der Große Plan brauche jetzt sie, da Gillian nicht mehr zur Verfügung stand, zitterte sie. Durch diesen Satz war aus der Suche nach Antworten mehr geworden als nur Rache für die Ermordung ihrer Schwester. Obwohl diese noch immer oberste Priorität hatte, agierte sie mittlerweile auch zu ihrer eigenen Verteidigung.

Chief riss sie aus ihren Gedanken, indem er sagte: »Inzwischen hab auch ich nicht mehr viele Reserven.«

»Ist ja nicht gerade ermutigend für einen Passagier kurz vor der Landung.«

Er grinste sie an. »Kinderspiel.«

»Willst du deine Jacke wiederhaben?«

»Behalt sie.«

Sie war froh, sie nicht hergeben zu müssen, denn sie kuschelte sich so gerne hinein. Wie schön sich das handschuhweiche Leder anfühlte. Wie gut es nach ihm roch.

Beim Überfliegen der Zeitgrenze für die Bergregion hatten sie eine Stunde gewonnen, deshalb war es vor den Flugzeugfenstern immer noch dunkel. Unten waren weder Lichter noch Wahrzeichen oder Bezugspunkte zu sehen, an denen sie sich orientieren konnte. »Chief, du hast gesagt, wir wären fast da. Wo denn?«

»Gleich da vorne.«

»Liegt da eine Stadt?«

»Eine Landebahn.«

»Wie bei Pax?«

»Nicht so schick.«

Auch das war nicht sehr ermutigend. »Weiß jemand, dass wir kommen?«

»Ich habe einen Flugplan eingereicht. Irgendeiner wird uns dort erwarten. Ich habe alles übers Handy arrangiert, während du mit Pax herumgeschmust hast.«

»Ich habe nicht … Du siehst den Berg da, ja?«

»Welchen Berg? Melina, war doch nur Spaß«, sagte er, als sie ihn mit blankem Entsetzen anschaute. »Ich sehe den Berg. Ich weiß, was ich tue. In Ordnung?«

»Natürlich tust du das. Entschuldige.«

Aber als das kleine Flugzeug scheinbar den Berggipfel streifte, musste sie doch den Impuls unterdrücken, die Füße zu heben, damit die Maschine besser über den Gipfel käme. Kurz danach atmete sie erleichtert aus. Anschließend kippte das Flugzeug stark nach rechts. »Chief!«

»Für einen direkten Anflug ist es zu steil. Ich muss hinunter kreisen. Denk an einen Falken.«

Sie versuchte, sich einen Raubvogel vorzustellen, der auf Luftwirbeln dahinglitt, aber ihr einziger Gedanke galt der Felswand, die zum Greifen nahe schien.

»Da sind die Lichter«, bemerkte Chief.

Unten begrenzten zwei Lichtreihen eine schmale Landebahn. »Die Lichter sind gut zu sehen«, pflichtete sie bei.

Ruhig und gekonnt drehte Chief zwei gemütliche Runden durch den tiefen Bergkessel, wobei er allmählich an Höhe verlor. Als er zum letzten Anflug ansetzte, schien das Flugzeug die spärliche Vegetation zu streifen. Unter ihnen tauchte die Landebahn auf. Sekunden später setzte er die kleine Maschine auf. Es war die glatteste Landung, die Melina je in einem Flugzeug erlebt hatte, egal, wie groß. »Gut gemacht«, meinte sie knapp.

»Danke.«

Sie rollten zu dem kleinen Hangar, wo er die Maschine abschaltete. Der Propellerlärm reduzierte sich auf ein leises, regelmäßiges Klatschen, dann herrschte Stille. Er schaute zu ihr hinüber und gestand mit gedämpfter Stimme: »War ein bisschen Brusttrommeln dabei.«

»Habe ich gemerkt.«

»Ich wollte dich beeindrucken.«

»Ist dir auch gelungen.«

»Glaub mir, es gab keinen Grund zur Angst.«

»Hatte ich auch nicht. Nicht wirklich.«

»Melina, bei mir bist du sicher.«

Lange Zeit betrachtete sie eingehend sein Gesicht, ehe sie flüsterte: »Nein, Chief, bei dir bin ich in Gefahr.«

»Wovor?«

»Vor –«

Ihre Antwort wurde unterbrochen. Jemand klopfte energisch ans Fenster. Keiner von beiden hatte bemerkt, dass jemand auf die Tragfläche geklettert war, um die Tür auf der Passagierseite zu erreichen. Überrascht wandte sie ruckartig den Kopf. Beim Anblick des Gesichts, das im Schein einer Taschenlampe wie eine Schreckensmaske zu ihr hereinschaute, gelang es ihr nur mit größter Mühe, nicht zurückzufahren.

Pockennarbige Haut spannte sich über zwei messerscharfe Backenknochen. Die Augen waren zu Schlitzen verengt, der Mund ein schmaler Streifen zwischen zwei tiefen Falten neben einer Adlernase. Am Scheitel hatte der Mann sehr kurz geschorene Haare, während seine grauen Zöpfe fast bis zur Taille reichten.

Seine Augen wanderten an ihr vorbei zu Chief. »Hart?«

Sie folgte dem Blick des Indianers, drehte den Kopf und schaute ihrerseits Chief an, der ihren ungläubigen Gesichtsausdruck bemerkt haben musste, denn er sagte: »Beruhige dich, Melina, der skalpiert dich nicht.« Dann fügte er grimmig hinzu: »Hoffe ich wenigstens.«

Fünf Minuten später war Chief allerdings sicher, dass irgendwo unterwegs Leitungen verwechselt und Funksignale vertauscht worden waren oder dass sich der Gott, der für die Abteilung Schicksal zuständig war, auf seine Kosten höllisch amüsierte. So unwirklich war er sich während seiner drei Weltraumflüge keine Minute vorgekommen.

Ihr Begleiter war nicht nur schweigsam, sondern praktisch stumm und stellte sich nicht einmal vor. Nachdem er sich vergewissert hatte, dass sie das Paar waren, zu dem man ihn geschickt hatte, wies er sie grunzend an, von Bord zu gehen. Dann kletterte er rückwärts die in die Tragfläche eingebauten Stufen hinunter und trollte sich in den Schuppen, um die Landelichter zu löschen. Weder half er Melina beim Aussteigen, noch bot er ihnen seine Taschenlampe an. Als sie kamen, saß er schon bei laufendem Motor hinter dem Lenkrad eines Pick-ups.

Was für eine zerklüftete, abgelegene, einsame Gegend. Durch die verschiedenen Ritzen im Pickup pfiff der Wind, vor allem durch das Loch im Boden. Um nicht durchzufallen, musste Melina ihre Beine weit zur Seite drücken und fast über

Chiefs legen. So saß sie zusammengekauert zwischen ihm und ihrem Fahrer und zitterte in der schneidenden Kälte, gegen die seine Lederjacke keinen Schutz bot. Der Fahrer schien mutwillig jede Furche in der Straße anzusteuern. Der Laster holperte derart über Steine, dass Chief die Schmerzen durchs Rückgrat fuhren. Um nicht bei jedem Ruck mit den Zähnen zu klappern, biss er die Kieferknochen aufeinander, bis es wehtat.

Jeder Versuch einer Unterhaltung wäre vergebens und ermüdend gewesen. Sie hätten brüllen müssen, um sich verständlich zu machen, denn der Motor dröhnte wie verrückt und durch die Fahrerkabine jaulten Windböen. Und so herrschte während der ganzen Fahrt gequältes Schweigen.

Als der Laster endlich eine Anhöhe erreichte, hatten sie das Gefühl, Stunden seien vergangen, auch wenn es nur vierzig Minuten gewesen waren. Im matten grauen Dämmerlicht entdeckten sie unten am Fuß ein Gebäude. Chiefs Optimismus stieg in ungeahnte Höhen, um genauso heftig wieder abzustürzen. Das konnte unmöglich ihr Ziel sein. Dafür war dieses Haus viel zu bescheiden und der davor geparkte Pick-up viel zu alt.

Trotzdem trat ihr Fahrer aufs Bremspedal und bog in eine staubige Einfahrt ein. Die Steinmauern links und rechts stellten einen traurigen Versuch dar, die Zufahrt zu diesem Ort zu verschönern, der alles andere als schön war.

Er beugte sich über Melina und schrie dem Fahrer zu: »Sind Sie sicher, dass Sie Ihre Anweisungen richtig verstanden haben? Wissen Sie, wohin Sie uns bringen sollen?«

»Hierher.«

Chief warf Melina einen schrägen Blick zu, zuckte mit der Schulter und wiederholte lakonisch: »Hierher.«

Nur wenige Zentimeter vor den Stufen, die zur Haustür hinaufführten, kam der Laster knirschend und zitternd zum Stehen. Der Fahrer nahm den Gang heraus, ließ den Motor aber im Leerlauf.

»Ich schätze mal, wir steigen aus«, sagte Melina.

»Ich schätze mal, das tun wir.« Chief stieg aus der Fahrerkabine und reichte ihr die Hand. Sie kletterte heraus. »Danke«, sagte er zu dem Fahrer, der den Gang einlegte, die Handbremse löste und Gas gab, noch ehe Chief die Tür schließen konnte.

»Mr Dickschädel«, schimpfte er leise, während er hinter dem davontuckernden Laster Diesel- und Staubwolken wegwedelte.

»Jed ist ein Mensch, der nicht viel redet.«

Bei dieser Stimme fuhren beide gleichzeitig herum. Vor ihnen stand im offenen Türrahmen die Silhouette von Dexter Longtree.

32

Chief schubste Melina vorwärts. Während sie die Stufen hinaufstieg, ließ Longtree sie nicht aus den Augen. »Melina Lloyd, das ist Häuptling Dexter Longtree.«

»Häuptling Longtree.«

»Willkommen, Ms Lloyd.«

»Bitte, nennen Sie mich Melina.«

»Kommt herein.« Er trat beiseite. Sie ging als Erste ins Haus. Chief blieb auf der Schwelle stehen, um Longtree die Hand zu schütteln. »Vielen Dank für alles. Bei meinem Anruf hätten Sie mich mit Fug und Recht zum Teufel schicken können.«

Ein Lächeln huschte über die strengen Lippen des Älteren. »Nun, der Tag ist noch jung.«

Er winkte Chief hinein. Mitten im Raum fiel kreisrundes Licht durch ein Deckenfenster, aber die Ecken blieben dunkel. Soweit Chief erkennen konnte, handelte es sich um alte, viel benutzte Möbel, die beinahe schäbig wirkten. Das Attraktivste im ganzen Raum war ein offener Kamin, in dem ein kleines Feuer glomm. Melina steuerte schnurstracks darauf zu und hielt ihre Hände ins Warme.

»Hmm, das tut gut.« Anschließend stellte sie sich mit dem Rücken zum Feuer und rieb sich die Arme.

»An einem kühlen Morgen wie heute wache ich immer ganz steif auf«, sagte Longtree. »Dagegen hilft ein Feuer.«

Melina lächelte Longtree an, der ihr Lächeln erwiderte. Chief spürte eine irrationale und kindische Eifersucht in sich aufsteigen, genau wie vorher, als sie sich mit Pax angefreundet hatte. »Wir fallen nur ungern zur Last«, sagte er, wobei er näher ans Feuer herantrat. Und an Melina.

»Das ist keine Last, Colonel Hart«, erklärte ihm Longtree. »Dieses Wiedersehen war vom Schicksal vorherbestimmt. Ich habe Sie schon erwartet.«

»Mich erwartet? Bis vor wenigen Stunden wusste noch nicht einmal ich, dass ich auch nur in die Nähe von New Mexico käme. Wie können Sie es dann gewusst haben?«

Longtree warf ihm einen langen, rätselhaften Blick zu. Dann erkundigte er sich, ob sie Hunger hätten.

»Sehr«, erwiderte Melina ehrlich.

Er bedeutete ihnen, ihm zu folgen, was Melina ungeniert tat. Chief zögerte. Er wollte mit Longtree noch nicht allzu intim werden. Als sich herausstellte, dass ihnen keine andere Wahl blieb, als nach New Mexico zu fahren, um möglichst viel über Bruder Gabriel und seine Kirche zu erfahren, und dass dies möglichst schnell und heimlich geschehen musste, hatte er sich gefragt, wer in dieser Gegend ihnen die Sache erleichtern könnte.

Verwandte hatte er nicht. Die Familie seiner Mutter war schon vor Jahren ausgestorben. Zu seinen Freunden aus dem Reservat war der Kontakt abgerissen. Diesen Teil seines Lebens hatte er mit dem Abschluss der High School ohne einen Hauch von Wehmut hinter sich gelassen.

Ein ehemaliger Astronaut, mit dem er seine erste Shuttle-Mission geflogen hatte, verlebte seinen Ruhestand in Albuquerque. Trotzdem hatte Chief keine Lust, ihn um Unterstützung zu bitten. Er wollte noch immer nicht, dass die NASA von der Angelegenheit Wind bekam. Obwohl sein Mannschaftskamerad hundertprozentig dichthalten würde, wollte Chief diese Quelle erst anzapfen, wenn es unumgänglich war. Mittlerweile stand mehr auf dem Spiel als nur sein guter Ruf. Sein Leben und das von Melina waren in Gefahr. Das Letzte, was sie brauchten, waren die Scheinwerferlichter der Medien.

Und so hatte er Longtree angerufen, obwohl er nur allzu gut wusste, dass er damit eine Verpflichtung einging. Seine knappe Zusammenfassung hatte in der Frage gegipfelt: »Können Sie mir helfen?«

Longtree hatte die nötigen Vorkehrungen an der Landebahn zugesichert und versprochen, sie dort abholen zu lassen. Damit das Ganze eine reine Geschäftssache ohne versteckte Haken blieb, hatte Chief darauf bestanden, ihn für seine Dienste zu bezahlen, aber Longtree hatte abgelehnt. Er wollte kein Geld für etwas nehmen, das er als Gefälligkeit empfand. Chief hatte nicht eher locker gelassen, bis Longtree doch noch einem pekuniären Ausgleich für seine Zeit und Mühe zugestimmt hatte.

Doch Chief war nicht naiv und wusste ganz genau, dass man ihm zu guter Letzt vielleicht eine höhere Rechnung präsentieren würde, als ihm lieb war. Leider sah er keine Alternative.

In der Küche war es heller und wärmer als im Wohnzimmer. Melina wollte wissen, wo sie helfen könne, aber Longtree zog lediglich einen lupenreinen Chromstuhl aus den Fünfzigerjahren für sie hervor. Mit einem dankbaren Lächeln setzte sie sich an den Tisch. Er bot ihr etwas zu trinken an und sie bat um Tee.

»Colonel Hart?«

»Nennen Sie mich Chief.« Er nahm gegenüber von Melina Platz. »Ich würde einen Kaffee nehmen, wenn er schon fertig ist.«

Schon bald hielt Chief einen dampfenden Becher in der Hand. Während Longtree etwas zu essen für sie bereitete, sah sich Chief in der Küche um. Die Geräte waren alt, die verputzten Wände hatten Risse und Schrammen und vom vielen Herumlaufen war das Linoleum an manchen Stellen abgewetzt.

Longtree trug eine Levi's und Stiefel, die schon bessere Tage gesehen hatten. Die Brusttasche seines Flanellhemds hatte unten ein ausgefranstes Loch. Das war nicht der reiche Mann, den er in der Bar des Mansion getroffen hatte, trotz seiner Haltung und seines Auftretens, die unverändert einschüchternd und herrisch wirkten.

Während Melina ihren Tee ziehen ließ, erkundigte sie sich, wo das nächste Reservat lag. Seit ihrer Landung befinde sie sich bereits in einem, teilte ihr Longtree mit.

»Ich hatte ja keine Ahnung. Wahrscheinlich habe ich mir ein Reservat … kleiner vorgestellt. Ich entschuldige mich für meine Unkenntnis.«

»Wenn doch nur alle falschen Vorstellungen über Indianer so harmlos wären«, erklärte er ihr mit einem seiner seltenen Lächeln.

Er stellte jedem einen vollen Teller hin, füllte dann seinen eigenen und setzte sich zu ihnen an den Tisch. Beim ersten Bissen seufzte Melina. »Köstlich.«

Obwohl es sich nur um Rühreier, Speck und Toast handelte, war Chief schon das Wasser im Mund zusammengelaufen, als die Kochdüfte durch die Küche wehten. Er musste sich zwingen, langsam zu essen, und lobte seinerseits den Koch.

Longtree sagte: »Nach dem Tod meiner Frau musste ich mir selbst das Kochen beibringen.«

»Ist das erst vor kurzem passiert?«, fragte Melina weich.

»Schon vor langer Zeit.«

»Kinder?«

Zögernd erwiderte er: »Nein.«

Das restliche Essen verlief schweigend. Als sie fertig waren, sammelte der Häuptling die Teller ein und trug sie zur Anrichte, dann schenkte er Chiefs Kaffeetasse nach und setzte sich wieder. »Erzählen Sie mir, warum Sie hier sind.«

Chief schaute zu Melina hinüber. »Das ist deine Geschichte.«

Sie lieferte Longtree eine verkürzte Version mit

sämtlichen Fakten. Damit war er über alles, was seit ihrem letzten Mittagessen mit Gillian passiert war, ziemlich genau im Bilde. Nachdem sie ihm gesagt hatte, wie sehr sie den Rollentausch mit ihrer Zwillingsschwester bereue, hielt sie inne, als erwarte sie von ihm ein Urteil. Seine steinernen Züge blieben reglos.

Sie schloss mit den Worten: »Vielleicht leiden Chief und ich allmählich ein wenig unter Verfolgungswahn – wegen der Wanzen –, aber eigentlich glauben wir das nicht. Wir haben diese Leute in Aktion gesehen, egal, wer sie sind und wen sie repräsentieren. Sie haben Linda Croft und Jem Hennings ermordet, so wahr ich hier sitze.«

»Hennings hat uns gestanden, dass er eine Art genetisches Retortenprogramm unterstützt«, sagte Chief. »Er nannte es ›den Großen Plan‹. Die Auswirkung ist unvorstellbar, insbesondere wenn man die Reichweite von Bruder Gabriels Kirche berücksichtigt.«

Unterdessen hatte Longtree reglos und stumm wie ein Berg dagesessen. Jetzt sagte er zum ersten Mal etwas: »Und ihr habt wenig Zweifel, dass er hinter diesem Komplott steckt?«

»Wir wissen es nicht«, erwiderte Melina ehrlich. »Ich möchte nur ungern jemandem etwas so Abscheuliches unterstellen, wenn es nicht der

Wahrheit entspricht. Allerdings hat Jem zugegeben, dass er und Dale Gordon für Bruder Gabriel gearbeitet haben. Klinikpatientinnen, die gewissen Kriterien entsprechen, werden mit Sperma befruchtet, das möglicherweise nicht von ihrem Wunschspender stammt. Das war Gordons Job. Sollte die Frau schwanger werden, wird sie von jemandem wie Jem während der gesamten Zeit betreut, damit sichergestellt ist, dass nichts schief läuft.«

»Beispielsweise, dass sie mit mir schläft«, fügte Chief verbittert hinzu. »Bruder Gabriel predigt die Schaffung einer neuen Weltordnung. Meiner Meinung nach passt das zu diesem Baby-Szenario und erklärt, warum er die Empfängnis dieser Kinder kontrolliert und völlig unbefleckt halten möchte.«

»Falls Gillian schwanger geworden und während der Schwangerschaft bei Jem geblieben wäre, hätte man das Baby genauso entführt wie bei den Andersons. Davon bin ich überzeugt«, erklärte Melina Longtree. »Wir wissen, dass Jem mein Gespräch mit dem FBI verhindern wollte.«

»Anfänglich dachte ich, Hennings hätte die Befehle erteilt, uns mundtot zu machen«, sagte Chief. »Aber nachdem ich Zeuge geworden bin, was mit ihm passiert ist … Meine Militärausbildung legt mir nahe, dass diese Befehle von ganz oben kommen.«

Nach längerem Nachdenken fragte Longtree: »Diese entführten Kinder, wohin bringt man sie? Und zu welchem Zweck?«

»Deswegen sind wir hergekommen«, sagte Chief. »Bruder Gabriels Siedlung liegt, relativ gesehen, nicht weit von hier. Was wissen Sie darüber?«

»Der Tempel liegt ungefähr hundertfünfzig Kilometer Luftlinie entfernt. Ich kann nichts Gutes über ihn sagen.« Longtrees Miene wurde noch grimmiger als üblich. »Er, oder besser gesagt seine Kirche, hat einen der Stämme um ein Stück Land betrogen. Er wollte unbedingt ihren Berg haben. Sie wollten nicht verkaufen. Meiner Ansicht nach hat er einen Stammesführer genötigt, das Land hinter dem Rücken seiner Leute zu verkaufen.«

»Und wie?«

»Eines weiß ich sicher, abgesehen von Gerüchten: Dieser Häuptling hatte zwei Töchter, schöne, fähige junge Frauen. Eine hat mutmaßlich Selbstmord begangen, kurz bevor der Häuptling nachgegeben und den Besitz verkauft hat.«

Melina hakte ein. »Mutmaßlich?«

Longtrees Schulterzucken sprach Bände. »So hieß es offiziell. Manche haben daran gezweifelt.

Die andere Tochter hat sämtliche Verbindungen zu Familie und Freunden gekappt und ist zu Bruder Gabriels Kirche übergelaufen. Nach meiner letzten Information lebt sie im Tempel, auf dem Grund und Boden, der einst den Menschen gehörte, die sie verraten hat. Es wurde viel spekuliert, welchen Anteil Bruder Gabriel an dieser Doppeltragödie hatte. Ein derartiger Zufall lässt sich nicht einfach von der Hand weisen.«

Chief schaute zu Melina hinüber. »Meiner Ansicht nach ist dieser Dreckskerl ein weitaus größerer Teufel, als wir vermutet haben.«

Sie wollte von Longtree wissen, ob er glaube, dass Menschen gegen ihren Willen in der Siedlung festgehalten werden.

»Dass man sie in Ketten hält, bezweifle ich, aber mentale Kontrolle kann eine weitaus stabilere Fessel sein.«

»Wurde gegen Bruder Gabriel je ermittelt?«, fragte Chief.

»Von Seiten der Behörden meinen Sie?« Der Ältere schüttelte den Kopf. »Meines Wissens nicht. Die Polizei lässt ihn in Ruhe. Er ist ein gesetzestreuer Bürger, der seine Steuern zahlt. Die staatlichen Behörden wollen kein zweites Waco inszenieren.«

»Obendrein predigt Bruder Gabriel die guten Bürgerpflichten«, warf Melina ein. »Er hat nichts gegen die Regierung, wenigstens nicht nach außen.«

Noch während dieser Sätze merkte Chief, dass sie die Augen geschlossen hatte und ihre Stirn massierte. Schon das Aufrechtsitzen schien den letzten Rest ihrer Energie zu übersteigen. »Ehe wir den Tempel stürmen, brauchen wir ein wenig Ruhe.«

Sie schaute ihn an. »Mir geht's gut.«

»Nun, mir nicht. Könnten wir irgendwo ein paar Stunden schlafen?«, erkundigte er sich bei Longtree.

Während Longtree Melina einen Platz zum Hinlegen zeigte, blieb Chief in der Küche. Als der Häuptling zurückkam, stand er gerade am Spülbecken und ließ heißes Wasser über ihre schmutzigen Teller laufen. »Bemühen Sie sich nicht, Colonel Hart.«

»Chief. Außerdem ist es das Mindeste, was ich tun kann.«

Mehrere Minuten arbeiteten sie Hand in Hand, bis nichts mehr auf dem Tisch stand und das Geschirr im Spülwasser eingeweicht war. »Die spüle ich später fertig«, meinte Longtree. »Möchten Sie noch eine Tasse Kaffee?«

»Nein, danke. Ich muss auch versuchen, eine Mütze Schlaf zu bekommen.« Trotzdem machte er keine Anstalten, zu der Tür zu gehen, die zu den anderen Räumen des Hauses führte. Stattdessen setzte er sich wieder an den Tisch. Longtree setzte sich ihm gegenüber auf den Stuhl und wartete ab.

Beim Blick in die Augen des anderen Mannes war Chief nicht wohl zu Mute. »Damit habe ich nicht gerechnet.«

»Damit?«

Chief sah sich in der Küche um. »Ich hatte erwartet …«

Longtrees schmale Lippen hoben sich auf einer Seite zu einem halben Lächeln. »Etwas Hübscheres.«

»Ich habe Sie für reich gehalten.«

»War George Abbotts Idee.«

»Ich verstehe«, sagte Chief, obwohl er's nicht tat.

»George wollte auf Sie einen guten Eindruck machen. Er dachte, wir würden Sie leichter gewinnen, wenn wir nicht so ärmlich daherkämen. Wir haben unsere Ersparnisse zusammengelegt, um mir den neuen Anzug zu kaufen. Reine Geldverschwendung. Wo soll ich den tragen?« Wieder lächelte er. »Vermutlich bei meinem eigenen Begräbnis.«

»Wovon leben Sie?«

»Ich habe Jura studiert, aber meine Mandanten

sind arm. Ich besitze eine kleine Rinderherde.«

»Leben Sie hier allein?«

»Meine Frau ist vor sechsundzwanzig Jahren gestorben.«

Chief senkte den Blick. Er ärgerte sich, weil er etwas angesprochen hatte, das Longtree offensichtlich viel Kummer bereitete. Nähere Erläuterungen erwartete er nicht. Umso überraschter war er, als Longtree fortfuhr:

»Sie war mit unserem ersten Kind schwanger. Bis die Wehen einsetzten war die Schwangerschaft gut und unkompliziert verlaufen. Ich brachte sie rechtzeitig in die Reservatklinik, wo sich herausstellte, dass es eine schwierige Geburt werden würde. Für einen derartigen Notfall war die Klinik schlecht eingerichtet und außerdem unterbesetzt. Seit Jahren hatte der Rat Petitionen um Gelder zur Verbesserung und Modernisierung eingereicht, aber unsere Bitte wurde wiederholte Male abschlägig beschieden.

Der Zustand meiner Frau verschlechterte sich rapide. Für eine Verlegung in eine andere Klinik war nicht mehr genug Zeit. Auch ein Gynäkologe ließ sich nicht mehr rechtzeitig herbeischaffen. Ich musste hilflos mitansehen, wie sie vor meinen Augen verblutete. Mein Sohn wurde mit Kaiserschnitt entbunden, aber die Nabelschnur hatte sich um seinen Hals gewickelt. Er hat nie geatmet. Ich habe beide zusammen begraben.«

Nur das ungewöhnlich laute Ticken der Wanduhr unterbrach ihr Schweigen. Schließlich regte sich Chief als Erster. »Tut mir Leid, dass ich Sie wieder daran erinnert habe.«

»Muss es nicht. Eine Weile war ich etwas verrückt, habe mich aber wieder gefasst. Irgendwann. Auch heute noch flammt seither bei jedem Gedanken daran mein Entschluss wieder auf, das Leben in den Reservaten zu verbessern. Ich glaube, durch ihren Tod halten die Geister meinen Entschluss am Leben.«

Chief musterte Longtree intensiv. Er sah einen Mann mit festen Anschauungen. Warum war ihm das nicht schon früher aufgefallen? Warum hatte er nicht am teuren Anzug vorbei ins Herz des Trägers geschaut? »Warum haben Sie mich an Ihre Verkleidung glauben lassen?«

»Sie diente unserem Zweck, allerdings nicht so, wie George es geplant hatte. Danach war ich froh, dass ich diesem kleinen Betrug zugestimmt habe, denn ihre Reaktion enthüllte den Charakter, den ich in Ihnen zu finden gehofft hatte. Offensichtlich waren Sie ein durch und durch integrer Mensch.«

Chief lachte leise verächtlich auf. »Sie haben einige wunde Stellen berührt und mich zum Nachdenken gebracht.«

Longtree nickte zustimmend. »Ihre Meinung über mich sollte nie und nimmer die Basis Ihrer Entscheidung sein, egal, ob sie positiv ausfällt oder nicht. Ich bin nun mal überzeugt, dass man Sie uns geschickt hat. Zur Unterstützung unserer Interessengruppe. Damit wir mit Ihrer Hilfe die Ureinwohner Amerikas ins einundzwanzigste Jahrhundert bringen, ohne unseren Stolz, unsere Würde *und* unser Erbe einzubüßen.

Einige meinen, wir könnten Ersteres nicht ohne den Verlust des Letzteren erreichen. Ich nicht. Ich glaube nicht daran, dass wir auf dem Weg in die Zukunft unser Erbe opfern müssen, um uns in die moderne Welt einzugliedern.

Bedauerlicherweise haben sich viele unserer Leute zu Opfern stempeln lassen. Sie haben ihre Abstammung als Entschuldigung für persönliche Schwächen benutzt: Alkoholabhängigkeit, Depression, Mangel an Ehrgeiz.

Allerdings sind die Auslöser dieser Schwächen sehr real. Noch immer sind wir offenen Vorurteilen und tiefem Rassenhass ausgesetzt. Wussten Sie, dass doppelt so viele Indianer Gewaltverbrechen zum Opfer fallen wie andere Amerikaner? Verbrechen, die uns keine Indianer, sondern Mitglieder anderer Rassen zufügen. Und das ist nicht meine persönliche Meinung, das belegen die Statistiken. Wir haben Feinde, wir leiden unter Selbstbetrug. Gegen beide Aspekte gibt es viel zu tun.«

»Dafür bin ich nicht der geeignete Mann, Häuptling Longtree«, sagte Chief ernst.

»Sie hätten gestern Abend nicht um Hilfe gebeten, wenn Sie nicht eine gewisse Beziehung zu uns verspürten.«

»Sie wissen doch, dass ich nur ein Halbblut bin.«

»Das war Quanah Parker auch.«

Chief fielen die Geschichten seiner Mutter über ihren berühmte Ahnen ein und er musste liebevoll lächeln. Es war wie mit einer Sprache: Chief konnte sich an keine Zeit erinnern, zu der er nicht darum wusste, wie die neunjährige Cynthia Ann Parker 1836 von marodierenden Komantschen aus Fort Parker in Texas entführt worden war. Als Teenager hatte sie bereits deren Sprache erlernt und ihre Gewohnheiten angenommen. Sie heiratete Häuptling Peta Nacona und gebar ihm drei Kinder, zwei Söhne und eine Tochter.

Nachdem sie vierundzwanzig Jahre mit den Komantschen gelebt hatte, wurde sie von den Texas Rangers aufgespürt und zusammen mit ihrer

Tochter wieder zu ihrer Familie gebracht. Trotzdem gewöhnte sie sich nie mehr ein und starb kurz nach dem Tod ihrer Tochter. Der Legende nach starb sie an gebrochenem Herzen, weil sie die Trennung von ihrem Mann und den Söhnen nicht verwinden konnte.

Beim Verschwinden seiner Mutter war Quanah ein Halbwüchsiger gewesen. Er folgte seinem Vater als Häuptling nach und wurde ein gefürchteter Krieger. Jahrelang kämpfte er erbittert gegen die Armee, gegen die er keine einzige Schlacht verlor.

1875 waren seine Vorräte erschöpft, deshalb ergab er sich und übersiedelte mit seinen Leuten nach Fort Hill im heutigen Oklahoma. Die Art, wie seine Mutter das Leben der Komantschen annahm, hatte Quanah tief geprägt. Nun tat er das Entsprechende: Er nahm ihren Familiennamen an und ermutigte seine Leute, sich der Kultur der Weißen anzupassen. Sie lernten Ackerbau. Der Englisch sprechende Häuptling Quanah Parker gründete Schulen und wurde zum Reservatrichter ernannt. Präsident Theodore Roosevelt zählte zu seinen Freunden. Der ehemals blutrünstige Krieger wandelte sich zu einem Staatsmann, der immer noch für seine Leute in den Krieg zog, allerdings lag sein Schlachtfeld zwischen den Bänken des Kongresses.

»Sie wissen ja, dass manche Komantschen Quanah misstrauten, weil er ein halber Weißer war«, sagte Longtree. »Sie nahmen ihm übel, dass er die Lebensart des weißen Mannes angenommen hatte. Wenn Sie zu uns stoßen, müssen Sie mit ähnlicher Kritik aus unseren Reihen rechnen. Aber welcher Mensch, der in der Öffentlichkeit auftritt, hat keine Gegner? Aus meiner ganz persönlichen Sicht ist Ihr Mischlingsblut ein Vorteil. Genau wie bei Quanah Parker.«

Nach kurzer Bedenkzeit meinte Chief: »Ich werde darüber nachdenken.«

»Das ist das einzige Versprechen, worum ich Sie bitte.«

»Keine Verpflichtungen wegen Ihrer heutigen Gastfreundschaft?«

»Ich würde Ihnen misstrauen, wenn ein derart kleiner Gefallen eine so wichtige Entscheidung beeinflussen könnte.« So saßen sie eine Weile da, nur das Ticken der Uhr unterbrach die beredte Stille. Als Longtree das Gespräch wieder aufnahm, wechselte er das Thema. »Gillian, die Zwillingsschwester, hatten Sie sie gern?«

Die Augen des Alten schienen ihn förmlich zu durchbohren und forderten ungeschminkte Ehrlichkeit. Chief hörte sich selbst sagen: »Ja, ich habe sie sehr gemocht.«

Longtree nickte weise, dann wechselte er erneut das Thema. »Mit welcher Strategie wollen Sie jetzt vorgehen?«

»Ich will zum Tempel und Bruder Gabriel konfrontieren.«

Longtree runzelte die Stirn. »Meiner Meinung nach wird das nicht so einfach. Wie es heißt, werden die Eingangstore strengstens bewacht, von Sicherheitsleuten, Kameras. Wie wollen Sie da hineinkommen?«

»Hätten Sie einen Vorschlag?«

»Der zuständige Sheriff heißt Max Ritchey. Er arbeitet mit der Reservatspolizei zusammen. Anscheinend ein vernünftiger Mann. An den könnten Sie sich zuerst wenden.«

»Danke für diesen Tipp.« Chief stand auf und streckte sich. »Ich bin müde. Wenn Sie mich entschuldigen möchten, ich muss jetzt ein bisschen schlafen. Hätten Sie was dagegen, wenn ich dusche?«

»Das müssen Sie Melina fragen. Das Bad liegt hinter dem Schlafzimmer.«

»In Ordnung.«

»Ich werde bald verschwinden, um ein paar Geschäfte zu erledigen, und erst am späten Nachmittag wieder da sein. Macht's euch bequem.«

Da Chief wusste, dass sich Longtree bei jedweder überschwänglichen Dankbarkeit unwohl fühlen würde, deshalb sagte er nur: »Danke für alles.«

»Gern geschehen.«

Er war schon fast durch die Tür, da rief ihn Longtree zurück, wobei er ihn zum ersten Mal Chief und nicht Colonel nannte. Er drehte sich um. »Jaa?«

Der Ältere sagte: »Quanah Parker hat sich nicht gänzlich von jeder Lebensweise der Komantschen getrennt. Sehr zum Leidwesen des Ministeriums für Indianerfragen praktizierte er Polygamie.«

Chief hob eine Schulter zum Zeichen, dass er nicht verstand.

Longtree meinte: »Offensichtlich hielt es Ihr Verwandter für möglich, gleichzeitig in zwei Frauen verliebt zu sein. Ich dachte, dieses Wissen könnte Sie erleichtern.«

33

Er klopfte.

»Herein.«

Melina stand gebückt da, hielt den Kopf nach unten und frottierte sich die Haare trocken. Außer BH und Höschen hatte sie nichts an. Beim Anblick von so viel nacktem Fleisch blieb Chief wie angewurzelt stehen. »Verzeihung, ich dachte, du hättest herein gesagt.«

Mit einer einzigen fließenden Bewegung richtete sie sich auf und schleuderte ihre feuchten Haare aus dem Gesicht. »Was gibt es hier Geheimnisvolles? Du hast Gillian gesehen, also dachte ich –«

»Ich hätte auch dich gesehen.«

»Mehr oder weniger. Außerdem, meine Unterwäsche kennst du ja schon.«

Richtig, kannte er. Allerdings wirkte sie angezogen gänzlich anders als an der Duschstange. Wie ein Schuljunge starrte er sie mit offenem Mund an. Über den BH-Körbchen rundeten sich ihre Brüste, unter der cremefarbenen Spitze zeichneten sich die Brustwarzen als dunkle Schatten ab. Und dort, an der Stelle knapp unter dem Nabel, hatten seine Lippen sie zum ersten Mal berührt.

Nein, nicht sie, verdammt. Gillian.

»Chief? Alles in Ordnung?«

Nein, nichts war in Ordnung. Sein Herz klopfte wie verrückt, sein Mund war staubtrocken. »Klar.«

»Weißt du, ich bestehe aus Fleisch und Blut.«

»Zweifelsohne.«

»Trotzdem machst du ein Gesicht, als stünde ein Geist vor dir.«

Wie wahr. Soeben erlebte er einen schlimmen Fall von déjà vu oder besser einen Déjà-Steifen, auch wenn das schlechtes Französisch war. Bis auf den blauen Fleck am Schlüsselbein, wo sie beim Gerangel mit dem falschen Tobias gegen den Türrahmen geknallt war, glich sie Gillian aufs Haar. In jeder Hinsicht. So sehr, dass er binnen weniger Sekunden tausend erotische Erinnerungen neu durchlebte.

Diese Hüfte passte genau in seine Hand. An dieser Stelle lag ein zarter pfirsichfarbener Flaum auf der Haut. Dieses Grübchen reagierte ganz besonders auf Knabberküsse. Ein Berühren dieser Stelle entlockte ihr ein erregtes Wimmern.

»Entschuldigung.« Mühsam unterdrückte er

den Impuls, sich wie eine Comicfigur, die einem Fantasiegebilde gegenübersteht, die Augen zu reiben. Trotzdem wandte er den Blick nicht ab, sondern sagte ein wenig knurrig: »Es hätte doch auch Longtree klopfen können. Woher wusstest du, dass ich es bin?«

»An deinem Schritt, der mir zum ersten Mal auffiel, als du bei Pax durch den Flugzeughangar gelaufen bist. Du hast einen sehr markanten Gang.«

»Oh.«

Ihr unsicherer Blick sagte ihm, dass er immer noch verkrampft und angespannt wirkte. »Sieh mal, Chief, ich entschuldige mich, falls ich dich in eine heikle Lage gebracht habe. Gillian war die Züchtigere von uns beiden.«

Er rief sich in Erinnerung, wie sie in jener Nacht aufgestanden und verführerisch aus ihrem Kleid geschlüpft war, und meinte mit belegter Stimme: »Nicht viel.«

»Wirklich?«

»Hmm.«

»Oh.« Einen Moment wirkte sie nachdenklich, dann sagte sie: »Aber weißt du, sie hat ja auch meine Rolle gespielt.«

»Richtig.«

Dann fuhr sie fort, wobei sie ihn noch immer

verunsichert musterte: »Wenn's dir lieber ist, dass ich mich anziehe –«

»Natürlich nicht.«

»Leider bin ich restlos erschöpft und der Gedanke, in Kleidern zu schlafen, die ich seit –«

»Du musst nichts erklären, Melina. Ich war doch nur überrascht, dich so zu sehen. Ein Mann hat ja nicht alle Tage das Glück, auf eine halb nackte Frau zu treffen.«

Er versuchte zu grinsen, war aber nicht sicher, ob ihm das überzeugend gelang. Eigentlich war er sogar vom Gegenteil überzeugt. Sie aber schien es für bare Münze zu nehmen und gähnte herzhaft.

Dann setzte sie sich auf die Bettkante, legte wieder das Handtuch über die Haare und rieb einzelne Strähnen zwischen dem ausgeblichenen Frottee. Mühsam suchte er nach einer intelligenten Bemerkung. »Longtree meint, wir sollten uns zuerst an den Sheriff wenden, in dessen Bezirk der Tempel liegt.«

»Ist vermutlich eine gute Idee.«

»Mit dem ortsansässigen Hüter des Gesetzes auf unserer Seite haben wir vielleicht mehr Chancen, in die Siedlung zu kommen. Er sagt, sie sei bewacht.«

»Wie wollen wir den Sheriff überzeugen, dass wir nicht zwei Irre sind?«

»Vor uns liegt eine hundertfünfzig Kilometer lange Fahrt, während der wir uns etwas ausdenken können.«

»Fahrt? Ich dachte, wir fliegen.«

»Das liegt bei dir, aber wenn du meine Meinung hören möchtest …«

Als er innehielt, warf sie ihm rasch einen Blick zu. »Schieß los.«

»Heute Morgen konnten wir nur deshalb heimlich landen, weil Longtree alles vorbereitet hatte und es sich um eine abgelegene Privatpiste handelte. Wenn aber zwei Ortsfremde auf einem öffentlichen Flugplatz landen, könnte das Aufmerksamkeit erregen.«

»Du hast Recht. Mir wäre es lieber, wenn sich unsere Ankunft nicht herumspräche. Außerdem möchte ich möglichst vor Einbruch der Dunkelheit dort sein, damit wir uns noch umsehen können.«

»Unser Plan hat nur einen einzigen erheblichen Haken: Wir haben kein Auto.«

»Ich bin sicher, Häuptling Longtree würde uns ein Fahrzeug besorgen.«

»Das bin ich auch, wenn du ihn fragst«, sagte er halb zu sich selbst.

»Nicht wahr, er ist ein sehr distinguierter Herr?«

Ihre bewundernde Ansicht über ihren Gastgeber verdross ihn. Zugegeben, auch er hielt Longtree für einen braven Mann, aber so hingerissen wie offenbar Melina, war er nicht. »Ich schätze, er ist in Ordnung.«

»Ich liebe sein Gesicht.«

»Du liebst sein Gesicht?«

»Seine Erscheinung. Wie er aussieht.«

»Er sieht wie ein zerknitterter alter Indianer aus.«

Stirnrunzelnd musterte sie ihn. »Aber diese Falten lassen ihn besser aussehen. Seine Gesichtszüge sind so stolz, so …« Auf der Suche nach dem passenden Adjektiv dachte sie nach. Schließlich fiel ihr eines ein: »Edel.«

Als Antwort lag Chief eine bissige Bemerkung auf der Zunge. Stattdessen gab er sich mit einem unverbindlichen Räuspern zufrieden und meinte aus reiner Fairness: »Er hat genug Tragödien erlebt.« Anschließend erzählte er die Geschichte von Longtrees Verlust.

»Wie schrecklich«, sagte sie, als er fertig war. »Seine Frau und sein Baby.«

»Tja, das ist hart.«

Eine Weile starrte sie in die Luft, dann wanderte ihr Blick zu ihm hinüber. »Er erinnert mich an dich.«

»Was?«, rief er.

»Nicht physisch, klar, aber in der Art, wie ihr … ungebrochen bleibt. Diese strikte Selbstkontrolle.«

»Gehört vermutlich zum Wesen eines Indianers. Heißt ja, wir seien ein stoisches Volk.«

Was von ihm halb als Witz gemeint war, nahm sie ernst. »Vielleicht. Aber vielleicht hast du mit Häuptling Longtree sogar noch mehr gemeinsam.«

Noch ehe er dieses Thema weiter vertiefen konnte, ließ sie das feuchte Handtuch zu Boden fallen, legte sich hin und zog die Bettdecke bis ans Kinn. »Himmel, ich kann mich nicht erinnern, je so müde gewesen zu sein.« Kaum hatte sie ihren Kopf auf dem Kissen zurechtgerückt, fielen ihr die Augen zu.

»Du hast doch nichts dagegen, wenn ich mich dusche, oder?«

»Ist nicht meine Dusche«, nuschelte sie. Dann rollte sie sich auf die Seite und zog die Knie an.

Chief ging ins Bad. Sobald die Tür ins Schloss fiel, knöpfte er seine Jeans auf, um den Druck auf seine stolze Manneszier zu lindern. Mit geschlossenen Augen presste er Stirn und Hände gegen das Holz und atmete tief ein. So stand er da und versuchte, jene strikte Selbstkontrolle wiederzufinden, die ihm Melina irrtümlich unterstellt hatte.

Als er sich nach mehreren Minuten dem Bad zuwandte, fiel ihm auf, dass sie die Wanne abgetrocknet und ihr gebrauchtes Handtuch ordentlich auf die Stange gehängt hatte. Der Raum roch nach Seife und Zahnpasta und feuchter Haut. Nach Frauenhaut. Nach weicher, nackter Frauenhaut. Gillians Haut. Melinas Haut.

Chief drehte die Hähne auf und zog sich mit ruckartigen, verärgerten Bewegungen aus. Gereizt seifte er sich ein und wusch sich die Haare. Nachdem er aus der Wanne gestiegen war, bediente er sich aus der Zahnpastatube und putzte sich mit dem Zeigefinger die Zähne. So musste es Melina auch gemacht haben, da sie Dallas ohne ihre Zahnbürsten verlassen hatten.

Währenddessen ging Chief eine Bemerkung nicht aus dem Kopf: Zum Teufel, was hatte Longtree mit diesem Blödsinn über Quanah Parker und dessen Fähigkeit gemeint, gleichzeitig in mehr als eine Frau verliebt zu sein?

Alles nur alter Apachen-Humbug. Hokuspokus. Genau wie dieses mystische Zeug über Visionen und ähnlichen Mist, was er auch nie geschluckt hatte. Im Stamm seiner Mutter hatte es alte Männer mit strähnigen grauen Haaren und vom Wetter gegerbten Gesichtern gegeben, vor denen er sich als Kind zu Tode gefürchtet hatte. Ihr tiefer, gutturaler Sprechgesang während Zeremonien jagte ihm Angst ein. Als Heranwachsender machte er sich über diese Narren lustig.

Dexter Longtree hatte zwar keinen Sprechgesang angestimmt, aber gut die Hälfte seiner Sätze bestand aus versteckten Anspielungen und Rätseln. Von einem war Chief überzeugt: Dadurch wollte der Alte weiser klingen, als er war, und den Eindruck erwecken, er habe direkten Zugang zum Reich des Transzendenten. Longtree mimte den weisen alten Medizinmann, der Vorzeichen und Ähnliches lesen konnte.

»Blödsinn«, stieß Chief hervor, während er widerwillig seine Jeans anzog. Er war Naturwissenschaftler. Er glaubte an Bewiesenes, an Dinge, die er mit eigenen Augen gesehen und selbst erlebt hatte. Wahrscheinlich verlieh der Agavenschnaps Longtrees Gefasel Flügel. Vielleicht war er aber auch einfach nicht ganz bei Trost. Hatte doch selbst zugegeben, dass er nach dem Tod von Frau und Baby ein bisschen verrückt geworden war. Vielleicht war er das die ganzen Jahre über geblieben.

Egal. Ein Colonel Christopher Hart schenkte keinerlei Offenbarung Glauben, die von einem alten Mann mit stolzem und edlem Gesicht kam, das Melina liebte.

Als er aus dem Bad trat, war er stocksauer. Er ließ sogar die Tür soweit aufschwingen, dass sie gegen die Wand knallte. Melina regte sich nicht. Für den Fall, dass sie Theater machen würde, wenn er zu ihr ins Bett kletterte, hatte er seine Jeans wieder angezogen.

Aber warum sollte er nicht?

Er hatte dieses Scheißflugzeug geflogen, während sie in ihrem Sitz schlummerte. Sein Leben war während der letzten Tage genauso gefährdet gewesen wie ihres. Warum sollte er sich mit einem durchgesessenen Sofa in dem schäbigen Wohnzimmer zufrieden geben, wenn dieses wunderbar bequeme Bett breit genug für sie beide war?

Aber als er sich neben sie legte, protestierte sie nicht im Geringsten, sondern atmete weiter gleichmäßig und tief. Dann klopfte er mehrmals sein Kissen zurecht. Sie regte sich nicht. Spürte sie seine Nähe nicht? Oder war es ihr egal? Kein Mucks.

Er wusste nicht, ob er darüber erleichtert oder verärgert sein sollte.

»Nehmen Sie Platz, meine Herren.« Sheriff Ritchey bot den beiden Männern die Stühle vor seinem Schreibtisch an. »Darf ich Ihnen etwas Nicht-Alkoholisches anbieten?«

»Nein, danke«, erwiderte Lawson. »Wir kommen gerade vom Mittagessen. Eintopf mit grünem Chili.«

»Wie hat's geschmeckt?«

»Köstlich.«

»Gut. Gut.« Zum Zeichen, dass sie genug Höflichkeiten gewechselt hatten und er den geschäftlichen Teil angehen wollte, machte es sich der Sheriff in seinem Schreibtischsessel bequem. »Sie haben doch nicht den weiten Weg aus Dallas gemacht, um unsere Spezialität zu probieren. Was kann ich für Sie tun?«

»Erinnern Sie sich noch an unser Telefongespräch vor einigen Tagen?«, fragte Lawson.

»Sicher. Der Mordfall.«

»Gillian Lloyd.«

»Ich hatte den Eindruck, dieser Fall sei gelöst. Sie haben den Schuldigen bereits identifiziert, richtig? Als Sie mich anriefen, wollten Sie doch nur noch ein paar kleinere Unklarheiten beseitigen.«

»Das stimmt.« Der Kommissar rief ihm nochmals alle Fakten ins Gedächtnis, obwohl diese Ritchey bestens geläufig waren.

»Detective Lawson, wie schon berichtet, bin ich

zum Tempel hinauf und habe Erkundigungen bezüglich Dale Gordon eingeholt. Wegen seiner häufigen Anrufe erinnerte man sich an ihn. Offensichtlich handelte es sich um einen Geistesgestörten. Ein unrettbarer Fall. Was sein Selbstmord, meiner Meinung nach, belegt.« Verblüfft hob der Sheriff die Arme. »Wo liegt also das Problem? Es sei denn, hinter diesem Mord und dem Selbstmord steckt mehr als ursprünglich angenommen.«

»Wesentlich mehr, Sheriff Ritchey.« Nüchtern und ohne großes Blabla brachte ihn Sonderagent Tobias auf den letzten Stand der Dinge.

Bei jedem Wort graute Ritchey mehr. Jeder Satz war wie ein weiterer Stein auf einem Haufen, der sich zu einem gewaltigen Berg aus Problemen türmte, mit denen er fertig werden musste. Als diese beiden Männer unangekündigt in seinem Revier erschienen waren, hatte er sie sofort als Unglücksboten ausgemacht. Nur in einem Fall von überregionaler Bedeutung kam ein Mordkommissar eines anderen Bundesstaates in Begleitung eines Washingtoner FBI-Agenten zur Ermittlung nach Lamesa.

Sein ruhiges, gut organisiertes, ausgeglichenes Leben, das wusste Max Ritchey intuitiv, stand drastisch auf der Kippe. Hoffentlich konnte er verhindern, dass es vollständig zu Bruch ging.

»Wir überprüfen das Geschoss, das Jem Hennings getötet hat«, sagte Tobias gerade, »aber die Chancen auf eine Spur stehen bei Null. Aber es wurde mit ziemlicher Sicherheit von einem Profi abgefeuert.«

»Zum Beispiel von einem gedungenen Killer?«, fragte Ritchey.

»Das wäre eine Möglichkeit«, antwortete Tobias ausweichend.

Jetzt schaltete sich Lawson ein. »Hennings war mit Gillian Lloyd verlobt. Dale Gordon hat in der Klinik gearbeitet, wo sie am Tag vor ihrer Ermordung künstlich befruchtet wurde. Hennings hatte Verbindungen zu Bruder Gabriels Kirche, denen wir noch weiter nachgehen werden. Tatsache ist, dass Dale Gordon regelmäßig in Kontakt mit dem Tempel stand.« Sein Schulterzucken sprach Bände. »Und nun addieren Sie mal zwei und zwei.«

Ritchey zuckte erstaunt zusammen und rief: »Sie wollen doch nicht etwa andeuten, dass Bruder Gabriel etwas mit diesen drei Todesfällen zu tun hat!«

»Ganz und gar nicht.«

Ritchey glaubte dem FBI-Agenten kein Wort. »Und weshalb sind Sie dann hier?«

»Weil noch jemand glaubt, dass Bruder Gabriel involviert ist«, erklärte ihm Lawson. »Gillian Lloyds

Schwester. Eine Zwillingsschwester, die ihr aufs Haar gleicht. Melina Lloyd heißt sie. Sie war bei Hennings, als dieser erschossen wurde.«

Nachdenklich zupfte Ritchey an seiner Unterlippe. »Falls dieser Hennings zu irgendeinem illegalen Zweck ein Verhältnis mit ihrer Schwester unterhielt, hätte sie ein Motiv«, sagte er, womit er einen Satz aus seiner Lieblingskrimiserie zitierte. »Woran Sie sicher schon gedacht haben.«

»Gedacht schon, aber es trägt nicht. Hennings wurde von der anderen Straßenseite durchs Fenster erschossen. Als Täterin fällt sie aus, aber sie ist eine wichtige Augenzeugin. Wir möchten sie befragen, bevor sie etwas Verrücktes macht.«

»Und das wäre?«

»Zum Beispiel die Tore von Bruder Gabriels Burg zu stürmen. Sie will dieselben Antworten wie wir«, erklärte ihm Lawson.

»Wir – Mr Lawson, Sie, Sheriff, und ich – sind gezwungen, uns Antworten über reguläre Kanäle zu holen«, erläuterte Tobias. »Leider verspürt Ms Lloyd dieses Bedürfnis nicht. Sie hat bewiesen, dass sie ein sehr einfallsreicher Mensch ist. Es ist ihr gelungen, uns zu entwischen. Und obendrein wird sie von der stärksten Motivation angetrieben, die es gibt: Rache.«

»Klingt, als sei auch sie gaga geworden. Vielleicht ist sie schon genauso unzurechnungsfähig wie Dale Gordon.«

Tobias widersprach mit entschiedenem Kopfschütteln. »Sie neigt zwar zu emotionalen Überreaktionen, aber nur aus gutem Grund. Gestern Nachmittag wurde eine weitere Angestellte der Waters-Klinik ermordet. Nur wenige Stunden nach einem Gespräch mit Ms Lloyd«, fügte er nach einer bedeutsamen Pause hinzu.

»Wie ich sehe, Sheriff, sind Sie schockiert. Und das mit Recht. Ms Lloyd weiß, dass sie sich auf der richtigen Spur befindet, und wird, meiner Ansicht nach, erst dann aufhören, wenn sie Antworten bekommt. Erst wenn sie mit Sicherheit weiß, warum man ihre Schwester umgebracht hat, wird sie aufgeben. Detective Lawson und ich sind ziemlich sicher, dass sie hier auftauchen wird.«

»Eher früher als später«, fügte der Kommissar hinzu.

Ritchey atmete tief aus. »Ich werde den Tempel sofort benachrichtigen. Allerdings wüsste ich längst, wenn sie, oder sonst jemand, versucht hätte, mit Gewalt in die Siedlung einzudringen. Dort oben herrschen hohe Sicherheitsstandards.«

»Und warum das?«, wollte Lawson wissen.

»Fragen Sie John Lennon oder diesen Designer in Florida. Bruder Gabriel ist eine internationale

Berühmtheit. VIPs bieten unbekannten Spinnern, die unbedingt ihren Namen in der Zeitung lesen wollen, ein gutes Zielobjekt.«

Nachdenklich runzelte Tobias die Stirn. »Sind Sie sicher, dass das der einzige Grund für die strikte Überwachung des Tempels ist?«

»Welcher sonst?«

Der FBI-Agent beugte sich auf seinem Stuhl vor. Ritchey bemerkte, dass die Manschetten sein Monogramm trugen. »Sheriff Ritchey, sind Sie je innerhalb der Siedlung gewesen?«

»Erst zweimal. Zuletzt vor drei Tagen, als ich Bruder Gabriel über Dale Gordon befragt habe.«

»Und welchen Eindruck hatten Sie?«

»Ich bin nicht sicher, ob ich Ihre Frage richtig verstehe.« Diese Antwort registrierte Tobias mit Ungeduld, während Lawson aussah, als wolle er die Information mit seinen vierschrötigen Händen aus ihm herausschütteln. »In welcher Hinsicht, meine ich damit. Mein Eindruck von den Örtlichkeiten? Die Böden sind makellos. Die Gebäude –«

»Die allgemeine Stimmung. Die Leute«, fiel ihm Lawson ins Wort. »Sind Ihnen irgendwelche Hinweise dafür aufgefallen, dass man dort Menschen gegen ihren Willen festhält?«

Ritchey lachte trocken auf. »Sie machen Witze, ja?«

Die beiden Männer starrten ihn mit dem Humor von Scharfrichtern an.

Nervös strich er sein Lachen und räusperte sich. »Meines Wissens ist es für Bruder Gabriels Jünger eine Ehre, dort zu leben und zu arbeiten. Die Leute bewerben sich um eine Aufnahme. Dafür gibt es ein Pluspunkte-System: Wer etwas Besonderes für die Kirche leistet, verdient sich einen Platz im Tempel. So ähnlich.«

»Und woraus besteht diese besondere Leistung?«

»Pardon?«

»Sie sagten, wenn ein Jünger etwas Besonderes für die Kirche leiste …«

»Gute Taten. Spenden sammeln. Leute bekehren. Tun das denn nicht alle Kirchen? Pluspunkte vergeben?«

Tobias fragte: »Haben Sie jemals eine Person gekannt, die im Tempel gelebt hat und wieder fortgegangen ist?«

»Nein«, erwiderte er ehrlich, »was nicht heißen soll, dass das nicht vorkommt. Nur weiß ich nichts darüber.« Fragend musterte er sie. »Aber warum sollte einer weggehen wollen, der hart für die Aufnahme gearbeitet hat? Wäre das nicht wie ein Abschied vom Himmel?«

Sie verließen Ritcheys Büro und stiegen wieder in den Leihwagen. Tobias übernahm das Steuer. Lawson war beeindruckt, wie viel Autorität dieser Mann ausstrahlte. Er hatte arrangiert, dass sie am Flughafen von Albuquerque erwartet wurden, wo der Wagen für sie bereitstand. Von dort aus waren sie zur Bezirkshauptstadt Lamesa gefahren. Mit einem einzigen Telefonat brachte Tobias die Dinge ins Rollen, während Lawson nicht einmal einen Kugelschreiber ohne schriftlichen Antrag bekam.

»Was halten Sie von Ritchey?«, fragte Lawson den Agenten beim Losfahren.

»Schwer zu durchschauen, aber ich würde mal sagen, er hat ungefähr die halbe Wahrheit gesagt.«

»War auch mein Eindruck. Jedes Wort war gefiltert.«

»Vielleicht aus Stolz. Er mag es nicht, wenn Ortsfremde in seinem Bezirk herumschnüffeln und ein kriminelles Subjekt suchen. Damit wird ihm indirekt unterstellt, er mache seinen Job nicht ordentlich. Oder …«

»Jaa?«

»Vielleicht hat der Mann die ungeschminkte Wahrheit gesagt, nur wir werden langsam schizophren.«

»Möglich«, pflichtete Lawson bei. »Ich suche schon hinter jedem Gartenzaun nach verborgenen Motiven.« Nachdem mehrere Augenblicke verstrichen waren, meinte er: »Andererseits könnte Ritchey ein ergebener Jünger sein. Vielleicht unterliegt er einer höheren Gerichtsbarkeit als den Gesetzen von Bezirk, Bundesstaat oder Land.«

»Sie meinen, Ritchey und andere lokale Gesetzeshüter stecken eventuell in Bruder Gabriels Westentasche?«

»Wer weiß schon, wo sein Einfluss endet? Dass er bis Big D gereicht hat, wissen wir jedenfalls.«

»Und bis South Dakota. Dort ist Hennings damit in Berührung gekommen.«

»Glauben Sie, dass diese Schulschwester Hennings und seine kleine Schwester konvertiert hat? Und als die Eltern Alarm schlugen, wurden sie ausgeschaltet?«

»Irgendjemand hat sie verschwinden lassen.«

»Verdächtigen Sie Bruder Gabriel?«

»Oder einen übereifrigen Jünger, der in seinem Auftrag gehandelt hat.«

»Mit seiner Billigung?«

»Entsetzlicher Gedanke, nicht wahr?«

»Falls er Jünger hat, die bereit sind, für ihn zu töten …« Er wandte sich zu Tobias und sprach seine Gedanken laut aus. »Das hieße: Dale Gordon, der Mörder von Gillian Lloyd, könnte auf Befehl des Tempels gehandelt haben.«

»Daran habe ich gedacht.«

Lawson zog eine Grimasse. »Ich will diesem wasserstoffblonden Prediger Aug in Aug gegenübertreten. Ich will wissen, was er im Schilde führt. Und ich wette mit Ihnen um ein Steakessen gegen eine Flasche Scotch, dass er bei weitem nicht so heilig ist, wie sein hübsches Gesicht und sein nettes Lächeln vermuten lassen.«

»Angenommen. Allerdings esse ich kein rohes Fleisch.«

Lawson schnaubte verächtlich.

Diese Reaktion brachte Tobias zum Lachen. Als sein Handy klingelte, lachte er noch immer in sich hinein. »Jaa, Lucy, was gibt's?« Er hörte zu, bedankte sich für die neueste Information, schaltete aus und wandte sich dann lächelnd an Lawson. »Diese Sache mit dem Auge in Auge … Morgen Früh bekommen Sie Ihre Chance. Wir haben eine Audienz beim Boss.«

»Warum morgen Früh? Warum fahren wir nicht einfach jetzt hinauf –«

»Wir haben keinen stichhaltigen Grund und keine direkte Verbindung, weder zu Jem Hennings und Gillian Lloyd noch zu Dale Gordon –

mit Ausnahme der Telefonate, die er bereits erklärt hat. Aus reiner Höflichkeit gewährt er uns eine Audienz, und so müssen wir auch dieses Gespräch führen.

Bis wir die Spermaproben von den Spendern der Waters-Klinik haben und an Hand von DNS-Tests beweisen können, dass Gordon sie vertauscht hat, verfügen wir lediglich über einen Haufen Mutmaßungen. Momentan wissen wir nicht einmal mit Sicherheit, dass Sperma vertauscht wurde. Und selbst wenn wir beweisen, dass die Proben vertauscht worden sind, haben wir außer einem toten Schüler, der erwiesenermaßen geistesgestört war, nichts, was diese Manipulation mit Bruder Gabriel verbindet. Also gibt es, summa summarum, keinen stichhaltigen Grund, einen bedeutenden Mann Gottes zu verhören.«

»Kacke.« Irritiert strich sich Lawson über seinen roten Schopf. »Ich weiß, Sie haben Recht. Vom legalen Standpunkt aus halten Sie sich genau an die Spielregeln. Und trotzdem sagt mir mein Instinkt, dass dieser Bruder Gabriel die eigentliche Quelle allen Übels ist.« Eine geschlagene Minute kaute Lawson daran herum. »Und wie steht's mit Melina Lloyd? Was meinen Sie?«

»Dass sie herkommen und ihn stellen wird.«

»Das denke ich auch.« Einen Augenblick später

meinte er: »Verdammt! Alles hängt am richtigen Zeitpunkt, stimmt's?«

»Wieso? Könnten Sie das näher erläutern?«

»Ich habe nur mal nachgedacht. Wenn ich diesen Hinweis auf die Waters-Klinik bereits früher gehabt hätte, hätte ich von Gillian Lloyd Abstriche machen lassen. Immerhin wurde sie weniger als vierundzwanzig Stunden vor ihrem Tod künstlich befruchtet.«

»Wenn ein DNS-Test ergeben hätte, dass der Abstrich nicht zu ihrem ursprünglichen Spender passt –«

»Oder zu Christopher Hart.«

»– hätten wir den Beweis, dass in der Klinik herumgepfuscht wurde.«

»Aber wir hatten ja unseren Mörder schon«, sagte Lawson mürrisch. »Rein äußerlich gab es keine Samenspuren. Die Stichwunden waren so eindeutig die Todesursache, dass es keinen Grund gab, die Leiche nicht zur Einäscherung freizugeben.«

Tobias erklärte ihm, er sei gerade dabei, eine gerichtliche Verfügung zur Exhumierung der Überreste einer Frau aus Oakland, Kalifornien, zu besorgen. »Wenn es so weit ist, werden wir die DNS des Embryos von Kathleen Asher gegen den bekannten Spender testen. Natürlich braucht das alles Zeit. Mit einem Abstrich von Gillian Lloyd wäre es viel schneller gegangen.«

»'tschuldigung«, knurrte Lawson.

»Nun, wie Sie schon sagten: Damals wussten Sie noch nicht so viel wie heute.«

Nett, dass ihm Tobias eine goldene Brücke baute. Dafür revanchierte er sich seinerseits. »Ich habe die Fallakte mitgebracht, falls Sie irgendetwas nachlesen möchten.«

»Vielleicht«, sagte Tobias. »Jedenfalls wird's eine lange Nacht werden und außerdem habe ich nichts Besseres zu tun.«

34

»Melina?«

»Hmm?«

»Es ist fast drei Uhr.«

Mit einem tiefen Seufzer rollte sie sich auf den Rücken und sah Chief durch halb geschlossene Augen vorwurfsvoll an. »Warum musst du mich immer aufwecken?«

»Weil du immer verschläfst.«

»Ich habe gerade geträumt.«

»Wovon?«

»Weiß ich nicht mehr.«

»Schöner Traum?«

»Glaube schon.« Sie streckte sich genüsslich. »Wie spät ist es?«

»Habe ich dir eben schon gesagt.«

»Ich hab nicht zugehört«, gestand sie mit einem schläfrigen Lächeln. »Sag's mir nochmal.«

Aber er tat es nicht, ja, er sagte gar nichts. Wie zuvor ihm wurde ihr binnen Sekunden bewusst, wie intim dieser Moment war. Er hatte die Fäuste bis zum zweiten Fingerglied neben ihrem Kopf ins Kissen gestemmt. Da seine Arme das Hauptgewicht trugen, trat jeder Muskel deutlich hervor.

Auf seinem Gesicht war keine Spur von Lächeln mehr. Das Blau seiner Augen schien noch intensiver geworden zu sein, so wie sich die Farbe des Himmels kurz nach Sonnenuntergang verstärkt und unmerklich, aber spürbar von Violett in Indigo übergeht.

Impulsiv streckte sie die Hand aus und berührte sein Gesicht. Zuerst strich sie nacheinander seine Augenbrauen glatt, dann betastete sie mit einem mitfühlenden Seufzer die Wunde auf seinem Jochbein. Ihr Finger glitt über seine schlanke Nase und zeichnete zuletzt die Umrisse seiner Lippen nach. Ihre Fingerspitzen verweilten lange bei jedem einzelnen Gesichtszug, als wolle sie sich alles ganz genau einprägen.

Allmählich wurde sie mutiger, ließ die Hand sinken und berührte ihn knapp unter der rechten Brust. Seine Haut verströmte eine Wärme, die sie liebend gern auf ihrer gespürt hätte. Ihre Augen folgten den Fingerspitzen auf ihrem Weg über mehrere Rippen nach unten und dann wieder hinauf bis zur Unterkante des wohlgeformten Brustmuskels. Rasch strich ihr Daumen über die Brustwarze.

Sein hörbares Einatmen machte sie kühn, sonst

hätte sie die nächste Geste nicht gewagt: Sie hob den Kopf gerade so hoch, dass ihre Zunge über die erigierte Spitze streichen konnte.

Mit einem leisen Fluch warf er die Bettdecke zurück, senkte sich auf sie, presste sein Gesicht in ihr Dekolleté und schob ihre Brüste nach oben. Hungrig küsste er die schwellenden Hügel über den BH-Körbchen. Seine Bartstoppeln rieben über ihre Haut, was sie als ungemein erregend empfand. Und dann spürte sie, wie sich ihre Hüften unwillkürlich vom Bett hoben und sich sachte gegen seine Jeans schoben.

Er rieb seine Lippen solange über ihre Brustwarzen, bis sie erregt gegen ihr Spitzengefängnis drückten. Als sie es kaum noch aushielt und ihn schon darum anflehen wollte, schob er die Spitze weg und legte seinen Mund darauf. Jedes sanfte Saugen löste bei Melina erotische Stürme aus. Stöhnend vor Lust krallten sich ihre Hände in seine Haare.

Mit tiefer, rauer Stimme beschwor er sie, ihn aufzuknöpfen.

Blindlings kämpfte sie mit dem Stoff und widerspenstigen Metallknöpfen. Der oberste war schon offen, aber als sie die restlichen öffnen wollte, stieß sie auf Widerstand. Seine Erektion darunter gab nicht nach. Als er vor sichtlichem Unbehagen knurrte, mussten beide leise lachen. Schließlich schob sie die Jeans über seine Hüften.

Er drückte ihre Hand auf sein Glied und legte ihre Finger darum. Als sie anfing, ihn gezielt zu massieren, schloss er die Augen. Lust verzerrte sein Gesicht so, dass sie die Zähne sah. »Langsamer.« Als sie seiner Bitte nachkam, drückte er seine Stirn gegen ihre. »Oh Himmel, das ist gut. Wenn du was dagegen hast, dann sag's besser jetzt.«

»Ich habe nichts dagegen.«

»Mach ein Hohlkreuz.«

Sie presste die Schultern in die Matratze und hob den restlichen Oberkörper soweit hoch, dass er seine Hände darunter schieben und ihren BH aufhaken konnte. Als er offen war, zog er ihn herunter, hob den Kopf, betrachtete sie, presste ihre Brüste zusammen und küsste ihre Brustwarzen. Seine Zunge leckte darüber, seine Lippen zupften daran.

»Chief«, keuchte sie.

»Ich weiß, ich auch. Aber nicht so schnell. Ist besser, du lässt das«, meinte er, wobei er ihre Hand wegschob.

Seine Daumen glitten in den Bund ihres Slips und zogen ihn bis über die Zehenspitzen. Dann legte er seine Hände um ihre Knöchel, kniete sich dazwischen und öffnete langsam ihre Schenkel. Anfänglich wollte sie sich dagegen wehren, eine

Hand darüber legen oder verlegen den Kopf wegdrehen.

Doch sein unverwandter Blick war weich und zärtlich. Sie fühlte sich verehrt, nicht gedemütigt. Langsam wanderten seine Augen ihren Körper hoch, bis sie in ihren Blicken versanken. Während seine Hände über ihre Schienbeine glitten, ließen sie einander nicht aus den Augen. Er kreiste über die Rückseite ihrer Unterschenkel und umfing ihre Wadenmuskeln, die er mit kräftigen Fingern massierte.

Dann glitten sie wieder nach oben, weiter hinauf, bis zu der Stelle oberhalb der Knie, an der sie besonders kitzlig war. Unverwandt tasteten sie sich über ihre Oberschenkel, bis sie auf ihrem Bauch liegen blieben. Seine Daumen trafen sich in ihrer Körpermitte.

Und noch immer hielt er sie mit seinen Augen fest, streichelte sie abwechselnd mit den Daumen, wurde nass, fand den Liebespunkt, liebkoste sie federleicht. Lustvoller Funkenregen sprühte in ihr auf. Sie zog die Unterlippe zwischen die Zähne, atmete immer unregelmäßiger und rascher. Ihre Lider flatterten. Sein Bild verschwamm allmählich; sie schrie fast. »Wenn du nicht aufhörst, komme ich.«

»So soll's doch sein, oder?«

»Aber ich will dich in mir spüren.«

Er drang in sie ein, nahm sie. Seine Hände hoben ihre Hüften so hoch, bis es nicht mehr weiter ging. Trotzdem schob sie ihre in seine Jeans und zog ihn noch weiter an sich.

Jeder Stoß war ein gieriges Nehmen und doch auch ein Geben. Hinter jeder Bewegung spürte sie eine Wildheit, die er kaum im Zaum halten konnte. Merkwürdigerweise hatte sie keine Angst davor. Anstatt zurückzuscheuen, gab sie sich vorbehaltlos hin und ließ ihrem Ungestüm freien Lauf.

Sein Atem wurde rau. Stöhnend vergrub er sein Gesicht an ihrem Hals. »Du … fickst … wie …«

Und dann kam er. Und damit ein Name.

»He, Tobias, möchten Sie mal was wirklich Merkwürdiges hören?«

»Gehen Sie denn nie heim?«

»Ich bin zu Hause«, erwiderte Lucy Myrick aus gut dreitausend Kilometer Entfernung. »Dieses Info kam, als ich gerade das Büro verlassen wollte. Also hab ich's ausgedruckt und mit heimgenommen, wo ich meinen Goldfisch noch im letzten Moment vor dem Ausbruch einer Kannibalenattacke füttern konnte. Anschließend habe ich mir ein langes Schaumbad gegönnt, eine Dose Diätnahrung vernichtet und eine Flasche billigen Wein geöffnet. Und jetzt gehe ich gerade das Material durch.«

Tobias hatte kurz vorher im Café, das zum Motel gehörte, ein gegrilltes Käsesandwich gegessen, während Lawson zwei Chili-Cheeseburger mit einer Extraportion Zwiebeln verdrückt hatte. Anschließend hatten sich ihre Wege getrennt. Zum Frühstück wollte man sich wieder sehen. Tobias hatte geduscht und lehnte nun, mit einem Kissen unter dem Kopf und einem Drink aus der Minibar in der Hand, am Kopfteil des Motelbetts aus Holzimitat.

Obwohl er nicht oft trank, hatte er heute das Gefühl, er sei sich einen Scotch mit Soda schuldig. Er befand sich auf außerirdischem Territorium. Draußen fehlte der vertraute Verkehrslärm. Die Stille der Wüste war ohrenbetäubend. Weder das nach Zahlen gemalte Kunstwerk an den vertäfelten Zimmerwänden noch das darauf abgebildete Leben der Puebloindianer sagten ihm irgendetwas.

Trotz seiner Bitte um ein Nichtraucherzimmer lag auf der Garderobe ein Aschenbecher in Form einer angriffslustigen Klapperschlange, deren rote Glasaugen im Widerschein des Fernsehers glitzerten.

Es tat gut, Lucys vertraute Stimme mit ihrem

knappen Nord-Ost-Akzent zu hören statt eines südwestlichen Näselns. »Welches Material?«

Lucy holte weit aus: »Dieser Bruder Gabriel ist mir nicht geheuer! Gestern Abend habe ich mir im Büro seine Fernsehsendung angeschaut. Für meinen Geschmack klingt ›Neue Weltordnung‹ ein bisschen zu sehr nach Hitler. Meine erste Frage an ihn würde lauten: ›Und wer wird diese neue Weltordnung schaffen?‹ Obwohl ich eigentlich einen leisen Verdacht hege, wer ihm da vor Augen schwebt.

Jedenfalls habe ich heute weiterrecherchiert. Seine so genannte Kirche hat eine verblüffende Reichweite. Das ist keiner von unseren normalen TV-Predigern. Seine Ansprachen werden simultan übersetzt, in dreißig und mehr Sprachen. Er hat Anhänger in überwiegend jüdischen, katholischen, moslemischen und buddhistischen Ländern, also unter allen großen Religionen. Deren Führer sind angesichts der ständig wachsenden Zahl von Konvertiten alarmiert.

Seine Lehre orientiert sich nicht exakt am Christentum, eigentlich nicht mal an der Heiligen Schrift. Jesus Christus erwähnt er nur selten, und dann als Beispiel für Demut. Aber das Fehlen eines konkreten Dogmas hat seiner offensichtlich universellen Anziehungskraft keinen Abbruch getan.« Sie holte tief Luft. »Was mich auf Interpol gebracht hat.«

Tobias hörte konzentriert zu und stellte sein Glas auf den Nachttisch. »Sicher steckt hinter diesem Entschluss ein logischer Grund.«

»Na ja, über die Verbindung zu Jem Hennings sind wir ganz zufällig gestolpert, als wir –«

»Als *Sie*«, korrigierte Tobias.

»Verbindlichsten Dank«, sagte sie kess. »Als ich auf nationaler Basis nach ähnlichen Verbrechen gesucht habe, entdeckten wir mehrere Fälle, die eine verblüffende Ähnlichkeit mit dem Mord an Gillian Lloyd und der Entführung des Anderson-Babys hatten. Erst heute kam mir der Gedanke, meine Ermittlungen aufs Ausland auszudehnen. Und nun raten Sie mal!«

»Ich bin ganz Ohr.«

»Im Laufe der letzten zwei Jahre fielen fünf Europäerinnen nach einer erfolgreichen künstlichen Befruchtung einem Gewaltverbrechen zum Opfer, sprich Mord oder Unfall. Alle waren Single, gesund, überdurchschnittlich intelligent und sahen ungewöhnlich gut aus. Aber es kommt noch besser: Im selben Zeitraum wurden drei Kinder, die – mit Hilfe von Spendersamen – entweder in vitro oder durch Einspritzen von Samenzellen gezeugt wurden, innerhalb von zwei Tagen nach der

Geburt entführt. Zwei aus ihren häuslichen Bettchen, eines aus dem Krankenhaus.«

»Aber rein statistisch gesehen, Lucy –«

»Habe ich schon überprüft«, fiel sie ihm ins Wort, noch ehe er sein Argument aussprechen konnte. » Im selben Zeitraum wurde lediglich eine einzige andere Schwangere ermordet, meines Wissens in Portugal. Sie war verheiratet und auf normalem Wege schwanger geworden. Als Motiv wurde ein Raubüberfall ermittelt. Der Täter wurde gefasst und gestand, er habe sie rein zufällig wegen ihres Schmucks ausgesucht.

Bei allen übrigen Kidnapping-Fällen, abgesehen von den erwähnten drei, ging es um Lösegeld. Einmal handelte es sich um Kindesmisshandlung im Wiederholungsfall. Alle diese Fälle wurden gelöst. Entweder kehrten die Kinder lebend zu ihren Familien zurück oder man fand ihre Leichen.«

Eigentlich hätte er wissen müssen, dass Lucy alle Fakten überprüfen würde, ehe sie eine Information an ihn weitergab. »Und was war mit den drei Kindern, die in Kliniken gezeugt wurden?«

»Das muss ich Ihnen doch nicht wirklich erzählen, oder?«

»Keine Spur«, mutmaßte er, »genau wie beim Baby der Andersons.«

»Ganz genau.« Sie ließ ihm volle dreißig Sekunden Zeit zum Nachdenken. Anscheinend spürte sie, dass er seine Gedanken neu ordnen wollte. »Ich werde noch tiefer bohren«, erklärte sie ihm. »Mal sehen, ob irgendwelche Bruder-Gabriel-Jünger die Finger im Spiel hatten.«

»Gut, aber zuerst erholen Sie sich ein bisschen.«

»Danke. Tun Sie das etwa heute Abend?«

»In gewisser Weise schon.«

Sein Blick fiel auf den dicken schwarzen Ordner mit der Akte Gillian Lloyd. Er hatte Lawsons Angebot, sie ihm für diesen Abend zu leihen, angenommen. Bisher stand sie unberührt auf dem Nachttisch. Diesen Fall kannte er in- und auswendig und hatte keine Lust, längst bekannte Informationen zu lesen.

»Übrigens, wo sind Sie eigentlich?«, wollte Lucy wissen.

»Im Schatten von Bruder Gabriels Tempel.«

»Lügner.«

»Nein, ich schwör's. Ich kann die Lichter von meinem Motelbett aus sehen.«

»Wäre ich doch nur bei Ihnen. In der Gegend, meine ich«, korrigierte sie sich hastig. »Ich würde Bruder Gabriel liebend gerne fragen, wann Gott gestorben ist und ihn zum Nachfolger bestimmt hat.«

»Lassen Sie mich wissen, was Sie morgen finden.«

»In Windeseile. Wie ist's denn so?«

»Was?«

»Ihr Motelzimmer.«

»Das Übliche. Halt an, aber bleib nicht zu lang. Die Laken sind sauber, aber die Kissen hart.« Er beschrieb den giftigen Aschenbecher.

»Sie machen Witze. Davon bekäme ich Alpträume. Gibt's denn keinerlei Unterhaltung? Vibrator-Bett mit Münzeinwurf? Kostenpflichtige Sex-Videos?«

»Auf dem Fernseher liegt ein Heftchen mit Filmen für Erwachsene«, gestand er.

»Irgendwelche Titel, die ich vielleicht kenne?«

»Auf Wiedersehen, Lucy.«

»Den habe ich noch nicht gesehen.«

Lachend legte er auf. Die Unterhaltung mit ihr hatte seine Laune beträchtlich verbessert.

Melina verließ als Erste das Bett, hob ihre Unterwäsche auf, ohne ihn auch nur eines Blickes zu würdigen, und zog sich ins Bad zurück. Sekunden später hörte er die Dusche rauschen.

Chief legte den Unterarm über die Augen und fluchte leise in die Stille hinein. Alles hätte ihm passieren können, aber wer hätte je *damit* gerechnet? Hätte er sich damals, als er beim Verlassen des Mansion zum ersten Mal Gillian Lloyd sah, vorstellen können, dass er binnen weniger Tage in die Ermittlungen ihres Mordfalls verwickelt wäre und mit ihrer Zwillingsschwester schlafen würde?

»Mit ihr schlafen«? Ein reizender Euphemismus, der leider völlig daneben lag. Er, Colonel Christopher Hart, Astronaut und VIP, begehrtes Objekt von Autogrammjägern und Held der Schulkinder, hatte Gillians eineiige Zwillingsschwester gevögelt, eine haargenaue Kopie von ihr. Und er hatte jeden gottverdammten Herzschlag dieser Fleischeslust genossen. In ihr hatte er sich genauso verloren wie damals in Gillian.

Und genau deshalb war er ein durch und durch kranker Mensch.

Oder etwa nicht?

Die Badezimmertür ging auf, Melina trat gänzlich bekleidet heraus und fragte sehr geschäftsmäßig: »Ist Longtree schon zurück?«

»Ich bilde mir ein, aus der Küche Geräusche zu hören.«

Sie ging durchs Zimmer und packte den Türgriff. »Sobald du fertig bist, können wir dann ja –«

»Melina, normalerweise bringe ich eine Frau nicht zum Weinen.«

Ohne sich umzudrehen, öffnete sie die Tür und sagte: »Ich warte auf dich.« Dann zog sie sie zu.

»Scheiße«, zischte er, wobei er die Bettdecke zurückschleuderte.

Fünf Minuten später war er bei ihr in der Küche, wo sie am Tisch saß, ein Glas Wasser trank und mit Longtree redete. Um ihn kümmerte sie sich nicht. Nur Longtree wollte wissen, ob er etwas zu trinken wolle.

»Wasser genügt.«

»Häuptling Longtree ist so freundlich, uns seinen Pick-up zu leihen«, sagte Melina, der es immer noch nicht gelang, ihn direkt anzusehen.

»Sehr großzügig.«

Der ältere Mann reichte ihm ein Glas Wasser. »Ich dachte schon, dass ihr ihn vielleicht braucht. Der Tank ist voll. Außerdem habe ich eine Straßenkarte besorgt und den Weg eingezeichnet, zu dem ich euch raten würde.« Er schob die gefaltete Karte und einen Schlüsselbund über den Tisch.

Mit einem knappen Danke nahm Chief beides entgegen. »Ich weiß nicht, wann wir ihn wieder zurückgeben können.«

»Wenn's nötig ist, wird Jed mich fahren.«

Nach einem raschen Blick auf die Wanduhr stand Melina auf. »Wir sind Ihnen sehr dankbar für alles, was Sie für uns getan haben.«

Während sie Longtrees Hand schüttelte, wurde Chief stutzig. »Gillians Anhänger.«

Melina streichelte das Rubinherz an ihrem Hals und sagte dabei: »Ich hab's eben erst wieder angelegt.«

»Ich dachte, du hättest es mit deiner Handtasche weggeworfen.«

»Wir haben es doch überprüft«, erinnerte sie ihn. »Außerdem möchte ich mich nicht davon trennen. Wahrscheinlich ist es das Letzte, was sie in jener Nacht vor dem Schlafengehen berührt hat.«

Seine Bedenkzeit währte nur einen Sekundenbruchteil, dann streckte er die Hand aus. »Melina, lass es uns näher anschauen. Hier ist das Licht besser als im Flugzeug.«

Sie zögerte nur einen winzigen Augenblick, dann entledigte sie sich des Anhängers und gab ihn ihm.

Er ließ den Glücksbringer knapp vor seinem Gesicht baumeln und hielt ihn so, dass das Licht durch die transparenten Steine scheinen konnte. Erst jetzt bemerkte er einen dunklen, kaum sichtbaren Punkt oben an der Vertiefung, direkt neben der Goldfassung. Selbst bei genauerem Hinsehen, wie jetzt, konnte man ihn für einen Einschuss in dem kleinen Stein oder eine raue Stelle an der Fassung halten. »Haben Sie einen Eispickel?«, fragte er Longtree.

Binnen Sekunden klopfte er mit dem Werkzeug auf dem Fleck herum. Longtree und Melina schauten ihm gespannt über die Schulter zu. Wider aller Erwarten sprang binnen kurzem ein kleiner Chip heraus und landete auf der Wachstuchdecke. Er hatte die Farbe einer Bleistiftmine und war kleiner als ein Stecknadelkopf. Chief hämmerte mehrmals mit der scharfen Spitze des Eispickels darauf herum. »Hennings' Liebesgabe ist gar nicht so reizend, nicht wahr?«

Melina war empört. »Dieser Mistkerl. Schade, dass er tot ist.«

Chief erklärte Longtree die Funktion eines GPS-Systems. »Die Technologie ist sogar schon weiter, als ich weiß. Ich bin überzeugt, dass ein derart winziger Sender noch nicht für den allgemeinen Gebrauch zugelassen ist. Zu so etwas können nur Kriminelle Zugang haben.«

»Oh mein Gott«, rief Melina aus, »dann haben wir sie also direkt hierher geführt. Es tut mir so Leid, Häuptling Longtree. Wir haben Ihr Entgegenkommen dadurch belohnt, dass wir Sie in Gefahr bringen.«

»Machen Sie sich meinetwegen keine Sorgen.«

»Sie hat Recht«, erklärte ihm Chief ernst, »das

sind üble Typen. Erst gestern haben sie zwei Menschen umgebracht. Sie werden von jemandem bezahlt, vermutlich von Bruder Gabriel, und sind außerdem echte Profis.«

»Euch ist es gelungen, Ihnen zu entkommen.«

»Um Haaresbreite. Von hier kam das letzte Signal, auch wenn wir den Sender nun zerstört haben. Sie werden versuchen, unsere Spur hier wieder aufzunehmen. Können Sie sich für ein paar Tage irgendwohin zurückziehen und abwarten?«

Ihr Gastgeber lächelte. »Seit dreihundert Jahren werden die Indianer Amerikas von ihrem Land vertrieben. Ich könnte mich nicht mehr im Spiegel anschauen, wenn ich mich von zwei Schlägertypen von meinem Platz vertreiben ließe. Ich kann für mich selbst sorgen.«

Nach diesen Sätzen ging er zu einer Kommode und holte eine Pistole heraus. »Nehmt sie mit.«

»Die brauchen Sie vielleicht mehr als wir.«

»Ich bestehe darauf.« Er übergab Chief die Pistole mit einer Schachtel Munition. »Wissen Sie, wie man sie lädt?«

Eigentlich wollte Chief die Annahme verweigern. Doch er musste sich lediglich Hennings' Schicksal ins Gedächtnis rufen, und so bat er Longtree, den Revolver für ihn zu laden. »Zur Vorsicht werde ich die erste Kammer leer lassen«, meinte er. »Zum Schießen müssen Sie dann zweimal abdrücken.«

»Ich kann nicht einfach weggehen und Sie hier ohne Waffe und Fahrzeug zurücklassen«, erklärte ihm Melina.

»Ich habe keine Angst. Mein Schicksal liegt nicht in der Hand von Killern.« Der letzte Satz schien Longtree sichtlich zu amüsieren. Er winkte Richtung Tür. »Wenn ihr noch vor Einbruch der Dunkelheit nach Lamesa kommen wollt, müsst ihr euch jetzt beeilen. Hinter den Bergen geht die Sonne rasch unter.«

An der Tür ergriff Chief Longtrees Hand. Sie schauten einander unverwandt an. Tiefes Einvernehmen machte Worte überflüssig.

35

»Melina, wenn ich mit einer Frau schlafe, muss sie normalerweise nicht weinen.«

Anders als in Longtrees Haus konnte sie ihm nun nicht einfach den Rücken zudrehen und aus dem Zimmer gehen. Es gab keinen Fluchtweg, außer sie wollte aus der Fahrerkabine des Pick-ups springen. Eines könnte sie allerdings: ihn einfach ignorieren. Er befürchtete schon, sie hätte sich dafür entschieden, solange ließ sie sich mit ihrer Antwort Zeit.

Schließlich sagte sie: »Chief, das hätte nicht passieren dürfen.«

»Ist es aber. Also, lass uns darüber reden.«

»Warum vergessen wir's nicht einfach?«

»Weil es wie eine Riesenwarze auf einer Nasenspitze ist. Am liebsten möchte man sie ignorieren und so tun, als sei sie nicht da. Man weiß sogar, dass man genau das tun sollte. Aber das ist unmöglich. Sie ist da und man sieht sie.«

»Und du wirfst uns Frauen vor, dass wir immer alles ausdiskutieren möchten«, stieß sie hervor, wobei sie den Kopf abwandte und zum Seitenfenster hinaussah.

»Melina, du hast geweint. Und ich wüsste gerne, warum.«

»Weil es eine schlechte Idee war.«

»Für eine schlechte Idee hat sich's aber schrecklich gut angefühlt.«

Nach einem kurzen Blick zu ihm konzentrierte sie sich wieder auf den Horizont. »Ich habe nie behauptet, es hätte sich nicht gut angefühlt.«

»Also sind wir darin einer Meinung. Was meine erste Frage nur noch relevanter macht. Warum hast du geweint?«

Minuten vergingen. Wieder dachte er, sie wolle ihn absichtlich ignorieren, aber dann sagte sie doch etwas. Sie hätte alles Mögliche sagen können, doch den nächsten Satz hätte er nie und nimmer erwartet. »Gillian hat mir erzählt, du hättest sie erst geküsst, nachdem ihr miteinander geschlafen habt.«

Verblüfft wandte er ihr den Kopf zu. »Was?«

Inzwischen schaute sie ihn an. »Sie sagte, du meintest, das wäre, als ob man sich das Beste bis zum Schluss aufhebt. War das nur so dahergesagt?«

Mit einem unbehaglichen Gefühl schaute er wieder auf die Straße.

»Du hast mich nicht geküsst«, fuhr sie fort, »jedenfalls nicht auf die Lippen. Nicht ein Mal.«

»Das hat doch nichts zu bedeuten.«

»Nicht, wenn du's getan hättest. Auffallend ist meiner Ansicht nach nur, dass du's nicht getan hast. Besonders im Hinblick auf das, was du zu Gillian gesagt hast.«

Sie hatte einen wunden Punkt getroffen. Aus reiner Selbstverteidigung ging er zum Angriff über. »Weißt du, meiner Ansicht nach ist es ganz schön krank, wie ihr beide bis ins intimste Detail über unser Liebesleben gesprochen habt.«

»Ist vermutlich genauso bedenklich, wie eine Frau als Ersatz für eine andere zu benutzen.«

»Darum ging es mir aber nicht.«

»Nein?«

»Nein.« Er warf ihr einen wütenden Blick zu, der seiner lauter werdenden Stimme entsprach. »Schon möglich, dass ich dich danach nicht geküsst habe, wenn wir schon mal das Beste bis zum Schluss aufheben wollen. Denn danach hast du geweint! Hast du schon mal daran gedacht? Vielleicht habe ich dich aber auch nur deshalb nicht auf den Mund geküsst, weil ich anderweitig beschäftigt war.«

»Anderweitig ja, aber mit *mir* hatte das nichts zu tun.«

»Ich hätte nicht mit dir geschlafen, wenn ich nicht gewollt hätte.«

»Oh ja, gewollt hast du schon«, sagte sie mit einem leisen, aber freudlosen Lachen, »das habe ich gesehen. Und gespürt. Rein biologisch warst du hundertprozentig dabei. Aber emotional warst du bei Gillian.«

Er biss die Zähne zusammen. Was hätte er sagen sollen? Hätte er gesagt, *du hast Recht,* hätte das ihren Stolz verletzt. Hätte er gesagt, *du irrst dich,* hätte er es sich zu einfach gemacht. Und wenn er gesagt hätte, *Zum Kuckuck, Melina, ich weiß es nicht,* dann hätte er die absolute Wahrheit gesagt. Ironischerweise würde sie genau diese Wahrheit am wenigsten glauben.

Hätte sie mehr Verständnis, wenn er ihr erklärte, dass es ihm bis vor wenigen Stunden gelungen war, sie und Gillian getrennt zu halten? Inzwischen hatte er mit ihr geschlafen, sie gespürt und geschmeckt, hatte jede ihrer Bewegungen erlebt und gehört, wie sie stöhnte. Und nun verschwammen diese Unterschiede zusehends.

Sein Kopf und sein Körper spielten ihnen allen einen verdammt üblen, unfairen Streich. Erstens Melina, die er mögen und respektieren gelernt hatte. Zweitens Gillian, zu der er sich zuerst hingezogen gefühlt und die sich unauslöschlich in seine Erinnerung eingeprägt hatte. Und zu guter Letzt ihm selbst, der er sich so sehr bemühte, beiden Frauen gerecht zu werden.

»Chief, erspar dir eine Antwort. Ich weiß, dass du heute Nachmittag in Gedanken nur bei Gillian gewesen bist. Schließlich hast du ihren Namen gerufen.« Wieder musterte er sie scharf. »Hast du das nicht gemerkt?«, fragte sie auf seinen überraschten Blick hin.

Er schüttelte den Kopf.

»Hast du«, sagte sie leise. »Du hast ihren Namen gerufen. Leidenschaftlich.«

»Oh Gott, Melina, das tut mir so Leid.«

Sie lächelte matt. »Kein Grund zur Entschuldigung. Alles, was man ... in diesem Moment sagt, ist zutiefst ehrlich.«

Sie hatte ihm einen schrecklichen Fauxpas verziehen. Und nun kam er sich noch beschissener vor. Jetzt war es höchste Zeit, zur Beruhigung seines Gewissens völlig reinen Tisch mit ihr zu machen.

Noch ehe er zu lange darüber nachdenken und es sich vielleicht wieder aus dem Kopf schlagen konnte, lenkte er den Wagen an den Straßenrand, wo er über den harten Felsboden holperte und knapp dreißig Meter jenseits der Straße zum Stehen kam. Er schaltete den Motor aus und drehte sich zu ihr.

»Melina, ich habe dich angelogen.«

Sie war ganz Aug und Ohr und schaute ihn mit offenem Mund aus weit aufgerissenen Augen verblüfft an. Er konzentrierte sich auf ihre Augen genauso intensiv wie auf die Tower-Signale während einer Shuttle-Landung. So wichtig war es für ihn, dies alles ganz genau klarzustellen.

»Du hast mich durchschaut. Schon bei unserer ersten Begegnung in Lawsons Büro hast du mich restlos entlarvt. Ich wollte mit diesem ganzen Schlamassel nichts zu tun haben. Wegen der Presse. Das wollte ich unbedingt vermeiden. Trauern wollte ich um Gillian, aber im Stillen und nicht im Scheinwerferlicht der Kameras.

Und dann muss ich noch eines offen gestehen: Ich war sauer, dass eine einzige Nacht meines Lebens – so toll sie auch war – das Potenzial hatte, all meine Aussichten zu ruinieren. Dass diese eine romantische Zufallsbegegnung in der Lage war, alles zu vernichten, wofür ich so verdammt hart geschuftet habe.

Dann erklärte mir Lawson, der Fall sei erledigt und ich könne froh und heiter meiner Wege ziehen. Und trotzdem zerrte weiter etwas an mir. Und dieses namenlose Etwas war der Grund, warum ich blieb. Erst am Abend nach Gillians Messe fand ich heraus, was es war.« Seine Pause signalisierte, dass er nun zum Kern der Sache kam. »Als Dale Gordon Gillian getötet hat, hat er möglicherweise auch mein Kind getötet.«

Er sah, wie sie schluckte, und sprach eilends weiter, ehe sie dazwischengehen konnte.

»Erinnerst du dich noch an deine Frage, nachts, als ich blutend und lädiert zu dir nach Hause kam? Warum ich meine Meinung geändert hätte? Warum ich mich darauf einließe?«

»Weil man versucht hat, dich umzubringen«, antwortete sie mit belegter Stimme. »Du dachtest, dieser Überfall auf dich hätte mit dem Mord an Gillian zu tun. Jedenfalls hast du das gesagt.«

»Das entsprach der Wahrheit, aber nur teilweise. Während desselben Gesprächs hast du mich gefragt, ob ich bei Gillian ein Kondom benutzt hätte. Und ich habe Ja gesagt.«

Sie nickte.

»Das war eine Lüge. Ich habe nichts benutzt, kein einziges Mal.«

»Oh.« Sie schaute in ihren Schoß, wo sie die Hände fest verschränkt hielt. »Heute auch nicht.«

»Und das war völlig unverantwortlich von mir.«

»Bei mir musst du dir keine Gedanken machen.«

»Melina, du verstehst mich falsch. Ich habe das

alles nur aus einem einzigen Grund angesprochen: Ich wollte erklären, warum ich nicht nach Houston zurückgefahren bin. Warum ich absichtlich meinen guten Ruf, meine Karriere und letztlich sogar mein Leben aufs Spiel gesetzt habe, um dieser Sache auf den Grund zu gehen.«

Er ergriff ihre Hand und drückte sie. »Du weißt doch, Gillian stand damals unmittelbar vor dem Eisprung. Trotz Hennings' Bemerkung in Lawsons Büro ist mir die wahre Bedeutung erst später klar geworden. Deshalb hat man sie an diesem Tag künstlich befruchtet.«

»Ja.«

»Also ist es auch gut möglich, dass sie in jener Nacht von mir schwanger geworden ist. Das waren deine eigenen Worte, als du mich wegen der Kondome gefragt hast.«

Auf einmal überkamen ihn seine Gefühle, genau wie in der Nacht in der Bar an der Greenville Avenue. Damals war ihm plötzlich aufgegangen, warum er die Tatsache, dass er jemals eine Nacht mit einer Frau namens Gillian Lloyd verbracht hatte, nicht fallen lassen und vergessen konnte.

»Schau, Melina, mein Vater hat mich buchstäblich fallen lassen. Deshalb habe ich mir eines geschworen: Sollte ich je ein Kind haben, dann würde ich da sein. Ich wäre aus seinem Leben nicht mehr wegzudenken. Es würde mich kennen und sich darauf verlassen können, dass ich jeden Tag seines Lebens sein Vater bin. Für sein Leben würde ich meines geben.« Sein Händedruck wurde noch fester. »Da also die entfernte Chance besteht, dass Gillian schwanger wurde und mein Kind mit ihr zusammen starb, will ich unbedingt diesen Dreckskerl finden, der dafür verantwortlich ist.«

Sie streckte die Arme nach ihm aus und er ließ sich an ihre Brust fallen. Sie umarmte ihn fest, streichelte seinen Kopf und flüsterte ihm Tröstliches zu. Ihre Brüste waren wie ein weiches Kissen, genau wie ihre beruhigende Stimme.

Es tat gut, jemand anderem die Kontrolle zu überlassen. Alle seine Schutzwälle fielen, einer nach dem anderen. Er hörte auf, ein hoher Militär zu sein, ein Kommandant, ein VIP. Er war nur noch eines: ein Mann, und nicht einmal das. Er war wieder der kleine Christopher, der das suchte, was er sich nie gestattet hatte: Wärme und Trost.

Nach einiger Zeit schob sie ihn sachte zurück. Ihr Gesicht war von Tränen überströmt, und als sie sprach, konnte man ihre Stimme kaum verstehen: »Nur du hättest das gewusst, sonst niemand. Du hättest einfach weggehen können.«

»Nein, nein, hätte ich nicht.«

Aus ihren Augen quollen noch mehr Tränen

und liefen über ihre Wangen. »Chief, hast du dich in Gillian verliebt? Hast du dich im Laufe eurer wenigen gemeinsamen Stunden in sie verliebt?«

Dieser Frage war er ausgewichen. Andauernd. Seit er sie an jenem Morgen, an dem er beim Aufwachen gemerkt hatte, dass sie fort war, beim Rasieren seinem Spiegelbild gestellt hatte. Zum zweiten Mal war diese Frage aufgetaucht, als er erfuhr, dass man sie ermordet hatte. Der Schmerz, weil sie für ihn für immer verloren war, war unendlich gewesen. Und dann kam die Frage wieder, als er in dieser Bar saß und ihm klar wurde, dass ihre Liebe vielleicht ein neues Leben gezeugt hatte. Jedes Mal, wenn sich in ihm lustvolles Verlangen nach Melina geregt hatte, hatte ihn diese Frage verfolgt und davon abgehalten, diesem Verlangen nachzugeben. Nur heute nicht. Doch diese Frage war der Grund, warum er jetzt Schuldgefühle empfand.

Vor dieser Antwort hatte er versucht, davonzulaufen. Obwohl er sie ganz genau kannte, schon lange. Jetzt war er dieses Rennens müde und gestand barsch: »Ja, das habe ich, so wahr mir Gott helfe.«

Sheriff Ritchey verlagerte sein Gewicht in dem unbequemen Sessel. Laut seiner Armbanduhr wartete er nun schon über eine halbe Stunde. Er hatte sich ans Protokoll gehalten und vorher angerufen. Man hatte einen Termin vereinbart, zu dem er pünktlich erschienen war. Es war unverzeihlich, dass man ihn so warten ließ, besonders weil er unmissverständlich angekündigt hatte, er müsse Bruder Gabriel noch heute Abend sprechen.

»Wie lange denn noch? Was meinen Sie?«

Mr Hancock hatte seit Ritcheys Ankunft am Computer gearbeitet. Nun drehte er dem Terminal den Rücken zu.

»Keine Ahnung. Kann ich Ihnen etwas anbieten?«

»Nein, danke.« Dann fügte er mit gewisser Schärfe hinzu: »Es ist äußerst wichtig.«

»Ja, das sagten Sie bereits. Und genau diese Nachricht habe ich auch Bruder Gabriel übermittelt.«

Dies war weder eine Entschuldigung für seine Wartezeit noch eine Erklärung. Es dauerte nochmals fünfzehn Minuten, ehe sich die schwer vergoldete Doppeltür öffnete und Bruder Gabriel aus seinem Schlafzimmer auftauchte.

Er trug einen Bademantel. So etwas Elegantes hatte Ritchey noch nicht gesehen, nicht einmal in Katalogen. Er bestand aus Seide, mit langen Fransen an beiden Enden des Gürtels, den sich Bruder Gabriel um die schlanke Taille gebunden hatte.

»Guten Abend, Sheriff Ritchey.«

Im Nu war sein gekränkter Stolz vergessen. Ritchey schoss hoch und drehte nervös seine Hutkrempe in den Händen. »Wie geht es Ihnen, Bruder Gabriel?«

»Außerordentlich gut, danke schön. Ich genehmige mir jetzt einen Cognac. Möchten Sie auch einen?«

»Ich bin im Dienst.«

»Natürlich. Etwas anderes?«

»Nein, danke schön.«

Er war barfuß. Seine nackten Beine – wunderschöne Beine für einen Mann – waren gebräunt und muskulös. Ritchey starrte darauf, während der Prediger ungeniert durchs Zimmer lief. Der Seidenmantel verbarg kaum etwas. Ritchey versuchte geflissentlich, die deutliche Ausbuchtung seines Gliedes zu übersehen oder die Einbuchtung zwischen den Pobacken, als er ihm den Rücken zuwandte. Dieser Mann war unter seinem Mantel splitterfasernackt. Dennoch war Ritchey über so viel Schamlosigkeit eher erstaunt als verletzt.

Bruder Gabriel nahm den von Hancock längst bereitgestellten Cognac-Schwenker entgegen und trug ihn zu seinem Schreibtisch, wo er Platz nahm und träge ein langes Bein übers andere schlug. »Da Sie mich aus meinem Bett gezerrt haben, Sheriff

Ritchey, hoffe ich, dass die Sache auch wirklich so dringend ist, wie Sie sagten.«

»Ich dachte nicht, dass Sie schon so früh im Bett sind. Verzeihen Sie, wenn ich Sie geweckt habe.«

»Haben Sie nicht. Ich war im Bett, aber geschlafen habe ich nicht. Also, was konnte denn nicht bis morgen warten?«

Ritchey war vor Verlegenheit knallrot angelaufen. »Wenn ich der Meinung wäre, das hier hätte bis morgen Zeit, würde ich Sie nie und nimmer belästigen.«

Bruder Gabriel trank einen Schluck Cognac und ließ ihn mehrere Sekunden genüsslich auf der Zunge wirken, ehe er schluckte. »So hatten wir das doch vor sieben Jahren vereinbart, oder? Sie bleiben solange Sheriff, wie Sie wollen. Zum Ausgleich bekomme ich aus erster Hand umgehend jedwede Information, die mich beziehungsweise meine Kirche betrifft.«

»Jawohl, Sir, so hatten wir es vereinbart. Ich halte mich an meinen Teil.«

»Also, was liegt denn diesmal an?«

»Dasselbe wie beim letzten Mal.«

Bruder Gabriel warf Mr Hancock rasch einen Blick zu. Daraufhin ließ der Assistent die umfangreiche Computerdatei sein und bezog am Rande von Bruder Gabriels Schreibtisch Stellung. Offensichtlich maß er Ritcheys Angelegenheit größere Bedeutung zu als seiner bisherigen Tätigkeit.

Hancock machte den Sheriff womöglich noch nervöser als Bruder Gabriel. Wie kann man einem Mann trauen, der eine Blume im Knopfloch trägt? Der einzige andere Mann in ganz Lamesa, der so etwas tat, war der Bestattungsunternehmer. Allein bei diesem Gedanken wurde Ritchey unwohl.

»Ich vermute, Sie beziehen sich auf den Mord an dieser jungen Frau in Dallas«, sagte Bruder Gabriel, womit er sich wieder dem Anlass des Besuches widmete.

»Leider.«

»Sie haben mit dem Ermittlungsbeamten gesprochen?«

»Genau, wie Sie's mir aufgetragen hatten. Gleich am anderen Tag, als ich wieder in meinem Büro war.«

»Sie haben ihm mitgeteilt, wie sehr ich es bedaure, dass darin ein Mann verwickelt war, der sich als einer meiner Jünger ausgegeben hat?«

»Ich habe alles wortwörtlich wiederholt.«

»Hinterher haben Sie Mr Hancock mitgeteilt, der Kommissar sei mit Ihrer Erklärung zufrieden gewesen und der Fall damit abgeschlossen.«

»So hatte man mir gesagt.« Er hörte auf, mit

seinem Hut herumzuspielen, und legte ihn aufs Knie. »Dann hat mir heute Nachmittag eben jener Mordkommissar Lawson einen Besuch abgestattet. In Begleitung eines FBI-Agenten.«

»Sonderagent Tobias.«

Perplex warf Ritchey Hancock einen fragenden Blick zu. Der Mann hätte genauso gut eine Marmorstatue sein können. Dann wandte sich der Sheriff wieder zu Bruder Gabriel und fragte: »Woher wissen Sie das?«

»Weil er mit mir für morgen einen Termin vereinbart hat. Wie Sie sehen, bin ich nicht in Panik, oder? Ihre Eile war unnötig, und damit haben Sie wegen nichts meinen Abend gestört.«

»Sie kamen hierher, um nach der Zwillingsschwester des Mordopfers zu suchen.«

»Melina Lloyd«, sagte Bruder Gabriel, ohne mit der Wimper zu zucken.

Zu seiner Überraschung musste Ritchey feststellen, dass Bruder Gabriel auch über sie Bescheid wusste. Als läse er seine Gedanken, fügte der Prediger hinzu: »Sie sind nicht meine einzige Informationsquelle, Sheriff Ritchey.«

»Nein, Sir. Offensichtlich nicht.«

»Also, was ist nun mit Ms Lloyd? Was hat Ihnen Tobias erzählt?«

»Er vermutet, sie sei auf dem Weg hierher und

würde eventuell etwas Verrücktes tun. Sich rächen oder so.«

Bruder Gabriel lachte in sich hinein. »Rache? An mir? Weswegen? Sie gibt doch wohl nicht mir die Schuld an dem, was ein Verrückter ihrer Schwester angetan hat.«

»Auf der Jagd nach Antworten hat sie in Dallas jede Menge Unruhe gestiftet. Anscheinend hat sich Dale Gordon Gillian Lloyd nicht zufällig ausgesucht. Er kannte sie über eine gynäkologische Klinik, wo sie künstlich befruchtet wurde. Außerdem wurde gestern Abend Gillian Lloyds Verlobter erschossen. Tobias vermutet dahinter einen Profikiller. Melina Lloyd hat das alles ziemlich mitgenommen und sie glaubt, die Antwort läge bei Ihnen bzw. bei Ihrer Kirche, zu der Gordon und Hennings, der Verlobte, Kontakt hatten.«

Es dauerte mehrere Augenblicke, bis Bruder Gabriel das alles verdaut hatte. Seine langen Finger glitten über das geschliffene Bleikristall. Schließlich sagte er: »Mich macht nur eines neugierig: Warum ist das FBI zuerst zu Ihnen gekommen? Wenn Tobias ernsthaft glaubt, dass sich diese Frau aus ihren eigenen unlogischen Gründen an mir rächen will, warum ist er dann mit dieser Warnung nicht direkt zu mir gekommen?«

»Weil …« Vor diesem Punkt hatte sich Ritchey gefürchtet, und nun war es soweit. Er spürte, wie ihm unter den Achseln und im Schritt der Schweiß ausbrach. Trotz seines Räusperns klang seine Stimme dünn. »Weil er der Meinung ist, dass ihre Schlüsse möglicherweise richtig sind.«

Wieder herrschte lange Schweigen. Bruder Gabriel regte sich nicht und zeigte äußerlich auch keine Anzeichen von Besorgnis. Nur am kalten Glitzern seiner Augen merkte man, dass es in ihm tobte. Vor Wut, vermutete Ritchey. Millionen Jünger betrachteten ihn als Heiligen, als Propheten, als Erlöser. Wenn es hieß, er sei in mehrere Mordfälle verwickelt, käme das sicher nicht gut an.

»Das hat Tobias gesagt?«

Ritchey hatte das Gefühl, nun dürfe er wieder unbesorgt atmen. »Nicht direkt, aber er hat eine Menge Suggestivfragen gestellt. Daraus konnte man leicht erkennen, was er im Schilde führt.«

Bruder Gabriel stützte seinen Ellbogen auf die gepolsterte Sessellehne, schmiegte das Kinn in die Hand, legte seinen Zeigefinger an die Wange und lauschte erwartungsvoll. Ritchey hatte verstanden und wiederholte wortwörtlich sein Gespräch mit Lawson und Tobias.

Am Schluss benetzte er nervös seine Lippen. »Bruder Gabriel, bei allem Respekt muss ich Ihnen doch mitteilen, dass ich ein wenig nervös werde, wenn das FBI ins Spiel kommt.«

Der Prediger winkte seinem Assistenten, er möge nachschenken. Ritchey wartete, solange Mr Hancock die Karaffe holen ging. Dann sah er zu, wie die goldene Flüssigkeit tropfenweise aus der Karaffe in den Schwenker glitt. Das Einschenken ging so gekonnt vor sich, dass es nicht einmal plätscherte. Bruder Gabriel rollte den Schwenker zwischen den Händen, um den Cognac zu erwärmen.

»Was meinen Sie mit dieser Aussage genau, Sheriff Ritchey? Weshalb sind Sie nervös, wenn das FBI ins Spiel kommt?«

»Nun … Ich meine … dass ich mich nicht allzu weit vorwagen kann, ohne selbst den Kopf zu riskieren. Bei Regierungsagenten kann ich mich nicht so … so vage ausdrücken wie bei anderen Leuten, die schon herumgeschnüffelt und Fragen über das Leben hier oben auf dem Gelände gestellt haben.«

Bruder Gabriel hielt den Schwenker gegen die Schreibtischlampe und ergötzte sich an der Cognacfarbe, durch die das Licht schimmerte. »Mit anderen Worten: Damit wäre Ihre Loyalität zu mir einer Probe unterworfen.«

»Nein. Nein, Sir. Sie haben meine Loyalität. Das wissen Sie. Aber …«

»Was aber?«

»Aber hier ist vom Federal Bureau of Investigation die Rede. Diese Leute lassen sich nicht an der Nase herumführen. Wenn die zu der Überzeugung kommen, ich decke jemanden … Was ich damit sagen will, ist Folgendes: Wenn es hart auf hart kommen sollte, müsste ich meine eigenen Interessen schützen. Sicher werden Sie das verstehen.«

Bruder Gabriel lächelte. »Natürlich tue ich das. Das verstehe ich nur allzu gut. Weil auch ich meine Interessen schützen muss.« Er schaute zu Hancock hinüber, der sofort auf einen stummen Befehl reagierte, das Zimmer durchquerte und durch die goldene Doppeltür Bruder Gabriels Schlafzimmer betrat.

»Schildern Sie mir Tobias«, sagte Bruder Gabriel im Plauderton. »Ist er ein Schlauberger oder ein Dummkopf?«

»Ganz gerissen, wie schon gesagt. Spricht leise, ist wachsam und todschick gekleidet.«

»Und Lawson?«

»Sieht aus und benimmt sich wie ein ehemaliger Boxer. Ist nicht so raffiniert wie Tobias.«

Mit einem selbstgefälligen Lächeln strich sich der Prediger übers Kinn. »Ich wette, dass sie wie Topf und Deckel zusammenpassen und schon sehr gespannt sind, wo Melina Lloyd auftauchen wird.«

»Anscheinend bereitet sie ihnen große Sorgen. Ich habe meine Hilfssheriffs angewiesen, jedes Motel im Bezirk zu kontrollieren, ob sie irgendwo eincheckt.«

»Sie ist unglaublich klug. Sie wird dort auftauchen, wo Sie's am wenigsten vermuten. Haben Tobias und Lawson Colonel Hart erwähnt?«

Ritchey schüttelte den Kopf. »Wer ist das?«

»Ah, Mary«, rief Bruder Gabriel, wobei sein Blick zu einem Punkt hinter Ritcheys Schulter wanderte. »Komm her, mein Schatz.«

36

Noch im Umdrehen erkannte Sheriff Ritchey sie wieder. Dasselbe Mädchen hatte er in dieser Woche schon einmal gesehen. Offensichtlich kam sie geradewegs aus Bruder Gabriels Bett, genauso offensichtlich war sie der Grund, warum sich der Prediger schon am frühen Abend zurückgezogen hatte. Ihr dunkler Lockenschopf war zerzaust, ihre Wangen gerötet. Sie trug einen weißen und viel schlichteren Bademantel als Bruder Gabriel, war darunter aber genauso nackt wie er.

Der Bademantel betonte ihre Schwangerschaft noch mehr als die Schuluniform, die sie bei seinem letzten Besuch hier getragen hatte. Ihre Brüste waren schwer, ihr Bauch so überdehnt, dass der Nabel hervortrat und sich unter dem Stoff abzeichnete.

Wie damals zog Bruder Gabriel sie auf seinen Schoß. »Nun sehen Sie, Sheriff, weshalb ich heute Abend nur ungern mein Bett verlassen habe.«

Ritchey konnte nicht antworten, geschweige

denn nicken. Die offenherzige Kleidung des Mädchens und die damit zur Schau gestellten Andeutungen stießen ihn ab. Am liebsten wäre er davongerannt. Er wollte sich verzweifelt an seine Illusionen über Bruder Gabriel klammern, statt zu bleiben und deren totale Zerstörung zu erleben.

Bruder Gabriel streichelte die rosigen Mädchenwangen. »Mary ist schon im zarten Alter zu mir gekommen, daher konnte ich sie angemessen ausbilden. Das hat sich für uns beide ausgezahlt. Nicht wahr, Mary?«

»Ja, Bruder Gabriel.«

»Offen gestanden, hat sie sich heute Abend ein wenig über mich geärgert.« Spielerisch tippte er gegen ihren Schmollmund. »Wegen ihrer fortgeschrittenen Schwangerschaft musste ich sie sehr, sehr vorsichtig und sanft behandeln. Auf keinen Fall darf das Kind in Mitleidenschaft gezogen werden. Nicht wahr, Mary?« Er strahlte das Mädchen an. »Selbstverständlich war ihr ursprünglicher Name nicht Mary. So habe ich sie nach ihrem Eintritt in den Tempel getauft. Wie hast du denn vorher geheißen?«

Sie hob die Schultern.

»Mr Hancock, erinnern Sie sich noch?«

»Oleta.«

»Oleta?« Bruder Gabriel stieß ein hässliches Lachen aus. »Ein Hinterwäldlername. Eine unangenehme Erinnerung an meine Jugend. Kein Wunder, dass ich ihn gegen einen passenderen eingetauscht habe.« Er spielte mit einer dunklen Locke des Mädchens, dann wanderten seine Finger streichelnd zu ihrer Brust. »Können Sie sich vorstellen, wie reizend es aussehen wird, wenn das Baby an diesen Brüsten saugt?«

Ritchey brachte keinen Ton mehr heraus. Sein Hut war zu Boden gefallen, aber er hatte ihn nicht aufgehoben. Er hatte es nicht einmal bemerkt. Mit wachsendem Ekel sah er zu, wie Bruder Gabriel das Mädchen tätschelte. In blindem Gehorsam protestierte sie nicht und zeigte auch keinerlei Schamgefühl, sondern schnurrte sogar wie ein Kätzchen. Er und Mr Hancock hätten ebenso gut abwesend sein können. Sie nahm keinen von ihnen zur Kenntnis. Ihre Aufmerksamkeit galt einzig Bruder Gabriel.

»Natürlich hat es auch einen Nachteil, dass Mary schon solange hier ist«, merkte Bruder Gabriel nebenbei an. »Die Uneingeweihten würden ihr Leben im Tempel falsch verstehen und sie verunglimpfen. Wer könnte ihren Alltag hier begreifen? Bei jedem Hinsehen scheint sie mir wie ein heiliges Gefäß, das man lieben und ehren sollte.

Aber die Feinde unserer Kirche würden sie in

einem ganz anderen Licht betrachten. Sie gäben ihr hässliche Namen und würden entsetzlich über sie sprechen. Nach ihrer langen Zeit hier wäre sie anderswo eine Ausgestoßene.« Er unterbrach seine Beschäftigung mit Marys abnormer Brust und schaute über seinen Schreibtisch zu Ritchey hinüber. »Möchten Sie dieses reizende Mädchen den Wölfen vorwerfen? Darüber sollten Sie das nächste Mal nachdenken, wenn Sie Ihr Gewissen wieder plagt oder Sie die Verpflichtung verspüren, das FBI zu unterstützen.«

Ohne Ritchey auch nur eine Sekunde aus den Augen zu lassen, breitete er die Hand über den Bauch des Mädchens und streichelte ihn zärtlich. »Sie sagten, Sie müssten Ihre Interessen schützen. Eines verspreche ich Ihnen, Sheriff: Ich werde die meinen zu schützen wissen.«

Damit hob er Marys Kinn und küsste sie leidenschaftlich. Tief tauchte die Zunge des Mädchens in den Mannesmund und kam wieder hervor. Ihre kleine Hand verschwand zwischen den Falten seines Seidenmantels und begann, ihn heftig zu streicheln.

Mit einem leisen Auflachen schob Bruder Gabriel ihre Hand weg und küsste sie. »Jetzt aber marsch, zurück ins Bett. Ich bin gleich bei dir. Sag dem Sheriff ade und dann lauf.«

Sie rutschte von Bruder Gabriels Schoß. »Ade, Sheriff«, plapperte sie mechanisch, ehe sie sich umdrehte und wieder ins Schlafzimmer ging.

Ritchey war speiübel. Nasskalter Schweiß brach ihm aus, in seinem Kopf dröhnte es laut. Die Szene widerte ihn an. Und doch konnte er seine Abscheu nicht offen zeigen, was aber sowieso egal war, denn offensichtlich scherte sich der Prediger keinen Deut um seine Meinung. Andernfalls hätte er seine sexuelle Beziehung zu diesem Mädchen nicht so schamlos vorgeführt.

Seufzend sah Bruder Gabriel sie gehen. »Was für ein anbetungswürdiges Kind. So ein lieber Charakter. Und so begabt für Fellatio.« Dann rieb er sich geschäftsmäßig die Hände. »Nun, wo waren wir stehen geblieben? Ach ja, bei dieser Nervensäge Melina Lloyd. Seien Sie versichert, Sheriff Ritchey, dass Sie diesbezüglich nichts befürchten müssen. Dieses Problem wird bereits während unserer Unterhaltung gelöst.«

Am Hügelkamm tauchte ein Auto auf, wurde langsamer und rollte dann nach unten.

Aufmerksam hatte Dexter Longtree gewartet. Melina und Hart hatten befürchtet, der Sender würde ihre Verfolger hierher bringen. Offensichtlich war es nun soweit. Nach Einbruch der Dunkelheit befuhr nur gelegentlich ein Fahrzeug diesen einsamen Straßenabschnitt. Und wer rollte schon ohne Licht den Hügel herab?

Die Armee hatte Longtree nach Vietnam geschickt, als man noch von einem Konflikt sprach und Kämpfe als Geplänkel bezeichnet wurden. Er hatte den Nahkampf erlebt und sich als guter Soldat bewährt, obwohl er die Grundidee des Krieges verachtete. Ein Jahrzehnt später hatte er in den Staaten einen anderen Kampf ausgefochten und sich an den Demonstrationen der amerikanischen Indianerbewegung gegen die Regierung beteiligt. Für die Teilnahme an Protestmärschen, die nach friedlichen Anfängen in Gewalt mündeten, hatte man ihn verhaftet und vielfach eingesperrt.

Jetzt verspürte er wieder den vertrauten Adrenalinstoß, den er in den Dschungeln Südostasiens oder in den Hallen amerikanischer Regierungsgebäude erlebt hatte. Mit Angst hatte das nichts zu tun. Er war zu alt, um sich vor dem Tod zu fürchten, auch wenn er ihn nicht direkt umarmen wollte. Aber wenn er käme, würde er sich nicht allzu sehr dagegen wehren. Der Tod war lediglich ein Durchgangsstadium, kein Ende. Außerdem, wie hatte er Melina erklärt? Sein Schicksal lag nicht in den Händen bezahlter Killer.

Sein Herzschlag beschleunigte sich leicht. Erst

jetzt erkannte er, dass er diesen erregenden Nervenkitzel vermisst hatte. Alte Männer durften sich nur selten an heldenmutigen Kämpfen beteiligen. Auch wenn einer als guter Stratege bekannt war, wurde ihm die Rolle des Beraters zugewiesen. Nahkämpfe von Mann zu Mann waren den Jüngeren und Stärkeren vorbehalten. Es tat gut, wieder auf dem Schlachtfeld zu stehen. Vielleicht verfügten diese Männer über eine High-Tech-Ausrüstung, vielleicht besaßen sie die rasiermesserscharfen Instinkte und Fähigkeiten professioneller Mörder.

Aber er war Indianer. Manchmal zahlte es sich tatsächlich aus, wie einer zu denken.

Als das Auto sein Einfahrtstor erreichte, bremste es ab, fuhr dann aber vorbei. »Gute Taktik«, murmelte er.

Erst nach ungefähr vierhundert Metern hielt es an. Obwohl Longtree den Wagen nicht mehr sehen konnte, hörte er, wie der Motor ausging. Heute Abend verschluckte kein Wind das Geräusch. Aber auch ein Sturm hätte keinen Unterschied gemacht. Auf diesem Stück Land hatte er sein ganzes Leben zugebracht. Er kannte die nächtlichen Geräusche und konnte sie unterscheiden.

Er wartete mit der Geduld eines verwitterten Felsens. Er verfügte über eine ausgezeichnete Nachtsicht, ein echter Vorteil, wenn der Mond, so wie heute, nur als schmale Sichel zu sehen war. Binnen weniger Minuten registrierte er eine Bewegung in Tornähe. Bei genauerem Hinsehen machte er zwei Männer aus, die erst zögerten und sich dann im Schutz der Schatten langsam geduckt ans Haus anschlichen. Drinnen hatte Longtree jedes Licht brennen lassen. Aus den Wohnzimmerfenstern drang kaltes Blaulicht, ein Zeichen, dass der Fernseher lief. Gedämpft konnte er den Ton einer Krankenhausserie hören.

Aber diese Männer würden nicht ins Haus gehen, jedenfalls nicht gleich. Nicht, wenn sie tatsächlich über ein so raffiniertes Spurensuchgerät verfügten, wie Hart vermutet hatte. Sie würden Melina im Schuppen suchen, der ungefähr zweihundert Meter hinter dem Haus lag.

Unter Longtrees wachsamen Augen berieten sie sich leise im Schatten eines Wassertrogs direkt in der Pferdekoppel und entfernten sich dann in Richtung Schuppen, wo er den Sender versteckt hatte. In weiser Voraussicht hatte er drinnen im Schuppen eine Laterne brennen lassen, damit sie ihn im Dunkeln besser finden konnten.

Keine zehn Meter von ihm entfernt gingen sie vorbei, ohne seine Gegenwart auch nur im Geringsten wahrzunehmen. Nur er bekam auf diese Weise einen besseren Eindruck von ihnen. Einer ein Schwarzer, der andere weiß. Das waren die Männer. Als sie ein gutes Stück an ihm vorbei waren, kroch er aus seinem Versteck hinter dem Brennholzstapel und folgte ihnen.

Wegen ihrer Tarnung benötigten sie fast fünf Minuten für die Strecke zwischen Haus und Schuppen. Als Longtree zu der Stelle kam, die er sich vorher als günstigen Aussichtspunkt gewählt hatte, war er außer Atem. Trotzdem hatte er sich nie lebendiger gefühlt als jetzt, an diesen Felsbrocken gelehnt. Er atmete tief, aber leise ein.

Er beobachtete, wie sich die beiden Männer gegen die äußere Schuppenwand pressten und daran entlangschoben, bis sie links und rechts neben der Tür standen. Einer gab ein Zeichen. Der andere trat die Tür ein, dann stürmten beide mit gezückten Pistolen hinein.

Plötzlich drangen überraschte Rufe und laute Flüche durch die stille Nacht. Sie hatten erwartet, Melina Lloyd und Christopher Hart drinnen zu finden – und keine stinkenden Kuhfladen, die Longtree dort vor dem Verkauf als Dünger lagerte.

Hustend rangen sie nach Luft und versuchten, die Fladen von den Schuhen zu stampfen. So stolperten sie wieder ins Freie, wo sich Männer auf sie stürzten, die flach auf dem Schuppendach gelegen hatten und nur auf die Gelegenheit zum Losschlagen warteten.

Der Schwarze schaffte es, blindlings noch ein paar Salven aus seiner halbautomatischen Pistole abzufeuern, ehe ihn ein junger Mann mit einem markerschütternden Schrei, bei dem selbst Longtree zusammenzuckte, zu Boden warf. Ein anderer feuerte sein Gewehr in den Nachthimmel ab, während er unsanft auf dem Weißen zu liegen kam.

Die Jungs hatten ihren Spaß.

Kaum waren die beiden entwaffnet, riss man sie in die Höhe, legte ihnen rücklings Handschellen an und schob sie nach vorne. Aus der Dunkelheit kam eine Lanze geflogen und bohrte sich nur wenige Zentimeter von ihren Füßen entfernt in die Erde, wo sie noch eine Weile bedrohlich schwankte, ehe sie still stand.

»Heiliger Strohsack«, rief der Weiße mit zittriger Stimme.

»Halt's Maul«, befahl der Schwarze.

Longtree trat hinter seinem Felsblock hervor und näherte sich gravitätisch. Er hatte seinen prächtigsten Kopfputz aufgesetzt, nur zur Show, aus reinem Spaß. Beim Näherkommen sah er, dass die Einschüchterungstaktik wirkte. Sogar der Schwarze war etwas kleinlauter geworden.

Longtree baute sich vor dem Duo auf und sagte

unerträglich lange keinen Ton, bis der Schwarze schließlich schallend loslachte. »Zum Teufel, wer bist du denn? Geronimo?«

Einer der Jungs rammte ihm seinen Flintenlauf in die Niere, nicht so fest, dass er ernsthaft verletzt wurde, aber doch hart genug, um ihn zur Räson zu bringen und ihm klarzumachen, dass man keinerlei Respektlosigkeit tolerierte.

Longtree sagte etwas in seiner Muttersprache zu ihnen. Diesen Satz wiederholte er drei Mal.

»Was sagt er da?«, flüsterte der Weiße seinem Partner mit aufgeregter Kieksstimme zu. »Was sagt er da?«

Longtree warf einen Blick auf ihre dreckigen Schuhe. »Ich sagte: ›Ihr steckt bis zum Hals in der Scheiße.‹«

Die meisten Kinder im Schlafsaal schliefen schon. Aber Bruder Gabriel machte gerne einen Rundgang durch die Räume, wenn sie im Bett lagen. Heute hatte er sich für einen Besuch im Säuglingssaal entschieden. Das Beisammensein mit Mary, an deren reifem Körper er sich ergötzt hatte, versetzte ihn in die Stimmung, seine Babys aufzusuchen.

Obwohl der Säuglingssaal so hygienisch rein wie ein Kliniklabor war, hatte man weder Kosten noch Mühe gescheut, ihn in einen gemütlichen und bequemen Raum zu verwandeln. Temperatur und Feuchtigkeit wurden konstant reguliert. Bunte Illustrationen zu Kinderliedern zierten die Wände. An den Bettchen hingen Mobiles und anderes interaktives Spielzeug. Aus versteckten Lautsprechern ertönte klassische Musik. Er hatte die mentale Entwicklung dieser Kinder Experten anvertraut, die am besten wussten, wie man ihre jungen Gehirne stimuliert und ihre Lernkapazität steigert.

Trotzdem überwachte er persönlich jeden Schritt und stellte erfreut fest, dass die Musik gelegentlich von seiner Stimme unterbrochen wurde. Man spielte Bänder ab, auf denen er ein Kinderlied rezitierte oder ein Wiegenlied sang. Seines Erachtens ein brillanter Einfall. Er wollte, dass seine Stimme für jedes Baby so früh wie möglich zum integralen Bestandteil des Unterbewusstseins wurde.

Leider traten trotz bester Vorsorge seinerseits und trotz sorgfältigster Vorauswahl, der jede Mutter unterworfen wurde, bei einzelnen Kindern gelegentlich genetische Mängel auf und es entpuppte sich wider alle Hoffnung als nicht so intelligent und körperlich überragend.

Zufällig neigten all diese Kinder zu Lungenentzündung, an der sie tragischerweise auch starben.

Aber über diese Unglücksfälle grübelte er nicht mehr nach, als er den Tod von Dale Gordon oder Jem Hennings betrauerte. Wenn ihm ein Wesen nicht mehr nützlich war, strich er es radikal aus seinem Gedächtnis.

Er ging von Bettchen zu Bettchen und schenkte jedem Kind seine Liebe und Fürsorge. Im Grunde genommen besichtigte er den Säuglingssaal lieber dann, wenn er sicher sein konnte, dass die meisten Babys schliefen. Er mochte sie am liebsten sauber und still, wenn er keine schmutzigen Windeln oder Erbrochenes oder grundloses Jammern ertragen musste.

Er beobachtete sie so gerne im Schlaf. Dann ging er zwischen den Bettchenreihen herum und berührte ein jedes liebevoll, wobei er sich an das Deckenfresko der Sixtinischen Kapelle erinnerte, auf dem Gott seinem eindrucksvollsten Geschöpf die Hand entgegenstreckt: Adam.

Wie gerne spürte er ihre weiche Babyhaut, wie gerne verglich er seine große Hand mit ihren Körperchen, wie gerne stellte er sie sich als Jugendliche mit kräftigen Gliedmaßen und hübschen Gesichtern vor.

Der Gedanke, dass sie wie Ebenbilder seiner selbst aufwüchsen, gefiel ihm.

Als er zu einem leeren Bettchen kam, wandte er

sich an die Dienst habende Kinderschwester, die ihm seit seinem Eintritt nicht von der Seite gewichen war. »Das ist für Marys Baby«, erklärte Dorothy Pugh ehrerbietig. »Sie bekommt ein Mädchen. Voraussichtlich in zwei Wochen.«

»Das wurde mir berichtet.«

»Dieses Bettchen steht für das Baby bereit, wann immer sie entbindet.«

Dorothy Pugh hatte als Schulschwester in einem Schulsprengel von South Dakota gearbeitet, als Bruder Gabriel ihr Eifer für seine Kirche zu Ohren kam. Ihre Missionsarbeit war eindrucksvoll. Sie hatte ihm zahllose Konvertiten zugeführt. Er hatte Kontakt mit ihr aufgenommen und sich erboten, eine Zusatzausbildung zur Säuglingsschwester zu bezahlen. Begeistert hatte sie auf die Aussicht reagiert, im Tempel zu leben und zu arbeiten. Als sie nach ihrer Ausbildung hörte, dass sie in Zukunft als leitende Pflegeschwester für die Babys zuständig sein sollte, die im Rahmen des Großen Plans geboren worden waren, hatte sie ihn derart mit Dankbarkeit überschüttet, dass er ganz verlegen wurde. Jedenfalls hatte er im Beisein anderer so getan.

Ihr hingebungsvoller Eifer für den Großen Plan stand außer Zweifel. Beruhigt überließ er die Kinder solange ihrer Obhut, bis sie die nächste Stufe erreicht hatten und zu denen stießen, die bereits krabbeln und gehen konnten.

»Ich möchte benachrichtigt werden, sobald bei Mary die Wehen einsetzen.«

»Selbstverständlich, Bruder Gabriel.«

»Und falls Sie einmal den Kinderschlafsaal überstürzt räumen müssten –«

»Diesen Fall haben wir schon oft geübt, Bruder Gabriel. Sollte je eine Invasion unserer Feinde drohen, könnten die Kinder sofort umgesiedelt werden.«

»Sie machen Ihre Arbeit ausgezeichnet.« Er streichelte ihre Wange. Sie errötete. Die nackte Anbetung strahlte aus ihren Augen und machte sie hübscher, als sie tatsächlich war. Für den Großen Plan war sie zu alt, aber vielleicht sollte er ihre Loyalität vergelten und sie dadurch zu noch mehr anspornen. Er durfte nicht vergessen, sie demnächst durch Mr Hancock holen zu lassen. Sie würde alles tun, um ihn zufrieden zu stellen. Allein beim Gedanken daran musste er lächeln.

»Bruder Gabriel.« Mr Hancock war auf seine übliche unaufdringliche Art näher getreten. »Verzeihung. Ich weiß, dass Sie es gar nicht schätzen, wenn man Ihre kostbare Zeit bei den Kindern stört, aber das hier hielt ich doch für wichtig.«

Als er die Anspannung hinter Mr Hancocks

Stimme bemerkte, waren alle Gedanken an einen erotischen Abend mit der Schwester wie weggeblasen. Er winkte seinen Assistenten in den Flur hinaus. Tagsüber strömte durch das Deckenfenster heller Sonnenschein in den breiten Zugang zur Halle, der von Kinderlachen und den Stimmen ihrer Betreuer widerhallte, die sich um Körper und Geist gleichermaßen kümmerten. Nun lag er verlassen im Dämmerlicht da.

Mr Hancock hielt ein Walkie-Talkie in der Hand. »Hatten Sie vereinbart, dass Sheriff Ritchey die Siedlung verlassen soll?«

»Selbstverständlich. Ich habe ihm seinen Marschbefehl höchstpersönlich erteilt. Er soll nicht nur ein wachsames Auge auf Tobias und Lawson haben, sondern auch aufpassen, wo Melina Lloyd und Hart auftauchen.« Längst hatte ihm Joshua mitgeteilt, dass sie sich tatsächlich in New Mexico befanden. Nun wartete er auf die Mitteilung, dass man sich ihrer bemächtigt hatte, und wunderte sich längst, warum Joshua und sein Partner solange brauchten.

Mr Hancock runzelte die Stirn. »Der Streifenwagen des Sheriffs steht noch immer auf dem Parkplatz.«

»Aber er ist doch schon vor einer halben Stunde weg.«

»Aus Ihren Räumen. An der Wache in der Eingangshalle ist er nie vorbeigekommen.«

»Und wo steckt er dann?«

»Die Männer vom Wachdienst überprüfen momentan sämtliche Herrentoiletten.«

»Herrentoiletten?«, rief Bruder Gabriel aufbrausend. »Man braucht doch keine Stunde, um ein Leck zu finden. Außerdem gibt es dort überall Kameras, die uns auf einen Blick verraten können, ob er auf einer Toilette sitzt.«

»Sicher besteht kein Anlass zur Sorge.«

»Natürlich besteht kein Anlass zur Sorge«, fauchte er. »Hancock, was ist mit Ihnen los?«

»Ich sage doch lediglich –«

»Dass ein bewaffneter Mann vermisst wird.«

Vor Ritchey hatte er keine Angst. Der Kerl war ein Feigling, ein Schleimer. Er besaß keinerlei Rückgrat. Der wüsste nicht einmal dann, was Stolz ist, wenn er ihn persönlich am Wickel hätte. Außerdem hatte er bewiesen, wie korrupt er war, als er Bruder Gabriels Tauschgeschäft akzeptierte. Trotzdem hatte er sich für sein Verschwinden einen verdammt unpassenden Zeitpunkt ausgesucht. Und das, obwohl er wichtige Dinge zu erledigen hätte.

»Ich will, dass man ihn findet.«

»Jawohl, Sir.« Hancock winkte zwei Wächter

nach vorne. »Als reine Vorsichtsmaßnahme habe ich diesen beiden Männern Anweisung erteilt, in Ihrer Nähe zu bleiben und Sie nicht aus den Augen zu lassen.«

»Das ist unnötig.«

»Bitte, Bruder Gabriel, mir zuliebe.«

»Ach, schon gut«, pflichtete er ungeduldig bei.

Flankiert von zwei bulligen Wächtern machte er sich auf den Rückweg in seine Privaträume. Er war aufs Äußerste geladen. Alvin Medford Conway stand kurz davor, Weltbedeutung zu erlangen. In Bälde würde er Geschichte schreiben. Dann wäre sein Name unsterblich, ohne dass er dafür den Märtyrertod hätte sterben müssen.

Eigentlich sollte sich jemand seines Formats nicht den Kopf über Spinner zerbrechen, die ihm grollten. Er stand weit über den Melina Lloyds dieser Welt. Im Vergleich zu ihm und seiner Bedeutung für die Zukunft der Menschheit waren sogar Mordkommissare, FBI-Agenten und Raumfahrer Pissnelken und Fliegendreck.

Sheriff Ritchey stand in der Nahrungskette soweit unten, dass man ihn getrost vernachlässigen konnte. Und doch war es ihm gelungen, Bruder Gabriels Abend zu verderben. Und das konnte man nicht dulden.

37

Sie hatten es nicht geschafft, Lamesa vor Einbruch der Dunkelheit zu erreichen, aber zu sehen gab es dort ohnehin nicht viel. Das Zentrum bestand aus ein paar Geschäftshäusern, die sich wie an einer Wäscheleine links und rechts der Bundesstraße hinzogen.

Chief sah die unumgängliche Bank, eine Poststelle, einen Supermarkt und eine Apotheke, die gleichzeitig als Friseursalon diente. Ein Wohnmobil hatte man zur öffentlichen Bücherei umgewandelt. Bei Marta's konnten sich die Damen von Lamesa ihre Haare und Nägel richten lassen und gleichzeitig frittiertes Indianerbrot kaufen, hausgemacht. Außerdem gab es ein einziges Motel, das Reisenden mit blinkender Neonschrift »Zimmer frei« signalisierte. An diesem Abend stand auf dem Parkplatz ein einsames Auto.

Die öffentliche Schule umfasste alles, von der Vorschulstufe bis zur Abschlussklasse, und belegte vier Hektar am Stadtrand. Die Wohnbezirke bestanden aus kleinen Ansammlungen von Häusern, die ringsherum verstreut lagen.

»Melina, hast du schon mal frittiertes Brot gegessen?«

»Was ist das?«

»Köstlich. Dabei fällt mir ein, wie hungrig ich bin.« Ohne sie zu fragen, blieb er an einer Imbissbude stehen, in der gerade mal ein Ofen Platz hatte. Trotzdem wurden Burger, Huhn und Tacos angeboten. »Longtrees Frühstück ist aufgebraucht.«

Trotz Melinas Nicken wusste er genau, dass ihr nicht der Sinn nach Essen stand. Sie hatte nur noch Augen für den Berg, der sich am westlichen Stadtrand aus der Wüste erhob. Auf seinem Gipfel lag ihr Ziel: der Tempel.

Chief versuchte, ein ungutes Gefühl abzuschütteln, und fragte Melina, was sie essen wolle. »Mir ist alles recht.«

Er stieg aus und trat ans Fenster. Ein einzelner Mensch war hier für alles zuständig: Der Mann an der Kasse nahm nicht nur seine Bestellung entgegen, sondern frittierte auch panierte Hähnchenstücke und Kartoffelscheiben und reichte sie Chief danach durchs Fenster. Sie aßen in der Fahrerkabine des Pick-ups, von der sie einen freien Blick auf den Berg hatten.

»Ketchup? Salz?« Er bot Melina je ein Tütchen an.

»Danke.«

Chief zerstieß mit seinem Strohhalm das Eis im Trinkbecher. Das anzügliche Quietschen am Plastikdeckel brachte ihn zum Lachen.

»Was ist?«, wollte sie wissen.

»Nichts. Reiner Männerjux.«

»Lachst du, weil es wie ein Furz klingt?«

»Melina, was für ein Ausdruck! Ich bin schockiert.«

»Du? Der ungekrönte NASA-Champion für derbe Sprüche und obszöne Flüche?«

Er grinste. »Wie schön, dass du nicht so zimperlich bist. Du weißt es zu schätzen, wenn sich ein Mann wie ein Mann benimmt.«

»Wie ein kleiner Junge, meinst du wohl.«

Er grinste noch mehr. »Mit dir auszugehen, würde Spaß machen.«

»Was?«

»Ausgehen. Du weißt schon, zum Essen. In ein Restaurant.«

»Oh.«

Schlagartig fiel ihnen das Absurde an ihrer Situation auf. Sie hatten zwar so intim miteinander verkehrt, wie es zwischen zwei Menschen nur möglich war, waren aber nie zusammen ausgegangen. Doch dieses Territorium ließ man besser unerforscht.

Sie musste Ähnliches gedacht haben, denn auch sie versuchte, weiterhin einen leichten Ton anzuschlagen. »Ich erinnere mich noch an Restaurants«, meinte sie, während sie Ketchup von den Fingern schleckte. »Ich weiß sogar, wie man mit Besteck umgeht.«

»Ich auch. Wenn ich einen guten Tag habe.« Sie lächelten einander an.

Doch der Berg drohte. Trotz ihres Bemühens um eine banale Unterhaltung besaß er eine Ausstrahlung, die sich keinen Augenblick ignorieren ließ. Sogar aus mehreren Kilometern Entfernung schien die Siedlung auf dem Gipfel vor Wachlichtern zu strahlen.

Nur ungern gestand Chief sich ein, wie entmutigend dieser Anblick wirkte. Er und Melina hatten sich unter Bruder Gabriels Tempel ein imposantes Gebäude vorgestellt. Jetzt standen sie tatsächlich hier in seinem Schatten und Chief hatte keine Ahnung, wie sie, um alles in der Welt, diesen Sicherheitskordon durchbrechen könnten. Jedenfalls hätte dieser Versuch ernsthafte Konsequenzen, ob erfolgreich oder nicht.

Seltsamerweise hatte er vor der Fahrt nach Dallas seine Zukunft nach der Pensionierung unbekümmert betrachtet. Mittlerweile war er Longtree begegnet, hatte seine Lebensumstände gesehen und die schlichten und doch überzeugenden Anschauungen dieses Mannes kennen gelernt. Der Drang, rasch etwas zu tun, um die Lebensumstände der amerikanischen Ureinwohner zu verbessern, war in ihm erwacht.

Er hatte sich nie leidenschaftlich für sein indianisches Erbe interessiert. Longtree hatte diese Haltung verändert und ihm ein Gefühl des Miteinanders vermittelt. Oder war das vielleicht, trotz seines Leugnens, insgeheim immer da gewesen, um irgendwann doch von ihm akzeptiert zu werden?

Und dann war da noch Melina.

Was war denn mit Melina?

Eines ließ sich nicht leugnen: Er war hin- und hergerissen. Fühlte er sich nur deshalb zu ihr hingezogen, weil sie Gillians Ebenbild war? Eine Weile hatte er es sich eingebildet. Inzwischen war er nicht mehr sicher, ob das schon alles war. Er wollte nochmals mit ihr schlafen, wollte herausfinden, was er versäumt hatte, weil er sie nicht auf den Mund geküsst hatte. Wie aber konnte er sie begehren und gleichzeitig behaupten, er habe sich in Gillian verliebt? Und das hatte er, daran war nicht zu rütteln.

Was für ein Durcheinander. Was seine gegenwärtige Gefühlslage betraf, wusste er nur eines ganz genau: Diese Sache hatte er regelrecht versaut, um es mal auf den Punkt zu bringen. Er war gewohnt, Probleme pragmatisch anzugehen. Man hat ein Problem, man geht ihm auf den Grund und löst es. Ganz einfach. Ohne Emotionen. Doch nicht so hier.

Aber bevor er sich mit seiner Zukunft und seinen Empfindungen für Melina auseinander setzen konnte, musste er mit Bruder Gabriel fertig werden, der buchstäblich in einer Festung lebte. »So strahlt ja nicht mal die NASA ein Shuttle beim Nachtstart an«, konstatierte er, während er ihre Reste in einen Abfalleimer warf. Anschließend wendete er den Pick-up und fuhr zurück ins Stadtzentrum.

Selbst wenn er und Melina auf regulären Wegen eine Privataudienz bei seiner Heiligkeit bekämen, dürften sie sich nicht frei im Tempel bewegen und ihre Nase in alle möglichen Ecken und Winkel stecken. Sie sähen nur das, was sie Bruder Gabriel sehen lassen wollte. Sollten sie jedoch ohne Genehmigung des Sheriffs hinauffahren und sich tatsächlich an der Wache vorbeischmuggeln können …

Schon jetzt konnte er sich die weltweiten Schlagzeilen ausmalen: ASTRONAUT WEGEN UN-

BEFUGTEN BETRETENS VERHAFTET. NASA BESTREITET DIE TAT IHRES EX-KOMMANDANTEN. SHUTTLE-PILOT GEISTIG VERWIRRT?

So würde es heißen, und Recht hätten sie ja. Das hier war purer Irrsinn. Zum Aussteigen war es noch nicht zu spät. Er könnte Tobias anrufen und die Regierungsbehörde übernehmen lassen. Er könnte sich distanzieren.

Vergiss es, dachte er. Damit war diese Idee gestorben, noch ehe er sie zu Ende gedacht hatte. Nein, zum Teufel, nein. Er hatte eine Verpflichtung. Das musste er durchstehen.

Sie hatten das Büro des Sheriffs schon beim Vorbeifahren an der Hauptstraße entdeckt. Es lag in einem frei stehenden Adobe-Bau. Chief lenkte den Pick-up auf einen von mehreren Parkplätzen und stellte den Motor ab. »Was nun?«

Melina holte tief Luft. »Keine Ahnung. Wahrscheinlich sollten wir einfach reingehen, ihm unser Herz ausschütten und sehen, wie er darauf reagiert.«

»Das ist dein Plan?«

»Hast du einen besseren?«

Er drückte die Tür auf, stieg aus und ging um den Wagen herum, um ihr beim Aussteigen zu helfen, aber sie stand schon neben dem Laster und rieb sich die Arme. Die Gegend hier lag höher, es war viel kälter als auf Longtrees Grundstück.

»Willst du meine Jacke wieder haben?«, bot er an.

»Drinnen geht's dann schon wieder.«

An der Bürotür klebte eine handschriftliche Notiz des Sheriffs, dass er bald wieder zurück sei. In weiser Voraussicht hatte er noch die Uhrzeit notiert, wann er gegangen war. Chief warf einen Blick auf seine Armbanduhr. »›Bald‹ ist ein dehnbarer Begriff. Er ist schon fast drei Stunden fort.«

»Welcher Sheriff lässt sein Büro unbesetzt?« Durchs Fenster konnten sie sehen, dass drinnen niemand war. »Hat er denn keine Hilfssheriffs?«

»Vielleicht sind die auch auf Streife.«

Diese unerwartete Verzögerung verärgerte Melina. »Uns bleibt wohl nichts anderes übrig, als drinnen zu warten.«

Die Tür war unversperrt. Sie gingen hinein. Anscheinend rechnete der Sheriff mit einer kühlen Nacht, denn die Zentralheizung lief. »Nun ja, wenigstens musst du so nicht frieren. Das steht fest.« Chief streifte seine Jacke ab und hängte sie an einen Haken neben der Tür. »Hier drinnen könnte man Plätzchen backen.«

Es handelte sich um ein kleines quadratisches Büro, von dessen Rückwand ein Flur abging. An einem Schwarzen Brett hingen die üblichen Fahndungsfotos. Eine großformatige Karte des Bezirks bedeckte fast eine ganze Wand. Obwohl Ritcheys ungewöhnlich ordentlicher Schreibtisch den Eindruck erweckte, in diesem Büro fiele nur wenig Papier an, standen drei große Aktenschränke herum.

Als Chief zu Melina eine Bemerkung über diese untypische Ordnungsliebe machte und sich umdrehte, war sie nicht da. Sie war den Flur hinunterspaziert und erkundete die restlichen Räume. »Was gibt's denn da hinten?«, rief er.

»Ein kleines Zimmer mit einer Kaffeemaschine, die ein unvorsichtiger Mensch nicht ausgeschaltet hat. Toiletten.«

Dann ein Schrei und: »Oh nein!«

Mit einem Satz war Chief im Flur. Dabei knallte er mit dem Ellbogen gegen den Türpfosten. Obwohl es höllisch wehtat und Unterarm und Hand teilweise taub wurden, ließ er sich nicht aufhalten. Binnen Sekunden rannte er mit Riesenschritten durch den Flur. Als er vor einer Einzelzelle abbremste, rutschte er mit den Stiefeln auf dem Fliesenboden aus.

Melina kauerte unter lautem Weinen auf dem Zellenboden und presste etwas an ihre Brust. »Zum Kuckuck, was ist denn los?« Er kniete sich daneben und legte den Arm um sie. »Melina?«

»Ach, Chief, Chief«, schluchzte sie, »es tut mir ja so Leid.«

Mit diesen Worten holte sie kraftvoll aus und versetzte ihm einen Schlag direkt auf den Kopf. Der Gegenstand, den sie in der Hand gehalten hatte, traf genau die Stelle an seinem Jochbein, an der sich die erste dünne Hautschicht über der ursprünglichen Wunde gebildet hatte. Er fiel nach hinten und landete mit gespreizten Beinen unsanft auf seiner Kehrseite. »*Scheiße!*«, brüllte er und drückte die flache Hand gegen seine Wange, wo der Schmerz explodierte.

Melina schoss hoch, rannte durch die Zellentür und zerrte sie hinter sich zu. Mit einem lauten metallischen Klick, der durch das leere Gebäude hallte, fiel sie ins Schloss. Sie presste sich an die gegenüberliegende Wand und ließ ihre Waffe fallen: einen Briefbeschwerer aus Messing in der Form New Mexicos, den sie anscheinend vom Schreibtisch des Sheriffs entwendet hatte.

Obwohl ihm Sterne vor den Augen tanzten, gelang es Chief, sich aufzurappeln. Sein Gesicht blutete, aber das merkte er erst, als er die Gitterstäbe packte und dabei sah, dass seine rechte Hand rot war.

»Zum Teufel nochmal, was machst du da?«, brüllte er.

Sie atmete heftig bei geöffnetem Mund. Sie war

selbst über ihre Tat entsetzt. Man konnte es ihren weit aufgerissenen Augen ablesen, die ihn unverwandt anstarrten. »Ich gehe dort hinauf. Z-zum Tempel.«

Wie der Insasse einer Irrenanstalt rüttelte er an den Gitterstäben. »Melina, verdammt nochmal, lass mich hier raus.«

Sie schüttelte verneinend den Kopf und schob sich zentimeterweise auf die Ausgangstür zu. »Zusammen wird man uns nie reinlassen, Chief.« Sie biss sich auf die Unterlippe. Vergebens, das Schluchzen ließ sich nicht unterdrücken. »Es tut mir Leid, dass ich auf dich eingeschlagen habe. Oh Gott, tut mir das Leid.«

Er krallte sich noch mehr ins Gitter. »Melina –«

»Nein.« Mit letzter Kraft presste sie die Augen zusammen, als wollte sie damit auch ihre Ohren gegen seine Bitten verschließen. »Das muss ich allein tun. Sie war meine Zwillingsschwester. Mein ist die Rache und … und außerdem will ich nicht, dass du unter den Folgen leiden musst. Und die werden sicher kommen. Das hast du nicht verdient.«

»Hör mir zu«, sagte er mit seiner schärfsten Kommandantenstimme. »Du wirst dich umbringen, wenn du allein –«

»Er wird mir nichts tun. Dir schon, aber nicht mir.«

»Das weißt du doch nicht. Und jetzt lass mich hier raus!«

»Er wird mir nichts tun«, wiederholte sie.

»Warum bist du dir da so verdammt sicher?«

Sie schluckte heftig, dann drehte sie sich um und lief den Flur entlang, wobei sie über die Schulter rief: »Ich habe eine Geheimwaffe.«

Allmählich machte sich der Fall bei Tobias bemerkbar. Er hatte seinen Körper so trainiert, dass er nötigenfalls mit einem Minimum an Schlaf auskam, aber die beiden letzten Tage waren ungewöhnlich anstrengend gewesen. Schon die Reise hatte ihn erschöpft. Rechnete man dazu noch die komplexen Zusammenhänge und vielleicht sogar den Scotch, den er eben getrunken hatte, dann war es kein Wunder, wenn er nur mit Mühe die Augen offen halten konnte.

Diese Geschichte hatte so verdammt viele Ebenen. Die äußere Hülle war der Mord an Gillian Lloyd gewesen. Dann kam Gordons Selbstmord und dann der Überfall auf Melina. Die nächste Schicht war der Mord an Linda Croft, gefolgt von der Entdeckung, dass Hennings ein doppeltes Spiel trieb, sowie seine mutmaßliche Hinrichtung.

Tobias hegte einen tiefen Verdacht: Wenn man Schicht um Schicht bis auf den Kern abzog, fände man dort vermutlich Bruder Gabriel. Und selbst wenn nur wenige ihrer bisherigen Vermutungen sich als richtig herausstellten, schlüge dieser Fall Wellen wie ein Tsunami.

Vor einer Stunde hatte er pflichtschuldigst die Akte Gillian Lloyd auf den Schoß gezogen und geöffnet. Doch seine Augen konnten kaum noch fokussieren. Schon mehrmals hatte er sich beim Einnicken ertappt.

Wenn er nur wüsste, wonach er eigentlich suchte. Dann könnte er diese Spur verfolgen, wie bei einer Schnitzeljagd, bei der die Chance, den Preis zu erlangen, einen motivierte. Stattdessen war er nicht einmal sicher, ob es überhaupt einen Preis gab. Die Chancen standen ausgezeichnet, dass sie bislang keine Spur übersehen hatten. Denn sonst wäre Lawson, oder er, inzwischen sicher darauf gestoßen.

Lustlos blätterte er durchs Register, das die Details des Falles einteilte, und studierte zum x-ten Mal Fakten, die er längst kannte.

Schauplatz.

Dale Gordons Herkunft und Charakterprofil.

Aussagen von Melina, Christopher Hart, Jem Hennings und der Nachbarin, die die Leiche gefunden hatte.

Der Autopsiebefund.

Informationen über die Waters-Klinik.

Eines musste er der großen Klinikkette lassen: Man hatte sich ungemein kooperativ verhalten, vom Vorstandsvorsitzenden bis ganz nach unten. Das Personal war Agent Patterson bei der Suche nach den Samenspendern behilflich und beschwor diese unter Strafandrohung, die Ermittlungen zu erleichtern. Die Leute in der Klinik reagierten auf Dale Gordons Verhalten ungläubig und mit offener Empörung. Tobias war überzeugt, dass das Haus an sich mit dieser Sache nichts zu tun hatte.

Er lehnte sich gegen das Kopfteil und schloss die Augen. Im Fernsehen lief gerade eine Wiederholung von Cheers. Er lauschte den Dialogen und lächelte über eine Bemerkung von Sam zu Woody. Aber schon bald konnte ihn nicht einmal der witzige Comedytext wach halten. Sein Kopf sackte zur Seite. Sein Gehirn zog einen Stecker nach dem anderen aus der Platine und langsam verlor er das Bewusstsein.

Und in diesem Zustand des freien geistigen Falls blitzte etwas auf, etwas, das er kürzlich gelesen hatte.

Ruckartig kam er hoch, alarmiert, weil dieser Gedankenblitz wieder erlöschen würde, wenn er ihn nicht auf der Stelle fixierte. Wie ein Glühwürmchen in stockdunkler Nacht war er aufgeflackert;

eine Sekunde war es da, in der nächsten schon wieder weg, als sei alles nur eine optische Täuschung und in Wirklichkeit nicht vorhanden gewesen.

Und doch wusste er, dass es diesen Geistesblitz gegeben hatte, ganz real, und dass er wichtig war. Lebenswichtig. Was war das noch? Was war das?

»Denk nach, verdammt noch mal.« Er presste die Augen zusammen und zwickte sich so fest in den Nasenrücken, dass es wehtat. »Denk nach.«

Und dann flackerte es plötzlich wieder auf, wurde heller, brannte länger. Er setzte sich auf und blätterte hektisch durchs Register, bis er zu dem gesuchten Teil kam.

Rasch überflog er das oberste Blatt. Beim Umblättern hätte er es beinahe aus dem Metallhefter gerissen. Beim ersten Mal überlas er die Notiz, ging wieder zurück, hielt an und las. Noch einmal.

Er warf sich gegen das Kopfteil und starrte blindlings auf den Bildschirm. Carla machte gerade eine bissige Bemerkung zu Diane, ohne dass Tobias sie wahrgenommen hätte. Systematisch integrierte er diese winzige Tatsache mit ihren dramatischen Auswirkungen, die bisher durch scheinbar wichtigere Informationen verdeckt worden war.

Als sein Gehirn endlich die darin enthaltene Bedeutung geknackt hatte, schoss er aus dem Bett, riss die Tür auf und raste zu Lawsons Zimmer.

38

Ab einem gewissen Punkt wurde die Straße so steil, dass sie sich nur noch in Haarnadelkurven den Berg hinaufschlängelte. Vorsichtig nahm sie jede der dunklen, schmalen Wendungen. Vor Nervosität hatte sie schweißnasse Hände, die ständig vom Lenkrad rutschten, und das machte die Fahrt noch gefährlicher.

Gott sei Dank hatte Chief die Wagenschlüssel in seiner Jackentasche gelassen, die sie bei ihrem hastigen Abgang vom Haken gerissen hatte. Beim Gedanken, wie sehr sie ihn verletzt haben musste, wurde ihr fast schlecht. Noch immer spürte sie, mit welcher Wucht der Briefbeschwerer gegen sein Jochbein geknallt war, spürte, wie seine Haut aufplatzte.

Und doch wusste sie eines ganz genau: Dieser Schlag hatte ihn weniger geschmerzt als die Tatsache, dass sie ihn ausgetrickst hatte. Dafür gab es nur eine einzige Rechtfertigung: Es diente seinem Schutz. Sie hatte keine Ahnung, wie diese Nacht enden würde, stellte sich aber auf das Schlimmste ein. Die Lloyd-Zwillinge hatten Christopher genug geschädigt. Für noch mehr wollte sie keine Verantwortung übernehmen.

Sie stieß wider Erwarten früh auf das Eingangstor, aber auch das hatte vermutlich sein Gutes. Wenn sie es schon früher gesehen und mehr Zeit zum Nachdenken gehabt hätte, hätte sie vielleicht trotz ihres Vorsatzes gekniffen.

So aber musste sie unmittelbar hinter einer Kurve scharf bremsen, sonst wäre sie mitten in das von Flutlichtern angestrahlte Tor geknallt. Drinnen im Pförtnerhaus sah sie einen Mann in einer dunkelblauen Uniform, auf dessen Brusttasche das goldene Signet von Bruder Gabriels Kirche prangte. Er trat heraus und näherte sich dem Pick-up. Sie kurbelte das Fenster herunter.

»Friede und Liebe«, sagte er.

Angesichts seiner Waffe und des Stacheldrahts auf Tor und Zaun klang dieser Gruß idiotisch. Doch diese Ironie schien ihm zu entgehen. »Kann ich Ihnen helfen, Ma'am?«

»Ich würde gerne Bruder Gabriel sprechen.«

Er lächelte nachsichtig. Offensichtlich war es nicht ungewöhnlich, dass eine Verehrerin eintraf und unangemeldet um Audienz bei dem Heiligen Mann bat.

»Bruder Gabriel hat sich schon für die Nacht zurückgezogen. Sie können eine Botschaft von ihm hören, wenn Sie 1-800 –«

»Sagen Sie ihm, Melina Lloyd möchte ihn sprechen.«

»Tut mir Leid, Ma'am, aber –«

»Wenn Sie nicht sofort anrufen und ihm mitteilen, dass ich hier bin, werden Sie morgen arbeitslos sein, denn das wäre eine schreckliche Fehleinschätzung, die Sie Ihre Position in der neuen Weltordnung kosten würde. Ich an Ihrer Stelle würde lieber riskieren, ihn zu stören, als meinen Platz im Leben nach dem Tode aufs Spiel zu setzen.«

Sein überhebliches Lächeln schwand ein wenig. Er zog sich ins Pförtnerhäuschen zurück und sie sah, wie er einen Telefonhörer nahm und hineinsprach. Während er wartete, ließ er sie nicht aus den Augen. Schließlich nahm er ruckartig Hab-Acht-Stellung ein, sagte noch einmal etwas in den Hörer, nickte heftig und hängte auf.

Steif und gebieterisch verkündete er: »Den Pick-up müssen Sie hier stehen lassen.«

Hatte Bruder Gabriel Angst vor Autobomben? Wenn er schlau wäre, schon, insbesondere wenn bekannt wurde, dass er gynäkologische Kliniken sabotierte, indem er sein Sperma an Stelle des geplanten Spendersamens einsetzen ließ.

Zu diesem Schluss war sie auf der Fahrt von Longtrees Grundstück nach Lamesa gekommen. Über hundertfünfzig Kilometer hatte sie Zeit zum Nachdenken gehabt, und dies war die einzig logische Schlussfolgerung, auch wenn einem dabei übel wurde.

Angenommen, Bruder Gabriel wollte eine »neue Weltordnung« erschaffen. Dann hatte er sicher nicht im Sinn, körperlich unattraktive, emotional instabile Außenseiter wie Dale Gordon zu Vätern ihrer künftigen Bewohner zu machen. Jem war steril gewesen. Diese beiden, und zweifellos noch andere, glaubten nach einer Gehirnwäsche an seine verdrehte Doktrin und waren wild entschlossen, sie in der Realität umzusetzen. Sie waren nicht die Anstifter, sondern lediglich Vermittler.

Der Egomane war Bruder Gabriel. Er hatte diesen Gott-Komplex. Mit Hilfe handverlesener Frauen pflanzte er sich fort, zumindest bis heute. Ab heute Nacht war Schluss mit seinem kranken, ruchlosen Tun.

Sie kletterte aus dem Pick-up.

»Die Schlüssel bleiben bei mir.«

Sie ließ den Schlüsselbund in die ausgestreckte Hand des Wachmanns fallen. »Muss ich den restlichen Weg zu Fuß gehen?«

»Jemand wird Sie abholen.«

Sie wartete vor dem Tor. Der Wachmann bat sie nicht ins Pförtnerhäuschen, was sie nicht überraschte. Vermutlich war er sauer, weil sie ihn blamiert hatte und er dumm dastand.

Sie schlüpfte in Chiefs Lederjacke. Hier oben auf dem Berg war es sogar noch kälter als in der Stadt. Sie hielt sich an den Ellbogen, während sie auf ihr Gefährt wartete. Ihre Zähne klapperten, wobei sie nicht wusste, ob das an der Temperatur lag oder an ihrer Angst. Eine Angst, die sich beim Anblick von Scheinwerfern, die sich von der anderen Torseite näherten, noch verstärkte.

Das elektrische Tor öffnete sich. Aber da kam nicht ihr Fahrzeug für den Weg in die Siedlung.

»Bitte, treten Sie zurück, Ma'am«, befahl der Wachmann.

Kaum war sie außer Reichweite, rollten drei Tourneebusse durchs Tor und schlugen den Weg bergab ein. Sie trugen keinerlei Aufschrift. Die Fenster waren undurchsichtig, sodass man nicht erkennen konnte, wer oder was sich drinnen befand. Es kam ihr merkwürdig vor, dass sie zu dieser Nachtzeit die Siedlung verließen. »Wofür sind diese Busse? Wohin fahren sie?«

Ohne eine weitere Antwort winkte sie der Wachmann zum Tor. »Da steht Ihr Wagen.«

Wegen der Busse hatte sie die Limousine nicht näher kommen sehen, die mittlerweile auf der anderen Torseite wartete. Die hintere Tür stand offen.

Sie ging durchs Tor und näherte sich dem Wagen. Unterdessen beugte sich ein Mann aus der offenen Hecktür. »Ms Lloyd? Bitte, steigen Sie ein.«

Sein Verhalten war ganz neutral, weder freundlich noch feindselig. Während sie sich innerlich wüst dafür beschimpfte, sich freiwillig in die Höhle des Löwen zu begeben, rutschte sie neben ihm auf die Rückbank.

»Ich bin Mr Hancock, Bruder Gabriels persönlicher Assistent.«

Vorne saßen zwei Männer vom Sicherheitsdienst. Der Fahrer wendete den Wagen und fuhr die kurvige Straße hinauf, die Espen und Immergrün säumten. Ansonsten fiel kein Wort mehr, was sie ziemlich erleichterte, denn sie wusste, ihre zittrige Stimme hätte ihre Angst verraten. Obwohl Mr Hancock rein äußerlich nicht besonders böse wirkte – die Nelke in seinem Knopfloch war eine kokette Geste –, misstraute sie ihm instinktiv und hätte ihm nur ungern den Rücken zugedreht.

Die Siedlung war zweifelsohne beeindruckend. Alles war tadellos gepflegt, architektonisch überwältigend und in jeder Hinsicht einmalig. Vor dem Hauptgebäude hielten sie an. Rasch stieg der Sicherheitsmann, der vor ihr saß, aus, öffnete ihre Tür und wollte beim Aussteigen helfen. Sie ignorierte seine ausgestreckte Hand.

»Hier entlang.«

Sie stieg hinter Hancock eine flache Treppe hinauf, die vor einer Glaswand endete, durch die sie ein Marmorfoyer sehen konnte.

»Bitte, das Passwort.«

Sie zuckte zusammen. Eine Geisterstimme überfiel sie dröhnend aus verborgenen Lautsprechern.

»Gabriels Horn«, sagte Hancock. Sofort wurde die Tür elektronisch entriegelt. Er drückte sie auf und winkte sie weiter.

»Sie haben ein Passwort?«

»Nicht immer, nur wenn wir es für nötig halten. Falls ich mich bedrängt gefühlt hätte, hätte ich das entsprechende Codewort genannt und der Wachmann hätte uns nicht eingelassen.«

»Und Sie finden, heute Nacht sei ein Passwort nötig?«

»Wir hatten Anlass, besondere Vorsicht walten zu lassen. Die Zahl der Dienst habenden Wachleute wurde verdoppelt.«

So war es. An mehreren Punkten innerhalb des riesigen Foyers standen bewaffnete Männer in

Uniform. War sie der Grund für diese besondere Vorsicht? Sie grübelte. Und wenn nicht sie, was oder wer dann? Tobias oder Lawson? Hatte man die Siedlung in Alarmbereitschaft versetzt, weil das FBI Erkundigungen über die Kirche einzog?

Angesichts dieser Sicherheitsmaßnahmen befürchtete sie schon, man würde sie durch einen Metalldetektor schicken, aber zwischen Tür und Aufzug gab es keine Kontrolle mehr. Auf der Fahrt nach oben erkundigte sie sich bei Mr Hancock, wie lange er schon bei Bruder Gabriel beschäftigt sei.

»Ich kann mich nicht mehr erinnern, wann ich nicht in seinen Diensten stand«, lautete die indirekte Antwort.

Im dritten Stock befand sich am Ende des Korridors eine mindestens sechs Meter hohe Doppeltür. Eine davon öffnete Hancock und bat sie herein. Nichts von dem, was sie bis dahin gesehen hatte, hatte sie auf Bruder Gabriels Privatgemächer vorbereitet.

Anfänglich war sie von dem vielen Gold wie erschlagen. Hinter einer Wand aus königsblauen Samtvorhängen vermutete sie raumhohe Fenster. Das Deckenfresko grenzte ans Obszöne, insbesondere da die Messiasgestalt im Mittelpunkt verblüffend dem blonden Prediger ähnelte.

»Melina.« Mr Hancock bot ihr einen Sessel an.

»Nein, danke.«

»Haben Sie etwas dagegen, wenn ich Sie Melina nenne?«

»Das ist mit scheißegal.«

»Hätten Sie gerne etwas zu trinken?«

»Lassen Sie diesen Mist, Mr Hancock. Ich bin nicht zu einem Plauderstündchen hier. Ich bin gekommen, um Bruder Gabriel, einen egomanischen Dreckskerl, des Mordes an meiner Schwester anzuklagen.«

»Köstlich.«

Beim Klang der vertrauten Stimme wollte sie sich am liebsten wegdrehen, doch diese Befriedigung wollte sie ihm nicht geben. Sattdessen ließ sie sich viel Zeit.

Bruder Gabriel kam mit der kraftvollen Grazie eines Tigers auf sie zu. Offensichtlich kannte er die Stelle im Raum, wo er am besten wirkte, denn er trat in einen weichen Lichtkegel, der aus einem gut getarnten Spot im Deckenfresko fiel. Buttergelbes Licht ergoss sich über ihn und unterstrich seine eigene, erstaunlich goldene Haarfarbe.

»Ich habe schon erwartet, dass du eine aufregende Frau bist. Eine Frau mit feurigem Geist und enormem Mut.« Seine Blicke musterten sie mit unverhohlenem sexuellen Wohlgefallen. »Du hast mich nicht enttäuscht. Willkommen, meine liebe Melina.«

Sie sah das hinreißendste Individuum, das ihr je unter die Augen gekommen war.

Mindestens eine halbe Stunde lang verfluchte Chief alles: die Gefängniszelle, die Frau, die ihn darin eingesperrt hatte, den pochenden Schmerz in seiner Wange und seine eigene dumme, gottverdammte Leichtgläubigkeit.

Laut schimpfend tigerte er von einer Seite der Zelle auf die andere, stampfte ungeduldig mit dem Fuß auf, ging immer wieder an die Gitterstäbe, packte sie und schüttelte sie wütend, leider vergeblich, und brüllte den Flur entlang. Nichts rührte sich.

Schließlich warf er sich auf die harte, unbequeme Pritsche und zwang sich mit Gewalt zur Ruhe. Ein Wutausbruch half ihm nicht weiter. Um Himmels willen, er war im Weltraum spazieren gegangen, hatte drei erfolgreiche Shuttle-Flüge mitgemacht und einen davon selbst kommandiert. Einem wie ihm würde es doch wohl gelingen, einen Weg aus einer Gefängniszelle im Niemandsland zu finden.

Leider waren seine Möglichkeiten begrenzt. Durch die Gitterstäbe konnte er sich nicht quetschen. Den Boden konnte er auch nicht aufgraben, der bestand aus Zement. Es gab kein Fenster. Elektrisches Licht? War hinter einem Drahtkorb an der Decke montiert. Wer daran herumbastelte, konnte leicht auf dem elektrischen Stuhl enden – zwar auch ein Fluchtweg, aber einer, den er definitiv vermeiden wollte. Der Ventilator der Klimaanlage? Maximal ein zwölf auf sechs Zentimeter großes Rechteck, das aber ordentlich heiße Luft in die Zelle pumpte.

Wegen dieser Hitze hatte er ja auch seine Jacke ausgezogen, in deren Tasche der Schlüssel des Pick-ups steckte, mit dem er vielleicht das Schloss knacken oder an den Gitterstäben herumsägen könnte. Wahrscheinlich hatte er zu viele Filme gesehen, in denen Gefängnisausbrüche immer lächerlich einfach wirkten. Er schnappte nach Strohhalmen. Und außerdem kam dieser Punkt sowieso nicht in Frage. Er hatte seine Jacke nicht, folglich also weder Schlüssel noch Handy, noch die Pistole –

Oh Scheiße. Melina hatte die Pistole. Sie hatte sie mit auf den Tempelberg genommen.

Allein der Gedanke an sie und an die Gefahr, der sie sich aussetzte, genügte, um ihn restlos durchdrehen zu lassen. Entweder war sie die tapferste Frau, die er je hatte kennen lernen können …

oder eine komplette Idiotin, die sich unbesiegbar wähnte.

Sie hatte eine Geheimwaffe erwähnt; meinte sie die Pistole? Zweifelsohne. Was denn sonst? Aber dachte sie tatsächlich, sie könnte eine Waffe in diese Siedlung schmuggeln? Und wenn ja, würde sie sie einsetzen? Würde sie einen Mord begehen?

Rache war keine Rechtfertigung für Mord, jedenfalls nicht für die meisten Geschworenen. Noch dazu gab es keinen konkreten Beweis für eine Verbindung von Dale Gordon zu Bruder Gabriel, und damit auch nicht zum Mord an Gillian.

Aber er ließ sich ablenken. Zum Teufel, wie kam er hier heraus? Er könnte schreien und brüllen, aber das wäre reine Energieverschwendung. Das Gebäude stand allein und hatte, soweit er sich noch erinnerte, in Hörweite keine Nachbarn.

Schließlich schickte er sich in das Gefangensein. Er vergeudete nur Energie, die er sich besser für den Zeitpunkt bewahrte, wenn der Sheriff zurückkam und ihn herausließ. Übrigens, wo steckte eigentlich dieser pflichtbewusste Hüter des Gesetzes? Schließlich war er bereits fast vier Stunden verschwunden.

Begleitet von einer erneuten Litanei wüster Flüche legte er den Unterarm über die Augen und versuchte, den bohrenden Schmerz zu ignorieren, der von seinem Jochbein in alle Schädelregionen ausstrahlte. Melina war über ihr eigenes Handeln entsetzt gewesen. Wie sehr, hatte man deutlich an ihrer Miene ablesen können, mit der sie sich gegen die Wand gepresst und ihn mit offenem Mund durch das Gitter angestarrt hatte. Sie war selbst überrascht gewesen, zu welch extremen Maßnahmen sie fähig war. Aus Rache für Gillian war sie im Stande, Dinge zu tun, die sonst undenkbar wären. Angesichts ihres Ziels kein sehr tröstlicher Gedanke.

Aber sie konnte auch zärtlich sein, dachte er in Erinnerung an ihr Liebesspiel. Es gefiel ihm, dass sie kein Geheimnis daraus gemacht hatte, wie sehr sie ihn wollte. Sie hatte nicht die Scheue gemimt, sondern war so kühn gewesen, ihn zuerst zu berühren. Eine Frau, die hemmungslos sein konnte, ohne dabei ihre Weiblichkeit einzubüßen, musste man einfach bewundern.

Noch immer konnte er spüren, wie ihre Fingerspitzen auf tastender Entdeckungsreise über sein Gesicht glitten. Als sie seine Lippen berührte, hätte er beinahe die Kontrolle verloren und sich sofort auf sie gestürzt. Doch es wurde immer noch besser, als sie seine Brust streichelte. Sie hatte den Kopf gehoben und mit der Zunge …

»Verdammt«, stöhnte er. Es war fantastisch gewesen. Warum musste es so unglücklich enden, mit so viel Spannung zwischen ihnen?

Er kam ins Grübeln. Mal angenommen, er wäre nicht zuerst Gillian begegnet. Angenommen, Melina hätte ihn begleitet. Wäre dann alles anders verlaufen? Melina hätte auf dem Weg ins Tacos-Lokal vermutlich zu Dale Gordon gesagt: »Tut mir Leid, aber Sie verwechseln mich offensichtlich mit meiner Schwester Gillian.« Anschließend hätten sie über die Verwechslung gelacht, Gordon wäre nicht ausgerastet und Gillian immer noch am Leben.

Hätte er auch mit Melina geschlafen? Wer weiß? Vielleicht. Vermutlich. Weil sich die beiden so verdammt ähnelten. Die gleichen Merkmale, die ihn damals zu Gillian hingezogen hatten, wirkten jetzt auch bei Melina. Noch immer schürte sie seine lebhafte Erinnerung an Gillian. So wie heute, als sie –

Seine Gedanken kamen abrupt zum Stehen.

Er spielte die Erinnerung wie ein Videoband vor seinem inneren Auge ab. Drückte auf die Wiederholungstaste, schloss die Augen, ließ die Szene auf seinen Lidern ablaufen. Und noch einmal. *Da! Das!* Unabsichtlich. Unbewusst. Selbstverständlich. Scheinbar unwichtig und doch unglaublich bezeichnend.

Chief schoss in die Höhe. »Oh Gott.« Die Erkenntnis erschlug ihn fast. Sein Herz raste. Sein Atmen dröhnte durch das totenstille Gebäude.

Sachte, sachte. Noch nicht abheben. T minus zehn Sekunden. Schau's dir noch einmal an. Überleg genau.

Er zwang sich dazu, ruhig und rational.

Die Raketen feuerten. Start.

Chief stürzte von der Pritsche und warf sich brüllend gegen die Gitterstäbe. »Verdammt nochmal, holt mich endlich hier raus!«

Genau in diesem Moment flog die Tür zum Büro auf.

»He da, egal, wer's ist!«, schrie Chief aus Leibeskräften. »Hier hinten.«

Sie stürzten in den Flur, Lawson zuerst, dicht gefolgt von einem gut aussehenden Schwarzen.

Chiefs Miene sprach Bände. Und Lawson verstand sofort. »Sie wissen, was sie getan hat.«

Und Chief sagte: »Ich weiß, dass sie ihn töten wird.«

39

»Ich bin ja so froh, dass du da bist, Melina.«

Bruder Gabriel war wunderschön. Man konnte leicht verstehen, warum sich Menschen zu ihm hingezogen fühlten. Er strahlte Vitalität aus und schien von innen heraus zu leuchten, als verströmte er sogar in einem dunklen Raum Licht.

Aber die schönsten Reptilien waren die giftigsten. Als er näher herantrat, fuhr sie zurück. Ihre Reaktion schien ihn zu amüsieren, denn er meinte nur lächelnd: »Ts, ts, Melina, Melina. Warum scheust du vor mir zurück?«

»Weil ich nicht verseucht werden will.«

»Dann ist es also wahr. Du willst mir tatsächlich mit dieser lächerlichen Sechs-Schuss-Pistole körperlichen Schaden zufügen.«

Die Überraschung war ihm gelungen. Er griff in die Tasche von Chiefs Jacke, zog die Pistole hervor und warf sie Hancock zu.

»Im Inneren dieses Türrahmens ist ein Röntgenapparat eingebaut, wie man ihn auf Flughäfen verwendet, nur viel empfindlicher«, erklärte er ihr, wobei er auf die Doppeltür deutete, durch die sie mit Hancock gekommen war.

»Sein Bild erscheint auf Monitoren in meinem Schlafzimmer, in Mr Hancocks Computerschrank und beim Sicherheitsdienst. Wie du siehst, konntest du sie unmöglich hereinschmuggeln.« Er berührte ihre Wange. »Hast du wirklich gedacht, mich könnte man so leicht töten?«

Sie wischte seine Hand fort. »Ich bin nicht hier, um dich zu töten. Ich will, dass du lebst.«

»Wirklich? Und ich war überzeugt, du wolltest mich erledigen. Jetzt hast du mich wirklich neugierig gemacht. Bitte, fahr fort.«

»Ich will, dass du öffentlich als der Teufel entlarvt wirst, der du bist. Ich will zusehen, wie du wegen deiner Verbrechen verurteilt wirst, und dann will ich, dass du den Rest deines Lebens hinter Gittern verbringst, damit du über die Scheußlichkeiten nachdenken kannst, die du verbrochen hast.«

Mit einem leisen Lachen setzte er sich halb auf eine Ecke seines Schreibtischs und pendelte träge mit einem Fuß hin und her. »Das ist aber ein schrecklich hartes Urteil, Melina. Was habe ich getan, um es zu verdienen?«

»Du hast die Ermordung meiner Schwester befohlen.«

»Ach, die liebe Gillian. Ich gebe zu, ihr Tod war eine schreckliche Verschwendung. Ich habe Fotos von ihr gesehen.«

»Gordons abscheuliche Bilder?«

»Zusammen mit Schnappschüssen, die Jem Hennings von ihr aufgenommen hat. Einer hat mir besonders gefallen. Darauf alberte sie vor der Kamera herum. Sie trug einen breitkrempigen Strohhut, der ihr ausgezeichnet stand.«

Scheinbar konnte ihn nichts erschüttern. Frustriert schrie sie: »Du hast sie getötet!«

Mit unverwandtem Blick tadelte er sie leise für diesen Ausbruch. »Daran war sie schuld, Melina, nicht ich.«

»Soll das heißen, sie hat sich aus freien Stücken brutal abstechen lassen?«

»Leider entsprach die Moral deiner Schwester nicht ihrer äußeren Schönheit – ihr Pech.«

Obwohl man dasselbe auch von ihm hätte sagen können, wollte sie ihn nicht mit diesem Hinweis ablenken. »Du hast sie umgebracht, weil sie jene Nacht größtenteils mit Colonel Hart verbracht hat.«

»Was für eine zarte Umschreibung«, sagte er. Wieder klang seine Stimme leicht amüsiert und herablassend. Doch dann verschwand auch der letzte Hauch von Lächeln und er fügte hinzu: »Gillian hat eine schlechte Wahl getroffen.«

»Wahl? Na schön, da wir schon mal über Wahlmöglichkeiten reden: Welche Wahl hatte sie denn, als man sie mit deinem Sperma befruchtet hat?«

»Machte das denn für sie einen Unterschied? Sie griff doch sowieso auf einen anonymen Spender zurück.«

Also hatte sie mit ihrer Vermutung richtig gelegen. Bis jetzt hatte sie sich noch immer an einen Funken Hoffnung geklammert, es sei doch anders gewesen. Beim Gedanken an die Frauen, die er erniedrigt hatte, wurde ihr übel. Sie wussten nichts davon, und deshalb beneidete sie sie fast. Denn darum zu wissen, verschlimmerte alles nur noch. Vielleicht.

Sie wollte ihn schlagen, ihm wehtun. Brutal. Ihre Hände ballten sich zu Fäusten. Nur mit äußerster Anstrengung beherrschte sie ihre Wut. »Dale Gordon. Du bist auch für seinen Tod verantwortlich.«

»Sein Verlust dauert mich. Er war mir unerschütterlich ergeben.«

»Und das hast du ausgenutzt, um ihn zum Selbstmord zu überreden.«

Er machte eine geringschätzige Handbewegung, als habe das Leben dieses erbärmlichen Menschen, mit Ausnahme einer gewissen Bedeutung für ihn, wenig oder gar keine Rolle gespielt.

»Du hast gehofft, sein Selbstmord würde die Suche nach Gillians Mörder beenden.«

»Du wolltest ja keine Ruhe geben, Melina«, rügte er sie sachte. »Einerseits bewundere ich deine Hartnäckigkeit und deinen Einsatz für Gillian, andererseits hast du dich im Lauf dieser Woche zu einer echten Plage entwickelt.«

»Diese Schlägertypen, die du mir ins Haus geschickt hast –«

»Joshua und sein Helfer.«

»Wer sind sie?«

»Loyale Jünger. Gute Soldaten.«

»So gut auch nicht«, höhnte sie. »Chief und ich sind ihnen entwischt. Mehr als einmal.«

Diese verächtliche Kritik kam nicht gut an. Sein Bein kreiselte zwar noch immer träge, als scherte er sich um nichts auf der Welt, aber seine Gesichtsmuskeln wirkten deutlich starrer als vorher. Sein Lächeln hatte sich ein wenig verkrampft, seine Augen blickten wesentlich kälter, als er sagte: »Ihr habt Glück gehabt. Besonders Colonel Hart.«

»Warum wolltet ihr ihn ermorden?«

»Was meinst denn du, Melina?«

»Als Strafe dafür, dass er mit Gillian geschlafen hat.«

»Eine wohlverdiente Strafe. Gillian hatte die Ehre –«

»Das würde ich kaum als Ehre bezeichnen«, schnaubte sie verächtlich.

»Man hatte sie für große Dinge auserwählt.«

»Mit anderen Worten: Man hatte sie ausgewählt, dir ein Kind zu gebären?«

»Ganz genau«, sagte er.

»Und dann hat Chief mit ihr geschlafen.«

»Er hat sie entweiht.«

»Er mochte sie.«

»*Gevögelt* hat er sie.«

Wenige Augenblicke vorher hatte sie den ersten Riss in seiner Maske entdeckt. Nun erweiterte er sich. Diese wütende Eifersucht konnte sie zu ihrem Vorteil ummünzen. Darin würde sie herumbohren wie in einem eitrigen Zahn.

Lächelnd beugte sie sich zu ihm und flüsterte: »Und sie hat es genossen. Sie hat's mir erzählt, sie konnte nicht genug von ihm bekommen. Von seinem Mund, seinem Penis. Er war stark, hart und männlich. Sie meinte, er sei der beste Liebhaber gewesen, den sie je gehabt hätte, einer, der genau wusste, wie man einer Frau Vergnügen bereitet. Sie konnte es gar nicht erwarten, wieder mit ihm zu schlafen. Und noch eines hat sie gesagt: Für den Fall, dass sie dabei schwanger geworden war, hoffte sie, Christopher Hart sei der Vater, und nicht dieser Samenspender.«

Wie der Blitz schoss er mit zornrotem Kopf vom Schreibtisch. »Sie hat den Tod verdient.«

»Bringst du sie alle nach der Geburt deiner Kinder um?«

»Nur diejenigen, die genauso verhurt sind wie Gillian.«

»Und der Rest?«

»Lebt weiter sein Leben und erfährt es nie.«

»Candace Anderson.«

»Zum Beispiel.«

»Und es macht dir nichts aus, wie die Andersons um ihren Sohn trauern und beten, dass er heil wiederkommt?«

»Wie egoistisch von ihnen.«

»Egoistisch?«, rief sie ungläubig.

»Ihrem Sohn geht es hier prächtig.«

»Ohne seine Eltern.«

»*Ich* bin der Vater.«

Das führte zu nichts. Sie schlug eine andere Taktik ein. Zuerst hatte sie ihm mit Hilfe seiner wütenden Eifersucht Antworten entlockt, ab jetzt würde sie an sein gigantisches Ego appellieren. »Wie hast du dir einen derart brillanten Plan ausgedacht?«

»Eigentlich rein zufällig.« Als er seinen Platz auf der Schreibtischecke wieder einnahm, war er ganz der Alte. »Jahrelang war der Große Plan auf Frauen beschränkt, die hierher kamen, um im Tempel zu leben und zu arbeiten. Aber diese Anzahl reichte nicht aus. Dann stieß ich zufällig auf einen Artikel über den Einsatz künstlicher Befruchtung zum Erhalt gefährdeter Arten. Natürlich nützt man so etwas schon seit Jahrzehnten zur Erweiterung des Viehbestands.«

Sie hatte das Gefühl, sich jeden Moment auf diesen kostbaren Orientteppich übergeben zu müssen. »Und so hast du diese Technik auf Menschen übertragen.«

»Die Technologie war vorhanden. Ich musste lediglich unter meinen Jüngern diejenigen finden, die sich in Andrologie auskannten und dieses Wissen auch anwenden konnten.«

»Und die kriminell genug waren, Sperma zu vertauschen.«

Statt ihr zu widersprechen, fügte er hinzu: »Und obendrein so gerissen, sich nicht erwischen zu lassen.«

»Und wie viele Frauen wurden …« Sie konnte diese Frage nicht beenden und schluckte heftig.

»Von mir besamt? Die genaue Zahl würde dich verblüffen. Nicht alle wurden schwanger. Aber auch nicht jede Schwangere hielt durch und gebar. Trotzdem haben wir einen erfreulich niedrigen Prozentsatz von Fehlgeburten. Der Beweis für unseren Erfolg ist ein Schlafsaal voll gesunder Kinder.«

Wer ihn so prahlen hörte, hätte nie vermutet, dass es um menschliche Wesen ging. »Handhabt ihr das alles von hier aus?«

»Wir haben zwei weitere Siedlungen, eine in Europa, die andere in Asien.« Er zwinkerte ihr zu. »Natürlich wird der Samen überall dort gesammelt, wo ich mich aufhalte.«

»Und wie wird er konserviert? Und verschickt?«

»Ganz fachmännisch. Ich versichere dir, alles läuft höchst wissenschaftlich ab.«

»Wenn Gillian die Geburt deines Kindes erlebt hätte, hättest du es dann genauso entführen lassen wie das Anderson-Baby?«

»Man hätte es hierher gebracht, umsorgt und geliebt.«

»Das ist die Aufgabe einer Mutter.«

»Wir haben Ammen, Melina. Die Babys müssen nichts entbehren, nicht einmal Muttermilch.«

»Ihr stehlt ihnen ihre Mütter, ihre wahre Identität und ihre Familie.«

Er schüttelte den Kopf. »Ich werde ihre Familie sein und ich kann all ihre Bedürfnisse hinreichend befriedigen. Die Frauen, die sie gebären, sind biologisch notwendig, mehr nicht. Sobald meine Wissenschaftler die Gebärmutter ohne Körper erfolgreich nachbilden können, werden Mütter obsolet. Das würde den Großen Plan erheblich rationalisieren.«

Seine Miene wurde schwermütig. »Allerdings muss ich gestehen, dass ich eine gewisse Schwäche für die Mütter habe. Sie leisten einen essenziellen Dienst. Trotzdem gehören die Kinder nicht ihnen, sondern mir, der Kirche.«

Bis auf sein ungewöhnlich gutes Aussehen wirkte er so normal wie jeder andere Mann. Seine Stimme klang auffallend voll, aber im Übrigen durchschnittlich. Sein Auftreten war gewandt, aber sonst nicht anders als das jedes anderen. Trotzdem war er nicht normal; er war wahnsinnig. Er tobte nicht mit Schaum vor dem Mund herum, er brüllte nicht wie ein Fanatiker. Und doch war jedes seiner Worte absoluter Irrsinn.

»Du bist verrückt.«

Statt Anstoß zu nehmen, lächelte er nur reumütig. »Diese Fehleinschätzung ließ man den meisten großen Männern angedeihen, Melina. Fällt dir eine einzige Gestalt aus der Geschichte ein, die auf dem Gebiet der Wissenschaft, der Medizin, der Architektur, der Religion oder der Politik Bahnbrechendes geleistet hat und nicht ausgelacht wurde? Nenn mir ein einziges Genie, das anfänglich nicht missverstanden und als verrückt eingestuft wurde. Ich kann mich nicht durch die Skepsis kleiner Geister von meinem Ziel abbringen lassen.«

»Und das wäre? Die Welt mit kleinen Ausgaben von Bruder Gabriel zu bevölkern?«

Er lachte. »Meine Liebe, du hast eine wunderbare Art, dich auszudrücken. Deine Diktion neigt zu grober Vereinfachung und trotzdem hast du die Quintessenz des Plans wiedergegeben.«

»Deine neue Weltordnung.«

»Ich merke, du hast meinen Predigten gelauscht«, sagte er wohlgefällig. »In wenigen Jahren werden meine Kinder bereit sein, ihre Plätze in der Welt einzunehmen. Sie werden über unbegrenzte Macht und Mittel verfügen, von denen frühere Weltführer nur träumen konnten. Sie werden Regierungen lenken. Die Weltwirtschaft wird ihrer Manipulation unterliegen. Sie werden den Welthandel steuern und die Kommunikation unter ihrer Kontrolle haben.

Kunst und Kultur werden sich nach ihren Ideen und Werken formen. Sie werden bestimmen, was die Allgemeinheit liest und sieht und hört und denkt. Sie werden diktieren, wo Krieg herrscht, wer prosperiert und wer untergeht. Parallel zu dieser Bewegung wird ein spiritueller Umsturz erfolgen, eine weltweite Revolte gegen die etablierten Religionen.«

»Aha! Und dann trittst du auf den Plan.«

»Aus diesem ökumenischen Chaos wird sich eine einzige Weltreligion erheben.«

»Deine.«

»Meine.«

Die Absolutheit seines Selbstbewusstseins ließ einem das Blut in den Adern stocken. »Und du glaubst allen Ernstes, du bist im Stande, diese neue Weltordnung herbeizuführen?«

»Ich *tue* das bereits«, sagte er selbstzufrieden. »Menschenmassen gieren danach. Sie warten nur darauf, sie anzunehmen, mich anzunehmen. Aber noch ist die Zeit dafür nicht gekommen. Und bis die Zeit reif ist, müssen wir im Verborgenen auf unser Ziel hinarbeiten, Melina.

Kannst du dir vorstellen, welches Chaos weltweit ausbräche, wenn meine Pläne zu früh bekannt würden? Noch ehe meine Kinder alt genug sind, um die Positionen einzunehmen, für die man sie so sorgfältig kultiviert?«

»Paare wie die Andersons würden diesen Ort stürmen.«

»Du verstehst, was ich meine.«

»Unter den Frauen, die durch künstliche Befruchtung schwanger geworden sind, würde Panik ausbrechen.«

»Ganz genau.«

»Das Risiko eines zufälligen Inzests wäre für sie entsetzlich.«

»Diese Möglichkeit besteht noch nicht«, sagte er. »Die erste Kindergeneration ist noch nicht in der Pubertät. Dennoch sind wir darauf vorbereitet. Es existiert bereits ein Überwachungssystem, das die Kopulation von Brüdern und Schwestern, von Söhnen und Müttern in der Zukunft verhindert.«

Einen kurzen Moment schloss sie die Augen. Es schüttelte sie. »Mein Gott.«

»Jedenfalls«, fuhr er regungslos fort, »käme nichts Gutes dabei heraus, wenn man die Öffentlichkeit vor dem optimalen Zeitpunkt informiert.«

»Mit einer Ausnahme: Man würde dir ein Ende machen.«

»Und das kann ich nicht zulassen.« Seufzend faltete er die Hände übers Knie und meinte: »Infolgedessen muss ich mich dem Dilemma stellen, was ich mit dir tun soll.«

Sie straffte die Schultern. »Du willst mich doch nicht töten.«

Eine goldene Augenbraue hob sich zu einer stummen Frage.

»Wie schon bewiesen, bist du nicht dumm«, sagte sie zu ihm. »Zu viele Leute wissen, dass ich heute hierher gekommen bin, um dich zur Rede zu stellen.«

Er grinste breit. »Kein Problem. Dafür haben wir einen Ausnahmeplan. Nicht wahr, Mr Hancock?«

»Das ist korrekt, Bruder Gabriel.«

Verstohlen warf sie Hancock, der zwischen ihr und der Tür stand, einen nervösen Blick zu.

»Siehst du, Melina, du hast dich schwer verrechnet, genau wie Gillian. Eine schlechte Wahl getroffen. Deshalb bist du entbehrlich geworden.«

»Und was ist mit dem Großen Plan?«

»In welcher Hinsicht?« Jetzt spielte er bewusst den Begriffsstutzigen, ja, er genoss es sogar noch.

»Ich dachte, du hättest mich als Ersatz für Gillian vorgesehen.«

»Das war geplant, aber zu meinem großen Bedauern – ehrlich, zu meinem *großen* Bedauern – haben wir entdeckt, dass du mit Gillian in Wahrheit doch nicht identisch bist.«

»Waren wir aber.«

»Nein«, sagte er, wobei er jedes Wort betonte. »Einen Unterschied gab es. Und leider handelt es sich dabei, im Hinblick auf den Großen Plan, um einen immensen Unterschied.« Ein traurig-mitfühlender Blick trat in seine schönen Augen. Seine Mundwinkel wanderten nach unten. »Du, Melina, besitzt für mich nicht den geringsten Wert. Denn du, meine Liebe, hattest eine Totaloperation.«

40

»Das hat Jem Hennings nicht gewusst, stimmt's?«, fuhr Bruder Gabriel im selben höhnischen Tonfall fort. »Gillian war ganz die brave Schwester und hat nie ein Wort über deine medizinische Vergangenheit verloren.« Jetzt senkte er seine Stimme auf ein vertrauliches Flüstern und sagte: »Über deine Frauenprobleme.«

Sie ließ sich nichts anmerken, obwohl ihr das sein beleidigender Ton schwer machte.

»Gillian hat Hennings nichts über diese bösen Eierstockzysten erzählt, die dich schon im zarten Alter von siebenundzwanzig geplagt haben. Gott sei Dank entpuppten sie sich als gutartig. Nach der Operation warst du wie neu geboren. Mit einer Ausnahme: Du hattest keine Fortpflanzungsorgane mehr.«

»Woher wusstest du … Wie …«

»Woher ich das weiß? Hennings war ein guter Mann, aber an diesem einen Punkt hat er seine Hausaufgaben nicht gemacht. Weißt du, er wollte

Gillian unbedingt ersetzen. Mr Hancock hat deinen Lebenslauf etwas gründlicher untersucht.«

Er griff nach ihrer Hand und drückte sie. »Du bist in dem Glauben hier hereingeplatzt, du könntest dein Leben gegen einen Beitrag zum Großen Plan eintauschen. Du hast dir überlegt, ich täte dir nur ungern etwas an, da du an Stelle von Gillian eines meiner Kinder gebären solltest. Leider ...« In gespielter Trauer zuckte er mit den Schultern.

»Wenn Agent Tobias kommt – was er nach unserer Kenntnis bald tun wird, vermutlich in Begleitung dieses Mordkommissars aus Dallas und vielleicht sogar von Colonel Hart –, werden sie die Siedlung in Aufruhr vorfinden. Einer Verrückten, die irrtümlich annahm, ich hätte irgendetwas mit dem Mord an ihrer Schwester zu tun, war es gelungen, unseren Sicherheitskordon zu durchbrechen.

Trotz ihres verwirrten Geistes und ihrer emotionalen Störung war diese junge Frau sehr einfallsreich und bis in meine Privatgemächer vorgedrungen, wo sie mein Leben mit einer Feuerwaffe bedrohte, die für ihre zierliche Hand viel zu groß und sperrig war. Aber die Entschlossenheit verlieh ihr Kraft und so gelang es ihr, mich mehrere bedrohliche Minuten in Schach zu halten. Trotzdem hat man sie schließlich in die Enge getrieben und ihr befohlen, die Pistole auszuhändigen. Daraufhin hat sie sich diese an den Kopf gesetzt.«

Erst nach einer bedeutsamen Pause fuhr er fort:

»Nachdem alles wieder sauber ist, wird man den Behörden freien Zugang zum Tempel gewähren. Wenn du ganz lieb bist, Melina, werde ich dir ein kleines Geheimnis verraten. Mr Hancock hat alle Dokumente so kodiert, dass nur er sie entziffern kann. Psst, nicht weitersagen.« Er besaß sogar die Stirn, den Finger auf die Lippen zu legen und ihr zuzuzwinkern.

Sie war vom blanken Wahnsinn umgeben.

»Bei einer Überprüfung durch das FBI oder sonst jemanden«, fuhr er fort, »werden alle Aufzeichnungen wie die eines gesetzestreuen Amerikaners ohne jede kriminelle Veranlagung wirken. Wir greifen nicht auf die den Kirchen gewährte Steuerbefreiung zurück. Wir bezahlen unsere Steuern. Diese Kirche hat nichts gegen die Regierung. Wie du siehst, plädiere ich sogar für Patriotismus.« Er deutete auf die amerikanische Flagge in der Zimmerecke.

»Kinder und ihre Mütter wird man wohl vorfinden. Aber diese leben aus freien Stücken glücklich und zufrieden in einer Gemeinschaft, die gegen kein Gesetz verstößt. Sie werden sehen, dass unsere Schule voll und ganz staatlich anerkannt und den meisten öffentlichen Schulen weit überlegen ist. Innerhalb der Siedlung gibt es sogar eine Krankenstation.

Ich hingegen werde mein Bedauern darüber aussprechen, dass Dale Gordon verrückt geworden ist, und werde aus tiefstem Herzen jene tragische Kette von Ereignissen betrauern, die ein ehemaliger Schüler ausgelöst hat und die, zu meinem Entsetzen, in deinem garstigen Selbstmord gipfelte.«

»Friede und Liebe«, sagte sie leise.

»Ganz genau, Melina.«

Wieder hätte sie ihm sein selbstgefälliges Lächeln am liebsten aus dem Gesicht geschlagen. Stattdessen entzog sie ihm ihre Hand und trat einen Schritt zurück. »Ein bisschen was hast du vergessen.«

»Das glaube ich zwar nicht, aber trotzdem werde ich gern deinen Erkenntnissen lauschen.«

»Tobias und Lawson wissen, dass du in engem Kontakt mit Dale Gordon gestanden hast. Chief hat Jems Geständnis gehört, dass beide für dich gearbeitet haben.«

»Dafür gibt es Erklärungen. Hennings und Gordon haben sich diesen Plan allein ausgedacht. Sie haben meine Botschaft verdreht und so verzerrt, dass er ihrer Vision einer neuen Weltordnung entsprach. Joshua und –«

»Joshua?«

»Der Mann, der sich als Tobias ausgegeben hat. Den hat Hennings angeworben. Ich hatte davon keine Ahnung. Offensichtlich ist es zum Streit gekommen, vermutlich wegen seiner Bezahlung. Daraufhin hat er sich gegen Hennings gewandt und ihn getötet.«

»Möglicherweise erzählt Joshua eine andere Geschichte.«

»Joshua besitzt die einzigartige Begabung, sich zu verwandeln und einer Gefangennahme zu entgehen. Das war schon früher so und wird wieder so sein.«

»Nehmen wir mal an, Jem und Dale Gordon hätten diesen Plan ausgebrütet«, sagte sie. »Ohne deine Mithilfe hätten sie ihn wohl kaum in die Tat umsetzen können. Dazu musstest du ihnen Sperma schicken.«

»Ich hatte Gordon Proben zum Analysieren geschickt.«

»Um –«

»Um sie auf genetische Missbildungen zu untersuchen, die ich nicht vererben möchte. Diese Tests hat er, auf meine Bitte hin, in seiner Freizeit durchgeführt. Erst jetzt erfahre ich, was mit diesen Proben geschehen ist, die ich ihm einmal geschickt habe. Ich bin sprachlos.«

Sie zupfte an ihrer Unterlippe herum. »Und die Kinder hier?«

»Die Mütter werden wahrheitsgemäß bestätigen, dass ich viele davon gezeugt habe. Vielleicht sind uneheliche Kinder ja in manchen Augen eine Sünde, ich hingegen betrachte sie als heilige Pflicht. Jedenfalls handelt es sich dabei um keine Straftat.«

»Aber bei den anderen wird man DNS-Tests machen und damit beweisen, dass sie deine sind.«

»Welche anderen?«, fragte er unschuldig.

»Das Anderson-Baby. Die anderen entführten Kinder, die man hierher gebracht hat. Die –« Plötzlich hielt sie inne. Plötzlich fiel es ihr wieder ein und sie sagte langsam: »Die in den Bussen.«

Rasch warf er Mr Hancock einen Blick zu. »Meint sie etwa unsere Tournee-Busse?«

»Scheint so, Bruder Gabriel. Jedenfalls kenne ich nur diese Busse.«

Bruder Gabriels Blick wanderte wieder zu ihr zurück, als wollte er sagen: Noch etwas? »Übrigens habe ich es versäumt, mich bei dir für die Verbrennung von Gillians Leichnam zu bedanken. Auf diese Weise sind jedwede DNS-Tests von intrauterinem Zellmaterial unmöglich. Das hätte zwar nicht bewiesen, dass ich von Gordons Spermatausch mit meinem eigenen in irgendeiner Weise Kenntnis hatte. Aber möglicherweise hätte sich dadurch die Ermittlung in die Länge gezogen und mein Terminkalender fordert momentan sowieso schon alles von mir. Für so etwas hätte ich wirklich keine Zeit. Ich bin erleichtert, dass die Sache fast beendet ist und ich mich wieder meiner Arbeit widmen kann.«

»Klopf dir nicht zu früh auf die Schulter. Was ist mit der anderen Frau, die du wenige Tage, nachdem sie schwanger geworden war, getötet hast? Tobias lässt sie gerade exhumieren. Man wird den Fötus testen.«

»Und er wird meiner DNS entsprechen. Zum Glück habe ich der Samenbank Sperma gespendet, die die Klinik versorgt, bei der sie Patientin war. Damit wäre jedwede Verwechslung logisch zu erklären.«

Sie hielt seinem Blick noch einige Momente länger stand und ihre Gewissheit wuchs, dass ihn der Wahnsinn völlig in den Klauen hatte. »Du scheinst an alles gedacht zu haben.«

»Wir bemühen uns um Sorgfalt. Andernfalls könnten wir nicht erfolgreich sein. Jahrelang …« Zu seinem tiefen Erstaunen begann sie zu lachen. »Melina?«

»Ich mindere ja nur ungern deine Erfolgsliste, aber eines hast du *tatsächlich* übersehen, *Prediger*.«

Ihm gefiel weder ihre Wortwahl noch ihr abfälliger Ton. Brüsk deutete er auf sie. »Mr Hancock, ich sehe keinen Grund zur weiteren Verzögerung.«

Hancock packte von hinten ihre Arme, was sie sich ohne Gegenwehr gefallen ließ. Wieder war Bruder Gabriel überrascht. Auch als Hancock ihr den Lauf von Longtrees Pistole an die Schläfe drückte, verzog sie keine Miene.

»Also, jetzt begehe ich Selbstmord. Steht das so im Plan?«

»So ist es geplant.« Nur wenige Zentimeter vor ihr blieb Bruder Gabriel stehen. »Es tut mir schrecklich Leid, dass es so enden muss, Melina.« Seine Finger wanderten über ihre Wange, den Hals, die Brust. »Ganz ehrlich.«

Obwohl sie seine Berührung anwiderte, machte sie ihm nicht die Freude, zusammenzuzucken. »Du hast ja keine Ahnung, wie Leid es dir erst tun wird, wenn du ihm befiehlst, abzudrücken.«

»Und warum?«

»Weil es einfach ist, einen Befehl zu erteilen und einen anderen für dich töten zu lassen. Einer Frau in die Augen zu schauen und sie eigenhändig zu töten, das ist etwas ganz anderes.«

»Du wirst dir schon etwas Besseres einfallen lassen müssen.«

»Na schön, wenn du mich tötest, wirst du dich selbst vernichten.«

Er lächelte. »Rätsel, Melina?«

Nie sollte sie erfahren, was ihn mehr verblüffte: ihr leises Lachen oder die leise gesprochene Lösung des Rätsels.

Instinktiv riss er die Hand zurück. Die Fassade bröckelte, jede Maske verschwand. Das war nicht mehr Bruder Gabriel, der sie mit bitterem Hass ansah. Das war Alvin Medford Conway.

Und er war es auch, der Hancock mit einer wütenden Geste zum Weitermachen aufforderte.

Tobias hatte sich das Eindringen in den Tempel schwerer vorgestellt. Es lief zwar nicht ohne Hindernisse ab, entwickelte sich aber bei weitem nicht zum Fiasko. Er hatte eine regelrechte Pattsituation oder eine Schießerei mit Sektenmitgliedern befürchtet. Derartige Negativwerbung schätzte das Büro gar nicht. Und wenn es abgelaufen wäre wie in ähnlichen Fällen, bei denen Menschen verwundet oder getötet wurden, hätte seine Karriere die ganzen Jahre auf Eis gelegen, die eine gründliche Ermittlung erforderte.

Aber als er dem Wachmann seine Dienstmarke

unter die Nase hielt, packte den jungen Mann die Angst vor Tobias und seiner Begleittruppe. Da es zu lange gedauert hätte, weitere Agenten aus Santa Fe oder Albuquerque selbst per Hubschrauber zu holen und der örtliche Sheriff mit unbekanntem Ziel verschwunden war, hatte sich Tobias zur Verstärkung Polizisten aus dem Indianerreservat geholt, das zu diesem Bezirk gehörte.

Außerdem waren Lawson und Hart bei ihm. Wenn Tobias geahnt hätte, dass Hart auf seinem Mitkommen bestünde, hätte er ihn in der Gefängniszelle sitzen lassen. Aber so war er nun mal dabei. Er sah aus, als hätte er an diesem Tag schon einen Kampf überstanden.

Der junge Tempelwächter schluckte beklommen und fragte: »Hat jemand etwas angestellt?«

»Haben Sie heute Abend eine Frau in die Siedlung gelassen?«

»Jawohl, Sir, vor ungefähr einer Stunde.«

»Dann sind Sie der Übeltäter. Sie ist eine Bedrohung für Bruder Gabriel. Öffnen Sie das Tor.«

»Kann ich meinen Chef anrufen?«

Binnen kurzem donnerte auf der anderen Torseite ein Jeep heran. Ein Mann stieg aus und kam auf sie zu. Seine Haltung wirkte defensiv und misstrauisch. Von hinten strahlten ihn die Scheinwerfer an, die er versehentlich nicht ausgeschaltet hatte. »Baker, Chef des Wachdienstes«, sagte er durch die Eisenstäbe. »Wo liegt das Problem?«

»Sonderagent Hank Tobias, FBI.«

Seltsamerweise schien Baker Tobias' Ausweis nicht zu beeindrucken. Sein Verhalten wurde sogar noch ein wenig feindseliger. »Ich wiederhole: Wo liegt das Problem?«

Als man ihm mitteilte, dass Bruder Gabriels Leben in Gefahr sei, fand er nur wenig mehr Gefallen an der Idee, sie in die Siedlung zu lassen. »Meine Männer wissen, dass diese besagte Frau hier ist. Wir werden uns darum kümmern.«

»Schauen Sie«, meinte Tobias, »es ist mir egal, ob ihr da drinnen mit Schlangen tanzt oder lebenden Hühnern die Köpfe abbeißt. Ich versuche nur, zu verhindern, dass Bruder Gabriel heute Nacht getötet wird. Und falls Sie diese Drohung für heiße Luft halten, müssen Sie sich nur mal ansehen, was diese Frau ihm angetan hat.« Er deutete mit dem Daumen in Harts Richtung. »Und der ist angeblich ihr Freund.« Baker registrierte den hässlichen ungenähten Schnitt auf dessen Jochbein und das eingetrocknete Blut in seinem Gesicht.

»Na schön, wenn Sie morgen unbedingt im Fernsehen eine Erklärung abgeben möchten, warum wir aufgehalten wurden und deshalb das Leben Ihres Chefs nicht mehr retten konnten. Ich bin kein großer Fan von ihm. Mich persönlich interessiert das alles nicht, ich will nur meine Pflicht und meinen Job tun. Und der besteht heute Nacht nun mal darin, eine bewaffnete und gefährliche Frau zu ergreifen, die das Leben eines VIP bedroht. Zur Durchführung dieses Jobs brauche ich Ihre Erlaubnis nicht, auch nicht, um dieses Tor in die Luft zu sprengen. Mir wär's nur lieber, wenn ich darauf keine Zeit und Mühe verschwenden müsste. Also, kurz und gut: Die einzige Wahl, die Sie in dieser Angelegenheit haben, ist, wie schwer oder leicht Sie's mir und sich selbst machen.«

Lawson war weit weniger diplomatisch. Er zog seine Neun-Millimeter-Pistole. »Mach dieses Scheißtor auf.«

Das Tor wurde geöffnet, aber als Tobias dann verlangte, »Schaltet die Überwachungskameras ab«, bockte Barker.

»Das kann ich ohne Mr Hancocks Zustimmung nicht machen.«

»Wer ist Mr Hancock?«

»Bruder Gabriels persönlicher Assistent.«

»Und wo ist Mr Hancock?«

»In Bruder Gabriels Privatgemächern. Mit ihm und Ms Lloyd.«

Hart trat vor und fragte: »Gibt es da drin Kameras?« Diese Frage kam Tobias gerade recht, er hatte sie schon selbst stellen wollen.

»Das ist das einzige Areal in der ganzen Siedlung, wo keine Kameras gestattet sind«, erklärte ihnen der Sicherheitsoffizier.

»Aber sie könnten uns sehen?«

»Nur wenn sie die Monitore beobachten.«

»Dann würde ich die Kameras abschalten. Es sei denn, Sie möchten Ms Lloyd darauf aufmerksam machen, dass wir hier sind, und sie zu einer Kurzschlussreaktion verleiten.«

Baker sprach in sein Walkie-Talkie und befahl, die Kameras vom Netz zu nehmen. Anschließend ging er wieder zu seinem Jeep und wies sie an, ihm zu folgen.

»Ich fahre mit ihm«, meinte Lawson. »Dem traue ich nicht von zwölf bis Mittag.«

Drei Minuten später ließ man sie, in Begleitung Bakers, in die Halle des Hauptgebäudes ein. Der Anblick der vielen Bewaffneten, die dort patrouillierten, ließ in Tobias' Magen ein flaues Gefühl aufkommen. Alles deutete auf eine Katastrophe.

»In welchem Stock liegen die Privaträume?«, fragte er.

Als Baker nicht sofort antwortete, stupste ihn Lawson unsanft ins Rückgrat. »Bist du taub geworden oder was?«

»Im dritten. Ich bringe Sie hin.«

»Nein, Sie bleiben hier.« Auf ein Signal von Tobias nahm einer der Reservatspolizisten Baker rasch seine Waffe und das Walkie-Talkie ab. Der Mann rastete aus, aber Tobias drohte, ihm Handschellen anlegen zu lassen, wenn er sich nicht beruhige und den Mund halte. »Das geschieht zu Ihrem eigenen Schutz.« Dieser Satz war totaler Blödsinn, und Baker wusste das. Er meckerte zwar weiter, war aber so schlau, keinen FBI-Agenten in offizieller Mission anzugreifen. Tobias wies drei Männer an, unten zu bleiben und ein Auge auf Baker und seine Leute zu werfen.

»Und Sie bleiben auch«, erklärte er dem Astronauten, als dieser als Letzter in den vollen Aufzug drängte. »Helfen Sie, Baker im Auge zu behalten.«

»Um keinen Preis.«

»Ich denke dabei an Ihr Leben.«

»Wofür ich allein verantwortlich bin.«

»Nein, heute Nacht nicht. Ich will nicht, dass sich ein Nationalheld während meiner Dienstzeit töten lässt. Und jetzt verlassen Sie den Aufzug.«

Während Chief rückwärts aus der Kabine ging, nahm er mit jedem Reservatspolizisten Blickkontakt auf. Einer nach dem anderen trat aus dem Aufzug und stellte sich neben ihn.

Tobias wusste, wann er geschlagen war. Auf diese Verstärkung war er angewiesen. Die Reservatspolizei stellte seine einzige Hilfe dar. Er kannte die Geschichte, wie Bruder Gabriel den Tempelgrund erworben hatte. Umso mehr hatte es ihn erstaunt, dass der Chef der Reservatspolizei gezögert hatte, ihm für heute ein paar Leute zu geben. Der Mann hatte sich damit entschuldigt, er sei knapp besetzt. Mehrere seiner Leute seien anderweitig beschäftigt und er könne auf keinen verzichten.

Tobias wusste nicht, ob er ihm glauben sollte oder nicht. Indianer hegten generell Misstrauen und Abneigung gegen Regierungsagenten. Es handelte sich um einen inhärenten Argwohn, der nur allzu begründet war und seit Generationen untermauert wurde. Allerdings hatte er angenommen, als Schwarzer ein Plus zu haben.

Leider weit weniger als Christopher Hart. Ohne ihn hätte man seine Bitte wohl abgelehnt. So aber war sofort ein Team von acht Mann zur Stelle, als Hart den Polizeichef um diesen persönlichen Gefallen bat.

Außerdem hatte er bei Christopher Hart Führungsqualitäten kennen gelernt, um die man ihn bewundern und beneiden musste. Ein Blick genügte ihm zum Kommando über acht Mann. Und damit war Tobias auch ohne Test klar: Im Ernstfall hätte Hart mehr Autorität als er.

»Wir können auch die Treppe nehmen«, sagte Hart.

»Kommt rein«, sagte Tobias barsch.

Während der Fahrt nach oben überprüften sie ihre Waffen. Mit gezückten Pistolen rückte die Gruppe schweigend zur Doppeltür vor. Beim Näherkommen hörten sie: »Wenn du mich tötest, wirst du dich selbst vernichten.«

Und dann sagte Bruder Gabriel: »Rätsel, Melina?«

»Nein, Antworten. Wenn du mich tötest, stirbt auch dein Baby.«

Christopher Hart hatte genug gehört. Er schoss an Tobias vorbei und stieß die Tür auf. Mit gezückten Waffen stürmten die Männer schussbereit den Raum. Im Handumdrehen hatte Tobias die Situation erkannt und schrie: *»Waffen weg! Lasst sie los!«*

Die Reservatspolizisten verteilten sich im Halbkreis an den Wänden. Einige zielten auf Bruder Gabriel, andere auf den bewaffneten Mann, in dem Tobias Hancock vermutete.

Obwohl Chief unbewaffnet war, wirkte allein seine Stimme bedrohlich genug, als er mit wenigen Schritten bei Hancock war und ruhig sagte: »Wenn du ihr auch nur ein Haar krümmst, bring ich dich um.«

Tobias wusste, dass er es ernst meinte. »Hart, lassen Sie mich das machen.«

Hart schien ihn nicht gehört zu haben. »Gillian, alles in Ordnung?«

»Gillian?«

Dieser Ausruf kam von Bruder Gabriel, den Tobias bisher ignoriert hatte. »Lass sie los!«, befahl er dem Mann, der Gillian Lloyd noch immer eine Pistole an den Kopf hielt.

Bruder Gabriel sprach erneut. Angesichts des Schocks, den er verdauen musste, klang er bemerkenswert gefasst. »Mr Hancock, Sie können sie jetzt unbesorgt loslassen. Vor so vielen Augenzeugen wird sie mich nicht erschießen. Ihre Männer sind gerade noch rechtzeitig gekommen.«

Einen Augenblick wirkte Hancock unentschlossen, senkte dann aber auf eine Geste von Bruder Gabriel die Pistole und ließ sie schließlich zu Boden fallen.

Der nächste von Tobias' Helfern stieß sie mit dem Fuß außer Reichweite. Christopher Hart trat vor. Er und Gillian streckten sich die Hände entgegen. So zog er sie in Sicherheit. Sie wechselten einen Blick, bei dem es selbst einem eingefleischten Junggesellen wie Tobias eng ums Herz wurde. Er dauerte höchstens eine Millisekunde, sagte aber alles.

Dann riss sie die Augen von Hart los und wandte sich an den Prediger. »Ich bin Gillian.«

»Du lügst.«

»Vor fast einer Woche wurde ich künstlich befruchtet. Ein einfacher Bluttest wird beweisen, ob ich schwanger bin oder nicht.«

»Es ist wahr, du Dreckskerl«, sagte Chief, »sie ist Gillian.«

»Glauben Sie ihnen«, meinte Tobias. »Ich habe heute Abend den Autopsiebefund gelesen. Richtig gelesen und nicht nur überflogen wie bisher. Die Leiche, die der Pathologe untersucht hat, besaß weder Gebärmutter noch Eierstöcke.«

»Das habe ich übersehen«, gestand Lawson. »Melina Lloyd hatte eine Totaloperation.«

»Er weiß es«, erklärte ihnen Gillian. »Hancock hat das bei seiner Recherche über sie herausgefunden.«

Bruder Gabriel lächelte erfreut. »Gut, gut, was für eine Überraschung. Sie sind Gillian. Ich freue mich, Sie kennen zu lernen.«

»Fahr zur Hölle.« Und zu Hart gewandt, meinte sie: »Wenn Longtree nicht die erste Kammer leer gelassen hätte, wäre ich schon tot. Er hat bereits abgedrückt.«

Hart machte einen drohenden Schritt auf Hancock zu, aber Tobias rief ihn scharf an und er blieb, wo er stand. Vielleicht lag das aber auch weniger an seinem Befehl als an Gillians Hand auf Harts Arm.

Als Tobias von ihnen zu Bruder Gabriel schaute, merkte er erstaunt, dass dieser lächelte. »Wir wurden einander noch nicht richtig vorgestellt. Ich nehme an, Sie sind Agent Tobias.«

»Das ist richtig.«

»Wir haben doch erst morgen unseren Termin. Warum sind Sie schon heute Abend gekommen?«

»Unter dem Vorwand, Ihr Leben zu retten.«

»Vorwand?«

Lawson sagte: »Ich würde Ihnen gerne ein paar Fragen stellen, bezüglich der Morde an Melina Lloyd, Linda Croft und Jem Hennings.«

Der Prediger drehte sich zu ihm. »Und Sie müssen Lawson sein.« Mit einem Blick erfasste er Lawsons zusammengewürfelte Garderobe und sein zerknittertes Aussehen. »Ihr Ruf eilt Ihnen voraus, Herr Kommissar. Es ist mir schleierhaft, warum Sie mich befragen möchten. Als diese Personen ihr Schicksal ereilte, war ich weit von Dallas entfernt.«

Lawson hätte ihn beinahe angeknurrt.

Bruder Gabriel ließ ihn links liegen und wandte sich wieder an Tobias. »Ms Lloyd – besser gesagt, Gillian – hat sich heute Abend mit List hier eingeschlichen und unter heftigen Anschuldigungen mein Leben bedroht.«

»Er lügt«, sagte sie ruhig.

»Sie hat eine Pistole auf mich gerichtet. Bei Ihrem Eindringen hatte Mr Hancock sie gerade entwaffnet.«

»Bei meiner Ankunft sind hier drei Busse voller Kinder weggefahren«, sagte Gillian. »Ich bin überzeugt, dass Sie darunter auch das Anderson-Baby finden werden.«

»Video- und Übertragungsgeräte«, erklärte Bruder Gabriel mit einem hilflosen Schulterzucken. »Wenn wir von entlegenen Orten senden, transportieren wir sie in Bussen.«

»Außerdem gibt es einen Schlafsaal voll Kinder«, sagte sie.

»Den gibt es tatsächlich«, gestand er lachend. »Sie gehören Männern und Frauen, die hier im Tempel leben. Sie hat Wahnvorstellungen. Der Tod ihrer Zwillingsschwester hat –«

»Halt dein gottverdammtes Maul«, fauchte Lawson.

»Lawson«, rief Tobias. Dann sagte er, zu Bruder Gabriel gewandt: »Warum haben Sie ihr eine Pistole an den Kopf gehalten? War das nötig, um sie zu bändigen?«

»Mr Hancock vertrat diese Ansicht. Zusammen

mit unserem Colombo hier hegt sie die wirre Idee, ich sei irgendwie für den Mord an ihrer Zwillingsschwester verantwortlich. Mr Hancock wollte sie nur solange in Schach halten, bis Sheriff Ritchey eintrifft.«

»Mich muss man nicht mehr holen.«

Diese neue Stimme ließ alle zu dem uniformierten Mann herumfahren, der hinter den schweren Samtportieren hervortrat. Er hielt einen Dienstrevolver zwischen den Händen, der auf Bruder Gabriel gerichtet war. »Hier steht nicht die Aussage dieser Dame gegen deine. Ich kann ihnen alles sagen, was sie über dich wissen müssen.«

»Sheriff Ritchey! Dort sind Sie also verschwunden.«

»Wo du mich am wenigsten vermutet hättest«, höhnte der Sheriff. »Um ein Zitat von dir zu wiederholen.«

»Wie ist Ihnen das gelungen?«

»Ich kam rein, während du mit Hancock weg warst. Diese so genannten Leibwächter, die du mitgebracht hast, haben nicht einmal hinter den Vorhängen gesucht.«

Bruder Gabriel schaute zu Hancock hinüber, der seinerseits wütend den Sheriff anstarrte. »Diese Männer sollte man auswechseln.« Dann wandte er sich wieder an Ritchey und sagte: »Haben Sie eine Erklärung dafür, warum Sie sich hinter den Vorhängen herumtreiben?«

Ritchey packte die ausgestreckte Pistole fester. Trotzdem bebten seine Hände genau wie seine Stimme. »Ich will hören, wie du ihn sagst.«

Scheiße, Scheiße, eine Entwicklung, die ich nicht bedacht habe, schoss es Tobias durch den Kopf. »Vorsicht mit der Waffe, Sheriff Ritchey.«

Aber Ritchey hatte nur noch Augen für Bruder Gabriel. Tränen standen darin, ohne dass er es merkte. »Ich will hören, wie du ihren Namen sagst.«

»Wessen Namen?«

»Oletas Namen«, brüllte er aus vollem Halse. »Sie heißt nicht *Mary*. Und sie war keine Hure, als sie zu dir kam. Du hast mein liebes, kleines Mädchen mit dem Lockenschopf zu einer Hure gemacht! Du hast gesagt, sie würde wie eine Prinzessin behandelt, wenn sie hier lebt. Sie hätte ein besseres Leben und bekäme eine bessere Ausbildung, als ich es mir leisten konnte. Aber du hast ihr nur eines beigebracht: Wie …« Seine Stimme brach. Er konnte den Satz nicht beenden.

»Sheriff Ritchey, stecken Sie Ihre Waffe weg und –«

»Nein, ich lasse nicht zu, dass er sich lächelnd herausredet.«

»Wenn er sich zu Recht verantworten muss, dann wird das vor Gericht geschehen.«

Mit einem heftigen Kopfschütteln wehrte sich Ritchey gegen Tobias' ruhige Argumente.

Vorsichtig wollte sich ihm einer der Reservatspolizisten nähern, aber er registrierte die Bewegung und warnte den Mann, näher zu kommen. »Bleib zurück! Das ist eine Sache zwischen ihm und mir. Schießt ruhig, wenn ihr wollt, töten werde ich ihn sowieso. Aus dieser Entfernung kann ich ihn nicht verfehlen.«

Bruder Gabriel warf Tobias einen hektischen Blick zu. »Sie sind das FBI. Um Himmels willen, tun Sie etwas.«

»Wer ist Mary? Wovon redet er?«

»Ich habe mein kleines Mädchen gegen einen Stern eingetauscht«, schluchzte Ritchey, »einen Stern. Du hast mir eingeredet, es sei gut für sie. Für ihr Seelenheil, hast du gesagt. Du sagtest, es sei für alle das Beste. Und dann hast du ihre Unschuld gestohlen und sie in eine Hure verwandelt.«

Dieser Mann verfiel zusehends. Tobias wollte unbedingt Blutvergießen verhindern. »Ritchey! Stecken Sie Ihre Waffe weg. Sofort!«

»Sheriff, Sie haben Agent Tobias gehört«, sagte Bruder Gabriel aalglatt. »Schluss mit diesem Unsinn. Mary war nicht von Natur aus unschuldig. Sie wurde zu dem geboren, was sie jetzt tut. Ich habe sie nie zu etwas gezwungen. Fragen Sie sie. Sie wird Ihnen sagen, wie sehr sie die Liebe mit mir mag.«

Plötzlich klärte sich des Sheriffs verzerrte Miene. Er zog die Nase hoch, blinzelte die Tränen weg und sagte mit erstaunlicher Ruhe: »Du wirst sterben.«

41

»Er wusste genau, was er tat.«

Agent Tobias wandte sich an die Gruppe, die sich im Büro des Sheriffs versammelt hatte. Sonst gab es keinen geeigneten Platz dafür. Chief hatte den Thermostat auf ein erträgliches Maß zurückgedreht. Die Hilfssheriffs, die man zurückbeordert hatte, kochten Kaffee. Unter dem Schock, dass ihr Chef, Sheriff Ritchey, in der Gefängniszelle saß, funktionierten sie wie Roboter. Wegen Selbstmordgefahr wurde er ständig bewacht. Die Tür zwischen dem vorderen Büro und dem Flur zur Zelle war geschlossen.

Gillian war froh, dass sie nicht in den Flur hineinschauen musste. Jeder Blick rief böse Erinnerungen wach. Leider genügte auch ein Blick in Chiefs Gesicht, ihr wieder bewusst zu machen, was sie ihm angetan hatte. Teilweise. Aber das war bei weitem nicht das Schlimmste.

Tobias fuhr fort: »Er hat Conway – Alvin Medford Conway alias Bruder Gabriel – in den Bauch geschossen. Erst nach zwei Salven konnten wir ihn stoppen. Er wollte Conway nicht sofort erledigen, sondern ihn zwingen, über sein Sterben nachzudenken.«

Da die Krankenstation im Tempel auf eine lebensbedrohliche Verletzung, wie sie Bruder Gabriel davongetragen hatte, nicht eingerichtet war, hatte man 911 angerufen.

»Fünfhundert Meter vor der Nothilfe ist er seinen Verletzungen erlegen«, berichtete ihnen Tobias. »Er hat noch eine lange halbe Stunde unter qualvollen Schmerzen gelebt und musste mit ansehen, wie er verblutet ist. Und immer in dem Bewusstsein, dass er es nicht schaffen wird. Ritchey hat bekommen, was er wollte.«

Lawson schnaubte. Es klang zufrieden. Dann nahm er einen kräftigen Schluck aus seiner Dr. Pepper-Dose.

»Und was ist mit Ritcheys Tochter?«, wollte einer der Reservatspolizisten wissen.

Tobias teilte mit, was ihm Ritchey erzählt hatte. »Er hatte eine Reihe erfolgloser Jobs hinter sich. Hatte Schulden. Da kam Conway auf ihn zu und sie vereinbarten ein Tauschgeschäft. Sie würden so tun, als hätte man Oleta entführt. Steht übrigens noch immer als ungelöstes Verbrechen in den Akten. Mrs Ritchey wird in Bälde wieder ihre Tochter in die Arme schließen, von der sie geglaubt hat, sie sei als Zehnjährige entführt worden.« Er schaute zwischen seinen mit Quasten verzierten Bally-Trotteurs zu Boden. »Wenn ich richtig verstanden habe, wird das Mädchen demnächst Bruder Gabriels Baby entbinden.«

Gillian hörte Chief leise vor sich hin fluchen. »Er hat seine eigene Tochter als Sexsklavin verkauft?«

»Im Grunde ja«, erwiderte Tobias. »Trotzdem glaube ich ihm. Er hat gedacht, er täte das Beste für sie. Erst vor kurzem hat er ihre wahre Rolle im Tempel erfahren. Bruder Gabriel hat sich durch sie Ritcheys Schweigen und fortwährende Kooperation gesichert. Heute Nacht hat ihn sein eigenes Schuldgefühl ausrasten lassen. Er ist froh, dass Conway tot ist, und wird Ihre Aussage bezeugen, Ms Lloyd.«

»Nennen Sie mich Gillian, bitte.«

Er hatte keine Zeit, ihrer Bitte nachzukommen. Draußen kam Lärm auf. Alle Blicke wanderten zur Tür. Zwei Männer mit Handschellen auf dem Rücken wurden in den Raum geschoben. Gillian und Chief erkannten sie auf der Stelle wieder.

Sie befanden sich im Gewahrsam mehrerer strammer, bis an die Zähne bewaffneter Indianer, die fröhlich grinsten. Der eine trug zwei Streifen

Kriegsbemalung auf der Wange. Er löste sich von den übrigen. »Agent Tobias?«

Er stand auf und hob die Hand. »Ich bin Agent Tobias.«

»Wir gehören zur Reservatspolizei, in geheimer Mission. Wir haben diese Männer auf Grund einer Zivilklage wegen unbefugten Betretens verhaftet. Ihr Wagen hat sich dabei als rollendes Waffenarsenal entpuppt. Neben illegalen Automatikgewehren fanden wir Spionagegeräte, die nur auf dem Schwarzmarkt erhältlich sind, sowie einen Karton mit aus Mexiko eingeschmuggelten verschreibungspflichtigen Medikamenten.« Nach einem raschen Blick auf Gillian und Hart fuhr er fort: »Wir haben Grund zur Annahme, dass sie etwas mit Ihrem Fall hier zu tun haben.«

»Er ist derjenige, der sich als Tobias ausgegeben hat«, sagte Gillian, wobei sie auf den Schwarzen zeigte. »Bruder Gabriel nannte ihn Joshua, aber das ist vermutlich ein Deckname. Sie haben Chief und mich verfolgt.«

»Damit.«

Sie bemerkte Dexter Longtree erst, als er hinter einem größeren, jüngeren Mann vortrat. In seiner Hand lagen der Rubinanhänger und der winzige Sender, den sie daraus entfernt hatten.

»Ich danke Ihnen«, sagte Tobias ehrerbietig,

den Longtrees königliche Haltung offensichtlich beeindruckte. Er legte das Beweisstück auf den Schreibtisch und wandte sich den beiden Gefesselten zu. Mit scheelem Blick musterte er den einen, der es gewagt hatte, seine Identität zu missbrauchen. »Wie heißen Sie?«

»Leck mich.«

»Zweiter Vorname?«, fragte Lawson.

Alles lachte.

»Später«, sagte Tobias zu Joshua. Es klang wie eine Drohung. Joshua wurde mit seinem namenlosen Partner einigen FBI-Agenten übergeben, die eben erst aus Santa Fe eingetroffen waren. Man brachte das Paar ins Freie und verfrachtete sie für die Fahrt in die Stadt in getrennte Autos.

Chief erhob sich von seinem Sitz und trat zu Longtree. Gillian tat es ihm nach. Die beiden Männer schüttelten einander die Hand. Chief dankte ihm.

»Ich habe mich gefreut, helfen zu können«, erwiderte Longtree. »Eigentlich hat es sogar Spaß gemacht.«

Die Runde lachte wissend. Chief wandte sich an Longtree: »Ich erführe gern mehr über die NAA.«

Der ältere Indianer musterte ihn lange Zeit. »Sie schulden mir nichts.«

»Ihnen vielleicht nicht, aber mir selbst.«

In den Augen des Alten flackerte etwas auf. »Ich würde mit Freude ein Treffen arrangieren, wann immer es Ihnen passt.«

»Wir bleiben in Kontakt.«

Nach einem erneuten Händedruck ergriff Gillian Longtrees Hand. Rau fühlte sie sich an, kräftig, warm und Vertrauen erweckend. »Sie waren sehr, sehr freundlich. Darüber hinaus haben Sie wegen meiner Ihr Leben riskiert. Ich bin Ihnen so dankbar.« Nach kurzem Zögern gab sie ihrem Impuls nach und umarmte ihn kurz, aber fest. Offensichtlich hatte er nichts dagegen, denn ehe er sie losließ, tätschelte er ihr noch die Schulter. »Danke schön, Häuptling Longtree.«

»Gern geschehen, Gillian.«

Respektvoll ließen ihn die Reservatspolizisten vorausgehen, ehe sie ihm im Gänsemarsch folgten. Erst nachdem sie durch die Tür verschwunden waren, dämmerte es Gillian, dass Longtree sie bei ihrem richtigen Namen genannt hatte. Sie schaute Chief an. Ihre Blicke trafen sich. »Wann hast du ihm erzählt –«

»Habe ich nicht.«

»Woher weiß er denn –«

»Keine Ahnung. Anscheinend weiß er eine Menge Dinge, im Gegensatz zu uns.«

Lawsons Stimme unterbrach ihren langen Blick

und zog sie wieder in die Besprechung. »Und wie gehen die Ermittlungen jetzt weiter?«

Tobias erläuterte. »Irgendwann wird morgen eine Spezialeinheit eintreffen. Inzwischen sind Agenten aus Santa Fe und Albuquerque im Tempel und stellen sicher, dass nichts vernichtet oder verändert wird. Außerdem wurden alle Aktivitäten in den ausländischen Einrichtungen der Kirche vorübergehend eingestellt. Die Spezialeinheit erwartet maßgeschneiderte Arbeit. Bereits die Durchsicht sämtlicher Daten auf Hancocks Computersystem wird ein Fest.«

Gillian sagte: »Bruder Gabriel hat damit geprahlt, alle Eintragungen seien kodiert, nur Mr Hancock könne sie entziffern.«

»Unsere Experten haben schon vorher Codes geknackt. Vielleicht brauchen sie Monate, aber knacken werden sie auch den von Hancock, davon bin ich überzeugt.«

»Vielleicht zeigt er sich ja kooperativ«, meinte Chief.

»Zweifelhaft. Dafür hat schon unsere eigene Regierung gesorgt. Hancock war CIA-Agent. Am Tag seiner Pensionierung hat er sich auf Bruder Gabriels Seite geschlagen.« Als er ihre schockierte Reaktion sah, fügte er hinzu: »Darüber hat mich Ms Myrick vor knapp einer halben Stunde informiert. Sie hat seinen Lebenslauf gründlich abgeklopft.«

»Erschreckend«, sagte Gillian leise, »und bezeichnend. Vielleicht werden wir nie erfahren, wie weit Bruder Gabriels Einfluss reicht.«

»Hoffen wir, dass dieser Einfluss mit ihm gestorben ist«, sagte Chief.

»Vermutlich werden wir eine Gegenreaktion unverbesserlicher Anhänger erleben«, warnte Tobias. »Wir müssen uns auf ein unangenehmes Nachspiel gefasst machen. Wie schwerwiegend, bleibt abzuwarten, aber viele werden die Meinung vertreten, wir hätten einen von Gott höchst persönlich Berufenen vernichtet.«

»Bruder Gabriel war nicht das Sprachrohr Gottes«, widersprach Gillian heftig.

»Hoffentlich kommen die anderen auch zu diesem Schluss, sobald alle Anklagen gegen ihn veröffentlicht werden.«

Eine ganze Weile herrschte betroffenes Schweigen. Gillian fiel wieder ein, dass Chiefs Kollege seine Tochter in die Tempelschule geschickt hatte. Wie würden die Leute reagieren, wenn sie erführen, dass Bruder Gabriel das personifizierte Böse gewesen war? Legionen von Jüngern würden sich beraubt fühlen. Andere würden sich weigern, die Wahrheit zu akzeptieren, und vielleicht mit Gewalt antworten. Nie hätte sie sich damals, als Dale Gordon sie mit Chief gesehen hatte, träumen lassen, welche weit reichenden Folgen diese Begegnung haben sollte.

Sie fragte: »Hat man die Busse gefunden?«

Tobias nickte. »Direkt auf dem Weg nach Mexiko. Voll gepackt mit Fernsehgeräten. Und mit siebenundvierzig Kindern.«

Gillian stieß einen langen Seufzer der Erleichterung aus.

»Alle schienen gesund zu sein. Allerdings hatten sie Angst, als sie aus den Bussen geholt wurden. Die Polizei von New Mexico kümmert sich um sie; sie ist außerordentlich kooperativ, auf Bitten des Gouverneurs. Eine Anmerkung: Unter dem Pflegepersonal, das die Kinder heute Abend fortgeschafft hat, befanden sich Dorothy Pugh und Hennings Schwester, der zwei von den Kindern gehörten.«

»Gezeugt von Bruder Gabriel?«

»Vermutlich. Bei ihrer Verhaftung hat sie den Beamten angespuckt, als er danach gefragt hat.«

»Und das Baby der Andersons?«

»In dieser Altersgruppe gab es mehrere Jungen. Man muss erst feststellen, welcher ihrer ist.«

»Chief und ich haben versprochen, sie anzurufen, wenn wir etwas wissen. Ich habe ihre private Handynummer.«

Tobias rutschte unbehaglich herum und hüstelte hinter seiner Hand. »Diesbezüglich gibt es einen hässlichen Gesichtspunkt, den Sie vielleicht noch nicht bedacht haben.« Gillian und die Übrigen schauten ihn erwartungsvoll an. »Vielleicht wollen die Andersons den Jungen mittlerweile nicht mehr haben. Offen gestanden vermute ich, dass die meisten Paare, deren Kinder entführt wurden, sie ablehnen werden, wenn sie erfahren, wer der leibliche Vater ist. Von einem anonym ausgewählten Spender schwanger zu werden, ist eine Sache. Wenn man aber weiß, dass das eigene Kind einen Irren zum Vater hat …« Den Rest ließ er unausgesprochen.

»Himmel«, sagte Lawson, »daran hatte ich gar nicht gedacht.«

Gillian schon. Dieser Gedanke nagte an ihr, seit die Vermutung, Dale Gordon habe in seinem Labor Sperma vertauscht, zum ersten Mal aufgetaucht war. Allein bei dem Gedanken daran hatte sie sich auf dem Gehsteig übergeben müssen.

Auch jetzt machte diese Vorstellung sie wieder ganz krank. Zitternd hob sie beide Hände an die Lippen und blies darauf, um ihre kalten Finger zu wärmen. Blicklos starrte sie in die Luft. Als sie schließlich wieder klar sehen konnte, merkte sie, dass das Gespräch erlahmt war, und jeder nur sie anstarrte.

Tobias räusperte sich. »Vermutlich spreche ich im Namen aller. Warum haben Sie das getan? Warum haben Sie sich als Melina ausgegeben?«

Ihre Augen wanderten von ihm zu Lawson und danach von Lawson zu Chief, ohne dass sie dessen Blick lange ertragen konnte. Deshalb wandte sie sich an Lawson. »Daran war eine Bemerkung von Ihnen schuld.«

Beinahe hätte er seine Dr. Pepper-Dose fallen gelassen. »Von mir?«

»Als die beiden Polizisten an jenem Morgen in Melinas Haus kamen, haben sie mich nicht namentlich angesprochen. Und wenn doch, habe ich's nicht mitbekommen. Sie haben mich aus tiefstem Schlaf geweckt. Ich habe nur begriffen, dass meine Zwillingsschwester ermordet worden war.«

»Warum sind Sie überhaupt in Melinas Haus gewesen?«

»Nachdem ich …« Sie zögerte. Anstatt Chiefs Namen zu nennen, sagte sie: »Nachdem ich das Mansion verlassen hatte, bin ich nach Hause gefahren. Melina schlief schon. Ich habe sie geweckt und noch eine Weile mit ihr geredet. Daher wusste ich auch, dass Jem mit dem Anhänger da gewesen war. Ich habe ihn dort auf dem Nachttisch liegen gelassen. Melina hat mir Jems Besuch in allen Details erzählt. Deshalb konnte ich Jem auch zu gegebener Zeit davon überzeugen, ich sei die Frau gewesen, die er am Abend vorher angetroffen hat.«

»Liebe Güte, jetzt wird's aber verwirrend«, bemerkte Lawson.

»Für mich auch«, erwiderte sie mit einem matten Lächeln. »Melina bat mich, sie die Nacht in meinem Bett schlafen zu lassen, weil sie sowieso schon dort war. Das klang sinnvoll. Also bin ich zu ihrem Haus gefahren und habe die Nacht dort verbracht.«

Einen Moment brach die entsetzliche Erinnerung an die erste halbe Stunde wieder auf, nachdem sie von dem Mord an Melina gehört hatte. »Als ich in mein eigenes Haus gestürzt bin, haben Sie, Mr Lawson, mich daran gehindert, das Schlafzimmer zu betreten. Sie haben mich zurückgehalten, wissen Sie noch? Sie haben mich gewarnt, den Tatort nicht zu kontaminieren, und sagten: ›Sie wollen doch wissen, wer Gillian getötet hat, oder?‹

Und diese Frage war wie ein Schlag ins Gesicht. Damit kam ich, sozusagen, wieder zur Besinnung.

Erst in diesem Moment habe ich ihren Fehler begriffen. Sie haben mich mit Melina verwechselt. Offensichtlich hatte der Mörder denselben Fehler gemacht. Als ich die Worte an der Schlafzimmerwand gesehen habe, wusste ich, dass ich sterben sollte, weil ich mit Chief zusammen gewesen war. Aber wer konnte das wissen? Und warum sollte ich deshalb sterben? Ich beschloss, diesen Fehler nicht eher zu korrigieren, bis ich mehr wusste.

Dann kam Jem und von da an nahm alles eine bizarre Wendung. Anfänglich wusste er nicht, dass ich – Gillian – die Nacht mit Chief verbracht hatte. Also hatte er auch keine Ahnung, dass Bruder Gabriel den Mord befohlen hatte. Bis zu diesem Zeitpunkt war er ehrlich schockiert.

Aber als ich verkündete, Gillian sei mit Chief an Melinas Stelle ausgegangen, und nachdem Jem die Schmierereien gesehen hatte, dämmerte ihm der Grund, weshalb Gillian getötet werden musste. Wahrscheinlich hat er sogar Dale Gordon als Täter dahinter vermutet. Deshalb ging er damals in Lawsons Büro dazwischen, als Chief anfing, Gordon zu beschreiben.

Aber schon vorher hatte ich ihn im Verdacht. Warum log er wegen der Verlobung? Warum behauptete er, gegen künstliche Befruchtung zu sein, während er mich immer dazu ermutigt hatte, seitdem mir die Idee zum ersten Mal gekommen war? Bis ich die Antworten auf diese Fragen wusste, musste ich mich schützen. Und dazu musste ›Gillian‹ tot bleiben.

Jem wurde nie argwöhnisch. Das wusste ich. Ich konnte meine Abneigung nicht verhehlen, aber er und Melina hatten sich sowieso nie vertragen. Es war einfach, ihm einzureden, ich sei sie. Bei anderen war das nicht so leicht.« Sie konnte sich einen raschen Blick auf Chief nicht verkneifen. Seine Augen klebten förmlich an ihr.

Rasch fuhr sie fort, wobei sie Lawson ansah: »Ich gestand unseren Rollentausch vom Abend zuvor und überließ es dann Ihnen, anzunehmen, dass wir uns am Ende wieder in uns selbst verwandelt hätten. Was wir nicht taten.«

»Ich habe Sie nie gefragt, wann dieser Rollentausch vorbei war?«

Sie schüttelte den Kopf. »Sie wollten nur wissen, wann Gillian vom Mansion heimgekommen sei. Ich bin gegen halb drei heimgekommen, fuhr aber nach meiner Stippvisite weiter zu Melinas Haus. Sie schlief in meinem Bett und starb für mich.«

Die Emotion war zu stark. Sie musste sich räuspern, ehe sie weitersprechen konnte. »Ich hatte schwer daran zu tragen, dass alle um mich trauerten, während sie doch eigentlich um Melina hätten trauern sollen. Oft wäre ich unter dieser Last beinahe zusammengebrochen. Mich hielt nur eines aufrecht: Ich war entschlossen, die Person zu finden, die ihren Tod zu verantworten hatte, koste es, was es wolle.«

»Wie lange hätte denn dieser Rollentausch Ihrer Ansicht nach dauern sollen?«, fragte Lawson.

»Wie lange ich Melina sein wollte? Bis ihr Tod gerächt war. Weiter habe ich nicht gedacht. Vermutlich habe ich damit ein Verbrechen begangen. Oder? Annahme einer falschen Identität?«

»Ich werde mal nachsehen«, nuschelte Lawson.

Tobias meinte: »Sie haben Bruder Gabriels Verbrechen aufgedeckt. Ich konzentriere mich darauf.«

Gillian wandte sich an Chief: »Ich hatte solche Angst, du würdest vergessen, dass wir Dale Gordon gesehen hatten. Als wir uns in Lawsons Büro angeblich zum ersten Mal begegnet sind, habe ich dir eure Begegnung mit ihm in diesem Tacos-Lokal massiv in Erinnerung gerufen. Ich musste Lawson wissen lassen, dass Dale Gordon eine Spur war, konnte das aber nicht selbst enthüllen.«

»Du hast ihn an jenem Abend wiedererkannt?«

»Sofort, nur woher, das konnte ich nicht einordnen. Erst als er sagte, er arbeite in der Waters-Klinik. In dem Moment fiel mir wieder ein, dass ich ihn dort gesehen habe. Er hat mich ein paar Mal angesprochen. Und … und offensichtlich nicht nur das.« Beim Gedanken an die Fotos, die er unwissentlich von ihr gemacht hatte, schüttelte es sie.

»Damals erfuhr ich, dass sie eine Zwillingsschwester hatte«, erklärte Chief den anderen. »Sie erklärte mir, Gordon müsse sie mit ihrer Schwester Gillian verwechselt haben.«

»Aber Sie waren doch Gillian«, sagte Lawson ziemlich verwirrt.

»Tat aber so, als sei sie Melina«, erinnerte ihn Chief.

Lawson musterte sie finster. »Sind Sie sicher, dass Sie jetzt Gillian sind?«

»Ja«, sagte sie mit einem zaghaften Lächeln, »das bin ich.«

»Sie ist es«, gestand Tobias beschämt. »Der Autopsiebefund bestätigt, dass die Tote Melina war.«

»Ich hatte schreckliche Angst, Sie würden darauf stoßen«, erklärte sie Lawson. »Warum sollte sich eine Frau ohne Fortpflanzungsorgane künstlich befruchten lassen?«

»Deshalb wollten Sie die Leiche möglichst schnell verbrennen lassen.«

»Ja. Als dann Sie, Mr Tobias, mir sagten, Lawson habe Ihnen die Mordakte gegeben, befürchtete ich, Sie würden es bemerken.«

»Habe ich nicht, erst heute Abend. Daraufhin bin ich zu Lawson gerannt. Dann sind wir schleunigst hierher, um Sie mit Ritcheys Hilfe ausfindig zu machen. Stattdessen fanden wir Colonel Hart in der Zelle eingesperrt, stockwütend.«

Sie wandte sich an Chief: »Haben sie's dir gesagt?«

Gerade als er sprechen wollte, erledigte das Lawson für ihn. »Das war nicht nötig. Er hatte es bereits selbst herausgefunden.«

»Hattest du?«, fragte sie mit belegter Stimme. »Wann?«

Genau in diesem Augenblick öffnete einer der Hilfssheriffs, die zu Ritcheys Bewachung abgestellt waren, die Tür und unterbrach. »Agent Tobias, er fragt nach Ihnen. Will wissen, ob er unbedingt seine Frau sehen muss. Sagt, er könne weder ihr noch seinen anderen Kindern ins Gesicht schauen.«

»Bin gleich da.« Tobias stand auf. Damit war die Sitzung offiziell beendet. Er erklärte ihr und Chief, er habe für sie Zimmer im Motel reserviert. »Morgen früh um zehn kommt ein Hubschrauber, der uns alle nach Albuquerque bringt. Von dort können Sie dann nach Dallas weiterfliegen.«

Verstohlen schaute er Chief an. »Oder wohin Sie wollen. Sorgen Sie nur dafür, dass Sie mir eine Nummer hinterlassen, unter der man Sie erreichen kann. Es wird noch jede Menge Details geben. Papierkram.«

Sein Handy klingelte. Er klappte es auf und antwortete: »Tobias. Oh, jaa, Lucy. Danke für Ihren Rückruf. Nein, heute Abend nichts mehr. Gehen Sie heim. Erholen Sie sich. Sie können morgen weitermachen. Ich habe nur angerufen, um Ihnen nochmals zu sagen, wie hervorragend Sie in diesem Fall gearbeitet haben. Wirklich hervorragend.« Er drehte ihnen den Rücken zu. Trotzdem hörte Gillian, wie er sagte: »Außerdem wollte ich fragen, welche Blumen Sie mögen. Ganz richtig. Blumen.«

42

»Ich hätte dir höchstpersönlich einen von diesen Sendern einpflanzen sollen.«

Als Gillian ihre Zimmertür öffnete, stand sie Chief gegenüber, der die Hände gegen beide Türpfosten stemmte und so eine Barriere bildete. Eine mit tiefen Falten auf der Stirn. »Ich klopfe jetzt schon volle fünf Minuten an diese Tür.«

»Ich war unter der Dusche.« Eigentlich war das unübersehbar, weil sie sich in einen weißen Frottee-Bademantel gewickelt hatte, eine freundliche Leihgabe des Mansion. Ihre nassen Haare hatte sie gekämmt; trotzdem tropfte ihr aus den Spitzen das Wasser in den Nacken.

»Seit drei Tagen hinterlasse ich bei dir im Büro und zu Hause Nachrichten. Warum hast du mich nicht zurückgerufen?«

»Wer hat dir gesagt, dass ich hier bin?«

»Tobias.«

»Er hat kapituliert?«

»Erst als ich ihm angedroht habe, ihm die Presseabteilung der NASA an den Hals zu hetzen. Er hat schon genug Probleme.«

»Chief, ich konnte unmöglich wieder in mein Haus. Ich will nie wieder einen Fuß hinein setzen. Und Melinas Haus … Es kam mir vor, als würde ich ihr noch einen Schlag versetzen, wenn ich mich dort aufhielte. Das eine Mal, das ich dort gewesen bin, war schlimm genug.«

»Hast du vor, mich hier draußen im Flur stehen zu lassen?«

Sie trat beiseite und schloss die Tür hinter ihm. »Heute Nachmittag habe ich mit Candace Anderson gesprochen.«

»Ich weiß, sie haben ihr Kind wieder. Tobias hat's mir erzählt. Sie waren ganz aus dem Häuschen; es wäre ihnen nie eingefallen, ihn abzulehnen.«

»Er ist ja erst siebeneinhalb Monate alt. Sollte er irgendwie emotional geschädigt worden sein, dann hoffentlich nur minimal.«

»Das werden sie schon richten.«

Diesbezüglich teilte sie Chiefs Vertrauen. »Hast du dich nach Pax erkundigt?«

»Bandit geht's gut. Ihm geht's gut. Wir treffen uns nächste Woche auf ein Bier. Allen geht's so verdammt gut. Und jetzt –«

»Möchtest du etwas trinken?«

»Nein!«, sagte er ungeduldig. »Was war mit dem Rückflug nach Dallas? Ich dachte, wir flögen zusammen.«

»Wie geht's deinem Gesicht?«

»Wurde genäht.«

»Wie viele Stiche?«

»Sieben, glaube ich. Ich bin am Flughafen auf die Toilette gegangen. Und als ich herauskam und du weg warst, nahm ich an, du seist schon eingestiegen.«

»Das wird eine Narbe geben.«

»Damit sehe ich schneidig und gefährlich aus.«

»Tust du doch schon.«

»Aber du warst nicht im Flugzeug und ich musste direkt neben Lawson sitzen. Übrigens, er ist in dich verknallt.«

»Lawson?«

»Kann mich nicht ausstehen. Schnaubt jedes Mal, wenn er mich sieht.«

»Ich habe einen anderen Flug genommen.«

»Um mir aus dem Weg zu gehen?«

»Ich hatte etwas Wichtiges zu erledigen, Chief.«

»Was?«

»Einen Bluttest.«

Sein Kinn fuhr hoch, als hätte jemand seinen Hinterkopf an einem Seil zurückgerissen. »Oh.«

Ihm fehlte der Mut zu fragen, aber seine Miene sah so besorgt aus, dass sie ihn nicht länger im Ungewissen ließ.

»Negativ.«

Er schluckte heftig. »Es hätte meines sein können.«

»Ich weiß.«

Ihr Blick fiel auf seinen Mundwinkel, der leicht zuckte, vielleicht aus Bedauern?

»Aber es hätte auch seines sein können. Und in dem Fall …« Sie schloss die Augen, was ihre Tränen aber nicht zurückhielt. Sie quollen unter den Lidern hervor und rollten über ihre Wangen.

Leise sagte er ihren Namen und umfing ihr Gesicht mit seinen Händen.

»Es tut mir Leid, Chief.«

»Leid?«

»So vieles.« Sie schlug die Augen auf. »Ich wusste nicht, dass ich dir an jenem Abend begegnen würde. Ich hatte keine Ahnung, wie ich mich nach der ersten Sekunde mit dir fühlen würde. Als ich in dein Zimmer kam, als wir anfingen –«

»Schscht.«

»Kein einziges Mal habe ich an die künstliche Befruchtung gedacht. Auf diesen Gedanken bin ich gar nicht gekommen. So war es, ich schwör's.«

»Ich glaube dir.«

»Wirklich?«

Er nickte. »Weil es mir genauso ging.«

Sie hob die Hand, um ihm eine dunkle Strähne aus der Stirn zu streichen. »Weißt du, wie sehr ich mich zusammennehmen musste, um nicht bei jedem Anblick von dir weiche Knie zu bekommen? Damals in Lawsons Büro waren erst zwölf Stunden vergangen, seit ich dein Bett verlassen hatte, und doch musste ich die Fremde spielen. Ich dachte, ich müsste sterben, so sehr wollte ich dich in die Arme nehmen und von dir festgehalten werden. Ich hatte Melina da liegen gesehen, tot, und das Schlafzimmer voll mit all dem Blut. Ich war todtraurig. Und hatte Angst. Ich brauchte Halt und wollte nichts anderes, als von dir gehalten werden.«

»Hast du eine Ahnung, wie verdorben ich mir vorkam? Ich wollte Melina genauso sehr wie Gillian.«

»Wann hast du es herausgefunden?«

»In der Gefängniszelle.«

»Wie?«

»Ständig musste ich Melina mit Gillian vergleichen. Und jedes Mal fielen mir tausend Ähnlichkeiten auf, aber kein Unterschied. Nicht einer. Und dann musste ich wieder daran denken, wie Gillian Tacos gegessen hat. Wie sie ihren Finger abgelutscht hat, nachdem Salz in eine kleine

Schnittwunde geraten war. Das war so höllisch sexy. Und als Melina an jenem bewussten Nachmittag dasselbe tat, wirkte es genauso sexy.«

Plötzlich fiel es ihr wieder ein. Sie riss die Augen auf. »Als ich in Longtrees Pick-up Pommes frites gegessen habe. Dabei ist der Schnitt wieder aufgeplatzt und das Salz brannte. Ich habe nicht einmal gemerkt, dass ich das tat.«

»Ich auch nicht. Erst als ich anfing, darüber nachzudenken. In meinem Kopf verschmolzen beide Bilder. Derselbe Finger. Dieselbe Bewegung. Ich begann, die Einzelteile zusammenzusetzen, und alles passte.«

Wieder kamen ihr die Tränen. »Ich habe dir so oft Unrecht getan, dir so viel zugemutet. Kannst du mir verzeihen?«

Er ging rückwärts zum Bett, setzte sich darauf und winkte sie auf seinen Schoß. Dann schüttelte er seine Jacke herunter, knöpfte die Ärmel auf und zog sich das Hemd geschlossen über den Kopf. Inzwischen hatte sie ihn von seinen Jeans befreit. Er öffnete den Gürtel ihres Bademantels und schob ihn zurück. Keiner konnte warten. Sie setzte sich auf ihn.

»Ich wusste es«, flüsterte er ihr in den Nacken. »Ich wusste, ich konnte mich nicht irren, wusste, dass es so etwas nicht doppelt gibt. So etwas kommt nicht zweimal im Leben vor. Nicht innerhalb weniger Tage.«

In dieser innigen Umarmung blieben sie lange Zeit sitzen. Dann schob er die Hände unter ihren Bademantel, streichelte ihren Rücken, ihre Hüften und blieb schließlich auf ihrer Taille liegen. Sie kuschelte ihr Gesicht in seine Haare und küsste sachte seine bandagierte Wange. Vorsichtig berührte er den hässlichen blauen Fleck auf ihrem Schlüsselbein.

»Tut's weh?«

»Jetzt nicht mehr.«

»Ich hätte diesen Mistkerl umbringen sollen.«

Er senkte seinen Kopf auf ihren Busen; seine Zunge liebkoste ihre Brustwarzen. Ihre Antwort war ein leises Wimmern.

»Unglaublich sensibel«, murmelte er, während er zärtlich daran saugte. »Genau wie hier.« Er zwängte seine Hand zwischen beide Körper und berührte sie so, dass sie die Luft anhielt.

»Hast du darüber mit Melina gesprochen?«

Momentan brachte sie kein Wort heraus. Sie schüttelte den Kopf.

»Nicht?«

»Nein, Chief. Ich habe ihr nicht alles anvertraut. Das war viel zu persönlich. Etwas ganz Besonderes.«

»Aber ihr habt doch alles geteilt.«

»Dich nicht.« Ihre Finger tasteten über seine Brust, hinunter zum Bauch. Sie zog seine Hand hervor, hob sie zum Mund und küsste sie leicht. »Dich wollte ich ganz für mich allein behalten.«

»Also war alles, was mir ›Melina‹ von Gillian erzählt hat, eigentlich –«

»Meine eigenen Gefühle. Meine eigenen Worte. Dinge, die ich dir nicht sagen konnte, die du aber unbedingt wissen solltest.«

Er bedeckte ihre Brüste mit den flachen Händen und rieb sachte ihre erigierten Spitzen. »Warum hast du geweint, nachdem wir miteinander geschlafen haben?«

»Weil ich dir unbedingt sagen wollte, was ich empfinde, aber nicht konnte. Als du meinen Namen – Gillian – gesagt hast, zersprang mein Herz. Vor Freude. Und vor Verzweiflung.«

»Wie hast du gesagt? Wenn ein Mann in diesem besonderen Augenblick etwas sagt, dann ist das zutiefst ehrlich gemeint.«

»Etwa nicht?«

»Damals schon«, sagte er barsch.

Langsam begann sie, ihre Hüften kreisen zu lassen. Vor und wieder zurück. Kaum merklich, aber doch spürbar. Jede leise Bewegung entlockte ihm ein Stöhnen. Sie presste sein Becken zwischen ihre Schenkel. »Ich kann dich ganz spüren.«

»Ja«, konnte er gerade noch keuchen.

Er breitete die Hände über ihre Schenkel. Sie gehörte ihm. Er steuerte jede erotische Welle. Seine Finger hinterließen tiefe Eindrücke in ihrem Fleisch. Sie waren nah, ganz nah …

Umso erstaunter war sie, als er unterbrach, »Warte!«, und sie herunterhob. Er drehte sie rasch um und drückte sie aufs Bett. Mit kleinsten Bewegungen zog er sich ganz aus, öffnete ihren Bademantel und legte sich der Länge nach auf sie. Als er wieder in sie eindrang, hob sie ihm ihren Schoß entgegen.

»Nein, lieg still, lieg still«, stöhnte er.

»Aber –«

Sein Mund sank auf ihren, zu einem langen tiefen hungrigen Kuss. Ihre Lippen verschmolzen in einem einzigen ehrlichen Bekenntnis voller Lust, Begehren und Verletzlichkeit. Doch dann änderte sich die Berührung. Sie lächelten einander an, Lippen und Zungen berührten sich kaum noch, reizten einander, neckten sich, flirteten. Er seufzte ihren Namen, sie tat es ihm nach. Dann wurde aus dem Kuss ein unendlich zärtliches Liebesbekenntnis, das aus tiefstem Herzen kam. Doch zum Schluss loderte die Leidenschaft wieder auf. Dieser Kuss war Erotik pur. So wie seine Zunge ihren Mund liebkoste, waren ihre Rollen dabei klar definiert.

Endlich zog er sich zurück, schaute in ihr Gesicht hinunter und flüsterte: »Du bist unglaublich schön.«

Auch ohne Schmuck und Make-up fühlte sie sich schön. Ihre Wangen waren gerötet. Sie konnte das schmeichelnde Fieber darin spüren. Ihre Lippen fühlten sich voll, üppig und verführerisch nass an. Sie strich mit der Zunge über die Unterlippe und schmeckte ihren Kuss.

»Und wahnsinnig sexy.«

Da schlang sie ihm die Arme um den Hals und flüsterte: »Halt nichts zurück.«

Er tat es, und sie auch. Danach blieben sie lange Zeit liegen, feucht und himmlisch erschöpft. Als er sich endlich aufstützte, küsste er ihre Stirn, ihre Nase, ihre Wangen und endlich ihre Lippen, denen er mit seinen eigenen jedes Wort sachte eindrückte. »Gillian, ich bin in dich verliebt.«

»Ich weiß. Du hast es mir schon gesagt.«

»Das zählt nicht. Ich dachte, ich rede mit Melina.«

Sie schüttelte den Kopf und flüsterte: »Aber nur ich habe es gehört.«

Die Autorin

Sandra Brown ist heute einer der erfolgreichsten Autorinnen der Welt. Jeder ihrer Romane erreichte Spitzenplätze in den englischen und amerikanischen Bestsellerlisten. Sandra Brown wurde mehrfach mit dem *»New York Times Award«* ausgezeichnet und die Gesamtauflage ihrer Bücher beträgt weltweit über 70 Millionen Exemplare. Sie lebt mit ihrer Familie in Arlington, Texas.